♫ ♫ ♫

Keep your heart stronger than ever,
knowing that nothing can deter you
from the adventure you have embarked on.

♫ ♫ ♫

Stärke dein Herz mehr denn je,
in dem Wissen, dass dich nichts
von dem Abenteuer abhalten kann,
zu dem du aufgebrochen bist.

♫ ♫ ♫

Lieber …,

keine Ahnung, ob du dieses Buch je lesen wirst. Ich nehme an, für dich wird damit ein kleiner Albtraum wahr, aber du wirst sehen: Dir droht keine Gefahr. Das ist der Grund, warum ich es trotz deiner Warnung geschrieben habe, denn ich will niemandem schaden, am allerwenigsten dir. Es wäre ein schlechter Dank für deine Offenheit – und ich *bin* dir dankbar. Sehr dankbar sogar. Für die intensiven Monate und die Momente, in denen du dein Inneres nach außen gekehrt hast. Wärst du nicht gewesen, hätte ich das große Bild vielleicht genauso verworfen, wie es viele andere immer noch tun. Du warst es, der mir Sicherheit gab.

Aber ich bin anders als du. Ich kann nicht schweigen. Das wusstest du, oder? Hast du mir deshalb alles anvertraut? Weil du ahntest, dass ich es auf meine Weise umsetzen würde? Wenn es so wäre, müsstest du an dieser Stelle lächeln. Darauf hoffe ich.

Durch dich ist mir so vieles klar geworden, zum Beispiel, was Mut wirklich bedeutet. Es ist tatsächlich wie ein Sprung von den Klippen, man lässt vieles hinter sich, wenn man ihn wagt. Du weißt das noch besser als ich: Es erfordert Mut, die Wahrheit zu sagen, das Gute zu wollen, sich gegen den Strom zu stellen und sich gegen Kräfte aufzulehnen, die so mächtig scheinen, dass allein der Gedanke daran einschüchtert. Du schlussfolgerst, wir seien viel zu klein und schon so viele daran zerbrochen – du und ich würden nur zwei weitere Gestrandete sein.

Aber woher weißt du das, wenn du es noch nicht einmal versuchst? Und woher weißt du, wie groß du bist, wenn du dich von vornherein so kleinmachst? Wenn du dich kleinmachst, kann auch die Welt nicht groß sein, in der du lebst.

Du behauptest, die Menschen seien nicht bereit für eine bessere Welt. Du hast sogar gesagt, sie waren es nie und werden es nie sein. Wenn aber alles ein Spiegel ist, frage ich dich: Bist *du* denn bereit für eine bessere Welt? Und was wäre, wenn du es wärst? Würdest du nicht völlig anders denken und handeln?

Eines solltest du wissen: Wir *sind* bereit, viele von uns sind es. Wir sind bereit, an unsere Größe zu glauben. An unser Licht in unserem Herzen.

So oft hast du dich über meine ›skurrilen‹ Ideen von Liebe und der Größe der Menschen amüsiert. Was, so hast du mich gefragt, ist groß an ihnen? Egal, ob sie oben oder unten im System sitzen, sieh dir doch an, was sie tun und wie sie sich verhalten. Wieder drehe ich den Spiegel zu dir: Sieh dir doch an, was *du* tust und wie *du* dich verhältst. Ich frage mich, was passieren würde, wenn du dich als Rädchen in der Maschinerie plötzlich anders drehst. Nicht so, wie andere es wollen, nicht so, dass du in die Maschine passt, sondern wie es dein Herz dir vorgibt. Ein wenig Sand im Getriebe hat schon so manches Monster zum Stillstand gebracht. Vielleicht bist du das letzte Sandkorn, das dazu benötigt wird.

Noch immer wünsche ich mir von Herzen, dass du an die Öffentlichkeit gehst und den Mund aufmachst. So viele sind bereit, ihren Ruf, ihr Ansehen, ja selbst ihre Existenz aufs Spiel zu setzen – für etwas Besseres, etwas Höheres, etwas, wofür es sich zu leben lohnt: für die skurrile Idee der Liebe. Für eine Welt voller Liebe.

Natürlich, in deinen Kreisen sind alle, die an die Macht der Liebe glauben, schlicht Spinner. Solange Menschen diesem Gedanken folgen, mag deine Behauptung, eine Änderung der Welt sei nicht möglich, wahr sein.

Aber ich habe die tiefe und berechtigte Ahnung, dass genau das sich rapide ändert. Ich glaube, wir befinden uns in einer Zeit, in der wir Menschen daran zu glauben beginnen, dass Liebe alles vermag. Eine Zeit, in der wir entdecken, dass sie unsere einzige Chance und schon immer unsere wirksamste und mächtigste Waffe ist und war. Eine, die wir bisher nie wirklich eingesetzt haben.

Die Zeit ist angebrochen, in der wir entdecken, wie groß wir in Wirklichkeit sind. Eine Zeit, in der wir das Licht in unserem Herzen leben. Und ich wünschte mir so sehr, dass auch du das Licht in deinem Herzen siehst. Wenn du wüsstest, wie oft es in diesen Monaten geleuchtet hat! Es ist deine Entscheidung, deine freie Wahl, Asche über den Funken zu streuen oder daraus eine helle Flamme zu machen.

Lass mich schließen mit einem weiteren Dank. Nicht nur für deine Worte. Ich danke dir vor allem für deine Tränen. Sie waren das Ehrlichste und Mutigste, das du mir je hast zeigen können.

Alles Liebe,
Deine S.

Wir wissen nicht, wie groß wir sind,

bis sie uns zum Aufstehen zwingen.

Aber wenn wir es dann tun,

wird unser Kopf durch die Wolken dringen.

– Emily Dickinson

Vorwort

Liebe Leserinnen und Leser,

ein paar Bemerkungen vorab:

Eigentlich habe ich das Buch nur wegen der letzten fünfzig Seiten geschrieben und ich hoffe, ihr haltet bis dahin durch. Ein ziemlich unverschämter Wunsch, ich weiß! Vor allem, weil ihr, sollten euch die ersten Seiten nicht gefallen, die letzten erst recht verwerfen werdet.

Mit diesem Buch wage ich einiges. Zum einen taste ich mich in das Genre Science-Fiction und zum Ende hin, in ein bisschen Fantasy vor, zum anderen befasse ich mich mit der derzeitigen Situation, wie sie sich für viele Menschen darstellt. Mir geht es dabei vor allem um hilfreiche Blickwinkel und mentale Unterstützung und ich hoffe, Sie richten Ihr Augenmerk darauf. Was die Situation selbst angeht: Hier habe ich meine Fantasie eingesetzt (oder doch nicht?), und daraus ein mögliches Szenario gestrickt. Das tut ein Autor in einem Roman ja ständig: Er erfindet Geschichten, aber viele davon basieren auf wahren Begebenheiten. Wie stets in meinen Büchern fließt Wahrheitsgehalt in eine fiktive Geschichte ein. Überall dort, wo es etwas zum Nachlesen oder Selbstrecherchieren, Belege oder interessante Informationen gibt, die Dinge also nicht einfach aus der Luft gegriffen sind, habe ich ein Sternchen angefügt.

Diese Sternchen sind eine Ansammlung von Material, aus dem ich geschöpft habe, und zwar aus den unterschiedlichsten Quellen. Ihr könnt sie gerne bei mir anfragen.

Ich kann Dinge hier nur anreißen. Jeder sollte sich selbst informieren und sich ein eigenes Bild machen. Das wäre toll! Denn ich glaube, dass einseitige Information und Betrachtungsweisen gefährlich und umfassende Information ein unverzichtbarer Beitrag aller für unsere Gesellschaft und unsere Welt sind.

Entscheidet also selbst, was in diesem Roman Fantasie und Science-Fiction ist – oder was der Realität entsprechen könnte. Ich selbst erhebe keinen Anspruch auf Richtigkeit. Wie auch. Es ist ja nur ein Roman.

Nur eines möchte ich klar zum Ausdruck bringen:

Wir, als Menschheit, sind dazu aufgerufen, unsere Grenzen zu durchstoßen und unsere Größe zu leben.

Ich finde, es ist höchste Zeit, das zu tun.

Das ist der Grund für dieses Buch.

In Liebe
Subina Giuletti

Das Licht in deinem Herzen

Subina Giuletti

♫ Soaring ♫

Theron Kay

»Guten Abend, liebe Hörer, hier ist das Moonlight-Radio!«

Ein epischer Song flutete auf und wieder ab, eine weibliche Stimme sprach gut gelaunt in die Melodie hinein: »So schön, wieder bei euch zu sein! Nach so langer Zeit! Von ganzem Herzen begrüße ich euch zu dieser ungewöhnlichen Stunde und freue mich auf umwälzende Minuten mit euch!«

Ihr Lachen schwang zwischen den Zeilen, man spürte es sogar noch, wenn die Musik lief. Unwillkürlich war man angesteckt von der guten Laune und der aufrüttelnden Musik.

»Wir haben knapp sechzig Minuten, bis ein neuer Tag beginnt, sechzig Minuten für Impulse, um Altes loszulassen, Unnützes in den Müll zu werfen und eure Gedankensuppe etwas aufzuwirbeln! Seid ihr bereit für neues Denken? Bereit für ein besseres Leben? Und mehr noch: Für eine schönere Welt? Wenn ja: Bleibt dran!«

Wieder floss Musik dazwischen, eine motivierende, mutmachende Melodie, die Aufbruchsstimmung vermittelte.

»Manchmal erzähle ich euch eine Geschichte«, fuhr die Dame im Radio vergnügt fort. »Manchmal lese ich euch etwas vor. Manchmal konfrontiere ich euch mit provozierenden Gedanken, manchmal stelle ich euch Fragen – und wenn ihr mir Fragen stellt, werde ich sie so gut ich kann beantworten. Schreibt mir! Oder ruft an! Das hier ist eine Livesendung und wir schalten euch original rein. Aber Vorsicht! Wie immer habe ich nicht die Absicht, ein Blatt vor den Mund zu nehmen. Und ich werde euch ganz sicher nicht mit Samthandschuhen anfassen!«

Wieder lachte die Moderatorin, als sei das Leben ein herrliches Abenteuer.

»Macht ihr mit?«, pustete sie fröhlich ins Mikro. »Hier wird nicht nur herum geschwafelt. Lasst uns etwas Großes starten! Und das Größte, was wir haben, ist unser Leben! Das Größte, was wir haben, ist unsere Schöpferkraft! Und die brauchen wir gerade mehr denn je!«

Die aufrüttelnde Musik vermischte sich mit ihrem Lachen. Es war, als füge sie damit dem Song noch einen extra Kick hinzu. Schließlich sagte sie:

»Ich bin Charlene – und für diese Stunde vor Mitternacht hoffentlich eine große, fette Nadel, die euch in eure vier Buchstaben pikst!«

Sie kicherte ausgelassen. »Das wäre mir eine verdammte Freude!«

♫ Longing ♫

Kari Bin

Senta kauerte mit angezogenen Beinen und dem Rücken zur Wand auf ihrem Bett und hielt sich die Ohren zu. Es half nicht viel. Der lautstarke Streit ihrer Eltern drang durch Haut und Knochen ihrer kleinen Hände, bis in ihr Herz.

»Warum zum Teufel ist deine Karriere wichtiger als meine?«, schrie ihre Mutter gerade. »Warum soll ich immer verzichten, während du machst, was du willst?«

»Du kannst genauso machen, was du willst!«, brüllte ihr Vater zurück. »Keiner sagt, dass du verzichten musst!«

»Doch! Mein Gewissen! Ich habe nämlich noch eines im Gegensatz zu dir! Du weißt genau, dass ich Senta nicht ins Internat stecken will! Sie ist elf! Du hast versprochen, wir stemmen das gemeinsam!«

»Herrgott, das tun wir doch! Ich zahle die Miete für diese Wahnsinnswohnung, die Urlaube, was willst du denn noch? Und was das Angebot angeht … Ehrlich, Elke, du wärst die Letzte, die es ausschlagen würde! Deines bietet dir ja noch nicht mal einen Gehaltsvorteil!«

Sentas Mutter stieß einen Wutschrei aus, irgendetwas krachte gegen die Wand, das Klirren traf mit Hartmuts zornigem »Elke! Du hast sie doch nicht mehr alle!«, zusammen. Kurz danach schrillte das Telefon – vermutlich ein Nachbar, der sich gestört fühlte.

Senta presste das Kissen gegen die Ohren, doch die wütende Energie fand dennoch ihren Weg zu ihr. Es dauerte nicht lange, bis ihre Arme müde wurden und der selbstgemachte Schallschutz wegfiel. Die Worte waren wieder verständlich – Worte, die anders klangen als sonst. Auch die Stimmung hatte sich geändert. Sie war noch immer geladen und doch gemäßigter.

»Auf gar keinen Fall! Zu dem geht sie nicht! Der ist total durchgeknallt!«, hörte sie ihre Mutter keifen. »Ich weiß noch, welche Absonderlichkeiten er bei unsrem letzten Besuch von sich gegeben hat! Vergiss es!«

Alarmiert presste Senta ihr Ohr gegen die Wand. Redeten ihre Eltern darüber, sie wegzugeben?

»Elke, das ist zehn Jahre her.«

»Willst du mir ernsthaft weismachen, er hätte sich geändert? Ganz sicher nicht! Der hat doch nicht alle Tassen im Schrank!«

»Ich will nicht, dass du so über meinen Vater redest! Er ist ein renommierter Mann und …«

»Renommiert! Pff!«, schnitt ihm Elke höhnisch das Wort ab. »Renommiert! ›Geächtet‹ ist das passendere Wort! Hast du die Artikel in der Presse vergessen? Und wie du darunter gelitten hast? Seine Universität hat sich von ihm distanziert! Er ist total verschroben!«

»Das ist er nicht. Er hat nur eine andere Sichtweise von den Dingen.«

Elke gab einen entrüsteten Laut von sich.

»Du verharmlost ihn, weil du eine bequeme Lösung suchst! Senta ist in einem beeinflussbaren Alter, wer weiß, was er ihr alles in den Kopf setzt!«

»Dann geht sie eben zu deinen Eltern.«

»Die haben wahrlich schon genug zu tun mit den Kindern meiner Schwester. Außerdem ist da kein Platz.«

»Bleibt nur noch das Internat. Das wäre eine Lösung für so vieles! Überleg doch mal, Elke«, beschwor er sie, »kein Termindruck, keine Chauffeurdienste, keine Hausaufgabenbetreuung … wir hätten alle was davon, wenn du nicht mehr so gestresst wärst, allen voran du.«

Schockiert presste Senta ihr Ohr fester gegen die Wand. Schweigen machte sich breit, ein ungutes Schweigen und sie bekam Panik. Ihre Mutter würde dem doch nicht nachgeben?

»Ich weiß nicht, Hartmut«, hörte sie sie sagen. »Es fühlt sich nicht richtig an.«

»Es ist nur ungewohnt. Das mit dem Internat ist keine so schlechte Sache.«

Sentas Herz klopfte so laut, dass sie Angst hatte, das Pochen dränge durch die Mauern. Ihre Eltern waren leiser geworden. Das beunruhigte sie mehr als alles andere. Die Stimme ihrer Mutter klang heiser und erschöpft, als hätte sie sich ergeben. Wem? Was? Der Idee, sie ins Internat zu geben? Hatten sie es innerlich schon beschlossen und suchten nur noch ein letztes, schlagendes Argument?

Ehe Senta nachdenken konnte, strampelte sie die Bettdecke weg und stürmte ins Wohnzimmer. Erschreckt hoben ihre Eltern die Köpfe.

»Ich gehe nicht weg!«, rief Senta. In ihren blaugrauen Augen spiegelte sich Angst. »Ich will, dass wir zusammenbleiben! Alle!«

Schnell wischte sich Elke Buchinger mit beiden Händen über das Gesicht und versuchte sich mit einem Lächeln.

»Schätzchen, haben wir dich geweckt?« Ihre Stimme klang süß, aber der Zug um ihren Mund blieb bitter. »Mach dir keine Sorgen, es ist alles …«

»Ich gehe nicht ins Internat«, unterbrach Senta sie verzweifelt. »Und ich will, dass ihr dableibt. Alle beide! Wir brauchen nicht so viel Geld! Uns geht es doch gut!«

Hilfesuchend glitt Elkes Blick zu ihrem Mann. Der räusperte sich.

»Natürlich bleiben wir zusammen, meine Süße«, sagte er. »Darum geht es doch gar nicht.«

»Doch! Ich hab's genau gehört! Du willst weg! Und Mama auch! Ich will nicht ins Internat! Ich will nicht weg von euch! Ich will, dass wir eine Familie sind!«

Sie brach in Tränen aus und endlich streckte ihre Mama ihre Arme nach ihr aus.

»Komm her, mein Schatz«, flüsterte sie zärtlich. Senta flog auf sie zu. Sanft schlossen sich die Arme der Mutter um ihren kleinen Mädchenkörper, begann Liebe und Wärme zwischen ihnen zu fließen. Senta kroch fast in ihre Mama hinein, schmolz dahin, hielt sich an dieser Liebe fest. Warum konnte es nicht immer so sein?

Auch ihr Vater streichelte ihr übers blonde Haar, trocknete ihre Tränen und trug sie ein paar Minuten später ins Bett. Aber Senta befand sich noch immer in Habachtstellung. Bang klammerte sie sich an seine Hand.

»Warum wollt ihr mich weghaben?«, fragte sie.

»Niemand will dich weghaben«, antwortete ihr Vater. »Es geht nur um eine Überbrückung. Wir müssen Geld verdienen und unseren Job machen … das Leben ist nicht immer einfach, Senta.«

»Dann mach es doch einfach«, stieß sie hervor. »Du bist doch groß! Du musst doch wissen, wie das geht!«

Er lachte ein wenig verwundert und flüchtete sich in einen Standardsatz:

»Schlaf erst mal. Morgen sehen wir weiter.«

♫ ♫ ♫

Aber Senta konnte nicht schlafen.

Immer wieder taten ihre Eltern nach einem Streit so, als sei alles in Ordnung. Senta wusste, dass das nicht stimmte, während die Erwachsenen ihr gebetsmühlenartig klarzumachen versuchten, dass ihr Gefühl sie trüge und sie nur Gespenster sähe.

Seit Senta denken konnte, hatten ihre Eltern Auseinandersetzungen, in denen der eine den anderen beschuldigte, ihn in seiner Weiterentwicklung zu bremsen. So oft redeten sie beim Essen darüber, was sie auf der Arbeit geleistet, welche Verträge sie geschlossen, welches Lob sie eingefahren und wie Kollegen oder Vorgesetzte darauf reagiert hatten. War das das Leben? Ein ständiger Wettbewerb? Heirateten die Leute deswegen? Um besser zu sein als ein anderer? Bei ihrem Vater drang das nicht ganz so stark durch, bei ihrer Mutter umso mehr. Herr Buchinger war berufsbedingt oft tagelang weg, ein Umstand, der ihrer Mutter zusätzlich die Sorgenfalten ins Gesicht trieb. Ständig versuchte sie, sich mit ihren Leistungen attraktiv zu machen, deutete an, jede Menge Avancen seitens ihrer Kollegen zu erhalten, aber diese Bemühungen rauschten an Hartmut Buchinger schlicht vorbei.

Ja, seit Senta denken konnte, kam ihr die Welt verschoben und verzerrt vor, als hätte sie ihr Gleichgewicht verloren. Als müsse man ganz vorsichtig darauf balancieren, um nicht umzufallen. Und sehr oft beschlich sie das Gefühl, nicht wirklich hierher zu gehören und nur aus Versehen auf der Erde gelandet zu sein. Vielleicht war sie gar kein Mensch? Diesen Verdacht wurde sie einfach nicht los. Manchmal fühlte sie sich schrecklich fremd hier, sie konnte so viele Verhaltensweisen ihrer Eltern nicht nachvollziehen. All das quälte sie, aber als sie den Mut fand, das Thema vorsichtig bei ihrer Mutter anzusprechen, brach die in lautes Lachen aus.

»Aber Schätzchen, du *bist* doch hier auf der Erde«, setzte sie ihr entgegen. »Also bist du ein Mensch. Oder willst du lieber ein Alien sein?«

Darüber dachte Senta ernsthaft nach. Ob sie gerne Mensch war. Ob sie lieber etwas anderes wäre und wenn ja, was. Und was Menschsein überhaupt bedeutete. Irgendwie fühlte es sich so eng an … so klein und … sie fand keine Worte dafür. Ihre Mutter beobachtete sie ungeduldig bei diesem Versuch.

»Hier auf der Erde ist es doch schön«, insistierte sie, aber es war zu spüren, dass sie selbst nicht so recht daran glaubte.

»Hm«, machte Senta. »Vielleicht ist es ja woanders noch schöner.«

»Wieso denkst du so was?«

»Weil es hier immer ganz doll wehtut, wenn ich zum Himmel schaue«, erklärte Senta und deutete auf ihr Herz. »Und dann möchte ich am liebsten in eine Rakete steigen und wegfliegen.«

»Ach, Senta«, seufzte ihre Mutter, »das sind Hirngespinste. Deck mal lieber den Tisch, dann kommst du auf andere Gedanken.«

Okay, darüber sollte man also nicht reden, das kapierte Senta recht schnell. Konnte man das überhaupt mit jemandem teilen? Ihr Vater reagierte ähnlich wie die Mutter und Lehrer waren überhaupt keine Option. Die Einzige, bei der sie das auszusprechen wagte und die sie nicht auslachte, war ihre Freundin Melanie. Senta konnte sich noch gut an den Tag erinnern, als sie beide am Spielplatz saßen und mit Stöcken Muster in den Sand malten.

»Hast du manchmal das Gefühl, du kommst von wo ganz anders her?«, fragte sie Melanie.

»Nö. Du?«

»Irgendwie schon«, erwiderte Senta zögernd.

»Woher kommst du denn?«, fragte Melanie neugierig zurück.

»Irgendwoher, wo wir viel größer sind als hier. Von den Sternen zum Beispiel.«

»Von den Sternen«, wiederholte Melanie mit leuchtenden Augen. »Dann wären wir Engel, oder? Engel sein wär' cool. Dann könnten wir fliegen!«

»Oder uns überall hin beamen!« Senta schnippte mit den Fingern. »Einfach so und wir wären da!«

Sie spannen ein wenig herum. Senta war glücklich, sich mit Melanie darüber austauschen zu können, aber sonst sah es eher düster aus.

Ihre Mutter unterstellte ihr oft Weltflucht, wenn sie vor sich hinträumte, aber das traf nicht zu, denn Senta liebte die Erde und fand vieles darin wunderschön. Wenn sie alle zusammen Urlaub am Meer machten, wenn der Wind über ihr Gesicht strich, die Luft nach Salz schmeckte, das Mondlicht Muschelschalen und die Leiber quirliger, silbriger Fischchen im Ozean beleuchtete, ja, dann erfasste sie ein tiefes, inniges Gefühl. Sie liebte es, auf sonnengewärmten Felsen zu sitzen, gegen die sich die Wellen brachen, die ihre Haut mit frischer Gischt benetzten, als fordere sie das Meer zum Spielen auf.

Genau das wünschte sie sich: dass die Erde ein Ort zum Spielen wäre. Ohne Angst, ohne Druck, ohne Negativität und Streit. Doch ihre Eltern betonten stets, dass man Leistung bringen müsse, dass das Leben ein Schlachtfeld sei, herausfordernd und anstrengend. Dass das stimmte, bekam Senta jeden Tag bestätigt.

Ihre Mama strengte sich schrecklich an, eine gute Mutter zu sein, erfolgreich im Beruf, begehrenswert für das andere Geschlecht und eine perfekte Hausfrau. Sie stand unter permanentem Leistungsdruck, getrieben von der Angst, auf irgendeinem Gebiet zu versagen. Egal, wie viel sie erreichte: Ihre Stimmung wurde mit den Jahren gereizter, die Tage, an denen Sentas Mutter deprimiert war, häuften sich. Oft genug herrschte Elke Buchinger ihren Mann an, ihr nicht genügend Beachtung und

Respekt zu zollen, bis alles im üblichen Streit eskalierte und ihr Vater mit einer Flasche Wein in seinem Büro verschwand.

Senta zehrte von den schönen Zeiten, wenn ihre Eltern Hand in Hand gingen, sich umarmten und küssten, wenn sie mit ihnen kuscheln konnte. Dann strömte Liebe, dann war alles gut. Dann war alles so einfach und natürlich, dass sie absolut nicht verstand, warum es nicht immer so sein konnte und weswegen ihre Eltern diesen anderen Zustand bevorzugten. Sie hatten doch die Wahl! Für Senta war das, als ob man jemandem zwei Gerichte vorsetzte: sein Lieblingsessen und eines, das Übelkeit verursachte und er sich, – obwohl er das wusste – immer für Letzteres entschied. Das war schlicht dumm! Wies Senta ihre Eltern verwundert darauf hin, sagten sie Dinge wie: »Das kannst du nicht verstehen.« Oder: »Das ist alles nicht so einfach« oder, noch schlimmer: »Werde erstmal älter, dann reden wir weiter.«

Innerlich schüttelte Senta den Kopf über diese ach so schlauen Erwachsenen. Warum erkannten sie nicht, dass das nur so war, weil sie ständig das falsche Gericht wählten?

Je länger sie darüber nachdachte, desto klarer wurde ihr: Ihre Eltern hatten das Leben nicht richtig verstanden. In Sentas kleinem Herzen wuchs der Wunsch, es selbst zu begreifen, um es ihnen eines Tages erklären zu können. Damit endlich alles gut werden würde.

♫ Second Chance ♫

Miten with Deva Premal

Etwa eine Woche nach dem letzten Streit überraschte Elke Buchinger ihre Tochter mit einem opulenten Frühstück. Frisch gepresster Orangensaft stand auf dem Tisch, Pfannkuchen, geschmolzene Butter und Ahornsirup verströmten ihren Duft und gerade kam ihr Vater mit einer Tüte Croissants und Brötchen zur Tür herein.

Es war ein normaler Samstag in den Sommerferien, es gab keinen Grund für diesen Aufwand. Misstrauisch registrierte Senta die Nervosität ihrer Mutter, ihr übereifriges Bemühen, ihr alles schön zu machen, um den Augenblick hinauszuzögern, in dem es nichts mehr zu tun gäbe. Immer wieder sprang sie auf und holte noch etwas, was keiner brauchte oder wollte.

»Elke, lass gut sein und setz dich endlich«, forderte Hartmut Buchinger sie schließlich genervt auf. Gottergeben ließ sie sich auf den Stuhl sinken. Mit einem Kloß im Hals sah Senta zu ihren Eltern.

»Schätzchen«, begann ihr Vater, »du hast ja mitbekommen, dass wir beide berufsmäßig ins Ausland müssen. Deine Mama nach Frankreich und ich in die Staaten. Ich bin für ein Jahr weg, bei Mama wäre es nur für ein halbes Jahr. Daher haben wir mit deinem Opa Ludwig telefoniert. Er hat gesagt, er würde dich für diese Zeit aufnehmen. Er hat sogar gesagt, er freut sich.«

In Senta fiel alles zusammen.

»Nein!«, kreischte sie entsetzt. »Das will ich nicht! Ich will nicht, dass ihr weggeht! Und ich will nicht zu Opa! Ich kenne ihn doch gar nicht! Mama hat gesagt, er ist komisch! Dass es nicht gut ist, wenn man sich mit ihm sehen lässt!«

Herr Buchinger sandte seiner Frau einen verärgerten Blick.

»Das ist lange her, als sie das gesagt hat, und sie hat es nicht so gemeint. Dein Opa ist nicht komisch«, erklärte er Senta. »Im Gegenteil. Er ist ein sehr gelehrter Mann, ein Physiker, er kann dir bei den Hausaufgaben helfen. Schau, er wohnt im benachbarten Ort und bringt dich jeden Tag zur Schule. Stell dir vor, er hat sogar Bienen!«

Senta fing an zu weinen. »Ich will aber bei euch bleiben!«, rief sie. Ihr Brustkorb zog sich schmerzhaft zusammen, erschwerte das Atmen. »Er ist bestimmt komisch! Ihr habt ihn nie besucht!«

»Doch, ich war öfter bei ihm«, widersprach ihr Vater. Beide begannen auf Senta einzureden. Wenn sie mit nach Frankreich ginge, müsste sie auf ein internationales Internat, wäre unter Fremden und würde ihre Mutter auch nicht sehen, selbst am Wochenende wäre das schwierig. Sie hätte es viel besser bei ihrem Opa und natürlich würden sie sie besuchen, so oft es möglich war … Die Worte prasselten auf Senta ein wie Platzregen, der sie durchnässte und sie nur noch Schutz suchen ließ.

Ihr Weinen und Bocken half nichts. Zwei Stunden später wurde sie ins Auto verfrachtet und saß verzweifelt auf dem Rücksitz. Die Ohnmacht brachte sie fast um. Sie würde sich nicht einfach so abschieben lassen! Sie würde gar nicht erst aussteigen! Sie wollte nicht bei einem schrulligen alten Mann in der Einöde leben und ihre Freunde nicht mehr sehen! Sie wollte in der stylischen Stadtwohnung bleiben, die ihre Klassenkameraden so cool fanden. Und sie wollte Eltern, die bei ihr waren.

Die Stimmung im Wagen war kaum auszuhalten, so viele Emotionen verdichteten sich. Senta war außer sich, ihre Mutter fühlte sich schlecht, ihr Vater wollte das alles nur hinter sich haben, und es dauerte keine fünf Minuten, bis die beiden sich Anschuldigungen an den Kopf warfen und der Streit massiv eskalierte.

Sentas Angst- und Ohnmachtslevel schraubte sich auf ein Höchstmaß. Das hörte sich nicht gut an! Gar nicht gut! Es klang, als hätten sie vor, die Scheidung einzureichen! Sie hatte das klare Empfinden, wenn sie aus diesem Wagen ausstiege, würde etwas unwiderruflich enden. Das durfte nicht sein! Sie musste das verhindern! Mit rasendem Herzen verfolgte sie, wie ihr Vater, im heftigen Wortwechsel mit seiner Frau begriffen, bis ans Ende eines Kaffs fuhr, in eine Straße abbog, die sich in einem Feld-und Wiesenweg verlor, bis ein einzelnes schlichtes Haus auftauchte und ihre Eltern notgedrungen mit der Schreierei aufhören mussten. Die Wutwolken qualmten über ihren Köpfen. Stumm vor sich hinbrütend klebten sie auf ihren Sitzen und versuchten, sich zu fassen. Senta krallte sich am Handgriff fest und stemmte die Füße gegen den Boden. Sie würde nicht aussteigen! Auf keinen Fall! Als hätte ihr Vater ihren Entschluss gerochen, atmete er tief durch.

»Okay, Senta, wird Zeit, dass du deinen Opa kennenlernst«, quetschte er hervor.

»Nein!«, rief sie erstickt. »Ich will nach Hause!«

»Komm, Mädchen, mach jetzt keinen Aufstand«, herrschte ihr Vater sie an, aufs äußerste gereizt.

Ihre Mutter presste verzweifelt die Lippen zusammen, Senta fühlte ihr schlechtes Gewissen und schöpfte daraus Hoffnung.

»Mama!«, weinte sie. »Bitte fahr mich nach Hause! Du darfst nicht weggehen! Du darfst mich nicht alleine lassen!«

»Senta!«, stieß ihre Mutter hervor. »Mach es uns doch nicht so schwer!«

Ihr Vater stieg aus und riss die hintere Wagentür auf.

»Okay, los, raus mit dir.«

»Nein!«, rief sie trotzig. »Ich steig nicht aus! Ich steig nicht aus!«

Senta schoss Blitze auf ihren Vater, doch in diesem Moment veränderte sich ihre Wahrnehmung für eine Sekunde – und sie erkannte seine Erschöpfung, seine Hilflosigkeit und den Frust. Instinktiv wollte sie ihm Hilfe zuteilwerden lassen, spürte, dass die irgendwo in ihrem Herzen war, doch der Moment währte zu kurz. Die Sekunde verflog, die Perspektive wechselte erneut. Sie wurde wieder das kleine Mädchen, er zur Person, die ihr befahl, auszusteigen. Senta kroch in die hinterste Ecke.

»Ich bleibe hier!«, gellte sie.

Hartmut Buchinger verlor die Nerven.

»Herrgott, Senta!«, schrie er. »Du steigst jetzt auf der Stelle aus! Es geht doch nur darum, deinen Opa kennenzulernen!«

»Du lügst! Ich hab gesehen, wie Mama den Koffer vom Speicher geholt hat! Ihr wollt mich loswerden! Damit ihr euer verdammtes Geld verdienen könnt!«

»Senta, Liebling, das ist nicht wahr«, beteuerte ihre Mama heiser, was Senta einen Wutschrei entlockte. Sie hatte doch Augen im Kopf! Sie war doch nicht blöd! Warum versuchten sie immer, sie zu täuschen? Ihr Vater griff in den Wagen, bereit, sie herauszuzerren. Sie machte die Beine steif, schrie, fühlte eine bodenlose Ohnmacht in sich, weil sie gegen seine körperliche Überlegenheit rein gar nichts ausrichten konnte und sie schließlich verheult und verrotzt vor der grünen Haustür stand. Ihr Vater umklammerte ihre kleine Hand so fest, dass es schmerzte. Senta fühlte sich in die Knie gezwungen, ihr Kopf war vor Entsetzen leer, aber der größte Schock stand ihr noch bevor. Denn der kam, als sich die Tür öffnete und sie das erste Mal ihrem Opa gegenüberstand.

Nie würde sie diesen Moment vergessen. Nie den ersten Blick auf helle Leinenhosen, den Geruch, der aus der Haustür schwebte wie ein Willkommensgruß. Doch es war nicht nur der Duft. Es war, als hätte sich mit der Tür der Zutritt in ein anderes Universum geöffnet, aus dem etwas strömte, wonach sie sich schon immer gesehnt hatte. Verstört starrte sie auf den Hosenstoff, vernahm die künstlich heiteren Grußworte ihrer Eltern, auf die von Herrn Buchinger Senior nicht ein Ton der Erwiderung kam. Sein Schweigen war es, das Senta ansprach.

Verwirrt wagte sie einen Blick nach oben und traf auf Augen, die vor Güte und Mitgefühl nur so überströmten. Ein Strom, der sie mit warmem

Honig zu füllen schien. Er hatte die gleiche Augenfarbe wie sie – und als er merkte, dass ihr Blick sich an seinem festsog, blitzte ein warmer Funke darin auf. Er zwinkerte ihr zu, schenkte ihr ein Lächeln, das wie ein Geheimcode war. Ein Lächeln, das sagte: »Ich weiß, wie du dich fühlst. Hab keine Angst. Es wird alles gut.«

Eine dicke Träne, genährt noch von Rebellion und Ohnmacht und nun ohne jeglichen Sinn, rollte ihre Wange hinab. Das Kind und der ältere Mann starrten sich an wie ein Liebespaar, stumm und völlig ineinander versunken. Es wirkte, als laufe zwischen ihnen ein Synchronisierungsprozess ab, der drei Sekunden später abgeschlossen zu sein schien. Zum Test bogen sich Ludwig Buchingers Mundwinkel leicht nach oben, Sentas Lippen folgten. Und mit dieser winzigen Bewegung öffnete sich in ihr ein Ventil, durch das der unselige, schmerzhafte Druck so ruckartig entwich, dass sie sich ganz seltsam fühlte.

Hartmut und Elke Buchinger wechselten einen verblüfften Blick miteinander. Senta bekam das gar nicht mit, beobachtete wie ihr Opa den Stoff seiner Hose an den Oberschenkeln raffte und sich zu ihr vorbeugte. Ein reicher Fältchenkranz erschien um seine Augenwinkel.

»Hallo Senta«, sagte er. »Ich bin dein Opa Ludwig. Möchtest du reinkommen?«

Sie nickte überwältigt. Erst jetzt streckte er ihr einladend seine Hand hin und aus ihr strömte Herzenswärme und Schutz.

»Ich habe uns einen Apfelkuchen gebacken. Magst du Apfelkuchen?«

Wieder nickte sie und ergriff ohne zu zögern seine Hand. Sowie sich seine Finger um die ihren schlossen, setzte sich etwas in ihr und aufatmendes Vertrauen füllte sie. Widerstandslos ließ sie sich in die duftende Küche führen, während er so zwanglos mit ihr redete, als kennten sie sich schon seit Jahren.

»Ich habe extra viel Vanillezucker rein. Den mache ich selber und ich glaube, der Kuchen ist diesmal ganz gut gelungen. Die Streusel habe ich mit Zimt vermischt, riechst du das? Lecker, oder? Also guck mal hier, ich habe Vanillesoße, Sahne und sogar Eis dazu. Und hast du Lust auf eine Tasse Kakao? Stell dir vor, ich habe einen Freund aus Peru, der schickt mir immer besonders feine Schokolade. Ist nicht so süß wie das Zuckerzeug, das man im Supermarkt bekommt, viel gesünder! Wenn du das einmal gekostet hast, trinkst du nie mehr etwas anderes.«

Er lächelte sie an. In ihre Augen kam Glanz, während sich in ihrem Herzen ein nie gekanntes Gefühl ausbreitete. Eines, das nach Sicherheit roch, nach Verständnis, nach Ruhe und Geborgenheit.

»Du hast einen Freund in Peru?«

»Nicht nur in Peru, überall auf der Welt.«

»Wo denn alles?«

»Na, überall halt!«, lachte er. »Ich weiß gar nicht, wo ich da anfangen soll. Amerika, Skandinavien, Asien, Russland, sogar in Alaska und Sibirien habe ich Freunde.«

»Ist es da nicht furchtbar kalt?«

»Alaska ist sehr grün. Warst du da schon mal? Nicht? Kann ich dir nur empfehlen …«

Mühelos waren die beiden ins Gespräch eingetaucht und hatten Elke und Hartmut Buchinger völlig vergessen. Die standen noch sekundenlang sprachlos vor der Tür, bevor sie zögerlich das Haus betraten. Sie fühlten sich wie Eindringlinge und irgendwie waren sie das auch.

In Frau Buchinger kollidierten etliche Gefühle miteinander. Wie war es möglich, dass ihre Tochter ein so inniges Verhältnis von der buchstäblich ersten Sekunde mit ihrem Opa hatte? Sie arbeitete ständig an der Beziehung zu ihrer Tochter und hatte dennoch nie einen solchen Status erlangt. Zu ihren ohnehin bestehenden Ressentiments ihrem Schwiegervater gegenüber gesellte sich nun auch noch Eifersucht hinzu, die sie schwer unterdrücken konnte.

Das Gespräch zwischen ihr und Ludwig verlief daher in einem so feindseligen Unterton, dass Senta fürchtete, alles würde wieder im Streit enden, ihr Opa sich ärgern und einen Rückzieher machen. Doch mit Erstaunen stellte sie fest: Er ließ sich durch nichts aus der Ruhe bringen. Während des Gespräches drückte er immer mal wieder beruhigend ihre Hand oder legte die seine an ihren angespannten Rücken. Senta kam ihr Opa wie ein weiches Bett vor, in das sie sich fallen lassen und entspannen konnte. Langsam verließ sie die Angst und neugierig betrachtete sie ihn.

Sein Haar war weiß und glatt, sein Bart stoppelig und seine nie ganz saubere Brille saß ein wenig schief auf der Nase. Er war leicht untersetzt, hatte kräftige, große Hände und seine Bewegungen vermittelten Ruhe statt Hektik.

All das griff auf Senta über. Sie atmete aus und ein feines Glücksgefühl perlte in ihr hoch, das in einer wilden Vorfreude auf die kommenden Tage gipfelte. Unwillkürlich rückte sie näher an ihren Opa heran und strahlte ihn an. Frau Buchinger konnte das nicht fassen und schließlich platzte sie heraus:

»Also, Ludwig, mir ist eigentlich jetzt erst klargeworden, was wir dir mit all dem zumuten. Mein Vertrag ist noch nicht unterschrieben, ich glaube, ich denke nochmal darüber nach.«

Aufmunternd und Beifall heischend sah sie zu ihrer Tochter. »Was meinst du, Senta?«

Der Schock folgte auf dem Fuße. War Senta gerade erschrocken zusammengezuckt? War das Entsetzen in ihrem Gesicht? Sie traute ihren Ohren kaum, als diese fast panisch rief:

»Aber du hast doch gesagt, du kriegst so eine Chance nie mehr!«, und dabei hilfesuchend zu ihrem verblüfften Vater sah.

»Elke, was soll das?«, sprang der ihr bei. »Du hast gestern deinem Chef telefonisch eine Zusage gegeben. Was soll der denn denken?«

Ludwig Buchinger hieb in dieselbe Kerbe.

»Meinetwegen musst du dir keine Gedanken machen«, erwiderte er. »Ich habe mir genügend Zeit freigeschaufelt. Wir kommen schon zurecht, was Senta?«

»Ja, Mama, wir kommen zurecht. Und du besuchst mich doch.«

Ängstlich sah sie, wie ihre Mama ihre Arme verschränkte und sich zurücklehnte. Ihr Mund war eine schmale Linie, sie fühlte sich total abgewiesen, umso mehr, als Senta beschwörend vorschlug:

»Ich kann doch gleich heute mal bei Opa probeschlafen. Dann kannst du am Abend noch arbeiten. Geht das, Opa?«

»Klar geht das. Ich bin voll auf dich eingestellt! Willst du mal dein Zimmer sehen?«

»Au ja!«, jubelte Senta.

»Na, dann komm! Du wirst staunen! Ich habe gleich zwei für dich!«

»Zwei!«, leuchtete sie. »Das ist ja mega!« Und an ihre Mama gewandt:

»Siehst du, Mama, musst dir gar keine Sorgen machen!«

Fröhlich hüpfte sie mit ihrem Opa die Stufen in den ersten Stock hinauf.

Wieder tauschten Herr und Frau Buchinger einen Blick. Hartmut einen erfreuten und erleichterten, Elke einen verbitterten. Aufgewühlt sah sie ihrer Tochter hinterher, zerrissen von der Angst, das Falsche zu tun. Senta ging es genau umgekehrt: Sie hatte das Gefühl, endlich da zu sein, wo sie hingehörte, das Gefühl, willkommen zu sein. Und das Gefühl trog nicht.

Eine wunderbare Zeit brach an.

♫ ♫ ♫

Ihr kam es vor, als tauche sie erst jetzt richtig ins Leben ein. Jeder Tag war voller Sonne, auch wenn es regnete. Sonne war in ihrem Herzen, leuchtete in ihren Augen, im Gesicht ihres Großvaters, auf den Blumen in seinem Garten – sie war überall.

In den ersten Tagen mischte sich ein wenig schlechtes Gewissen hinzu, weil ihr der Abschied von den Eltern so leicht gefallen war, aber sie liebte ihre neue Umgebung zu sehr, als dass das lange anhielt.

Alles bei Opa war anders. Es war herrlich ruhig auf dem Land, selbst tagsüber gab es kaum Autogeräusche. Reich gefüllte Blumenkästen standen auf den Fensterbänken, Efeu und Rosen kletterten die Hauswände hoch und sie schlief bei offenem Fenster. Außerdem hatte Opa Ludwig einen Gemüsegarten, in dem er Kartoffeln, Tomaten, Bohnen, Zwiebeln, Lauch, Karotten, Salat und Kräuter erntete. Weiter hinten standen ein Apfel- und ein Birnbaum und der Weg außerhalb seines Grundstücks war gesäumt mit wilden Himbeer- und Brombeersträuchern.

Von einem Tag auf den anderen war Sentas Leben ein völlig anderes. Naturverbundener, einfacher – und arbeitsamer. Ihr Opa verbot ihr nicht ihren Gameboy und auch nicht den Computer, nutzte er Letzteren selbst sehr rege. Aber er war strikt gegen Fernsehen. Er schaute lediglich ausgewählte Sendungen oder DVDs. Senta vermisste gar nichts. Ihre Tage waren gefüllt.

Ludwig nahm sie mit auf Wanderungen, erklärte ihr, welcher Vogel gerade zwitscherte und führte sie zu geheimen Plätzen, wo sie lange Zeit still saßen und sich doch nicht langweilten. Mit Wonne half sie im Garten, pflanzte, jätete Unkraut, pflückte Beeren und erntete, was reif war. Opa zeigte ihr, wie man Marmelade einkochte und mit welchen Gewürzen man sie raffinierter machen konnte. Motiviert stellte sie Apfel-Dattelaufstriche und Rhabarbermarmelade mit Ingwer her und bemalte Etiketten mit der Aufschrift »Sentas Erdbeergelee, Sommer 2001«, um sie ihrer Mutter beim nächsten Besuch überreichen zu können. Ihre Wangen wurden voller und ihre Augen leuchteten.

Sie hatte tatsächlich zwei Zimmer. Eines zum Schlafen und eines zum Spielen und Hausaufgabenmachen, weil ihr Opa der Meinung war, sie sollte an einem Ort schlafen, wo keine Arbeit herumlag.

Senta betete ihren Opa an. Er war so ganz anders als alle Menschen, die sie bisher getroffen hatte. Im Gegensatz zu ihnen erschien er ihr wahrhaft lebendig, nicht gesteuert und getrieben vom Takt der Welt und trotz seiner zweiundsechzig Jahre und dem weißen Haar wirkte er auf sie jünger und vitaler als ihre Eltern. Seine Augen waren wach. Seine Seele war präsent.

»Du bist irgendwie ein echterer Mensch als alle anderen«, teilte sie ihm mit. Er lachte.

»Ein echterer Mensch!«, gluckste er. »Cooler Ausdruck! Warum denkst du das?«

»Weil du … irgendwie größer bist … Ich weiß nicht. So da drin, verstehst du?«

»Ja«, antwortete er. »Ich weiß, was du meinst. Das ist aber lieb, dass du mir das sagst, Senta. Ich fasse das als großes Kompliment auf.«

Solche Unterhaltungen weiteten Sentas Herz. Opa verstand sie. Mit ihm konnte sie über alles reden. Aber er arbeitete auch viel, saß lange am Schreibtisch, der in der Mitte seines Arbeitszimmers stand. Rundherum befanden sich mit Büchern vollgestopfte Regale, die vom Boden bis zur Decke reichten.

»Hast du die alle gelesen?«, fragte Senta erstaunt, während ihre Augen über die Buchrücken fuhren.

»Die meisten«, schmunzelte er.

»Opa!«, rief sie. »Auf dem Buch da steht dein Name! Und da ist ja noch eines! Und noch eines!«

Aufgeregt zog Senta einen dicken Band aus dem Regal und entzifferte den Titel:

»Bewusste Erde, bewusster Mensch.« Sie sah auf. »Was steht da drin?«

»Darin geht es um die Energie, die unseren Planeten und das ganze Universum hat entstehen lassen. Diese Energie kann man, bei allem, was man tut, spüren.«

»Aber wie denn? Das verstehe ich nicht.«

»Hm, schau, wenn du eine Karotte schälst, schälst du eine Karotte. Du siehst, wie die Schale abgeht, wie das Orange darunter leuchtet, du bist ganz mit dieser Aufgabe verbunden. Du gibst Energie hinein. Das ist bewusst.«

»Aber das machen doch alle so.«

»Nein, wenn Erwachsene eine Karotte schälen, denken sie daran, dass sie noch den Tisch decken müssen, dass sie vergessen haben, Mehl zu kaufen oder sie ärgern sich über ihren Chef, der sie angemacht hat. Das ist unbewusst. Sie geben alle möglichen Energien hinein. Bewusst sein bedeutet, die Kraft bewusst zu spüren, die dich all das tun lässt, was du tust. Das ist deine Lebenskraft, deine Ur-Energie. Wenn du dir dessen bewusst bist und sie in die Dinge, die du tust, einfließen lässt, haben sie viel mehr Wirkung. Es ist, als ob du sie mit Strom versorgst, verstehst du?«

Senta nickte nachdenklich.

»Wieso kann die Erde bewusst sein? Sie ist doch kein Mensch?«

»Aber sie ist ein lebender und fühlender Organismus – viel, viel liebevoller und empfindsamer als manche Menschen. Du siehst doch, was im Garten passiert. Alles wächst und blüht und hält uns am Leben. Wenn du eine Kartoffel eingräbst, hast du ein paar Monate später drei, vier neue Kartoffeln. Wäre die Erde nicht lebendig, könnte sie doch nichts hervorbringen. Sie *ist* Leben. Wenn du dich von den Früchten der Erde ernährst, ist das Essen mit ihrer Kraft beseelt, dann bleibst auch du lebendig. Deswegen steht bei uns keine Wurst und kein Fleisch auf dem Tisch. Hast du schon mal ein Stück Wurst vergraben? Alles, was herauskommt, ist stinkender Matsch. Das passiert auch in den Bäuchen der Menschen. Diese Abfälle gären und die Gase steigen ihnen in den Kopf. Essen und Denken stehen in einem sehr engen Zusammenhang, Senta. Daher achte immer darauf, was du zu dir nimmst.«

Sie nickte. »Kann sich die Erde auch ärgern so wie die Menschen?«

»Nein, aber sie leidet. Und sie lässt sich auch nicht alles gefallen.«

»Steht das in deinem Buch?«

»Ja, unter anderem.«

Sie schwieg eine Weile, dann fragte sie: »Opa, warum hat dich die Universität rausgeworfen, wenn du sogar Bücher geschrieben hast?«

»Vermutlich weil darin Dinge stehen, die nicht in ihre Glaubenssätze passen.«

Sie wollte weiterfragen, aber er lenkte ab. Trotzdem kamen sie immer wieder auf solche Themen zurück, nicht zuletzt deshalb, weil ihr Opa regen Austausch mit anderen Wissenschaftlern hielt und sich Senta damit eine neue Welt erschloss – und ganz eigene Freundschaften.

Alle vierzehn Tage veranstaltete Ludwig höchst vergnügliche Debattierabende bei sich zu Hause. Dazu lud er Kollegen unterschiedlichen Alters ein, mit denen er eifrig Theorien, Studien, neueste Erkenntnisse und was nicht alles diskutierte. Das erste Mal war Senta noch recht schüchtern, aber die älteren Herrschaften nahmen sie mit einer solchen Herzlichkeit in ihren Kreis auf, dass das nicht lange andauerte. Sie waren lebhaft und rege, behandelten Senta mit liebevoller Hochachtung und scherzten mit ihr, als sei sie eine von ihnen. Die Gruppe war gut durchmischt, hatte aber einen festen Kern, bestehend aus Ludwig Buchinger und seinen zwei besten Freunden, Fritz Bachmann und Heribert Nass.

Fritz sah aus wie der Schauspieler Michael McCaine. Sein Auftreten war höchst würdevoll, stets war er nobel und sehr sorgfältig gekleidet, redete Senta mit »meine Verehrteste« oder »mein allerliebstes Prinzesschen« an und behandelte sie mit einer Galanterie, die selbst an der elfjährigen Senta nicht vorbei ging. Sie mochte ihn total. Heribert Nass hingegen war nochmal eine ganz andere Nummer.

Er war der ungewöhnlichste Mensch, dem sie jemals begegnet war. Über einen Meter neunzig groß, wirkte er imposant und fast einschüchternd. Sein schwarzgraues, noch volles Haar trug er etwas länger und nach hinten gekämmt, die Augenbrauen waren buschig und dunkel. Im ersten Moment wirkte er streng, wie ein sehr selbstbewusster Herrscher. Von Beginn an hatte Senta den Eindruck, ihm hinge ein langer Umhang von den Schultern und um seine Hüfte wäre ein Lichtschwert gegurtet. Er hatte eine erstaunlich glatte Haut. Seine schwarze Iris verschmolz mit der Pupille, was seinen Augen den Anstrich einer knopfäugigen Fantasyfigur verlieh und ihn jung erscheinen ließ, obwohl er zwei Jahre älter als Ludwig war. Und er redete, als käme er aus einer anderen Welt.

»Seid gegrüßt, holde Schönheit«, sagte er bei ihrem ersten Zusammentreffen und deutete eine Verbeugung an. »Welche Ehre und Freude, Euch hier zu sehen!«

Das klang, als hätte er sie schon anderswo getroffen. Aber seltsamerweise erschien Senta das gar nicht seltsam, warum, konnte sie bis heute nicht in Worte kleiden. Rückblickend erkannte sie, dass Heribert sie von Beginn an behandelte, als sei sie eine unerreichbare Liebe. Nie ließ er es an Anstand fehlen, machte aber aus seiner Zuneigung kein Hehl und kleidete diese in so theatralische Worte, dass sie sich oft vor Lachen bogen.

»Meine über alles geliebte Zauberfrau«, sagte er zum Beispiel. »Wenn Ihr wüsstet, wie sehr Ihr an meine Seele rührt! Wie wünschte ich mir, Herr über Raum und Zeit zu sein, um Euer liebreizendes Herz erobern zu können!«

Senta kicherte darüber und doch fühlte sich das alles natürlich an. Zwischen ihnen lagen fünfzig Jahre, auch die meisten anderen Herren befanden sich in dieser Altersgruppe. Wenn sie auch von den Gesprächen an den Diskussionsabenden nicht viel verstand, liebte sie die spritzige Begegnung mit diesen Männern, die nimmermüde neugierig waren und das Staunen nicht verlernt hatten. Senta war mittendrin, servierte Snacks, holte Getränke und machte, ohne es zu wissen, Bekanntschaften mit namhaften Gelehrten aus aller Welt.

Meist redeten sie über physikalisch-mathematische Themen, über Raum-Zeit-Krümmungen, Einstein, Niels Bohr, David Bohm, Richard Feynman und andere Größen. Auch über Gott, die implizite Ordnung, die Historie der Menschheit, Sonnensysteme, kosmische Strahlen, Wurmlöcher und was nicht alles. Wenn sie aber von ihren Reisen und Erlebnissen erzählten, klebte Senta besonders an ihren Lippen. Das wollte sie auch! Die Welt bereisen und all diese wundervollen Orte sehen! Ob sie nun viel verstand, oder nicht: Die Gesellschaft prägte sie und Ludwig erklärte ihr so manchen Inhalt der Diskussionsabende danach auf kindgerechte Art.

»Wissen ist Freiheit, Senta«, sagte er oft. »Aber nicht nur fachliches Wissen. Egal, welchen Dingen du auf den Grund gehst, wie viele Atome du zerlegst: Am Ende findest du immer Liebe. Du findest immer Gott. Das haben viele berühmte Quantenphysiker genauso zum Ausdruck gebracht.«

Nie initiierte ihr Opa von sich aus solche Themen. Senta vermutete, dass ihre Eltern ihm das untersagt hatten, wobei ironischerweise genau die dafür sorgten, dass es doch dazu kam.

Für die Telefonate mit ihnen hatte ihr Opa eine Konferenzschaltung eingerichtet. Der Beginn dieser Gespräche war immer ganz okay, doch sobald Senta von ihrem Leben berichtete, ging es abwärts. Ihre Mutter schien es nicht zu freuen, dass Senta sich wohlfühlte und glücklich war. Glücklicher als sie sie je gekannt hatte! Elke war gepeinigt von einem Wust an Gefühlen. Sie stand beruflich unter Druck, lebte in der Angst, ihren Mann zu verlieren, der sich ihrer Meinung nach merkwürdig verhielt, hatte ein schlechtes Gewissen, ihre Tochter zu vernachlässigen, Bedenken, dass Ludwig sie ihr entfremdete – und war wie so oft nicht in der Lage, ihre Emotionen zu kontrollieren.

»Du scheinst mich ja gar nicht zu vermissen«, griff sie Senta an, fragte spitz, ob sie denn überhaupt wieder zu ihr zurückwolle, ob sie sie überhaupt noch liebe … Das war meist der Moment, wo Sentas Vater ungehalten eingriff, seine Frau maßregelte, woraufhin das Ding seinen unseligen, immer gleichen Verlauf vernahm. Immer öfter endeten diese Telefonate im Streit oder sehr unterkühltem Ton.

An einem Nachmittag war es besonders schlimm. Ihr Vater sagte wegen eines wichtigen Meetings ein Familientreffen ab, was Elkes Misstrauen zum Anschlag hochfuhr. Sie unterstellte ihrem Mann vor Senta, eine andere zu haben. Es hagelte Beschuldigungen und böse Worte und beide waren in ihrem Streit so verfangen, dass sie ihre Tochter darüber völlig vergaßen. Mit Herzrasen und Tränen in den Augen hielt Senta den Hörer in der Hand, schloss die Augen und schrie schließlich, so laut sie konnte:

»Hört auf! Hört endlich auf! Alle beide!«

Sie verstummten erschrocken, aber Senta legte einfach auf und rannte nach draußen.

Deprimiert kauerte sie mit angezogenen Beinen auf der Bank im Gemüsegarten, weinte und starrte vor sich hin. Es dauerte nicht lange, bis ihr Opa sich neben sie setzte und schweigend seinen Arm um ihre Schulter legte. Nach einer Weile fragte er:

»Haben sie sich wieder gestritten?«

Senta nickte. »Warum können sie nicht einfach lieb zueinander sein?«, schniefte sie. Ihr Opa zog ein Taschentuch aus der Hose und reichte es ihr.

»Weißt du«, antwortete er behutsam, »vielleicht können sie nicht wirklich was dafür.«

»Können sie wohl! Mir sagen sie doch auch immer, ich soll mich zusammenreißen!«

»Ich weiß, meine Kleine, ich weiß.« Er drückte sie an sich. »Aber du kannst sicher sein, dass sie es jedes Mal bereuen, wenn es so abläuft. Sicher tut es ihnen schrecklich leid. Und wer weiß, vielleicht wirken Kräfte in ihnen, von denen sie nichts wissen.«

»Wie meinst du das?« Erstaunt hob Senta den Kopf.

»Na ja …« Ludwig zögerte, gab sich schließlich einen Ruck. »Weißt du, das ganze Übel kommt davon, dass die Menschen verlernt haben, in sich hineinzublicken. Wenn sie das nicht mehr tun, können sie auch nicht erkennen, wo es bei ihnen im Argen liegt. Sie können nicht erkennen, dass Dinge in ihnen sind, die gar nicht zu ihnen gehören.«

»Was für Dinge denn? Ich versteh das nicht!«

»Tja«, murmelte er. »Das verstehen die meisten nicht.«

»Dann erklär's mir, Opa!«

Zweifelnd sah er sie an. »Wenn ich das tue, schimpfen mich deine Eltern, dass ich dir verrückte Ideen einpflanze.«

»Sie wissen doch nicht, was du mir sagst. Und ich verrate ganz bestimmt nichts.«

»Ehrenwort?«

»Großes Ehrenwort!«

Feierlich schüttelten sie die Hände. Ludwig räusperte sich.

»Gut, nun denn. Ich erzähle dir eine etwas wunderliche Geschichte. Sie ist so wunderlich, dass sie für ein Kind eigentlich nicht geeignet ist, daher kürze ich sie ein wenig ab. Du hast doch sicher schon von Adam und Eva gehört?«

Erstaunt über diesen Einstieg sagte Senta: »Klar, die kennt doch jeder. Haben wir in Religion durchgenommen. Schon in der Grundschule.«

»Genau, aber siehst du, es existiert nicht nur diese Schöpfungsgeschichte. Es gibt daneben viele andere, die sich durch altertümliche Funde belegen lassen. Diese Geschichten geben einen völlig anderen Aufschluss darüber, wie die Menschen auf die Erde gekommen sind. Darüber haben wir neulich mit Onkel Fritz diskutiert, erinnerst du dich? Er hat gesagt, dass diese anderen Schöpfungsgeschichten, obwohl sie aus ganz verschiedenen Epochen und Kulturkreisen stammen, sich im Kern alle gleichen. Und die Geschichte von Adam und Eva ist etwas … hm, an den Haaren herbeigezogen.«

»Das ist doch kalter Kaffee, Opa. Unser Biologielehrer sagt, dass das mit Adam und Eva bloß von der Kirche erfunden ist. Wir stammen vom Affen ab.«

Ludwigs Gesicht verzog sich, als hätte er Schmerzen.

»Genau das stelle ich infrage. Und nicht nur ich tue das. Viele andere inzwischen auch. Weißt du, ich beschäftige mich nun seit über dreißig Jahren mit diesem Thema, habe Forschungen und Recherchen betrieben und bin zu dem Schluss gekommen, dass wir Menschen ganz anders entstanden sind.«

»Echt? Wie denn?« Sentas Neugier war geweckt.

»Onkel Fritz hat ein Buch darüber geschrieben. Sollte dich das Thema, wenn du älter bist, immer noch interessieren, kannst du das nachlesen. Die Essenz seines Buches ist: Wir Menschen sind Lichtwesen. Du bist ein Lichtwesen. Ich bin eines. Deine Mama, dein Papa, selbst die, die du nicht magst … alle sind Lichtwesen. Das Ding ist nur: Die meisten haben dieses Licht völlig vergessen. Sie spüren es noch nicht mal mehr, weil es ihnen systematisch ausgeredet wurde. Stattdessen wird fast jedem Menschen auf dieser Erde praktisch von Geburt an eingetrichtert, er sei ein Sünder.«

Senta war fasziniert.

»Wir bestehen aus Licht? Aber du leuchtest doch gar nicht, Opa. Und ich auch nicht.«

»Wirklich nicht? Vielleicht können das deine Augen nur nicht sehen? Komm mal mit!«

Er führte sie in sein Arbeitszimmer, kramte herum und förderte schließlich ein Blatt zutage, auf dem ein wirres Muster gedruckt war. Es sah aus wie ein türkisfarbener Kunstrasen.

»Das ist ein Stereogramm«, erklärte Ludwig. »Versuch mal, deinen Blick ganz weich zu machen und tief in das Muster einzutauchen. Stell dir vor, dein Herz hätte Augen und guckt mit.«

Senta tat wie geheißen. Die Ausmaße des Bildes schienen größer zu werden, es verschwamm vor ihren Augen, aber beharrlich hielt sie den Blick darauf – und da geschah es: Das Bild gewann Tiefe, plötzlich eröffnete sich in ihm ein Raum.

»Opa!«, rief sie überwältigt. »Da ist ein Delfin! Er schwimmt auf mich zu!«

»Wunderbar! Das ging aber schnell! Siehst du, den hast du vorher überhaupt nicht gesehen, nicht?«

Senta nickte und sah mit glänzenden Augen weiter auf das Bild. Es war wie eine magische Tür in eine andere Dimension. Sie bekam Gänsehaut.

»Wenn ich so gucke, kann ich dann in der Welt auch mehr sehen?«, fragte sie angeregt.

»Ja, das kann gut sein. Genauso ist es mit dem Licht, meine Kleine. Wenn du das sehen willst, erfordert das ein wenig Übung.«

Beeindruckt hielt sie das Buch in ihren Händen, gierig darauf, mehr zu erfahren.

»Wenn wir das Wesen unserer Welt und unseres Universums, wenn wir all die Wunder erkennen wollen, müssen wir lernen, anders zu sehen«, erklärte Ludwig weiter. »Wir müssen sozusagen unsere Antennen erweitern. Schau immer hinter die Dinge, Senta. Die Welt ist nicht das, was sie zu sein scheint. Es verbirgt sich viel, viel mehr dahinter und darum herum. Du musst hinter die Täuschungen schauen und alles hinterfragen, alles überprüfen. Auch das, was ich dir sage. Das Schlimmste ist, wenn man ungefragt Meinungen übernimmt. Dann bist du nämlich nicht mehr du selbst, sondern nur eine Kopie von anderen. Bleib neugierig! Bleib offen – auch für das Gegenteil.«

Sie nickte, konnte die Tiefe seiner Aussage nur erahnen.

»Aber was ist jetzt mit Adam und Eva? Und Mama und Papa? Was hat das alles mit ihnen zu tun?«

»Ach ja, richtig ... Adam und Eva ...« Er kratzte sich am Kinn. »Worauf ich hinauswollte, ist, dass wir Menschen uns viel zu klein machen. Das ist leider tief in unsere Seele eingepflanzt. Gleichzeitig ist das der Grund, warum wir hier auf der Erde sind. Um trotz allem unsere wahre Größe wiederzuerlangen.«

Senta versetzte es einen Schock. Da war das, was sie immer gefühlt hatte! Dass das Menschsein zu eng war, dass es viel mehr geben musste!

»Im Jahre 1945«, erzählte unterdessen ihr Großvater, »hat man in Nag Hammadi, das ist eine Stadt in Ägypten, alte Schriftrollen gefunden, die unsere Entstehung anders darstellen. Darin steht, dass wir von den Göttern abstammen und in jedem Menschen ein göttlicher Funke ist, der ihn an seine Herkunft erinnert. Dieser göttliche Funke steht für das Licht. Ein Licht, das in unserer Seele leuchtet und das darauf wartet, dass wir uns ihm zuwenden. Gleichzeitig erwähnen diese Schriften aber auch eine Kraft hier auf Erden, die verhindern will, dass der Mensch dieses Licht erkennt.«

Sentas Herz klopfte unverhältnismäßig stark. Ihr war, als würde ihr Opa gerade etwas bestätigen, was sie seit Urzeiten gespürt und nicht in Worte hatte fassen können.

»Was ist das für eine Kraft?«, fragte sie aufgeregt.

»In diesen Schriften steht, dass etwa 3600 Jahre vor Christus unsere Welt von einer Invasion heimgesucht wurde. Sie haben wie Viren alles besetzt. Die Nag-Hammadi-Schriftrollen bezeichnen diese Kräfte als Archonten. Und die ernähren sich von allem Negativen. Gier, Hass, Gewalt, Neid, Leid ... das brauchen sie, um zu überleben. Je mehr sie davon bekommen, desto stärker werden sie. Manche, so sagen sie, hätten keinen Körper, daher nisten sie sich in die Köpfe der Menschen ein und schüren das Negative in ihnen. Wenn das geschieht, ist der Mensch eigentlich kein Mensch mehr, sondern nur noch eine Nahrungsquelle für die Archonten. Sie tun alles, damit der Mensch sein wahres Sein nicht erkennt, denn täte er das, wäre er viel, viel mächtiger als sie. Das fürchten sie natürlich am meisten.«

Senta erschauerte trotz des heißen Sommertages. Und doch übte die Geschichte eine magische Anziehungskraft auf sie aus.

»Aber was genau machen diese Archonten?«, wollte sie wissen.

»Sie beladen uns mit Schuld, säen Zwietracht, halten uns klein und minderwertig, sagen, wir seien Sünder, machen uns weis, dass Dinge wie Profit, Anerkennung, gutes Aussehen und so weiter wichtig sind. Die Archonten wollen, dass wir streiten, statt gut miteinander sind. Sie können Harmonie, Liebe und Freude nicht ertragen. Aber weißt du, was das Gute daran ist?«

»Was denn?«, rief Senta, erleichtert, dass es an dieser gespenstischen Sache etwas Positives gab.

»Dass sie im Grunde machtlos sind. Denn wir Menschen haben einen freien Willen und müssen ihnen nicht folgen. Daher sagte ich am Anfang, dass das größte Übel der Menschen ist, nicht mehr in sich hineinzuschauen. Denn wenn sie das täten, würden sie ihr Licht sehen. Sie würden erkennen, dass Neid, Gier und Hass nicht zu ihnen gehören. Dass das fremde Eigenschaften sind. Wir sind doch aus Licht gemacht.«

»Ja, aber Opa …«, fragte Senta zwischen Grusel und Faszination. »Sind die Viecher auch in meinem Kopf?«

Sanft strich ihr Ludwig eine blonde Strähne aus dem Gesicht.

»Sie werden versuchen, hineinzukommen. Sieh das Ganze wie eine Metapher. Ob die Geschichte mit den Archonten nun stimmt oder nicht, Senta, eines *ist* wahr: Wann immer du Negatives fühlst, weißt du: Das ist eine fremde Kraft. Das bist nicht du.«

»Das hört sich trotzdem unheimlich an, Opa«, entgegnete sie. »Weil … ich will keine Archonten in meinem Kopf haben, und manchmal bin ich traurig oder wütend. So wie vorhin.«

»Das geht jedem so, das ist okay. Ist nur so: Wenn du die Gefahr nicht kennst, kannst du sie nicht bannen. Du würdest dich immer weiter in Traurigkeit verfangen und glauben, das sei normal. Aber nachdem du das jetzt weißt, bist du gewappnet. Dann sagst du ihnen einfach: Ich will euch nicht haben!«

»So einfach geht das?«

»Ja, so einfach geht das. Du kannst sogar noch mehr tun. Hast du ein negatives Gefühl in dir, legst du deine Hand auf dein Herz und schickst Licht in dieses Gefühl. Damit löst es sich auf.«

»Und du meinst, das funktioniert wirklich?«

»Ganz sicher!« Ludwig lachte leise und seine Augen funkelten. »Eines fürchten Archonten nämlich ganz besonders: mutige Menschen. Also schleudere ihnen innerlich ein klares Nein entgegen! Du bist doch mutig, Senta, oder?«

»Und wie!«

Sie sprang auf, schnappte sich ein Bambusrohr und hielt es wie eine Kriegerin über ihren Kopf.

»Ich mache die fertig, Opa!«, rief sie und schwang den Stock wie ein Lichtschwert. »Die Viecher haben bei mir keine Chance!«

Ludwig musste lachen. »Ach, Senta«, seufzte er. »Das ist herrlich, dass du so unerschrocken bist!«

»Hast du gesehen?«, schrie sie, während das Rohr durch Luft pfiff. »Ich hab einen erwischt! Bämm! Bämm! Bämm! Und noch einen!«

Wieder lachte Ludwig, bis sie sich wieder neben ihn setzte und seine Hand nahm.

»Ist toll, dass das so einfach geht«, sagte sie zufrieden. »Ich hab bloß nicht immer einen Stock bei mir.«

»Aber du hast immer dein Licht im Herzen«, schmunzelte ihr Opa. »Ich verrate dir noch was: Was sie vollständig vernichtet, ist Liebe. Liebe, Harmonie, Brüderlichkeit unter den Menschen lässt sie schlicht verschwinden.«

Senta zog die Nase kraus.

»Aber wenn ich Mama und Papa so sehe … und meine Klassenkameraden … alle streiten, Opa.«

»Ich weiß. Umso wichtiger, dass du dich da nicht reinziehen lässt. Jeder Wandel beginnt im Herzen. Jeder Wandel beginnt bei dir. Denk an den Delfin. Den hast du gesehen, weil du dein Herz dazu geschaltet hast. Das nächste Mal, wenn du mit deiner Mama telefonierst und sie wieder so aufgeregt ist, stellst du dir einfach vor, dein Herz hätte Augen und Ohren. Wirst sehen, dann strömt das Licht in dir. Stell dir einfach vor, du atmest es hinaus in die Welt bis zu deiner Mama. Übrigens habe ich diese Wirkung in einem Experiment nachweisen und messen können. Es ist also wahr.«

»Echt?«, rief Senta beeindruckt. »Aber was ist, wenn Mama das nicht spürt?«

»Ja, das kann sein, aber das macht nichts. Energie verschwindet nie. Was du sendest, ist da und wird wirken. Also, wenn du Liebe schickst oder dir vorstellst, wie ein Lichtstrahl aus deinem Herzen in ihres geht, tut ihr das gut und dir auch. Ob ihr es nun gleich spürt oder nicht. Die Absicht zählt, okay?«

Er drückte Senta leicht an sich und sah ihr in die Augen. Dankbar lehnte sie sich an ihn.

»Das hört sich schön an, Opa«, sagte sie zufrieden. »Das muss ich Mama unbedingt erzählen!«

»Auf keinen Fall! Du hast mir dein Ehrenwort gegeben, Senta!«

»Ach ja, stimmt.« Sie zögerte kurz. »Aber es würde ihr doch helfen, wenn sie weiß, dass ihre bösen Gedanken nicht zu ihr gehören.«

Ludwig seufzte ein wenig.

»Was meinst du, wie das bei ihr ankommt, wenn du ihr sagst, dass sie ein Lichtwesen ist? Oder dass eine fremde Macht sie übernommen hat, die sich von ihren negativen Gefühlen und Gedanken ernährt, hm? Vor allem, wenn sie weiß, dass das von mir kommt?«

Senta verstummte und die Ahnung, dass die Welt irgendwie verdreht war, stieg erneut in ihr hoch. Ihre Seele sagte ihr, dass die Worte ihres Opas weise waren. Dass er ein guter Mensch war. Und doch durfte er nicht sagen, was er sagen wollte und musste sich nach dem richten, was andere als normal empfanden. Aber die empfanden Streit und Ärger und Unglück als normal.

Waren die Leute wirklich in der Hand von Archonten, ohne es zu merken? Sozusagen fremdgesteuert? Sie schüttelte sich. Ludwig schien genau zu wissen, was sie dachte. Ernst suchte er ihre Augen.

»Senta, meine Kleine«, sagte er eindringlich. »Nochmal: Ich möchte, dass du die Sache mit den Archonten symbolisch betrachtest. Wenn du sie dir als eine fremde Kraft in dir vorstellst, fällt es dir leichter, dich davon zu lösen. Das ist wie mit Liebe, weißt du. Die kannst du ja auch nicht sehen. Aber du kannst sie fühlen und ihr eine Form geben, zum Beispiel als Lichtstrahl von einem Herzen zum anderen. Oder als Goldnebel, der dich und mich einhüllt. Wir Menschen sind Wesen, die Bilder brauchen und so kannst du selbst den Archonten Licht schicken. Experimentiere doch einfach mal ein bisschen damit herum und sag mir, ob es funktioniert.«

Senta nickte und schlang ihre Ärmchen um seinen Bauch. Ein Strom von Liebe für ihren Opa erhob sich in ihr, trat über jede Pore nach außen und bewies die Wahrheit in seinen Worten. Ja, Liebe war real. Sie war da. Sie war dicht und leicht zugleich. Sie konnte sie fühlen, wie den Sommerwind, der über ihre Wangen strich.

Senta war glücklich.

♫ A Year In The Garden ♫

Roo Panes

Die Zeit bei ihrem Opa prägte sie tief. Er schuf eine Welt, in der sie leben wollte, füllte sie mit allem, was Spaß und Freude machte.

Er baute ein Zelt im Garten auf, sie durfte ihre Freunde einladen, die hin und weg waren von der großen Feuerschale, in der sie selbst geerntete Kartoffeln brieten. Ludwigs Freunde fügten sich wie selbstverständlich in den Reigen der Kinder ein.

Onkel Fritz spielte klassische Gitarre, Onkel Heribert entpuppte sich als Meistererzähler und erfand unglaubliche Science-Fiction-Episoden und Ludwig war für das Kulinarische zuständig. Die drei saßen auf ihren Gartenstühlen wie Schauspieler auf der Bühne, erzählten den Kindern Witze, veräppelten sich gegenseitig und brachten alle zum Lachen.

Ja, es war ein traumhafter Sommer, ein wunderbarer Sommer, der sanft in einen sonnigen Herbst glitt. Die Schule begann und diesmal musste Senta nicht in die Nachmittagsbetreuung wie sonst, sondern wurde von Opa abgeholt. Nie würde sie das Glück vergessen, das sie jedes Mal empfand, wenn er mit seinem Wagen vor der Schule stand, nie den vertrauten Geruch nach Garten, den er ausströmte, sobald sie ins Innere kletterte, nie die seligen Momente, wenn sie in sein Haus kamen, wo es nach Essen duftete. Es waren diese Kleinigkeiten, die sich als Glücksanker in ihr Herz setzen. Wann immer sie wollte, durfte sie ihre besten Freunde, Gunnar und Melanie, mit nach Hause bringen. Sie machten Hausaufgaben, spielten zusammen und tollten in der Natur.

Aber am meisten liebte Senta die wunderbaren Gespräche mit ihrem Opa. Er erzählte ihr von ihrer Oma, die kurz nach der Geburt ihres Sohnes gestorben war, von Frauen, mit denen er es danach versucht hatte, von ihrem Papa, wie er als Kind gewesen war und ging mit ihr Fotoalben durch. Fritz und Heribert rundeten das mit ihrer belebenden und humorvollen Gesellschaft ab.

Doch die Zeit verflog und der Abschied rückte immer näher.

»Ludwig, mir graut vor dem Moment, da unsere Herzallerliebste uns verlassen muss«, klagte Heribert. »Bist du mit dem Bau deiner Zeitmaschine weitergekommen, damit du ihren Aufenthalt hinauszögern kannst?«

»Tja, die Zeitmaschine musste ich zurückstellen«, erklärte Ludwig. »Ich arbeite gerade an einem Maschinchen für deinen IQ, damit wir uns auf gleicher Ebene unterhalten können.«

»Ach, sieh an!«, bolzte Heribert mit diabolischem Grinsen zurück. »Fritzchen, hast du gehört? Er will meinen IQ herabsetzen, um auf gleichem Niveau zu sein!«

»Wie soll das denn gehen?«, konterte Fritz. »Dein IQ liegt doch schon auf der Null-Linie.« Er wandte sich an Ludwig. »Ist das eine neue Wissenschaft? Ein negativer IQ? Sehr spannend!«

»Wie erbärmlich!«, ereiferte sich Heribert. »Nie hätte ich vermutet, dass ausgerechnet du mir in den Rücken fällst, Fritz!«

»Ich falle dir nicht in den Rücken, ich betreibe Aufklärung«, korrigierte der und wandte sich an Senta.

»Gnädiges Fräulein, der Mann mit dem Negativ-IQ scheint hinter Ihnen her zu sein! Geben Sie acht!«

Heribert seufzte tief, legte seine große Hand auf sein Herz und verdrehte die Augen.

»Holde Maid, mein Geheimnis ist gelüftet! Euer blondes Haar, das blaue Licht in Euren Augen, Euer liebreizendes Wesen haben mich bezirzt. Unsterblich bin ich in Euch verliebt! Gewaltige, unsichtbare Zauber binden uns! In anderen Welten sind unsere Seelen miteinander verflochten – wie wünschte ich, mit Euch dorthin zu reisen!«

Er zwinkerte Senta zu, die sich an seine Art von Galanterie inzwischen gewöhnt hatte.

»Wo ist dein Raumschiff, Onkel Heribert?«, fragte sie. »Ich fliege mit!«

»Oh, nein, Senta, tu das nicht!«, rief ihr Opa. »Hey, Leute, hat mal einer ein Jugendfoto von Heribert hier? Das schreckt bestimmt ab!«

»Ich brauche kein Jugendfoto, ich *bin* jugendlich!«, konterte Heribert.

»Schick ihn mal durch ne Einstein-Rosen-Brücke, vielleicht sieht er ja auf der anderen Seite des Wurmlochs angenehmer aus«, frotzelte Fritz.

»Also, Heriberts Aussehen hinzubiegen, bringt selbst das mächtigste Wurmloch nicht zustande, fürchte ich. Aber noch schwieriger wird's bei seinem Charakter und seiner Selbstüberschätzung …«

So ging das in einer Tour. Die Männer versprühten eine Heiterkeit, in der Senta sich sonnte. Und sie hoffte sehr, den Kontakt aufrechterhalten zu können, wenn sie wieder zu Hause war. Es erschreckte sie, dass sie sich hier wohler fühlte als bei ihren Eltern. Inzwischen hatte sie natürlich die Herzmethode angewendet und meinte, eine Änderung bei ihnen zu spüren. Am Weihnachtsfest, als sie sich alle getroffen hatten, war tatsächlich jeder Streit ausgeblieben und ihre Eltern waren viel gelassener miteinander umgegangen. Das machte Senta Hoffnung, dennoch war sie zerrissen, als der Tag des Abschieds gekommen war.

Von Heribert und Fritz wusste sie, dass ihr Opa normalerweise viel in der Welt umherreiste. Er würde dieses Leben wieder aufnehmen, wenn sie nicht mehr bei ihm war. Auch die Debattenabende fanden üblicherweise stets bei jemand anderem statt und waren nur ihretwegen ein halbes Jahr auf Ludwigs Wohnzimmer beschränkt worden.

Sie nahm sich fest vor, ihn regelmäßig zu besuchen. Das hoffte auch Ludwig, er liebte seine kleine Enkelin über alles und es tat ihm schrecklich weh, sie gehen zu sehen. Doch plötzlich war er da, der Tag des Abschieds, der gepackte Koffer stand in der Diele und Heribert wie Fritz waren extra gekommen, um sich von ihr zu verabschieden. Beide drückten ihr Geschenke in die Hand.

»Meine Edelste«, sagte Heribert. »Möge das Schicksal seinen Lauf nehmen. Ihr wisst, wir stehen ritterlich an Eurer Seite. Ein Wort aus Eurem erlauchten Munde und wir eilen Euch zu Hilfe.«

Senta lächelte schwach. »Danke, Onkel Heribert«, sagte sie. »Ich bin echt froh, dass du in meinem Leben bist.«

Heribert lächelte zärtlich, strich ihr übers Haar. Fritz ging in die Hocke, überreichte ihr einen Schal aus Kaschmir, den er aus Indien mitgebracht hatte.

»Das ist ein ganz besonderer Schal«, sagte er. »Stell dir vor, er ist in einem waschechten Tempel mit vielen Gesängen und Gebeten gesegnet worden. Diese Schwingungen sind nun in jedem einzelnen Faden und daher trägt der Schal eine starke Energie in sich. Also, wenn es dir mal nicht gutgehen sollte, hüll dich einfach darin ein und lass ihn wirken, okay?«

»Okay, danke, Onkel Fritz.« Senta schlang ihre Ärmchen um seinen Hals und gerührt schloss er die seinen um ihren Mädchenkörper. »Wir bleiben in Verbindung!«, munterte er sie auf, als eine Träne über ihre Wange rollte.

Die Stimmung war gedrückt, obwohl sie doch nach Hause ging. Senta behielt den Schal in ihren Händen, als sie ins Auto stieg und den beiden zuwinkte. Als ahnte sie, dass sie ihn recht bald und recht oft brauchen würde.

♫ ♫ ♫

Sie war keine acht Tage wieder zu Hause, als ihre Eltern ihr eröffneten, sich scheiden zu lassen. Ihr Vater hatte tatsächlich eine andere Frau in den Staaten kennengelernt – und ihre Mutter war schwanger von einem Arbeitskollegen, mit dem sie die Zeit in Frankreich verbracht hatte.

In Senta tat sich ein riesengroßes Loch auf. Sie fühlte sich getäuscht und verraten.

Opa war weg, Papa war weg, ein neuer Mann im Haus, der nur Augen für ihre Mutter hatte und sie nur für ihn. Es wurde nicht besser, als ein halbes Jahr später ihr Halbbruder Kilian geboren wurde. Er benötigte besondere Pflege und Senta wurde nur noch wahrgenommen, wenn sie gebraucht wurde.

Sie wollte mit Gewalt zurück zu ihrem Opa, aber der hatte sein altes Leben wieder aufgenommen und gondelte ständig in der Welt umher, vor allem im Winter, wenn der Garten keine Betreuung brauchte. Außerdem unterband ihre Mutter vehement die Besuche, was Senta unglaublich wütend machte. Es gab viele, viele Gelegenheiten, wo sie sich in Fritzens Schal hüllte und weinte, Trotz und Rebellion im Herzen. Sie hatte die Nase voll von Leuten, die meinten, über sie verfügen zu können! Von Leuten, die keine Ahnung vom wirklichen Leben hatten, so wie sie es bei ihrem Opa kennengelernt hatte. Auch er war bedrückt, hätte ihr so gerne geholfen, aber ihre Mutter wollte nicht, dass er Kontakt zu ihrer Tochter hatte. Senta war wütend. Die Pubertät machte das Verhältnis zu ihrer Mutter nicht besser und so fieberte sie dem Moment entgegen, wo sie ausziehen und ihr eigenes Leben führen konnte.

»Sie verbietet mir einfach alles!«, beschwerte sie sich bei Melanie. »Sie braucht mich nur, wenn ich auf Kilian aufpassen soll.«

Mitfühlend legte Melanie den Arm um sie. »Ja, das ist echter Mist. Komm doch heute Abend zu mir, dann quatschen wir ein wenig.«

Dankbar drückte sich Senta an sie. Melanie war immer für sie da und sie hatte eine tolle Familie, an deren Tisch sie stets willkommen war. Senta vergaß ihr das nie und half ihr umgekehrt, wo sie nur konnte. Und natürlich gab es dazwischen Gelegenheiten, wenn auch wenige, ihren Opa zu sehen. So sehr ihre Mutter das verhindern wollte, riss die Verbindung nie ab und er war es, der sie tröstete und ihr ständig Mut zusprach.

Zu ihrem Vater hatte Senta kaum noch Verbindung. Gespräche zwischen ihm und ihr waren so gut wie unmöglich, er war ständig in Zeitnot. Auch als sie sich entschloss, ein halbes Jahr zu ihm in die Staaten zu kommen, wurde das nicht besser. Er führte ein luxuriöses Leben, das ihm nicht viel brachte. Noch immer war er ehrgeizig und hinter seiner Karriere her, was auch die zweite Beziehung zerschossen hatte. Und obwohl sie doch nur für ein halbes Jahr hier sein würde, war er oft nicht zu Hause, und wenn, dann stets mit der Rotweinflasche in der Hand. Senta versuchte, mit ihm zu reden, stellte ihm Tee hin, nahm ihm die Flasche weg. Aber es hatte keinen Sinn. Er wirkte auf sie wie ferngesteuert. Von diesem frustrierenden Aufenthalt war ein neuer Look das Einzige, was sie an Positivem mit nach Hause brachte.

Als sie sich mit Gunnar und Melanie kurz danach in einem Pub traf, waren die hin und weg, als sich ihnen Senta in High Heels und Etuikleid präsentierte.

»Was ist denn mit dir passiert?«, rief Gunnar. »Bist du jetzt dem Luxus verfallen?«

»Ein wenig«, gab sie zu. »Aber immer noch öko.«

»Du wirkst total anders«, schwärmte Melanie. »Du siehst toll aus, Senta.«

»Na, du brauchst gerade etwas sagen! Dir laufen schon von jeher alle Typen hinterher!«

Melanie lachte geschmeichelt. Mit ihrem braunen, glatten Haar und den sanften Augen war sie tatsächlich ein begehrtes Ziel.

»Ich fürchte, das wird sich jetzt gewaltig ändern!«, prophezeite sie.

»Was bin ich für ein Glückspilz«, erklärte indes Gunnar. »Jeder verdammte Typ in diesem Lokal beneidet mich gerade! Und fragt sich bestimmt, wie es kommt, dass zwei so scharfe Bräute auf jemanden wie mich stehen.«

Er war eher der Nerd, der sich schon in früher Kindheit auf ein Informatikstudium eingeschossen hatte. Auf seinem dünnen, schlaksigen Körper saß ein kluger Kopf, von wilden Locken umrahmt, seine Lippen waren weich und voll und die schwarz umrandete Brille machte das Klischee perfekt. Melanie und Senta hatten schon des Öfteren versucht, ihn anders zu stylen und außerdem zu verkuppeln, aber Gunnar hatte bisher jedes Date mit Glanz und Gloria versemmelt. Senta vermutete, dass er in Melanie verliebt war und sich nicht traute, es ihr zu gestehen. Dafür ging er darin auf, anderen zu helfen, und tat das mit einer Hingabe, als sei das der einzige Zweck seines Daseins.

Ja, Senta war zu einer hübschen Frau herangewachsen, ihr Körper eher knabenhaft, das gewellte, blonde Haar trug sie kinnlang. Ihre graublauen Augen blitzten neugierig in die Welt, die leicht aufgeworfenen Lippen wirkten herausfordernd.

Mit Begeisterung und einem irrsinnigen Freiheitsgefühl zog Senta nach dem Abitur von zu Hause aus. Melanie und sie hatten sich, sehr zur Freude der Herren Heribert, Fritz und Ludwig, für ein Biologiestudium entschieden, allerdings wechselte Melanie nach einem Jahr zu BWL.

Mit ihrer besten Freundin verbrachte Senta eine der schönsten Zeiten in ihrem Leben. Oh, diese Freiheit! Sich ein Leben nach eigenen Maßstäben zu malen! Senta war glücklich. Zusammen mit Melanie reiste sie während ihrer Studienzeit durch die Welt, sie gingen zusammen durch dick und dünn und jeden Liebeskummer; es gab nicht ein Geheimnis zwischen ihnen.

Schließlich lernte Melanie ihren Mann kennen, ergatterte eine Stelle im Landratsamt ihrer Heimatstadt, heiratete, wollte Kinder, während Senta, unschlüssig, was sie mit ihrem Leben anfangen sollte, noch ein

Masterstudium in Humanbiologie obenauf setzte. In Bezug auf Partner war sie unentschlossen, hatte zwei sehr gegensätzliche Beziehungen hinter sich. Ulf, ihr erster fester Freund, war Biologe wie sie, Umweltaktivist, Kapitalismusverächter und voll auf der alternativen Schiene. Mit ihm schick essen gehen, war nicht drin, allein der Anblick von High Heels und Make-up entsetzte ihn. Rolf hingegen war ehrgeizig wie ihr Vater, gutaussehend und auf Luxus bedacht. Make-up verachtete er nicht, nein, er bestand darauf und je aufregender Senta sich anzog, umso heftiger liebte er sie.

Irgendwie suchte sie etwas zwischen diesen beiden Extremen, aber bis jetzt war ihr der Richtige noch nicht über den Weg gelaufen.

Mit siebenundzwanzig zog sie in ihre Heimatstadt zurück, arbeitete zwei Jahre als wissenschaftliche Mitarbeiterin an der hiesigen Uni und erhielt schließlich das Angebot, an einem Forschungsprojekt in Finnland mitzuwirken. Freudestrahlend fuhr sie spontan bei ihrem Opa vorbei, der Besuch von Fritz und Heribert hatte. Ihre drei alten Herren, allesamt nun über achtzig und inzwischen Witwer, waren begeistert.

»Finnland! Zwei Jahre! Liebreizende Maid! Nehmt mich mit!«, beschwor sie Heribert. »Mich dünkt, es sollte jemand auf Euch achtgeben. Ihr werdet immer hübscher, Prinzesschen.«

»Danke, Onkel Heribert, du auch!«, erwiderte sie vergnügt und meinte jedes Wort ernst. Der Kerl wurde einfach nicht älter! Mit seinen dunklen Augen, den dichten Augenbrauen und den hohen Wangenknochen wirkte er wie ein altersloser Magier aus einer anderen Dimension.

»Worüber habt ihr geredet?«, fragte Senta, um von sich abzulenken.

»Dein Opa ist mal wieder besessen von seinen Sonnenanomalien«, erklärte Heribert. »Er behauptet, dass unser Zentralgestirn verrücktspielt.«

»Das ist keine Behauptung, das ist Tatsache. Unglaublich, was da gerade los ist! Selbst Heribert und Fritz sind beeindruckt.«

»Damit hat er allerdings mal recht«, pflichtete Onkel Fritz bei.

»Und stell dir vor, Senta, es könnte sein, dass wir auch noch mal eine Forschungsreise machen!«, sprudelte Ludwig weiter.

»Im Ernst? Wo wollt ihr denn hin?«

»Wir haben eine Anfrage laufen, mehr wird nicht verraten! Erst, wenn es spruchreif ist!«

»Überleg dir das mit Finnland«, beschwor Heribert sie. »Ich meine, Schnee und Eis, eingepackt in Daunenjacken – das kann nicht halb so spannend sein wie die Sonnenanomalien deines Großvaters!«

Senta lachte.

Längst war ihr bekannt, warum Ludwig Buchinger für die konservativen Wissenschaftler ein Geächteter war. Ihr Opa hatte damals ein Forschungsprojekt geleitet, das zu einer bahnbrechenden Erfindung geführt hatte. Doch zu jedermanns Unverständnis war von hoher Stelle der Geldhahn zugedreht und das Projekt eiligst gestoppt worden.

»Wenn er die Forschungen zu Ende hätte führen können, wäre das einen Nobelpreis wert gewesen«, hatte Fritz Senta zugeflüstert. »Zwar ist es ihm danach gelungen, private Geldgeber zu finden, aber er wurde medial so gezielt vernichtet, dass die Investoren abgesprungen sind. Vermutlich hat man auch ihnen gedroht.«

»Gedroht? Onkel Fritz!« Fassungslos sah sie ihn an. »Ihm wurde gedroht?«

»Na ja, du weißt ja, wie das läuft …«

Fritz hatte abgelenkt und Stillschweigen bewahrt. Auch Ludwig redete nie darüber. Der Einzige, von dem sie mehr erfuhr, war Heribert.

Bei der Erfindung handelte es sich um ein medizinisches Gerät, das schon in den ersten Testphasen rasante Erfolge erzielt hatte. Als Ludwig die Wirkweise desselben auf einem Kongress vorgestellt hatte, waren auf einmal zwei Männer in Zivil in den Saal spaziert, hatten die Veranstaltung aufgelöst und Ludwig abgeführt. Diese Fotos waren in der Presse erschienen: Ludwig in Handschellen, zu einem Scharlatan degradiert, der aus Profitgründen gefährliche und hanebüchene Behandlungsmethoden propagierte. Es musste furchtbar für ihn gewesen sein. Die Fotos und die gehässigen Schlagzeilen hatten ihn seinen Platz an der Universität und seinen Ruf gekostet.

Alle, die einigermaßen Hirn im Kopf hatten, kannten den wahren Hintergrund – und standen zu Ludwig. Sein Freundeskreis hatte sich aussortiert, war aber nicht kleiner geworden, denn es gab einige, denen es ähnlich ergangen war.

Solche Berichte waren Senta nicht fremd. Während ihres Studiums hatte sie live miterlebt, wie Studien die Wahrheit über schädliche Stoffe in der Nahrung, in Medikamenten oder in Kosmetik unterschlugen, während andere gefälscht wurden, um den Menschen Dinge verkaufen zu können, die sie kränker und abhängiger machten, statt gesund.

Ihr Sinn für Gerechtigkeit war sehr ausgeprägt und diese Dinge störten sie enorm. Es gab längst Energiekonzepte, eigentlich schon seit Urzeiten, die kaum etwas kosteten und absolut sauber waren. Sie hatte eine Arbeit über Gravitationswellen gelesen, mittels derer man zum Beispiel ohne jede schädliche Strahlung telefonieren konnte. Das war verboten worden. Warum? Es gab das Konzept der Schwedensteine und der Pyramidentechnik, die eine enorm positive Wirkung auf den menschlichen Körper und Materie allgemein hatten. Sie waren sogar in der Lage, Radioaktivität abzubauen. Es existierten Erfindungen, die praktisch alle

Probleme des Planeten nicht nur lösen, sondern dafür sorgen konnten, dass sie gar nicht erst entstanden. Doch nichts davon wurde realisiert, denn diese Methoden wiesen einen alles entscheidenden Nachteil auf: Sie waren so günstig und so einfach, dass kein Geld damit zu machen war. Daher verstaubten sie in Schubladen, wurden aufgekauft, um nie das Licht der Öffentlichkeit zu erblicken – und nicht nur das: Forschungsgelder wurden meist nur unter Bedingungen gewährt. Es war nicht ungewöhnlich, dass Wissenschaftlern gedroht wurde, dass diese Gelder eingestellt werden würden, wenn die Ergebnisse nicht dem Profit entgegenkamen.

Das alles vermehrte den Unwillen in Senta und sie dachte oft darüber nach, was man tun könnte, um dem ein Ende zu bereiten. Sie fing bei sich an, ernährte sich gesund, kaufte regionale Produkte, trieb Sport, verwendete kaum Putz- oder Spülmittel. Das Geschirr wurde auch ohne giftige Detergenzien sauber. Für vieles genügte heißes Wasser und ein Mikrofasertuch. Außerdem war es ein besseres Gefühl, von einem Teller zu essen, der keine Chemiereste auf der Oberfläche hatte. Zudem hatte ihr Opa ihr erklärt, dass viele chemische Stoffe in Nahrung und Kosmetik die Zirbeldrüse, das spirituelle Organ in ihrem Kopf verstopften, das den Zugang zu höheren Bewusstseinsstufen ermöglichte.

Gemäß den vielen Gesprächen mit ihm wollte sie auch etwas für ihr Inneres tun. Sie meditierte, wenn auch nicht regelmäßig, stets seinen Ratschlag im Ohr, ihre etwas verkorkste Kindheit aufzuarbeiten, aber dazu sah sie nicht unbedingt die Notwendigkeit.

Es ging ihr gut. Sie hatte Freunde, überall in Deutschland und auf der Welt, einen interessanten Job in Aussicht – und Opa und seine Crew.

Die Zeit für die guten Dinge würde kommen, da war sie sicher. Vermutlich zwar erst dann, wenn die Menschheit ökologisch an der Wand stand, aber Hauptsache, es war irgendwann so weit.

Bevor es nach Finnland in die Kälte ging, hatte sie noch eine Reise nach Peru zum Machu Picchu gebucht, und versprach ihrem Opa hoch und heilig, ihm Kakao von seinem Freund Amaru mitzubringen.

»Den darfst du auf gar keinen Fall vergessen!«, rief Heribert, als hätte er ihn bestellt.

»Ich weiß schon, warum der den will!«, frotzelte Fritz. »Hat das Zeug nicht aphrodisierende Eigenschaften?«

»Wer schlecht denkt, ist schlecht, Bachmann!«

»Amaru soll dich unbedingt zu dem Platz führen, wo er mit mir war!«, beschwor indessen Ludwig seine Enkelin. »Vielleicht hast du ja das große Glück einer Erleuchtungserfahrung!«

»Das wäre der Hammer, oder? Dann wüsste ich wenigstens, was ich mit dem Rest meines Lebens anfange: Guru!«

»So wie du aussiehst, bräuchtest du dir schon mal keine Gedanken wegen Anhängern zu machen. Ich bin der Erste!«, erklärte Heribert. Senta kicherte.

»Wirfst du dich dann vor mir nieder, Onkel Heribert?«

»Dazu musst du kein Guru sein! Und lass das endlich mit dem Onkel! Du bist doch keine zehn mehr!«

»Und du bist keine dreißig, Heribert«, entrüstete sich Ludwig. »Der Kerl denkt nur an so was! Schau mal in den Spiegel, mein Bester!«

»Nein, schau mal auf die Homepage von der Finnland-Crew! Das ist heilsamer!«, riet Fritz anzüglich.

»Was? Wieso das denn?«

»Na, weil da ein Typ dabei ist, der dir ernsthaft Konkurrenz macht, Onkel Heribert«, grinste Senta, zog ihr Handy hervor und rief die Seite auf. Ein blonder Bär mit grünen Augen erschien im Display, der starke Ähnlichkeit mit Christopher Hemsworth hatte. Heribert sog die Luft ein.

»Mir bricht es das Herz, meine Angebetete«, krächzte er. »Ist es das, was Ihr begehrt? Ein testosterongesteuertes Mannsbild mit Tattoos auf der Brust?«

»Keine Sorge, ich habe kein Bedürfnis, nachzusehen, ob er Tattoos auf der Brust hat«, antwortete Senta vergnügt. »Du bist und bleibst meine große Liebe, Onkel Heribert!«

»*Heribert*! Ich bin Heribert! Nicht *Onkel!* Was sollen denn die Leute denken?«

Senta lachte lauthals.

»Wäre das erste Mal, dass dich die Meinung der Leute schert! Besucht ihr mich in Finnland?«

»Haben wir uns fest vorgenommen!«

Alle drei waren quietschfidel, während ihre Augen um die Wette funkelten. Lächelnd lehnte sich Senta zurück und beobachtete ihre drei Herren liebevoll. Sie freute sich auf ihr zukünftiges Leben.

♫ Talking To The Moon ♫

Bruno Mars

Michael Dörfler, der Programmleiter eines kleinen Senders einer mittelgroßen Stadt, saß an seinem Schreibtisch. Die Tasse Kaffee dampfte vor sich hin, während er die Zeitung las. Es stand wenig Erbauliches darin. Da verdichtete sich was, das war ganz deutlich zu spüren. Danach durchforstete er das Internet, aber das war noch schlimmer. Die Nachrichten ließen sein Herz klopfen, auf eine Weise, die ihm fremd war. Es klang wie eine Warnung. Wie Trommeln, die Unheil verkündeten.

Ruckartig klappte er den Deckel seines Laptops herunter, als könne er damit alles ungeschehen machen, stand auf und stellte sich ans Fenster.

Er sehnte sich nach den alten Zeiten. Nie hatte er sich lebendiger gefühlt wie in jenen Monaten, als Charlene Wittstein das Moonlight-Radio unter dem Decknamen »Pixie« übernommen hatte. Mein Gott, diese Gefühlsachterbahnen! Diese Stimmung im Studio! Diese Magie, die zwischen dreiundzwanzig Uhr und Mitternacht ins Sendegebiet geströmt war! So oft hatte er sich ihre letzte Sendung angehört und jedes Mal stellten sich ihm die Nackenhaare auf. Jedes Mal entstand die Kulisse wieder neu vor seinen Augen. Ihr Bild, ihre Stimme klang in seinem Ohr.

»Es ist 23:00 Uhr und Sie hören zum letzten Mal das Moonlight-Radio.«

Nach dieser Sendung war sie nie mehr aufgetreten – wer konnte ihr das verdenken?

Natürlich hatte er versucht, das philosophisch-spirituell angehauchte Format zu erhalten und einen Nachfolge-Moderator zu finden. Aber keiner der Bewerber hatte ihm das Gefühl vermittelt, auch nur annähernd eine solche Atmosphäre schaffen zu können wie Charlene Wittstein. Je länger er suchte, umso deutlicher trat zutage, wie besonders das Moonlight-Radio gewesen war. Es war gleichzeitig auch Dörflers größter Erfolg gewesen – in jeder Hinsicht.

»Wer weiß, ob das heute noch so laufen würde«, gab sein Chef, Frank Amann, zu bedenken, wenn er ihn auf ein Revival ansprach. »Damals kamen einfach viele Faktoren zusammen. Vor allem war es neu. Das wäre es heute nicht mehr. Außerdem: Die Geschichte drumherum lässt sich unmöglich wiederholen.«

Das war richtig. Das, was damals geschehen war, war einzigartig gewesen. Aber Dörfler fand, dass die eigentlichen Faktoren für den Erfolg die Themenauswahl und Charlene Wittstein gewesen waren. Beides war noch vorhanden. Warum sollte nicht wieder etwas Besonderes daraus erwachsen?

Grummelnd las er sich Charlenes Antwort auf seine vierte Anfrage durch:

»… ich bezweifle, dass heute noch Interesse am *Moonlight* besteht. Die Hörerschaft hat sich längst verstreut und anders orientiert …«

Auch dieses Argument war nicht von der Hand zu weisen. Dörfler wanderte zurück zu seinem Schreibtisch. Die Schlagzeilen bellten ihn an, verursachten aggressive, angstvolle Stimmung – und in diesem Moment übernahm etwas anderes in ihm die Steuerung. Er drehte sich auf dem Absatz um, marschierte in Amanns Büro und setzte sich ungefragt in den Stuhl vor dessen Schreibtisch.

»Hören Sie, ich hätte noch einen Vorschlag zum Moonlight-Radio«, sagte er. »Ich könnte doch zumindest mal testen, ob und wie viele Hörer noch da sind.«

Entnervt ließ Amann den Stift sinken.

»Wozu soll das denn gut sein, Michael?«

»Ehrlich, Frank, ich verstehe die Frage nicht! Das Moonlight-Radio war unser größter Erfolg! Wieso wollen Sie das nicht wieder?«

»Das ist mal wieder eine typische Dörfler-Frage! Klar hätte ich die Zahlen auch gerne, aber Sie wissen selbst, was damals gelaufen ist! Ich schäme mich heute noch dafür!«

»Kann ich jetzt die Umfrage machen?«

Amann schüttelte resigniert den Kopf. Das war mal wieder typisch Dörfler! Hartnäckig wie eine Zecke!

»Machen Sie sie, in Gottes Namen, und begraben Sie danach die Idee. Sie werden sehen: Die Zeit ist vorüber und ich hoffe, Sie kapieren es endlich, wenn Sie's schwarz auf weiß vor sich haben.«

Aber Dörflers Augen leuchteten auf. Amann hatte mit diesem Okay den Knick in seinem Energieschlauch entfernt und alles fing an zu sprudeln. Motiviert setzte er sich an den Schreibtisch. Die Slogans und Ideen flossen mühelos aus ihm heraus und kurze Zeit später schon setzte er ein Riesenbanner auf die Homepage des Radios, provokativ, wie es seine Art war:

»Moonlight-Radio! Das Revival!«, stand da fett zu lesen und darunter:

»*Sie* entscheiden, ob das wahr wird! Stimmen Sie ab!«

Danach durchforstete er seine Kontaktliste, aktivierte alles, was noch live war. Facebook, Twitter, Instagram Gruppen und Studenten, die damals begeistert der Sendung gefolgt waren. Er installierte eine Daueranzeige im hiesigen Lokalblatt und instruierte den

Verantwortlichen, die Umfrage auf allen verfügbaren Kanälen laufen zu lassen. Wie im Fieber arbeitete er hochkonzentriert und geradezu getrieben, als dürfe er keine Zeit verlieren. Er musste Charlene unbedingt dazu bringen, wieder auf Sendung zu gehen! Nicht nur, weil das Moonlight ein so durchschlagender Erfolg gewesen war, nein, in diesem Fall jagte ihn eher ein Instinkt, wie der eines Tieres, das Sturm witterte und rechtzeitig Schutz suchte. Doch das lag so tief in Dörflers Seele begraben, dass ihm das nicht wirklich bewusst war.

Jedenfalls ging er an diesem Abend mit dem guten Gefühl schlafen, endlich mal wieder etwas richtig Sinnvolles getan zu haben.

♫ ♫ ♫

Er rechnete damit, dass die Umfrage mindestens eine Woche Anlaufzeit brauchte, und wagte es aus Angst vor Enttäuschung tatsächlich nicht, die ersten zwei Tage in das Dashboard zu schauen.

Am dritten Tag hielt er es nicht mehr aus und klickte die Umfrageergebnisse an. In der nächsten Sekunde fielen ihm fast die Augen aus dem Kopf. Eine steile Linie, die praktisch von null nach oben lief, erschien auf dem Bildschirm. Er stieß seinen Stuhl zurück und schnappte nach Luft.

»Körner!«, japste er mit sich überschlagender Stimme. »Körner! Wo sind Sie? Das müssen Sie sich anschauen!«

Harry Körner, der Redakteur, der mit Charlene damals die Sendung geschmissen hatte, stellte sich mit einer Tasse in der Hand neben ihn. Eine Sekunde später prustete fast der Kaffee aus seinem Mund, und er verschluckte sich heftig. Die Umfrage war mehrere hundert Male geteilt worden, die Liste der Interessenten ellenlang, die Zahl der Abonnenten schon jetzt über die 10 000er Grenze gestiegen.

»Ach, du liebe Zeit«, ächzte er. »Dörfler, da haben Sie ganz schön was losgetreten! Du lieber Himmel!«

»Ich hab's gewusst! Ich hab's gewusst!«, jubelte Dörfler und fuhr sich mit der Hand über die Halbglatze.

Andere gesellten sich hinzu, blickten neugierig auf den Monitor und gerieten ebenfalls in helle Aufregung.

Dörflers Ankündigung hatte einen wahren Aufruhr in der damaligen Hörergemeinschaft verursacht. Die Umfrage erreichte Höchstwerte und die Chatleiste quoll über von begeisterten Hörern.

»Super! Moonlight ist zurück! Hab's sofort geteilt!«

»Bin dabei!«

»Na, endlich! Wann geht es los???«

»*Lasst uns etwas Großes starten!* Und das Größte ist unser Leben! Ich freu mich drauf!«

»Yippieh! Das ist genau das, was ich jetzt brauche!«

»Aktuell sind so viele Fragen offen! Spricht das Moonlight auch darüber?«

Angelockt von den aufgeregten Stimmen schloss sich Amann der Menschentraube rund um Dörflers Computer an.

»Was sagen Sie nun?«, trötete Dörfler stolz. »Das ist das Ergebnis von nur drei Tagen! Das wird noch mehr! Das wird noch mehr!«

»Um Gottes willen! Das ist ja schrecklich! Wenn ich das geahnt hätte, hätte ich niemals meine Zustimmung gegeben!«, entfuhr es Amann entsetzt.

Nicht nur Dörfler fiel die Kinnlade runter.

»Was? Aber warum denn nicht? Das ist doch mega!«

»Sind Sie noch bei Trost? Wir haben keine Zusage von Frau Wittstein! Kinder, hat mal einer von euch dran gedacht, was wir verdammt noch mal machen, wenn sie bei ihrem Nein bleibt, was übrigens sehr wahrscheinlich ist? Die Hörer fühlen sich doch total verarscht!«

»Aber sie wird nicht Nein sagen!«, verteidigte sich Dörfler störrisch.

»Was macht Sie da so sicher?«

»Das habe ich im Urin.«

»Welch schlagendes Argument! Eine Frage, Michael, wie oft haben Sie Frau Wittstein schon angeschrieben?«

»Ähm … viermal oder so?«

»Vier Mal!«, ächzte Harry. »Mann, Alter, Sie haben vielleicht Nerven! Und wie oft hat sie Nein gesagt? Lassen Sie mich raten: vier Mal?«

Dörfler bekam einen roten Kopf.

»Diesmal sagt sie Ja«, beharrte er stoisch. »Sie sagt Ja, Sie werden es sehen!«

»Sicher. Weil Sie's im Urin haben.«

»Nein, weil die Menschen sie brauchen. Deswegen. Sie kommt wieder.«

Die Leute lachten verhalten über seine Bockigkeit und trotzig wiederholte Dörfler:

»Sie kommt wieder!«

So schnell wie das Lachen erklungen war, so abrupt verebbte es auch. Selbst Amann verschlug es die Sprache. Nicht, weil er Dörflers Reaktion unverfroren fand, nein, weil er wie ein Kind wirkte, das nicht erklären konnte, was es fühlte, aber stur bei seiner Intuition blieb.

»Sie kommt wieder«, wiederholte Dörfler einmal mehr. »Ich weiß es.«

Unwillkürlich legte Harry seine Hand auf die Schulter des Programmleiters.

»Also, ich stelle mich schon mal für die Nachtschicht zur Verfügung.«

♫ ♫ ♫

Dörfler schickte ein glühendes Schreiben an Charlene, zusammen mit einem Auszug der Kommentare und einer groben Schätzung, wie viele Hörer sich das Moonlight-Radio wieder wünschten.

Sonst hatte sie innerhalb von zwei Tagen geantwortet. Doch diesmal kam nichts. Gar nichts.

»Das gibt's doch nicht!«, hörte ihn Harry jedes Mal murmeln, wenn er seine Mails checkte. »Das kann nicht sein!«

»Sie meldet sich nicht?«, fragte Harry.

»Nein!«, maulte Dörfler verzweifelt.

Harry seufzte. »Kann es sein, dass von den fünf Anfragen vier zu viel waren? Vergiss es einfach, Kumpel. Hat halt nicht sollen sein.«

»Sie kommt wieder«, bockte Dörfler. »Ich weiß es.«

Harry schüttelte den Kopf und ging zurück an seinen Platz.

»Gib's doch zu!«, rief ihm Dörfler sauer hinterher. »Du vermisst sie auch! Du vermisst das Moonlight-Radio!«

Harry setzte sich, starrte für ein paar Sekunden auf die Papiere auf seinem Tisch. Ja, es stimmte. Er vermisste das Moonlight-Radio und Charlene. Sehr sogar.

♫ Timeless ♫

Josefine Scwartz

Charlene blickte in den Sternenhimmel über dem Indischen Ozean. Sie befand sich mit Jeff auf Mauritius, in einem exklusiven Gourmetrestaurant an Deck eines Holzschiffes, das sanft auf dem Meer schaukelte und fest am Steg vertäut war. Um Mast und Segel waren Lichterketten genestelt, das Teak glänzte im Mondlicht, eine sanfte Brise strich über das Meer. Unzählige Sterne funkelten am wolkenlosen Firmament und spiegelten sich in Charlenes moosgrünen Augen wider. Jeff saß ihr gegenüber und konnte den Blick nicht von ihr lösen. Sie trug ihr dunkles Haar offen, sanft wellte es sich über ihre Schultern. Als sie sich ihm mit diesen leuchtenden Augen zuwandte, wurde es feucht in den seinen und seine Hand umfasste die ihre.

»Ich liebe dich«, sagte er leise, überwältigt von der Intensität seiner Gefühle. »Ich liebe dich, wie ich niemals geglaubt habe, jemanden lieben zu können.«

Charlene lächelte selig. »Und ich liebe dich«, erwiderte sie. »Ich hätte auch nie gedacht, nach Bernie noch einmal so glücklich zu sein. Du bist alles für mich!«

Sie glühten sich an. Die Liebe zwischen ihnen wogte so dicht und stark, dass der Ober, der gerade die leeren Gläser hatte mitnehmen wollen, es sich anders überlegte und sich mit leisem Lächeln entfernte.

»Ich bin dem Moonlight-Radio auf ewig dankbar.« Zart streichelte Jeff ihren Handrücken. »Ich kann mir gar nicht vorstellen, dass das erst zwei Jahre her ist! Und was seitdem alles geschehen ist!«

Charlene schmunzelte. »Ja, wer hätte das gedacht … Weißt du noch, als du das erste Mal angerufen hast?«

Jeff lachte verträumt.

Vor zwei Jahren hatten sie sich über eine nächtliche Radiosendung kennengelernt, die Charlene übergangsweise moderiert hatte. Sie besaß mehrere Unternehmen, hatte sich allerdings nach dem Tod ihres Mannes und im Alter von fünfundvierzig Jahren bewusst für ein Jahr vom aktiven Geschäftsleben zurückgezogen, um herauszufinden, was sie mit ihrem Leben anfangen wollte. Ein Freund von ihr und gleichzeitig langjähriger Firmenanwalt, Frederic Dubois, hatte ihr den Vorschlag gemacht, eine philosophisch angehauchte Sendung zu moderieren. Da diese zeitlich befristet gewesen war, hatte sie zugesagt. In einer dieser Ausstrahlungen war sie auf den zwölf Jahre jüngeren Jeff gestoßen. Jeff, der sich damals auf dem absoluten Tiefpunkt seines Lebens befunden hatte … Beide hingen ihren Gedanken nach, verweilten in dieser ereignisreichen Zeit. Charlene lächelte versonnen.

»Und nun hast du dein erstes Unternehmen erfolgreich verkauft und baust schon das zweite auf.«

»Und bin verlobt mit der schönsten und bezauberndsten Frau der Welt«, ergänzte Jeff, das Herz randvoll mit Dankbarkeit und Liebe.

Wieder drückte sie seine Hand und lächelte ihn an. Die Liebe in ihren Augen brachte Jeffs Gefühle zum Überlaufen.

»Dass es ein so vollkommenes Glück gibt!«, brach es aus ihm hervor. »Und das auf jeder Ebene! Ja, natürlich gibt es Schwierigkeiten, aber sie sind so unwesentlich! Ich bin so dankbar! Dankbar, mich entfalten zu dürfen, in einem Land zu leben, das mir das ermöglicht! Eine Frau an meiner Seite zu haben wie dich, Charlene. Kein Wort der Welt kann ausdrücken, was ich für dich empfinde. Ich freue mich auf jeden Tag, jede Stunde und jede Sekunde mit dir.«

Sie errötete aufgrund dieser leidenschaftlichen Liebeserklärung.

»Mir geht es genauso«, erwiderte sie warm. »Wenn's nach mir ginge, würde ich gern noch mehr von dir haben. Du bist viel zu oft weg!« Sie zwinkerte ihm zu. »Aber ich verstehe, dass du vorankommen willst. Das habe ich halt alles schon hinter mir.«

»Ist es dir zu viel?«, fragte Jeff besorgt. »Zeit mit dir würde ich einem Geschäft immer vorziehen.«

»Also, wenn mir jemand beim Aufbau meines ersten Unternehmens gesagt hätte, ich solle kürzertreten, hätte ich ziemlich protestiert! Nein, tob du dich erstmal aus.«

Sie nahm seine Hand und drückte einen Kuss darauf. Jeff verging vor Liebe. Nach diesen zwei Jahren, die er sie nun kannte, war die Faszination nicht nur ungebrochen, sondern sogar noch stärker geworden. Charlene war für ihn das wundervollste Wesen auf dieser Welt und diese Beziehung ganz klar eine Jahrtausendliebe.

»Vermisst du das Moonlight-Radio?«, fragte er sie.

»Manchmal. Es war eine magische Zeit. Warum fragst du?«

»Weil ich vor unserer Abreise eine Mail von Dörfler im Postfach hatte – die vierte inzwischen, in der er mich anbohrt, ich möge doch mit dir reden wegen einer Fortsetzung.«

Charlene seufzte. »Er gibt einfach nicht auf.«

»Er behauptet, es würden sich immer noch Leute bei ihm melden und um die Neuauflage der Sendung bitten. Nach zwei Jahren! Glaubst du das?«

»Das sind sicher nur einzelne. Aber wusstest du, dass die Hörer auch dich als Sprecher wollen?«

»Ehrlich? Nein!« Jeff lachte verblüfft. »Wieso das denn?«

»Weil du die Personifizierung dessen bist, was sich viele wünschen. Du hast dich mit Riesenschritten entwickelt. Seelisch, beruflich und privat. Das will jeder. Die Leute finden es schade, dass du deinen Blog nicht mehr führst und deine FB-Seite deaktiviert hast.«

»Wow, nein, das war mir nicht bekannt. Wie denkst du drüber? Könntest du dir ein Revival vorstellen?«

»Könntest du dir vorstellen, mitzumachen?«, warf sie den Ball zurück.

»Ein bisschen reizt mich das schon«, gab Jeff zu. »Vielleicht glorifiziere ich das Moonlight-Radio wegen uns ein wenig, aber unabhängig davon war es eindeutig ein Leuchtturm in der Medienlandschaft.«

»Hat aber auch immens viel Arbeit gekostet. Die Essays, die Vorbereitung, die Musikauswahl, die Beantwortung der Mails ...«

»Stimmt schon, aber weißt du, was toll wäre? Wenn du die Lehrer und Meister, bei denen du warst, fragst, ob sie etwas beitragen. Du hast mir so viel von ihnen erzählt, dass selbst ich auf jede Sendung megagespannt wäre, wenn einer von ihnen dort sprechen würde.«

Elektrisiert richtete sich Charlene auf.

»Wow, Jeff!«, entfuhr es ihr. »Das ist eine super Idee!« Ihre Augen begannen zu funkeln und Jeff konnte sehen, wie sein Impuls den Motor ihrer Kreativitätskiste angeworfen hatte.

»Und eine Lösung für dich!«, fügte er hinzu. »Du stellst nur Fragen und lässt die Gäste reden.«

Charlene hatte spürbar Feuer gefangen und glühte innerhalb von Sekunden mit dem Enthusiasmus, den Jeff so sehr an ihr liebte. Ein zärtliches Lächeln malte sich auf seinem Gesicht.

»Du bist genial, Jeff!«, rief sie. »Stell dir vor, wenn mein Lehrer aus Indien bereit wäre, eine Sendung mit uns zu gestalten! Oder der Rinpoche aus Tibet, den ich getroffen habe! Da käme so viel Energie rüber! Das täte den Leuten so gut!«

Jeff schmunzelte über ihren erwachten Eifer. Ihre Wangen hatten sich leicht gerötet, ihre Augen blitzten, und ohne es zu merken, war ihr ein Träger von der Schulter geglitten. Verzaubert lehnte sich Jeff zurück und betrachtete sie. Oh, wie er diese Frau liebte!

Sanft strichen seine Finger ihren Unterarm hinauf, eine Geste, so eindeutig in ihrer Aussage, dass simultan zwischen ihnen eine Flamme aufloderte.

Zehn Minuten später standen sie in ihrem luxuriösen Zimmer vor dem Himmelbett. Bedächtig nahm Jeff ihr Gesicht zwischen seine Hände, fühlte ihr seidiges Haar zwischen den Fingern und hauchte ihr Küsse auf ihr Gesicht, bis sein Mund auf den ihren traf, ihre Lippen sich teilten und ein Blutstrom in seinen Unterleib schoss. Er presste sie fester an sich, Charlene spürte seine Erregung, keuchte leicht, machte sich an den Knöpfen seines Hemdes zu schaffen, während er den Reißverschluss am Rücken ihres Kleides öffnete und die Seide raschelnd zu Boden glitt. Haut traf auf Haut, setzte beide vollends in Brand. Mühelos hob Jeff Charlene hoch und legte sie aufs Bett. Ihre Beine schlangen sich um ihn, ihr Körper wölbte sich ihm verlangend entgegen. Das Feuer überwältigte sie, vereinte sie, verschmolz sie. Jeff hatte Charlenes Körper bis ins letzte Detail erkundet, er wusste, was sie mochte, schaukelte sie in Höhen, die ihr süße Laute entlockten und sie immer wilder werden ließen.

»Jeff«, flüsterte sie in Ekstase, während sich ihre Hände an seine Schultern klammerten. »Oh, Jeff, Jeff, ich liebe dich!«

Ihre Züge verklärten sich und sie explodierte unter ihm mit einem Ausdruck auf dem Gesicht, der Jeff die Beherrschung verlieren ließ. Seine eigene Entladung war wie ein Verschmelzen mit jedem Atom von ihr. Für Sekunden schwammen sie im völligen Gleichklang, kosteten das Gefühl so lange wie möglich aus, bis sie sich zutiefst gesättigt glücklich aneinander kuschelten, vollkommen selig.

♫ ♫ ♫

Die Tage auf Mauritius verflogen in einem einzigen Rausch. Sie waren nicht nur zum Urlaubmachen hier. Jeff hatte eine Idee für ein Hotelkonzept entwickelt und wollte sich Anregungen holen. Sie besichtigten die Hauptstadt Port Lewis, die mit ihrer ganz eigenen Mischung aus Hochhäusern und Gebäuden aus den Kolonialzeiten aufwartete. Vor allem aber waren sie an den bunten, einheimischen Märkten mit ihren Imbissständen interessiert. In bester Laune probierten sie indische, chinesische und kreolische Tidbits, Dholl Puris und Faratas, Fladenbrot mit allen möglichen Füllungen, Kokosnuss- und Süßkartoffelkuchen, dazu diese unglaublichen Gewürze … Jeffs Augen leuchteten.

»Mensch, warum nur ist Alf nicht mitgeflogen? Der hätte sich nicht mehr eingekriegt!«, schwärmte er.

»Na, also wenn das nicht verständlich ist«, gab Charlene zurück. »Er und Hennie wollen heiraten! Die sind erst mal mit anderen Dingen beschäftigt!«

Sie verbrachten den gesamten Tag auf dem Markt, redeten mit begeisterten Straßenköchen, erwarben deren Rezepte gegen Gebühr und fragten um Erlaubnis für Fotos für ein eigens zusammengestelltes Kochbuch.

Entspannt saßen sie am Abend auf Holzbänken in einem urigen Restaurant, die Köpfe voller Ideen.

»Dein Terminkalender dürfte für die nächsten zwei Jahre voll sein«, witzelte Charlene. »Gott sei Dank habe ich noch meine Mädelstruppe – und Georgie natürlich.«

Das waren Charlenes Freunde: Ihre engste Vertraute war eine Transfrau namens Johanna, die in einem ihrer Unternehmen den Posten des CFO innehatte. Henriette, die ein Bistro führte, Sophie, eine tatkräftige Familienmutter, und schließlich Georgie, ihr extravaganter, homosexueller Coiffeur.

Jeff lachte. »Ja, die Mädels … ich fürchte, das ist dir zu wenig. Vielleicht ziehst du ja doch noch mal einen Laden hoch.«

»Nein, darauf habe ich keine Lust. Ich sitze ja noch im Aufsichtsrat von einigen Firmen.«

»Aber das füllt dich nicht aus. Wie denkst du über die Sache mit dem Moonlight-Radio?«

»Hm, weiß nicht. Dörflers letzte Anfrage habe ich abgelehnt und ich glaube nicht, dass er sich nochmal traut. Und du?«

»Ich konzentriere mich vorerst auf mein Unternehmen. Da hängt so viel dran.«

Plötzlich wirkte er nervös und besänftigend legte sie die Hand auf sein Bein.

»Hey, du hast doch schon einen Handschlag drauf.«

»Ja, schon, aber du kennst das ja … solange die Tinte auf dem Papier nicht trocken ist … dieses Geschäft bedeutet mir so viel! Es *muss* einfach klappen!«

Charlene erwiderte nichts darauf. Jeff brauchte das Gefühl, finanziell unabhängig zu sein, vor allem, weil sie selbst erfolgreiche Geschäftsfrau und vermögend war. Er hatte sein erstes Unternehmen gewinnbringend verkauft, aber das Geld sofort in ein noch größeres Konzept investiert. Zusammen wohnten sie in Charlenes Villa, und natürlich hatte sie sich jede Mietzahlung verbeten. Wenn auch Jeff aus dem Verkauf seines ersten Start-ups eine Reserve zurückbehalten hatte, war das nichts im Vergleich zu Charlenes Besitz. Er hungerte darauf, sagen zu können: Ich könnte mir das auch leisten, wenn ich wollte.

Dass so etwas auf Dauer nicht glücklich machte, war klar. Charlene war aber auch klar, dass niemand einem anderen Menschen die Wege ersparen konnte, die er nun mal gehen wollte.

»Was ist?«, bohrte Jeff auf ihr Schweigen hin nach.

»Nichts, Jeff. Ich habe nur wieder an das Moonlight-Radio denken müssen, an diese Gespräche zwischen dir und mir.«

Er lächelte versonnen, beugte sich vor, sein tiefblauer Blick senkte sich in den ihren.

»Damals habe ich mir jeden Satz, den du mir um die Ohren gehauen hast, aufgeschrieben. Ich schaue mir das oft an, Charlene. Heute noch. Und ich weiß, wo deine Gedanken gerade waren. Ich weiß, dass Glück nicht im Materiellen liegt. Ich versuche, frei davon zu werden, indem ich es erreiche und hoffe, dass ich es danach loslassen kann.«

Sie antwortete nicht gleich.

»Es ist nur so, dass Erfolg mehr bindet als Misserfolg«, erwiderte sie schließlich. »Er ist im wahrsten Sinne des Wortes sehr verführerisch. Du könntest es auch gleich loslassen. Innerlich, meine ich. Dann wäre dein Leben ein Spiel. Und du wärst nicht so nervös.«

»Das stimmt«, murmelte er. »Aber das ist leichter gesagt als getan.«

»Das ist allerdings wahr.«

Sie lachte und stupste ihn an seinem Oberarm. »Ich denke, das Leben ist der beste Lehrmeister. Geh einfach deinen Weg, Jeff, und zwar so, wie du das für richtig hältst – und niemand sonst.«

Jeff zog eine Grimasse: »Manchmal hätte ich gegen eine Abkürzung nichts einzuwenden.«

»Okay, Mr. Ungeduld, wenn das bedeutet, dass wir früher mehr Zeit miteinander verbringen, soll mir das recht sein!«

Sie lächelte ihn an mit ihren schönen, warmen, moosgrünen Augen und Jeff schmolz wieder mal dahin. Er zog sie an sich, fühlte ihre Haut, ihren weichen, anschmiegsamen Körper und seufzte:

»Hey, Charlene, wenn du mich so anschaust, wünsche ich mir dringend Abkürzungen … oder einen Turbobeschleuniger, damit ich alles möglichst schnell verstehe!«

Er begann sie zu küssen, zu liebkosen – und ahnte nicht, dass sein Wunsch nach dem Turbobeschleuniger schneller erfüllt werden würde, als er sich das in seinen kühnsten Träumen jemals hätte ausmalen können.

♫ Back To The Start ♫

Michael Schulte

Am nächsten Morgen wachte Charlene vor Jeff auf und beschloss, schon mal frühstücken zu gehen. Es war ein herrlicher Morgen, der Himmel hellblau, das Meer wogte in ruhigen, gleichmäßigen Intervallen. Sie nahm auf der sonnigen Terrasse Platz und tippte eine Nachricht an Jeff, während eine Kanne Kaffee vor sie hingestellt wurde sowie eine deutsche und eine englische Zeitung.

Stirnrunzelnd überflog sie die Headlines. Was war denn hier los? Eine Schlagzeile glich der anderen und alle waren verstörend alarmierend. Sie öffnete ein Nachrichtenportal auf ihrem Handy und erlebte dasselbe. Abschließend checkte sie ihre Mails und entdeckte die Nachricht von Dörfler.

»So ein sturer Kerl!«, entfuhr es ihr, während ein leichtes Lächeln ihren Mund umspielte. Doch als sie seinen Text gelesen hatte, lehnte sich nachdenklich zurück.

Wieder fiel ihr Blick auf die Schlagzeilen und ein seltsames Gefühl machte sich in ihr breit, eines, das sie nirgendwo einordnen konnte. Es war nicht Angst, es war nicht Besorgnis, es war auch nicht Aufregung oder Entsetzen.

Es roch nach Abschied.

Spontan formulierte sie ihre Antwort an Dörfler. Der Zeitunterschied betrug nur zwei Stunden und so erreichte ihn ihre Message noch während seiner Arbeitszeit.

Dörfler schoss fast an die Decke, als ihr Name im Posteingang auftauchte. Seine Augen rasten über die Zeilen, sein Gesicht begann zu leuchten, er sprang vom Stuhl auf, reckte triumphierend die Faust nach oben und schrie:

»Yes! Das Moonlight-Radio is back! Endlich! Endlich!«

♫ ♫ ♫

Als Jeff und Charlene wenige Tage später wieder zu Hause ankamen, sprudelte ihr Postfach nur so über von begeisterten Reaktionen über das geplante Comeback.

Dörfler hatte einen überbordenden Dankesbrief verfasst und gleich Termine für eine Besprechung und einen möglichen Start vorgeschlagen – für Charlenes Geschmack alles viel zu früh und zu schnell. Auch Amann, der Event-Manager, hatte ihr geschrieben, der Internetredakteur Herr Griesig, Frau Maier, ihre damalige Sekretärin und allen voran Harry Körner, der damals mit ihr die Sendungen gestaltet und ihr bei den Live-Anfragen der Hörer assistiert hatte. Den mochte Charlene am liebsten. Während der vielen Sendungen war eine enge Freundschaft zwischen ihnen gewachsen. Auch Frederic Dubois, ihr Firmenanwalt und Anteilseigner des Senders wie langjähriger Freund gratulierte ihr.

»Charlene, ich kann es kaum glauben!«, rief er. »Das Moonlight-Radio lebt wieder? Wie wunderbar!«

»Ja, sieht ganz danach aus«, schmunzelte sie. »Ich nehme an, du bist bei der Besprechung dabei?«

»Aber immer doch! Selbst wenn ich nichts zu sagen hätte, wäre ich dabei, damit ich dich endlich mal wieder umarmen kann.«

Er zögerte, bevor er leise fortfuhr: »Du fehlst mir, Charlene. Ich glaube, ich habe damals einen Riesenfehler gemacht.«

»Nein, Fred, hast du nicht. Es ist alles gut, so wie es ist.«

»Bist du glücklich, Chérie?«

»Sehr«, antwortete sie mit einem Unterton, als käme sie geradewegs aus Jeffs Armen. Er schluckte, ihm wurde heiß und nichts wünschte er sich sehnlicher, als die Zeit zurückdrehen zu können.

»Das freut mich, Charlene.« Er räusperte sich. »Niemand verdient das mehr als du.«

»Glücklich zu sein verdient jeder, Freddie. Ich hoffe, du bist es!«

»So glücklich wie man sein kann, wenn man die Frau seines Lebens hat gehen lassen.«

Es sollte scherzhaft herauskommen, aber das misslang ihm gründlich. Instinktiv versuchte Charlene, seine ungewohnt schwere Stimmung zu vertreiben. Das passte so gar nicht zu ihm! Frederic war stets ein gutgelaunter Sunnyboy gewesen.

»Hey, Fred«, flachste sie, »spätestens wenn auf der nächsten Party eine Schönheit nach der anderen an dir vorbeiflaniert, bist du heilfroh, dass du keine Frau zu Hause sitzen hast, die auf dich wartet.«

Aber auch ihr Witz kam nicht an. Fred ging auf ihre Ansage gar nicht erst ein.

»Ich kann es jedenfalls kaum erwarten, dich wiederzusehen, Charlene«, erwiderte er. »Ich sehne mich danach, dich mal wieder zu spüren.«

In seinem Ton lagen eine Wehmut und eine Aufrichtigkeit, die sie tief bewegten und ihre eigene Stimmfarbe beeinflussten.

»Ich freue mich auch sehr auf dich, Frederic«, antwortete sie warm. Er schloss die Augen, weil er es mochte, wie sie seinen Namen aussprach. Genauso, wie er gedacht war, mit der Betonung auf dem letzten Vokal. Wie wünschte er sich, mit ihr im Bett zu liegen und sie seinen Namen auf diese Weise aussprechen zu hören! Aber alles, was er tun konnte, war, einen Kuss durch die Leitung zu senden.

Charlene empfing seine unausgesprochene Botschaft. Sein Bild stand vor ihr, seine charismatische Präsenz, diesmal durchtränkt mit einer Ernsthaftigkeit, die ihn noch attraktiver machte, als er ohnehin schon war.

Nachdenklich legte sie auf – und schaute sich instinktiv um, ob Jeff das Gespräch mitgehört hatte. Aber er war nicht in der Nähe.

♫ ♫ ♫

Nicht nur Dörfler drängte auf die Besprechung. Auch der Rest des alten Teams fieberte darauf, das Moonlight-Radio wieder ins Leben zu rufen. Harry Körner strahlte übers ganze Gesicht, als sie seit Jahren wieder das Studio betrat.

»Ach, Charly«, sagte er, »so schön, dich wiederzusehen! Ich schwärme heute noch von der Zeit mit dir!«

Gerührt umarmte sie ihn, begrüßte den Rest der Runde, bis sie vor Frederic stand. Sein graugrüner Blick war tief und die Freude, sie zu sehen, strömte aus jeder Pore von ihm. Er sagte kein Wort, öffnete seine Arme, drückte Charlene auf seine unnachahmliche Art an sich, hauchte ihr einen sanften, bedächtigen Kuss auf die Wange und hielt sie länger im Arm, als schicklich war.

Jeffs Augenbrauen hoben sich, aber viel Zeit zum Nachdenken gab es nicht, sie stiegen sofort in die Besprechung ein. Charlene wollte diesmal ihren Klarnamen verwenden, statt des Pseudonyms *Pixie* und natürlich kam auch Jeffs Vorschlag zur Sprache.

»Die Idee mit Externen ist gut, aber ich bitte doch zu bedenken, dass ein großer Teil des Erfolgs durch Ihre Person begründet war«, gab Amann zu bedenken.

»Der Meinung bin ich auch!«, stimmte Harry zu. »Die Hörer werden vor allem wegen dir einschalten, Charly.«

»Mag sein, aber einen solchen Aufwand wie das letzte Mal mag ich nicht mehr stemmen. Ich muss die angedachten Personen sowieso erstmal fragen, das dauert sicher ein Weilchen. Bis dahin fahre ich die Sendungen nach dem alten Konzept und danach könnten wir Referenten daruntermischen.«

»Vielleicht wäre es sinnvoll, die Sendung ein wenig früher anzusetzen, für viele ist dreiundzwanzig Uhr zu spät«, meinte Griesig.

Überrascht schaute Charlene ihn an. »Ich fand die Stunde vor Mitternacht immer magisch. Warum wollen Sie das ändern?«

»Weil wir der Meinung sind, dass die Sendung eine Prime-Zeit verdient. Daher haben wir dienstags und donnerstags von acht bis neun Uhr abends für Sie vorgesehen. Um diese Zeit erreichen wir bedeutend mehr Menschen.«

»Okay, Moment mal, Sie überrennen mich gerade! Von zwei Abenden war nie die Rede!«

»Das nur, weil wir ursprünglich die Hoffnung hatten, dass Sie beide auftreten«, verteidigte Dörfler seine Idee. »Und zwar einer pro Sendung.«

Charlene wechselte mit Jeff einen Blick.

»Also, ich bin raus«, stellte der resolut klar. »Somit wird es ein Abend sein. Ansonsten bin ich auch für die alte Sendezeit.«

»Ich schließe mich an«, meinte auch Fred. »Allein schon aus nostalgischen Gründen. Die Hörer denken mit Sicherheit genauso romantisch wie wir. Außerdem wird doch alles aufgezeichnet und ist zu jeder Zeit abrufbar.«

Charlene schenkte Fred einen dankbaren Blick, während weitere Punkte ausgehandelt wurden. Sie einigten sich darauf, Anfang März zu starten, die Werbung würde jetzt im Februar massiv anlaufen und jeder freute sich auf das Revival.

Lächelnd glitten Jeffs Augen über die lebhaft diskutierende Gruppe und blieben an Fred hängen, dessen Blick unverwandt auf Charlene geheftet war, mit einem Ausdruck, der ihn zutiefst beunruhigte.

Sensibilisiert achtete Jeff darauf, wie Fred sich von seiner Verlobten verabschiedete und was er sah, gefiel ihm gar nicht. Ungehalten zog er die Brauen zusammen. Langjähriger Freund hin oder her, er überschritt eine Grenze. Was bildete der Kerl sich ein? Dass Fred beiläufig erwähnte, eine große Anwaltskanzlei zu seiner ohnehin schon riesigen Firma hinzugewonnen zu haben, machte Jeffs Unmut nicht kleiner.

Charlene merkte nichts davon, sie war in Gedanken schon voll im Konzept.

Zu Hause angekommen begann sie mit ihrer üblichen Begeisterungsfähigkeit in Büchern zu wühlen, einen Themenkatalog aufzustellen und vertiefte sich in die Ausarbeitung der ersten Sendungen.

♫ Falling Apart ♫

Michael Schulte

Senta lag vom Forschungsteam eine ellenlange Liste mit Ausrüstungsgegenständen, empfohlener Kleidung sowie einer Unmenge an Papieren und Formularen vor. Ihr Urlaub nach Peru war für die ersten zwei Märzwochen geplant und nach der Rückkehr war nicht genügend Zeit, sich darum zu kümmern. Den gesamten Februar über war sie daher schwer mit den Vorbereitungen beschäftigt. Es gab so viel zu tun! Sie hatte ihre Wohnung gekündigt und sich von ihren Freunden verabschiedet. Von der Außenwelt bekam sie nicht viel mit. Weder las sie Zeitung noch sah sie fern.

Endlich war alles erledigt. Senta tat einen dicken Schnaufer und organisierte in Vorfreude auf den Machu Picchu noch eine kleine, intime Abschiedssause mit Gunnar und Melanie, bevor die Möbel rausmussten. Melanie war inzwischen Mutter von zwei süßen Töchtern, Lily und Sonnie, fünf und drei Jahre alt. Senta war Lilys Patentante, sie liebte die Kleine sehr und hatte ihr versprechen müssen, Fotos von Peru zu schicken. Gunnar hingegen war Single wie sie. Senta verstand es nicht wirklich. Einen genügsameren, bescheideneren und gutmütigeren Menschen wie Gunnar hatte sie bislang in ihrem Leben nicht getroffen. Er stand bei Umzügen parat, bei Pannen auf der Autobahn, hatte ein Bett für Melanie, wenn sie sich mit ihrem Mann stritt und auch Senta hatte sich schon des Öfteren seine Schulter zum Ausweinen geliehen. Er sagte nie viel, aber er war da und tat die kleinen Dinge, die guttaten: Machte Tee, besorgte etwas zu essen, legte den passenden Film ein und blieb immer ruhig.

Senta freute sich total, als die beiden vor der Tür standen, umarmte sie innig, ließ den Korken von einem teuren Champagner knallen und schaltete Gute-Laune-Musik ein.

Melanie stürzte das erste Glas fast ex hinunter, ihre Wangen färbten sich ein wenig mehr und ihre Augen begannen zu strahlen.

»Das habe ich dringend gebraucht!«, rief sie und bewegte sich zur Musik. »Das hatten wir schon so lange nicht mehr! Wirst du wirklich volle zwei Jahre weg sein, Senta?«

»Nein, ab und zu komme ich schon heim. So lange würde ich es doch ohne euch gar nicht aushalten! Aber guckt euch mal die Crew an! Sieht die nicht vielversprechend aus!«

Sie rief die Seite auf und zeigte Gunnar und Melanie die etwa zehnköpfige Mannschaft, mit der sie unterwegs sein würde.

»Du meine Güte, Senta!«, entfuhr es Melanie, als der blonde Bär ins Bild kam und wedelte mit der Hand vor ihrem Gesicht. »Ich bin mir nicht sicher, ob du Lust hast, wieder nach Hause zu kommen!«

Senta lachte. »Ich habe keine Ahnung, warum du davon ausgehst, dass der auf mich steht. Oder ich auf ihn. Vielleicht mag er ja Männer und hat ne Piepsstimme!«

»Bei dem Anblick würde mich die Piepsstimme nicht stören«, kicherte Melanie.

»Erzähl doch mal, was macht ihr da oben?«, wollte Gunnar wissen.

Senta berichtete ausführlich. Sie lachten viel, aßen und tranken, erinnerten sich an Begebenheiten aus dem Studium, bis sie am Schluss, wie so oft, mit einem Glas Wein in der Hand auf dem Teppich in ihrem kleinen Wohnzimmer saßen. Melanie seufzte wohlig.

»Mann, das tut so gut mit euch! Endlich mal was anderes! Ich kann's zwar nicht mehr hören, aber wie geht ihr denn damit um? Euch zwei scheint das ja gar nicht zu belasten. Ihr habt gar nichts gesagt!«

»Was soll uns denn belasten?«, fragte Senta erstaunt.

Völlig verblüfft starrte Melanie ihre Freundin an. »Aus welcher Höhle kommst du denn gekrochen? Das kann doch unmöglich an einem vorbeigehen, selbst wenn man keine Zeitung liest!«

»Ja, was denn?« Perplex wandte sich Senta an Gunnar. »Weißt du, was sie meint?«

»Ich denke, sie meint den ominösen Omega-Erreger. Uaah!« Gunnar zog eine Grimasse und zog die Hände wie der Sensenmann hoch. »Eine unselige Mikrobe, die mal wieder die Runde macht.«

»Omega? Was ist denn das für ein Name?«

»Ist doch passend. Sie behaupten, dass er das Ende vieler Leben bedeutet«, erklärte Gunnar. »Kennst doch die Medien. In Sachen Übertreibung sind sie Meister. Das ist wie mit der Schweine- und der Vogelgrippe*. Wenn du das Video von damals hörst und mit dem vergleichst, was sie jetzt sagen … exakt der gleiche Text! Damals haben sie auch Tausende von Toten prognostiziert – und was ist passiert? Nix.«

Senta ärgerte sich. »Geht das schon wieder los? Das machen die alle paar Jahre wieder! Ich weiß noch, was die damals allein mit Tamiflu verdient haben. Da wird einem ja übel! Den Grippeimpfstoff nicht mitgerechnet.«

»Stimmt schon, ist ne Riesensauerei, aber mach was dran. Solange die Leute darauf reinfallen …«

»Wird Zeit, dass das endlich mal komplett unterbunden wird«, meinte Senta und wurde erst jetzt gewahr, dass Melanie sie mit großen Augen ansah.

»Sagt mal, geht's noch? Das ist kein normaler Erreger. Der ist hochgefährlich! Sonst würden die doch nicht in diesem Maße davor warnen. In Asien gibt es schon zigtausend Tote! Dort haben sie alles komplett abgeriegelt. Und hier rechnen sie mit Hunderttausenden von Toten!«

Senta und Gunnar wechselten einen Blick, dann brachen sie in schallendes Gelächter aus.

»Wer erzählt denn so einen Mist?«, fragte Senta.

»Das ist kein Mist! Das ist wahr! Das Ding ist schon in Europa angekommen! In Italien sterben die Menschen weg wie die Fliegen! Habt ihr die Bilder nicht gesehen?«

Menschen starben? Senta runzelte die Stirn, während Melanie aufgeregt Sentas Tablet in die Hand nahm.

»Meine Mutter dreht fast durch vor Angst, meine Kinder sind total durch den Wind und meine Nachbarin macht keinen Schritt mehr vor die Tür. Es ist schlimmer als die Pest! In der Presse steht, es breitet sich rasend schnell aus, zigmal schneller als …«.

»Komm schon, Mellie«, schnitt ihr Gunnar das Wort ab. »Du hast ein Jahr Biologie hinter dir und ein komplettes BWL-Studium! Du hast live mitbekommen, wie die Pharmaindustrie tickt. Hast du nicht sogar deine Arbeit darüber geschrieben?«

»Apropos«, hakte Senta ein, ohne auf das Tablet zu achten, das Melanie ihr hinhielt. »Ich habe übrigens ein Geschenk für Lily … Ich hoffe, sie mag es! Und aus Peru bring ich ihr natürlich auch was mit!«

»Wenn du da überhaupt hinkommst«, orakelte Melanie angesäuert, aber auch ein wenig verunsichert.

Senta lachte und boxte ihr gutmütig an den Arm. »Mensch, Mellie! Jetzt mal doch nicht den Teufel an die Wand! Du alte Unke!«

»Du lebst echt hinterm Mond«, seufzte diese. »Sie reden davon, die Grenzen dicht zu machen und die Läden zu schließen. Sie wollen eine Pandemie ausrufen!«

»Eine Pandemie! Das hat Big Pharma schon ein paar Mal versucht. Und Gott sei Dank nie geschafft.«

»Stimmt, bisher sind sie nie damit durchgekommen«, bestätigte Gunnar. »Die puschen das Ding hoch, verdienen an der Angst der Leute, räumen ihre Milliarden ab und planen den nächsten Coup. Wird auch diesmal so sein. Vermutlich haben sie schon die Medikamente für die Nebenwirkungen parat. Und das nennt sich Gesundheitssystem.«

Senta und Gunnar witzelten noch ein wenig darüber, führten ziemlich viele Beispiele auf, in der dieser Ablauf zum Tragen gekommen war, auch damals bei Anthrax, und Melanie beruhigte sich zusehends. Sie atmete auf, lachte wieder und das Gespräch wandte sich anderen Themen zu.

Weinselig sangen sie alte Lieder aus ihrer Studentenzeit, lagen sich in den Armen, schworen sich ewige Freundschaft und zogen sich am Ende des Abends noch einen Liebesfilm rein. Noch während Senta und Melanie aneinander gekuschelt mit den Helden mitlitten und seufzten, hatte Gunnar ein Taxi organisiert. Seufzend erhob sich Melanie, als es klingelte und fiel Senta weinselig um den Hals.

»Das war so schön mit euch, danke, dass ihr mich auf andere Gedanken gebracht habt«, brabbelte sie beschwipst. Gunnar hakte sie unter, Senta brachte die Zwei noch bis vor die Haustür und winkte ihnen nach.

Fröstelnd lief sie nach oben, die Kälte hatte ihre Müdigkeit etwas verscheucht. So räumte sie noch die Küche auf und dachte an ihre

Zukunft. Zwei Jahre Finnland. Wie würde das werden? Würde sie endlich jemanden kennenlernen, der zu ihr passte? Sie fühlte sich gerade sehr allein und ihre Gedanken flutschten zu Melanie, die sich jetzt zu ihrem Mann ins Bett kuscheln konnte. Das hätte sie auch unglaublich gern … jemand, der sie streichelte, küsste, liebkoste … Seufzend schüttelte sie diese Gedanken aus ihrem Kopf, aber was hängenblieb, war Melanie und das, was sie über Omega erzählt hatte.

Einem Impuls folgend setzte sich Senta noch mal an ihren Rechner und rief ein Nachrichtenportal auf. Sie traute ihren Augen kaum und schlagartig verstand sie, was ihre Freundin gemeint hatte.

Waren sonst die Themen immer gut durchmischt, beherrschte Omega komplett die ersten drei Seiten – ein bedrohlicher Superlativ jagte den nächsten. Unwillkürlich begann ihr Herz lauter zu klopfen, während ihre Augen über die Texte rasten.

Tausende von Infizierten, unglaublich schnelle Ausbreitung, hohe Ansteckungsgefahr, Warnungen vor der Gefährlichkeit und Andersartigkeit, schwere Verläufe, viele Tote im Ausland … Panik allerorten. Nicht eine positive Meldung war zu sehen. Senta suchte nach aussagekräftigen Daten, aber den Artikeln waren keine brauchbaren Zahlen zu entnehmen, lediglich spekulative Hochrechnungen und jede Menge Konditional … es könnte … man vermutete … möglicherweise … .

Diese Art der Berichterstattung verärgerte Senta nicht nur, sie machte sie misstrauisch. Zu oft war dieses Szenario schon veranstaltet worden. Doch in einem hatte Melanie recht: Es war viel, viel intensiver als beim letzten Versuch. War an der Sache doch was dran? Sie ging auf spezielle Wissenschaftsseiten, versuchte, Handfestes herzubekommen – aber da gab es nichts. Lediglich Spekulationen oder Behauptungen. Man wisse noch nichts Genaues, rechne aber mit Hunderttausenden von Toten. Ein Satz, der per se nicht viel Sinn machte.

Die Berichte aus Italien waren allerdings sehr erschreckend. Betroffen biss sich Senta auf die Lippen, als sie die Fotos sah und von den Zuständen dort las. Du liebe Zeit, das hatte sie ja noch nicht mal im Ansatz gewusst! Sie musste morgen unbedingt ein paar Leute kontaktieren, um herauszufinden, was da los war!

Melanie behielt auch in einem weiteren Punkt recht: Es waren schon etliche Flüge gestrichen worden, einige Länder redeten davon, niemanden mehr einreisen zu lassen. Hektisch checkte Senta Peru und atmete auf. Ihre Reise war schon mal nicht gefährdet.

Entschlossen schob sie das Thema weg. Es war spät, sie war müde und überhaupt: Das Ganze würde sich aufklären, da war sie sich sicher. Das war nur die erste Aufregung. Sobald Spezialisten sich dem Thema annahmen, würden besonnenere Stimmen laut werden und Ruhe in die Sache bringen.

♫ ♫ ♫

Bereits zwei Tage später wurde Senta erneut mit dem Thema konfrontiert. Sie ging einkaufen, fand leergekaufte Regale vor und traf auf einzelne Leute, die einen Mundschutz trugen. Etwas sehr Eigenartiges lag in der Luft und wie ferngesteuert rief sie ein weiteres Mal die Nachrichten auf, die ihr berichteten, es sei geplant, Geschäfte zu schließen, man müsse sich auf den Ernstfall vorbereiten.

Die allgemeine Panik steckte Senta an. Aufgeschreckt versuchte sie, ihren Opa zu erreichen – ohne Erfolg. Danach versuchte sie es bei Fritz oder Heribert, aber die drei schienen gemeinsam unterwegs zu sein. Keiner von ihnen war ein großartiger Handybenutzer, mobil wie auf Festnetz erwischte sie bei allen nur den AB.

Kurz danach flatterte eine Mail in ihr Postfach: Ihr Flug nach Peru war gecancelt, auch das Hotel stand nicht mehr zur Verfügung. Das mulmige Gefühl verstärkte sich. Woher kam das? Seltsamerweise hatte sie null Angst vor dem Virus, selbst, wenn er gefährlich wäre, würde man doch sicher etwas dagegen tun können. Aber da waberte etwas anderes im Äther, eine dunkle Ahnung, die sie nicht greifen konnte. Eine schwarze Wolke, die auf das Land, auf die Welt zusteuerte.

Umso mehr zwang sie sich, wissenschaftlich und kühl an die Sache rangehen, rief offizielle Zahlen auf, doch die verwirrten sie eher noch mehr, denn die gaben gar nichts her. Zumindest war aus diesen Daten keine Gefahrenlage herauszulesen. Was sie von Beginn an verwunderte, war die Grundlage, auf die sich die Regierungen beriefen, nämlich die Neuinfektionen. Bisher waren diese noch nie Ausgangsbasis für die Bewertung einer solchen Situation gewesen – und durften es auch nicht sein.

Die Zahlen in den Zeitungen blieben erst recht spekulativ, sogar über den Erreger selbst wusste man nichts Genaues, aber die Medien taten jetzt schon so, als wüte die Pest im Lande und hätte bereits die Hälfte der Bevölkerung dahingerafft.

Das verstimmte Senta. Das war billigste Propaganda auf Klatsch-Niveau! Wenn der Erreger wirklich so gefährlich war, wäre akkurate Berichterstattung besonders wertvoll und erstrebenswert gewesen. Sie fand es unmöglich, dass die Leitmedien sich ihrer Aufgabe nicht bewusst waren, sondern sich in übelster Form sensationslüstern und sogar demagogisch betätigten.

Am nächsten Tag wurde das Forschungsprojekt in Finnland abgesagt. Die Lage sei zu unsicher, man wolle erstmal abwarten, hieß es. Es sei zu befürchten, dass das Projekt um ein ganzes Jahr verschoben werden würde.

Diese Nachricht landete wie ein Kinnhaken in Sentas Gesicht. Du liebe Zeit! Wovon sollte sie leben? Sie hatte bisher noch keine finanziellen Reserven aufbauen können und die Joblage für Biologen war in Deutschland nie rosig gewesen. Wie sie in der derzeitigen Situation aussah, wollte sie gar nicht erst wissen! Und die Wohnung war auch schon gekündigt!

Sie konnte kaum schlafen, wälzte sich von einer Seite auf die andere, konnte es nicht fassen, dass all ihre Pläne – ihre Zukunft! – innerhalb von wenigen Tagen null und nichtig geworden waren. Nein, beruhigte sie sich selbst. Sie haben sich doch lediglich ein wenig verschoben, sonst nichts.

Als ob das etwas ändern würde, recherchierte sie am nächsten Morgen weiter und stieß endlich auf etwas Brauchbares, nämlich auf ein Interview mit dem Virologen der Regierung, in dem er versicherte, dass der Erreger im Grunde lediglich milde Grippesymptome hervorrufe, die die meisten noch nicht mal spüren würden*. Charmant lächelte er in die Kamera. » … worüber besorgen wir uns eigentlich ...?«, fragte er.

Ein tiefer Seufzer entfuhr Senta. Endlich fühlte sie sich bestätigt. Sie schickte das Video an Melanie, die ihr mit einem Kussmund antwortete.

»Das habe ich gar nicht gewusst, dass der das gesagt hat! Jetzt kann ich wieder ruhiger schlafen«, tippte sie zurück. »Danke!«

»Mann, diese Scheißmedien«, murmelte Senta. »Bestimmt haben das die Pharmariesen angeleiert! Ganz sicher sind da Gelder geflossen! Diese Berichterstattung ist verantwortungslos! Es ist unverschämt, die Leute so in Angst und Schrecken zu versetzen!«

Empört über diese abartige Sensationsgier der Medien sprach Senta ihrem Opa eine zweite Nachricht auf Band. Sie konnte es kaum erwarten, mit ihren drei Herren über alles zu reden. Jeder Einzelne war eine Koryphäe auf seinem Gebiet. Wenn jemand kompetente Verbindungen und damit qualifizierte Antworten hatte, dann diese drei!

Als sie am nächsten Morgen aufwachte, hatte ihr Opa zurückgeschrieben, kurzfristig eine wichtige Reise angetreten zu haben. Senta wunderte sich. Wohin war er denn in diesen Zeiten gefahren? Trotz der Enttäuschung und der Sehnsucht nach ihm musste sie lächeln. Er war mit seinen über achtzig Jahren agiler als manch junger Mensch.

Sie zwang sich, optimistisch zu bleiben, hoffte, dass die Regierung dieser Panikmache bald einen Riegel vorschieben und wieder Ruhe einkehren würde. Politisch war sie bisher weder engagiert noch interessiert gewesen. Klar lief nicht alles rund, aber ihrer Meinung nach war Deutschland eines der lebenswertesten Länder der Welt. Grund zum Beschweren hatte sie ganz sicher nicht.

Es war Anfang März. Sie vereinbarte mit ihrem Vermieter, noch einen Monat länger in der Wohnung bleiben zu können, verfasste notgedrungen Bewerbungen, versuchte, sich abzulenken, aber das war praktisch unmöglich. Das Thema war omnipräsent. Beim Einkaufen traf sie immer öfter auf Menschen, die Mundschutz trugen, die Supermärkte waren weiterhin im Liefernotstand. Jede Schlagzeile schrie ihr die neue Lage entgegen. Senta war der festen Meinung, dass der Großteil der Bevölkerung genervt darüber war, dass die Pharmaindustrie mal wieder einen großen Reibach für sich organisierte. Über die Natur des Erregers wurde nach wie vor nichts Konkretes berichtet, über seine Konsequenzen allerdings umso mehr.

Mit einem mulmigen Gefühl im Magen verfolgte sie, wie Italien komplett runtergefahren wurde, wie in Spanien die Leute in ihre Häuser gesperrt wurden und Militär auf den Straßen erschien. Andere Länder zogen nach. Nur die Regierung in Deutschland schien sich von der allgemeinen Panik nicht anstecken lassen zu wollen und hatte noch nichts unternommen. Das fand Senta sehr besonnen. Bestimmt waren bald besänftigende Worte zu hören. Zudem tauchten die ersten Ärzte im Internet auf, die bestätigten, dass es sich bei Omega um einen Erreger handelte, der zwar sehr ansteckend sei, eben wie ein Influenzaerreger, aber nicht gefährlich wäre. Natürlich sollte man Risikogruppen schützen, wie bei Grippe eben auch. Senta wunderte sich, dass die Berichterstattung das nicht aufgriff und im Panikmodus blieb.

Ihre Verwunderung stieg um ein Vielfaches, als die Regierung nicht nur nicht dagegen vorging, sondern begann, diese Meldungen zu befeuern. Es war dieser Moment, indem sich das mulmige Gefühl zu einem handfesten Brocken in ihrem Magen verdichtete.

Ihr Handy piepte. Es war Melanie. Ein WhatsApp-Video erschien, in der jener Virologe, der gesagt hatte, es handele sich um nichts weiter als eine Grippe und man müsse sich nicht sorgen, nun genau das Gegenteil behauptete. Plötzlich proklamierte er, es käme eine sehr, sehr schwere Zeit auf Deutschland und die gesamte Welt zu, und man müsse sich wappnen. Keiner wisse, wie die Zukunft ausschaue. Der Erreger würde die Welt ändern.

»Siehst du!«, schrieb Melanie. »Ich hatte recht!«

Sein Statement war wie ein Startschuss. Ab da gab es kein Halten mehr. Die Zeitungen, die Nachrichten, das Netz überschlugen sich mit Horrorfotos vom Militär, das stapelweise Tote abtransportierte. Sie zeigten mit Särgen vollgestopfte Lagerhallen und vollständig vermummte Gestalten, wie sie Senta zuletzt bei Ebola gesehen hatte. Schlagzeilen kündeten von Hunderttausenden bis Millionen von Todesopfern – Zahlen, die jeder Logik entbehrten.

Sentas Misstrauen schnellte in einer steilen Linie nach oben; gleichzeitig war da dieses dumpfe, unerklärliche Gefühl, das sich nicht orten ließ und das nichts mit der Angst vor Krankheit und Tod zu tun hatte.

Diese Situation triggerte etwas in ihr, drückte eine Batterie roter Knöpfe und holte Emotionen hervor, die sie längst tot geglaubt hatte. Mit Mühe schob sie sie weg. Mehr denn je brauchte sie jetzt einen klaren Kopf!

Sie leitete Melanies Video an Gunnar weiter, mit der Frage:

»Was hältst du davon?«

Seine Antwort kam erst gegen Mitternacht: »Gib mir noch ein wenig Zeit. Ich recherchiere.«

Das tat Senta auch. Sie fand noch immer nichts Handfestes und verbrachte eine weitere unruhige Nacht. Obwohl doch eigentlich noch nicht viel passiert war, spürte sie, dass etwas komplett aus dem Gleichgewicht geraten war. Warum nur war ihr Opa nicht da? Er hatte immer einen Trost auf den Lippen, immer eine Lösung parat. Als ihr bewusst wurde, wie sehr sie sich nach ihm sehnte, seufzte sie. Sie war knapp dreißig und fühlte sich gerade wie ein kleines, verunsichertes Kind.

♫ A Trick Of The Light ♫

Villagers

Jeff trieb die Verhandlungen mit seinen Kooperationspartner voran. Wenn das klappte, würde er europaweit Hotels mit seinem Konzept bedienen! Es war richtig fetter, vor allem langfristiger Deal, der ihn auf Jahre hinaus absichern würde. Schon eine Woche vor dem Vertragsabschluss war er total nervös. Die Verhandlungen waren zwar viel zu weit vorgedrungen, als dass jetzt noch etwas hätte schiefgehen können, aber Jeff lief umher wie ein Tiger im Käfig. Lächelnd stellte Charlene eine Flasche Champagner kalt.

Jeff blieb angespannt. Für ihn war das alles noch neu und superwichtig. Er wollte erfolgreich sein, um Charlene den Lebensstandard, den sie sich mit ihrem verstorbenen Mann aufgebaut hatte, ebenso bieten zu können.

Charlene hingegen legte überhaupt keinen Wert darauf. Sie liebte ihn, ob mit oder ohne Erfolg, das wusste er. Diese Tatsache machte ihn demütig, spornte ihn aber gleichzeitig umso mehr an. Ihre Liebe war sein Motor, ihr Verständnis seine Stärke.

Am Morgen der Vertragsunterzeichnung warf sich Jeff in einen dunkelgrauen Anzug. Charlene trat auf ihn zu, als er vor dem Spiegel im Ankleidezimmer stand und band ihm die Krawatte zu Ende. Jeff schloss die Augen, genoss ihre Gegenwart, legte seine Hände auf ihre Hüften, setzte einen sanften Kuss auf ihre Stirn. Sie schlang ihre Arme um seinen Hals.

»Ich wünsche dir ganz viel Freude heute«, hauchte sie in sein Ohr und schickte ihm ein Kribbeln durch seinen ganzen Körper. Er umarmte sie fester, bog ihren Kopf zurück und küsste sie leidenschaftlich.

»Ich kann es kaum erwarten, wieder hier zu sein«, murmelte er. »Bei dir. Ich liebe dich so sehr!«

»Ich dich auch! Der Rest des Tages gehört uns!«

»Ja, der gehört uns«, lächelte er beglückt.

Charlene winkte ihm nach. Ihre Haushälterin war schon dabei, Häppchen für den Abend vorzubereiten, und sie selbst hatte noch ein paar andere Überraschungen parat, mit denen sie seinen Vertragsabschluss zelebrieren wollte.

♫ ♫ ♫

Jeff betrat die Geschäftsräume und ließ sich von der Rezeptionistin in den Konferenzraum bringen. Sein Herz klopfte gewaltig, als er seinen zukünftigen Geschäftspartnern die Hand gab.

Die beiden waren sympathisch und locker, seine Aufregung fuhr runter, als sie sich Blatt für Blatt durch das Vertragswerk arbeiteten und schließlich auf der letzten Seite angekommen waren. Jeffs Herz fing an, zu jubilieren. Kurz schloss er die Augen. Noch fünf Minuten – und ein weiterer Traum ging in Erfüllung!

In diesem Moment schrillte das Smartphone seines Vertragspartners.

»Das ist der Chef, er wollte noch eine kleine Vertragsänderung durchgeben.«

»Aber bitte, natürlich, kein Thema«, antwortete Jeff.

Der Mann nahm das Gespräch an, stand auf und ging ans Fenster.

Sein Partner begann mit Jeff ein leises Gespräch, aber Jeff war nervös geworden, hörte nicht richtig zu, sodass der andere seine Bemühungen schließlich aufgab und sie beide dem Telefonat lauschten.

»Okay, geht klar. Sicher … konnte ja keiner wissen …«

Er legte auf, presste die Lippen zusammen und wandte sich an Jeff.

»Herr Häfner«, sagte er. »Es tut mir sehr leid, aber ich habe gerade Order bekommen, den Vertrag nicht zu unterzeichnen.«

Jeff wurde schwarz vor Augen.

»Bitte?«, krächzte er. »Aber wieso denn?«

Wie durch Watte vernahm er die Erklärung: Man habe aus internen Quellen erfahren, dass die ganze Welt in einen Lockdown gesetzt werden solle, Reisen und Flüge wurden gestrichen und die Gastronomie sollte komplett dichtgemacht werden. Niemand wisse im Moment, wie lange das dauern und wie es danach weitergehen würde. Es tue ihm sehr leid, aber aufgrund der unsicheren Lage sei die Investition zu riskant.

In Jeff tat sich ein Riesenloch auf und obwohl er sich dagegen wehrte, stürzte er hinein. Es war genau die Ohnmacht, die er so oft gefühlt hatte, bevor er Charlene kennengelernt hatte, und die er niemals mehr hatte fühlen wollen.

Nun war sie wieder da. Stärker als je zuvor.

♫ ♫ ♫

Wie betäubt saß er kurz darauf im Wagen. Er konnte nicht zu Charlene fahren, sein Herz war ohnehin schon schwer und er ertrug es nicht, das Lächeln in ihrem Gesicht ersterben zu sehen. Mit einem Kloß im Hals verfasste er eine kurze Nachricht, dass der Deal geplatzt sei und er Zeit bräuchte, um das zu verdauen.

So wie er es früher oft gemacht hatte, fuhr er auf die Autobahn und trat wütend das Gaspedal durch. Der Wagen schoss vorwärts, so wie er gerne vorwärtsgeschossen wäre. Warum war das passiert? Warum wieder? Waren diese zwei guten Jahre nur eine Verschnaufpause gewesen? Ein Trostpflaster?

Er versuchte, sich zu beruhigen. Das Geschäft war doch nur verschoben, nicht abgesagt, die Idee blieb gut. Das war alles nur vorübergehend! Jeff fuhr sich mit der Hand durch sein dichtes Haar. Es war nur eine Frage der Zeit, bis es klappen würde. Tief atmete er durch und zwang sich zum Optimismus.

Er hatte diesem Erreger nie viel Bedeutung beigemessen, war, wie viele andere, der Meinung gewesen, dass Big Pharma mal wieder Hunger hatte. Niemals hätte er geglaubt, dass das Ding wirklich gefährlich sei! Aber es musste gefährlich sein! Wenn man deswegen die gesamte Welt in einen Lockdown setzte, war das ein irreparabler Blow für die Wirtschaft. Keine Regierung der Welt würde das ohne berechtigte Begründung tun. Plötzlich bekam er Angst. Was, wenn Charlene, seine Eltern oder einer seiner Freunde sich diesen Erreger einfingen? Wenn Charlene etwas passieren würde – das könnte er nicht verkraften. Ein Geschäft ließ sich wieder hochziehen, aber Charlene zu verlieren … das war die reinste Horrorvorstellung. Dieser Gedanke relativierte das eben Erlebte, er wendete und fuhr zurück.

Weil es gerade auf eine volle Stunde zuging, schaltete er die Nachrichten ein. Mit klopfendem Herzen vernahm er, dass die Regierung Schulen, Kitas, Friseure, Sportstudios, im Prinzip alles bis auf Supermärkte schließen wollte. So schlimm stand es? Ein mieses Gefühl machte sich in ihm breit und die Ahnung befiel ihn, eine irritierende Ahnung, die er wegschob, weil er damit nicht umgehen konnte. Die Ahnung, dass etwas unwiderruflich zu Ende ging.

♫ ♫ ♫

Dieses Gefühl verließ auch Senta nicht. Sie ging ins Netz und hörte sich weitere Texte des Chefvirologen an, aber im Grunde machte er nie eine wirklich konkrete Aussage. Er warf mit Fachausdrücken um sich, die vielleicht Eindruck auf einen Laien machten, aber im Grunde sagte er viel und gar nichts, redete über Dinge, die nicht falsch waren, aber bei näherer Betrachtung doch den gesunden Menschenverstand ärgerten. Zum Beispiel, dass der Erreger die Atemwege angreife. Das taten viele andere Viren auch. Dass er neu und unbekannt war. Ach, wer hätte das gedacht? Gab es nicht in jeder Grippesaison neue, unbekannte Viren? Vergeblich suchte sie noch immer nach der vielberedeten Andersartigkeit, respektive Gefährlichkeit von Omega. Nach drei Stunden Videoaufzeichnung von dem Mann schaltete sie entnervt ab. Wie konnte man so viel reden, ohne präzise zu werden?

Sentas Argwohn war voll erwacht. Ein weiterer Klick führte sie zu den offiziellen Zahlen des Institutes für Krankheitsüberwachung der Regierung, das lapidar Kochstudio genannt wurde. Die Ansagen des dortigen Verantwortlichen waren noch vager und nichtssagender, dafür dessen Forderungen nach einem Lockdown umso deutlicher. Misstrauisch starrte Senta auf den Bildschirm, starrte in die für sie feisten und unehrlichen Gesichter. Aber noch war es viel zu früh, um sich eine Meinung bilden zu können. Sie wollte auf Daten warten.

♫ ♫ ♫

Noch Tage nach der Absage war Jeff wortkarg. Es tat ihm in der Seele weh, seinem Kumpel und Geschäftspartner Alf sagen zu müssen, dass der Deal vorerst auf Eis gelegt war.

»Mann, was für eine Zeit«, antwortete der. »Uns hat gerade das Hotel angeschrieben, dass sie nicht wissen, ob unsere Hochzeitsfeier stattfinden kann.«

Jeff stand der Mund offen. »Aber die ist doch erst im Juni!«, entgegnete er verblüfft. »Wir haben die erste Märzwoche!«

»Sie haben trotzdem schon mal eine Warnung abgeschossen, warum auch immer.«

»Ach, Alf, das tut mir so leid! Hennie ist bestimmt todtraurig!«

»Das auch, vor allem hat sie Existenzsorgen. Wenn der Lockdown kommt, muss sie ihr Café schließen. Und jetzt ist auch noch unser Deal geplatzt. Ich glaube, das sage ich ihr gar nicht.«

Jeff war betroffen. »Ja, ist sicher besser. Aber sieh's mal so: Noch ist der Deal ja nicht geplatzt. Er ist nur verschoben, bis sich das mit dem Omega gelegt hat.«

Alf antwortete nicht.

»Hey, Alter, was ist?«, fragte Jeff. »Hast du Angst vor Ansteckung?«

»Nein, absolut nicht. Viele sagen, man hat meist nur die Symptome einer milden Grippe. Aber in mir drin ist so ein ganz komisches Gefühl. Ich weiß nicht, was das ist. Es ist …«, vergeblich suchte Alf nach Worten, »… eben einfach nur komisch«, vollendete er schließlich.

Diesmal war es Jeff, der schwieg. Ihm ging es genauso. Ihm war, als warte eine unsichtbare Faust im Hintergrund darauf, zuzuschlagen.

Und das tat sie. Sie schlug zu. Und zwar gewaltig.

♫ ♫ ♫

Die Ereignisdichte war so hoch, dass man kaum zum Atmen kam. Der Monatswechsel von Februar auf März war schon wild gewesen, weil Infektionszahlen hochgerechnet wurden, die gar nicht da waren und die Hamsterkäufe absurde Ausmaße annahmen. Es gab keine Nudeln, kein Mehl, keinen Reis, keine Karotten, Kartoffeln – und vor allem kein Klopapier mehr. Doch noch machte man Witze darüber und lachte sich scheckig über das Bild mit Gollum, seiner Rolle Klopapier in den Händen und der Sprechblase drüber: »Mein Schatz!«

Senta schüttelte den Kopf. Sie verstand das nicht. Zu diesem Zeitpunkt waren in Deutschland gerade mal *siebzig* Infektionen registriert! War das den Leuten nicht klar? Siebzig Menschen, die sich einen Grippe-Erreger eingefangen hatten, von dem der Chefvirologe kurz zuvor noch gesagt hatte, er sei harmlos! Ein anderer, sehr angesehener Virologe erklärte zur selben Zeit, dass die gerade umgehende Influenza viel gefährlicher sei als Omega und im Übrigen auch viel mehr Todesopfer gefordert habe, während zu dieser Zeit in Deutschland noch kein einziger Omega-Toter zu beklagen war. Warum hielt man das Spotlight nun so auf diesen einen Erreger? Die Leute wurden mit einem zukünftigen Horrorszenario hypnotisiert, das noch gar nicht da war – und für das es auch keine Begründung gab. Vor allem: Warum wurde diese entwarnende und relativierende Stimme nicht in den Medien zitiert? Überdies: Diese siebzig Betroffenen waren noch nicht mal krank! Warum beruhigte man die Leute nicht?

Aber die Medien rechneten mit den siebzig Infizierten wie mit dem Reiskorn auf dem Schachbrett, unterstützt von skrupellosen Hochrechnungen karrieregeiler Studenten, die hanebüchene Milchmädchenrechnungen zum Besten gaben. Diese wurden abgedruckt und gingen viral. Die Leute gerieten in Panik.

Aufatmend registrierte Senta, dass es zeitgleich von höchst kompetenter Seite und mit unmissverständlichen Worten Entwarnung gab: Der Erreger ist *nicht* gefährlicher als ein Grippevirus. Senta war überglücklich. Denn diese Aussage stammte nicht von irgendwem, sondern vom Stanfordprofessor John Ioannidis, der Koryphäe schlechthin auf diesem Gebiet. Er war der am meisten zitierte Wissenschaftler überhaupt, titelüberhäuft, bekannt als der »Sargnagel der schlampigen Wissenschaft« und als Epidemiologe der Experte schlechthin auf diesem Gebiet. Niemand konnte seine Kompetenz infrage stellen. Er hatte mit seinen Prognosen immer richtig gelegen und war einer der intelligentesten Köpfe auf diesem Planeten – nicht zu vergleichen mit dem bisher erfolglosen und doch recht unsicher wirkenden Chefvirologen oder einem Tierarzt, der dem Kochstudio vorstand.

Ioannidis' Einschätzung hatte Gewicht. Seine Aussagen waren immer präzise begründet und wie erwähnt – hatten sich stets bewahrheitet. Doch seine Meinung, die doch mit am höchsten eingeschätzt hätte werden sollen, fand weder Gehör bei den Regierungen noch Platz in den Medien – und die Panik explodierte.

Senta war außer sich. Wie oft war dieser Versuch einer Pandemie gestartet und bisher vereitelt worden? Dass er diesmal zu gelingen schien, war der Auftakt zu etwas, was sie gar nicht benennen konnte. Es konnte doch nicht sein, dass die Pharmaindustrie weltweit einen solchen Einfluss auf Regierungen hatte! Aber früher oder später *musste* man andere Meinungen anhören und dann würde sich das Ganze als das entlarven, was es war: eine verabscheuungswürdige Geldmacherei auf Kosten der Bevölkerung. Das sah doch jeder!

Aufgebracht öffnete sie Facebook, um ihre Entrüstung mit anderen auszutauschen, dachte ernsthaft darüber nach, in der Zeit, die ihr ja jetzt zur Verfügung stand, eine Initiative gegen diese Machenschaften ins Leben zu rufen, als ihr die Kommentare auf der Startseite den ultimativen Schock versetzten.

»Warum unternimmt die Regierung denn nichts? Die müssen doch was tun! Wir haben Kinder!«

»Ich habe noch nie solche Angst gehabt! Selbst meine Psychopharmaka helfen nicht, am liebsten würde ich aus dem Fenster springen!«

»Diese unfähigen Politiker! Die wähle ich nie mehr, wenn die nicht endlich alles dicht machen!«

»Ich trau mich schon gar nicht mehr aus dem Haus!«

»Meine Mutter hat totale Depressionen ... Wie kann man sich verdammt noch mal gegen so etwas schützen? Es muss doch irgendetwas geben!«

»Sie sagen, sie entwickeln einen Impfstoff, hoffentlich kommt der bald!«

Ja, es gab auch Stimmen, die Sentas Meinung teilten, aber diejenigen, die Angst um ihr Leben hatten, waren eindeutig in der Überzahl.

Es waren diese Minuten, in denen ihre Beklemmung auf ein Höchstmaß fuhr. Denn ihr wurde schlagartig klar, wie leicht von Angst besetzte Menschen zu lenken waren: Sie würden alles tun, und sich alles gefallen lassen, aus Angst um ihr Leben und das ihrer Lieben und ohne zu merken, dass sie damit in eine weit größere Gefahr gerieten. Senta begann zu ahnen, warum die Panikmache in den Medien nicht gestoppt, sondern weiter geschürt wurde.

Und die leisteten ganze Arbeit. Das Land war in Aufruhr, die Menschen in Panik – sie schrien nach den Maßnahmen.

In Senta machte sich ein mieses, fauliges Gefühl breit, eines, das sie überhaupt nicht einordnen konnte, weil sie so etwas noch nie gespürt hatte.

Es war eine ganz neue Form von Angst.

♫ ♫ ♫

Doch endlich gab es einen Lichtblick. Ihr Opa war wieder da und sie verabredeten sich bei ihm zum Frühstück. Sensibilisiert durch die

Geschehnisse fiel ihr sofort auf, dass er schweigsamer war als sonst, sogar innerlich aufgeregt schien, ein Umstand, der sie nicht gerade tröstete.

Sie hatte Brötchen mitgebracht, den Tisch gedeckt, nun saßen sie sich gegenüber. »Was hältst du von der Sache?«, fragte sie ihn begierig. »Hast du schon mit Heribert und Fritz darüber gesprochen?«

»Wir reden von nichts anderem!«, antwortete Ludwig. »Seit Jahren ist das unser Hauptthema!«

»Seit Jahren? Aber das Ganze wurde doch erst jetzt aktuell.«

»Du drückst das ganz richtig aus! Es wurde aktuell.«

Senta stutzte. War das gerade eben Enthusiasmus und freudige Erregtheit in seiner Stimme gewesen? Zumindest war er nicht im Mindesten beunruhigt oder ärgerlich. Wie stets funkelte der Schalk in seinen Augenwinkeln und Senta fielen damit ganze Betonblöcke von der Brust.

»Du weißt doch, Sentalein«, fuhr er vergnügt fort, »Ist nicht das erste Mal, dass eine Pandemie durchgedrückt werden soll.«

»Für eine echte Pandemie braucht's aber per definitionem etwas mehr. Ich hoffe, die Regierung bleibt vernünftig.«

»Sehr unwahrscheinlich. Seit wann sind Regierungen vernünftig? Und was deine Pandemie-Definition angeht – die wurde vorsorglich schon längst geändert.«

»Bitte?«

»Du hast schon richtig gehört. Vorher musste es sich bei einer Pandemie um eine hochansteckende Krankheit handeln, die in hohem Maße tödlich ist. Nun können sie eine Pandemie ausrufen, wenn sich ein Erreger ausbreitet. Also praktisch immer. Ich würde sagen, das trifft auf jeden verdammten Virus zu, ob gefährlich oder nicht.«

»Aber Opa!«, rief Senta entsetzt. »Damit haben sie alles in der Hand! Sie können Pandemien ausrufen ohne Sinn und Verstand und wann es ihnen passt! Mit allen Maßnahmen und Regeln, die ihnen passen! Das können sie doch nicht machen!«

»Sie tun es doch gerade«, gab er gelassen zurück. »Tja, schnall dich an, meine Kleine. Es geht los!«

Er grinste sie an, verlor sich sichtlich in Gedanken, wirkte nach wie vor irgendwie aufgeregt und rührte geistesabwesend in seiner Kaffeetasse.

»Wie, was meinst du damit, es geht los?«, holte Senta ihn zurück. »Meinst du den Lockdown? Glaubst du, die ziehen das durch?«

»Würde mich schwer wundern, wenn sie es nicht tun. Die Leute haben Angst und schieben den Politikern die Verantwortung zu. Und die wollen sich ganz sicher nicht vorwerfen lassen, fahrlässig gehandelt zu haben.«

»Ja, das könnte sich kein Politiker leisten«, stimmte Senta zu. »Aber Opa, wenn sie den Katastrophenalarm ausrufen, gibt es ein Notstandsgesetz.«

»So ist es.«

Fröhlich blinzelte er ihr zu, was sie überhaupt nicht verstand.

»Und das nur weil die Medien außer Rand und Band sind? Das wäre doch grotesk!«

»Die Medien sind alles andere als außer Rand und Band, Senta. Die wissen genau, was sie tun. So einfach ist das nicht mit dem Erreger, meine Süße.«

»Opa«, stöhnte sie gequält. »Jetzt red doch endlich mal Tacheles! Heißt das, Omega ist wirklich gefährlich? Im Netz sind kaum klare Aussagen zu finden, außer, dass bestimmte Risikogruppen anfälliger sind. Aber das ist auch bei einem normalen Grippe-Erreger der Fall. Und die Bilder aus Italien, die schocken natürlich jeden. Und die aus UK! Hast du eine Erklärung dafür?«

»Dafür gibt es zig Erklärungen!* Man kann einen Erreger nicht einfach aus der Masse von Faktoren isolieren. Du musst die Umweltbedingungen miteinbeziehen und die gesamte Ökologie, dann erfährst du genau, warum es Hotspots gibt, warum die Todesrate in manchen Ländern höher ist als anderswo. Es gibt so vieles, das nicht beleuchtet wird.«

»Schieß los! Ich brenne darauf!«

»Ja, zum einen wurde in Italien Anfang des Jahres eine Typhuszwangsimpfung veranlasst. In Bergamo haben sie an die vierzigtausend Meningokokkenimpfungen durchgeführt und jeder weiß, dass es äußerst gefährlich ist, in die Inkubationsphase einer Epidemie hinein zu impfen. Interessanterweise sind genau die gestorben, die geimpft wurden. Verfolg das mal mit. In den Ländern, in denen eine hohe Impfquote besteht, wird auch die Mortalitätsrate steigen. Deutschland ist impffaul. Wir haben gerade mal siebenunddreißig Prozent. Italien, Spanien, Frankreich und Schweden liegen bei fünfzig Prozent, England bei stolzen siebzig. Und in New York wurden noch im Februar kostenlose Massenimpfungen angeboten. Beobachte es. Du wirst sehen, dass ich recht habe. Es gibt auch Studien dazu. Und die genannten Hotspots wie Italien, New York und so weiter sind berüchtigt für sehr hohe Feinstaubgehalte, die nachweislich das Immunsystem und die Lungen angreifen. Klar, dass das Virus hier großen Schaden anrichtet und die Lungen nicht gut aussehen. Aber nicht nur dieser Virus tut das – sondern *alle* Erreger, die die Atemwege angreifen. Nur sind das jetzt halt alles Omega-Opfer, weil man den Scheinwerfer auf einen Erreger richtet, und alles weitere ausblendet.«

»Opa! Das muss publiziert werden! Damit man den Menschen helfen und sie schützen kann!«

Ludwig Buchinger lachte.

»Ach, Senta, du wirst bald merken, dass das niemanden interessiert.«

»Moment mal! Es wäre doch schrecklich, wenn es niemanden interessiert«, stammelte sie und wurde immer verstörter. Das waren überhaupt keine guten Aussichten, aber warum nur war ihr Opa so gut gelaunt? In seinen Augen stand schlicht Begeisterung. Sogar mehr als das. Das war ja fast Jubel?! Für Senta ergab das alles keinen Sinn. Gespannt wartete sie auf eine Erklärung.

»Ja, klar, auf den ersten Blick ist das schrecklich«, fuhr ihr Opa fort. »Und es ist auch nicht schön, dass es nun so viel Leid gibt. Das bedaure ich sehr. Aber wenn alles so kommt, wie wir das prognostizieren, wäre das …« Er unterbrach sich und richtete seine glänzenden Augen auf Senta. »Mein Mädchen, das wäre unglaublich! Einfach unglaublich! Dass ich das noch erlebe!«

Erregt stand er auf und lief in der kleinen Küche hin und her.

»Jetzt lass doch endlich die Katze aus dem Sack! Ich verstehe rein gar nichts!«

»Macht nix!«, rief er, aber sein Blick weilte schon wieder in weiter Ferne und er schien geradezu Mühe zu haben, zu ihr zurückzukehren. Aber als er es tat, lächelte er sie zärtlich an.

»Ich kann und darf jetzt noch nichts sagen. Ist noch zu früh. Wir wollen das ganz genau überprüfen, aber sobald alles sicher ist, bist du unter den Ersten, die es erfahren. Versprochen! Bis dahin: Bleib positiv! Das ist wichtig! Sehr wichtig sogar!«

»Wer ist wir? Onkel Fritz und Onkel Heribert?«

»Nicht nur wir drei! Da sind auch viele andere mit dran. Wenn du willst, kannst du gern bei unserem nächsten Diskussionsabend dabei sein, wie wäre das?«

»Absolut super! Plan mich ein! Ich brenne darauf! Was ist eigentlich mit eurem Forschungsprojekt? Ist sicher auch geplatzt, oder?«

»Nein, keineswegs! Es ist sogar aktueller und dringender denn je.«

Sie stellte weitere Fragen, aber zum ersten Mal blockte ihr Großvater und lenkte das Gespräch auf andere Themen, zum Beispiel auf ihre finanzielle Situation, die nicht gerade erbaulich war. Sie seufzte.

»Muss mal sehen, ob ich vorübergehend in einer Uni unterkomme … Sag mir, wenn du was hörst.«

»Unis machen einen großen Bogen um mich, Senta. Ich frage mal Fritz und Heribert. Aber hör mal, warum ziehst du nicht wieder zu mir? Ich könnte Hilfe im Garten brauchen.«

»Oh, Opa, das wäre so toll! Und ich würde dir nicht auf die Nerven gehen?«

Er lachte. »Nein, ganz sicher nicht! Ich freu mich darauf, dich wieder hierzuhaben! Es geht nur nicht gleich, weil Heribert für ein paar Wochen kommen möchte. Und danach werde ich ja auch für eine Weile weg sein. Aber danach sind wir wieder zusammen. Das wird schön!«

»Ja, das wird schön!«, rief sie und fiel ihm um den Hals. »Ich liebe dich, Opa. Du bist der allerbeste Mensch der Welt!«

Das war das Highlight des Tages! Keine Miete zahlen zu müssen war schon mal eine totale Erleichterung und bei ihrem Opa zu sein, die Krönung! Noch dazu, weil er so gut drauf war und sich nicht aus der Ruhe bringen ließ. Senta strahlte, hüpfte im Zimmer umher und busselte ihn stürmisch ab. Gerührt drückte Ludwig seine Enkelin an sich und in gehobener Stimmung fuhr sie nach Hause.

♫ ♫ ♫

Auch Jeff und Charlene verfolgten die Geschehnisse, im gleichen Mix gefangen wie Senta – zwischen Unsicherheit, ob der Erreger tatsächlich so gefährlich war, wie es ihnen verkauft wurde, Verständnis für die Besorgnis der Menschen und Bereitschaft für die geplanten Schutzmaßnahmen, solange man noch nicht wusste, wie das alles verlief.

Wie es ihre Art war, begann Charlene sich intensiv mit dem Thema zu beschäftigen. Es war vorherzusehen, dass die Thematik in die Sendungen einfließen würde. Sie meditierte viel. Jeff kam es vor, als sammle sie ihre Kräfte.

Wie stets war sie heiter und gutgelaunt, beruhigte ihre Freundin Henriette, die Angst vor dem Lockdown hatte, da ihr damit sämtliche Einnahmen wegbrechen würden. Auch Georgie, ihr Coiffeur war eher kritisch gestimmt.

»Mir geht es nicht um mich«, sagte er. »Ich habe meine Reserven, aber für viele meiner Kollegen ist das existenzbedrohend.«

»Sie reden von zwei, drei Wochen«, beruhigte Sophie. »Bin gespannt, wie sie das mit der Schule machen. Ich sehe das wie Georgie. Für uns ist das nicht so schlimm. Wir haben einen Garten, den Kindern geht es gut zu Hause, aber was machen die Leute, die in einem Eineinhalbzimmer-Apartment eingeschlossen sind? So wie die Leute in Italien, die jeden Abend auf dem Balkon singen und klatschen?«

»Das ist so toll«, schwärmte Hennie. »Diese Solidarität! Total bewegend.«

»Na, ich weiß nicht«, konterte Johanna. »Für mich hört sich das eher an wie ein Gefangenenchor.«

Erstaunt wandten sich alle ihr zu. Johanna sprühte normalerweise vor Humor und Lebenslust. Diesmal aber war sie nicht nur ernst, sondern geradezu düster – sie verzichtete sogar darauf, sich mit Georgie zu kabbeln. Das war ein ernstzunehmender Hinweis und Charlene nahm sich vor, sie später unter vier Augen zu fragen. Aber vorerst wurde das Gespräch auf das Moonlight-Radio gelenkt.

»Das wird bestimmt super! Ich freu mich schon!«, sagte Sophie.

»Um ehrlich zu sein, ich giere drauf«, ließ Hennie sich vernehmen. »Gehst du auf die Situation ein?«

»Wird sich nicht vermeiden lassen. Ich reagiere auf die Hörer.«

»Bist du aufgeregt?«, fragte Georgie. »Ich hätte dir gern einen neuen Haarschnitt verpasst, aber es sieht dich ja eh keiner. So schade!«

»Mal sehen, ob das wieder so spannend wird wie mit Jeff!«

»Also, wir unterstützen wieder!«, versprach Johanna. »Mein Netzwerk läuft schon heiß – ich hab die Ankündigung überall geteilt!«

»Danke, ihr Süßen! Ich bin selber sehr gespannt!«

»So was wie mit Jeff ist zwar nicht wiederholbar, aber irgendwie steht für mich das Moonlight-Radio für Knalleffekte – auf den warte ich!«, verkündete Georgie.

»Mann, Leute!«, rief Charlene und hob ihr Glas. »Die größten Knalleffekte bietet das Leben! Und darauf trinken wir! Auf das Leben!«

»Auf das Größte, was wir haben!«, skandierte der Rest der Gruppe und brach danach in Jubel aus. Georgie war in seinem Element, er legte Musik auf und kurze Zeit später tanzten alle ausgelassen im Wohnzimmer umher.

Ja, das Leben war schön! Und das konnte einem keiner nehmen!

♫ Mad World ♫

Gary Jules

Doch die Welt änderte sich.

Der erste Dominostein war gefallen, der Einsturz lief weiter. Die Leipziger Buchmesse wurde abgesagt, insgesamt an die 80 000 Veranstaltungen in den darauffolgenden Tagen und Wochen gestrichen. Das wirtschaftliche Wachstum kam stotternd und etappenweise zum Erliegen. Flüge wurden storniert, Reisen war nicht erlaubt, Grenzen wurden geschlossen, der Dax verzeichnete den höchsten Verlust seit den Terroranschlägen vom 11. September.

Und Mitte März 2020 war es soweit: Die gesamte Welt wurde stillgelegt.

Für Senta war das ein Ereignis, das sie geistig gar nicht erfassen konnte. Die Nationen waren voneinander abgeschnitten, niemand konnte in ein anderes Land reisen und feststellen, ob das, was in den Nachrichten gebracht wurde, auch wirklich stimmte.

Auf der gesamten Welt wurden die Menschen in ihre Häuser gesperrt und isoliert. Welch eine Macht stand dahinter, die das zuwege brachte? Es war gespenstisch: Schulen wurden dicht gemacht, Kinderspielplätze abgeriegelt, die Bundesliga abgepfiffen, Vereinssport verboten. Die Bürger durften ihre Häuser nur noch zum Einkaufen oder für Arztbesuche verlassen und mit niemandem außer ihren direkten Familienangehörigen zusammensein. Soziale Kontakte wurden untersagt, Händeschütteln und eine Umarmung zum No Go. Der Begriff des Social Distancing erhob sein unseliges Haupt.

Als der Katastrophenalarm ausgerufen wurde und das Notstandsgesetz in Kraft trat, verstärkte sich Sentas Unwohlsein, denn nirgendwo wurde ein Enddatum angegeben. Man sprach lapidar von drei Wochen. Daran wollte sie glauben. Drei Wochen waren eine absehbare Zeit und wenn es half, hatte sie überhaupt nichts dagegen.

Viele Menschen waren angeregt aufgrund dieser ungewöhnlichen Situation, was ihre innewohnende Güte bewies. Sie wollten einen Beitrag leisten, wollten Leben schützen, Solidarität zeigen und waren bereit, auf Verdienst, Kontakt und ihr übliches Leben zu verzichten, zum Wohle anderer. Zum ersten Mal im Leben vieler fand die Katastrophe nicht irgendwo weit weg in der Welt statt, sondern im eigenen Hinterhof und es war ergreifend zu sehen, wie alle zusammenhielten. Das fand auch Senta.

Dennoch klopfte ihr Herz unverhältnismäßig stark, als sie die Konditionen durchlas, die die Regierung den Menschen vorgab.

Sie hatte absolutes Verständnis dafür. Die Gefahr war nicht einschätzbar – es *musste* reagiert werden. Was hätte sie denn getan, hätte sie die Verantwortung gehabt? Keiner der Politiker war Fachmann auf dem Gebiet, also mussten sie erst mal die Bevölkerung schützen, bis sie sich ein detaillierteres Bild machen konnten, bis mehr Informationen und vor allem Daten vorlagen. Das war umsichtiges Verhalten und das begrüßte sie.

Sie konnte sich beim besten Willen nicht vorstellen, dass die Staatsoberhäupter aus Jux und Tollerei die Wirtschaft vernichteten, die doch auch deren Existenzgrundlage war. Das rief sie sich stets ins Gedächtnis, vor allem, wenn sie die Handhabe anderer Länder mitbekam, wo Polizei die Menschen überwachte, das Militär auf der Straße präsent war, als herrsche Krieg, und die Leute noch nicht mal zum Sporttreiben aus ihren Häusern rausdurften. Da waren die Bedingungen in Deutschland trotzdem noch angenehm. Und wenn es darum ging, Menschenleben zu schützen, war das sowieso keine Frage.

Von ihrem Opa war eine Nachricht gekommen, dass er sich spontan mit Heribert auf Fritz' großes Anwesen im Norden Deutschlands zurückgezogen hatte. Vermutlich saß er jetzt dort fest. Er schrieb ihr, dass sie schon mal das Haus nutzen könne, sobald ein Umzug möglich sei.

So befand sich Senta unter jenen, die den Lockdown völlig allein durchstehen mussten, und sie beneidete alle, die Familie hatten.

In diesen Tagen dachte sie darüber nach, wie es wäre, einen Partner zu haben, Kinder zu haben, eine funktionierende Familie – wie Melanie.

Die berichtete ihr, wie toll das Leben gerade sei. Der Tagesablauf habe sich entschleunigt, die Kinder seien bei ihr, sie selbst war auf Homeoffice umgestellt, ihr Mann war ohnehin selbstständig. Sie machten nun viel mehr gemeinsam und das Leben laufe viel intensiver und ruhiger ab.

»Man spürt sich ganz anders, ohne diesen äußeren Druck«, schwärmte sie, angeregt von der Exotik der Situation.

Ja, das klang schön. Das klang innig. Die Worte ihres Großvaters kamen Senta in den Sinn: »Irgendwann musst du deine Kindheit aufarbeiten, Senta, da kommst du nicht drum rum.«

Er schien recht zu behalten. In diesen Tagen kam tatsächlich viel in ihr hoch. Groll, weil ihre Eltern es nicht geschafft hatten. Ärger, weil sie sich nach wie vor nicht um ein gutes Verhältnis bemühten. Trauer, weil beide ihr weder Interesse noch Liebe entgegenbrachten. Senta dachte viel nach. Über Beziehungen. Über Familie. Über ihre Glaubenssätze. Sie schob sie weg, sie kamen wieder. Sie griff sich ein Buch, um sich abzulenken – und konnte sich nicht konzentrieren. Alte Emotionen schwappten wie Wasser über die Ufermauer ihrer Seele – und die Flut stieg.

♫ ♫ ♫

Eineinhalb Wochen Einsamkeit lagen hinter ihr. Die Studenten in ihrer Mieteinheit waren allesamt zu ihren Eltern gefahren, ihre Mutter hatte sich mit Desinfektionsmittel eingedeckt, ließ sich Essen an die Tür liefern, befand sich im Panikmodus und hatte sich jeden Besuch verbeten.

Senta redete sich ein, dass ihr das nichts ausmachte. Aber es machte ihr etwas aus. Die gesamte Situation machte ihr etwas aus. Es war nicht das Alleinsein. Es war eine tiefere Angst, die sich drohend aus ihren Untiefen erhob und der sie nach wie vor auswich. Das Ohnmachtsgefühl, die Unfreiheit, die sie während der Jahre mit ihrer Mutter erlebt hatte, auch das kochte hoch. Mit Mühe machte sie sich klar, dass das eine mit dem anderen nichts zu tun hatte, aber innerlich hörte sie ihren Opa lachen:

»Wirklich nicht, Senta? Schau genau hin!«

Sie hätte ihn so gern bei sich gehabt! Überhaupt irgendjemanden!

Klar, sie konnte telefonieren, skypen, zoomen, aber je länger der Lockdown dauerte, umso abartiger kam ihr diese virtuell-soziale Welt vor, desto mehr sehnte sie sich nach persönlichem Kontakt, nach Nähe und Herzlichkeit. Einmal mehr dachte sie darüber nach, was es bedeutete, Mensch zu sein. Ob sie gerne Mensch war. Diese Fragen schienen ihr essenzieller denn je, jetzt, wo alles, was das Menschsein ausmachte, verboten wurde.

Sie wusste, dass die Gehirne und Herzen zweier Personen sich erst synchronisierten, wenn sie sich auf einen Meter Abstand nahe waren. Wusste, dass Isolation der massivste Stressfaktor für Menschen und damit eine der größten Krankheitsursachen ausmachte. Sie wusste auch sehr genau, dass Berührung und Kontakt überlebenswichtiger Bestandteil der menschlichen Natur war, dass auf diese Weise das Immunsystem unterstützt wurde – und dass Menschen, die sich in großen Gruppen versammelten, auf gleicher Frequenz schwangen, Großartiges bewirken konnten.

All das war gerade nicht möglich. Sie konnte nicht umhin, sich zu fragen: War das die tiefere, subtilere Absicht dahinter? Sollte genau das verhindert werden?

Tatsache war: Es wehte ein anderer Wind in der Welt. Die Leute wichen einander aus, Streifen auf dem Boden verhinderten Nähe. Die Plastikfolien zwischen ihr und den Kassiererinnen irritierten sie, vor allem aber – und dagegen konnte sie sich einfach nicht wehren, wie sehr sie sich auch bemühte – verstörte sie der Anblick von maskentragenden Menschen. Stummgeschalteten Menschen.

Sie wurde einfach den Eindruck nicht los, dass hier grundlegend etwas falsch lief. In Facebook führten etliche mit Stolz offene Tagebücher über ihre Quarantäne, im Bewusstsein, einen wichtigen Beitrag zu leisten und Leben zu schützen. Das beschämte Senta. Warum konnte sie das nicht auch so sehen? Sie versuchte es ernsthaft, machte das Beste aus der Situation, trieb viel Sport – was ihr guttat –, informierte sich stundenlang im Netz, las alles, was ihr unter die Finger kam – was ihr weniger guttat.

Immer und immer wieder stellte sie fest, dass die Aussagen der Offiziellen an Gehaltlosigkeit nicht zu überbieten waren, während die Gegenseite, die sich zu formieren begann, ganze Arbeit leistete. Die Stimmen, die die Zahleninterpretation der Regierung kritisierten, wurden lauter und zahlreicher. Es bildete sich Communitys, Ärzte, Mathematiker, Wissenschaftler, Experten, die Fakten sammelten und ins Netz stellten. Diese Kanäle orientierten sich an den offiziellen Zahlen und arbeiteten diese viel präziser auf, als die Verantwortlichen das taten – das gab Senta Hoffnung. Eine Falschmeldung nach der anderen wurde aufgedeckt, eine Behauptung nach der anderen widerlegt – das *musste* doch irgendwann berücksichtigt werden!

Doch nichts davon schien zur Regierung vorzudringen. Nichts in die Leitmedien. Die Berichterstattung blieb die gleiche, die Panikmache wurde sogar noch schlimmer.

Immer aufgebrachter verfolgte Senta, wie die WHO und Politiker, die doch allesamt auf keinerlei Ausbildung in diesen Fragen zurückgreifen konnten, mit Zahlen um sich warfen, die für einen Menschen mit gesundem Menschenverstand blanker Hohn waren.

Sie redeten von Infizierten, von Ansteckungszahlen … ja, natürlich waren viele Menschen infiziert! Was war neu daran? Ansteckung war sogar etwas Gutes, denn nur so konnte man auf natürliche Weise Antikörper entwickeln. Ein Immunsystem musste trainiert werden, es brauchte Sparringspartner. Wie viele steckten sich Jahr für Jahr, oft sogar mehrmals, mit einer Grippe an? Senta schlug nach: etwa 60 bis 70 Prozent der Bevölkerung. Bezogen auf die Einwohner in Deutschland wären das rund 60 *Millionen* Infizierte – bisher hatte diese Zahlen niemanden interessiert und schon gar keinen beunruhigt. Es war *normal*. Und jetzt wurde Panik verbreitet, wegen ein paar *Hundert* Infizierten, die man herbeigetestet hatte? Die noch nicht mal Krankheitssymptome aufwiesen? Omega-Kranke, die sagten, sie hätten *das Gefühl gehabt, zu sterben*, und es sei »richtig schlimm« gewesen, wurden in den Anfängen der Pandemie medial ausgeschlachtet – auf die billigste Art und Weise und den Leuten damit noch mehr Angst eingejagt.

»Wer glaubt denn so eine Scheiße?«, ranzte sie ihren Computer an, als sei er es, der das alles behauptete. »Was bildet sich diese unverschämte Pharmaindustrie nur ein? Stilisiert einen Grippe-Erreger mithilfe dieser Mafia-Medien zum Killer hoch und verdient sich eine goldene Nase dran?«

Als obendrein bekannt wurde, dass der Test des Chefvirologen weder validiert war noch funktionierte, aber trotzdem millionenfach eingesetzt wurde, schwand ihr Vertrauen gänzlich. Wie konnte das angehen? Wie war es möglich, dass die Regierung auf diese Tatsachen nicht reagierte?

Ja, es gab schwere Verläufe. Es gab Tote, die zu bedauern waren, Angehörige, die um ihre Liebsten weinten. Das durfte man nicht leugnen.

Das wollte Senta auch nicht, doch wie hätte man diese Fälle betrachtet, wäre nicht der Fokus nicht auf Omega gelegen?

Wissenschaftlich betrachtet war die Gesamtzahl der schweren Verläufe wie der Todesfälle so gering, dass sie die der vorherigen Grippewellen nicht überstieg. Die Ausrufung einer Pandemie war schlicht nicht gerechtfertigt. Es starben ja auch an Influenza und ziemlich vielen anderen Erregern jedes Jahr Menschen. Nie war deswegen ein Lockdown verhängt worden. Doch für Senta blieb es verständlich, dass die Regierung Zeit brauchte, um sich zu informieren. Sie tat das ja auch.

Zwischen ihren Freunden wurden Zahlen untersucht, Fragen gestellt, eifrig Aufklärungsvideos hin- und hergeschickt, mit der Bitte, das zu teilen. Doch keine dieser Stimmen, obschon von wirklich qualifizierten Leuten geäußert, landete in einem Leitmedium. Besonders abgefeimt war, dass stets die Todes- und Infektionszahlen anderer Länder ins Feld geführt wurden – wohlwissend, dass diese sehr schwer überprüfbar waren, während sich die Regierung in die Brust warf, dass es in Deutschland deshalb so glimpflich ablief, weil die Bürger alle so brav waren. Wieso waren die Zahlen in Italien und Spanien dann trotzdem so hoch, obwohl die doch einen viel strengeren und längeren Lockdown hatten? Obwohl die Leute dort gezwungen wurden, Masken zu tragen, und nicht rausdurften?

Die Angst wuchs, auf beiden Seiten, aus unterschiedlichen Gründen. Senta konnte diesen sechsten Sinn einfach nicht unterdrücken, so sehr sie ihn auch mit vernünftigen Argumenten zukleistern wollte.

Das Vertrauen der meisten Bürger in den Staat schien hingegen ungebrochen. Es war ihnen bisher gut gegangen, wieso sollte das jetzt anders sein?

Das war genau der Punkt. Es *war* einfach anders. Grundlegend anders. Senta witterte das wie ein Reh den Jäger. Und sie war nicht die Einzige.

♫ Movement ♫

Fougère

Als Charlene nach zwei Jahren wieder auf dem Parkplatz des Studios stand, in dem sie fünf der intensivsten Monate ihres Lebens verbracht hatte, regte sich ihr Herz auf sehr seltsame Weise. Erinnerungen überfluteten sie und es war ihr nicht möglich, sofort auszusteigen.
Für eine Minute blieb sie noch im Wagen sitzen, suchte den Mond am Himmel. Er war von Wolken verdeckt, sein Schein drang nur diffus durch

das dunkle Grau. Sie hatte bereits den Türgriff in der Hand, als sich plötzlich eine Wolke verschob und der Mond in vollem Glanz erschien.

»Wow, du siehst so schön aus«, flüsterte sie ihm zu, spürte diesem Gefühl in ihrem Herzen nach.

Was war nur los mit ihr? Sie empfand eine Art Endzeitstimmung, als steige sie für einen allerletzten, alles entscheidenden Kampf in den Ring. Es war dasselbe Gefühl, das sie gehabt hatte, als sie das erste Mal von Omega gehört hatte. Dieser Geruch nach Abschied – wovon? Aber es war kein negatives Gefühl, es war … Wie war das eigentlich? Wieder schaute sie zum Mond, als hätte er die Antwort auf ihre Frage. Die Magie seines Lichts verzauberte die Nacht. Hing er tiefer? Irgendwie erschien er ihr viel näher als sonst. Charlene fühlte sich wie in eine andere Welt versetzt, als wäre diese hier gar nicht real, sondern nur eine Illusion. Erneut überkam sie diese seltsame Aufbruchsstimmung. Als ihr das gewahr wurde, schüttelte sie leicht den Kopf und stieg aus, hoffend, dass diese merkwürdige Stimmung verfliegen würde. Aber eher verstärkte sie sich mit jedem Schritt, den sie ging, bis sie schließlich sie vor der Studiotür stand. Tief atmete sie durch, bevor sie die Klinke hinunterdrückte. In diesem Moment war ihr, als flögen mit ihr zusätzliche Energien in den Raum. Das wurde ja immer eigenartiger! Sie war froh, Harry zu sehen. Harry, der sie breit anlächelte, seine Arme öffnete und sie lange an sich drückte.

»So schön, dass du wieder da bist«, flüsterte er bewegt in ihr Ohr.

»Ich freue mich auch«, erwiderte sie warm. »Dörfler ist ein Juwel, er weiß es nur nicht.«

»Seit der Sache damals ist er ohnehin anders«, berichtete Harry. »Er ist übrigens auch hier.« Er kicherte. »Ich hab gesehen, wie er sich eine Flasche Sekt aufgemacht hat. Bin mir sicher, dass er jedes Wort von dir verfolgt.«

Er führte sie zu dem großen halbrunden Schreibtisch mit dem abgehängten Mikro. Mit nostalgischen Gefühlen blickte Charlene über die Geräte und Regler. Wieder überkam sie das Empfinden, nicht allein im Raum zu sein.

»Ist alles noch so, wie es war«, versicherte Harry. »Möchtest du trotzdem eine Einweisung?«

»Nein, danke, alles okay.« Sie spähte auf die Uhr.

»Playlist ist drin. Du hast noch Zeit für deine Meditation.«

»Machst du mit?«

Harry nickte glücklich. »Klar! Wenn ich darf?«

Sie lachte leicht. »Aber natürlich, Harry! Du warst schon immer ein perfekter Verstärker!«

Es war zehn Minuten vor elf. Harry schaltete Musik ein und zündete eine Kerze an. Charlene hielt ein Räucherstäbchen an die Flamme. Würziger Duft schwebte in einer grazilen Rauchfahne in die Luft.

Diese kleinen Vorbereitungen verstärkten die ohnehin mystische Atmosphäre. Die Energie im Raum lud sich schlagartig auf, als käme ein zusätzlicher Push aus dem Universum. Noch während Charlene ihr Kissen auf dem Boden platzierte, zog es ihr die Augen zu, und sobald sie mit dem Rücken zur Wand saß, schoss die Energie in ihr so gewaltig nach oben, dass sie meinte, das Bewusstsein zu verlieren. Sie bekam gar nichts mehr mit, außer diesem Energiewirbel, dessen spiralige Bewegung ihr gesamtes System auf eine andere Ebene hievte. Sie fühlte sich geradezu in andere Dimensionen geschleudert, in Sphären, die so lichtvoll waren, dass sie ewig hätte drin verweilen wollen. Ihr Mund öffnete sich leicht, ihr Kopf war leer, ihre Seele leuchtete.

Es war ein so göttlicher Zustand, dass sie alles um sich herum vergaß. Ihr Herz weitete sich vor Staunen. Sie meditierte nun schon seit knapp dreißig Jahren, aber so schnell war sie noch nie in diese Dimensionen eingetaucht. Was war das nur? Obwohl doch die Welt gerade im Chaos versank, hatte sie sich nie erhabener gefühlt, nie glücklicher und nie erfüllter als in diesen Minuten. Es war ein wunderbar freier Zustand. Sie hätte vor Dankbarkeit weinen und vor Freude lachen mögen.

Als sie die Augen öffnete, schien der Raum zu flimmern. Weder Harry noch sie sprachen ein Wort, wahrten instinktiv die Energie, tätigten stumm die letzten Handgriffe. Charlene fühlte sich transparent, als hätte sie keinen Körper mehr.

Mit diesem lichten Gefühl setzte sie sich vor das Mikro, zog es vor ihren Mund und verharrte mit geschlossenen Augen. Es war eine Minute vor elf. Der Raum war still.

Um Punkt 23:00 Uhr ertönte ein Gong, die Nachrichten wurden vom Band eingespielt, danach erklang nach zwei Jahren wieder das Soundlogo des Moonlight-Radios. Harrys Mundwinkel bogen sich nach oben.

Pianoklänge begannen in den Äther zu perlen, Elektrizität begann zu fließen, Charlene baute Kontakt zu ihren Hörern auf. Fasziniert beobachtete Harry diesen Vorgang, während die Musik aufrüttelnder wurde, sich steigerte, ebenso wie Charlenes Konzentration. Es war fast unheimlich, wie stark das bewusste Herstellen ihrer Verbindung zum Publikum zu spüren war. Harry sah förmlich vor sich, wie Charlene ein leuchtendes Feld hinausschickte, das sich mit dem der Hörer verband. Die Musik schwoll an, näherte sich einem ersten Höhepunkt.

Auf ihren Lippen lag ein Lächeln und schließlich erklangen die Worte, die Harry insgeheim so lange vermisst hatte:

»Guten Abend, liebe Hörer, hier ist das Moonlight-Radio!«

Ein kleiner Jauchzer entfuhr ihr, der epische Song setzte voll ein und Charlene ließ ihn ein paar Sekunden laufen, bevor sie die Lautstärke wieder etwas reduzierte.

»So schön, wieder bei euch zu sein!«, sprudelte es aus ihr voller Freude heraus. »Nach so langer Zeit! Von ganzem Herzen begrüße ich euch zu dieser ungewöhnlichen Stunde und freue mich auf umwälzende Minuten mit euch!«

Harry genoss jedes einzelne Wort ihres Intros, das inzwischen Kultstatus erreicht hatte und das an diesem Abend besondere Bedeutung zu haben schien.

»... hier wird nicht nur dahergeschwatzt! Wir wollen etwas Großes starten! Und das Größte, was wir haben, ist unser Leben! Das Größte, das wir haben, ist unsere Schöpferkraft! Und die brauchen wir gerade mehr denn je!«

Wieder floss Musik in ihre Worte, vermischten sich die Harmonien. Harry lächelte, als er ihren alten Schlachtruf vernahm. Ja, genauso kam ihm das gerade vor: wie ein kampflustiger Aufruf zum Leben! Der Song tröpfelte mit sanften Pianoklängen aus, ein nächster schloss sich an.

»Kümmern wir uns also um das Leben!«, rief Charlene gut gelaunt ins Mikro. »Das Leben, das gerade so verrückt spielt! Die Welt, die uns unsere Illusionen gnadenlos um die Ohren haut! Die uns einen Spiegel vorhält, in den so mancher nicht schauen möchte, der euch aber wunderbare Chancen eröffnet! Ihr wisst ja: Je größer die Krise, umso tiefgreifender können die Ergebnisse sein. Also lasst uns in die Hände spucken, die Ärmel hochkrempeln und die nötige Arbeit tun!«

Harry lächelte und hätte sich nur zu gern ein Glas Sekt von Dörfler abgestaubt. Schon jetzt fühlte er sich besser als eine halbe Stunde zuvor.

»Ich wage, sagen zu können, dass wir letztlich alle das gleiche Ziel haben«, tönte ihre Stimme wieder an sein Ohr. »Eine Welt ohne Angst, eine friedliche Welt voller Glück und Freude. Nie gab es eine bessere Zeit, wo uns die Geschehnisse ja geradezu zwingen, nach innen zu gehen. Lasst uns diese Chance nutzen! Und was die derzeitige Situation angeht, so lasst mich euch sagen: Dinge passieren, damit andere Dinge passieren – und bei diesem Schöpfungsprozess wollen wir dabei sein. Live!«

Die Musik übernahm. Harry lächelte. Schon diese paar Worte hatten ihn aufgemöbelt, auf eine Weise, die er nicht wirklich verstand und nicht verstehen wollte. Dörfler hatte so recht gehabt! Die Menschen brauchten das Moonlight-Radio, brauchten positive Energie. Sie strömte aus dem Studio in die Welt, bereit von denen aufgenommen zu werden, die sich nach einer besseren Welt sehnten. Tief befriedigt lehnte Harry sich zurück.

Auch Jeff sank auf seinem Stuhl nach hinten. Er war zu Hause, der Tag war nicht besonders gut für ihn gelaufen. Sein Versuch, seine Geschäftspartner wiederzubeleben, hatte eher das Gegenteil erreicht, er fühlte sich down.

Charlene wieder übers Radio zu hören, hatte für ihn eine ganz besondere Bedeutung. Seine stahlblauen Augen wurden dunkel, als er sich an den Tiefpunkt seines Lebens erinnerte, das eine Wende erfahren hatte, als er das erste Mal das Moonlight-Radio gehört hatte. Aber hatte sich in diesen zwei Jahren wirklich etwas verändert?

In diesem Moment wünschte er sich, er könnte wieder anrufen, wie damals, und Charlene Dinge fragen, die ihn belasteten. Er erschrak. War er belastet? Sein Herz klopfte. Ja, er war es. Und warum fragte er sie nicht einfach? Weil er sich schämte. Weil die Rollen nicht mehr die gleichen waren. Und weil alte, totgeglaubte Gefühle in ihm wucherten und er Mühe hatte, diese zu unterdrücken. Er wollte für Charlene ein gleichwertiger Partner sein und nicht jemand, der Hilfe brauchte, vor allem keiner, der auf ihre Kosten lebte! Oh, wie er dieses Gefühl hasste! Das Gefühl, nicht gut genug zu sein, versagt zu haben. Verdammt! Das war immer noch präsent. Nun saß er wieder vor dem Radio – wie zwei Jahre zuvor – und suchte Trost, hoffte, dass sie etwas sagte, was ihn aufbaute. Ein ungläubiger Schnaufer entfuhr ihm, als er sich dessen gewahr wurde.

»Charlene«, flüsterte er. »Ich will doch stark sein für dich.«

Mit gemischten Gefühlen hörte er ihr weiter zu.

»Warum ist diese Zeit so einzigartig? Weil sie ein unmissverständlicher Aufruf ist, euch selbst kennenzulernen. Weil sie rausholt, was in euch ist. Unser immer noch erklärtes Ziel hier im Moonlight-Radio ist es, glücklich zu sein. Das ist euer Geburtsrecht, das ist unser aller Geburtsrecht, und genau darum geht es hier.«

Ihre Stimme klang so nah, als säße sie neben ihm. Als läge ihr moosgrüner Blick, den er so liebte, auf ihm.

»Ja, die Welt ist voller Horrormeldungen«, machte sie weiter. »Das bewirkt bei jedem etwas anderes. Lasst mich daher mit einer Geschichte starten.«

Ein paar Pianoklänge tröpfelten in den Raum, gaben Zeit, sich zurückzulehnen.

»In dieser Geschichte geht es um einen Weisen, der in eine Stadt kam, in der ein sehr frommer Sadhu lebte. Er beschloss, ihn zu besuchen, und klopfte an dessen Tür. Der Sadhu bat den Weisen in sein Haus und sowie sie saßen, sagte der Weise: ›Gib mir Feuer!‹

›Ich habe kein Feuer‹, antwortete der Sadhu. Der Weise erwiderte nichts darauf. Aber nach einer Weile forderte er wieder: ›Gib mir Feuer!‹.

›Ich sagte doch schon, ich habe kein Feuer‹, entgegnete der Sadhu etwas ungehalten. Der Weise blieb still, aber nur für eine Weile und schon bat er wieder: ›Gib mir Feuer!‹.

›Meine Güte, verstehst du denn nicht? Ich *habe* keine Feuer!‹, rief der Sadhu aufgebracht. ›Gib mir Feuer!‹, entgegnete der Weise daraufhin stur und brachte den Sadhu damit zur Weißglut. ›Ich habe kein Feuer!‹, schrie er wutentbrannt. Der Weise ließ sich nicht beirren: ›Gib mir Feuer!‹, insistierte er. Völlig außer sich sprang der Sadhu auf, raufte sich das Haar und brüllte: ›Was für ein Mensch bist du? Du willst weise sein? Wie kann man nur so schwer von Begriff sein! Ich *habe* kein Feuer!‹. Vor Wut warf er einen Becher gegen die Wand, der in tausend Scherben zersplitterte.

›Wunderbar‹, ließ sich der Weise vernehmen und lächelte. ›Da ist ja das Feuer.‹. Der Sadhu war perplex. ›Wie meinst du das?‹, wollte er wissen. Und der Weise antwortete: ›Als ich hierher kam, roch ich Rauch. Wo Rauch ist, muss auch Feuer sein. Nun kann ich es sehen. Und du auch‹.

Der Sadhu wurde still. Er begriff, dass der Weise etwas gespürt hatte, was tief in ihm verborgen gewesen war. Und dass er sein Ziel nicht erreichen konnte, solange solche blockierenden Gefühle in ihm waren. Und das Ziel eines Sadhus ist das Ziel von uns allen: Glücklich zu sein ohne Wenn und Aber.«

Charlene schwieg ein paar Sekunden, bevor sie weitermachte:

»Solange es in unserem Leben einigermaßen sonnig zugeht, ist es leicht, gute Gefühle zu haben. Aber ändert sich das, zeigt sich, was wirklich in uns schlummert. Wäre es nicht in uns, käme es nicht hoch. Versteht ihr? Ihr könnt das auf alles anwenden. Erfolg zum Beispiel, oder Macht, verderben einen Menschen nicht. Sie entlarven ihn. Genauso ist es mit Problemen oder Herausforderungen: Sie entlarven dich. Um es mit prominenten Worten von Mahatma Gandhi wiederzugeben: *›Jeder muss seinen Frieden in sich selber finden und soll der Friede echt sein, darf er nicht von äußeren Umständen beeinflusst werden.‹* Also, wenn eure Gemütsverfassung von den Geschehnissen beeinflusst wird, war das Positive noch nicht echt. Und das Zweite: Wenn nun etwas hochkommt, das dir nicht gefällt, dann schau es dir an. Nur so kannst du es auflösen.«

Jeff zuckte zusammen. Ihre Sätze trafen ihn - wie stets.

»Wir erwarten Weisheiten und Hilfe immer von Menschen, die nahezu perfekt sind. Aber Perfektion heißt, aus jedem Moment, jeder Situation und jeder Person das Perfekte zu ziehen. Was könnte die Botschaft dieser Situation sein? Wie schon eingangs erwähnt: Dinge passieren, damit andere Dinge passieren. Wir können vielleicht nicht beeinflussen, welche Dinge passieren. Aber wir können sehr wohl darauf Einfluss nehmen, welche *anderen* Dinge passieren. Allerdings werden wir oft von unseren

Gefühlen konditioniert und so schließt sich hier der Kreis. Eure Emotionen steuern eure Reaktionen. Welche Gefühle sind denn gerade in euch? Wenn ihr die nicht kennt, gestaltet ihr immer wieder die gleiche Wirklichkeit. Eine, die wir ändern wollen, weil wir glücklich sein möchten. Aber vor dem Eingang zum Glück stehen nun mal unsere negativen Gefühle. Daher ist es doch ganz wunderbar, dass wir nun *alle*, weltweit, in eine Situation geraten sind, in der das hochploppt. Wir sehen unsere Blockaden, wir sehen das Feuer – und nun können wir uns daran machen, es zu löschen – und damit eine neue Wirklichkeit entstehen lassen.«

Jeff merkte, wie er ein wenig genervt die Augen schloss. Heute Abend klang das einfach nur leer für ihn. Emotionen wandeln, die Angst anschauen … Das war nun schon so oft benutzt und gesagt worden. Er hatte gemeint, damit durch zu sein. Warum kam das jetzt wieder? Warum hätte es für ihn nicht einfach nur laufen können? War das zu viel verlangt?

»Die Schuld auf die Situation zu schieben, wäre der falsche Ansatz«, sagte Charlene. »Seid mutig und schaut euch an, was euch Angst macht. Woher sie wirklich kommt. Denn wenn ihr ein wenig tiefer schaut, kommt sie vermutlich weder von einem Virus noch von anderen Schreckensszenarien. Das sind nur Bilder beziehungsweise Hinweisschilder auf euer Inneres.«

»Ach, Charlene«, brummte Jeff ein wenig ungehalten. Er wusste, dass er viel zu oft wütend auf die Situation war, dass ihn oft genug Angst ergriff – aber er konnte das nicht wegmeditieren oder es in etwas Gutes umwandeln. Dass ihm das nicht gelang, machte ihn zusätzlich wütend. Erschreckt merkte er, dass er genauso reagierte wie bei seinem ersten Anruf vor zwei Jahren – was seine Laune nicht sonderlich hob.

»Diese Umwandlung«, begann Charlene wieder, »macht vielen Probleme. Sie fragen sich, wie das gehen soll und fühlen sich von der Situation schlicht überrollt.«

Ungewollt entlockte sie ihm damit ein kleines Lachen. Wie damals schien es ihm, als ob sie seine Gedanken lesen konnte.

»Egal, welche Angst euch gerade im Griff hat, sie ist ein Blockierer, der Drache vor dem Eingang ins Paradies. Wir haben uns in früheren Sendungen oft darüber unterhalten, was negative Gefühle in uns anrichten. Was sie in anderen anrichten. Und was sie in der Welt anrichten. Alle unsere Gedanken und Gefühle speisen die Felder um uns herum, Felder, aus denen sich unsere Realität ergibt. Genau deswegen ist es jetzt sehr, sehr wichtig, dass wir uns um uns selbst kümmern. Das betrifft unseren Körper, unsere Seele – *und* unser Schicksal. Das eine hat mit dem anderen zu tun.«

Wieder wartete sie ein paar Sekunden.

»Euren Zuschriften habe ich entnehmen können, dass sehr viele Angst vor dem Erreger haben, davor, ihre Lieben zu verlieren oder das eigene Leben. Andere wiederum haben Angst, dass der Erreger zu etwas hochstilisiert wird, was er gar nicht ist. Wie dem auch sei. Angst ist Angst. Und Angst hat nie etwas Gutes bewirkt. Eher möchte ich euch nochmals auf den Einfluss eurer Emotionen und Gedanken hinweisen. Ich möchte euch darauf hinweisen, wie mächtig *ihr* seid.«

Musik untermalte ihre Worte, aber Charlene gab ihren Hörern nicht viel Zeit.

»Ich möchte euch von einem Patienten erzählen, namens Sam Londe, bei dem um 1970 herum ein ausgedehnter Krebsbefall in der Leber und in der Speiseröhre diagnostiziert wurde. Damals war das eine sichere, tödliche Diagnose. Londe begab sich in Behandlung, aber man sagte ihm, es wäre nichts zu machen, er hätte nur noch wenige Wochen zu leben. Der Arzt war sehr mitfühlend und fragte, ob es etwas gäbe, was er für ihn tun könne. Und ja, Londe hatte einen Wunsch. Er wollte noch das Weihnachtsfest erleben und freute sich, als der Arzt sagte, dafür sehe er gute Chancen und er würde alles tun, um das zu ermöglichen. Sam blühte auf, es ging ihm gut, sein Wunsch wurde wahr. Doch kaum war das Christfest vorbei, verstarb er.«

Für Harry war die Sendung jedes Mal pure Kunst. Es war ein Erlebnis, Charlene sprechen zu hören, zu erleben, wie sie mit den Reglern spielte, Musik hoch- oder runterfuhr und immer an den richtigen Stellen Pausen machte. Auch die Songauswahl war feinfühlig, unterstrich ihre Worte und das Gefühl, das sie zu vermitteln versuchte.

»Das Faszinierende aber kommt zum Schluss«, tönte ihre Stimme wieder an sein Ohr. »Als man Sam untersuchte, stellte man fest, dass er gar keinen Speiseröhrenkrebs hatte und dass sich in der Leber nur ein winziger, ungefährlicher Krebsknoten befand. Er hatte einen falschen Befund bekommen. Sam war gestorben, weil er meinte, sterben zu müssen. Sein Geist hatte über die Materie bestimmt. Und das, meine Lieben, solltet ihr euch ständig vor Augen halten.«

Jeff saß zu Hause am Küchentisch wie festgenagelt.

»Es gibt zig solcher Fälle«, fuhr Charlene fort. »Janis Schonfeld ist ein weiterer davon. Sie litt ihr Leben lang unter Depressionen und nahm als Versuchsperson an einer klinischen Studie für neue Antidepressiva teil. Eine Gruppe erhielt das echte Medikament, die zweite ein Placebo. Weder die Ärzte noch die Patienten wussten, wer welches Mittel bekam, aber alle waren informiert, dass ein Placebo im Spiel war. Janis ging es nach Einnahme des Mittels allerdings schlagartig so viel besser, dass sie überzeugt war, das Medikament und nicht das Placebo erhalten zu haben.

Auch ihre Therapeutin war dieser Meinung, denn alle biologischen Messdaten hatten sich verbessert. Ihr Gehirnwellenmuster hatte sich positiv verändert, auch das EEG sah völlig anders aus. Janis wurde ihre Depressionen völlig los – bis heute. Nach Abschluss der Studie konnte sie nicht glauben, dass sie zu der Placebo-Gruppe gehört hatte.«

Charlene schwieg wieder ein Weilchen.

»Was hat das mit der momentanen Lage zu tun?«, fragte sie ihre Hörer. »Egal, was ihr gerade denkt: Ihr werdet recht behalten. Das ist das Grenzwertige an dieser Situation, denn die Welt ist voll mit Horrormeldungen und die Panik auf einem hohen Level. Es fällt auf, dass nicht eine positive Meldung in den Nachrichten zu finden ist – und ich bitte euch, euer Unterscheidungsvermögen einzusetzen und einen klaren Kopf zu bewahren. Angst hat eine niedrige Schwingung und nützt niemandem etwas. Was ihr jetzt braucht, ist ein starkes Immunsystem und ihr wisst sehr gut: Angst setzt uns unter Stress, macht uns anfällig für Krankheiten, zerstört das Immunsystem. Das Dümmste, was ihr jetzt tun könnt, ist, euch von der Angst einfangen zu lassen. Angst lähmt, Angst macht dumm. Angst setzt die Energie eures Herzens außer Kraft. Und mit Angst trifft man nie die richtigen Entscheidungen. Was für euren Körper gilt, gilt auch für euer Schicksal. Und diesmal sogar für unser aller Schicksal.«

Nach einer kurzen Pause setzte sie mit Nachdruck hinterher:

»Daher hütet euch vor denen, die euch Angst machen! Sie können es nicht gut mit euch meinen.«

Harry zuckte zusammen. Das war gewagt! Aber er kannte Charlene. Sie nahm wirklich kein Blatt vor den Mund.

»Warum sollt ihr euch vor ihnen hüten? Weil ängstliche Menschen manipulierbar und erpressbar sind. Sie denken nicht mehr selbst, sie wollen nur, dass jemand kommt und ihr Leben in Ordnung bringt. Aber niemand ist dafür zuständig außer ihr selbst. Es kann nicht sein, dass ihr die Verantwortung für die elementarsten Dinge wie eure Gesundheit und euren Geisteszustand dem Staat überlasst. Bitte denkt dran: Wenn ihr alles mit eurer Angst speist, wird es Angst sein, die euch antwortet. Wird sich angst und Schrecken auf diesem Planeten ausbreiten, statt Liebe und Glück.«

Sie beugte sich weiter vor: »Es ist euer Glaube, euer Geist, der bestimmt, was mit euch geschieht. Weder hat ein Virus noch sonst wer Macht über euch, es sei denn, ihr erlaubt es. Dinge geschehen, weil wir sie zulassen.«

Wumm. Der Satz schlug in Jeff ein wie eine Bombe. In seinem Herzen begann sich etwas zu regen. Ein Kribbeln … ein Funke, der sich in den Wust seiner Gefühle setzte und diesen langsam in Brand setzte.

»Mann, Charlene«, murmelte er, mit einem winzigen Lächeln im Mundwinkel. »Wie machst du das nur?«

»Ihr seid hier auf die Erde geplumpst, um euch zu entdecken«, erklang ihre Stimme erneut, »um herauszufinden, wer ihr wirklich seid. Ihr seid hier, um eure Größe zu entdecken und zu leben. Ihr seid hier, um das Licht in euren Herzen zum Leuchten zu bringen! Aber ganz sicher nicht, um euch von der Angst knebeln zu lassen.«

Sie schob eine winzige Pause ein und setzte hinterher:

»Ich habe eine klare Botschaft an alle, die das tun. Und die lautet: Ihr unterschätzt euch. Ihr unterschätzt euch total. Nun befindet ihr euch, wie wir alle, in einer Krise, die euch euren Kleinmut klar vor Augen führt – und euch gleichzeitig an eure wahre Größe erinnert. Daran, dass der Geist – euer Geist, dein Geist! – über die Materie bestimmt! Also ist es doch viel wichtiger, sich um das zu kümmern, was wir wollen, statt sich der Angst zu ergeben. In euch ist ein unverrückbarer Anker, der euch hält und stützt, eine Präsenz, die euch abgrundtief liebt und die doch nun schon so lange auf euch wartet. Wollt ihr euch schon wieder abwenden? Euch lieber der Angst zuwenden? Ihr wisst, das Gegenteil von Angst ist Liebe, nicht Sicherheit. Wer Sicherheit im Außen sucht, ist verloren. Der gibt seine Verantwortung ab. Wer sie allerdings im Inneren findet, ist erlöst – für immer.«

Still saß Charlene vor dem Mikro. Harry kam es nicht so vor, als ob sie nach Worten suchte, eher, als ob sie die Stimmung und Fragen der Hörer erfühlen wollte.

»Könnte das gerade unser kollektiver Auftrag sein? Bitte macht euch klar: Immer dann, wenn Grenzen gesprengt werden, kommt der kurze Moment, wo man sich haltlos fühlt – und genau das passiert jetzt. Der Rahmen bricht, das Gefängnis bricht, damit aber auch gleichzeitig unsere bisherigen Stützen. Wenn die äußeren Stützen wegfallen, bleibt nur noch die innere, wahrhafte Stütze. Krisen sind wie Kreuzungen. Kreuzungen erfordern Entscheidungen. Und nun stehen wir alle vor der Entscheidung zwischen Liebe und Angst. Was ist eure Wahl?«

Sie machte eine kleine Pause, konzentrierte sich erneut. Jeff gab es einen Ruck. Wieder tauchte die Vergangenheit auf. Sie hatte so recht! Wie herausfordernd war damals ihrer beider Situation gewesen! Auch da war er an einer Kreuzung gestanden, war kurz davor gewesen, in alte Gefühle abzurutschen … und hatte es nicht getan. Daraus war etwas Wunderbares entstanden. Und jetzt lag eine neue Prüfung vor ihm … und er wollte wieder klein beigeben? Er blies Luft aus. Hoffte insgeheim, dass er Charlene nicht diesen Eindruck vermittelt hatte.

Seine Gedanken, die der Hörer, schwangen im Raum, verbanden sich, formierten sich, schickten Botschaften. Charlenes Skript lag unangetastet und außerhalb ihrer Reichweite auf dem Schreibtisch. Als sie innehielt, suchte sie nicht danach, sondern sank erneut in sich hinein. Auf Harry machte sie den Eindruck, als höre sie jemandem konzentriert zu, denn sie nickte kurz und griff wieder nach dem Mikro.

»Diese Zeit ist eine Zeit für grundlegende Entscheidungen. Ob ihr die Macht abgeben wollt an jene, die euch Angst machen oder ob ihr das Zepter eures Lebens endlich selbst in die Hand nehmt. Eines ist sicher: Wenn es jemand gut mit euch meint, macht er euch keine Angst und er droht auch nicht. Weder versteckt noch offen. Jemand, der es gut mit euch meint, baut euch auf, bleibt sachlich und verbreitet Hoffnung. Allem anderen gegenüber solltet ihr wachsam sein. In meinem Intro habe ich gefragt: Seid ihr bereit für eine bessere Welt? Die Frage ist sehr ernst gemeint! Oder wollt ihr nur eure alte Welt wieder? Ähnlich einer Frau, die sich aus einer leidvollen Ehe nicht lösen kann, weil sie sich an die Schläge so gewöhnt hat und lieber in dieser Vertrautheit verharrt, statt einer ungewissen Zukunft entgegenzutreten?

Ihr wisst, die Welt da draußen ist das Erscheinungsbild dessen, was das Kollektiv denkt. Wir haben zum ersten Mal in der Geschichte der Menschheit die Chance, uns global anders zu entscheiden wie bisher. Nicht mit Angst auf das Geschehen zu reagieren, auch nicht mit Wut oder was sonst noch in euch hochkommt, sondern ganz bewusst mit Liebe. Dunkelheit entsteht, wenn wir unser Augenmerk nicht mehr auf das Licht lenken. Wenn ihr unbewusst seid, zieht es euch so schnell in das Dunkel, dass ihr das noch nicht einmal merkt. Für das Licht aber muss man bewusst sein.«

Eine Pause entstand. Charlene spielte keine Musik ein. Harry hörte sie leicht atmen. Sie saß vor dem Mikro, schloss die Augen, ließ bewusst Energie fließen, die ihn erfasste, die ins gesamte Sendegebiet strömte. Oh, wie er diese Momente liebte!

Auch Jeff spürte diese Energie, so wie er sie damals gespürt hatte. Seine Liebe für Charlene flammte auf, wie sie damals aufgeflammt war und doch war auch Scham dabei. Wie schaffte sie es, diese Einstellung so unverrückbar zu bewahren? Er kam sich schwach dagegen vor.

Ich habe eine klare Botschaft an alle, die das tun. Und die lautet: Ihr unterschätzt euch. Ihr unterschätzt euch total. Der Satz klingelte in seinem Ohr.

Im Studio lehnte sich Charlene weiter vor, ein dumpfer Laut entstand am Mikro. Ihre Stimme war dunkler und vermittelte eine solche

Herzenswärme und Kraft, dass Harry geradezu den Energiepush vor sich sehen konnte, der durch den Äther zu den Hörern drang.

»Wir haben so oft davon gesprochen: Wie soll eine gute Welt entstehen, wenn wir nicht daran glauben? Wenn du Angst fühlst, schaffst du eine Welt voller Angst. Du lebst nicht wirklich. Du lebst nur im Kopf und nicht aus deinem Herzen. Niemand braucht deine Angst. Die Erde will deine Liebe, sie will deine Freude, sie will dein Licht. Fühl dich nicht schlecht, wenn du ängstlich oder wütend bist. Finde den wahren Ursprung. Denn sonst kannst du nicht wirklich Liebe empfinden. Es wäre nur geheuchelt. Wichtig ist, dass wir die Verantwortung für unseren Geisteszustand übernehmen, nur so ist ein besseres Morgen möglich.«

Jeff atmete durch.

»Es ist Licht in deinem Herzen. Bitte sieh es«, bat Charlene ihn und Tausende von Hörern. »Lasst uns nicht darüber streiten, wer recht hat und wer nicht. Bitte schick deine Liebe in die Welt. Mit dir beginnt die Änderung. Es ist eine Zeit, in der Tugenden wachsen können, in der uns allen wieder bewusst wird, wie schön es ist, ein Mensch zu sein und wie sinnlos, dieses Leben mit Negativem zu vergiften. Es ist Zeit, über die eigenen kleinlichen Macken hinauszuwachsen, Zeit, uns von dem zu befreien, was uns von unserem Licht trennt. Dafür sind wir hergekommen. Wir alle wollen eine schöne Welt – und der erste Schritt dafür besteht darin, daran zu glauben, dass das realistisch ist. Glaube ist nichts anderes, als an einer bestimmten Vision festzuhalten und auf einen guten Ausgang mehr zu vertrauen als auf das, was euch die äußere Welt gerade erzählt. Die Welt ist unsere Projektion – und wenn wir ein anderes Bild wollen, müssen wir erst mal ein anderes Bild *in uns* erschaffen.«

Wieder wartete sie mit geschlossenen Augen vor dem Mikro, bevor sie fortfuhr:

»In einer meiner Sendungen vor zwei Jahren habe ich gesagt: Liebe und Freude, Frieden und Glück sind unsere wahre Natur, während Frust, Ärger, Wut und Hass – und vor allem Angst – anerzogen sind. Sie gehören nicht zu euch und ihr nicht zu ihnen. Und wenn ihr glaubt, ihr habt noch genügend Zeit, um euch darum zu kümmern, dann lasst mich euch sagen: Nein, die habt ihr nicht. Ihr müsst es jetzt tun.«

Überrascht hob Harry, hob Jeff den Kopf – und mit ihnen viele Hörer. Was meinte sie damit? Sie klang ja geradezu streng!

»Wir stehen vor einer epochalen Wende, nichts anderes kann das weltweite Szenario bedeuten – und für dieses Schauspiel brauchen wir jeden Einzelnen. Wir brauchen Menschen, die das Licht in ihrem Herzen sehen – und leben. Wir brauchen Menschen, die den Horizont unserer bisherigen Welt durchstoßen und bereit sind, darüber hinaus zu sehen. In neue Dimensionen.«

Wie zur Bestätigung schwoll die Musik, die sie inzwischen im Hintergrund laufen ließ, zu einem Crescendo an, das Aufbruchsstimmung und eine Spannung vermittelte, dass man meinte, kurz vor einer Offenbarung zu stehen. Die Schwingung war hoch, die Luft flirrte geradezu. Harry fühlte sich, als hätte Charlene ihn an eine Klippe geführt, ihm versichert Flügel zu haben, und riefe ihn nun auf, zu springen und daran zu glauben, fliegen zu können, ohne es je versucht zu haben. Energie füllte den Raum, floss über den Äther ins Land, direkt in die Herzen der Zuhörer. Die Härchen an Harrys Körper standen senkrecht. Ihre Worte hatte die momentane Situation von einer schwarzen Wand in ein goldenes Sprungbrett verwandelt.

»Dies, meine Lieben, ist eine besondere Zeit. Das fühlen so viele Menschen auf dieser Welt. Es ist eine Zeit des totalen Umbruchs. Das Licht ist hier und wir sind aufgerufen, das zu erkennen. Ihr wisst: Das Kollektiv ändert sich durch den Einzelnen. Umso wichtiger bist du. Wir können die Welt nur von innen heraus ändern – es wird nie umgekehrt sein.«

Sie stoppte an der Stelle, schwieg eine Weile, kam erst nach Sekunden zurück ins Studio und öffnete schließlich die Augen. Harry hätte seinen rechten Arm dafür gegeben, um zu wissen, wo sie gerade gewesen war. Sie klickte ein anderes Musikstück an und sagte so leichtfüßig, als hätte es diesen epischen Monolog nie gegeben:

»Für alle, die jetzt erst zugeschaltet haben: Ich bin Charlene – und für diese Stunde vor Mitternacht hoffentlich eine große, fette Nadel, die euch in eure vier Buchstaben pikst!«

Damit zog sie die Regler des Mikros nach unten und schob die für die Musik hinauf. Harry Körner atmete aus wie nach einem Sprint und schüttelte leicht den Kopf.

»Mensch, Charly, spätestens jetzt weiß ich, warum ich dich so vermisst habe.«

Charlene wandte sich ihm zu. »Ich dich auch, Harry! Aber ich hoffe doch sehr, dass das Moonlight-Radio nicht wieder so dramatisch verläuft wie beim letzten Mal.«

»Tja«, grinste er. »Um ehrlich zu sein, würde es mich sehr wundern, wenn es anders wäre.«

»Oh, nein, bloß nicht! Wieso denkst du das? Wegen der Krise?«

»Nein, wegen dem, was du eben gesagt hast. Das … das hat sich so … endgültig angehört. Dass wir keine Zeit mehr haben und so.«

Sie schwieg ein paar Sekunden. »Wie denkst du über all das? Über den Erreger, meine ich?«

»Weiß nicht«, grübelte er. »Wenn er so gefährlich ist, wie sie sagen, ist das nicht gut. Wenn er aber nicht so gefährlich ist, wie sie sagen, ist das noch weniger gut.«

»Das ist perfekt auf den Punkt gebracht, Harry. In beiden Fällen haben wir keine andere Wahl, als uns im Selbst zu verankern, findest du nicht? Also nix mit Dramatik diesmal!«

»Da wäre ich mir bei dir nicht so sicher!«, beharrte er und setzte auf ihre gespielt erschreckte Mimik hinzu: »Hey, Charly, das Moonlight-Radio hatte damals zwar seine Dramatik, aber am Ende wurde alles gut.«

»Ja, das ist wahr. Am Schluss war alles gut.« Sie schenkte ihm ein breites Lächeln.

»Und es wird das auch diesmal wieder so sein.«

♫ ♫ ♫

Jeff war nach der Sendung sehr nachdenklich. Er konnte nicht verhindern, sich zu wünschen, dass seine Geschäfte wieder liefen, damit er dieses miese Gefühl wieder los wurde. Ahnte zeitgleich, dass es genau darum ging: Erst dieses miese Gefühl loszuwerden, damit die Geschäfte wieder liefen. Nicht einfach nur die alte Welt wiederzuwollen, die doch gewaltige Probleme hatte. Im Moment fand er jedoch den Absprung nicht. Sein Projekt hing nach wie vor in der Schwebe und es gab nicht viel für ihn zu tun, daher begann er, sich intensiv mit der Krise zu beschäftigen. Zu seiner Bestürzung war er auf mehreren Ebenen angestochen. Charlenes erste Sendung hatte voll reingezündet, das Radioteam hatte sie gefeiert ... die Abonnentenzahl war gestiegen – und er?

Verflixt, ja, er wollte ja auf das Positive schauen, wollte diesen Gefühlsmischmasch bearbeiten, der in seinem Magen rumorte, aber er wusste nicht recht, wie. Es widerstrebte ihm, Charlene um Hilfe zu bitten. So vertiefte er sich in seine Recherchen bezüglich des Erregers, weil er wissen wollte, wann er wieder starten könne.

Doch je mehr er las und untersuchte, desto irritierter wurde er. Auch in ihm erhärtete sich der Verdacht, dass nicht nur in diesem Lande, sondern weltweit etwas sehr Merkwürdiges ablief.

Längst hatten eine Unmenge an Ärzten, Immunologen, Epidemiologen, Finanzwissenschaftler, auch erste Juristen sich zu Wort gemeldet. Sie stellten Fragen und verlangten einen runden Tisch. Sie bewiesen, dass mit Daten um sich geworfen wurde, die in keinem Verhältnis zur prognostizierten beziehungsweise existierenden

Gefahrenlage standen. Sie legten dar, dass die Sterblichkeitsrate von Omega geringer war als bei früheren Grippewellen. Mehr noch, der Lockdown wäre Unsinn, da der Erreger seinen Höhepunkt schon Ende Februar erfahren habe und sich ab da schon längst auf dem Rückweg befunden hatte. Wenn die Zahlen also nun zurückgingen, dann nicht wegen der Maßnahmen, sondern weil Omega sich eben wie ein normaler Grippevirus verhielt, der auch ohne Lockdown abgeflacht wäre.

Jeff atmete auf. Na, bitte! Das sagten ja nicht irgendwelche Leute, das waren Ärzte, Professoren, Wissenschaftler von Rang und Namen, die schon lange in diesem Bereich arbeiteten – und denen er mehr Kompetenz zuschrieb, als dem Gespann, von dem sich die Regierung zu diesem Schritt hatte verleiten lassen: einem Tierarzt, einem dubiosen Bankkaufmann plus einem noch dubioseren Virologen, der nachweislich schon zig Fehlprognosen produziert hatte. Jeff konnte nicht nachvollziehen, warum man ausgerechnet an solcher Inkompetenz festhielt – ihnen gegenüber standen doch ganz andere Kaliber! Daran konnte auch eine Regierung nicht vorbei. Hatten sie sich vergaloppiert und wollten das nun nicht eingestehen? Was wäre dabei gewesen, sich auch die Stimmen anderer Experten anzuhören, um die Lage besser einschätzen und entsprechend reagieren zu können? Jeder hätte das begrüßt. Aber das geschah nicht. Sein Erstaunen darüber wuchs.

Stereotyp wurden Angst und Panik verbreitet, von Neuinfektionen gesprochen, die null Aussagekraft hatten und obendrein mit einem nicht validierten Test ermittelt wurden, der eine so hohe Fehlerquote hatte, dass sich einem die Fußnägel hochrollten.

»Das ist ein Inhouse-Test«, regten sich Experten auf, »auf dem Niveau von Kaffeesatzlesen!« – umsonst. Es wurde weiter getestet und je mehr getestet wurde, umso mehr Fälle wurden auf die Tafel gemalt. Noch dazu kumulativ, was eine dicke offensichtliche Verfälschung war, denn das wäre, als ob man alle Grippetote aus vergangenen Jahrzehnten zusammenzählen und der bestehenden Zahl aufaddieren würde, statt die monatliche Quote zu betrachten. Natürlich erstarrte die Bevölkerung vor Angst, wenn ihnen suggeriert wurde, dass die Todesrate permanent und unkontrolliert steigen würde. Das war schlicht nicht der Fall.

War das Sensationalismus? Wenn, dann war es ein gefährlicher, verantwortungsloser! Wo rannte die Welt da gerade hin, nur, weil eine Schlagzeile tödlicher als die andere klingen sollte? Und vor allem, was machte das mit den Menschen da draußen, wenn man ihnen tagtäglich so etwas einhämmerte? Das war Programmierung, weil es total einseitig war. Weil nicht sachlich, sondern hetzerisch darüber berichtet wurde und die

Regierung diesen überschießenden Meldungen nicht nur keinen Einhalt bot, sondern kräftig mithetzte.

Langsam wurde Jeff sauer. Wie schaffte man es, mit solch idiotischen Mitteln, für deren Entlarvung man noch nicht mal eine halbe Gehirnzelle brauchte, die Leute in Panik zu versetzen? Die Antwort lag auf der Hand. Er hatte lange genug studiert, um das zu wissen. Die Masse war fachlich nicht informiert und vertraute der Regierung sowie dem, was in der Zeitung stand. Was hier ablief, war das Prinzip der ständigen Wiederholung, der schablonenhaften Berichterstattung, die hypnotisierte – und nicht aufklärte. Wenn obendrein sehr fragwürdig berichtet wurde, zum Beispiel mit Diagrammen, auf denen jegliche Achsenbeschriftung fehlte – ein unverzeihlicher Fehler in der Wissenschaft, wenn Zahlen absichtlich falsch interpretiert wurden – was sollten die Leute denn glauben? Die Leute wurden in eine Blase gefasst, sie lebten in einer Welt, die die Propaganda ihnen vorgab.

Angespannt las Jeff ein Interview mit einem Lungenarzt, der Facharzt für Hygiene- und Umweltmedizin und öffentliches Gesundheitswesen sowie Seuchenbeauftragter war. Der berichtete, dass im Jahre 2009 ein Untersuchungsausschuss einberufen worden war, weil damals schon eine Pandemie hatte ausgerufen werden sollen. Dieser Ausschuss hatte festgestellt, dass der Großteil der im Gremium der WHO sitzenden Professoren und Wissenschaftler klare Interessenskonflikte hatte, sprich, eindeutige Verkettungen zur Pharmaindustrie. Zudem fand Jeff Aussagen von hochrangigen Politikern, die wortwörtlich zugaben, dass die Regierenden von der Pharmaindustrie gesteuert wurden. *O-Ton: Das wäre schon seit dreißig Jahren so, was wolle man dagegen machen.

Jeff runzelte die Stirn. Hatte dieser Untersuchungsausschuss aus dem Jahre 2009 gar nichts bewirkt? Doch! Die WHO hatte daraufhin die Definition des Pandemiebegriffs geändert – um beim nächsten Mal leichteres Spiel zu haben.

Er stieß einen ungläubigen Laut aus. War es das, worauf es hinauslief? Eine Dauerpandemie? Ein Dauer-Notstandsgesetz, das den Politikern, oder jenen, die sie steuerten, erlaubte, unter dem Deckmantel der Gesundheit alles durchzusetzen, was sie wollten? Mit von Angst besetzten Menschen wäre das möglich. Der Gedanke entsetzte Jeff, aber er wollte ihn nicht zu Ende denken.

»Nichts von dem, was die WHO damals prognostiziert hatte, ist jemals eingetreten«, sagte der Seuchenbeauftragte im Video in seine Gedanken hinein. »Wir warten heute noch auf die vielen Todesfälle, die bei der Schweinegrippe prognostiziert wurden. Aber diese Grippe war eine der mildesten, die wir je hatten. Es gibt Risikogruppen – ja. Es gib auch schwere Verläufe und es gibt Todesfälle. Niemand will das leugnen. Dennoch liegen die Zahlen bezüglich Omega weit unter dem Durchschnitt.«

Und dann sagte er glasklar: »Omega ist nicht gefährlich.«

Seine Aussage konnte er anhand von Zahlen belegen.

Jeff erwartete, dass dieses Interview abgedruckt werden würde, damit dieser Mist endlich ad acta gelegt werden konnte. Okay, die Politik hatte einen Fehler gemacht. Das war ja nichts Neues. Auch hatte er ein gewisses Verständnis dafür: Lieber vorsichtig agieren, als Menschen gefährden, das wäre auch seine Devise gewesen. Aber nun lagen die Zahlen doch auf dem Tisch! Allerdings schien das niemanden zu interessieren. Das Interview wurde nicht gedruckt. Gedruckt wurde nur, dass ein dubioser Lungenarzt Verschwörungstheorien verbreitete. Jeff fiel die Kinnlade runter, als er das las. Der Mann hatte mehr Kompetenzen aufzuweisen als irgendeiner, der die Regierung beriet! Und in Übrigen *hatte* er die Regierung beraten! Warum griffen sie nicht auf das Fachwissen eines solch erfahrenen Mannes zurück?

Verdammt, er wollte wieder arbeiten! Seinen Aktivitäten nachgehen! Etwas tun!

Es sollte sich herausstellen, dass das auf Charlene zutraf, aber nicht auf ihn. Ihr voller Einsatz wurde gebraucht, da sie noch in zwei Unternehmen aktiv und in weiteren drei im Aufsichtsrat saß. Aufgrund der Krise liefen manche Firmen auf Kurzarbeit, die Einnahmen waren minimiert und die Kosten explodierten. Charlene war stets bestrebt gewesen, Arbeitsplätze zu erhalten, und so fand eine Krisensitzung nach der anderen statt. Ehe sie sich's versah, befand sie sich im 24/7-Modus. Jeff kam sich daneben vor wie ein zahnloser alter Mann. Was ihm half, war seine Liebe zu Charlene, die ihm verbot, negativen Emotionen freien Lauf zu lassen.

Aber er ahnte, dass sie diesmal nicht zuständig sein würde und es auch nicht sein wollte, für das, was er zu lösen hatte.

♫ ♫ ♫

»Wenn ich das gewusst hätte!«, seufzte Charlene müde nach einer langen Sitzung, der auch Frederic Dubois beigewohnt hatte. Alle anderen waren schon gegangen. Sie standen als Letzte im Konferenzraum und packten ihre Unterlagen zusammen.

»Ist es dir zu viel mit der Sendung?«, fragte Fred. »Jeder hätte Verständnis dafür.«

»Nein, das wäre unfair. Ich habe das Gefühl, dass das Moonlight-Radio wichtiger ist denn je. Auch für mich.«

»Ja, das ist wahr«, stimmte Fred zu. »Die Sendung läuft bombastisch! Du tust den Leuten gut, Charlene. Mir auch übrigens. Ich bin jedes Mal dabei.«

Charlene lachte leicht. »Aber Fred, du wirst mir doch nicht weismachen wollen, dass du Seelentrost brauchst. Oder dass dich diese Zeiten umwerfen.«

»Wenn mich etwas umwirft, dann du«, gab er zurück. »Du wirst immer begehrenswerter.«

»Danke, du alter Charmeur! Du auch! Du trägst dein Haar länger, steht dir gut!«

Mit einem Lächeln betrachtete sie ihren alten Freund. Seit Jahrzehnten stand er ihr nun schon zur Seite und trotz seiner fünfzig Jahre war er anziehender denn je. Kaum eine Frau hatte ihm je widerstehen können. Nun wurde sein Charme neuerdings von etwas Ruhigem, Tiefem getränkt, eine sehr angenehme, vor allem prickelnde Kombination.

»Ich nehme an, du wirst auf Partys nach wie vor von Frauen umlagert«, schmunzelte sie und verbesserte sich gleich danach. »Ach, du liebe Güte, da läuft ja nichts mehr! Ist das der Grund, warum du ruhiger geworden bist?«

Er seufzte ein wenig, während er seine Aktenmappe schloss.

»Nein. Partys geben mir schon lange nichts mehr, Charlene. Wenn ich ehrlich bin, kann ich gar nicht verstehen, warum das jemals so ein Thrill für mich war.«

»Hey, hat das jetzt Fred gesagt? Fred, der Frauenverehrer?«

Ehrlich verdutzt sah sie ihn an. Fred begegnete ihrem Blick, einen melancholischen Zug im Gesicht. Das war noch ungewöhnlicher. Überrascht sog sich ihr Blick an seinem fest.

»Hey, alter Freund, was ist los?«, fragte sie leise. Fred trat nahe an sie heran.

»Ich vermisse dich, Chérie«, flüsterte er. »Ich kann nicht aufhören, darüber nachzudenken, was gewesen wäre, wenn …«

»Nicht, Fred«, unterbrach sie ihn und legte kurz ihren Finger auf seine Lippen. »Bitte sag das nicht.«

Ihre Berührung brannte auf seinem Mund. Stumm steckte er ihr eine Strähne ihres Haars hinters Ohr, verweilte mit seiner Hand an der Stelle, war kurz davor, sie in ihren Nacken wandern zu lassen. Doch Charlene ergriff entschlossen sein Handgelenk und zog seine Hand herunter.

»Fred«, murmelte sie. »Es ist gut so, wie es ist. Ich liebe Jeff und wir sind glücklich.«

Resigniert lehnte er sich gegen den Tisch und verschränkte die Arme.

»Tut mir leid, Charlene. Ich wollte dich nicht anmachen. Ist nur so, dass ich das Gefühl nicht loswerde, einen kolossalen Fehler begangen zu haben.«

»Das hast du sicher nicht. Vielleicht bist du nur wegen dieser Krise durcheinander. Da wird vieles aufgewühlt.«

»Kann schon sein«, gab er zu. »Seit Kontakt nichts mehr Selbstverständliches ist, sehe ich die Bedeutung von Nähe und einer festen Beziehung in anderem Licht und ich frage mich, was mich eigentlich davon abgehalten hat. Ich könnte verheiratet sein, Kinder haben. Ich hätte mit dir …«

»Stopp, Fred. Vermutlich hast du dich austoben müssen. Und jetzt bist du eben reif für anderes. Hört sich an, als ob sich ein altes Muster in dir auflöst. Das ist doch schön.«

»Ich hätte es gern mit dir aufgelöst«, brummte er. »Ich kann mir keine andere Frau vorstellen als dich.«

»Das ist logisch. Ich bin eine der Wenigen in deinem Frauenkreis, die nicht in die Kategorie Betthäschen fällt. Wenn du jetzt mehr willst, wirst du auch andere Frauen anziehen. Gib dir ein wenig Zeit.«

»Geduld war nie meine Stärke.«

Sie grinste ihn an.

»Also, ich finde es klasse, dass du diesen Weg gehst! Hätte ich nicht erwartet!«

»Ich noch weniger. Das Gefühl lässt mich nicht los, dass es zwischen uns beiden funktioniert hätte, wäre ich den Weg früher gegangen.«

Sie warf ihm einen vergnügten Blick zu. »Kann gut sein! Aber da ich nun mal vergeben bin, muss es für dich da draußen jemand anderen geben. Wer weiß, vielleicht tanze ich demnächst auf deiner Hochzeit!«

Fred war wenig überzeugt.

»Deine Logik war mir schon immer suspekt«, seufzte er missmutig. »Ein Kuss von dir wäre mir lieber.«

Charlene lächelte, aber Fred lächelte nicht mit. Er verabschiedete sich und ging. Nachdenklich fuhr auch Charlene nach Hause. Diese Seite an ihrem alten Freund war ihr völlig neu. Aber sie gefiel ihr. Dann schweiften ihre Gedanken zu Jeff … Jeff, der zu Hause mit einem Abendessen auf sie wartete, der Kerzen auf den Tisch gestellt hatte und ihr die Tür öffnete, bevor sie den Schlüssel ins Schloss hatte stecken können. Und dem die Liebe für sie nur so aus den Augen leuchtete. Ein strahlendes Lächeln erschien auf ihrem Gesicht, als sie vor ihm stand. Sie flog in seine Arme und sie knutschten in der Diele wie zwei Teenager, bis Jeff sie mit Schwung über seine Schulter warf und sie quietschend ins Esszimmer trug.

♫ Angel Of Small Death And The Codein Scene ♫

Hozier

Der Lockdown hielt an. Er wurde nach drei Wochen nicht beendet. Er wurde auch nach sechs Wochen nicht beendet, obwohl die Zahlen weit unter dem geforderten Niveau lagen. In Senta wuchs die Unruhe.

Die Stimmung im Land änderte sich. Das anfängliche Solidaritätsgefühl verschwand und zunehmend mischte sich Argwohn hinzu. Eine tiefe Kluft entstand zwischen denen, die der Regierung immer mehr misstrauten und jenen, die an die Gefährlichkeit des Virus glaubten.

Auch Senta war wie Jeff auf das Interview mit dem ehemaligen Seuchenbeauftragten* gestoßen. Auch sie hörte seine klare, sichere Aussage:

»Der Erreger ist nicht gefährlicher als ein Grippevirus.«

Das war jemand, dem sie vertraute. Der Mann hatte viele Jahre Erfahrung mit diesem Thema hinter sich, und im Gegensatz zum Chefvirologen war dieser Mann mit seinen Prognosen stets richtig gelegen. Sie schickte diesen Clip an Melanie, um sie zu beruhigen und ihr die Angst zu nehmen, die ihre Freundin immer stärker im Griff zu haben schien.

Kurz darauf betrat ein junger, sympathischer Professor die Bühne der Mainstream-Medien, der den ehemaligen Seuchenbeauftragten bestätigte. Damit hatte endlich eine gegensätzliche Meinung Eintritt in die Öffentlichkeit gefunden! Ja, es ging vorwärts! Gott sei Dank! Zum x-ten Mal atmete Senta auf und schickte auch das an Mellie. Der Professor hatte auf eigene Kosten eine repräsentative Studie über den Erreger angefertigt. Aber Senta fragte sich: Warum war das nicht von vornherein von der Regierung veranlasst worden? Wäre das nicht naheliegend gewesen, bevor solche massiven Einschnitte in die Grundrechte und Freiheiten der Bürger gemacht wurden? Hätte das nicht das essenzielle Mittel der Wahl sein müssen, um sich eine unabhängige Meinung zu bilden? Erfreut hörte sie von diesem Virologen, dass er aufgrund der jetzigen Ergebnisse schon jetzt Entwarnung geben könne. Der Erreger sei weit weniger gefährlich wie gedacht, er breite sich auch nicht so schnell aus wie behauptet wurde, und hätte überdies eine sehr geringe Letalitätsrate. Oft käme er noch nicht mal in die Nähe der Atemwege, weil er bei Menschen mit intaktem Immunsystem und durch Kreuzimmunologie bereits in den Schleimhäuten des Mundes verendete.

»O Gott, danke!«, stieß Senta inbrünstig aus, als sie sich die Talkshow anschaute. Bald würde sich alles wieder einrenken. Es war nur eine Frage der Zeit! Bald würden sie diese Episode hinter sich lassen – und hoffentlich ihre Erfahrungen daraus ziehen.

Mit dieser Einstellung betrat sie das Postamt, um ein Paket aufzugeben. Sie lebte im Vorort einer kleinen Stadt und sie mochte Klaus, der das Mini-Postamt leitete, sehr. Er war ein hilfsbereiter, bedächtiger Mann um die vierzig, mit dem sie seit jeher per du war. Doch diesmal war er auffallend wortkarg, als er sie bediente, und verwundert fragte sie ihn:

»Ist irgendwas, Klaus?«

»Allerdings«, schnappte er. »Hast du nicht gesehen, dass ich vorne ein Schild aufgestellt habe? Du darfst hier nur mit Maske rein!«

»Du hast ein Schild aufgestellt? Sorry, bin wohl dran vorbeigerannt«, antwortete sie verdattert. »Aber es ist doch keine Maskenpflicht.«

»Das ist mir scheißegal! Da vorne steht das Schild! Also setz eine Maske auf!«

»Aber du hast doch auch keine auf!«

»Ich stehe hinter der Plastikscheibe!«

»Ich stehe auch hinter der Plastikscheibe!«

»Aber ich weiß nicht, mit wem du gerade zusammen warst, also setz die Maske auf!«

»Sag mal, wie bist du denn drauf? Der Erreger ist doch nicht gefährlich, eher ist es so, dass …«

»Woher willst du denn das wissen?«, keifte er zurück. »Bist du neuerdings unter die Virologen gegangen?«

»Immerhin hab ich einen Master in Biologie und da …«

»Der nützt dir einen Scheißdreck!«, unterbrach er sie heftig. »Gestern haben sie erst wieder an einem Tag über tausend Infizierte gezählt! Und du kommst daher und schiebst oberschlaue Sprüche!«

»Entschuldige, aber ich denke nun mal anders über die Sache! Und ich bin nicht die Einzige! Es gibt zig Videos und Zahlen, die beweisen, dass das, was die Medien bringen, nicht stimmt! Geh doch mal direkt auf …«

»Verdammt, ich kann das nicht hören! Das sagen alle Verschwörungstheoretiker! Ein anderes Argument habt ihr wohl nicht! Im Übrigen ist es kein Wunder, dass du so denkst! Diese selbstgedrehten Videos sind Beweis für gar nichts! Da hocken irgendwelche selbsternannten Möchtegern-Experten, die einfach Sätze aus dem Zusammenhang reißen! Und je öfter du dir diesen Müll anschaust, desto mehr wird dir in dieser Richtung angezeigt und umso mehr wird deine Meinung gefärbt! Du bist total manipuliert von dem Mist!«

Senta stand der Mund offen.

»Und bei dir läuft das anders?«, fragte sie heiser zurück. »Du informierst dich ausschließlich über Mainstream-Medien, die Panik machen, nicht eine konkrete Zahl bringen und meinst, das beeinflusst dich nicht?«

»Ach, und das, was deine Verschwörungstheoretiker absondern, nennst du konkret? Woher nehmen die denn ihre Zahlen? Aus dem Kaffeesatz?«

»Nein, ganz offiziell aus dem Kochstudio, das offensichtlich noch nicht mal in der Lage ist, seine eigenen Daten richtig zu interpretieren!«

»Und du traust dir das also zu! Die da oben haben hochkarätige Berater!«

»Wie hochkarätig ist jemand, der sich bisher immer getäuscht hat? Klaus, denk doch mal logisch!«, protestierte sie erhitzt und im Bestreben, sich verständlich zu machen. »Infiziert heißt nicht krank und krank bedeutet nicht, dass man stirbt und …«

»Herrgott noch mal!«, schrie er unbeherrscht »Ich hatte vor zwei Jahren einen Herzinfarkt! Und ich habe keine Lust, mir diesen Erreger einzufangen und mein Leben aufs Spiel zu setzen, nur, weil du nicht daran glaubst und auf Risiko spielst! Ich hab nur ein Leben, kapiert? Also setz verdammt noch mal eine Maske auf!«

»Woher soll ich denn so plötzlich eine Maske nehmen?«

»Dann raus! Und lass dich hier nie wieder sehen! Ich bediene nämlich keine Leute, die mit dem Leben anderer spielen, nur weil sie ein Problem mit ihrem Ego haben! Kannst deine Pakete künftig woanders aufgeben!«

Senta gefror und ein Abgrund tat sich vor ihr auf. Klaus hingegen hatte einen hochroten Kopf, auf seiner Stirn stand Schweiß und die Angst vor dem Tod troff aus jeder Pore von ihm. Er erschien ihr wie ein völlig anderer Mensch. Mit einem Draht in der Kehle und Tränen in den Augen drehte sie sich um und bekam den nächsten Schock. Eine löchrige Schlange hatte sich hinter ihr gebildet – in gebührendem Abstand standen drei Leute hinter ihr im Laden und zwei weitere draußen. Mit zusammengebissenen Zähnen begann sie ihren Spießrutenlauf, während hasserfüllte Blicke sie durchbohrten und die Leute sie anpöbelten:

»Wie kann man nur so egoistisch sein!«, zischte ihr eine Frau hinterher.

»Virenschleuder!«

»Die von der Leyen hat doch gesagt, man soll solche Leute anzeigen!«

»Klaus! Du weißt doch, wie die heißt! Zeig die an! Wir sind alle deine Zeugen!«

»Mach's selber!«, gab der zurück.

»Schreibt mal einer das Kennzeichen von der auf …!«

Senta wurde es schlecht.

♫ ♫ ♫

Das Ereignis nahm sie mit – in vielerlei Hinsicht. Was war nur in Deutschland los? Neben der Angst erhob sich nun auch noch Hass, Spaltung und Denunziantentum? Und die Leute wurden angehalten, sich gegenseitig anzuzeigen?

Das Erlebnis verunsicherte sie. War sie wirklich so verbissen in ihre eigene Meinung, dass sie diejenige war, die in einer Blase lebte? Unterschätzte sie die Gefahr? Hatte sie irgendetwas an diesem Erreger übersehen? Wussten die Offiziellen etwas, was sie nicht wusste? Wenn ja, warum wurde das nicht klar kommuniziert, sodass es nachvollziehbar und verständlich war? Dann hätte sie mit Freuden alle Maßnahmen begrüßt!

Es war für sie keine Frage, eine Maske aufzusetzen, wenn Klaus Angst um sein Leben hatte. Das Ding war nur: Bisher war er winters wie sommers in seinem Lädchen gestanden, hatte Jahr für Jahr mehrere Grippewellen mitgemacht, ohne jede Todesangst. Musste er sie jetzt haben?

Bewusst durchsuchte sie alles, was aufzutreiben war, nach allem Fachlichen, aber man konnte es drehen und wenden, wie man wollte: Sie hatten *nichts*. Sie schrieb die Journalisten an, die diese Artikel verfasst hatten, und bat sie um Datenmaterial für ihre Aussagen – und bekam nie eine Antwort. Sie ging auf die Seite des Kochstudios und auf Euro-Momo, recherchierte für sich selbst, hörte sich die Erklärungen des Staatsvirologen an und bekam einen Hals, als sie dessen sinnloses Gebrabbel mitverfolgte. Auf seltsame Weise angestochen blickte sie in seine gewissenlosen Augen und unwillkürlich brachen die Sätze aus ihr hervor:

»Es kommt alles im Leben zurück! Denk dran, wenn du tust, was du tust! Es kommt alles im Leben zurück!«

Wie zum Hohn wurde zwei Tage später die Maske zur Pflicht, obwohl vorher etliche Politiker, Virologen und Ärzte sich über die übereifrigen Bürger königlich amüsiert und betont hatten, die Maske bringe nichts. Sie brachte auch nichts. Ein Virus war viel zu klein, um sich von einem Stück Stoff abweisen zu lassen. Senta hasste das Ding von Beginn an.

Aber aufgrund des Erlebnisses mit Klaus bemühte sie sich, Verständnis zu haben für Leute, die nun mal Angst hatten, und selbstredend wollte sie Risikogruppen schützen, das war überhaupt kein Thema. Aber musste man deswegen der gesamten Menschheit einen Maulkorb verpassen? Weder war es logisch noch angemessen. Und sie persönlich konnte diesen Anblick einfach nicht ertragen. Mehr noch: Sie begann zu ahnen, dass sie dieses Ding nie mehr loswerden würden.

♫ ♫ ♫

Charlene war nur noch unterwegs, kam abends beladen mit Arbeit nach Hause und hatte manchmal noch nicht mal Muße, mit Jeff zu Abend zu essen.

In Jeff rumorte es immer heftiger. Er fühlte sich unnütz neben ihr, wollte dringend etwas tun und konnte nicht. Niemand wusste, was morgen sein würde. Es stank ihm, dass Fred als ihr Rechtsberater fast tagtäglich mit Charlene zusammen war. Dicht an dicht saßen sie am Konferenztisch und von einem Freund, der in Charlenes Firmen beschäftigt war, wusste er, dass die beiden auch viele Einzelbesprechungen hatten. Das machte seine Sorgen nicht kleiner. Fred war ein Hingucker, ein weltgewandter Mann, Inhaber einer europaweit agierenden Anwaltskanzlei. Seine Ausstrahlung war enorm und ihm war eine Eleganz zu eigen, die ihm, Jeff, völlig abging. Er glich das mit seiner Jugend aus, seiner Spritzigkeit, aber Fred verband viele gefährliche Eigenschaften in sich. Jeff wollte nicht kleinlich denken, schaffte es aber nicht, seine Bedenken zurückzuhalten.

»Wie kommt Fred denn mit der Krise zurecht?«, fragte er Charlene. »Ohne Partys, ohne Clubs, ohne Galen, wo sich Frauen tummeln … leidet er nicht darunter?«

»Nein, gar nicht«, antwortete sie. »Um ehrlich zu sein, war es noch nie so angenehm, mit ihm zu arbeiten wie jetzt. Er hat sich total gedreht, schon vor der Krise. Gott sei Dank, sonst hätte ihn das wahrscheinlich tief getroffen. Aber er nutzt die Zeit, um in sich zu gehen.«

»In sich gehen? Fred?« Aus irgendeinem Grund störte Jeff diese Aussage total. Warum? Weil er das nicht tat?

»Ja, nicht?«, freute sich währenddessen Charlene. »Ich wundere mich auch, aber er denkt tatsächlich über eine feste Bindung nach.«

»Vermutlich, weil er dich verloren hat, nicht wegen der Krise.«

»Kann schon sein«, entgegnete sie leichthin.

»Ist er noch in dich verliebt?«

Es sollte gleichgültig klingen, aber Charlene merkte, wo der Hase im Pfeffer lag.

»Hey, Jeff«, erwiderte sie. »Selbst wenn er es wäre – was würde das ändern? Damit muss er klarkommen, nicht wir.«

Ihre Antwort erleichterte Jeff so sehr, dass er spontan seine Arme um sie schloss und sie heftig an sich drückte.

»Ach, Charlene«, flüsterte er in ihr Haar. »Ich liebe dich. Ich liebe dich so sehr. Das darfst du nie vergessen. Nie.«

»Das vergesse ich nicht, Jeff. Wie könnte ich?«

Sie spürte, was mit ihm los war, löste sich von ihm und sah ihm in die Augen. »Du hast Angst«, konfrontierte sie ihn. Jeff blickte zurück, das Herz in Aufruhr.

»Die Welt ist so anders geworden, Charlene«, erwiderte er leise. »Es liegt was in der Luft, was ich nicht greifen kann. Und ja, wenn ich ehrlich bin, ist da eine untergründige Angst. Dass etwas unwiderruflich aus den Fugen geraten ist, etwas, was sich unserem Zugriff entzieht.«

»Nichts entzieht sich unserem Zugriff«, erwiderte sie fest. »Ich glaube nach wie vor daran, dass wir unser Schicksal lenken können. Sogar mehr denn je.«

»Wirklich, Charlene? Es sieht eher danach aus, als ob genau das verhindert werden soll. Es passieren seltsame Dinge. Ich habe recherchiert – und das, was ich herausgefunden habe, ist … eigenartig.«

»Ja, das ist wohl wahr«, murmelte sie. »Umso mehr sollten wir uns nach innen wenden. Damit wir stark bleiben können. Gerade jetzt sollten wir erst recht daran glauben, unser Schicksal in der Hand zu haben.«

»Und du meinst, der Glaube reicht?«, fragte er zweifelnd.

»Es ist das Allentscheidende. In dem Moment, wo wir glauben, unser Schicksal nicht in der Hand zu haben, *haben* wir es aus der Hand gegeben. Und das darf nicht geschehen.«

♫ The World To Come ♫

Fredrika Stahl

Senta zwang sich, ruhig zu bleiben, unterdrückte dieses Gefühl, das da ständig hochwollte. Es war doch noch nicht wirklich etwas Schlimmes passiert. Und wer konnte die Regierung nicht verstehen, die Bevölkerung unter Schutz zu stellen, bevor sie Weiteres wussten – und vor allem, wenn die es sich so wünschte? Aber sie glaubte immer weniger daran, dass das der wahre Grund war, der die Staatslenker an den Maßnahmen festhalten ließ. Sie hätten inzwischen längst umfassender reagieren müssen.

Das Grundgesetz war teilweise außer Kraft gesetzt – und die Annahme, dass es nicht geplant war, den Menschen ihre Rechte zurückzugeben, wurde immer mehr zur Gewissheit. Mit dieser Notstandsregelung war die gesamte Bevölkerung der Willkür der Regierung ausgeliefert. War das den Bürgern nicht klar? Was ihr zusätzlich Sorgen bereitete, war das immer wieder zitierte Gespenst einer

Zwangsimpfung. Wenn die Pharmaindustrie das durchsetzte, hätten sie Zugriff auf die Körper aller Menschen auf dieser Erde. Das klang nicht gut. Gar nicht gut.

Doch das Bild, das sich mit all diesen Puzzlestücken abzuzeichnen begann, war so ungeheuerlich, dass Senta davor zurückschreckte, es zusammenzusetzen. Sie wollte nicht so übel denken. Sicher konnte man all das auch anders interpretieren?

Immer wieder rief sie sich vor Augen: Warum sollte die Regierung Interesse daran haben, die Wirtschaft gegen die Wand zu fahren? Das war das Argument vieler: Omega *musste* gefährlich sein, sonst würden sie das niemals riskieren. Sie brauchten doch ihre Steuerzahler, allein schon, um die horrenden Ausgaben zu tätigen, die der Erreger kostete. Denn das Geld wurde in einer Geschwindigkeit hinausgeschleudert, als gäbe es kein Morgen mehr. Spezialabteilungen in Krankenhäusern, Kurzarbeitergeld, Finanzierungshilfen für Kleinunternehmer und Selbstständige, Entwicklungshilfen für die windige EU und nicht zu vergessen, Millionen an Euros für eine idiotische App, um Infizierte zu identifizieren, sodass man solche Menschen melden und meiden konnte … das hörte sich in Sentas Ohren einfach nur krank an.

Wo war die Opposition, verdammt noch mal? Die war in den letzten Jahren nicht gerade erfolgreich gewesen, hatte sich aber in die Debatte um die Mikrobe wenig und wenn, dann zumindest leicht kritisch eingemischt. Wurden diese Stimmen auch unterdrückt? Einfach nicht abgedruckt, damit die Bürger nicht auf andere Gedanken kamen? Das war handfeste Programmierung, die die Leitmedien zu Propaganda-Organen verkommen ließ. Verzweifelt klickte sie die Internetseite der Partei an, die sie immer gewählt hatte.

Die Gesichter der Homepage lachten sie an. Strahlend, als wäre das Leben ein einziger Spaß ... und vorneweg, etwas größer als die anderen stach das Foto des Parteivorsitzenden hervor: Christopher Waldorf, achtunddreißig Jahre alt, braune Augen, das dunkelblonde, dichte Haar manchmal nach hinten gebürstet, manchmal charmant zerzaust, praktischerweise mit Eloquenz und einer angenehmen, melodiösen Stimme gesegnet. Er war der Einzige, der nicht in die Kamera lachte, sondern eher bedacht und ernst wirkte, als ob er mehr wüsste als der Rest seiner Mannschaft.

Nachdenklich studierte Senta das Foto. Beim ersten Hinsehen entsprach er dem Bild eines Karrieristen, beim zweiten verwarfen seine Augen diese erste Einschätzung. Sie meinte, einen Hauch Wehmut darin zu entdecken, der subtilen Einblick in seine Seele gewährte und die Vermutung erlaubte, zu sanft für einen Ellbogen-Ehrgeizling und nicht zu hundert Prozent mit seiner Rolle verschmolzen zu sein. Es war dieser Ausdruck, der in Senta eine irrationale Hoffnung freisetzte und sie dazu brachte, eine E-Mail zu verfassen.

»Sehr geehrter Herr Waldorf,

Ihre Einstellung zu dieser Krise kenne ich nicht, aber ich hoffe sehr, dass Ihre Meinungsabwesenheit in den Leitmedien bedeutet, dass Sie nicht blind dem Mainstream folgen, sondern noch kritisch hinterfragen.

Seit Wochen wird bewusst und mit Vorsatz Angst geschürt – was es den Menschen schwer macht, einen klaren Blick zu behalten. Und wie in totalitären Regimes werden Andersdenkende diffamiert und in die Verschwörungsecke gestellt.

Die Regierung hört auf die WHO, die in der Hand der Pharmaindustrie ist, und wird von jemandem beraten, der mit einem nicht validierten Test …«

Ihre Finger flogen über die Tasten, sie schrieb sich ihren ganzen Kummer von der Seele.

»… läuft das etwa auf eine Zwangsimpfung hinaus? Hat das noch irgendetwas mit Demokratie zu tun? Ist es nicht Aufgabe der Politiker, sich umfassend und nicht nur einseitig zu informieren? Warum werden Stimmen gelöscht, die sich kritisch äußern? Wäre die Lage so, wie man sie uns darstellte, könnte man einer gegenteiligen Meinung mit schlagkräftigen Argumenten entgegentreten, aber das ist nicht der Fall. Stattdessen erleben wir Hetze und Volksverdummung. Renommierte Wissenschaftler werden durch den Kakao gezogen und als Spinner hingestellt, die Totenzahlen so dreist frisiert, dass es einem Erstklässler auffällt …«

Senta schrieb und schrieb, obwohl sie anfangs nur eine Anfrage hatte senden wollen, war ein echter Brief entstanden.

»Es kann nicht sein, dass Sie die Gefahr dahinter nicht erkennen. Die Gefahr, in eine unfreie Welt hineinstolpern – eine Welt, die vollständig von Lobbyisten regiert wird, die uns vorschreiben, welche Giftstoffe wir in unseren Körper injizieren sollen und Menschen, die frei denken, als Gefahrgut stigmatisieren. Eine Welt, in der sich Menschen nicht mehr versammeln dürfen, in der ihnen vorgeschrieben wird, wann und wen sie berühren dürfen … Es ist klar, welcher Gedanke dahintersteckt, denn der Erreger begann seinen Feldzug in China, unter einem totalitären Regime, das damit wunderbar die Freiheitsdemonstrationen in Hongkong niederschlagen konnte. Wie kann so etwas in Deutschland möglich sein?

Wir brauchen Politiker, die genügend Courage haben, diese falsche Entwicklung zu entblößen und auszubremsen. Wir haben genug von korrupten Mitläufern sowie Profit-, Karriere- und Machtgeiern in der Regierung!

Bitte haben Sie den Mut, sich gegen die Strömung zu stellen. So viele Bürger wären Ihnen dankbar dafür. Wann gab es das letzte Mal einen Politiker, der mutig genug war sich gegen Hofschranzen und Lobbyisten zu wehren? Jetzt wäre die Chance!

Beste Grüße

Senta Buchinger«

Sie schickte das ab, verfasste weitere Briefe, bat alle erdenklichen Organisationen um Hilfe, schrieb an eine Ärztegemeinschaft und sogar an den Präsidenten der EU, der bisher eigentlich nur durch massive Unfähigkeit und Antipathie aufgefallen war, aber sie wollte keine Chance vertun. Vielleicht war es möglich, eine Sammelklage zu starten? Sie suchte nach Anwaltskanzleien, die sich mit Menschenrecht befassten und schickte auch dorthin Anfragen. Es durfte nicht sein, dass Lobbyisten das Land regierten und die Regierung kuschte!

Nachts konnte sie nicht schlafen, langsam wurde sie rammdösig in ihrer Einsamkeit. Sie hungerte nach Kontakt, nach lieben Menschen, nach Berührung, nach Lachen und Fröhlichsein, hungerte nach einer Welt ohne Angst. Eine Welt voller Liebe. Einer Welt voller Frieden.

♫ ♫ ♫

Der Lockdown wurde – ohne jede Evidenz – ein weiteres Mal verlängert. Senta bekam fast einen Schreikrampf, als sie das hörte.

Sie fuhr trotz der Kontaktsperre zu Gunnar, der zwar kein Verwandter war, aber sie brauchte zumindest ein Mindestmaß an sozialem Kontakt. Bei Melanie war das schwieriger. Eingeklemmt zwischen Homeschooling und Homeoffice, war die Romantik der ersten Tage völlig verflogen und einem immensen Stress gewichen. Und obwohl ihr Senta ein beruhigendes Video nach dem anderen schickte, steigerte sich Mellie in eine irrationale Angst hinein.

»Hör auf, Mainstream zu schauen«, schlug Senta ihr vor und bot ihr an, die Kinder ab und zu abzunehmen, damit sie mal verschnaufen könne.

»Nein! Das geht nicht!«, rief Melanie entsetzt. »Wenn unser Nachbar dein Auto sieht, zeigt er uns an! Die Regierung hat uns doch aufgefordert, Vertrauenslose zu melden!«

Senta war zutiefst schockiert.

Doch endlich, nach wochenlangem Ausharren warfen die Politiker den Bürgern ein paar Brosamen hin. Die meisten Leute waren froh drum und vergaßen darüber völlig, dass sie ihre Grundrechte immer noch nicht wieder hatten und ihnen eine Rückgabe auch nicht in Aussicht gestellt wurde. Man durfte sich nun mit einem Freund außerhalb der Familie treffen und aufatmend verabredete sich Senta mit Melanie. Die sagte nur zögerlich zu, aber das fiel Senta nicht auf, weil sie sich so tierisch auf ihre Freundin freute. Ein persönliches Treffen war so anders als sich nur auf dem Bildschirm zu sehen! Als Melanie vor ihrer Tür stand, umarmte sie sie herzlich.

»Oh, endlich!«, sprudelte sie. »Komm rein! Ich hab uns einen Kuchen gebacken. Wie geht es dir?«

»Super«, antwortete Melanie. »Karls Geschäft läuft besser denn je.« Melanies Mann hatte einen Online-Handel, klar, dass der nun Auftrieb erhielt, und sie erklärte auch gleich hinterher:

»Die Leute haben ja nun Zeit und kaufen wie verrückt. Also, wir können uns nicht beklagen. Ich habe null Verständnis für diese Verrückten, die gegen die Maßnahmen sind. Ich finde das total verantwortungslos.«

Verdattert sah Senta ihre Freundin an.

»Aber Melanie, ich habe dir doch Infos geschickt! Ich finde, das läuft alles in eine sehr gefährliche Richtung! Mich macht das unruhig! Sehr unruhig! Sie haben uns unsere Rechte genommen!«

»Mensch, Senta, doch aus gutem Grund! Sie wollen die Bevölkerung schützen!«

»Wovor denn? Wir hätten auch so Rücksicht aufeinander genommen – ohne, Wegnahme der Grundrechte. Omega ist nicht gefährlich!«

»Woher willst du denn das wissen?«

»Das beweisen doch die Zahlen! Schwarz auf weiß! Das ist die Einschätzung von professionellen Leuten, die wirklich Ahnung haben! Selbst die Koryphäe schlechthin, John Ioannidis, der …«

»Die haben leicht reden – die tragen ja auch nicht die Verantwortung«, schnitt Melanie ihr bissig das Wort ab.

Völlig verblüfft über den Verlauf des Gespräches antwortete Senta:

»Aber Melanie, wir haben kaum Todesfälle! Und wenn, dann hatten die …«

»Ja, weil wir uns an die Regeln halten!«, unterbrach Melanie erneut. »Wenn wir die nicht so durchziehen würden, wer weiß, welche Katastrophe über uns hereingebrochen wäre! Uns geht es deshalb so gut, weil wir Deutschen vernünftig und konsequent sind und zusammenhalten. Die meisten zumindest. Gibt ja auch die egoistischen Spinner, die nicht mal ein paar Tage auf ihren üblichen Sums verzichten wollen. Und obendrein von sich behaupten, spirituell zu sein.«

Senta verschlug es die Sprache. Noch nie hatte Melanie ihr gegenüber solch böse Seitenhiebe gebracht.

»Hör mal«, versuchte sie es wieder. »Der Höhenflug des Erregers war vor dem Lockdown schon zu Ende. Deswegen sind die Zahlen so niedrig! Sie wären auch ohne Maske und Kontaktbeschränkung gefallen!«

»Und woher kommen dann die ganzen Toten in Italien, Spanien und der UK?«

»Das lässt sich ohne Weiteres begründen, wenn man die Gesamtsituation ins Auge fasst, zum Beispiel Umweltfaktoren. Man weiß inzwischen, dass schon eine geringfügig erhöhte Feinstaubbelastung das Risiko erhöht, einen schwereren oder tödlichen Verlauf zu haben«, erklärte Senta. »Warum kümmert sich keiner um den Feinstaub, wenn es doch darum geht, Menschenleben retten zu wollen? Außerdem ist es ein offenes Geheimnis, dass alle Toten einen Omega-Stempel aufgedrückt bekommen, nur um die Zahl nach oben zu treiben. Ob derjenige nun von der Brücke gesprungen ist oder Krebs hatte, spielt keine Rolle! Dir müsste als Erste bekannt sein, dass alle Menschen Erreger in sich tragen! Du hast ein Jahr Biologie hinter dir, du weißt das! Eher sollte es dich misstrauisch machen, dass sie der Öffentlichkeit die Zahlen auf eine solch hanebüchene Weise frisieren!«

»Ich muss gehen«, sagte Melanie und stand auf, ohne den Kaffee angerührt zu haben. »Mein Tag ist voll. Und ich habe keine Zeit, ihn mit … Theorien zu vertun, die anderen Leuten schaden.«

In Sentas Herz fuhr ein Stich und ein mieses Gefühl tropfte heraus. Melanie war keine fünf Minuten hier gewesen! Sie folgte ihr zur Tür, wollte sie nicht so gehen lassen, wollte die abgekühlte Atmosphäre mit ein paar Worten und einer Umarmung wieder erwärmen.

»Hey, Melanie«, begann sie. »Ich …«

Aber Melanie wich vor ihr zurück.

»Wir müssen Abstand halten«, erklärte sie steif. »Wir verstoßen sonst gegen die Regeln. Und ich will nicht angezeigt werden.«

Die Tür fiel ins Schloss. Aufgewühlt stand Senta im Flur und langsam sickerte in ihr Bewusstsein: Das alles ging so viel tiefer. Eine Entmenschlichung hatte begonnen – und in so einer Welt wollte sie nicht leben.

♫ More ♫

Fredrika Stahl

Sie war in Aufruhr, der doch eigentlich in keinem Verhältnis zu der Situation stand. Hatte Melanie recht? Sah sie nicht mehr klar? Die Meinungen wichen so abgrundtief voneinander ab – und die Kluft dazwischen wurde immer tiefer. Sie kam sich vor wie in einer Parallelwelt. Die Gegenseite mit Sicherheit auch. Sie schrieb Melanie eine Nachricht:

»Lass Omega nicht zwischen uns treten. Das hat unsere Freundschaft nicht verdient!«

Melanie antwortete nicht. All das arbeitete in Senta und sie wurde immer verzweifelter. Ihre Stimmung hob sich etwas, als sie endlich ihren Umzug anging. Gunnar half ihr und innerhalb von wenigen Tagen befand sie sich wieder im Haus ihres Großvaters. Das war Balsam für ihre Seele. Balsam, den Garten zu pflegen, in der Erde zu wühlen, Neues zu pflanzen, Unkraut zu jäten und die Apfelblüten zu bewundern. Diese Arbeit fuhr sie nicht nur runter, sie machte sie demütig, machte ihr bewusst, wie sehr sie die Welt liebte. Sie dachte viel nach, fragte sich immer wieder, ob sie es war, die durchgeknallt war oder die anderen.

Wenn doch nur ihr Opa bald nach Hause kommen würde! Es war zwar wunderschön hier, aber auf dem Land war sie noch einsamer als in dem kleinen Vorort.

Und so saß sie öfter am Rechner als gedacht. Die Unsicherheit, den Erreger nicht richtig einzuschätzen und mit ihrer Meinung falschzuliegen, belastete sie, daher arbeitete sie sich systematisch weiter in das Thema ein.

Aber die Ereignislage war schlicht desaströs. Die Bürger wurden weiterhin wie Kleinkinder behandelt. Obwohl nie auch nur der Hauch einer gegensätzlichen Meinung in den Massenmedien geduldet war, wurde in einer Rede aus dem Kanzleramt betont, dass man in einem Land freier Meinungsäußerung lebe. Darüber konnte Senta nur lachen. Alles Kritische war aus dem Netz entfernt worden! Und nie wurde jemand in die Talkshows eingeladen, der eine andere Meinung hatte!

Die Leitmedien, so hieß es weiter, seien dafür da, die komplexen Inhalte für die Bevölkerung auf einfache Weise darzustellen. Was unter dem Strich hieß: Der Staat traute seinen Bürgern komplexes Denken nicht zu. Obendrein wurden im Schutze des Erregers Dinge durchgeboxt, gegen die die Leute sonst protestiert hätten. Überall wurden in rasender Geschwindigkeit 5G-Masten aufgestellt, obwohl bekannt war, dass sie sehr gesundheitsschädlich waren. Als Biologin wusste Senta, dass 5G auf einer Frequenz sendete, die die Blut-Hirn-Schranke im Gehirn öffnete, sodass Giftstoffe ungehindert dort hineinfließen konnten. Und Giftstoffe gab es genug. Im Essen, in Kosmetik, überall. Mit 5G hatten sie freien Zugang in die Gehirne der Menschen.

Zeitgleich traten immer mehr Wissenschaftler und Ärzte und Fachleute ins Rampenlicht, die die Meinung besorgter Bürger bestätigten.

Senta bewunderte alle, die den Mut fanden, öffentlich aufzustehen. Da gab es einen Arzt, der jede erdenkliche Mühe auf sich nahm, die Menschen aufzuklären und ihnen mithilfe der Daten aus dem Kochstudio die Angst zu nehmen. Seine Videos waren fundiert und arbeiteten sauber mit den verfügbaren Zahlen. Er hatte eine unglaublich hohe Klickzahl, gewann innerhalb kürzester Zeit viele Anhänger – und wurde von den Leitmedien massiv verunglimpft. Und nicht nur er, alle, die verlautbarten, dass hier etwas nicht stimmte, erfuhren eine Diffamierung, die weit über dem üblichen Maß lag. Jeder, der es wagte, Kritik zu üben, wurde medial vernichtet, niedergeschrien, in die rechte Ecke geschubst, als V-Theoretiker, Aluhutträger und Esoteriker abgestempelt. Kritik an den Maßnahmen zu üben, führte zu sozialer Ächtung. Die Medien wie die Regierung zogen ohne jede Not die Reputation ihrer angesehensten Köpfe in den Dreck: Von Ärzten, Wissenschaftlern, Professoren, Menschen, die lange Jahre dem Staat gedient hatten. Schnell wurde klar: Wer Omega nicht hofierte, wurde aussortiert.

Senta war bestürzt. Das waren keine Couchpotatoes, die sich hier zu Wort meldeten, die weder Ausbildung noch Ahnung hatten, das *waren* echte Experten! Und warum mied man eigentlich den Epidemiologen, der mit seinen Prognosen IMMER richtig gelegen hatte? Warum durfte jemand Berater sein, der bisher mit seinen Prognosen IMMER falschgelegen war?

Nicht nur, dass das Expertennetzwerk diffamiert wurde, stattdessen drängten sich nun Politiker als angebliche Spezialisten in den Vordergrund, die weder Ahnung noch Ausbildung hatten. Das, was sie absonderten, war undifferenziert und nicht belegt. Infektionen wurden exponentiell hochgerechnet, was ein No-Go war. Und wie ging das an, dass eine selbstverliebte Youtuberin, die von den öffentlich-rechtlichen Medien bezahlt wurde und vermutlich deren Skript ablas, sich über einen erfolgreichen Epidemiologen lustig machen durfte, der Hunderte von Ärzten ausgebildet hatte? Senta bekam bei so was einen superdicken Hals.

John Ioannidis, Medizinprofessor und Epidemiologe an der Stanford-University, ein Wissenschaftler, der wie erwähnt unter dem Beisatz: ›Sargnagel der schlampigen Wissenschaft‹ weltweit bekannt war, dessen Beiträge millionenfach heruntergeladen wurden, der zahlreiche

Auszeichnungen erhalten hatte, schlicht, dessen Expertentum außer Frage stand, meldete sich erneut zu Wort, bedauerte, dass die Medien sich weigerten, seine Einschätzung bezüglich Omega zu veröffentlichen und verkündete, dass er deswegen ein YouTube-Video hochlade. Ein Video, das Senta die beruhigende Bestätigung gab für *alles*, was viele andere auch schon bestätigt hatten: Omega wurde überbewertet, die Kollateralschäden des Lockdowns gingen ins Maßlose, würden in der nächsten Zeit allein Millionen an Hungertoten in den Entwicklungsländern zur Folge haben, wenn dieser Wahnsinn nicht aufhöre.

Senta faltete ihre Hände vor dem Laptop und hauchte einmal mehr: »Danke!«

Ioannidis konnte man nicht einfach vom Tisch wischen. Dachte sie. Einen Tag später wurde sein Video gelöscht, weil es angeblich gegen die Community-Richtlinien verstieß. Das war der Moment, in dem ihr richtig mulmig zumute wurde.

Sie selbst postete ein Interview mit einem Arzt auf ihrem Facebook-Account und wurde zwei Tage später mit der Androhung ihrer Kontolöschung konfrontiert, wenn sie weiterhin Inhalte dieser Art verbreite. Zudem setzte ein Teil ihrer Freunde böse Kommentare darunter. Das Video wurde gelöscht.

Ein Professor, ebenfalls vom Fach, ebenfalls anerkannter Experte, gab mehrere hochinteressante Interviews, stellte Fragen an die Regierung – und wurde gelöscht. Die Öffentlichkeit sollte davon nichts erfahren. Was sie erfuhren, war, dass es sich hierbei um gefährliche, wirre Köpfe handele. So viele Professoren, Ärzte und Wissenschaftler? Waren auf einmal alle »Wirrköpfe«? Die Zahl ging inzwischen in die Hunderte! Den Menschen vor ihren Fernsehgeräten wurde eingebläut: Glauben Sie nur den offiziellen Stellen! Aber Demokratie lebte vom Meinungsaustausch, nicht davon, dass ein einziges Programm in die Köpfe gehämmert und alle weiteren Stimmen ausgeschlossen wurden.

Sentas Panik stieg. Wo, verdammt nochmal, sollte das hinführen?

Facebook-User bekamen Abmahnungen, wenn sie sich kritisch zu Omega äußerten, in manchen Ländern wurden sie sogar verhaftet. YouTube-Channels wurden gesperrt, Beiträge gecancelt … Gruppen, die über das Thema diskutierten, eliminiert. Aha? Man durfte sich also noch nicht mal darüber unter Freunden austauschen?

Mit Bestürzung verfolgte Senta in einem Live-Videomitschnitt, wie ein Reporter, der in Sachen Omega Daten für einen Artikel gesammelt hatte, von der Polizei in Handschellen abgeholt wurde. Noch während er verhaftet wurde und zum Streifenwagen lief, rief er seine Botschaft in die

Kamera: »Ich habe keine Straftat begangen! Alles, was ich getan habe, war, bezüglich des Erregers zu recherchieren!*«

Senta drehte sich der Magen um. Nicht nur das verursachte ihr Bauchweh. Schlimm war auch, wie Menschen plötzlich miteinander umgingen, wie stark die Nicht-Omega-Gläubigen von anderen angefeindet wurden. Es reichte ein Anflug von Opposition und ein Shitstorm entlud sich über den Betreffenden – in Facebook oder wo auch immer. Auch vor Promis machte diese Diffamierung nicht halt. Eine beliebte Moderatorin beging den Fehler, auf ihrem FB-Account eine Gegenüberstellung zu posten: Von jenen, die sagten, der Erreger sei gefährlich – das waren zwei, (der Tierarzt und der Virologe) –, und der anderen Seite mit Hunderten an namhaften Ärzten und Wissenschaftlern, die das Gegenteil bewiesen. Daraufhin wurde ihr Account mit einer solchen Unzahl an Hasskommentaren überflutet, dass sie ihn schließen musste.

Das ließ Senta fassungslos zurück. Was war nur mit den Menschen los? Liefen in den Mainstream-Medien subliminals*, unterbewusste Botschaften, die ihnen eingaben: Hasst Andersdenkende? Hasst eure Mitmenschen! Habt Angst! Seid aggressiv?

Die Medien hatten ohnehin kein Problem damit, die Reputation ehrenwerter Wissenschaftler zu schänden, die sich kritisch äußerten. Ihre Artikel wurden in den Zeitungen nicht veröffentlicht und ihre Wikipedia-Einträge auf beleidigende Art und Weise geändert. Wo blieb der Respekt?

Es gab offene Briefe an das Kanzleramt von verzweifelten Bürgerinnen und Bürgern, Menschen, die Senta aus der Seele sprachen, aber nichts, nichts, nichts hatte Wirkung. Die Regierung stampfte weiter auf ihrem Weg. Es interessierte sie keinen Deut, was diese Menschen dachten. Alles, was sie taten, war der Bevölkerung gebetsmühlenartig einzutrichtern, Omega sei gefährlich, gefährlich, gefährlich, es müsse eine Impfung her, vorher ginge gar nichts.

Senta klickte die Seite einer Ärzteorganisation an, der sie sich angeschlossen hatte, um zu schauen, ob sie aktiv etwas beitragen konnte. Ein fetter Eintrag schlug ihr entgegen:

Achtung! — Es laufen derzeit Angriffe auf unsere Druckereien, unser Bankkonto, unsere Seiten im Netz und unseren Newsletter. Eine unserer Druckereien wird seit Wochen bedroht, unser Vereinskonto wurde ohne Vorwarnung und Angabe von Gründen gesperrt – und eine erfolgreiche Spendenaktion somit unterbunden … wir geben aber nicht auf!*

Sie fühlte sich wie im freien Fall. Das konnte nicht sein! Das war mehr als Zensur!

Die erste Juristin stand auf, erklärte, der Lockdown sei verfassungswidrig. Wieder einmal atmete Senta auf … vorsichtig diesmal, denn bisher war alle Hoffnung kurz danach zerstört worden. Aber wie konnte das sein? Sie lebten doch in einem gerechten Land! In einem freien Land!

Die Juristin reichte Klage ein. Sie wollte, dass das Ganze von Gerichten untersucht wurde, und forderte die Menschen auf, ihr Recht auf Widerstand wahrzunehmen sowie das Recht auf Versammlungsfreiheit, das im Grundgesetz verankert war. Dafür hatte die Dame eine Demonstration angesetzt. Senta fand das grandios, bezweifelte aber, ob die Menschen sich trauen würden, auf die Straße zu gehen. Zu sehr hatten die Bürger jetzt schon Angst vor Repressalien. Aber sie begrüßte es, dass die Juristen in Deutschland wach wurden. Ein Trugschluss.

Der Absturz erfolgte am nächsten Morgen: Die Rechtsanwältin war gewaltsam von der Polizei aus ihrer Wohnung geholt und in die Psychiatrie gesperrt worden.*

Sie leidet heute noch unter der Behandlung, die ihr dort zuteil wurde.*

♫ ♫ ♫

Das versetzte Senta einen tiefen Schlag. Sie fühlte sich gefangen. Sie musste etwas tun! Sie durfte nicht aufgeben! Und so schrieb sie ein weiteres Mal an Christopher Waldorf.

»Sehr geehrter Herr Waldorf,

Nun ist ja die Situation so eingetreten, wie ich sie in meiner letzten Mail beschrieben hatte – für die ich übrigens noch nicht mal eine Eingangsbestätigung erhalten habe, geschweige denn eine Antwort. Es ist sogar noch viel schlimmer als befürchtet und ich frage mich: Wo sind Sie, Herr Waldorf? Ich sehe Sie nirgendwo für das eintreten, was Ihre Partei in ihrem Namen proklamiert: FREIHEIT! Sie wissen, dass das, was in diesem Land gerade abläuft, dieser extrem zuwiderläuft. Haben Sie nicht den Mut, für Ihre Werte einzustehen? Ich mag nicht glauben, dass das nur Lippenbekenntnisse sind. So viele Menschen wären dankbar, wenn es wenigstens einen aufrichtigen Politiker gäbe! Bitte helfen Sie uns! Alles andere ist einfach nur feige und Feigheit möchte ich Ihnen nicht unterstellen. Geben Sie uns Bürgern eine Stimme! Hinter ihnen würden Zigtausende stehen. Ich bitte Sie: Seien Sie unser Held! Treten Sie ein für die Demokratie! Zeigen Sie Flagge!

Beste Grüße

Senta Buchinger.«

Sie wusste, das war viel zu emotional, aber das Empfinden, unguten Kräften hilflos ausgeliefert zu sein, machte sie wahnsinnig. Um sich abzulenken, wollte sie einen Film schauen, kam auf die TV-Taste, erwischte die Nachrichten und fiel fast um, als plötzlich auf dem Bildschirm das Konterfei des Milliardärs Timothy Morrison auftauchte, der sein Vermögen mit Soft- und Hardware gemacht hatte und allgemein unter dem Spitznamen TIM bekannt war. Diese Abkürzung stand allerdings nicht für seinen Vornamen, sondern für ***T**he **I**nsane **M**an*, weil er krankhaft reich war. Senta hatte gehört, dass er die Hälfte seines Vermögens für gute Zwecke gespendet und auch andere Größen dazu gebracht hatte, das zu tun. Das fand sie ehrenwert und sie fragte sich insgeheim, wie es sein konnte, dass eine solche Menge Geld keine sichtbare Wirkung erzielte, denn die Probleme waren immer noch die gleichen wie vorher. Gerade von den Entwicklungsländern, in denen er tätig zu sein schien, hörte man von keinen durchschlagenden Besserungen. Warum nicht? Nicht nur diese Frage wurde für sie in diesem Interview beantwortet. In diesen Minuten wurde The Insane Man für sie zum Insane Monster. Seine Worte ließen Senta das Blut in den Adern gefrieren – und fügten dem Puzzle viele unschöne Teile hinzu.

♫ ♫ ♫

Auch Charlene saß mit Jeff vor dem Bildschirm, bereit für einen gemütlichen Abend, ein Glas Wein und Fingerfood vor sich. Die Nachrichten liefen. Wie immer ging es um Omega und Jeff wollte schon genervt weiterzappen, als der Moderator sagte:

»Guten Abend, Mr. Morrison ...«

»Morrison? Was tut der denn im deutschen Fernsehen?«, wunderte sich Charlene. Die Antwort folgte auf dem Fuße.

»... Ich und andere«, pulverte TIM an Millionen an Zuschauern hinaus, »... hatten zwar schon 2015 von der Möglichkeit einer Pandemie wie der jetzigen gesprochen, aber ...«

»Moment mal, wieso hat er schon 2015 darüber gesprochen?«, fragte Jeff alarmiert. »Wie kann man denn eine Pandemie vorhersagen?«

Gebannt hörten sie weiter zu.

»Es wird immer klarer, dass wir die Pandemie nur in den Griff bekommen, wenn wir einen Impfstoff entwickeln. Welche Schritte sind nun die wichtigsten?«, wollte der Moderator wissen. TIM erklärte, dass ein Impfstoff normalerweise Jahre brauche, um all die Testphasen zu durchlaufen, aber er sei jetzt dabei, diese Zeitspanne auf etwa achtzehn Monate zu komprimieren.

Entsetzt tauschten Charlene und Jeff einen Blick. Doch TIMs nachfolgender Satz ließ Jeff aus dem Sessel springen.

»Wir werden den zu entwickelnden Impfstoff letztlich sieben Milliarden Menschen verabreichen«, verkündete er selbstherrlich.

»Wie bitte?«, ächzte Charlene. »Was geht diesen Mann mein Körper an? Überhaupt, wie kann es sein, dass er so etwas bestimmen kann? Was tut der Kerl im deutschen Fernsehen?«

»Da wir den Impfstoff so schnell wie möglich entwickeln wollen, können wir natürlich nicht auf alles Rücksicht nehmen. Es geht darum, schnelle Fortschritte zu erzielen …«

TIMs Krötengesicht verzog sich zu einem arroganten Lächeln:

»Und ich glaube, dass die Warnung, uns gründlich auf die nächste Pandemie vorbereiten zu müssen, diesmal ernstgenommen wird …«

Die jetzige Pandemie war eine Warnung? Wie meinte er das? Das klang wie eine Drohung! Und woher wusste der Kerl jetzt schon, dass es eine weitere Pandemie geben würde?

»Zu der Normalität vor Omega«, erklärte er anmaßend, »werden wir erst zurückkehren, wenn sieben Milliarden geimpft sind.*«

Jeff und Charlene stand der Mund offen. Mit welchem Recht griff dieser Fatzke in das Weltgeschehen ein? Welches Recht hatte er, über sieben Milliarden Menschen zu verfügen? Über die *Welt* zu verfügen? Welche Legitimation hatte er? Der Moderator stellte diese Fragen jedenfalls nicht. Der spielte Handlanger für jemanden, der definitiv dem Größenwahn verfallen war.

Charlene und Jeff fiel es in diesem Moment wie Schuppen von den Augen und ihnen wurde klar, dass es nicht nur darum ging, Geld in die Kassen der Pharmaindustrie zu pumpen. Es ging um viel, viel mehr.

Der Appetit war ihnen vollständig vergangen.

♫ ♫ ♫

Senta war außer sich nach diesem Interview. Warum zur Hölle sollte sie sich impfen lassen? Sie war gesund! Sie musste noch nicht mal Google fragen, um sicher zu sein, dass die Firmen, die den Impfstoff produzieren würden, TIM gehörten! Was für eine Frechheit, einfach die Testzeit zu verkürzen und damit sieben Milliarden Menschen zu Versuchskarnickeln zu machen!

Niemals würde die Regierung das zulassen! Senta rechnete damit, dass morgen schon ein Aufschrei durch die Medien gehen würde. Worin lag der Sinn, einen Impfstoff für einen Erreger zu produzieren, der schon jetzt mutiert war? Man musste nicht mal Mediziner sein, um das zu verstehen! Und wo lag die Verhältnismäßigkeit, eine solche Masse an vorprogrammierten Impfschäden in Kauf zu nehmen, wenn man die Entwicklungsphase von acht bis zwölf Jahren auf *achtzehn Monate* verkürzte? Niemand konnte in diesem Fall etwas über Langzeitwirkungen aussagen – das war grob fahrlässig und entbehrte jeder Ethik. Selbst wenn nur *ein* Prozent der Bevölkerung in Deutschland einen Impfschaden wegen eines unzureichend geprüften Stoffes erlitt, hätte man *830 000* Opfer allein in Deutschland! Ohne die Spätfolgen zu berücksichtigen, die erst nach Jahren in Form von Krebs, Alzheimer und was alles nicht zum Vorschein kamen. So viele Menschen konnte Omega gar nicht vernichten. Das musste doch jedem einleuchten!

Das war so ungeheuerlich und hatte für sie persönlich eine so klare Grenze überschritten, dass sie sicher war, dass dies das Ende der Pandemie sein musste. Die Anmaßung dieses Mannes war schlicht unsäglich.

Aber das Gegenteil war der Fall: Alle applaudierten ihm. Alle lobten ihn. Alle Regierungen der Welt tuteten ins gleiche Horn, gaben den exakt gleichen Wortlaut von sich, als läsen sie von einem Skript ab*. Alle sagten, es müsse geimpft werden, es gäbe nie mehr eine Normalität, wie man sie gekannt habe, man müsse immer Masken tragen, die Abstandsregeln würde nicht aufgehoben werden, selbst mit der Impfung nicht, Omega würde nie mehr verschwinden. Fast jede Regierung stimmte ihr Volk auf eine neue Weltordnung ein. Längst hatte ein Umerziehungsprozess begonnen – und die meisten Menschen folgten. Weil sie Menschenleben schützen wollten. Aber genau das Gegenteil war der Fall. Senta gefror.

Nun war sie sich sicher, dass nicht der Erreger gefährlich war. Gefährlich war das, wofür er instrumentalisiert wurde, und das war so finster, dass sie sich fragte, ob das Leben in einer solchen Welt überhaupt noch lebenswert war.

♫ ♫ ♫

Charlene war nach dieser Sendung nicht nur in sich gekehrt, sie schlief schlecht und war auch am nächsten Morgen noch aufgewühlt.

»Charlene, was ist los?«, fragte Jeff beunruhigt. »Hast du Angst?«

Sie saßen beim Frühstück und statt der sonstigen munteren Unterhaltung waren sie beide schweigsam und hingen ihren Gedanken nach. Ihr Blick kam aus weiter Ferne zu ihm zurück.

»Angst ist das falsche Wort. Ich … muss mir über einiges klarwerden, auch wegen der Sendung. Deshalb habe ich mich dazu entschlossen, mich ein paar Tage zurückzuziehen.«

Jeff war bedrückt. »Aber wo willst du hin? Die Hotels haben doch alle geschlossen.«

»Ich möchte einige Lehrer von mir aufsuchen. Bin auch nur für eine Woche weg.«

Sie lächelte nicht und Jeff fühlte sich noch komischer. Gerade hatte er das Bedürfnis nach stundenlangem Reden und Kuscheln und vermisste Charlene und ihr sonniges Wesen schon jetzt. Sie für eine ganze Woche nicht bei sich zu haben, verursachte ihm fast körperlichen Schmerz und wieder wurde ihm bewusst, wie sehr er sie liebte, wie viel sie ihm gab. Er wollte für sie ebenso eine Stütze sein wie sie für ihn, aber gerade war es mal wieder umgekehrt. Dauernd suchte er ihre Nähe, konnte nicht genug von ihr haben, als hätte er Angst, all das könnte ihm eines Tages genommen werden.

In den Tagen ihrer Abwesenheit surfte er im Netz, machte die gleichen Erfahrungen wie viele andere auch: Dass man nicht mehr sagen durfte, was man wollte, dass es unerwünscht war, Kritik zu üben, dass Angst und eine fragwürdige Moral als Knüppel eingesetzt wurden, um jede Bemerkung gegen den Erreger zu eliminieren. Wo lag der Sinn? Warum wurde die Wirtschaft zerstört? Warum wurde das Geld so bedenkenlos hinausgeschleudert? Was bedeutete das für seine Zukunft? Er dachte viel nach, traf sich mit Johanna, die als CFO tieferen Einblick in den Finanzmarkt hatte. Sie teilte seine Bedenken.

Jeff traf eine Entscheidung.

♫ ♫ ♫

Senta griff zum Hörer und rief ihren Opa an. Endlich ging er mal ran.

»Opa«, sagte sie gequält. »Wo bist du? Hast du Zeit? Ich muss unbedingt mit dir über …«

»Ich weiß, ich weiß«, unterbrach er sie. »Ich weiß, was dich belastet, aber lass uns nicht am Telefon drüber reden, okay?«

War da Vorsicht in seiner Stimme oder wurde sie schon paranoid?

»Wann kommst du zurück?«, fragte sie drängend.

»Hm, das könnte länger dauern. Bin noch bei Fritz und sobald die Grenzen wieder offen sind, werde ich zu dieser Forschungsreise aufbrechen.«

»Oh, nein, bitte nicht«, stöhnte sie. »Ich sehne mich schrecklich nach dir! Wo willst du denn hin? Und was heißt länger?«

»Ach, Senta, meine Kleine, das tut mir so leid. Aber es muss sein. Ich werde wohl mindestens drei Monate weg sein, wenn wir die Genehmigung bekommen.«

»Drei Monate?«, rief sie entsetzt und zu Tode enttäuscht.

»Ja, vielleicht auch vier. Darüber will ich jetzt noch nichts sagen, ist alles noch nicht sicher. Dafür hast du das Häuschen für dich! Was macht der Garten?«

»Der ist in Schuss«, antwortete sie erstickt. Wie gern hätte sie jetzt seine Arme um sich gespürt! Ihr Hals schnürte sich zu, sie war dem Weinen nah und ihr Opa spürte es.

»Sentalein«, tröstete er sie. »Jammere nicht darüber, allein zu sein, sondern nutze die Zeit. Betrachte die Gefühle in dir, die hochkommen. Versprichst du mir das?«

»Aber Opa, wozu soll das gut sein?«

»Weil du wissen solltest, was in dir drin ist, damit du verstehst, was draußen passiert.«

»Irgendwie mag ich diesen Gedanken nicht«, brummte Senta. »Das hört sich so an, als ob ich Schuld am Weltgeschehen hätte.«

»Wir sind alle am Weltgeschehen beteiligt. Aber es geht nicht um Schuld, es geht um einen Reinigungsprozess, den solltest du nutzen.«

»Wie meinst du das? Ein Reinigungs…?«

»Ludwig! Komm her! Schnell!«, ertönte Heriberts aufgeregte Stimme im Hintergrund. »Ich hab was Sensationelles auf dem Schirm!«

»Senta, ich muss Schluss machen, wir hören uns, okay?«

Und weg war er.

Senta legte auf, biss sich frustriert auf die Lippen, zog ihre Laufschuhe an und lief durch die Straßen, bis sie nicht mehr konnte.

Nach der Dusche fühlte sie sich nur leicht besser, konnte sich zumindest aufraffen, weitere Bewerbungen zu schreiben, und staunte nicht schlecht, als sie eine Antwort von Christopher Waldorf in ihrem Postfach entdeckte.

Fieberhaft flog sie durch die Zeilen – mit wachsender Begeisterung.

»Sehr geehrte Frau Buchinger,

haben Sie vielen Dank für Ihre Nachricht. Ihr Eindruck täuscht. Unser Standpunkt in der derzeitigen Krise war stets sehr klar und wir haben diesen offen publiziert.

Die einschneidenden Maßnahmen waren zu Beginn der Pandemie, auf die unser Land unvorbereitet reagieren musste, unumgänglich. Inzwischen sind wir allerdings in eine Situation geraten, in der die Folgen der Pandemiebekämpfung größere Risiken bergen als der Erreger selbst. Ich denke an verschobene oder unterlassene Operationen und geschlossene Reha-Einrichtungen. Menschen, die Angst um ihren Arbeitsplatz oder ihre Existenz haben. Das nimmt Schaden an der Seele, während ein Einbruch der Wirtschaft die Gesellschaft und staatliche Gemeinschaft gleichermaßen schwächt – von den sozialen Schäden, gerade bei Kindern und Jugendlichen, ganz zu schweigen …«

»Oh, Gott, ja!«, jubelte Senta. »Endlich! Das klingt gut!«

Aufgeregt las sie weiter, doch die Freude währte nur kurz.

»Wir brauchen wirksame Hygieneregeln für alle Bereiche des Lebens. Infektionsketten müssen lückenlos nachverfolgt werden, daher treibe ich die Tracing-App voran …«

»Was soll das?«, rief Senta laut. »Ich will nicht verfolgt werden, du Affe!«

Der Rest des Textes schockierte sie umso mehr.

»… zwecks Früherkennung von Infektionsketten muss ein digitales Netz von Kameras installiert werden, die die Bürger überwachen, die uns Infizierte melden, damit wir alles und jeden nachverfolgen können. Dazu habe ich entsprechende Reden gehalten, Links sind eingefügt. Wie Sie sehen: Ich bin präsent.«

Sentas Augen glühten vor Wut.

Deswegen also hatte er geantwortet! Weil sie sein verdammtes Ego angestochen hatte! Zornig las sie den Rest.

»Seien Sie versichert, dass wir uns für einen intelligenten und zielgerichteten Gesundheitsschutz unserer Mitbürgerinnen und Mitbürger einsetzen. Wir bleiben dran.

Ihnen persönlich wünsche ich alles Gute – bleiben Sie vor allem gesund!

Freundliche Grüße

Christopher Waldorf«

»Verdammt, du Memme!«, fauchte sie und hätte am liebsten den Rechner an die Wand gepfeffert. »Ich habe keine Angst um meine Gesundheit! Ich habe Angst um meine Freiheit!«

Obwohl sie wusste, dass es sinnlos war, konnte sie nicht an sich halten und schrieb zurück:

»Sehr geehrter Herr Waldorf,

danke, dass Sie sich die Mühe gemacht haben, mir zu antworten. Ich kann mir beim besten Willen nicht vorstellen, dass Sie nicht wissen, was wirklich gespielt wird. Wollen Sie mich für dumm verkaufen? Solche Dinge sind nicht mit einer Tracing-App gelöst! Im Übrigen möchte ich nicht getraced werden. Ich will frei bleiben! Stattdessen wird uns ein Maulkorb verpasst! Es wird erwartet, dass wir uns beugen, ohne zu hinterfragen! Wir hinterfragen aber! Vor allem fragen wir uns, warum wir uns fragwürdige Stoffe von fragwürdigen Unternehmen gegen einen fragwürdigen Erreger in unseren Körper injizieren lassen sollen. Sie sind wie ich ein freier Bürger, der gerade seine Freiheit verliert. Und mit der Impfung verlieren Sie obendrein Ihre Gesundheit. Ich weiß nicht, warum ich Ihnen meinen ersten Brief geschrieben habe. Es war die Hoffnung, dass Sie jemand sein könnten, der es mit seinem Regierungsauftrag ernst meint. Der für die Bürger da ist und sie vor Unrecht schützt, der die Grundrechte ehrt und wahrt, statt sie den Bürgern zu nehmen.

Wenn Sie um Hintergründe wissen und nichts dagegen tun, sind Sie mitverantwortlich für das Schlechte, das geschieht. Können Sie das vor sich und der Bevölkerung verantworten?

In meiner ersten Mail habe ich geschrieben: Ich wünsche mir Politiker mit Tugenden wie Menschlichkeit, Aufrichtigkeit, dem ehrlichen Bemühen um das Wohl des Volkes, Politiker, deren gute Gesinnung auf das Land abfärbt. Ich wünsche mir eine echte Demokratie und Volksbeauftragte, die Menschen lieben. Offensichtlich sind Ihnen solche Werte fremd.«

Sie zögerte und setzte trotzig hinzu:

»An Ihrer Stelle hätte ich jede Nacht Albträume.

Gruß

Senta Buchinger«

Das Abschicken der Mail nahm kaum Dampf von ihr. Sie sah sich in ihrer kleinen Wohnung um. Was sollte sie tun? Gejoggt war sie gerade, ihr Opa war nicht da, ihre Mutter hatte sich verbarrikadiert. In diesem Moment kam eine Nachricht von Melanie rein. Ein vor Wut kochender Smiley glotzte sie an.

»Hör auf, mir solche Schrott- Videos zu schicken! Sonst blockiere ich dich!«

Senta bekam keine Luft mehr. Sie rief sie an.

»Melanie!«, rief sie aufgelöst. »Was soll das? Ich will doch nur Aufklärung betreiben! Lass das nicht zwischen uns treten!«

»Aufklärung? Das nennst du Aufklärung? Der Chefvirologe sagt etwas ganz anderes als ihr Pseudoexperten!«

»Was sagt er denn? Alles, was der von sich gibt, ist politisches Gesabber! Dagegen hat der Arzt, dessen Video ich dir geschickt habe, echte Argumente!«

»Der will sich doch nur wichtigmachen!«

»Was hätte er davon? Er riskiert Kopf und Kragen und ruiniert seinen Ruf! Er hat gar nichts davon! Während besagter Chefvirologe nachweislich an der Krise verdient! Mann, Mellie, mach die Augen auf!«

»Die Regierung sagt, wir sollen nur offiziellen Quellen glauben. Ich will deine Videos nicht. Mein Mann hat sie gesehen, er hätte nie von dir gedacht, dass du mal in die rechte Ecke rutschst. Senta, merkst du nicht, dass du gerade zum Terroristen wirst?«

Sentas Herz setzte für einen Schlag aus.

»Das … das hast du jetzt nicht gesagt!«, stieß sie fassungslos hervor.

»Doch, das habe ich gesagt. Ich bin Beamtin! Ich will meinen Job behalten! Ich muss im Gegensatz zu dir eine Familie miternähren! Begreif das doch! Wenn nur einer meiner Kollegen per Zufall eines dieser Verschwörer-Videos auf meinem Handy entdeckt, zeigt er mich an und ich bin meinen Job los!«

Diese Ansage verschlug Senta für Sekunden die Sprache. Mühsam beherrscht quetschte sie hervor:

»Okay, das sehe ich ein. Aber du wirst doch nicht ernsthaft an diesen Zirkus glauben! Du hast Kinder, Melanie. Du kannst nicht wollen, dass sie mit Maske und Abstandsregeln aufwachsen! Und du kannst nicht jemanden als Terroristen bezeichnen, der einfach nur seine Grundrechte wiederhaben will! Ich bin nicht rechts! Ich war es nie! Und ich werde es auch nicht sein!«

»Und du, Senta«, schlug Melanie zurück, »merkst gar nicht, wie du abgleitest! Immer tiefer! Du wirst immer radikaler! Mein Mann will nicht, dass ich mit jemandem befreundet bin, der faschistisches Material verschickt und unter dem Deckmantel der Ideologie Menschen gefährdet. Bitte, Senta, ich bitte dich von ganzem Herzen: Komm in die Normalität zurück!«

»Welche Normalität denn? Siehst du denn nicht, wo das hinläuft?«

Melanie holte tief Luft.

»Okay, im Fernsehen haben sie uns darauf vorbereitet, dass ihr Verschwörungstheoretiker für kein Argument offen seid.«

In Senta tat sich ein Abgrund auf, Melanies Worte drangen wie durch Watte an ihr Ohr. »Lass uns jeder seiner Wege gehen, Senta. Irgendwann ist das ausgestanden. Wenn wir die Impfung haben, ist alles wieder gut. Und wenn du einsiehst, welchen Bullshit du verzapfst, können wir vielleicht auch wieder miteinander reden. Wir müssen nur einfach stillhalten, bis das vorbei ist. «

Senta schüttelte den Kopf, ihr liefen die Tränen hinunter.

»Nein, Melanie«, flüsterte sie rau. »Genau darum geht es. Es wird nicht vorbei sein. Es wird nie vorbei sein. Das ist das, was *du* begreifen musst. Wir hatten schon mal eine Zeit, wo Menschen dachten, es wird besser, wenn sie stillhalten. Glaub mir, das hier ist nur der Anfang von etwas sehr …«

Melanie drehte die Augen entnervt zur Decke.

»Mann, hör auf mit diesem Mist! Du müsstest dich mal reden hören! Du warst doch mal so positiv! Und nun glaubst du an dieses Weltuntergangsgerede! Was zur Hölle ist mit dir passiert, Senta?«

In Senta drehte sich alles.

»Und mit diesem Zeug in deinem Kopf gefährdest du obendrein noch Menschenleben, begreif das doch!«, schäumte Mellie weiter. »Halt einfach die Regeln ein! Was ist so schlimm daran? Du treibst mit dieser … dieser schrecklichen Einstellung die Leute nur ins Unglück!«

»Nein«, stieß Senta endlich hervor. »Das Unglück passiert, wenn wir nicht kritisch bleiben und nichts dagegen tun. Denn dann verlieren Millionen ihre Freiheit! Milliarden! Im Übrigen halte ich die Regeln ein, obwohl sie in meinen Augen Unfug und Schikane sind! Es kann doch nicht sein, dass man wegen einer anderen Meinung zum potenziellen Mörder abgestempelt wird!«

»Okay, das reicht jetzt, Senta. Ich hab's im Guten versucht, aber du willst es einfach nicht verstehen. Ich hätte dich echt für intelligenter gehalten!«

Melanie drückte sie einfach weg. Völlig deprimiert stand Senta in der Küche, das Handy in der Hand, und wusste nicht, wohin mit ihrem Schmerz.

Sie hatte ihre beste Freundin verloren.

♫ ♫ ♫

Endlich war sie wieder da. Endlich lächelte sie ihr altes Lächeln. Endlich war sie wieder sonnig – und doch meinte Jeff, noch etwas anderes in ihrem Wesen zu spüren, konnte es aber nicht beim Namen nennen. Aber deutlich spürte er – und das tat ihm ausnehmend gut – dass sie wieder im Gleichgewicht war.

»Charlene, mein Liebling«, seufzte er und umschlang sie fest. »Ich habe dich jede Sekunde vermisst.«

»Ich dich auch! Wie geht es dir?«

Er lachte. »Wie kannst du das fragen, wenn ich dich gerade im Arm halte? Aber ich würde gern mit dir reden.«

»Trifft sich gut! Genau das möchte ich auch.«

Das kam so ernst heraus, dass er erschrocken fragte: »Ist alles in Ordnung zwischen dir und mir?«

Sie lachte und legte die Arme um ihn. »Hey, Jeff, ich liebe dich! Daran musst du nicht zweifeln.«

»Es kommt mir eben immer noch vor wie ein Wunder«, erklärte er leicht errötend und glücklich über ihre Worte. »Und ich möchte nicht, dass dieses Wunder aufhört.«

»Dann sind wir schon mal zwei«, schmunzelte sie. »Worüber willst du reden?«

Sie saßen auf der Couch, eine Tasse Tee vor sich.

»Über die momentane Situation. Ich finde es nicht richtig, was da abgeht. Ich habe in diesen Tagen viel gelesen und recherchiert, mit Johanna und etlichen anderen geredet …«

Er erzählte ihr von seinen Vermutungen und Befürchtungen, Charlene hörte aufmerksam zu.

»Was denkst du?«, fragte er. »Bin ich durchgeknallt, weil ich den warnenden Stimmen mehr glaube als der Regierung?«

»Nein, ich denke, dein Gefühl ist ganz richtig. Und was willst du tun?«

»Ich werde meinen Blog wiedereröffnen. Ich weiß, mein Ruf wird leiden. Ich weiß, die Investoren könnten abspringen. Aber ich will mir nicht den Mund verbieten lassen, nur weil ich Fragen habe. Ich glaube den Politikern nicht mehr. Und den Medien schon gar nicht. Ich komme mir vor wie in der Truman-Show! Wir haben die ganze Zeit in einer für uns konstruierten Welt gelebt und es nicht gemerkt! Vor allem will ich nicht zu denen gehören, die hinterher sagen: Ich habe es nicht gewusst! Das hatten wir schon mal!«

»Ja, das hatten wir schon mal«, murmelte sie.

»Meinst du, der Sender ist einverstanden, wenn wir die Abonnenten des Moonlight-Radios auf den Blog hinweisen? Damit hätte ich eine gute Startposition.«

»Das machen die sicher«, erwiderte sie. »Wir bekommen so viele fachliche Anfragen, gerade was diese Impfung angeht.«

»Da kann ich allerdings auch nicht mitreden. Aber Johanna hat mir versprochen, ihr Netzwerk bezüglich kompetenter Interviewpartner anzuzapfen. Ich will so neutral wie möglich berichten, aber ich finde, die Menschen sollten wissen, dass es nicht nur eine Meinung gibt.«

»Ja, wäre so toll, wenn wir noch ein paar Leute ins Boot holen könnten.«

»Wie meinst du? Zusätzliche Mitarbeiter?«

»Nein, Menschen, die sich eine gute Welt wünschen. Alle meine Lehrer haben mich förmlich dazu gedrängt. Sie sehen die Weltlage nochmal aus völlig anderer Sicht – und die ist so abgefahren … Verschwörungstheorie ist gar nichts dagegen!«

Vergnügt lachte sie ihn an und er griff nach ihr, legte sie sanft auf den Rücken, beugte sich über sie. Seine blauen Augen blitzten in die ihren.

»Ich liebe dich, Charlene«, flüsterte er. »Es ist so wunderschön mit dir. Und ich merke jeden Tag, dass das wirklich das Einzige ist, was zählt. Egal, wie viel sie uns nehmen.«

Sie schmiegte sich an ihn, ihre Hände fuhren über seinen Rücken, etwas tiefer, während sein Mund den ihren fand und sie in einem immer leidenschaftlicher werdenden Kuss verschmolzen. Jeff spürte, wie ihre Brustwarzen sich aufstellten, ihr Gesicht sich erhitzte und auch ihm die Hose eng wurde. Seine Hände glitten unter den Stoff, strichen genießerisch von der Taille nach oben.

»Ich glaube, meine Offenbarungen müssen wir auf morgen verschieben«, keuchte sie in sein Ohr.

»Zumindest um ein paar Stunden«, murmelte er und knöpfte ihre Bluse auf. Erwartungsvoll schloss Charlene die Augen und überließ sich ihm. Jeff war herrlich kreativ und sie genoss alles, was er mit ihr machte.

Als sie später im Bett lagen, fragte er:

»Bist du zu müde, um mir von deinen Erlebnissen zu erzählen?«

»Nein, wenn du nicht zu müde bist?«

»Ich bin zu neugierig, um müde zu sein.«

Mit einem eigentümlichen Ausdruck in ihren moosgrünen Augen rollte sich Charlene auf die Seite und stützte ihren Kopf auf ihre Hand. Jeff fühlte sich plötzlich wie in eine andere Zeit versetzt. Als habe etwas aufgehört zu existieren, was vorher unantastbar gewesen war.

Dieses Empfinden verstärkte sich mit jedem Wort, das sie sagte. Und als sie endete, war Jeff klar: Die Welt, in der er aufgewachsen war und wie er sie kannte, war vorbei. Es würde sie nie mehr wieder geben.

♫ Solitary Soul ♫

The Homeless

Mehrmals versuchte Senta nach dem Telefonat mit Mellie, ihren Opa zu erreichen, ohne Erfolg. Sie rief Gunnar an, mit der Angst im Herzen, auch er könne inzwischen anders denken. Aber Gunnar sah das alles nach wie vor genauso wie sie. Senta war so dankbar dafür, dass ihr vor Erleichterung die Tränen in die Augen schossen. Sie verabredeten sich zum Abendessen – und auch das tat gut. Mit jemandem zusammen sein zu können, zu wissen, dass Gunnar nichts gegen eine Umarmung hatte. Drauflos reden zu dürfen.

Sie brachte Essen von einem Takeaway mit. Gunnar hatte eine Flasche Wein geöffnet und hörte zu, als sie von ihrem Disput mit Melanie berichtete. Sie konnte nicht verhindern, dass ihr die Tränen immer wieder die Wangen hinunterliefen.

»Das grassiert immer mehr, diese Spaltung«, sagte er traurig. »Wenn mir das einer vor zwei Monaten erzählt hätte …«

»Es ist ein so unseliger Mix«, schluchzte Senta. »Die Angst vor dem Erreger, die Angst vor Behörden, Repressalien und sozialer Ächtung. So ungefähr mussten sich die Leute gefühlt haben, die vor Hitler warnten – keiner wollte ihnen glauben, bis es zu spät war.«

»Die konnten wenigstens noch in ein anderes Land abhauen.«

»Ja, das stimmt. Aber was mich am meisten schockt, ist, dass Mellie mir so etwas vorwirft! Wie kann sie das denken? Gunnar, ich versteh's nicht!«

Diese Ungeheuerlichkeit schockte sie immer noch. Mit flehenden Augen sah sie Gunnar an, aber der hatte auch keine Erklärung dafür. Er kratzte sich am Kopf.

»Das ist irgendwie alles total komisch. Hast du eine Idee, was wir machen könnten?«

»Nicht wirklich. Ich habe Anwaltskanzleien angeschrieben, Politiker, mich Organisationen angeschlossen, aber nichts bewegt sich.«

Gunnar lachte. »Du hast an Politiker geschrieben? Hätte ich dir gleich sagen können, dass das nichts bringt.«

Senta seufzte. »Ja, ich weiß, aber ich wollte keine Chance ungenutzt lassen.«

»An wen hast du denn geschrieben?«

»An den Ratspräsidenten der EU – die Antwort willst du nicht lesen. So ein arrogantes Teil! Und an Christopher Waldorf, weil ich die

Hoffnung hatte, er und seine Partei seien nicht in diesem Sumpf versunken. Aber der steckt genauso tief drin.«

»Waldorf! Hör mir bloß auf mit dem! Der hat sich zwanzig Kilometer von hier ne schicke Bude geleistet. So'n oberstylisches Wohn-Ufo. Das ist auch so ein Ding. Die Leute wissen nicht, wie sie überleben sollen, weil die Regierung munter Existenzen vernichtet – und die Politiker erhöhen ihre Diäten. Es ist so dreist.«

Senta wollte sich schon gar nicht mehr aufregen.

»Das Haus musst du dir mal reinziehen!«, fuhr Gunnar fort. »Vorne ein Tor, das einen Atomkrieg überlebt, weißt schon, im begehrten Lerchenweg in Kirchdorf. Beste Adresse! Wirst mal sehen, als Nächstes verkaufen sie uns, dass aus Solidaritätsgründen alles verstaatlicht werden muss. Irgendwie müssen sie ja die Schulden bezahlen. Keine Ahnung, wie das weitergehen soll. Bin echt froh, dass ich in der IT-Branche bin, da bin ich einigermaßen sicher. Aber Olli hat's erwischt, dem haben sie schon gekündigt.«

Geschockt richtete sich Senta aus ihrer halbliegenden Stellung auf. Ollie war ein gemeinsamer Freund von ihnen.

»Ollie hat doch gerade erst Nachwuchs bekommen.«

»Eben. Er ist ziemlich verzweifelt.«

Stumm lehnte sie sich wieder zurück. Gunnars Worte hatten eine Kanne Benzin auf ihre Wut gegossen. Es loderte so sehr in ihr, dass sie kaum an sich halten konnte.

»Hast du die Adresse von diesem Fatzke?«, fragte sie plötzlich.

»Welchem Fatzke?«

»Na, von Waldorf!«

Gunnar lachte. »Was hast du denn vor? Ihn mit faulen Eiern bewerfen oder so was?«

»Gute Idee! Hast du welche da?«

Gunnar lachte noch mehr. »Ich schätze mal, das stellt unsere Demokratie auch nicht wieder her. Lass gut sein, Senta. Im Übrigen muss ich dich leider rausschmeißen. Hab morgen einen langen Tag vor mir.«

»Alles klar. Danke für den Abend, Gunnar, und fürs Zuhören … Wir bleiben in Verbindung.«

»Unbedingt!«

Sie umarmten sich lange zum Abschied, das ließen sie sich beide nicht verbieten.

♫ ♫ ♫

Fünf Minuten später saß Senta hinterm Steuer und fühlte wieder diese unangenehme Endzeitstimmung. Sie biss sich auf die Lippen, starrte durch die Windschutzscheibe, ihre Finger trommelten auf dem Lenkrad herum. Es war ihr unmöglich, nach Hause zu fahren, sie würde wahnsinnig werden in ihren vier Wänden!

Die Nacht war mild, es war Frühling, die Sterne leuchteten am Himmel, aber sie hatte kaum einen Blick dafür. Aufgeladen mit dieser Wut und Ohnmacht fixierte sie die Straße. Ehe sie überhaupt darüber nachdenken konnte, hatte sie ihr Smartphone aus der Tasche genestelt, Straße und Ort von Christopher Waldorf eingegeben und scherte aus der Parklücke. Die Stimme dirigierte sie aus dem Städtchen raus aufs idyllische Land.

Im Radio liefen rockige Songs aus den 80er und 90ern, die ihre Streitlust umso mehr anfeuerten. *Eye of the tiger* dröhnte durch das Wageninnere, gefolgt von *Another brick in the wall.* Das war gut! Das war absolut passend! »*We don't need no education!*« Senta schrie eher, als dass sie sang. »*We don't need no thought control!*«

Laut schmetterte sie die Texte mit, Sturmböen im Herzen, und je länger sie fuhr, desto mehr Dynamit sammelte sich in ihrem Bauch.

Sie hatte nicht die geringste Ahnung, was sie tun wollte, wenn sie vor Waldorfs Haus stand. Ihr Kopf sagte ihr: *Kehr um und leg dich in dein Bett*, aber das konnte sie nicht. Sie war so aufgeheizt! Warum nur hatte sie die Eier aus Gunnars Kühlschrank verschmäht! Die hätte sie wenigstens gegen das Atomtor schmettern können! Es drängte sie zu sehen, welchen Luxus sich diese Politiker leisteten, während die Steuerzahler, die sie finanzierten, um ihre Existenz kämpften!

Verbissen fuhr sie die zwanzig Kilometer nach Kirchdorf und fand das Haus, besser gesagt das Tor, schneller als gedacht. Gunnar hatte recht gehabt. Ein Panzer hätte keine Chance, da reinzukommen. Das Haus selbst lag hinter Hecken verborgen, man erahnte weiße Mauern, aber kein Licht drang durch. Entweder war Waldorf nicht da oder schlief schon. Kurz glitt ihr Blick auf die Uhr. Halb elf. Sie parkte etwas weiter hinten am Straßenrand, und wollte gerade aussteigen, als eine fette Limousine an ihr vorbeirollte und den Blinker setzte. Wie hypnotisiert verfolgte Senta, wie sich das Tor langsam aufschob und ehe ihr klar wurde, was sie tat, drehte sie ihre Scheinwerfer ab, hängte sich hintenran und fuhr auf das Grundstück.

Mit dumpfem Grollen verriegelte sich das Tor hinter ihr. Zum Abhauen war es zu spät.

Senta saß im Wagen, stellte den Motor ab, während die Limousine vor ihr in die geöffnete Garage rollte. Sie schloss kurz die Augen, atmete tief ein. Ihr Herz klopfte wie rasend in ihrer Brust. Die bösen Erlebnisse des Tages und die wochenlang angestauten Gefühle standen kurz vorm Dammbruch, wollten nach draußen, liefen jetzt schon fast über.

Als sie die Augen wieder öffnete, entdeckte sie Waldorf, wie er in der hell erleuchteten Garage beunruhigt das fremde Auto in seiner Einfahrt fixierte und gerade sein Handy aus der Hosentasche zog, auf dem ganz sicher ein fester Notruf verortet war.

Sie reagierte schnell, stieg aus und stellte sich ins Licht einer Laterne, die den Weg beleuchtete.

»Guten Abend, Herr Waldorf«, rief sie. »Haben Sie eine Minute Zeit für mich?«

Verdutzt ließ er das Handy sinken, tat ein paar Schritte auf sie zu, blieb stehen und starrte die junge Frau an. Der Frühlingswind wehte einzelne Strähnen ihres blonden Haars ins Gesicht, spielte neckisch mit dem schwingenden Rock, der eine Handbreit über ihren Knien endete. Ihre graublauen Augen glitzerten, apart aufgeworfene Lippen trotzten ihm herausfordernd entgegen. Ihre gesamte Ausstrahlung hatte etwas Verzweifeltes, verriet ihm, dass es ihr nicht leichtfiel, hier zu stehen.

»Keine Angst!«, rief sie spöttisch, als er zögerte, näher zu kommen. »Ich bin unbewaffnet!«

Er machte ein paar Schritte auf sie zu. Ungewollt erschien ein Lächeln auf seinem Gesicht.

»Das«, gab er charmant zurück, »würde ich nicht unbedingt behaupten.«

Senta taxierte ihn. Er trug eine dunkle Anzughose, die obersten zwei Knöpfe seines Hemdes waren offen, die Ärmel hochgekrempelt. Kurz blieb ihr Blick an den weichen Lippen hängen, hob sich zu seinen Augen. Sie standen sich in eineinhalb Metern Abstand gegenüber, erfühlten, erforschten, beschnupperten sich, stumm – und doch wurden tausend Worte zwischen ihnen gewechselt, tausend Botschaften übermittelt, tausend Gefühle transportiert.

»Wer sind Sie?«, fragte er. »Und was wollen Sie hier?«

»Ich will mit Ihnen reden.«

»Worüber?«

»Über das Thema, über das gerade immerzu geredet wird.«

Er stieß einen Seufzer aus.

»Oh, bitte, verschonen Sie mich! Ich hatte einen langen Tag und ...«

»Sie bekommen genügend Geld von uns Steuerzahlern, dass Sie sich die Meinung einer Ihrer Wählerinnen anhören können«, schnappte sie. »Wobei ich mir ziemlich sicher bin, dass ich mein Kreuzchen demnächst woanders machen werde!«

»Wie schade. Was hab ich getan, dass ich Ihre Wählergunst verspielt habe? Übrigens wäre es immer noch toll zu wissen, mit wem ich es zu tun habe.«

»Ich bin Senta Buchinger. Ich habe Ihnen geschrieben.«

»Davon weiß ich nichts.«

»Warum überrascht mich das nicht? Wäre ja auch äußerst profan, E-Mails selbst zu beantworten! Wie bürgernah! Echt, trauriger geht's nicht.«

»Ist das der Grund, warum Sie hier sind? Um mich anzupöbeln und zu beleidigen?«

»Um ehrlich zu sein, würde ich Ihnen gern noch viel Schlimmeres antun! Am liebsten würde ich Sie mit faulen Eiern bewerfen! Welche, die so richtig stinken! Und wenn es keine strafrechtlichen Folgen hätte, würde ich Ihnen nur zu gern eine auf die Fresse hauen!«

Ihre Lippen wirkten noch aufgeworfener, Tränen glitzerten in ihren Augen, ließen sie wie Kristalle erscheinen. Um Waldorfs Mundwinkel zuckte es und er war kurz davor, in Lachen auszubrechen, aber ihre spürbare Verzweiflung und Hilflosigkeit verboten ihm das – sie trafen ihn mitten ins Herz.

Senta hatte einen dicken Kloß im Hals. Ihr war die Unsinnigkeit ihrer Aktion wohl bewusst. Das verschärfte nur dieses verdammte Ohnmachtsgefühl und brachte sie schier an den Rand ihrer Beherrschung. Mühsam biss sie die Tränen zurück.

Waldorf verharrte betreten, unschlüssig, was er tun sollte. Senta ging es ähnlich. Sie schlug die Wimpern nach unten und zu ihrem Entsetzen löste sich eine dicke Träne und rollte ihre Wange hinunter. Ihre Gefühle schwangen in der Luft, heimatlos, wollten irgendwo andocken – und obwohl Christophers Kopf ihm vehement davon abriet, machte sein Herz sich selbständig: Es öffnete sich und hinein flog alles, was in ihrem war: Ihre Angst, unsäglicher Frust und Sehnsucht nach Verständnis. Waldorf wurde anders zumute.

»Hey«, sagte er weich und machte einen Schritt auf sie zu. »Nicht weinen, bitte …«

Aber Senta war nervlich am Ende. Seine Nähe und Freundlichkeit gaben ihr den Rest und ihr lang aufgestauter Kummer entlud sich in einem Tränenstrom. Eine Sekunde später fühlte sie Waldorfs Arme um sich, erreichte sie seine Wärme, roch sie seinen Duft, weinte sie sein Hemd nass.

Waldorf blieb stumm, ihre Stirn war an seine Schulter gelehnt und sanft zog er sie an sich, strich über ihren zuckenden Rücken, umschloss sie ein wenig fester. Senta wäre am liebsten für immer an seiner Brust geblieben, schämte sich gleichzeitig und drückte sich schließlich von ihm weg.

»Ich … es tut mir leid, Herr Waldorf. Ich …«

»Nein, nein, alles gut. Wirklich.«

Sie fingerte nach einem Taschentuch, fand keines, wandte sich ihrem Wagen zu. Mit beiden Händen wischte sie sich die Tränen aus dem Gesicht, bemühte sich, einen klaren Kopf zu bekommen.

»Bitte …«, hörte sie seine Stimme hinter sich. »Kann ich was für Sie tun?«

»Nein, ist schon okay.« Sie räusperte sich und drehte sich nur halb zu ihm um. »Nochmal: Tut mir leid. Mir ist klar, dass das hier falsch war, ich … ich gehe dann mal wieder. Gute Nacht.«

»Nein, bitte, warten Sie!«

Verstört hielt sie inne, die Hand am Griff der Wagentür, während er fortfuhr:

»Wissen Sie was? Ich glaube, wir könnten jetzt beide einen Drink gebrauchen. Wollen Sie mit reinkommen?«

»Wozu?«

»Um über das zu reden, weswegen Sie hergekommen sind?«

Seine Stimme tröpfelte wie Balsam ins Ohr, lief ihr Rückgrat hinunter. Langsam drehte sie sich um. Ihr Blick fiel auf sein nassgeweintes Hemd, hob sich zu seinen Augen. Sie erschauerte, wusste selbst nicht, ob es wegen der Kühle der Nacht oder etwas anderem war, und schlang aufs Tiefste verwirrt ihre Arme um sich.

Er streckte ihr die Hand hin. »Na, los«, forderte er sie sanft auf. »Sie frieren. Kommen Sie mit.«

Senta brachte es nicht fertig, seine Hand zu ergreifen, aber sie ging mit. Stumm folgte sie ihm in das kubusartige Gebäude, fand sich kurz danach auf einer stylischen, offwhite-farbenen Couch wieder, einen Whisky in der Hand und Christopher Waldorf neben sich, der ihr mit einem Blick in die Augen sah, dass ihr schwummrig wurde.

»Geht es Ihnen ein bisschen besser?«, fragte er mit dieser melodiösen Stimme, die schon so viele Wähler bezirzt hatte.

»Ja, vielen Dank«, murmelte sie, blickte auf den hochflorigen Teppich und straffte sich. »Herr Waldorf, ich …«

»Christopher «, unterbrach er sie und hob sein Glas an. »Ich heiße Christopher. Ich denke, die Situation vorhin war intim genug, um das zu rechtfertigen.«

Ihre Augen glitzerten verblüfft.

»Okay. Wenn Sie meinen. Senta.«

Die Eiswürfel klirrten leise, als sie mit ihrem Glas an das seine stieß. Das Zeug brannte leicht auf ihrer Zunge, verschärfte die Skurrilität der Situation. Sie versuchte, sich zu fassen. Christopher stellte seinen Whisky ab.

»Senta … es stimmt nicht, was ich vorhin gesagt habe. Ich kann mich an Ihr Schreiben erinnern. Das ich übrigens auch selbst beantwortet habe.«

»Ist das üblich?«

»Nein, ist es nicht. Mein Sekretär hat es mir ausgedruckt und hingelegt.«

»Weil er es so schrecklich naiv fand?«

Christopher lachte nicht. »Ja«, gab er unumwunden zu. »Er hat sich königlich über den Satz amüsiert: *Seien Sie unser Held!*«

»Und Sie? Waren Sie auch amüsiert?«

»Nein. Ich war berührt.«

»Und das soll ich Ihnen glauben?«

»Das liegt an Ihnen. Ich fand Ihr Schreiben jedenfalls herzerwärmend ehrlich – und aufrüttelnd.«

»Hat man Ihrer Antwort nicht angemerkt. Die war schlicht wertlos.«

»Ich weiß.« Er presste die Lippen zusammen. »Es war eine Standardantwort.«

Er nahm sein Glas in die Hand, spielte damit herum. Senta starrte darauf, ihr Blick hob sich.

»Sagen Sie mir, Herr Waldorf …«

»Christopher.«

»Also gut, Christopher. Sagen Sie mir, was für einer sind Sie? Einer der weiß, was los ist und mitspielt? Oder einer, der von dem, was er tut, überzeugt ist? Ich will es ehrlich wissen. Ich verstehe nämlich nicht, wie man nicht verstehen kann, was wirklich läuft. Ich meine, so blöd ist doch keiner. So blöd *sollte* zumindest kein Politiker sein.«

Er presste die Lippen zusammen und blieb stumm. Das verwirrte Senta mehr als alles andere. War dieses Schweigen ein Zugeständnis? Doch in der nächsten Sekunde wurde ihr klar, dass es egal war, was er dachte. Er würde und konnte es ihr nicht sagen.

»Ich verstehe«, antwortete sie an seiner statt. »Darauf lässt sich schlecht antworten. Alles klar.«

Sie stellte ihr Glas ab und wollte aufstehen.

»Nein, ich … lassen Sie mich auf den letzten Satz Ihres Briefes eingehen.«

Überrascht, dass er sich daran erinnerte, sah sie ihm in die Augen.

»Ich *habe* nachts Albträume. Reicht das als Antwort?«

Sentas Herz plumpste irgendwohin. Seines ebenso. Ihr Blick war wie ein Strudel, der ihn anzog, einsog, aufnahm.

»Nein«, erwiderte sie leise. »Ich will wissen, warum.«

»Man könnte es Zukunftsangst nennen.«

»In Bezug auf Ihre Karriere oder auf die Entwicklung unseres Landes?«

»Beides.«

Ihre Stirn runzelte sich. »Könnten Sie nicht konkreter werden?«

Aber sowie sie die Frage gestellt hatte, seufzte sie resigniert. Einer fremden Person gegenüber würde er ganz sicher keine mainstreamfeindlichen Aussagen machen. Er ergriff das Wort.

»Verraten Sie mir doch, warum Sie gekommen sind.«

»Man könnte es Zukunftsangst nennen.«

Er lachte leise. Senta konnte nicht mitlachen. Ihr Kampfgeist erwachte und ihre Augen begannen zu funkeln. Fasziniert beobachtete Christopher diese Wandlung – und wappnete sich.

»Und zwar nicht, was meine Karriere angeht«, fuhr sie fort, »ich bin in Sorge. In tiefer Sorge! Weil ich euch Politiker nicht verstehe! Was habt ihr vor? Wie könnt ihr alle das Gleiche sagen? Sogar wortwörtlich? Lest ihr das von einem Skript ab? Wenn ja, wer hat das geschrieben? Es gibt knapp zweihundert Länder auf dieser Erde – und fast alle Regierungschefs sagen und tun ein- und dasselbe? Welcher Agenda folgt ihr?«

»Der Agenda eines gefährlichen Erregers.«

»Wollen Sie mich für dumm verkaufen? Sie wissen, dass das nicht stimmt! Werdet ihr erpresst? Oder steckt ihr alle unter einer Decke? Und wenn ja, mit wem? Sie fragen, warum ich gekommen bin? Weil ich ehrliche Antworten will! Weil ich einen Politiker suche, der noch Arsch in der Hose hat! Einen, der an Gerechtigkeit glaubt!«

Christopher gab einen freudlosen Laut von sich.

»Da können Sie lange suchen. Gerechtigkeit ist relativ. Und was weiße Ritter angeht: Da sieht es ganz schlecht aus. Die waren noch nie angesagt.«

Sein apathischer Pessimismus störte sie gewaltig und das Gefühl, in der Hand von entweder dummen und/oder skrupellosen Politikern zu sein, die Lobbyisten hofierten und ihre Bürger wie Schachfiguren auf dem Spielbrett behandelten, befeuerte ihren Zorn umso mehr.

»Weiße Ritter sind sehr wohl angesagt!«, hielt sie ihm empört entgegen. »Sie sind angesagter denn je! Ich finde sogar, es ist dringend Zeit für weiße Ritter!«

»Senta, das ist naiv! Das wissen Sie genauso gut wie ich.«

»Nein!«, echauffierte sie sich. »Es ist nicht naiv! Es ist der Glaube daran, dass es das Gute noch gibt! Dass es nicht ausgestorben ist, nur, weil ihr Politiker es zu Grabe getragen habt!«

Sie stand auf, ihre Augen blitzten und wütend fauchte sie:

»Wissen Sie was? Hiermit sage ich Ihnen und Ihren verrotteten Kollegen und Kolleginnen den Kampf an! Ihnen und allen, die weder Wahrheit noch Liebe leben! Die sich eine harmonische, gerechte und brüderliche Welt noch nicht einmal mehr vorstellen können und das auch nicht wollen! Ihr machtversessenen …!«

»Hey, Moment mal, ich bin nicht machtversessen«, unterbrach er sie und stand ebenfalls auf, aber Senta ließ sich nicht bremsen.

»Und Ihnen sage ich ganz persönlich den Kampf an, Herr Waldorf! Ich sage allen den Kampf an, die sich gegen Frieden und Liebe stellen!«

Waldorf war hingerissen. Sie hätte theatralisch wirken können, aber das war sie nicht. Sie meinte, was sie sagte, ihre Haltung bescheinigte ihre tiefe Überzeugung – die ihn ungewollt beschämte, denn er merkte, dass er tatsächlich nicht daran glaubte. Sein Blick klebte an ihr, sie war so… echt! Wie eine Amazone kam sie ihm vor, wie Jeanne d'Arc mit ihrem Schwert, leidenschaftlich, aufrichtig und kompromisslos. Ein bewegtes Lächeln zeichnete sein Gesicht, ein Lächeln, das Senta als arrogant und abwertend empfand und das sich vertiefte, als sie in Kampfstellung ging.

»Ja! Lachen Sie nur, Herr Waldorf! Es sagt viel aus, wenn Sie für echte Werte nur ein süffisantes Lächeln übrighaben! Sie werden schon sehen! Ich bin nicht die Einzige, die sich all das wünscht! Ich bin nicht die Einzige, die Politiker wie Sie nicht mehr will!«

»Das mag ja sein«, gab er zurück und konnte sich an diesen blitzenden Augen nicht sattsehen. Ihr ganzer Körper war gespannt wie ein Bogen. »Aber Sie sehen doch, dass die meisten Menschen einverstanden sind, mit dem, was wir tun. So falsch können wir nicht liegen.«

»Das sind sie nur, weil sie die Hintergründe nicht kennen! Weil ihr sie mit Lügen zukleistert! Aber wenn sie wüssten, was wirklich gespielt wird …«

»Ehrlich, Senta, das ist Kindergartengerede. Was wird denn gespielt? Malen Sie nicht gerade erfundene Geister an die Wand? Die Leute wollen beschützt und an die Hand genommen werden! Genau das tun wir. Und Sie sagen, Sie sind nicht die Einzige? Das mag schon sein, aber wie viele seid ihr denn? Eine kleine, unbedeutende Minderheit, die sich in V-Theorien verliert! Eine Minderheit, die ruckzuck in der Versenkung verschwinden wird wie alle anderen lächerlichen Gegenspieler zuvor. Ihr habt euren Ruf schon weg. Euch hört doch keiner zu! Und das wird noch schlimmer. Ihr seid stigmatisiert und ausgegrenzt! Als Spinner, Egoisten und Infektionsschleudern!«

Senta stieß ein wütendes Schnauben aus, sie hatte eine Antwort auf der Zunge, als er einen Schritt auf sie zutrat. Ihr Zorn schlug ihm wie eine starke Windbö entgegen, aber er genoss es, genoss ihre Nähe. Sie war so herrlich lebendig! Dicht stand er vor ihr, ihre Augen sprühten Feuer. Ihr Mund wollte ihm ihre Antwort entgegenschleudern, aber er kam ihr zuvor.

»Genau die Bevölkerung, von der du glaubst, sie verteidigen zu müssen, wird euch zerfleischen«, prophezeite er. »Die Bevölkerung, für deren Freiheit du zu kämpfen meinst, wird um ihr Gefängnis betteln! Meinst du allen Ernstes, die Regierenden lassen sich so einfach das Zepter aus der Hand nehmen? Das zu glauben, ist dein größter Irrtum! Ein Irrtum, der dich so schnell ins Aus befördert, bevor du überhaupt das Wort Omega ausgesprochen hast!«

Aufgebracht schoss Senta Blitze auf ihn.

»Fein«, rief sie. »Wenigstens haben Sie gerade zugegeben, was für eine Scheiße in Deutschland läuft!«

»Ich habe gar nichts zugegeben«, stellte er richtig und Vorsicht flackerte in seinem Blick auf, während er ihre Gestalt erneut abrasterte und ihr blitzartig klar wurde, dass er checkte, ob sie ein Handy bei sich trug, mit dem sie das Gespräch hätte aufnehmen können. Aber ihr Sommerkleidchen hatte keine Taschen und nichts drückte sich durch – außer ihr Körper. Christopher schluckte, während Senta ihm rebellisch ihr Kinn entgegen reckte und er ihren wilden Zorn schlichtweg göttlich fand.

»Sie müssen auch nichts zugeben«, fauchte sie. »Wir wissen auch so, was gespielt wird! Die Wahrheit wird ans Licht kommen – und dann ziehen Sie sich mal warm an, Herr Waldorf! Denn dann müssen Sie sich verantworten, für alles, was Sie getan und was Sie unterlassen haben!«

Christopher zuckte zusammen, aber er schoss zurück.

»Realistisch bewertet hat eine so kleine Minderheit nicht die geringste Chance. Ihr solltet einsehen, dass eure Geisteshaltung nicht der Masse entspricht. Ihr lebt in einer Blase!«

»Tun wir nicht! Der Rest der Bevölkerung – die belogene Bevölkerung! – lebt in einer Blase! Die ihr um sie herum aufgepumpt habt!«

»Ja, und wenn! Tatsache bleibt, dass eure Bewegung zum Scheitern verurteilt ist!«

»Wenn ich alles glaube, aber nicht das! Alles Mögliche war einmal unmöglich! Und weißt du, warum? Weil es Menschen gibt, die das Unmögliche anstreben!«

»Komm schon! Du kannst die Welt nicht ändern!«

Sie öffnete den Mund, um zu protestieren, aber wieder schnitt er ihr das Wort ab.

»Du bist nicht die Erste, die das versucht und nicht die Letzte, die scheitert! Das Ding geht seinen Weg, ob es nun euch Weltverbesserer gibt oder nicht! Ihr werdet das nicht aufhalten. Es … ist viel zu mächtig! Sie kreisen euch ein. Ihr seid bereits eingekreist! Ihr sitzt doch schon längst in der Falle und könnt nicht einen einzigen verdammten Zug mehr machen. Und weißt du, warum? Weil immer dann, wenn ihr es tut, sie die

Spielregeln umschreiben, wie es ihnen passt, bis die Schlinge zu ist. Es ist besser, mit den Wölfen zu heulen. Es ist das Einzige, was bleibt!«

Senta meinte, nicht richtig zu hören, in ihr tobte es gewaltig. War ihm das eben herausgerutscht? Hatte er gerade zugegeben, dass ihre Schlussfolgerungen richtig waren? Sprachlos fixierte sie diesen Mann vor ihr, der offensichtlich wusste, was lief und tatenlos zuschaute. Und oh, wie gern hätte sie jetzt tatsächlich ein Handy gehabt und diese Worte festgehalten!

Sie wollte eine scharfe Antwort zurückfeuern, als sein Blick sie traf. Und dieser Blick war voller Verzweiflung, Frust und Ohnmacht – dieselben Gefühle, die sich in den letzten Wochen als Dauergäste in ihrem Inneren eingenistet hatten. Diese Erkenntnis ließ die Wut wie ein Kartenhaus in sich zusammenfallen und der Verdacht brach sich Bahn, dass er es versucht haben mochte, sich gegen das Establishment aufzulehnen – und kläglich auf dem Bauch gelandet war. Die Worte erstarben in ihr.

Stumm starrten sie sich an. Christophers Körper machte eine winzige Bewegung in ihre Richtung, aber sie wich zurück. Ihre Gesichtszüge waren eingefroren, nur ihre Augen glühten in einem immensen Feuer.

»Dann heul doch mit den Wölfen«, presste sie hervor. »Es wird nicht mein Weg sein. Ich werde nicht klein beigeben.«

Resigniert strich sich Christopher durchs Haar.

»Das sagst du jetzt. Du wirst staunen, wie schnell sie dich in die Knie zwingen! Und dann bist du erledigt. Für immer und ewig. Du wirst nirgendwo mehr einen Job bekommen, wenn du dich auch nur irgendwo zur Leitfigur machst. Es reicht auch weniger. Sie werden dich im Visier haben.«

Ihr Herz pochte heftig. Das war Erpressung! Das hieß im Klartext: Verhalt dich ruhig, mach alles mit, lass Unrecht zu – oder deine Zukunft wird zerstört.

»Es war schon einmal so«, gab sie erstickt zurück. »Und du weißt das.«

»Ja, ich weiß das. Es hat sich im Prinzip nie etwas geändert. Das ist euer Gedankenfehler.«

Sie straffte sich, schien größer zu werden, ihre Stimme klang dunkler.

»Okay, Christopher, das ist schlicht armselig, was du da sagst. Schämst du dich nicht? Schämst du dich nicht, dein Land und die Menschen zu verraten, die dir ihr Vertrauen geschenkt haben?«

»Ich tue, was ich kann«, quetschte er heraus, »in dem Rahmen, der mir zur Verfügung steht.«

»Nein«, erwiderte sie heiser. »Du bringst lediglich deinen erbärmlichen Hintern in Sicherheit. Das ist es, was du tust. Das nennt man Feigheit.«

In ihren Augen standen Tränen, ihre Schultern sackten mit einem ungläubigen Laut nach unten, sie ging zur Tür.

»Ich bin lediglich realistisch!«, verteidigte er sich, an ihren Rücken gewandt. »Du meinst allen Ernstes, einen Megaplan zur Errettung der Welt zu finden? Komm schon! Wer bist du? Wer seid ihr? Ihr habt nichts! Gar nichts!«

Senta drehte sich um und ihre Augen flammten in einer solchen Wut auf, dass sein Magen sich drehte. In drei Sätzen war sie bei ihm, boxte ihn so hart gegen die Brust, dass er zurücktaumelte, und reckte ihr Gesicht dem seinen entgegen, als wolle sie ihn küssen. Er spürte die Wärme ihrer Haut, den Luftzug ihrer Bewegung, den Atem, der aus ihrem Mund kam. Christopher war wie gebannt. Ihre Stimme war tief, ihr Blick drang in seine Seele.

»Diese Menschen da draußen«, zischte sie mit bebenden Lippen, »haben alles, was ihr nicht habt. Sie haben all das, was ihr lächerlich macht. Alles, woran Menschen wie du nicht mehr glauben. Und alles, was durch Menschen wie dich komplett verloren gegangen ist. Sie haben *Werte*. Sie bauen auf das Gute, auf Frieden und Glück. Und das ist *nicht* verloren gegangen. Es ist immer noch da. Und weißt du warum? Weil *sie* da sind. Weil *wir* da sind. Weil wir es leben und weil wir daran glauben. Weil wir das Gegenstück zur Feigheit haben. Wir haben Mut. Unsere Mittel sind Hoffnung und Liebe. Und das Wichtigste: Wir können in völliger Übereinstimmung mit unserem Gewissen agieren. Kannst du das auch von dir behaupten, Christopher Waldorf? Und von deinen ach so eifrigen Kollegen?«

Christopher antwortete nicht. Ihm war schwach zumute – und sie erschien ihm so stark. Seine Augen flehten um etwas, aber Senta bemerkte es nicht. Mit einem verächtlichen Zug um den Mund, der ihm seelisch wehtat, trat sie von ihm zurück.

»Es gibt alternative Medien«, informierte sie ihn. »Deren Nachrichten von immer mehr Leute gelesen werden.«

Christopher starrte sie noch immer an. Ihre Faust hatte eine brennende Stelle auf seinem Brustkorb hinterlassen, am liebsten hätte er sie festgehalten, sie an sich gezogen, wäre ihr gern wieder so nah, wie in den ersten Minuten, als sie sich an seine Brust geschmiegt und geweint hatte – was für ein Moment! Doch erneut wandte sie sich um. Und erneut hielt er sie mit Worten zurück.

»Das ist ein Trugschluss! Nur, weil ein paar hundert Kommentare unter euren Artikeln stehen, gewinnt ihr den Eindruck, ihr wärt VIELE. Ihr seid aber nicht viele! Ihr seid ein paar Hundert, vielleicht Tausend! Die Massenmedien erreichen Milliarden! 24/7! Weltweit. Über Radio, Internet und TV! Sie beschallen die Leute Tag und Nacht! *Das* ist Macht! Und sie sind es, denen Glauben geschenkt wird. Ihr könnt Videos machen, bis ihr schwarz werdet. Sei versichert, das Kanzleramt sorgt dafür, dass die Leute zu lesen und zu sehen bekommen, was sie lesen und sehen sollen!«

»Wie überraschend ehrlich!«, stieß sie hervor. »Was für eine bodenlose Sauerei ist das? Wie vereinbart sich das mit Meinungsfreiheit?«

»Komm schon, das läuft seit Jahrzehnten so. Das hat nie jemanden interessiert. Alles andere würde die Leute nur verunsichern. Das wollen wir nicht.«

Senta stand der Mund offen.

»Ihr wollt die Leute ... nicht verunsichern? Geht's noch? Ihr prügelt ihnen jede verdammte Sekunde unbegründet Angst ein – und du redest davon, dass kritische Beiträge die Menschen *verunsichern*? Sag mal, tickst du noch richtig?«

Christopher antwortete nicht. Völlig fassungslos schüttelte Senta den Kopf.

»Kein Wunder, dass du Albträume hast!«, sagte sie bitter. »Die hätte ich an deiner Stelle auch. Und nicht nur nachts. Ich hätte sie jedes Mal, wenn ich mich im Spiegel anschauen müsste.«

»Senta, ich ...«

»Ach, lass es! Ich hab's kapiert! Du willst mit den Wölfen heulen!«

»Ist der vernünftigere Weg. Aber wenn du es unbedingt schmerzhaft haben willst ...«

Nach diesem Satz rauschte sie ein zweites Mal dermaßen wütend auf ihn zu, dass er erschrocken zurückwich.

»Okay, mein Freund«, fauchte sie. »Vielleicht bist du es, der schmerzhafte Erfahrungen machen wird. Du stehst nämlich auf der falschen Seite!«

Christopher wusste nicht, was er tun sollte, um sie bei sich zu halten. Er wollte ihre Nähe, dringend, heftig, seine Hände zuckten, als sagten sie: »Jetzt pack doch endlich zu!«, aber sein Verstand war schachmatt gesetzt von dem Ausdruck in ihren Augen, dieser Mischung aus Trauer und Mut. Dahinter stand eine Kraft, die ihn schier umwarf. Doch schon in der nächsten Sekunde war sie an der Tür, riss sie auf und verließ mit großen Schritten das Haus.

Sentas Herz klopfte wie verrückt, sie fühlte sich nicht halb so stark und entschlossen, wie sie aufgetreten war. Ja, sie wollte es ihm am liebsten zeigen und hatte doch keine Ahnung, wie. Außerdem schwirrte ihr der Kopf von dem, was er insgeheim zugegeben hatte. Von seinem Blick, den Armen, die sie gehalten hatten. Verdammt! Was war das nur für ein Abend? Sie musste weg! Weg! Und zwar so schnell wie möglich! Noch im

Laufen klickte sie ihr Auto auf, aber das wuchtige Tor bremste ihre Flucht abrupt.

»Fuck«, fluchte sie leise, während sie vergeblich nach einem Öffnungsmechanismus suchte. In diesem Moment erschien Christopher in der Haustür und drückte auf die Fernbedienung. Das Tor rollte zurück, grollend, langsam, als sagte es: »Wollt ihr wirklich so auseinandergehen?«

Senta wollte. Sie steckte ein Bein in den Innenraum ihres Wagens, als Christopher rief:

»Senta, warte!«

Er lief zu ihr, stand hinter ihr. Sie drehte sich nicht um, ihre Nackenhaare stellten sich auf. Sie spürte seine Gegenwart auf eine Weise, gegen die sie sich heftigst wehrte – vor allem nach dieser Unterhaltung.

»Bitte, Senta«, raunte er von hinten in ihr Ohr. »Ich wollte dich nicht verletzen, wirklich nicht. Ich wünschte, wir hätten über etwas anderes geredet. Ich wünschte …«

Seine Stimme war so weich wie zu Beginn ihrer Begegnung, rann wie warmer Honig über ihren Körper und entfachte einen Sturm an Gefühlen in ihr… aber seine schäbige Einstellung war ihr schlicht zuwider.

Vorsichtig legte Christopher seine Hand auf ihre Schulter. Die Wärme drang durch den Stoff ihres Kleides, brachte sie dazu, sich umzudrehen.

»Hast du keine Angst, dich zu infizieren?«, fragte sie bissig. »Du hältst keinen Abstand. Und du trägst keinen Mundschutz. Vielleicht habe ich das tödliche Virus in mir.«

Er reagierte nicht darauf. Seine Augen flehten, sein Kopf suchte nach Worten, sein Blick flackerte – und auf einmal hatte Senta den Eindruck, etwas in ihm schreie nach Hilfe. Auf einmal wirkte er wie ein Kind, das etwas verbockt hatte und absolut nicht mehr wusste, wie es aus der Nummer je wieder herauskommen sollte. Eine köstliche Sekunde voller Tiefe entstand, aus der er den Mut schöpfte, die nächsten Worte zu sagen:

»Sehe ich dich wieder?«

Beide Herzen klopften.

»Nein«, presste sie schließlich hervor, wischte seine Hand von ihrer Schulter, stieg in den Wagen und fuhr davon.

♫ Re:member ♫

Òlafur Arnalds

Die gesamte Fahrt über spürte sie seine Finger auf ihrer Haut, hatte sie seinen Geruch in der Nase, klangen seine Worte in ihrem Ohr. *Sehe ich dich wieder?* Dieser letzte Augenblick … Sie biss sich auf die Lippen. Und auf einmal wünschte sie sich, sie hätten sich unter normalen Umständen kennengelernt. Wünschte sie sich, die Welt wäre noch wie vor drei Monaten und sie könnten sich ganz normal daten, miteinander ausgehen, sich kennenlernen, flirten … ohne diese massiven Bedrohungen, ohne diesen Druck. Warum war das Leben nur so kompliziert? Seine Gestalt, die sie noch lange im Rückspiegel hatte sehen können, verfolgte sie und um sich abzulenken, schaltete sie das Radio ein.

Eine heitere Frauenstimme tönte in ihr Ohr:

»… eine Frage, die immer wieder auftaucht, ist: Was ist der Sinn hinter dem Ganzen? Was sollen wir tun? Wo führt das alles hin? Angst, Unsicherheit und auch Wut sind gerade überall präsent. Aber das sind Schwingungen, die kein Mensch braucht, mehr noch: die das Ganze in die falsche Richtung treiben. Dagegen sollten wir etwas unternehmen, findet ihr nicht?«

Senta fiel die Kinnlade runter. Gab's das? Präziser konnte man den Nagel nicht auf den Kopf treffen. Und diese Unbeschwertheit, die da durch den Äther strömte! Das war keine berufsmäßig aufgesetzte Radio-Gute-Laune, nein, da leuchtete eindeutig etwas Tiefes und Verlässliches durch, etwas, was direkt in Sentas Seele landete. Plötzlich fragte sie sich: Wie lange war es her, dass sie so heiter gewesen war? In Sekundenschnelle war ein Switch geschehen – und das nach diesem heftigen Gefühlsbad eben? Instinktiv nahm sie den Fuß vom Gas.

»Und hey«, drang die Stimme wieder an ihr Ohr und klang, als amüsiere sie sich königlich über die Schwere von Sentas Gedanken. »Wenn dir das Leben gerade sonderbar vorkommt, dann bedenke eines: Du selbst hast dich dazu entschieden, hier zu sein. Jetzt, in dieser Zeit, in diesem Körper! Also hast du der Welt etwas zu geben. Dein Leben ist wichtig. Du bist wichtig. Mehr als du ahnst! Und solltest du gerade wütend oder traurig sein, aus welchem Grund auch immer, dann mach dir bewusst, dass du damit im Außen nicht viel ändern kannst.«

Diesmal ging ein gewaltiger Ruck durch Senta, ein Keuchen entfuhr ihr und sie fuhr noch langsamer. Ihr Herz schmerzte, als risse es auf. Die Worte wie die Stimme bildeten einen so krassen Gegensatz zur Spannung der letzten Wochen und vor allem der letzten Stunden, dass sie meinte, in ihr öffne sich ein Fenster, das sie vorher nicht bemerkt hatte.

»Gestern bekam ich ein Zitat von einem Weisen aus Indien«, erzählte die Dame angeregt. »Er schrieb: Was immer du zu bieten hast, Talente, Freude, Genialität, Freundlichkeit, Liebe, Organisationstalent ... was auch immer ... zeige es jetzt! Lasse es jetzt erblühen! Jetzt ist die richtige Zeit, denn jetzt braucht dich die Welt.«

Die Moderatorin lachte. »Findet ihr das komisch, dass er das in Zeiten sagt, wo alles heruntergefahren wird? Wo offensichtlich viel weniger möglich ist? Die Frage lautet: Ist es das? Sind nicht schon viele Dinge aus der Not geboren worden, die niemals entdeckt worden wären, hätte nicht eine Herausforderung dafür gesorgt?«

Sentas Stirn runzelte sich etwas. War das eben ein Versuch, den Lockdown zu beschönigen?

»Nichts wird sich an der Tatsache ändern, dass das Leben ein Synonym für Freude und Glück ist«, antwortete ihr die Dame im Radio. »Nichts wird sich an der Tatsache ändern, dass Freude und Glück in uns sind. Und zwar egal, was die Umstände da draußen dir gerade zeigen.« Sie stoppte kurz und setzte hinterher: »Nein, *vor allem*, weil die Umstände so sind, wie sie sind!«

Sentas Stirn runzelte sich noch mehr.

»Ja, ich weiß«, fuhr die Stimme fort und verschärfte das Empfinden, als führte sie einen Dialog mit Senta. »… eine gewagte Behauptung in diesen Zeiten! Fühlst du dich in der momentanen Situation nicht wohl? Möchtest du etwas ändern? Dann frag dich doch: An welche Stelle hast du die Themen Liebe, Glück und Freude gerade geschoben? Ist es das Letzte, woran du denkst, weil dir so viel anderes um die Ohren fliegt? Oder du dein Augenmerk auf Dinge richtest, die dir Angst machen?«

»Oh, verdammt«, murmelte Senta in ihrem Wagen, während erstes Verständnis in ihr aufglomm wie ein Funke, der sich durch Holz zu fressen begann.

»Wenn es so wäre«, sagte die Frau in ihre Gedanken hinein, »brauchen wir uns nicht wundern, wenn sich Dinge manifestieren, die uns nicht gefallen. Es wäre fatal, den Kopf jetzt schon erschreckende Dinge denken zu lassen, die passieren könnten und noch gar nicht passiert sind.«

»Aber sie werden passieren, wenn wir nicht aufpassen!«, protestierte Senta in ihrem Wagen. »Wenn wir es zulassen!«

»Fakt ist«, entgegnete die Moderatorin, »dass das, worauf du dich konzentrierst, deine Energie erhält. Das ist nichts Neues, aber mir scheint, einige von euch vergessen das gerade. Fakt ist auch: Wir alle sind aufgerüttelt. Wir wurden aus unserer Komfortzone gerissen. Das heißt nichts weiter, als dass wir an Grenzen gebracht werden. Grenzen, die uns binden, Grenzen, die es nun zu überwinden gilt. Wir sind alle aufgefordert, uns weiterzuentwickeln. Natürlich bedeutet das für jeden etwas anderes – und doch für uns als Menschheit dasselbe. Wenn etwas Neues kommen soll, muss das Alte gehen. Das stürzt jetzt gerade zusammen, wir verlieren unsere bisherige Ordnung – und das macht natürlich Angst.«

Die Moderatorin schien zu lächeln, ein warmes, verständnisvolles Lächeln. Senta war verwundert, wie stark sie das spüren konnte. Wer war das?

»Wir alle wünschen uns eine bessere Welt, wünschen uns Frieden, Ruhe, ein Leben ohne Angst, ohne je einen Plan gehabt zu haben, wie das bewerkstelligt werden könnte. Wir wussten nur, dass alte Strukturen aufgebrochen werden müssen. Genau das passiert jetzt. Das ist doch absolut super!«

Die Sprecherin klang so begeistert, dass sich Sentas Mundwinkel trotz der Dramatik des Tages leicht nach oben bogen. Vor allem aber bewegten diese Worte viel in ihr. Sie gaben dem Elend Sinn und Perspektive.

»Also wäre es doch schon mal gut, wenn wir über diese Umstände nicht jammern, sondern die Chance nutzen, ein wenig tiefer zu blicken. Die Erde spiegelt das wider, was wir als Kollektiv hervorgebracht haben. Unser Planet leidet, Tiere werden gequält, Menschen hungern und dort, wo kein Hunger herrscht, wälzen sich die Leute in selbstgemachtem Kummer …«, ein kleiner Seufzer ertönte. »Ihr wisst selbst … die Liste ist lang. Tja, wenn es aber außen so aussieht, frage ich euch: Wie sieht es in eurem Herzen und in eurer Seele aus?«

Senta presste kurz die Lippen zusammen. Wie sah es in ihrem Herzen aus? Genauso durcheinander und wirr wie sich ihr die Welt gerade präsentierte. Vieles war unbearbeitet, vieles hatte sie einfach weggeschoben. Ein verblüffter Laut entfuhr ihr, als ihr das bewusst wurde. Hatte ihr nicht ihr Opa geraten, sich um ihre Gefühle zu kümmern?

»Wie innen, so außen«, trällerte die Moderatorin indes. »Was hochkommt, will raus. Es will aufgelöst werden. Ungutes will derzeit aufgelöst werden und dazu brauchen wir dich.«

Senta fühlte sich persönlich angesprochen, hatte aber kaum Zeit darüber nachzudenken.

»Solange Freude nicht euer Grundmuster ist, wird unsere Welt so bleiben, wie sie ist«, erklärte die sanfte Stimme. »Seid ehrlich, habt ihr das je für möglich gehalten? Je an dauerhafte Freude, an dauerhaftes Glück geglaubt? Jetzt wäre eine wunderbare Zeit dafür. Warum? Weil alles auf- und zusammenbricht. Es ist, als ob man die Erde umackert und da hinein können wir neue Samen setzen. Es wäre fatal, wenn wir das Unkraut pflanzen, das wir doch eigentlich die ganze Zeit schon loswerden wollten, oder?«

Ihr Kichern machte klar, wie absurd sie das fand. Und es war ja auch total blödsinnig. In Senta lüftete sich gerade eine dicke Wolke am Horizont.

»Deshalb ist es wichtig, dass ihr euch um eure Emotionen kümmert. Dass ihr euch bewusst werdet, was da eigentlich in euch ist. Denn wenn es euch nicht bewusst ist könnt ihr ja nichts ändern. Neues braucht Raum – und daher muss das Alte gehen. Vor der Ordnung kommt das Chaos. Mein indischer Lehrer sagte immer: Vor dem nächsten Erkenntnissprung ist die Verwirrung am größten. Es ist das, was ihr jetzt spürt. Wir verlieren unsere gewohnte Sicherheit, eine unechte Sicherheit – und das macht uns Angst. Aber seht es mal so: Wir sind dabei, unsere Maßstäbe zu verschieben. Unser Gefängnis zu erkennen, in dem wir sitzen, diese kleine, begrenzte Welt, von der so viele glauben, das sei alles. Damit meine ich nicht die äußere Welt. Ich meine damit euer eigenes Gedankengefängnis, denn eure eigene innere Welt ist der Ursprung für die äußere, versteht ihr?«

Die Moderatorin stoppte an der Stelle, es war klar ersichtlich, dass sie versuchte, etwas in Worte zu fassen, was verdammt schwer in Worte zu fassen war. Aber ihre Gedanken schwebten im Äther und Senta nahm sie auf. Verwundert nahm sie wahr, dass sie genau wusste, was die Moderatorin meinte. Eindeutig fand hier eine tiefere Art der Kommunikation statt.

»Wie viele Weise, Heilige und spirituelle Lehrer haben uns im Laufe der Jahrtausende versichert: Ihr seid groß! Ihr seid erhaben! Es ist ein Himmelreich in euch! Nun brechen Dimensionen auf und erweitern sich … Viele sehen plötzlich Dinge, die ihnen vorher gar nicht bewusst waren, ist es nicht so? Meine Güte, Kinder! Nutzt das Chaos! Erweitert euer Denken! Erweitert *euch*! Auf zu neuen Ufern, statt in Angst und Wut zu versinken!«

Auf Sentas Gesicht glühte ein hoffnungsvolles Lächeln, das schlagartig erlosch, als Charlene ihren Satz zu Ende führte:

»…und zwar egal, wie diese Sache endet.«

Egal, wie die Sache endet? Das hörte sich schon wieder nach diesem verdammten Stillhalten an, das der feige Waldorf ihr empfohlen hatte! Senta war so identifiziert mit dieser Sendung, dass sie sich wie in einem

Dialog fühlte und erst jetzt merkte, dass ein kopfschüttelnder Autofahrer nach dem anderen sie überholte, weil sie so langsam fuhr. Auf weitere Erklärungen hoffend, fuhr sie spontan rechts ran.

»An dieser Stelle möchte ich Krishnamurti zitieren und bitte euch, den Satz einfach in euch einsinken zu lassen, okay? Also, und entspannt euch erstmal.«

Aufatmend lehnte sich Senta zurück, sanfte Gitarrenklänge ertönten, während die Worte des indischen Philosophen in ihr Ohr tröpfelten:

»Krishnamurti sagte … *›ich habe nichts gegen das, was geschieht.‹*«

Die Musik verlieh den Worten einen eigenartigen, erhabenen Zauber. *Ich habe nichts gegen das, was geschieht.*

Die Aussage wirkte wie ein Ventil, der Druck entwich, der Widerstand löste sich in Sentas Körper. Es war ein Gefühl, als ob eine schmerzhafte Ganzkörperumklammerung sich öffnete und sie endlich freigab. Ihre Muskeln lockerten sich, ihre Schultern sackten nach unten, es kam wieder Luft in ihren Brustkorb.

Doch in der nächsten Sekunde schaltete sich ihr Kopf wieder ein und Trotz schoss hoch.

Sie hatte verdammt nochmal was gegen das, was geschah! Und man konnte durchaus Schlussfolgerungen ziehen, wie es enden sollte! Ja, aber … woher war dann gerade diese Erleichterung gekommen? Die hatte sich so erlösend angefühlt!

Verwirrt blickte sie auf ihr Radio, als sei es ein Mensch. »Hilf mir«, sagte sie halblaut zu ihm. »Genau das verstehe ich nicht. Wir *müssen* uns doch mit den Dingen befassen! Sonst geben wir unser Leben aus der Hand. Sonst machen die mit uns, was sie wollen. Und sie haben sicher nichts Gutes vor!«

Moment mal, mahnte eine Stimme in ihrem Inneren. Ist das wahr? Kannst du das schon so sicher wissen? Oder beschwörst du mit deiner Denkweise ein Übel herbei, das noch gar nicht da ist? Vor allem eines, das du doch gar nicht willst?

Vor der Ordnung kommt das Chaos, wiederholte die Stimme in ihrem Kopf. *Ich habe nichts gegen das, was geschieht. Wie innen, so außen. Jetzt könntest du Neues säen. Neues säen …*

Auf einmal fühlte sich Senta aus diesem Schlamassel komplett herausgehoben, wurde ihr im Blitz einer Sekunde klar, dass sie der Schöpfer ihrer Welt war. Und dass sie deswegen ihr Bild von der Welt ändern musste und kein anderer das für sie erledigen konnte. Diese Gedanken waren wie ein Meteor am Himmel. Sie tauchten auf – und verglühten, bevor sie sie in ihrer vollständigen Tiefe erfassen konnte. Zurück blieb ein Hauch. Zurück blieb die Erkenntnis, wie sehr sie sich in all das hineingesteigert hatte, wie sehr sie von bösen Ahnungen und düsteren Zukunftsprognosen besetzt gewesen war. Der Satz Krishnamurtis hatte einen Break geschaffen, einen Raum, der ihr erlaubte, einen Schritt zurückzutreten. Der sie, zumindest für den Moment, aus der Angst entließ, in eine Welt hineingestoßen zu werden, die sie nicht wollte.

Verblüfft lugte Senta auf das Display. Was war das für eine Sendung? Moonlight-Radio? Hm. Die musste neu sein, die kannte sie nicht. Mit erhöhter Aufmerksamkeit hörte sie weiter zu.

»Widerstand kostet wertvolle Energie, die eure Zellen zum Leben brauchen. Versteht bitte: Nichts auf dieser Welt geschieht ohne euer Einverständnis. Ihr habt euch diese Zeit ausgesucht. Eure Seele wusste, dass sie kommen würde – und nun ist sie hier. Und ihr wisst auch: Es gibt kein Problem, das größer ist als ihr selbst. Es ist euch immer ebenbürtig. Zeigt sich ein Problem, habt ihr auch das Potenzial, es zu meistern. Ihr alle seid hier, weil sich eure Seelen vorgenommen haben, an diesem Abenteuer mitzuwirken. Am Anfang jeder Sendung frage ich: Seid ihr bereit für ein besseres Leben? Eine bessere Welt? Ich nehme an, ihr beantwortet diese Frage mit Ja. Also, was tragt ihr dazu bei? Wut, Frust und Angst?«

»Oh, fuck«, flüsterte Senta und umklammerte ihr Lenkrad. »Das ist so wahr! Das ist so wahr! Wo bin ich nur gelandet?«

Trotzdem begehrte ihr Kopf auf. Die Sache war doch nicht einfach nur mit guten Gedanken gelöst! Nicht mit Duldsamkeit und der Einstellung: Es wird schon wieder irgendwie! Das war viel zu krass, was da ablief!

»Das heißt nicht, das Gehirn auszuschalten, alles Unangenehme auszublenden und die anderen machen zu lassen«, beantwortete die Sprecherin Sentas Frage. »Es heißt nicht, zuzulassen, dass andere auf deiner Seele herumtrampeln. Es heißt lediglich, sich nicht in das Negative hineinziehen zu lassen. Denn sonst spielst du das gleiche Spiel wie die, mit denen du nicht einverstanden bist. Du bewegst dich auf der gleichen Frequenz – und nichts wird besser.«

»Okay«, sagte Senta halblaut in ihrem Wagen. »Das verstehe ich. Und wie weiter?«

Die Gedanken schwirrten ungeordnet in ihr herum. Waldorf fiel ihr ein: *Es … ist viel zu mächtig! Sie kreisen euch ein! Ihr seid bereits eingekreist. Ihr sitzt doch schon längst in der Falle und könnt nicht einen einzigen verdammten Zug mehr machen.*

»Woher kommt denn die Welt, wie wir sie gerade sehen?«, fragte die Stimme. »Aus unseren kollektiven Gedanken. Wie ist der momentane Tenor? Angst und Abneigung. Was soll bitteschön daraus entstehen?

Genau deswegen ist es so wichtig, Abstand zu deinen Gedanken und Gefühlen zu haben. Denn sie sind es, die dich konditionieren. Und wenn du dir bewusst bist, was du denkst, kannst du das wandeln. Das meinte ich, wenn ich sage: Kümmert euch um das, was hochkommt.«

Verblüfft saß Senta im Wagen.

»Wisst ihr was?«, fuhr die Moderatorin fort. »Die Situation erinnert mich an ein Seminar, das ich mal mitgemacht habe. Der Referent bat unsere Gruppe – wir waren um die fünfzehn Leute – uns ganz dicht zusammenzustellen. So dicht, bis wir Körper an Körper standen. Danach nahm er ein Seil und band es mehrfach um uns herum, ziemlich fest, sodass keiner mehr irgendwohin ausweichen konnte. Wir waren komplett gefesselt und jeder von uns hatte das Gefühl, nicht einen Finger mehr rühren zu können.«

Die Analogie war ziemlich deutlich und gespannt hörte Senta weiter zu.

»Danach hat er uns folgende Aufgabe gestellt: Breitet eure Arme aus und entfaltet euch zu eurer ganzen Größe. Und was soll ich euch sagen? Der Erste begann, seine Arme auszustrecken, in die kleinen Lücken, die es noch gab. Ja, es war nicht immer leicht, das stimmt. Aber nachdem der Erste sich bewegte, bewegte sich die Gruppe. Als einer die Position seines Armes veränderte, entstand eine neue Konstellation – und damit weitere Lücken. Ein Arm hing schräg nach unten, einer streckte sich nach oben, manche liefen quer oder über die Köpfe hinweg. Jeder bog sich, ertastete Wege, suchte Möglichkeiten. Es war wie der Samen einer Pflanze, der im Teer vergraben ist, scheinbar gefangen, der aber jeden Lichtstrahl nutzt, um zu wachsen, Wurzeln bildet, um schließlich durch einen Spalt nach oben zu drängen und zu erblühen. Genau das sollten wir jetzt auch tun: Jeden Lichtstrahl nutzen. Und genau das taten wir in dem Seminar. In dem Bestreben, uns zu entfalten, kam so viel Bewegung in das Gefüge, dass der Strick sich lockerte und abfiel. Wir waren frei. Die Fessel hatte uns nur für eine kurze Zeitspanne halten können. Ab dem Moment, wo jeder für sich seine Freiheit suchte, hat sich die Gesamtdynamik verändert und damit das komplette Gefüge.«

Stille herrschte nach dieser Geschichte. Verständnis, die mit Worten nicht zu greifen war. In Senta klang das nach wie die silberhellen Töne eines Windspiels. Zeitgleich schien ein spitzbübisches Lächeln durch den Äther zu schweben:

»Krishnamurti hat gesagt: *Ich habe nichts gegen das, was geschieht.* Aber er hat nicht gesagt, dass das heißt, passiv zu bleiben.«

Wieder machte sie ein Päuschen.

»Stellt euch nur mal vor, was geschehen wäre, wenn wir in unseren Fesseln wütend gekämpft hätten. Wir hätten uns nur gegenseitig verletzt. Es war der Wunsch nach Entfaltung, nach dem eigenen Weg, der uns die Freiheit schenkte. Wenn wir uns innen frei fühlen, kann sich Freiheit im Außen manifestieren. Denkt drüber nach.«

Diesmal wurde ein kompletter Song dazwischengeschaltet und Senta war sehr dankbar dafür. Still saß sie in ihrem Wagen und wartete, bis er zu Ende war.

»Glück ist einfach«, meldete sich die Moderatorin mit warmer Stimme zurück. »Nur unser Kopf macht etwas Kompliziertes und schwer Erreichbares daraus. Schon Tolstoi hat gesagt: ›*Wenn du glücklich sein willst, sei es!*‹ Wir müssen diese Fülle, die wir uns wünschen, von innen holen. Dort ist sie unerschöpflich. Solange wir glauben, die Welt müsse uns Glück und Freiheit schenken, wird das Leid weitergehen. Es geht alles *immer* von innen nach außen, nie umgekehrt. In unserem tiefsten Inneren sind Liebe und Freude, das sollten wir rausholen! Nun wird der Boden aufgebrochen, also säe Glück hinein! Glück heißt: frei sein von Negativität. Frei von Neid, Missgunst, Schadenfreude, Minderwertigkeit, Angst, Eifersucht, Wut und Angst … all das hat nichts mit eurem Wesenskern zu tun. Negativität, in welcher Form auch immer, ist nichts weiter als ein artfremdes Programm. Ich möchte, dass ihr euch das jedes Mal, wenn euch eine negative Gefühlsregung überkommt, bewusst macht. Das Gegengift ist das Licht in eurem Herzen. Es wird Zeit, dass wir ihm seine wahre Macht endlich zugestehen.«

Senta wurde unheimlich zumute. Auf einmal war sie wieder ein kleines Kind, saß mit ihrem Opa auf der Bank im Gemüsegarten, hörte ihm zu, wie er von den Archonten erzählte. Sie hatte diese Symbolik mehr oder weniger vergessen. Aber gerade eben kam sie massiv zurück und verband sie noch mehr mit der Moderatorin.

»Euer Gegenargument ist mir klar«, fuhr die Sprecherin fort. »Es ist nicht so leicht, sich von Negativem zu lösen – und genau das stimmt nicht. Du könntest es in dieser Sekunde tun, wenn du es wolltest. Alles, was du dazu brauchst, ist Bereitschaft und die Gewissheit, *dass* du es kannst. Du *kannst* dich davon lösen. Punkt.«

Sie machte eine kleine Pause, in die sie wieder Musik fließen ließ.

»Erinnert ihr euch an das Zitat des indischen Mönches, das ich euch in meiner allerersten Sendung vor zwei Jahren vorgelesen habe? Er sagte: ›In der Meditation siehst du, wie du wirklich bist. Du erkennst, dass in deinem Herzen Güte und Liebe existieren, dass du wahrhaftig das faszinierendste, wunderschöne Licht Gottes bist‹. Er sagte, ›Ich möchte, dass du dich bemühst, wenigstens einen Schimmer davon zu sehen‹. Und ich habe hinzugefügt: Ich möchte, dass ihr nicht nur einen Schimmer davon seht, ich möchte, dass ihr eure gesamte Großartigkeit in vollem Glanz erstrahlen lasst.«

Die Stimme der Moderatorin wurde dunkler und vermittelte eine solche Kraft, dass es Senta geradezu in ihren Sitz hineindrückte.

»… Das Licht ist hier. Es war nie fort. Es wohnt in eurem Herzen, in eurer Seele, und wartet darauf, dass ihr euch ihm zuwendet. Es wartet darauf, dass wir eine neue Welt erschaffen. Eine Welt voller Licht.«

Ein Streichorchester liebkoste die Sinne, machte die Zuhörer weich und empfänglich für die nächsten Worte.

»Wenn diese Zeit zu etwas aufruft, dann dazu: Eure Geisteshaltung und damit euer Leben bewusst in die Hand zu nehmen. Wir können die Welt da draußen ändern, wenn wir uns ändern. Wir können uns beweisen, wie stark Liebe ist und dass sie sich von Distanzregeln nicht abschrecken lässt. Liebe dringt überall hin. Es gibt nichts, wo Liebe nicht ist. Es ist nur eine Frage, wo du hinschaust. Das Social Distancing ist eine prima Übung, über unsere bisherige Dimension hinauszuwachsen und euch eures feinstofflichen Körpers und dem eurer Mitmenschen bewusst zu werden. Übt euch in Telepathie! Der feinstoffliche Körper ist eure Verbindung zum Universum. Also dehnt euch aus! Sendet bewusst Liebe! Kein Abstand der Welt kann das verhindern. Ihr wisst, wir sind eingebettet in Felder, die wir mit unseren Gedanken, vor allem aber mit unseren Emotionen tränken und füllen. *Das* ist das Feinstoffliche, das sich dann manifestiert. Alles auf dieser Erde ist aus Feinstofflichem entstanden. Alles war zuerst eine Vision. Also, womit tränkt ihr diese Felder? Mit Widerstand? Ohnmacht? Wut? Und gleichzeitig wollt ihr eine schöne Welt? Das ist, als ob man Kartoffelsuppe kochen will und Steine in den Topf wirft. Sie werden nicht weich werden, egal wie lange ihr sie kocht. Ihr verschwendet nur Energie.«

Ein kleiner Lacher entfuhr Senta mit dieser Ansage.

»Wartet nicht darauf, in einer Welt voller Liebe zu leben, damit ihr Liebe empfinden könnt. Dreht den Spieß endlich um! Erkennt die wahre Kausalität! Die Situation da draußen ist so, weil wir das bislang nicht getan haben. Also lasst uns Liebe empfinden, egal was gerade los ist, damit eine Welt voller Liebe entstehen kann. Entdeckt eure Fähigkeit, Liebe über die körperlichen Grenzen hinaus fließen zu lassen! Liebe hat eine extrem hohe Schwingungsfrequenz. Sie kennt weder Zeit noch Raum. Das Ding ist nur: In einer Zeit, die von Angst geprägt wird, müssen wir sie *bewusst* einsetzen. Das ist das, was ihr tun könnt. Ich behaupte sogar, das ist das, was ihr tun *müsst*. Exakt das ist unsere Prüfung in diesen Tagen. Und es ist die Grundlage für alles, was ihr sonst noch vorhabt.«

Die Musik schwoll zu einem letzten Crescendo an. Eine hohe Schwingung füllte das Wageninnere, schloss Sentas Herz auf und setzte ein Leuchtfeuer hinein, eine Flamme aus Hoffnung und Kraft, die sich tief in ihr verankerte. Sie fühlte sich wie aus einem Sumpf gezogen und wieder auf feste Erde gesetzt. Wer war diese Frau?

Es war kühl im Wagen geworden, sie fuhr wieder los, hörte der Sendung weiter zu und etwa eine Viertelstunde später wurde ihre Frage beantwortet:

»Für alle, die jetzt erst zugeschaltet haben: Ich bin Charlene! Und für diese Stunde vor Mitternacht wäre ich gern ein wenig Geburtshelfer für die Verwandlung eines jeden Einzelnen von euch: Raus aus dem Kokon, rein in die Freiheit eines wundervollen Schmetterlings!«

Senta lächelte. Moonlight-Radio! Das war ein Geschenk des Himmels!

»Zum Abschluss möchte ich noch etwas loswerden«, schaltete sich Charlene in ihre Gedanken: »Wir sind ein kleiner Sender und haben uns vorgenommen, auch über nicht mainstream-gerechte Thesen zu reden. Wir tun das, obwohl es in diesen Zeiten ein Wagnis zu sein scheint, aber ich möchte euch wissen lassen, dass das gesamte Team des Moonlight-Radios für Meinungsfreiheit steht. Ich hoffe, ihr wisst, was das in diesen Tagen bedeutet.«

Diese Sätze hatte sie genauso sanft gesagt wie die ersten zuvor und doch war darin eine unbeugsame Entschlossenheit zu spüren. Senta umklammerte das Lenkrad und bekam fast Schnappatmung. Das war ein Zeichen! Anders konnte man das nicht deuten! Ihre Augen begannen zu strahlen.

»Also lasst uns das Abenteuer angehen und Schöpfer unserer Welt sein! Die Zeit ist reif! Wie das geht? Verrate ich euch in der nächsten Sendung! Wir werden über die Sonne sprechen, über die besondere Zeitqualität, über unsere Zirbeldrüse, die übrigens unser spirituelles Organ ist, habt ihr das gewusst? Sie verbindet Makrokosmos und Mikrokosmos miteinander … und natürlich gehe ich auf eure Fragen ein. Ich freu mich auf euch!«

»Oh, ich freue mich auch«, flüsterte Senta in ihrem Wagen. »Ich freue mich auch!«

Sie fühlte sich wie reanimiert. So viele Zufälle konnte es nicht geben! Sie musste unbedingt mit der Moderatorin in Kontakt treten! Diese Begegnung war magisch! Mystisch! Ein Fingerzeig nach dem Disput mit Waldorf!

Ihr Kopf lief Amok. Vielleicht könnte sie mithelfen? Als Biologin könnte sie etwas beitragen! Recherchieren, Gesprächspartner auftreiben, irgendwas! Dann hätte sie wieder eine Beschäftigung und wäre unter Menschen, auch wenn sie kein Geld dafür bekam. O mein Gott, und wenn einer etwas über die Sonne erzählen konnte, dann ihr Opa! Er könnte in der Sendung auftreten! Man könnte ihn per Telefon zuschalten! Dieser Vorschlag wäre überdies ein guter Aufhänger, um mit Charlene zu reden. Und was war mit Heribert und Fritz? Vielleicht könnten sie sogar noch ein paar andere Freunde ihres Opas dazu überreden, Aufklärung über Omega zu betreiben? Das war allerdings kein leichtes Unterfangen, denn mittlerweile wurde ja der Ruf eines jeden ruiniert, der das tat. Wer setzte schon bereitwillig seine Reputation – und oft genug damit seine Existenz – aufs Spiel? Dieser Gedanke ernüchterte sie etwas. Vielleicht wollte das auch ihr Opa nicht? Immerhin war er schon gehörig durch den Kakao gezogen worden. Auf ein weiteres Mal hatte er sicher nicht unbedingt Lust. Senta biss sich auf die Lippen. Egal! Sie musste es versuchen. Die Ideen überschlugen sich in ihr und sie fühlte sich zum ersten Mal seit Langem wieder voller Hoffnung. Eine Botschaft hatte sich schon mal für sie herauskristallisiert: Dass sie mit Wut nichts erreichte, dass es wichtiger war, sich dem Licht zuzuwenden. Diese Aussage war wie ein Leuchtturm.

»Oh, danke, Moonlight-Radio«, stieß sie hervor. Ihr Blick ging durch die Windschutzscheibe nach draußen – und da war er: Ein sichelförmiger Mond, der milde die Nacht beleuchtete und sich über ihren neu erwachten Eifer zu freuen schien.

Christopher Waldorf würde nicht recht behalten! Es *gab* einen Weg. Es *gab* Menschen, die Freiheit und Gerechtigkeit nicht nur als Worthülsen wollten, die für eine bessere Welt standen und den Mut hatten, daran zu glauben. Und es *gab* eine Möglichkeit, eine Welt voller Liebe und Frieden zu schaffen! Mit offenen Augen lag sie wenig später im Bett, starrte die Decke an, dachte an diesen Tag, vor allem an die letzten ereignisreichen Stunden.

Aber was sie dennoch bis in ihre Träume verfolgte, war nicht Charlenes Stimme, sondern der Blick zweier brauner Augen. Der Blick Christopher Waldorfs.

♫ ♫ ♫

Am nächsten Tag informierte sie sich über den Sender, entdeckte zu ihrer Freude, dass auch eine Webversion vom Moonlight-Radio existierte, und war hocherfreut, wie viele Abonnenten das Moonlight-Radio frequentierten. Das wurde ja immer besser! Aufgeregt checkte sie die Adresse. Der Sendeort lag etwas mehr als eine halbe Stunde Fahrtzeit von ihr entfernt. Ein Anruf in der Redaktion ergab, dass es nicht möglich war, direkt mit Charlene zu sprechen.

Die Dame am Telefon versprach, ihre schriftliche Anfrage weiterzuleiten, aber das reichte Senta nicht. Sie wollte etwas tun! Ob sie einfach zur Radiostation fahren könnte?

Der Homepage entnahm sie, dass Charlene erst nächsten Dienstag wieder auf Sendung ging. Sollte sie bis dahin nicht geantwortet haben, würde sie vor dem Sender warten und sie ansprechen.

♫ Dissolve ♫

Absofacto

Nach TIMs Auftritt war die Hölle, zumindest auf der Kritikerseite, ausgebrochen.

Die Kommentare, Berichte, Reportagen, Aufklärungsvideos überschlugen sich im Netz, denn TIM hatte mit seiner Ansage eine Welt skizziert, die nicht nur Senta Bauchschmerzen bereitete.

Auch Jeff, der sich in seine neue Aufgabe gestürzt hatte, saß fassungslos vor diesen Tatsachen. Er wollte an Deutschland glauben, an den Rechtsstaat, an Freiheit und eine Regierung, die das Wohl der Menschen im Blick hatte, aber seine Erkundigungen waren nicht dazu geeignet, ihn in diesem Glauben zu bestärken. TIM ging bei der Regierung ein und aus. Er und seine Frau lobten das Kanzleramt wie ein Lehrer ein Schulkind. Der Kanzler stellte diesen Leuten Fragen, was er tun solle und wurde von ihnen belobigt, wenn er etwas »besonders richtig machte.« Wer regierte eigentlich das Land? Aber wie schon ein Politiker offen in einer Sendung von vor zehn Jahren gesagt hatte:

»Diejenigen, die entscheiden, sind nicht gewählt. Und die, die gewählt sind, haben nichts zu entscheiden.*«

Das trat nun immer deutlicher zutage.

Die Proteststimmen wurden lauter, sie wurden mehr. Die Regierung kümmerte sich nicht darum. Es gab weder einen Diskurs noch einen runden Tisch und das Mittel der Wahl, auf Kritik und Fragen zu reagieren, blieb eine unfaire Verunglimpfung aller Andersdenkenden. Es gab keine Möglichkeit, seine Meinung zu äußern, ohne in die rechte Ecke geschubst oder als »gemeingefährlicher Verschwörungstheoretiker« diffamiert zu werden.

Natürlich war die Regierung an keinem Dialog interessiert. Nun hatten sie ja die Macht mit der Notstandsverordnung, die im Übrigen ständig und ohne das Einverständnis der Bürger immer weiter verlängert wurde. Und doch stand der Großteil der Bevölkerung nach wie vor hinter der Regierung. Das war das, was Jeff gar nicht verstand. Erst als er sich vor den Fernseher setzte und bewusst Nachrichten hörte, wurde ihm einiges klar. Die Medien taten alles, um die Kritiker als empathielose Egoisten hinzustellen, die ein Problem damit hatten, mal für eine Zeitlang auf ihre gewohnten Vergnügungen zu verzichten. Die Demonstranten waren dumm und obendrein gefährlich, weil sie das Risiko leugneten, Menschen gefährdeten und diese Krise nutzen wollten, um ein funktionierendes Rechtssystem zu stürzen, in dem es doch so vielen Bürgern jahrzehntelang so gut gegangen war. Natürlich machte das die Zuschauer wütend. Die Demonstranten waren schuld, dass das Virus nicht eingedämmt werden konnte und die Todesangst nicht wich.

»Mama, ich will nicht, dass du stirbst«, weinte ein Mädchen in einem Teaser der Regierung, als es eine Person ohne Maske erblickte. Diese und andere Suggestionen liefen ununterbrochen. »Wenn du deine Oma anfasst, bist du schuld, wenn sie stirbt«, sagte ein Politiker zu einem Kind.

Zudem wurde in jeder Rede, in jedem Talk, in Print- oder Online-Medien den Leuten eingehämmert, dass es »so etwas wie Normalität« erst wieder geben würde, wenn alle geimpft seien. Und auch danach würde es trotzdem nicht mehr so, wie es mal war. Man müsse mit dem Virus leben. Na, wunderbar! Dem Virus konnte man alles in die Schuhe schieben! Jede Gesetzesänderung, jede Einschränkung, jede unliebsame Maßnahme … Sie konnten alles durchdrücken, was sie wollten und mussten lediglich mit dem Finger auf einen blöden Erreger deuten. Der ist schuld, dass alles so gekommen ist und es euch viel schlechter geht! Nicht wir! Wir schützen euch.

Jeff war sauer. Er wollte ganz sicher nicht das System stürzen und noch weniger wollte er Menschen gefährden. Er hatte Fragen und wollte Antworten, das war alles.

Und es war ja nun nichts Neues, dass man mit Viren lebte! Selbst er als Laie wusste, dass sie schon immer notwendiger Bestandteil des menschlichen Lebens waren, weil sie das Immunsystem trainierten. Nun wurde ein Virus unter vielen zum Staatsproblem gemacht. Alle weiteren Faktoren, die zu gesundheitlichen Risiken führten, wurden ausgeblendet.

Für ihn bedeutete das immer mehr: Vergesst eure Grundrechte, es wird eine neue Weltordnung geben. Auch das wurde offen zugegeben. Es fand sich in vielen Zitaten der Regierenden, schon aus früheren Jahren.

Jeff wühlte sich durch Dokumente und Regierungspapiere und entdeckte im Koalitionsvertrag aus dem Jahre 2018 folgende Sätze:

Zur Stärkung europäischer Handlungsfähigkeit wollen wir die Idee eines ›European Council on Global Responsibilities‹ unterstützen, […] Der Council soll […] dazu beitragen, unsere Interessen bei der Gestaltung einer neuen Weltordnung selbstbewusster zur Geltung zu bringen.‹

2018 schon? Also war das schon länger geplant?

Und auch der Finanzminister bestätigte den Verdacht, indem er offen zugab, aus der Krise Kapital schlagen zu wollen:

»Der Widerstand gegen Veränderung wird in der Krise geringer. Wir können die Wirtschafts- und Finanzunion, die wir politisch bisher nicht zustande gebracht haben, jetzt hinbekommen.«*

Ungeschminkt redeten die Politiker über die Installierung dieser Weltregierung, völlig an den Wünschen der Bevölkerung vorbei. Nahm allerdings ein Kritiker das Wort in den Mund, war es Verschwörungstheorie.

Subtil wurden die Leute eingestimmt auf eine neue Realität – eine Realität, die nicht gut aussah, allein deswegen, weil sie die Menschen massiv in ihren Rechten beschnitt. War es Zufall, dass im Hintergrund längst die Digitalisierung der gesamten Weltbevölkerung vorbereitet worden war? Durch eine – von TIM – gegründete Gesellschaft, die sich damit beschäftigte, jeden Menschen digital zu erfassen? Dies sollte geschehen mit einer Art Tattoo, das unter die Haut gesetzt werden sollte.* Diese Technologie war bereits vorhanden, es gab Videos darüber, in denen die Entwickler erklärten, wie das funktionierte. Vor allem war angedacht, Babys eine digitale Identität zu verpassen, angeblich, um ihnen weltweit gleiche Rechte zu gewährleisten. In diesem unter die Haut gesetzten Chip war es möglich, Dokumente wie Impfpässe, Bankdaten und Krankheitsverläufe einzuspeisen. Jeff fragte sich dabei einiges: Wo waren die Datenschützer? Warum waren die auf einmal so still, wo sie doch erst ein Jahr zuvor Kleinunternehmer und Mittelständler mit ihrer Akribie zum Wahnsinn getrieben hatten? Und vor allem: Wo landeten diese Daten? Wer verwaltete sie? Unumstrittene Tatsache war und blieb: Mit dieser Technik konnte alles überwacht werden, jeder einzelne Schritt, jede Bewegung, jede Aktion. Unrealistisch? Keineswegs. Diese ID-Programme liefen bereits in etlichen Ländern dieser Erde – und würden, wenn sie die gesamte Menschheit betrafen, einer Weltregierung unbegrenzte Macht in die Hände legen.

»Um Himmels willen«, ächzte Jeff. »Checken die dann auch, wann ich Sex mit meiner Frau habe?«

Vor allem: Wer saß an der Spitze einer solchen Regierung? Diejenigen, die die Freiheit aller Menschen mit Füßen traten? Und was würde in dem Impfstoff wirklich drin sein?

Noch immer rechtfertigte keine einzige Zahl des Kochstudios den Begriff einer »Epidemie von nationaler Tragweite«, und doch wurde der Notstand immer weiter ausgedehnt. Jeff ahnte: Die Leute sollten sich an all das gewöhnen. An die Masken, an soziale Distanz, Geselligkeit nur in begrenztem, vorgeschriebenen Rahmen, das Unterbinden von Massenveranstaltungen, die für einen Umbruch hätten sorgen können … für viele war es ja jetzt schon ungewohnt, ohne Maske irgendwohin zu gehen.

Die Informationen über TIM vervollständigten das Bild. Mit seinem Geld hatte er sich in jedes Leitmedium der Welt eingekauft und bestimmte, was geschrieben und gesendet werden sollte. Sein Geld beeinflusste die öffentlich-rechtlichen Sender in Deutschland, sowie alle namhaften, großen Zeitungen. Die FAZ, der Spiegel, die Süddeutsche ... alle hatten Geld von ihm bekommen. War das der Grund, warum sie keine andere Meinung mehr zuließen? Jeff hatte von einem Professor gehört, der zusammen mit anderen Ärzten und Wissenschaftlern eine Anzeige in einer der großen Zeitungen Deutschlands hatte setzen wollen – auf eigene Kosten. Normalerweise waren Zeitungen froh über bezahlte Anzeigen. Aber sie lehnten ihn ab, weil sie nicht wollten, dass etwas anderes über Omega geschrieben wurde, als das, was die Regierung erlaubte. Etliche Journalisten gaben an, es dürfe nur berichtet werden, was von oben angeordnet wurde.

Jeff fragte sich: Wie fühlte sich das an, wenn Journalisten ihrem Auftrag nicht mehr nachkamen, bewusst falsch informierten, wichtige Details wegließen oder gar verzerrten? Oder glaubten sie selbst an all das? Vermutlich. Etwas anderes wollte Jeff niemandem unterstellen.

Zurück zu TIM: Der Arbeitgeber des Virologen, der Deutschland beriet, stand auf dessen Sponsorenliste, der Chef des Kochstudios ebenso, auch die WHO wurde von ihm finanziert – wie glaubhaft waren damit deren Aussagen? Und warum machte das nicht noch mehr Menschen misstrauisch? Selbstredend gehörten TIM auch die Unternehmen, die den Impfstoff entwickelten. Er und seine Kumpane – denn er agierte sicher nicht allein – hatten ihre Tentakel weltweit überall. In den Universitäten, im Bildungssystem, im Finanzmarkt, in der Justiz, in der Wirtschaft.

Wenn auch die Bevölkerung diese Zusammenhänge nicht sehen wollte und sie brav, wie von oben angeordnet in die Verschwörungsschublade steckte – der Regierung unterstellte Jeff weder Dummheit noch Unwissenheit. Der unterstellte er inzwischen das, was eine Ärztevereinigung* mit klaren Worten auf den Punkt gebracht hatte:

»Die Omega-Panik ist eine organisierte, kriminelle Täuschung. Es ist ein organisiertes Verbrechen. Ein Verbrechen an der Menschheit.«

Vier Wochen nach Beginn des Lockdowns wurde eine Firma vorgestellt, die einen hoffnungsvollen Impfstoff in Produktion hätte. Nach vier Wochen schon! Allein diese kurze Zeitspanne musste doch alle

Alarmglocken aufschrillen lassen. Jeff googelte das Unternehmen und las folgenden Satz:

»… Ziel des Unternehmens ist vorrangig die Digitalisierung der gesamten Menschheit. Vor allem aber widmet es sich d*er Erforschung und Anwendung einer Kombinationsimpfung mit einem digitalen Identifikations-Mikrochip.«*

♫ ♫ ♫

Sentas Opa rief wieder an.

»Senta!«, rief er ins Telefon. »Wie geht es dir, meine Kleine?«

»Soweit gut, aber ich sehne mich schrecklich nach dir! Wann kommst du nach Hause?«

»Sentalein, wir sind schon weitergereist! Wir bekamen die Genehmigung so schnell, dass ich dir nicht mal Bescheid geben konnte.«

»Ach, Opa«, sagte sie niedergeschlagen. »Ich hatte so gehofft, dass du wenigstens für ein paar Tage hier sein würdest.«

»Ich doch auch, mein Engel, ich …«

»Holde Maid!«, gellte Heribert in den Lautsprecher. »Mein ganzes Sinnen ist Euch und unserem Wiedersehen gewidmet! Seid versichert, dass ich alles in meiner Macht Stehende tun werde, um Euren werten, aber doch leider sturen und zugegebenermaßen manchmal genialen Herrn Großvater zu überreden, so schnell wie möglich dieser elend kalten Wohnstätte zu entfliehen!«

»Elend kalte Wohnstätte? Wo genau seid ihr denn?«, fragte Senta, aber statt einer Antwort kommentierte Ludwig lakonisch: »Heribert, diesen Tag streiche ich im Kalender an. Es ist das erste Mal, dass du mich genial nennst. Endlich beugst du dein Haupt vor wahrer Größe! Ich würde sagen, der Aufenthalt hier hat sich durchaus gelohnt!«

»Ich ahnte, dass du nach Lob so sehr lechzt wie die Krähe nach Brosamen! Ich sagte *manchmal*, Herr Kollege, *manchmal*! Das ist nicht zu vergleichen mit dauerhafter Intelligenz, die …«

»Hey, ihr zwei«, unterbrach Senta. »Ich wollte wissen …«

»Heribert, um es mal ganz offen zu sagen: Du gönnst anderen nicht das kleinste bisschen Butter auf dem Brot! Kein Wunder, dass unsere Welt so aussieht, wenn es Leute gibt wie dich, die …«

Heribert und Ludwig begannen sich zu kabbeln, während Fritz mit seinen trockenen Bemerkungen höchst geschickt das Feuer schürte. Belustigt hörte Senta eine Weile zu.

»Halloho!«, brachte sie sich schließlich in Erinnerung. »Bin auch noch da! Ich wollte wissen, wo ihr seid?«

»In Sibirien! In Nowosibirsk!«, informierte Fritz sie. »In der Akademie der Wissenschaften Russlands.«

»Die Akademie der Wissenschaften!«, wiederholte sie beeindruckt. Das war eine hoch angesehene Forschungseinrichtung, die unter anderem eine Sektion für Mathematik, Physik, Geowissenschaften, Geschichtswissenschaft und Astronomie beherbergte. Damit waren so ziemlich alle Bereiche abgedeckt, für die die alten Herren brannten. Es war eine Ehre, dort sein zu können.

Im Hintergrund keifte Heribert: »Das mit dem ›genial‹ würde ich an deiner Stelle nicht überbewerten … hätte ich's nur nicht gesagt!«, während ihr Opa konterte: »Komm schon! Ehre, wem Ehre gebührt! Du bist nur neidisch, weil ich schneller war als du! Und nicht nur schneller, durchschlagender! Gib's zu, mein Ansatz hat endgültig bewiesen, wer out of the box denken kann! Du sitzt noch fest in der Pappschachtel!«

»Pappschachtel! Pappschachtel!«, ereiferte sich Heribert. »Und das mir! Ich …«

»Was genau macht ihr denn in Sibirien?«, versuchte Senta, sich Gehör zu verschaffen.

»Gebt mir mal den Hörer!«, schob sich Fritz energisch dazwischen. Seine Stimme gewann mehr Präsenz und schickte die anderen beiden in den Hintergrund. »Wir haben die Genehmigung bekommen, ein paar interessante Apparaturen hier zu nutzen«, erklärte er. »Und dürfen im Archiv stöbern. Senta, das ist eine Schatzkammer! Dein Großvater kann sich nicht loseisen!« Er lachte über seinen eigenen Witz. »Wir müssen ihn jede Nacht buchstäblich aus dem Keller zerren. Im Übrigen herrschen hier ähnliche Temperaturen wie in Finnland.«

»Apropos Temperaturen! Wie ist das Wetter in Deutschland und was macht unser Garten, Sentalein?«, klinkte sich ihr Opa wieder ins Gespräch ein.

»Wir hatten einen trockenen April, aber ich habe gut gewässert. Der Mangold sprießt, die Kartoffeln sehen auch gut aus, ich habe Kohl, Brokkoli und Karotten gepflanzt, so wie du gesagt hast.«

»Wunderbar, mein Mädelchen«, freute sich ihr Großvater. »Ich schätze, wir bleiben hier noch eine Weile, kommst du denn zurecht?«

»Ja, schon, aber lieber wäre es mir, du wärst wieder da.« Ihre Stimmung sank.

»Wie ist die Situation in Deutschland?«, wollte Heribert wissen.

»Komisch, würde ich sagen. Sehr komisch. Es ist … alles so ganz anders geworden.«

Sie biss sich auf die Lippen und ihre Stimme zitterte leicht. »Ich habe das Gefühl, in einer völlig anderen Welt zu leben.«

Unwillkürlich wurden die drei Herren still. Sie räusperte sich verlegen und sagte betont munter: »Aber in einer Woche sollen ja die Maßnahmen gelockert werden. Dann kann man wenigstens wieder ein bisschen ausgehen.«

»Dann genieß das, mein Täubchen! Vor allem deine Privatsphäre! Du ahnst nicht, wie mir Heribert und Fritz nach diesen wenigen unseligen Nächten hier schon auf den Keks gehen! Nie hätte ich vermutet, dass du so ordinär schnarchst, Fritz. Du bist doch sonst so ein feiner Pinkel! Warum in drei Teufels Namen muss ich auch nochmal in meinem Alter in einen Schlafsaal mit zwei senilen Wissenschaftlern …«

»Das hast du jetzt nicht gesagt! Das hast du nicht gesagt!«, empörte sich Fritz. »Heribert! Er hat senil gesagt!«

»Bin doch nicht taub! Und senil schon gar nicht!«

»Ach! Und wer hat kürzlich die Festplatte in den Kühlschrank gelegt und wie verrückt danach …«

»Weil sie überhitzt war!«, rief Heribert. »Sie war überhitzt …!«

»Überhitzt. In Sibirien! Und deswegen hast du sie ja auch gesucht! Weil du wusstest, dass sie im Kühlschrank liegt. Fritz, wir sollten uns ernsthaft Sorgen machen. Wenn Heribert eines draufhatte, dann gute Ausreden! Stimmt mich sehr bedenklich, dass er selbst auf diesem Sektor nachlässt.«

»Ich teile deine Sorge. Allein schon wegen der Sache mit dem Mikroskop und dem blauen Auge. Geht ja auch in die Richtung.«

»Du hast ein blaues Auge, Onkel Heribert?«, gluckste Senta amüsiert. »Wie kommt das denn?«

»Ja, eben weil er senil ist!«

Ludwig und Fritz kriegten sich nicht mehr ein vor Lachen.

»Meine Angebetete!«, warf sich Heribert, in seiner Männerehre gekränkt dazwischen. »Schenkt ihnen keinen Glauben! Es geziemt sich nicht, diese Episode in Eurer liebreizenden Gegenwart…«

»Er schämt sich!«, kicherte Ludwig. »Senta, merkst du das?«

»Ich schäme mich nicht!«, ereiferte sich Heribert. »Ich habe ein blaues Auge, jawohl, aber das ist nichts, wofür es sich zu schämen lohnte!«

»Senta, du lachst dich weg, wenn du erfährst, wie das Ding zustande kam«, feixte ihr Opa.

»Wehe, du sagst ein Wort!«, regte sich Heribert erbost auf. »Meine Herren, ich hoffe nicht, an unseren Ehrenkodex gemahnen zu müssen! Sonst kann es nämlich durchaus sein, dass ich ebenfalls die Vergangenheit durchforste. Und unserer Herzallerliebsten Kunde bringe über das eine oder andere Fettnäpfchen der Herren Bachmann und Buchinger! Meine Holde, glaubt mir, das wären Dinge, für die es sich wirklich zu schämen lohnt!«

»Was du nicht sagst! Warst es nicht du, der den Rekord in Bezug auf Fettnäpfchen hält? Fritz! Hast du nicht darüber eine Strichliste geführt?«

»Die habe ich aufgegeben, nachdem mein Notizbuch voll war und die Dunkelziffer sowieso höher ist als das, was wir mitbekommen.«

Ludwig und Fritz brachen in Gelächter aus, in das Heribert mit einstimmte. Die drei alten Herren waren dermaßen gut drauf, dass Senta allein beim Zuhören einen Lachanfall nach dem anderen bekam und selig am Telefon saß.

»Oh, ich vermisse euch so!«, sagte sie bewegt. »Wisst ihr denn schon, wie lange ihr bleiben werdet?«

»Wir haben mal drei Monate angesetzt.«

»Drei Monate!«, stöhnte sie resigniert. »Ich kann es kaum erwarten, euch alle wiederzusehen, ich wünschte, es wäre schon so weit!«

»Wir freuen uns auch sehr, Sentalein«, erwiderte ihr Opa vergnügt.

»Außerdem«, krähte Heribert ins Telefon, »bringen wir gute Kunde! Sehr gute! Erbauliches! Verehrteste! Haltet aus! Euer Kummer hat bald ein Ende!«

Ludwig lachte. »Der Kerl treibt einen in den Wahnsinn! Aber in diesem Fall hat er recht. Also, Senta, meine Süße, auch wenn die Situation gerade sehr seltsam ist, eines ist sicher: Es wird alles gut!«

Mit einem seligen Seufzer legte sie auf.

Es wird alles gut.

Wenn ihr Opa das sagte, glaubte sie das. Aber es wäre ihr noch lieber, er wäre hier gewesen. Sie brauchte dringend jemanden zum Kuscheln!

♫ Step By Step ♫

Fredrika Stahl

Das Telefonat hatte sie aufgemöbelt. Aufgeräumt sah sie zum Fenster hinaus. Es war Freitag, die Sonne schien und sie beschloss, sich mit einer Tasse Kaffee und einem Buch in den Garten zu setzen. Mit ihrem Tablet machte sie es sich unter dem Baum gemütlich, suchte in der virtuellen Bibliothek nach einem Roman, als auf dem Bildschirm eine Schlagzeile hochpoppte.

»Shocking News!

Christopher Waldorf plädiert für Aufhebung der Regeln!«

Ihr Herz setzte für einen Schlag aus und ihre Augen rasten über den Artikel, dem sie entnahm, dass Waldorf ein im Gesetz verankertes, baldiges Enddatum der Maßnahmen forderte.

Senta klickte die Rede an und konnte nicht verhindern, dass sein Anblick ihr einen süßen Stich versetzte.

»... unsere Kinder sollen in die Schule dürfen, die Läden müssen wieder öffnen, die Menschen brauchen ihr soziales Leben und unsere Alten, die doch ihr Leben lang für uns da waren, sollten nicht alleine sterben müssen ...«, erklärte er. »Die Reproduktionszahl ist längst da, wo sie sein sollte. Das war sie schon vor dem Lockdown, das heißt, er hat gar nichts gebracht. Die Zahlen waren nie auf einem Niveau, das einen solchen Einschnitt in das gesellschaftliche und wirtschaftliche Leben gerechtfertigt hätte. Vielmehr hätten sinnvolle Alternativen diskutiert werden müssen ...«

Ein Laut entfuhr ihr. Nach allem, was er ihr gesagt hatte, wusste sie den Stellenwert dieser Worte genau einzuschätzen. Waldorf war der erste ranghohe Politiker, der den Mund aufmachte und sich gegen den Mainstream stellte. Ihr Herz klopfte immer wilder. War das die Wende? Zum Guten? Hatte ihn gar ihr abendlicher Disput zu diesem Schritt bewegt? *Ich habe Albträume. Reicht das als Antwort?* Seine braunen Augen waren in ihrem Kopf, brachte sie ungewollt zum Schwitzen. Aufgeregt hörte sie weiter zu, wie er für all das plädierte, was sich so viele Menschen wünschten: sich mit weiteren Experten an einen Tisch zu setzen, die Sache neu aufzurollen, vernünftig über alles zu reden, mehr Transparenz ... O mein Gott! Das war einfach nur fantastisch!

Sie setzte den Finger auf die Pausetaste und betrachtete sein eingefrorenes Bild. Eine Strähne des nach hinten gekämmten Haares war ihm in die Stirn gefallen. Seine Augen blickten ein wenig trotzig, aber sie waren voller Leben, als täte er endlich etwas, hinter dem er stehen konnte. Ein warmes Gefühl entstand in ihrem Herzen, rann durch ihren Körper, versah ihre Augen mit Glanz und sie flüsterte:

»Danke, Christopher!«

Die Hoffnung flatterte wie ein Vogel in ihr. Nicht nur wegen der News.

♫ ♫ ♫

Es schien aufwärtszugehen. Der nächste Tag war ein Samstag und sie frühstückte in Ruhe unter dem alten Kirschbaum. Als sie danach ihren Mail-Ordner öffnete, entdeckte sie zu ihrer Freude zwei positive Antworten auf ihre Bewerbungsschreiben. Noch mehr Hoffnung keimte in ihr auf, als sie die neuesten Meldungen durchging und sich bestätigte, dass sie mit ihrem Gefühl nicht alleine war. Eine neue Partei hatte sich gegründet, die ad hoc 100 000 Anhänger gefunden hatte, Ärzte, Anwälte und Unternehmer bildeten Gemeinschaften und die ersten Demos fanden statt. Demos, die nicht erlaubt waren, und daher als »Spaziergänge« deklariert wurden – und an deren Teilnehmer drastische Exempel statuiert wurden, um alle übrigen davon abzuhalten, sich dem anzuschließen. Obwohl sich die »Spaziergänger« ruhig verhielten, griff die Polizeigewalt hart durch. Personen wurden ohne Grund zu Boden geworfen, dabei verletzt und abgeführt. Die Menschen wurden bewusst zusammengedrängt, sodass es nicht möglich war, den Mindestabstand zu wahren, und hinterher behauptet werden konnte, sie würden ihn missachten. Aber nur ein Teil der Polizei war brutal. Etliche Stimmen berichteten, dass die Polizisten sehr freundlich gewesen waren und vielen im Gesicht geschrieben stand, dass sie ihren Beruf gerade gar nicht mochten. Für den Moment nützte es nichts, sie mussten tun, was man ihnen befahl.

Mussten sie das wirklich? Auch das war schon mal dagewesen: die Entschuldigung, nur Befehle befolgt zu haben. Diese Ausrede hatte am Ende, als alles vorbei war, nicht gereicht. Jeder hatte für seine Taten geradestehen müssen. Die Befehle kranker Köpfe konnten nur mithilfe von Polizei- und Militärgewalt ausgeführt werden. Hätten sie diesen Hebel nicht, wären sie machtlos.

In den Netzwerken meldeten sich besorgte Polizisten. Sie informierten die Demonstranten, dass V-Männer eingeschleust werden würden, die Aggression und Gewalt provozieren sollten. Sie warnten die Leute und fieberten mit ihnen während der Demonstrationen mit. Das machte Mut; es bildete sich der Verband »kritische Polizisten*«, deren Betreiber allerdings anonym bleiben mussten, um ihren Job nicht zu verlieren, die aber klar darüber berichteten, dass und wie hier Unrecht geschah.

Die Demonstranten waren bewundernswert. Sie blieben friedlich und standhaft. Wenn jemand stänkerte, waren das eingeschleuste Gruppen. Gruppen, die von den Mainstreammedien fleißig gefilmt wurden, um den Menschen daheim vor ihren Fernsehern den Eindruck zu vermitteln, hier würden rücksichtslose und gewalttätige Demonstranten das Wohl der Bürger gefährden. Ja, was sollte denn jemand von dieser Bewegung denken, wenn er solche widerlichen Bilder und Videosequenzen zu sehen bekam? Natürlich mussten die Leute glauben, das seien Idioten, die das System stürzen wollten. Dass die Leute Schilder von Mahatma Gandhi hochhielten, betonten, den Weg der Gewaltlosigkeit und Liebe gehen zu wollen, dass auf den Veranstaltungen gebetet und meditiert wurde und die Demonstranten den Polizisten weiße Rosen schenkten – darüber wurde kein Bild und kein Ton verloren.

Und doch gab es einen großen Unterschied, denn nun war es eben ein Gutteil der Bürger selbst, über die so berichtet wurde. Das empörte nicht nur die Menschen, sie begannen zu ahnen, dass die Berichterstattung möglicherweise schon immer manipulativ und einseitig gewesen sein könnte, nicht nur bezogen auf Omega. Weitere Demos wurden angekündigt, immer mehr Leute strömten hinzu, ließen die Häme, sie seien Spinner, Mörder und Nazipack und was nicht alles über sich ergehen. Auch die soziale Ächtung durch ihre Verwandten, Freunde und Nachbarn, wenn sie zurückkamen. Ein immer tieferer Riss zog sich durch die Bevölkerung, durch Familien, durch Freundschaften. Wehmütig dachte Senta an Melanie. Niemals hätte sie vermutet, dass so etwas sie auseinanderbringen konnte. Aber wenn Mellie fernschaute und diese Bilder sah, war klar, dass sie von Senta glauben musste, sie sei radikal geworden.

Doch es tat sich immer mehr. Die Menschen gaben nicht auf. Und sie, Senta, wollte auch nicht kleinmütig sein, im Gegenteil. Immer öfter kam ihr das Gleichnis mit den Archonten in den Sinn. Negative, kleinmachende Gefühle, die nicht die ihren waren, die Worte ihres Großvaters tönten in ihrem Herzen: Das, was sie am meisten fürchten, ist Liebe und Mut. Charlenes Worte mischten sich hinzu: *Was trägst du zu einer friedlichen Welt bei? Denk an das Licht in deinem Herzen!*

Das half ihr enorm. Ja, sie wollte mutig sein, sie brauchte ein starkes Herz in diesen Zeiten und sie war dankbar, dass sie wieder daran erinnert worden war.

Gerade wollte sie ihr Postfach schließen, als eine neue Nachricht herein flatterte. Der Name des Absenders schien aus willkürlich zusammengewürfelten Buchstaben zu bestehen und ihr Finger lag schon auf der Löschtaste, als ihr die Betreffzeile ins Auge fiel und ihr einen kleinen Schock versetzte: Wölfe und *Albträume*. Sie schaute sich den Absender genauer an: §rehpotsirhcfrodlaw. Und plötzlich erkannte sie: Das war Christopher Waldorf, rückwärts geschrieben!

Er kontaktierte sie privat? Ihr Herz pochte ein wenig heftiger, als sie die Mail anklickte.

»Liebe Senta«, las sie, »ich hoffe, dass diese Mail nicht im Spam landet. Du hast gesagt, du schätzt Ehrlichkeit und so gestehe ich, dass ich seit dem letzten Dienstag nicht nur aus den bekannten Gründen schlaflose Nächte habe. Du hast gesagt, du schätzt Mut, und den brauche ich, um dich zu fragen: Würdest du mit mir ausgehen? Nicht mit Christopher Waldorf, dem Politiker, sondern mit Christopher, dem Menschen, der an diesem Abend über alles reden will, nur nicht über Politik. Und der sich sehr, sehr freuen würde, wenn du Ja sagst. Ein herzlicher Gruß, Christopher.«

Ihr wurde heiß und der Verdacht, ihre Auseinandersetzung könnte Anstoß für seine Rede gewesen sein, verdichtete sich. Wertschätzung und Dankbarkeit für ihn wallten in ihr auf. Sie hoffte von Herzen, dass auch er davon profitierte, denn bestimmt waren viele froh über seine Meinung. Bestimmt wandten sich etliche Bürger seiner Partei zu, weil er ihnen eine Stimme verlieh.

Beschwingt antwortete sie daher:

»Lieber Christopher, vielen Dank für deine Nachricht. Deinen Mut und deine Ehrlichkeit schätze ich sehr – mehr als du ahnst. Ich bin gespannt darauf, Christopher, den Menschen, kennenzulernen. Sag mir einfach wo und wann.«

Die Antwort kam postwendend.

»Wie wäre es mit heute? Ich habe ein sehr nettes Restaurant im Auge.«

Heute? Diesmal wurde ihr siedendheiß. Doch dann zog ein Lächeln über ihr Gesicht.

»Ich weiß, du hast mit Politik nichts am Hut … falls du das vergessen haben solltest: Nicht ein Lokal in Deutschland hat geöffnet. Oder holen wir uns was vom Takeaway?«

»Das wäre unromantisch. Ein Freund von mir ist Besitzer eines Restaurants. Der hat in den letzten Wochen allein schon aus Langeweile für mich gekocht. Du siehst, ich bringe das Kunststück zuwege, dich ganz legal in ein Restaurant einzuladen. Es ist nicht verboten, Freunde zu besuchen.«

»Dann hoffe ich für dich, dass dich keiner verpfeift«, schmunzelte sie. »Das Denunziantentum grassiert gerade in Deutschland. Unter euch Politikern wohl umso mehr. Immerhin falle ich nicht unter die Kategorie Freunde.«

»Das können wir ja ändern. Zumindest könnten wir heute Abend einen Versuch in diese Richtung wagen.«

Obwohl sie sich schrieben, kitzelte seine melodiöse Stimme in ihrem Ohr, sah sie den kleinen Kranz an Lachfältchen um seine Augen, sein Lächeln, bei dem sich der rechte Mundwinkel immer ein klein wenig höher zog als der linke.

»Okay, sag mir, wo ich hinkommen soll.«

»Ich schicke dir die Adresse aufs Handy, wenn du mir deine Nummer gibst. Ich freue mich! Ich freue mich wirklich sehr!«

Diese Freude erreichte sie. Wieder fühlte sie seine Präsenz, hatte sie sein Aftershave in der Nase, als er sie an seine Brust gezogen hatte. Ein leichter, erregender Strom durchfuhr sie, während sie per Mail ihre Nummer weitergab.

Kurz danach piepste ihr Handy. »Danke, Senta! Ist 19:00 Uhr okay?«

Der Link des Restaurants erschien auf ihrem Display: Ein Edelschuppen in einer traumhaft schönen Landschaft, bestimmt ein Geheimtipp.

»Das sieht toll aus«, tippte sie zurück. »Dresscode?«

»Worauf hast du Lust?«

»Nachdem ich seit Wochen fast ausschließlich in Jogginghosen herumgelaufen bin, wäre mal das Gegenteil angebracht. Und du?«

»Nachdem ich dauernd im Anzug rumrenne, wäre mal das Gegenteil angebracht.«

Sie musste lachen.

»Klingt gut! Du nimmst die Jogginghose und ich … eben was anderes. Sieht uns doch keiner. Unsere Kleidung muss nicht zusammenpassen.«

»Wunderbar, das klingt äußerst entspannend!«

Sie schickte einen Lach-Smiley. »Machst du das mit der Jogginghose wirklich?«

»Wäre das so abwegig?«

»Nein, gar nicht! Wenn du mein Outfit nicht abwegig findest?«

»Was hast du denn vor?«

»Du willst das nicht jetzt schon wissen, oder?«

Jetzt hörte sie ihn lachen, obwohl er keinen Smiley mitgeschickt hatte. Sentas Wangen waren gerötet, die Nachrichten zwischen ihnen flutschten hin und her, leicht und unkompliziert, als kennten sie sich schon seit Jahren. Es war ein schönes Gefühl.

Ihre Stimmung war eine ganz andere, als sie das Smartphone endlich weglegte. Die Sonne lachte vom Himmel, beleuchtete Blüten, Gras, Bäume, endlich nahm sie wieder die Schönheit der kleinen und großen Dinge in der Natur wahr, erkannte einmal mehr, dass sie sich in der letzten Zeit viel zu oft in eine negative Stimmung manövriert hatte. Der fehlende soziale Kontakt setzte ihr mehr zu als gedacht. Sie sehnte sich unglaublich nach Lachen und Gesellschaft. Die Aussicht, diesen Abend nicht allein auf der Couch verbringen zu müssen, sondern mit einem attraktiven Mann auszugehen, wirkte äußerst belebend. Sie hatte ein Date!

Ihr Opa hatte recht! Alles würde gut werden!

♫ ♫ ♫

Das Postfach des Moonlight-Radios quoll über. Die Themen hatten sich komplett geändert, die Fragen, die Frau Maier für Charlene sortierte, verursachten ihr Stirnrunzeln.

»Mein Freund ist der totale Verschwörungstheoretiker geworden, wie kann ich ihn zurückholen?«

»Ich hätte nie geglaubt, mal von mir zu sagen, dass ich depressiv werde. Was passiert da gerade mit uns?«

»Mein Umfeld ächtet mich, weil ich versuche, auf die Gefahr dieser Entwicklung hinzuweisen.«

»Sie haben mir meine Enkel genommen, weil ich anderer Meinung bin als sie!«

»Kannst du was zu dem Nazipack sagen, das sich gerade so ausweitet? Ich kann nicht glauben, dass das in Deutschland passiert!«

Daneben gab es noch die üblichen Anfragen bezüglich Erfolg, Beziehungen und was nicht alles. Lebensgeschichten erreichten Charlene, Berichte von Situationen aus Krankenhäusern und Pflegeheimen, in denen Menschen einsam sterben mussten, von Denunzierungen, Feindschaft unter Nachbarn, Gräben, die sich in Familien wegen getrennter Meinungen auftaten.

Das Land war aufgewühlt. Die Welt war aufgewühlt. Die Hörer wollten, dass das Moonlight-Radio Stellung bezog. Auch wurden viele fachliche Fragen gestellt, auf die Charlene nicht eingehen wollte und konnte.

»Jeff will die Tage seinen Blog reaktivieren«, berichtete sie in einer kurzfristig anberaumten Besprechung mit dem Radioteam. »Darin kümmert er sich um Fachfragen. Wir könnten seinen Blog mit der Moonlight-Seite verlinken.«

»Welche Inhalte greift er denn auf?«, fragte Griesig. »Und vor allem mit welchem Tenor?«

»Das können Sie ja mit ihm absprechen. Aber wenn er sich an offizielle Zahlen hält, dürfte das kein Problem sein.«

»Nur, wenn er sie auch so interpretiert, wie sie interpretiert werden sollen und ich fürchte, das wird er nicht tun«, erwiderte Griesig.

Charlene blickte in die kleine Runde. Jeder zweite Platz war frei, keiner hatte dem anderen die Hand gegeben. Es herrschte eine seltsame Atmosphäre. Die Geschehnisse hatten auch hier Gräben gezogen. Amann lächelte säuerlich.

»Frau Wittstein, Jeff sollte wissen, dass wir nicht senden dürfen, was wir wollen.« Seine Kiefer traten hervor, es war ihm anzumerken, dass ihm das stank. »Es … gibt Order von oben. Ich meine, von ganz oben.«

Betretenes Schweigen machte sich breit. Fred ruckelte auf seinem Stuhl, einen ärgerlichen Zug um den Mund.

»Und wie sieht die aus?«, fragte er. »Welcher Wortlaut?«

»Ich weiß schon, worauf Sie hinauswollen«, seufzte Amann. »Natürlich ist diese … ähm … Empfehlung interpretierfähig. Aber es ist ja hinlänglich bekannt, was mit Leuten passiert, die dem zuwiderhandeln.

Halten wir uns nicht an die Anweisungen, sind wir ruckzuck ein rechter Sender, unterstützt von Terroristen und vermutlich unterstellt man uns, Reichsflaggen am Gebäude zu haben. Unsere Belegschaft und Hörer wären Rechtsradikale und Spinner. Ihre Vergangenheit, Frau Wittstein, würde erneut aufgerollt werden. Und jeder, der zugibt, das Moonlight-Radio zu hören, muss mit Häme rechnen.«

Charlenes Augen verengten sich und sie schob ihre Unterlippe vor. Fred beobachtete sie. Er wusste genau, was sie sagen wollte.

»Nein, Charlene«, bremste er sie. »Denk noch nicht mal dran. An dir hängt nicht nur das Radio, sondern auch deine Firmenbelegschaft.«

Sie blies Luft aus. In ihren Augen funkelte es.

»Ja, ich weiß«, erwiderte sie gepresst.

»Wir müssen uns danach richten«, folgerte Griesig. »Etwas anderes bleibt uns nicht übrig.«

»Danach richten!«, stieß Dörfler verdrossen aus. »Die treiben das immer doller! Das ist schlicht und ergreifend Faschismus!«

Jeder zuckte bei dem Wort zusammen. Charlenes Blick glitt durch die Runde und sie erschrak über ihre eigenen Gedanken, die ihr automatisch gekommen waren: *Hoffentlich zeigt keiner Dörfler wegen dieser Bemerkung an!*

»Niemals hätte ich gedacht, dass ich das in diesem Land erleben muss! Niemals!«, schimpfte der weiter.

»Sagen Sie mal, Dörfler, haben Sie noch alle Tassen im Schrank?«, empörte sich ein anderer. »Wir müssen die Regierung unterstützen, das ist unsere erste und wichtigste Pflicht. Alles andere gefährdet Menschenleben! Was ist daran so schwer zu verstehen?«

Dörfler wurde hochrot und er stierte den Sprecher an, als sei er ein Alien.

»Die erste Pflicht der Regierung wäre es gewesen, Gegenstimmen zuzulassen«, biss er zurück. »Besonnenheit statt Panik!«

»Das ist keine Panik, Mann! Ein Freund von mir ist an Omega gestorben! Und nein …«, der Mann schüttelte heftig mit dem Kopf. »… bevor Sie mir mit diesem abgelutschten Argument kommen: Er hatte weder Vorerkrankungen oder war sonst wie geschädigt! Er war Sportler und gesund! Ein anderer Freund von mir hatte einen schweren Verlauf und ist noch immer nicht auf dem Damm! Sie wissen nicht, wovon Sie reden, nur weil Sie selbst bisher verschont geblieben sind! Das haben Sie im Übrigen den Maßnahmen zu verdanken! Würden wir die nicht durchziehen, hätten wir Hunderttausende an Toten! Wollen Sie die vielleicht auf dem Gewissen haben?«

Der Mann war wütend ohne Ende. Dörfler biss sich auf die Lippen.

»Das mit Ihrem Freund tut mir leid, Mann«, sagte er. »Aber wir können nicht bedauerliche Einzelfälle herauspicken und sie als Maßstab nehmen – und damit hunderttausend andere Menschen in den Ruin treiben! Das sind auch Fälle, die es zu berücksichtigen gilt! Inzwischen ist bekannt, dass die Schäden des Lockdowns deutlich höher sind, als die, die dieses Mistvirus hervorgerufen hat!«

»Herrgott, Dörfler, *Sie* sind der Faschist!«, tobte der andere. »Es *wären* keine Einzelfälle, wenn wir die Maßnahmen nicht hätten! Das ist einfach Logik!«

»Ich verstehe mehr, als Sie meinen! Ich schalte nämlich noch mein Hirn ein! Das ist ja wohl das, was heutzutage gar nicht gern gesehen wird! Und das, was hier abläuft, ist Watzlawick in Reinform! Die Geschichte von dem Mann, der auf der Straße dauernd in die Hände klatscht, um die blauen Elefanten zu vertreiben. Und als ihn die Passanten darauf hinweisen, dass es dort gar keine blauen Elefanten gebe, sagt er: ›Ja, weil ich geklatscht habe!‹ Das müssen *Sie* mal begreifen!«

»So ist es«, murmelte Frederic beifällig. »Die Vermeidung eines Problems, das es gar nicht gibt, zum Zwecke seiner Verewigung.«

»Herr Dubois! Nicht Sie auch noch!«, regte sich der Mann auf. »Sagen Sie mir bitte nicht, dass Sie zu den Spinnern gehören!«

»Okay, ich finde, das reicht jetzt«, unterbrach Charlene die Streiterei. »Wir werden Wege finden, die Dinge so zu formulieren, dass keiner zu Schaden kommt und …«

»Ich finde, das Moonlight-Radio, überhaupt unser ganzer Sender, soll für freie Meinungsäußerung stehen!«, unterbrach Dörfler bockig. »Wir sollten ein Bollwerk sein! Ein Leuchtturm! *Das* würde zum Moonlight passen! Und ja, ganz sicher werden wir Hörer verlieren! Wir werden aber noch mehr verlieren, wenn wir uns nicht für die Wahrheit stark machen!«

»Welche Wahrheit?«, pfiff der andere zurück. »Sie leben in einer Scheinwelt und …«

»Können wir denn nun auf Jeffs Blog verweisen, oder nicht?«, holte Charlene die Leute wieder zum Thema zurück.

»Ich weiß nicht«, zögerte Amann. »Wenn ich allein diese Diskussion unter uns betrachte …«

»Warum setzen Sie nicht einfach den Hinweis drunter, dass wir keine Verantwortung für die Inhalte übernehmen?«, schlug Frederic vor. »Wäre das eine Möglichkeit?«

»Nein, ich möchte, dass diese Beiträge überprüft werden, bevor wir sie verlinken!«, rief Dörflers Gegenspieler.

»Das ist Zensur!«, rief Dörfler. »Wir können uns doch nicht einfach den Mund verbieten lassen! Frau Wittstein! Wenn ein Hörer mit dieser Frage auf Sie zukäme, was würden Sie antworten?«

Charlene lachte leise.

»Ich glaube, ich hätte geantwortet, dass die Dinge, die passieren, nie das Wesentliche sind. Sondern nur, wie wir ihnen entgegentreten. Jeff wird den richtigen Ton treffen – und sollte es doch Anlass zur Beschwerde geben, lassen Sie es mich wissen.«

♫ It Takes A Lot To Know A Man♫

Damien Rice

Senta besorgte einen Blumenstrauß für Christophers Freund und legte sich danach träumend in die Wanne. Es machte allein schon Spaß, sich mal wieder aufzumöbeln. Ein hübsches Kleid und High Heels herauszuholen, die Nägel zu lackieren … all die Dinge zu tun, die im Arrest keinen Sinn gemacht hatten. Als sie das erste Mal auf Christopher getroffen war, war sie ungeschminkt gewesen. Umso sorgfältiger legte sie Make-up auf, föhnte ihr nackenlanges, blondes Haar in Schwung, entschied sich für ein schwarzes, ärmelloses Etuikleid mit schmalem Turtleneck und schlüpfte in elegante Jimmy Choos, die sie von ihrem Opa zu ihrem Bachelor-Abschluss bekommen hatte.

Gutgelaunt und gleichzeitig aufgeregt ließ sie sich von ihrem Navi zu diesem Edellandgasthof leiten und stöhnte bei ihrer Ankunft leicht auf. Nicht nur die Parkfläche war gekiest, auch der Weg, der zum Restaurant führte. Seufzend betrachtete sie die noch unversehrten Absätze ihrer Jimmys. Aber es half ja nichts und so eierte sie auf Zehenspitzen Richtung Eingang. Die Tür öffnete sich, bevor sie dort angelangt war. Ein beleibter, bulliger Kerl in langer Küchenschürze erschien im Türrahmen. Sein Haar war zu einem Zopf geflochten und ein mächtiger Bart zierte sein Gesicht. Am Türrahmen lehnend, die tätowierten Arme vor der Brust verschränkt, beobachtete er interessiert, wie Senta auf ihren spitzen Absätzen mit dem Kies kämpfte und schließlich entnervt stehenblieb.

»Soll ich dich huckepack nehmen?«, rief er ihr entgegen.

»Nur keine Aufregung!«, erwiderte sie. »Das geht einfacher!«

Sie schlüpfte aus den Schuhen, lief auf Strümpfen über den Kies, bis der endlich von soliden Steinplatten abgelöst wurde und sie sie wieder anziehen konnte. Ein paar Sekunden später stand sie vor dem Wirt und blickte in zwei vor Schalk funkelnde Augen.

»Hab mir schon lange überlegt, für euch Weibsbilder eine Rampe zu bauen«, begrüßte er sie.

»Wäre eine Erleichterung für euch Mannsbilder, dann müsst ihr uns nicht huckepack nehmen.«

»Ob das eine Erleichterung wäre oder der Verzicht auf ein Vergnügen, sei dahin gestellt.«

»In diesen Zeiten auf jeden Fall ein No Go. Hi, ich bin Senta.«

Er lachte herzhaft, streckte ihr seine Pranke hin und schüttelte ihre Hand lange und kräftig, als hätte er noch nie etwas von Abstandsregeln gehört.

»Wulff«, stellte er sich vor. »Ich mag dich. Darfst reinkommen.«

»Ich hab's geahnt, dass das ein Eingangstest ist«, flachste sie. Aus irgendeinem Grund ahnte sie, dass Wulff sie ohne jedes Wimpernzucken wieder weggeschickt hätte, wenn sie ihm nicht sympathisch gewesen wäre. »Bist du der Inhaber oder Christophers Bodyguard?«

»Beides, mein Kind«, erwiderte er, obwohl er wenig älter sein konnte als sie. »Ich habe genau drei Fälle, in denen ich so verfahren muss. Christopher ist einer davon. Das ist so der Typ, der sich immer die falschen Zicken anlacht, verstehste? Da haben wir beschlossen, mal ein bisschen mitzumischen. Ist ihm zwar furchtbar peinlich, aber ich hab ihm gesagt: Für ne Zicke koch ich nicht. Soll echt weder Schikane noch Erpressung sein, ist nur, weil wir hoffen, den verkorksten Kerl mal irgendwann auf die richtige Schiene zu kriegen. Im Kern ist der nämlich okay, nur sein Umgang …« Wulff zog eine Grimasse. »Der lässt wirklich zu wünschen übrig.«

Senta musste lachen. »Wer ist wir?«

»Wir, das sind Wulff und seine Rosita.«

Er wandte sich um und schrie lauthals nach hinten. »Rositamäuschen, komma rüber! Check mal, was sich der Christopher diesmal angelacht hat! Kannst das Nudelholz in der Küche lassen!«

Er wandte sich wieder Senta zu, die sich das Lachen verkniff, musterte sie kritisch und sagte: »Na, wenn ich dich so ansehe, für Fall Nummer zwei wärst du auch geeignet. Aber ist schon mal toll, dass Christopher endlich …«

»Äh, nur zur Info«, unterbrach Senta. »Christopher und ich haben null Absichten. Wir haben uns erst ein Mal getroffen und da haben wir uns schrecklich gezofft. Deshalb …«

»Ihr habt euch gezofft? Wie hört sich denn das an? Ich würde sagen, geradezu wunderbar-fantastisch-super-Miau!«, rief Wulff überaus erfreut. »Rositalein!«, schrie er wieder über seine Schulter. »Haste gehört? Sie haben sich gezofft! Wenn das mal kein gutes Zeichen ist!«

Senta kam gar nicht dazu, etwas einzuwenden.

»¡Hola!«, kreischte in diesem Moment ein schwarzhaariges Persönchen. Eine stämmige, kleine Südländerin tauchte auf, schob energisch ihren breiten Mann zur Seite, schlug beide Hände vors Gesicht, als sie Senta im vollen Blickfeld hatte, und schrie begeistert: ¡Hola! ¡Hola!, ¡Hola! Soy Rosita …!«

Ein Wortschwall auf Spanisch ergoss sich über Senta, während die kleine Frau sie, jede Abstands- und Hygieneregel vergessend, fest an ihre Brust drückte, Sentas Hand ergriff und sie ins Innere zog, ohne auch nur eine Sekunde mit dem Reden aufzuhören. Senta verstand kaum ein Wort, sah hilfesuchend zu Wulff, aber dessen Blick war mit einer solchen Liebe auf seine Frau gerichtet, dass es Senta schlicht die Sprache verschlug. Der Kerl leuchtete ja geradezu! Was für herzliche Menschen! Welch ein inniger Empfang! Oh, das tat so gut nach all diesen sozial armen Wochen! Ihr Herz hüpfte in ihrer Brust.

»Wulff!«, bat sie vergnügt. »Kannst du übersetzen? Mein Spanisch ist zu dürftig!«

»Rosita, sie versteht dich nicht!«, unterbrach Wulff den endlosen Redestrom seiner Frau.

»Oh!« Für eine Sekunde war Rosita perplex, um anschließend über das ganze Gesicht zu strahlen. »Na, alles ich wollte sagen, ist: Hersslich Willkomm! Du Herz auf rechte Fleck. Ich das weiß! Warum? Weil ich habe siebte Sinn! Meine ganze Leben schon! Hab ich gehabt als klein Chiquita, du verstehst? Ich kann dir erzählen von Geschichten, du mit deine Ohren schlackerst!«

Senta lachte herzhaft und kratzte ein paar Brocken Spanisch zusammen, um Rosita zu danken. Sie fühlte sich so wohl mit den beiden, dass der Abend jetzt schon ein Gewinn war.

»Vielen lieben Dank, dass ich hier sein darf!«, sprudelte sie. »Vielen Dank für den so schönen Empfang! Ist Christopher schon hier?«

»Ist er. Bereits am Vorglühen. Er wartet in der Bar. Und gleich tröpfelt eine der besten Trauben, die du je getrunken hast, deine hübsche Kehle hinunter!«

Wulff zwinkerte ihr zu. »Komm mit!«

Er führte sie in einen nicht allzu großen Raum mit stylischen lilafarbenen Sitzgruppen, auf denen bunte Brokatkissen lagen, deren Farben sanft im Kerzenschein glitzerten. Nirgendwo war eine elektrische Beleuchtung zu finden. Windlichter standen auf den Tischen und in Gruppen auf dem Boden, selbst an den Wänden gab es nur natürliches Licht. Rechts vom Eingang befand sich eine kleine Bar. Vanilleduft,

Akustikgitarren und Pianoklänge vervollständigten das Ambiente. Senta war verzaubert.

Christopher saß in Jeans, T-Shirt und Jackett am Tresen, und als Senta mit Wulff eintrat, rutschte er von seinem Hocker herunter und kam ihr ein Stück entgegen. Auf seinem Gesicht lag eine solch stille, innige Freude, die Senta zutiefst rührte und sie sich vollständig für ihn öffnete. Christophers Herz schlug einen heftigen Purzelbaum. Sie wirkte so anders! Ihr blondes Haar schimmerte im Kerzenlicht, ihre Augen, die er bisher nur feurig und wütend erlebt hatte, glänzten warm und sanft. Er war völlig überwältigt von dieser Ausstrahlung. Hatte sie ihn schon am ersten Abend mit ihrer so ungestümen Art betört, gepaart mit dieser Feinnervigkeit, die ihn an ein wildes Pferd erinnerte, warf sie ihn heute umso mehr um. Sie wirkte nicht nur offen, sie wirkte … ja, geradezu glücklich! Darüber, ihn zu sehen? Ein heißer Strom durchfuhr ihn. Noch nie in seinem Leben hatte er eine solche Regung verspürt und er merkte, wie sein Herz schmolz.

Sie schenkte ihm ein leichtes Lächeln, seine Lippen zuckten, fast scheu lächelte er zurück. Ihre Blicke verbanden sich, veränderten etwas in ihr, veränderten etwas in ihm.

Tatsächlich stürzten in diesen Sekunden in Christopher ganze Mauern ein. Es war keine Lüge gewesen, als er geschrieben hatte, schlaflose Nächte verbracht zu haben. Nächte, in denen er zu ergründen versucht hatte, wie eine Frau ihn an einem einzigen Abend so in ihren Bann hatte ziehen können. Sie war wie ein Vitamin-Booster für sein System gewesen. Nie hatte er sich lebendiger gefühlt wie in jener Nacht und noch die Tage danach waren vom Zauber dieser Begegnung geprägt.

Dass das noch steigerungsfähig war, riss ihn endgültig weg. Das schwarze Kleid schmiegte sich an ihren Körper, die aufgeworfenen Lippen machten ihn an, aber am allermeisten faszinierte ihn der warme Glanz ihrer Augen. Um Christopher war es restlos geschehen.

In gebührlichem Abstand blieben sie voreinander stehen.

»Guten Abend, Christopher «, sagte Senta. »Ich muss sagen, du hast wunderbare Freunde.« Sie lachte und drehte sich ein wenig im Raum. »Und das hier ist ein absolut wunderbares Restaurant.«

»Ja, das ist wahr«, stimmte er zu. »Eine gute Grundlage für einen wunderbaren Abend.«

Noch immer stand er am selben Fleck und trieb damit Wulff einen genervten Seufzer aus dem Brustkorb.

»Muss man dir denn alles vorgeben?«, nörgelte er und versetzte Christopher einen so groben Schubs, dass der nach vorne stolperte, direkt in Sentas Arme hinein, die ihn instinktiv auffing.

»O, Gott, entschuldige«, entfuhr es ihm, während seine Arme sich automatisch um ihren Körper schlossen. Ungezwungen erwiderte Senta die Umarmung.

»Sieht uns doch keiner, Herr Politiker«, schmunzelte sie. Christopher lachte leise und drückte kurz seine Wange gegen die ihre.

»So schön, dass du Ja gesagt hast«, flüsterte er in ihr Haar.

»So schön, dass du mich eingeladen hast.«

Sie lösten sich voneinander, lächelten sich an. Wulff stand inzwischen hinter dem Tresen, nickte beifällig wie ein Regisseur, dem eine besonders gut gedrehte Szene gelungen war. Das »Plopp« des Korkens klang wie ein befriedigtes »Cut!«, während sich zischend die Flüssigkeit in die Gläser ergoss.

»Hört mal, ihr zwei«, ließ er sich vernehmen. »Es prickelt. So viel ist sicher. Ich meine natürlich den Champagner. Aber das ist wie im richtigen Leben: Wenn man zu lange wartet, ist die Luft raus, will sagen, die Kohlensäure, also her mit euch.«

Christopher reichte Senta seine Hand. Sie wusste gar nicht, wie ihr geschah, als sich seine Finger wie selbstverständlich um die ihren schlossen. Er ließ sie erst los, als sie sich auf die Barhocker schwangen und Wulff ihnen den Champagner in die Hand drückte. Mit hellem Klang stießen die Gläser aneinander.

»Du siehst großartig aus«, sagte Christopher. »Du warst das erste Mal schon großartig, aber heute bist du nochmal anders großartig.«

Senta schoss die Röte ins Gesicht.

»Wow, danke für das Kompliment. Ich muss sagen, ich war es gar nicht mehr gewohnt, mich in Schale werfen. Ist lange her, dass ich das tun konnte.«

»Wie lange?«

»Zwei Jahre! Mein letzter Freund stand nur auf aufgemotzt, sodass ich instinktiv etwas Abstand davon gebraucht habe, als Schluss war. Und du? Lebst du tatsächlich allein in deinem Wahnsinnshaus?«

Wulff hatte die Flasche in einen Eiskühler geparkt und sich diskret entfernt. Sie waren für sich.

»Natürlich, sonst hätte ich dich doch nicht einladen können.«

»Es ist ein Haus für eine Familie, sogar für zwei, ein Mehrgenerationenhaus, wenn ich den Anbau richtig gedeutet habe. Hat bestimmt eine Stange Geld gekostet.«

Sie trank einen Schluck, sah ihn neugierig an, doch von einer Sekunde auf die andere wirkte er nervös und verschlossen. Sie fragte weiter, seine Antworten blieben einsilbig und Sentas Augen verdunkelten sich. Hatte sie was Falsches gesagt?

»Hey, was ist los?«, fragte sie schließlich verwirrt. »Wolltest du nicht heute, Christopher, der Mensch, sein? Wo ist der gerade?«

Erstaunt bemerkte sie, wie sich leichter Schweiß auf seiner Oberlippe bildete.

»Senta, ich …« Er fuhr sich mit der Hand durchs Haar und fragte plötzlich: »Hast du dein Handy dabei?«

»Klar«, erwiderte sie erstaunt.

»Ich muss dich leider bitten, es mir zu geben.«

»Du willst mein …«

Doch in der nächsten Sekunde begriff sie und sank ein wenig nach hinten. »Du hast Angst, dass ich das Gespräch aufnehme?«

Er sah unglücklich drein, seine Zerrissenheit spiegelte sich in seinem Gesicht wider. Schweigend holte Senta ihr Smartphone aus der Tasche, während er ihr einen kleinen, schwarzen Beutel hinhielt.

»Würdest du es hier hinein tun?«, fragte er verlegen. »Dein Handy bleibt natürlich bei dir.«

»Was ist das?«

»Eine Schutzhülle zur Abschirmung von Strahlen.« Er grinste schief. »Vor E-Smog bist du damit schon mal sicher. Da geht kein Signal mehr raus oder rein.«

Sie lächelte nicht mit, sie war befremdet. Aber Christopher schien erleichtert, auch darüber, dass sie ihm ihr Handy ohne Weiteres ausgehändigt hatte, und wurde deutlich lockerer.

»Das tut mir schrecklich leid, Senta«, sagte er. »Eigentlich müsste ich noch dich und deine Tasche durchsuchen, aber ich will dich nicht mit Misstrauen überschütten.«

»Das muss doch schrecklich für dich sein«, erwiderte sie schockiert.

»Tja, so spielt nun mal die Welt.«

»Ein Grund mehr, etwas daran zu ändern«, gab sie ernüchtert zurück. »Macht doch keinen Spaß so.«

»Ja, da bin ich bei dir«, stimmte er zu. »Das macht wirklich keinen Spaß. Lass uns von anderen Dingen reden. Um deine vorherige Frage zu beantworten: Stimmt, das Haus ist groß genug für eine Familie.«

»Wünschst du dir eine?«

»Du etwa?«

Es störte sie, dass er die Frage zurückgab, statt sie zu beantworten, aber sie beschloss, offen zu bleiben. Vielleicht wurde er es ja dann auch? Nachdenklich antwortete sie:

»Vor dem Lockdown hätte ich eher mit Nein geantwortet. Aber in dieser Zeit ist mir bewusst geworden, wie schön es ist, ein Mensch zu sein. Was es ausmacht, ein Mensch zu sein.«

»Und … was bedeutet es für dich?« Er schluckte nach dieser Frage, seine Augen brannten, lagen auf ihr, als erhoffe er sich von ihr eine Antwort, nach der er schon lange suchte.

»Nähe. Wärme. Vertrauen. Liebe. Glücklichsein und das Vermögen, sich eine gute Welt zu erschaffen. Ich habe in dieser Zeit viel nachgedacht. Mein Opa hat gesagt, wenn Gefühle in dir hochkommen, musst du sie dir anschauen.«

Christopher konnte den Blick nicht von ihr lösen, fasziniert von ihrer Ehrlichkeit, ihrer Bereitschaft, ihre Gefühle mit ihm zu teilen, obwohl sie ihn doch gar nicht kannte. Ihm war, als hielte sie ihm ihr Herz mit beiden Händen hin mit den Worten:

»Hier ist mein Innerstes. Es ist nichts drin, wovor du Angst haben müsstest. Schau selber nach.«

Diese Offenheit warf ihn aus der Bahn. In ihm fand eine wahre Gefühlsexplosion statt, die kaum zu ertragen war. Seine Kehle schnürte sich zu, weil er sie am liebsten jetzt schon geküsst hätte.

»Und?«, fragte er stattdessen. »Hast du deine Gefühle untersucht? Ich meine, ist denn etwas hochgekommen?«

»Jede Menge! Wenn man allein ist, passiert so einiges«, gluckste sie und drehte ihr Glas in den Händen.

»Ja, aber was? Und was hast du mit diesen Gefühlen gemacht?«

»Hochgekommen ist vor allem das Familiending. Was es heißt, einem Menschen zu versprechen, mit ihm alt zu werden. Das Auf und Ab einer Beziehung zu erleben. Kinder zu haben. Sie zu lieben, sie aufwachsen zu sehen, Gefühle zu teilen, Liebe zu geben …«

Wieder blieb er stumm, hing an ihren Lippen, schenkte sich nach, während Sentas Glas noch voll war.

»Mir wurde bewusst, wie wunderbar es ist, Leben um sich herum zu haben«, vervollständigte sie ihre Erkenntnisse, »und dass die Welt eine Ausdehnung meiner selbst ist, in der Familie so etwas wie ein Glücksmultiplikator sein kann.«

Sie lachte über ihre eigenen Worte. »Ehrlich, noch vor zwei Monaten waren mir solche Gedanken völlig fremd.«

»Ein Glücksmultiplikator!«, wiederholte er perplex.

»Genau. Mein Opa sagte mir immer: Das Wichtigste auf der Welt ist, glücklich zu sein. Wenn ich glücklich bin, kann ich das weitergeben. Und Familie ist etwas, das zum Glück anderer Seelen beiträgt. Kinder werden in Liebe geboren, wachsen in Liebe auf … und geben das weiter.«

Sie bemerkte nicht, wie sich seine Augen verdunkelten.

»Erst neulich bin ich durch ein Buch wieder daran erinnert worden, dass unsere DNS Gefühle speichert. Hast du das gewusst?«

»Tut sie das? Nein, davon hab ich nie was gehört.«

»Es gibt etliche Experimente, die das beweisen. Und daher ist es so wichtig, darauf zu achten, was unsere Ohren hören und unsere Augen sehen. Dass wir Gutes denken und tun. Und da wir alle durch Quantenfelder verbunden sind, strömt unser Inneres in dieses Feld. Gleiche Energien verbinden sich und erschaffen so unsere Welt. Also, du siehst, wir haben Einfluss! Und wir können Glücksmultiplikatoren sein. Jeder von uns!«

Versonnen dachte Senta daran, dass ihr das lange nicht mehr gelungen war, dachte an Charlene und das Moonlight-Radio und fuhr fort:

»Um ehrlich zu sein, bin ich auch erst neulich wieder auf diese Zusammenhänge gestoßen.« Ein kleines Lachen kullerte aus ihrem Mund. »Aber da es bekanntlich keine Zufälle gibt …«

Sie endete mit einem verträumten Lächeln, während seines verschwunden war.

»Das sind ziemliche Idealvorstellungen in einer Welt wie dieser«, entgegnete Christopher. Er nahm einen tiefen Schluck aus dem Glas, als hole er sich daraus den Mut für seine nächste Frage: »Du glaubst tatsächlich an eine gute Welt?«

»Bis an mein Lebensende!«

Ihr Enthusiasmus entlockte ihm wieder ein breites Lächeln. Sie war so herrlich geradeheraus, so frisch, so unverdorben! Sein Impuls, sie küssen zu wollen, wurde übermächtig und instinktiv neigte sich sein Körper eine Winzigkeit in ihre Richtung, ohne dass er es merkte. Senta registrierte es unterbewusst, nahm ihr Glas und hielt es vor ihre Brust.

»Also, mir wird mit solchen Rückschlüssen klar, wie wichtig das Glück des Einzelnen für die Welt ist. Meines Erachtens ist es das, was wir brauchen. Glückliche Menschen! Denn wer glücklich ist, will nichts Böses.«

Er hatte eine Erwiderung auf der Zunge, aber Wulff tauchte auf, geleitete sie formvollendet zu einem wunderschön gedeckten Tisch und servierte ihnen das amuse gueule.

»Wer glücklich ist, will nichts Böses«, nahm Christopher den Faden wieder auf. »Du musst aus einer äußerst harmonischen Familie stammen, wenn du so etwas sagen kannst.«

»Nein, keine Spur. Es ist, bis auf die Beziehung zu meinem Opa, das reinste Desaster. Auch heute noch. Daher wollte ich auch nie selbst Familie.«

Verblüfft starrte er sie an.

»Und nun hast du innerhalb von ein paar Wochen deine Meinung geändert? Noch dazu durch Umstände, die die meisten Leute wütend macht?«

»Mich machen sie ja auch wütend. Ich bin noch lange nicht durch, aber zumindest habe ich erkannt, dass ich mich von etwas Negativem habe abschrecken lassen, statt den Wunsch zu entwickeln, es besser zu machen. Ich habe geglaubt, glückliche Beziehungen sind nicht möglich, weil meine Eltern gescheitert sind. Damit mache ich die negative Erfahrung anderer zu meiner eigenen. Das wäre doch dumm, nicht?«

Er schüttelte verdutzt den Kopf und Senta setzte hinterher:

»Warum soll ich mich entmutigen lassen, nur weil meine Eltern es nicht geschafft haben?«

»Weil es nicht nur deine Eltern nicht geschafft haben. Weil es bei den meisten nicht klappt. Weil die wenigsten glücklich sind und eine intakte Familie haben. Familie ist kein Zukunftsmodell. Ich würde sogar sagen, sie ist das Auslaufmodell schlechthin.«

»Wie bitte? Familie ist das Herz einer Bevölkerung! Die Liebe zu Kindern oder die Liebe zu einem Partner … Stell dir doch nur mal vor, wenn es das nicht mehr gäbe! Das wäre fatal!«

Christopher schluckte heftig. »Aber es gibt kaum intakte Familien. Tatsache ist, glückliche Beziehungen sind Ausnahmen. Wie gehst du denn damit um?«

»Indem ich mich weigere, daran zu glauben! Tatsachen werden von Menschen geschaffen, nicht? Du hast komische Ideen, Christopher. Wenn ich etwas erreichen will, muss ich mich an denen orientieren, die es schaffen, und nicht an jenen, die von vornherein denken, es klappt nicht. Ich meine, was soll das?«

Er blieb stumm. Ihre Worte arbeiteten in ihm. Sehr sogar – und das rührte sie. Sanft fragte sie:

»Wie ist deine Familie?«

»Wunderbar«, erwiderte er spontan. »Ich habe die besten Eltern der Welt. Mein Vater ist toll, meine Mutter ebenso. Ich habe zwei jüngere Schwestern, beide verheiratet. Damit bin ich auch stolzer Onkel von zwei Nichten und einem Neffen.«

»Das hört sich schön an. Stehst du mit ihnen in Kontakt?«

»Telefonisch und per Bildschirm ... leider wohnen sie in einer entgegengesetzten Ecke Deutschlands. Mit Besuchen hapert es eher.«

Das purzelte fast mechanisch aus ihm heraus, als sage er etwas, was er schon oft gesagt hatte.

»Vermisst du sie?«

»Mehr, als ich mir eingestehen will.«

Jetzt wirkte er, als schäme er sich dafür, solche Worte geäußert zu haben, und schaute an ihr vorbei. Sein Blick war weit weg. In Senta stellten sich alle Antennen auf. Da war was. Etwas sehr Altes, Tiefes, Dichtes. Ein Schwall Melancholie erreichte sie.

»Wie kommt es, dass du Familie gegenüber so negativ eingestellt bist, obwohl du doch eigentlich keinen Grund dafür hast?«

Sein Gesichtsausdruck war fast schmerzlich, als er seinen Blick auf sie richtete und sich sichtlich entschloss, mehr aus sich herauszugehen. Mit seinen nächsten Sätzen wirkte er wie ein Kind, das vorsichtig Zutrauen fasste.

»Eigentlich war das lange ein Wunsch von mir … so die ›Haus und Garten‹-Idylle … Familienfeiern unter Bäumen mit Kindern und Enkeln … Osternester suchen im Ginster …«

Sentas Gesicht leuchtete auf. »Oh, wie schön!«, rief sie erfreut. »Abendessen unter Bäumen, Wind, der durch die Blätter rauscht, der Blick auf das Wasser … zusammen lachen, tanzen und singen …«

Sie brach ab, verständnisinnig lächelten sie sich an. Christopher hob die Hand für ein High Five, sie klatschte ihn ab. Eine warme, innige Atmosphäre war entstanden.

»Was ist passiert, dass du diese Träume aufgegeben hast?«, wollte sie wissen.

»Meine Karriere. Das ist passiert.«

»Aber viele Politiker haben Familie. Liegt es vielleicht daran, dass du …«

Sie unterbrach sich und biss sich auf die Lippen.

»Dass ich …?« Unverwandt war sein Blick auf sie gerichtet, mit einem Ausdruck, der sie erröten ließ. Er sah so schrecklich verliebt aus – konnte das sein? Jetzt schon? Hitze durchströmte sie.

»Wulff hat vorhin so eine Bemerkung gemacht … von wegen ›üble Zicken‹, auf die du reingefallen wärst. Bin ich zu indiskret, wenn ich nachfrage, ob die etwas damit zu tun haben?«

Er zögerte mit der Antwort. »Klar, diese Beziehungen waren … hm desillusionierend, aber die Ansicht über Familie hatte ich vorher schon geändert. Natürlich möchte ich einen Partner, aber Kinder will ich definitiv keine.«

»Okay. Und warum nicht?«

»Weil … weil ich finde, dass …« Er brach ab, starrte zum Fenster hinaus, wandte sich ihr wieder zu. »Das lässt mein Job nicht wirklich zu.«

Senta betrachtete ihn forschend. Aus irgendeinem Grund war sie sicher, dass das eine Ausrede war und nicht das, was ihn zu dieser Schlussfolgerung veranlasst hatte. Fast schuldbewusst schaute er Richtung

Tisch und sie ahnte, dass er in der nächsten Sekunde fragen würde, ob sie nicht über etwas anderes reden könnten.

»Senta, könnten wir n…«

»Nein, können wir nicht. Was ist die richtige Antwort auf meine Frage, Christopher? Oder ist es zu früh, nachzubohren? Dann sag es einfach.«

Ein leichtes Lachen entfuhr ihm und er beugte sich mit funkelnden Augen zu ihr vor:

»Weißt du was? Du wirst mir langsam unheimlich!«

»Ist das gut oder schlecht?«

»Also, ich finde es irgendwie aufregend.«

Senta beließ es dabei und lächelte ihn an. Das öffnete sein Herz auf so ungewohnte Weise, dass er sich in diesen Sekunden wie freischwebend im Universum wähnte. Ein Mix an Gefühlen tobte in ihm. Die Erleichterung, dass sie nicht weiterfragte. Die Hoffnung, dass sie an einer Fortsetzung des Abends interessiert war. Der ungewohnte Aspekt, dass jemand auf so vorurteilslose Weise mit seinem Gefühlsleben umging. Christopher war heillos verwirrt – und ihr schon jetzt völlig verfallen. Sein Blick sprach Bände, gleichzeitig spürte er, wie die Heftigkeit seiner Gefühle sie überforderte. Er schluckte, riss sich zusammen.

»Reden wir lieber von dir. Was machst du?«

»Ich bin Biologin, allerdings derzeit ohne Beschäftigung«, antwortete sie auf seine Frage. »Dank Omega. Ansonsten säße ich jetzt in Finnland.«

»Ich finde Omega schrecklich, aber in diesem Fall bin ich ihm unendlich dankbar, dass du nicht in Finnland sitzt. Du bist herrlich anders, Senta.«

Er nahm ihre Hand in die seine und drückte sie kurz. Ihre Wangen röteten sich, was sein Lächeln vertiefte.

»Irgendwie bin ich fest davon überzeugt, dass Menschen, die rot werden können, ein noch funktionierendes Gewissen haben.«

»Interessante Ansicht! Das erinnert mich an einen Professor in Verhaltensbiologie, der hat ähnlich argumentiert …«

Das Gespräch wurde lockerer. Sie tauschten Erlebnisse aus Studienzeiten und Reiseerfahrungen aus. Christopher brachte Anekdoten aus seiner Jugendzeit, aber vermied konsequent das Thema Politik.

Währenddessen genossen sie einen fantastischen Gang nach dem anderen. Manche davon servierte Rosita. Mit vom Kochen roten Backen, wild gestikulierend und in einer Mischung aus Deutsch und Spanisch erklärte sie, was das Gericht so besonders machte. Ihr gesamter Körper war dabei im Einsatz, ihre Augen sprühten vor Begeisterung. Sie war ein Ausbund an Lebensfreude. Man fühlte sich wie ein Theaterbesucher, einem leidenschaftlichen Monolog lauschend, und stets lag Wulffs Blick mit einer Liebe auf ihr, die Senta unendlich berührte.

»Die beiden sind so wunderbar«, sagte sie warm, als sie wieder in der Küche verschwunden waren. »Gott segne sie! Und dieses fantastische Restaurant gleich mit! Ich habe schon lange nicht mehr so gut gegessen! Vielen Dank schon jetzt für diesen wunderbaren Abend, Christopher. Es ist schön mit dir.«

Seine Augen leuchteten auf. Spontan nahm er ihre Hand und ließ sie nicht mehr los.

»Wir könnten das ja wiederholen«, schlug er leise vor, während er über ihren Handrücken strich. »Wenn du das auch willst.«

Seine Berührung war zart, prickelte auf ihrer Haut und ehe sie sich's versah, spreizte er ihre Finger und verflocht sie mit den seinen. Senta senkte die Lider, atmete tief, konnte nicht verhindern, dass ein sanftes Feuer durch ihren Körper glomm. Als sie ihren Blick wieder hob, ruhte der seine auf ihr und ihr wurde vollends heiß. Er merkte es an ihrer Hand, die zu schwitzen begann, an ihren Wangen, die Farbe gewannen. Sein Blick war atemberaubend. Alles in ihm drängte zu ihr hin und ohne jeden Zweifel wusste Senta, dass nur der Tisch zwischen ihnen verhinderte, dass er sie in die Arme nahm und küsste.

Aber ihr ging das zu schnell und so zog sie ihre Hand aus der seinen, dankbar, dass Wulff gerade mit einem Espresso hereinkam.

»Von mir aus könnt ihr ruhig weitermachen«, kommentierte er. »Ich hab auch Zimmer frei.«

»Wulff!«, zischte Christopher.

»Christopher!«, gab er im selben entrüsteten Tonfall zurück. »Wo denkst du denn wieder hin? Das ist reiner Vorsorge- und Freundschaftsdienst! Außerdem habe ich von mehreren Zimmern gesprochen, du Schnarchnase!«

Senta lachte. Rosita kam hinzu, ebenfalls einen Espresso in der Hand und es entspann sich noch ein lustiges Gespräch zu viert. Senta genoss jede Sekunde. Oh, es tat so gut, mit Menschen zusammenzusein! Nie war ihr das bewusster gewesen als an diesem Abend. Tatsächlich entstand in ihr ein tieferes Gefühl für das Menschsein an sich, eine ganz neue Wertschätzung.

Der Abschied dauerte sage und schreibe eine halbe Stunde, weil Rosita und Wulff sie immer wieder aufs Neue umarmten, herzten und küssten und ihnen das Versprechen abnahmen, bald wiederzukommen. Schnatternd standen sie in der lauen Frühlingsnacht vor dem Eingang des Restaurants.

»Ich komme mit meinem Opa und seiner Crew!«, versprach Senta. »Sobald ich weiß, wann meine drei Herren zurück sind, vereinbare ich einen Termin mit euch! Die werden euch gefallen! Es sind die wundervollsten Menschen der Welt!«

»Du hast mir gar nichts von ihnen erzählt!«, beschwerte sich Christopher. »Deine drei Herren? Das hört sich spannend an!«

»Die sind mehr als spannend! Sie sind … ja, eben die wundervollsten Menschen der Welt!«

»Welche Ehre, die wundervollsten Menschen der Welt in meinem Restaurant begrüßen zu dürfen!«, schmunzelte Wulff.

Schließlich und endlich war das letzte Abschiedswort gesprochen, schloss sich die Tür hinter Rosita und Wulff. Christopher und Senta waren allein und die Stille der Nacht umhüllte sie. Senta zog wieder die Schuhe von den Füßen, steckte sie in ihre Tasche und entsprechend langsam begaben sie sich zu ihrem Wagen.

»Nochmals danke, Christopher, der Abend war wunderschön«, sagte sie und legte beim Gehen leicht ihre Hand auf seinen Rücken. Wie auf Knopfdruck blieb er stehen, fasste ihre Hand. Sie sah seine Halsschlagader pochen, fühlte die Hitze in seinem Körper, seine immense, fast schmerzhafte Sehnsucht. Nach ihr? Das konnte nicht sein. Sie sahen sich zum zweiten Mal! Aber der Ausdruck in seinem Gesicht widerlegte jeden Zweifel, überflutete ihr Herz, ihren Kopf, alles war voll davon.

»Senta«, flüsterte er und schickte mit seiner Stimme Elektroschocks in jeden ihrer Rückenwirbel. Er trat näher, seine Hand strich ihr das Haar aus dem Gesicht, verweilte in ihrem Nacken, sein Atem streifte ihre Wange, hauchte einen zarten Kuss darauf.

»Bitte geh nicht, ohne mir zu sagen, dass wir uns wiedersehen«, flüsterte er.

Ihre Wange lag an der seinen, sein Körper bat um mehr und unwillkürlich schmiegte sie sich für ein, zwei Sekunden an ihn, kostete das Gefühl seiner Nähe aus. Er wollte sie noch enger an sich ziehen, aber sie löste sich und trat einen Schritt zurück.

»Sehen wir uns wieder?«, fragte er heiser.

»Du hast meine Nummer.«

Ein hoffnungsvolles Lächeln erschien auf seinem Gesicht.

»Dann … rufen wir uns zusammen?«

»Erfahre ich beim nächsten Mal ein wenig mehr von Christopher, dem Menschen *und* dem Politiker?«

Der Glanz in seinen Augen reduzierte sich.

»Meine Karriere kannst du googeln.«

»Deine Karriere interessiert mich nicht. Ich will nicht wissen, was du erreicht hast, sondern was dich antreibt.«

»Menschen treibt immer dasselbe an. Der Überlebensinstinkt.«

»Womit hat deine Familie eine solche Aussage verdient? Sie gaben dir alle Liebe dieser Welt und du redest von profanem Überlebensinstinkt? Womit hat das Leben diese Aussage verdient?«

Sie fixierte ihn, das Kinn leicht vorgereckt. Christopher konnte den Blick nicht von ihr wenden. Ja, da war sie wieder: Seine Jeanne d'Arc, die Amazone auf dem weißen Pferd, den Bogen in der Hand, dessen Pfeil ihn längst getroffen hatte.

Leichthin setzte sie hinzu:

»Vielleicht bist du ja das nächste Mal ein wenig ausführlicher«, und bemerkte in derselben Sekunde das leichte Misstrauen auf seinem Gesicht. Beiden fiel ein, dass er noch ihr Handy hatte. Mit einem entschuldigenden Laut zog er es aus seiner Tasche und seufzte.

»Tut mir leid, Senta, bestimmt wirke ich paranoid auf dich.«

»Nein, ist schon okay. Ich hab auch meine Macken. Kannst aber sicher sein, dass ich dich niemals hintergehen würde. Niemals! Verstehst du?«

Sie war die Erste, der er das glaubte. Und das vergrößerte das Gefühlschaos in ihm umso mehr.

Senta fühlte sich davon richtiggehend überflutet. Er brannte ja geradezu! Wieder schob sich seine Hand in ihren Nacken, herrlich warm und Wünsche weckend.

»Heute Nacht träume ich von dir«, raunte er.

Sie spürte, dass er sie küssen wollte, dass er sie bei sich haben wollte, spürte ihr eigenes Bedürfnis nach Nähe. Die Wärme seiner Hand verhieß so viel und kurz dachte sie darüber nach, seinem Drängen nachzugeben. Doch das heranbrausende Taxi enthob sie dieser Entscheidung und sie löste sich von ihm.

»Okay … dann … bis irgendwann, Christopher.«

Er blieb stumm, hob die Hand, bittersüße Sehnsucht im Herzen.

Senta fühlte eher Verwirrung. Einerseits war sie froh, dieser Gefühlsdichte zu entkommen, andererseits vermisste sie ihn in der Sekunde, in der er die Tür des Taxis zuschlug.

♫ Come Together♫

Michael Jackson

Nachdem die Zusammenkunft von Freunden wieder erlaubt war, dauerte es keinen Tag, bis Georgie, Johanna, Hennie und Alf sowie Sophie sich bei Charlene trafen.

Es war so wunderbar, sich physisch sehen zu können, so wunderbar, sich umarmen zu können. Jeder von ihnen genoss das. Aber es dauerte keine zwei Minuten, bis sie beim Thema waren. Besonders Sophie, die als Einzige in der Runde Kinder hatte, war außer sich.

»Sie erziehen unsere Kinder um!«, rief sie erbost. »Es ist unsagbar, was da gerade läuft!«

»Aber die Kinder sind doch bei dir und gar nicht in der Schule«, wandte Hennie ein.

»Das geht auch per Homeschooling! Hier! Schaut euch das mal an!« Sie kramte einen Fragebogen hervor.

»Lest das mal! Die Kinder sollen eine Rangliste erstellen, wen sie als Erstes impfen lassen würden! Die Lehrer reden mit unseren Kindern darüber, wie gefährlich Leute sind, die anders denken! Mein Sohn hat geweint, als mein Mann und ich über die Maßnahmen gesprochen haben. Er sagte, ›Mama, ich will nicht, dass ihr so redet! Hier steht, dass ihr sonst Verschwörungstheoretiker seid! Und dass wir es unseren Lehrern sagen sollen, wenn ihr so denkt‹. Sie haben ihnen eine Liste mit Wörtern gegeben, auf die sie achten sollen, wenn sie uns reden hören. Geht's noch? Was sind das für Lehrinhalte? Kinder sollen ihre eigenen Eltern überwachen und anzeigen?!«

Aufgebracht kramte Sophie die Mitteilung der Schule hervor, auf der stand, was einen Verschwörungstheoretiker ausmachte. Den anderen verschlug es die Sprache, während sie weiter tobte:

»Sie haben den Kindern sogar eine Liste mit den Leuten an die Hand gegeben, die sich trauen, etwas gegen den Regierungskurs zu sagen! Und ihnen gesagt, diese Personen dürfen sie sich niemals anhören! Sie sollen alles melden, was ihnen auffällt! Unsere Kinder werden in der Schule zu Denunzianten erzogen! Ihnen wird beigebracht, dass sie nur bloß nicht selbst denken sollen!«

Sophie brach in Tränen aus. »Julian hat Albträume, weil er Angst hat, dass wir ins Gefängnis kommen und er in ein Heim. Und meine Tochter will ihre Großeltern nicht mehr besuchen, weil ihr Lehrer ihr gesagt hat, dass sie sie tötet, wenn sie ihnen zu nahekommt!«

Betretenes Schweigen war die Antwort. Sophie, die sonst wirklich durch nichts aus der Ruhe zu bringen war, schluchzte weiter.

»Und die Kindersender! Die sind in meinen Augen schlicht kriminell! Dort wird den Kindern suggeriert, es wäre absolut super, sich einen Chip implantieren zu lassen!* Die staatliche Schulberatungsstelle gibt Ratgeber für Lehrer heraus, wie sie mit Schülern umgehen sollen, die zu Verschwörungsideologien neigen.* Unsere Kinder werden massiv traumatisiert und manipuliert! Und die Lehrer machen das mit? Ehrlich, ich habe Angst, meine Kinder zu solchen Lehrern und in solche Schulen zu schicken! Das sind keine Schulen, das sind Umerziehungsanstalten!«

Erschüttert legte Georgie den Arm um Sophie.

»O verflixt, Sophie«, sagte er. »Ich fürchte, da hilft noch nicht mal ein neuer Haarschnitt.«

»Nein«, erwiderte sie heiser. »Das fürchte ich auch. Außerdem weigere ich mich, mit Maske zum Friseur zu gehen.«

»Du bist ja auch ohne Maske kaum beim Friseur. Ich hab dich immer noch im Verdacht, dass du deinen Thermomix zum Haareschneiden benutzt …«

Sophie lächelte kläglich, ihr Blick wanderte zu Charlene.

»Kannst du das Thema nicht im Moonlight-Radio aufgreifen?«

»Hm, vielleicht könnte ich mal eine Sendung für Kinder machen.«

»Das meinte ich nicht«, wehrte Sophie ab. »Das muss öffentlich angeprangert werden!«

»Also, da sehe ich keine Chance«, bedauerte Charlene. »Es ist schwierig, anderes zu äußern als das, was die Regierung vorschreibt. Mein Ruf wäre mir egal, aber es hängt nun mal die Belegschaft des Radios dran – und die Mitarbeiter in meinen Firmen würden auch leiden. Außerdem sind viele überzeugt, dass der Kurs der Regierung richtig ist.«

Tief erregt stand Sophie auf. »Das kann nicht sein!«, rief sie erstickt. »Ich habe schreckliche Angst um meine Kinder! Dass das nicht jeder checkt, wo das hinläuft!«

»Viele wollen nicht so negativ denken und das Gros ist nicht umfassend informiert«, sagte Johanna. »Sie stolpern im Vertrauen auf diese Regierung einfach mit. Eigentlich muss man nur eins und eins zusammenzählen und dafür noch nicht mal besonders schlau sein. Genau das ist aber der psychologische Trick dahinter: Das Bild, das sich ergibt, ist so absurd, dass niemand sich vorstellen kann, dass jemand solche Dinge mit uns vorhat. Es klingt einfach zu abgefahren.«

»Ja, aber was haben sie denn mit uns vor?«, fragte Alf aufgescheucht. »Geht es um die Impfung?«

»Ich fürchte, es geht um ein wenig mehr«, unkte Johanna düster.

»Was denn? Und wer sind ›sie‹?«, bohrte Alf nach. Er war ein einfacher Charakter, der sich mit solchen Dingen nicht auseinandersetzen mochte.

»Wenn du mich fragst, geht es um die Installierung einer Weltregierung und eines widernatürlichen Wirtschaftssystems. Darum sollen der Mittelstand, die Kleinunternehmer, die bisherigen Strukturen, zusammenbrechen. Damit aus den Trümmern etwas Neues entstehen kann – unter der Leitung von Leuten, die wir nicht kennen.«

Erschreckt blickte Alf zu Jeff. »Wir müssen doch was tun können! Du hast doch immer Ideen, Jeff!«

Jeff legte den Arm um die Schulter seines Freundes.

»Okay, Leute, da möchte ich doch gleich die Gelegenheit ergreifen und eine Warnung aussprechen: Ich habe mich entschlossen, meinen Blog wiederzueröffnen, in der Hoffnung, etwas Aufklärung betreiben zu können. Demnächst werde ich als Nazi und Aluhut deklariert werden. Aber ich will nicht den Mund halten! Ich will wissen, was hinter den Kulissen läuft. Alle Menschen wollen im Grunde Frieden – und nie kommt er zustande. Warum nicht? Keiner will Gift im Essen – und doch müssen wir genau schauen, was wir kaufen, um uns gesund ernähren zu können. Selbst Biomarken sind längst von großen Konzernen übernommen worden. Wir wollen sauberes Wasser, saubere Luft … stattdessen ersticken wir im E-Smog. Innovationen werden unterdrückt, Studien wissentlich falsch interpretiert und Wissenschaftler mundtot gemacht! Ich habe einfach das Gefühl, dass wir von Leuten gegängelt werden, denen wir und unser Planet shitegal sind. Und ich finde, die Krise gibt uns eine Chance, Selbstverantwortung zu ergreifen, weil das immer mehr Leuten bewusst wird.«

»Hm«, machte Georgie wenig überzeugt. »Den Eindruck habe ich nicht, dass das immer mehr Leuten bewusst wird. Eher glaube ich, dass die meisten nur gehorchen, und ihre Ruhe haben wollen. Und außerdem legst du dich da mit einem Riesengegner an, Jeff. Das macht schon Angst.«

»Aber genau da wollen sie uns doch haben!«, gab er erregt zurück. »Dass wir Angst haben! Dass es uns genügt, in unserer kleinen Bequemlichkeit zu leben! Nur, dass sie die Schlinge immer weiter zuziehen werden! Sie haben ja jetzt schon Grenzen überschritten! Und sie werden nicht aufhören, wenn wir sie nicht stoppen!«

»Wer sind denn ›sie‹?«, wiederholte Alf nervös. »Meinst du damit TIM?«

»Er ist es sicher nicht allein. Woher soll ich wissen, welche Namen dahinterstehen? Es ist auch egal! Wichtig ist, dass hier etwas passiert, was wir nicht zulassen dürfen. Johanna hat mir tolle Interviewpartner aus dem Bereich Finanzen organisiert. Das ist schwieriger als gedacht, weil viele aus Angst vor Repressalien es nicht mehr wagen, öffentlich darüber zu sprechen. Was mir fehlt, ist die Medizin, da hoffe ich noch auf gute Kontakte. Wir müssen aufklären. Verbindungen schaffen, uns vernetzen und andere Ideen in den Raum werfen!«

»Ich mache auf jeden Fall Werbung für dich, Jeff!«, sagte Sophie entschlossen.

»Danke, Sophie! Und was dein Thema angeht: Wir könnten Erfahrungsberichte von Eltern sammeln, auf Gefahren hinweisen … der Blog ist eher eine Plattform für solche Dinge als das Moonlight-Radio.«

Mit diesem Vorschlag löste Jeff einen Begeisterungssturm bei allen aus. »Das wäre super!«, rief Sophie hoffnungsvoll.

»Ja, Jeff, klasse! Das stimmt! Du könntest vielleicht sogar Kinder direkt fragen, wie es ihnen geht!«, schlug Charlene vor. »Den Kindern eine Stimme geben!«

Ein Vorschlag nach dem anderen wurde ins Spiel gebracht, bis Jeff einen Notizblock holte und sich alles aufschrieb. Alf hörte mit großen Augen zu, als sie über ihre Bedenken sprachen.

»Aber wenn du diese Fakten bringst, macht das doch auch Angst«, gab er zu bedenken. »Und Charlene hat in ihrer Sendung gesagt, dass Angst das Letzte ist, was wir brauchen.«

Er hatte mal wieder den Nagel auf den Kopf getroffen. Charlene schenkte ihm ein warmes Lächeln.

»Du hast so recht, Alf! Ich fürchte, das ist der Balanceakt. Informieren, ohne runterzuziehen. Informieren und Lösungen anbieten. Oder die Leute zu Lösungen zu animieren. Hoffnung durch Selbstbestimmung – damit kommt man raus der Angst.«

»Genau«, stimmte Jeff zu. »So sollte es sein.«

»Für mich ist das die perfekte Kombi!«, erklärte Hennie. »Jeff macht die Fakten und du Charly, bist für die Seele da und zeigst den Leuten, wie sie damit umgehen können.«

»Ach, Hennie«, seufzte Alf, »wenn ich dir nicht schon einen Heiratsantrag gemacht hätte, würde ich es spätestens jetzt tun!«

»Okay, dann lasst uns mal jetzt ein bisschen feiern und endlich von was anderem reden!«, rief Johanna. »Ich kann das Wort Omega nicht mehr hören!«

»Yes!«, rief Georgie aufgedreht. »Guter Gedanke! Wobei Omega bei deinem Make-up echt hilfreich ist.«

»Wie meinst du das denn?«

»Weil du Maske tragen musst, Johann! Da sieht man nicht, was du wieder alles falsch gemacht hast. Du siehst aus wie eine Transfrau!«

Johanna lachte und drehte ihre großen Männerfüße in den High Heels. »Wie du auf so was kommst, ist mir echt schleierhaft.«

»Ähm, was ich schon immer mal wissen wollte«, sagte Hennie und wurde brandrot. »Stehst du eigentlich auf Männer oder Frauen, Johanna?«

»Ich stehe auf Georgie, aber der hat das ja in all den Jahren nicht gespannt. Weil er den homophoben Fred anhimmelt. So viel zu Georgies IQ und seiner Sensibilität. Übrigens siehst du mit deinem neuen Look absolut süß aus, Georgie.«

Johanna klimperte mit den falschen Wimpern und warf Georgie einen Kussmund zu. Der war tatsächlich brandrot geworden.

»War das jetzt ernst gemeint?«, fragte er fassungslos. »Du stehst auf mich?«

»Ja, total!«, erwiderte Johanna unbekümmert. »Für dich würde ich mich sogar wieder in einen Mann zurückverwandeln. Ich meine, ist doch logisch, nicht? Als Frau stehe ich auf Männer. Und du als Homo auch. Passt doch, nicht?«

»Verarschst du mich oder verarschst du mich? Er verarscht mich, oder?«

»*Sie* verarscht dich. Aber ich fürchte, *er* denkt ganz anders drüber«, gluckste Alf und brachte damit alle zum Lachen.

Endlich kamen sie auf andere Themen zu sprechen und verbrachten einen wundervollen, geselligen Abend.

♫ ♫ ♫

Als Biologin interessierte das Thema Impfung Senta besonders und so war sie längst auf den neuen Impfstoff gestoßen. Und nicht nur das. Alles, was sie zu TIM recherchierte, hörte sich bedrohlich an.

Sein Vater war Vorstand einer Organisation, die sich mit Geburtenkontrolle befasste – unter anderem – und deren Gründerin für den Satz stand: »Die größte Sünde, die ein Mensch begehen kann, ist, ein Kind auf die Welt zu bringen.«

Das war der Leitsatz jener Organisation in die TIMs Stiftung Millionen investierte, eine Organisation, die bekannt dafür war, mit illegal abgetriebenen Föten zu handeln. Diese wurden vor allem an Pharma- und Biotechkonzerne verkauft, die das Gewebe Impfstoffen beimischte. Dass dies zu massiven Nebenwirkungen führen konnte, die chronische Erkrankungen zur Folge haben konnten, wurde verschwiegen – wie so vieles verschwiegen wurde. Je mehr Senta über TIM las, desto klarer wurde: Er schien von zwei Dingen besessen zu sein. Er wollte – und das hatte er wortwörtlich in mehreren Interviews zum Ausdruck gebracht –

die Bevölkerungszahl reduzieren. Und er wollte sie impfen. Bestand da ein Zusammenhang?

Nun war Senta weder blauäugig, noch wollte sie sich auf die Schiene der Marktschreier begeben, die Dinge aus dem Zusammenhang rissen und nach gruseligen Nachrichten suchten. So schaute sie sich genau an, was TIM mit dem Wunsch der Bevölkerungsreduktion gemeint hatte. Sie konnte es insofern nachvollziehen, da die Ressourcen der Erde für eine noch größere Anzahl an Menschen nicht reichten, zumindest nicht, wenn sie auf die bestehende Art und Weise verschleudert wurden.

Sie wurde schnell fündig. Die Idee der Bevölkerungsreduzierung war auf einer von TIMs Afrikareisen entstanden.

Als er sich mit einem Missionsarbeiter unterhielt, sagte der zu ihm: »Was wir hier in Afrika absolut nicht gebrauchen können, sind mehr Kinder.« Der Grundgedanke der Menschen in Entwicklungsländern war aber der, viele Kinder in die Welt zu setzen, damit einige überlebten, die im Alter für die Alten sorgen konnten. TIMs Schlussfolgerung: Wenn die Kinder größere Überlebenschancen hätten, müssten die Eltern nicht so viele Kinder bekommen. Damit begann sein Weg in die Impfindustrie. Sein Plan: Er würde alle Babys gegen alle möglichen Krankheiten impfen und gab offen zu, dass den Impfstoffen etwas beigefügt sei, womit die Kinder identifizierbar seien – eine digitale Identität, mit der man sie jederzeit orten könne. Per Hubschrauber, Drohne oder wie auch immer. Und vor allem wisse man, welche Kinder dem Impfen bisher entgangen wären. Bedeutete das, dass er die Mikrochipimpfung schon längst einsetzte?

Nicht nur deswegen runzelte sich Sentas Stirn. Was war das für eine Logik? Warum sorgte TIM nicht für sauberes Wasser? Warum sorgte er nicht für fruchtbare Erde? Für gesunde Nahrung? Und letztlich für Hygiene, die nachweislich mehr Krankheiten zu Fall gebracht hatte als Impfungen? Warum half er den Leuten nicht, eigenständig zu sein? Stattdessen machte er sie abhängig. Senta erfuhr, dass er große Anteile an Firmen besaß, die genverändertes Saatgut an Bauern verkaufte, zunächst zu Spottpreisen – was in der Presse als Heldentat gefeiert wurde. Aber da es totes Saatgut war, waren sie gezwungen, im nächsten Jahr wieder zu kaufen, diesmal zu horrenden Preisen, was die Presse natürlich nicht berichtete. Noch dazu war TIM Anteilseigner der größten Firmen, die Herbizide und Pestizide herstellten – auch diese Dinge zwang er den einheimischen Landwirten auf, bis sie nicht mehr zahlen konnten, in die Schuldenfalle rutschten und das Land ihm gehörte. Warum verlangte er von den Ärmsten auch noch Geld, wenn er doch selbst so reich war, dass er nicht mehr wusste, wohin damit? Er stellte sich selbstherrlich als

Philanthrop dar, doch wozu brauchte ein Philanthrop einen eigenen Militärarm und eigene Gefängnisse? Und wie vereinbarte sich dieser Begriff mit der Tatsache, dass er in den Luftwaffenkonzern BAE System investierte?

Sie fand Berichte, viele Berichte, in denen darüber geklagt wurde, wie viele Kinder in Indien und Afrika seinetwegen irreparable Impfschäden* davongetragen hatten. In Indien hatten sich die Leute dagegen zu wehren begonnen. Dort gab es andere Schlagzeilen, nämlich, dass sie TIM in ihrem Land nicht mehr haben wollten und ihre Kinder und ihre Bevölkerung nicht TIM als Laborratten zur Verfügung stellen wollten.

Fassungslos las Senta, dass TIM in Afrika* Tausende von Frauen ohne ihr Wissen mit einer Impfung unfruchtbar gemacht hatte – von anderen Nebenwirkungen ganz zu schweigen. Sie würden nie Kinder bekommen – und nie wissen, warum.

Das Bild wurde immer hässlicher, immer dunkler. Sie verbrachte eine unruhige Nacht, konnte nicht schlafen. Wie sollte sie mit diesem Wissen umgehen? Natürlich war sie nicht die Einzige, die das herausgefunden hatte, viele andere hatten Aufklärungsvideos erstellt*, aber es war so, wie Christopher gesagt hatte: Diese Infos erreichten im besten Fall ein paar zehntausend, die Masse jedoch saß vor dem Fernseher und glaubte, was ein Moderator, der von Gott weiß woher seine Anweisungen bekam, vom Blatt ablas. Sie glaubten, TIM sei ihr Retter.

Wieder dachte sie an das Moonlight-Radio mit seinen über 100 000 Abonnenten. Letztlich war es aber eine eher spirituelle Sendung. Würde die Moderatorin bereit sein, solche Inhalte einzuarbeiten? Und wie sollte das ablaufen?

Ein Gedanke jagte den nächsten. Um vier Uhr morgens gab sie auf, schlug die Bettdecke zurück, setzte sich an ihren Schreibtisch, klinkte sich in eine Seite ein, wo man die Testphasen der Impfstoffe mitverfolgen konnte. Man befand sich noch im präklinischen Stadium, in dem Versuche an Primaten gemacht wurden.

Einem Impuls folgend wollte sie den Eintrag von TIMs Firma herunterladen, die den Impfstoff entwickelte. »… Ziel des Unternehmens ist vorrangig die Digitalisierung der gesamten Menschheit. Vor allem aber widmet es sich d*er Erforschung und Anwendung einer Kombinationsimpfung mit einem digitalen Identifikations-Mikrochip.«*

Doch als sie die Wikipedia-Seite des Pharmakonzerns aufrief, war zu ihrer Verblüffung der Satz verschwunden.

Der Artikel war geändert worden aufgrund des Aufschreis, den der Eintrag verursacht hatte, und um zu verhindern, dass noch mehr Menschen darauf aufmerksam wurden. Nun stand nur da, was sich schön anhörte, das, was die Leute denken sollten, das, was die Wahrheit verschleierte.

In Senta stürzte in diesem Moment eine weitere Welt zusammen. Wie oft war sie auf Wikipedia gegangen, um sich zu informieren? Was davon, war eigentlich wahr und was bewusst gefälscht? Worin waren sie noch belogen worden? Sie fühlte sich wie in der Truman-Show – einer Welt in einer Welt! Aber wie war dann die wirkliche Welt?

Langsam begann sie das Ausmaß zu erahnen, zu verstehen, wie tief das alles ging. Es war ein ähnliches Gefühl wie damals, als ihr Opa ihr das Stereogramm gezeigt und sich plötzlich dieser Raum geöffnet hatte, wo vorher keiner gewesen war. Damals war es eine begeisternde Erkenntnis gewesen, jetzt tat sich ein riesiges Loch vor ihr auf, aber sie stürzte nicht hinein. Die Erinnerung an ihren Opa riss sie zurück, zeigte ihr die andere Seite der Medaille:

Wir Menschen sind Lichtwesen. Du bist ein Lichtwesen. Ich bin eines. Deine Mama, dein Papa, selbst die, die du nicht magst … alle sind Lichtwesen. Das Ding ist nur: Die meisten haben dieses Licht völlig vergessen. Sie spüren es noch nicht mal mehr, weil es ihnen systematisch ausgeredet wurde.

Das war es. Sie war eine limitierte Seele in einer konditionierten Welt. War diese Krise der Aufruf, sich davon zu befreien?

Wir Menschen sind Lichtwesen. Dieser Satz wurde ihr in seiner tiefen Bedeutung jetzt erst klar. Er durchstieß die Kondition – und erweiterte ihre Wahrnehmung des Menschseins. Charlenes Worte: *Ich möchte, dass ihr eure Großartigkeit in vollem Glanz erstrahlen lasst*, gesellten sich dazu. *Seid ihr bereit für ein besseres Leben? Eine bessere Welt?*

O mein Gott, was das hieß! Das waren nicht nur schöne Worte! War sie bereit, ihre eigenen Grenzen zu durchstoßen? War sie eigentlich überzeugt davon, ein Lichtwesen zu sein? Im Grunde hörte sich das … albern an. Aber wenn sie so dachte, gab sie der Entfaltung dieser Wahrheit keine Chance.

Aufgewühlt suchte sie den Garten auf. Der Morgen war frisch, er war neu. Tautropfen lagen auf sattem Grün, die Sonne begann, am Horizont hervorzulugen. Ihr jungfräuliches Licht fiel wie eine Verheißung auf Blüten, das Gras, auf die Blätter der Bäume.

Nie war der Frühling herrlicher gewesen als in diesem Jahr. Ein Frühling, der in einen wundersamen Sommer überging. Es war warm, aber nicht heiß, die Nächte waren angenehm kühl und es regnete genügend. Die Erde präsentierte sich in einer nie dagewesenen Schönheit. Blumen blühten in Fülle, Sträucher und Bäume erstrahlten in frischem Grün.

Und die Wolken! Sie wirkten dichter und gewaltiger, bildeten gigantische Formationen, von der Sonne mit leuchtenden Rändern geschmückt, durchdrungen von Rot, Orange, Pink, intensivem Gold und diesem überirdischen, märchenhaften Licht. Es war ein wahrhaft göttliches Schauspiel. Nie hatte Senta atemberaubendere Sonnenauf- und untergänge bestaunt als in diesem Jahr. Sie hätte stundenlang in den Himmel starren können, der sich sekündlich veränderte. Ja, der Himmel schien näher als sonst, als wolle er ihr sagen: Verzage nicht, ich bin hier, ich schütze dich. Ich schütze euch alle. Es wird alles gut.

In einer immensen Klarheit spürte sie immer und immer wieder, dass etwas anders war, spürte sie diese fast greifbare Schwingung in der Luft, etwas Tröstliches, Erhabenes, als hätten sich Himmel und Erde, der Wind und die Sonne vereint, um sie auf höhere Ebenen zu tragen.

Es war die Natur, die ihr die Hoffnung vermittelte, dass dies nur eine Phase zu etwas Besserem war. Es war ihr Herz, das die Sprache der Erde verstand und ihr Ruhe schenkte. Dinge passieren, damit andere Dinge passieren.

In diesen Tagen ging es vielen Menschen so. Jenen, die sich eine bessere Welt wünschten, jenen, die spürten, dass eine völlig andere Zeitqualität angebrochen war. Dass etwas Unbekanntes wartete, etwas Großes, etwas Erhabenes. Aber Senta fühlte sich dennoch oft genug schutzlos. Vertrautes brach weg, eine unsichtbare Gefahr schien im Hintergrund zu lauern und oft sah sie kein Licht am Ende des Tunnels.

Auf einmal wünschte sie, es wäre Dienstag und sie könnte wieder Charlenes Stimme lauschen. Sie wünschte sich, Charlene würde etwas sagen, was ihr einen guten Ausgang in Aussicht stellte. Etwas, das mehr als nur eine Hoffnung war. Zuversicht.

♫ ♫ ♫

Am Abend rief sie Gunnar an und erzählte ihm vom Moonlight-Radio.

»Das wäre zu schön, um wahr zu sein«, kommentierte er. »Ein öffentlicher Sender, der kontrovers berichten will? Grenzt ja an Selbstmord!« Er lachte, aber es klang nicht sonderlich lustig.

»Das ist so eigenartig«, erwiderte Senta, »in Deutschland nicht sagen zu dürfen, was man denkt. Und ich habe mich über Nordkorea lustig gemacht! Gerade bekomme ich das Gefühl, all die Jahre gehirngewaschen worden zu sein! Ich habe ziemlich viel geglaubt, was in der Zeitung stand. Oder in Wikipedia.«

»Wem sagst du das? Mein Weltbild ändert sich im Laufschritt! Nein, im Sprint! Aber was das Radio angeht, ganz ehrlich, Senta, welcher Sender kann es sich leisten, gegen den Mainstream zu gehen, das werden die nicht machen.«

»Aber Charlene hat es extra betont«, erwiderte sie. »Und eine Minderheit kann doch auch zur Mehrheit werden. Wir mögen kleine Schritte gehen, aber wir gehen sie!«

»Ach, Senta«, seufzte Gunnar. »Das liebe ich an dir. Du bist herrlich idealistisch und obendrein so unerschütterlich. Das geht mir völlig ab irgendwie.«

»Ich bin alles andere als unerschütterlich. Eigentlich schüttelt es mich tagtäglich!«

»Aber du hältst an deinen Idealen fest. Trotz des massiven Gegenwindes. Das erinnert mich an den Film ›Die Verlegerin‹. Da hat auch eine kleine Zeitung der mächtigen Regierung getrotzt, die verhindern wollte, dass die Pentagon Papers veröffentlicht werden. Damals ging es um Pressefreiheit – tja, und heute um die Freiheit der gesamten Menschheit.«

»Wie ging es aus?«, fragte Senta neugierig.

»Die Verlegerin hat sich geweigert, sich vom Präsidenten der Vereinigten Staaten erpressen zu lassen, der ihr die Veröffentlichung untersagte. Aber sie konnte das nicht mit ihrem Gewissen vereinbaren. Also hat sie es getan und damit gerechnet, daran zugrunde zu gehen. Dann geschah das Wunder: Die großen Zeitungen haben sich auf ihre Seite geschlagen und die Regierung musste klein beigeben.«

»So stelle ich mir das vor!«, rief Senta erfreut. »Warum soll das nicht wieder klappen?«

»Weil diesmal der Feind nicht nur eine Regierung ist, das weißt du. Da wird mir echt flau im Magen.«

»Ja, das weiß ich«, erwiderte sie. »Aber weltweit stehen Menschen auf. Wir werden einen Weg finden.«

Das Beispiel von Charlene fiel ihr ein. Jeder Einzelne, der seinen Arm ausgestreckt hatte, bis alle frei gewesen waren. Ihre Botschaft: Such die Freiheit in dir, wenn du sie im Außen sehen willst. Charlene war bisher die Einzige gewesen, die sich über die zwei Narrative hinausgehoben und ihr die Ahnung vermittelt hatte, dass die Lösung nicht im Rechthaben oder im Vermitteln der eigenen Meinung lag, sondern in ihr selbst.

Doch noch war es wirr in ihr. Senta zweifelte jeden Tag. Sah sie nicht einfach nur furchtbar schwarz? All die vielen Stimmen, die sagten, es sei doch alles nicht so schlimm und was wäre schon dabei, eine Maske zu tragen, hinterließen Spuren.

Beide Parteien standen sich gegenüber und sagten: »Ich hätte nie geglaubt, dass jemand so denken kann. Was hat dein Hirn nur so beschädigt?«

Und beide Parteien warfen der anderen vor, faschistisch zu sein. Die Kluft zwischen den vorherrschenden Ansichten war riesig und schien unvereinbar. Es waren tatsächlich zwei Welten, die immer weiter auseinanderdrifteten. Senta hatte lange genug studiert, um zu wissen, dass jeder in sein eigenes Narrativ verstrickt war. Auch sie.

Sie wollte weiß Gott niemand sein, der Leben gefährdete. Aber noch weniger wollte sie jemand sein, der tatenlos zusah, wie das Leben von Milliarden von Menschen übernommen wurde. Dieser Instinkt in ihr war einfach nicht totzukriegen. Ein Instinkt, der durch die Auseinandersetzung mit Christopher Boden gewonnen hatte. Denn wäre er nicht ihrer Meinung gewesen, hätte er ganz anders argumentiert.

Christopher. Wieder spürte sie seinen Mund an ihrer Wange, seinen Körper an ihrem. Seine Melancholie, die ihr Herz berührte. Wie wohl sein Lächeln aussah, wenn er vollkommen glücklich war? Sie ertappte sich dabei, das herausfinden, ihn zu diesem Lächeln, diesem Glück verhelfen zu wollen. Ein Wunsch, den sie auch ihren Eltern gegenüber oft gehabt hatte. Sie hatte ihnen das Leben erklären wollen. Sie seufzte. Das verstand sie gerade selbst nicht. Doch der Unterschied zwischen Christopher und ihr war, dass sie an Glück glaubte.

Verträumt rief sie nochmal seine Rede auf, in der er für die Aufhebung der Regeln plädiert hatte, versenkte sich in sein Foto, in die braunen Augen, die sensiblen Lippen, die so gar nicht zu einem hartgesottenen Politiker passten. Ein kleines Lächeln umspielte ihren Mund, das ihr schlagartig entglitt, als sie die Kommentare unter dem Video las.

Ein Proteststurm war durch alle Parteien, auch seiner eigenen, und die Medien gegangen. Die Umfragewerte seiner Partei waren drastisch gesunken. Alle, aber auch alle zogen über ihn her, zerrissen seine Ansichten, seine Person, seine Partei, erklärten, er sei verantwortungslos und nur auf Wählerfang aus. Es wäre kein Aushängeschild, sich Spinner, Esoteriker, Aluhutträger und Omega-Leugner angeln zu wollen, denn es wären ja wohl die, an die er sich wende. »Ein erbärmlicher Schachzug«, titelte eine große Zeitung, »und lebensgefährlich obendrein«. Wie könne man die Aufhebung der Maßnahmen in einer solch sensiblen Phase auch nur in Erwägung ziehen? Waldorf spiele aus purem Karrierekalkül mit dem Leben der ganzen Bevölkerung.

»O mein Gott!«, hauchte Senta entsetzt. Das hatte sie nicht gewusst! Christopher hatte an dem Abend kein Wort davon verlauten lassen! Sie fühlte sich unwohl und verantwortlich für den Shitstorm, der über ihn hereingebrochen war. Kein Wunder, dass er nicht über Politik hatte reden wollen!

♫ Seven Billion Faces ♫

Layne Elizabeth

Jeff stürzte sich mit Feuereifer in seine neue Aufgabe, baute an der Homepage, meldete sich auf allen möglichen Plattformen an, suchte Material und mögliche Interviewpartner zusammen. Es tat gut, etwas tun zu können, aber ihm war auch schwummrig zumute. Er war bereits wegen seiner Ansichten von vielen seiner Bekannten angefeindet worden. Wie würde das werden, wenn er sich öffentlich auf die Gegenseite schlug? Dennoch war in ihm das tiefe Gefühl, das Richtige zu tun. Eine Unmenge an Ideen schlummerte in seiner grauen Gehirnsubstanz, noch zu vage, um sie herauszuholen, aber es war wie damals: Impulse schwangen wie lose Lianen in seinem Kopf, bereit, irgendwo anzudocken, wenn die Zeit reif dafür war. Ja, diese Arbeit, diese Aufgabe fühlte sich gut an. Und diesem Gefühl wollte er vertrauen.

♫ ♫ ♫

Charlene war viel unterwegs. Sie hatte Sentas Anfrage nicht gelesen und daher war sie bislang unbeantwortet geblieben.

Senta ließ sich davon nicht abhalten, fuhr am Dienstagabend zum Studio, blieb im Auto sitzen, hörte den letzten Rest der Sendung mit und hoffte inständig, dass der Haupteingang des Studios der einzige Ausgang war.

Angespannt ging sie das Handout durch, das sie Charlene überreichen wollte. Es war kurz vor Mitternacht. Sobald sich im Treppenhaus etwas regte, würde sie aussteigen.

Es regte sich nichts. Ein unschöner Gedanke kam ihr. Was, wenn Charlene gar nicht live gesendet hatte? Nein, das konnte nicht sein, beruhigte sie sich, es waren Anrufer reingeschaltet worden.

Schließlich wurde ihr der Wagen zu eng und sie beschloss, sich auf die Stufen vor den Eingang zu setzen. Kaum hatte sie dort Platz genommen, als ein Aston Martin älteren Datums heranrollte und neben ihrem Wagen parkte. Ein attraktiver Mann, sie schätzte ihn auf Anfang vierzig, in Jeans, Hemd und Jackett stieg aus. Er erinnerte sie ein wenig an Pierre Brice, den Winnetou-Darsteller, nur mit hellerem Haar, oder Kevin Costner in seinen besten Jahren. Aber am auffallendsten war seine Ausstrahlung. Senta spürte sie über die gesamten zwanzig Meter, die sie trennten, hinweg und mit jedem Schritt, den er näherkam, wurde das stärker. Völlig ungeniert musterte er sie, während er auf sie zusteuerte, als wäre er es, auf den sie wartete – setzte sich zwanglos und ohne ein Wort zu sagen, dicht neben sie, die Unterarme auf die Knie gestützt und blickte ihr direkt in die Augen. Seine Nähe war elektrisierend. Er wirkte wie ein Aufladegerät. Sämtliche Zellen in Senta schienen mit zusätzlicher Energie zu schwingen. Sein forschender graugrüner Blick drang tief in ihr Inneres, sein Mund lächelte sie an. Senta war bis ins Mark getroffen. Ein solches Exemplar an Mann war ihr bisher noch nicht untergekommen! Automatisch zauberte sein charmantes und gleichzeitig verschmitztes Auftreten ein Lächeln in ihr Gesicht und kurioserweise hatte sie sofort Vertrauen zu ihm. Er wirkte kumpelhaft und mondän, jugendlich und reif, eine Mischung, die ihr neu war.

»Darf ich fragen, was Sie hier zu so später Stunde machen?«, fragte er.

Die Frage kam nicht aggressiv, im Gegenteil. Seine Liebenswürdigkeit, betont durch den leicht französischen Akzent machte daraus etwas sehr Charmantes. Senta klinkte sich mühelos in seine Wellenlänge ein. Eine Wellenlänge, die den Humor in ihr befeuerte. Sie blitzte ihn an und der Glanz in seinen Augen vertiefte sich.

»Darf ich fragen, was Sie das angeht?«, gab sie zurück.

»Dürfen Sie!« Ungezwungen legte er den Arm um ihre Schulter und drehte sie ein wenig nach links. In der kühlen Frühlingsnacht war diese Berührung wie ein warmer Schal. Senta hatte Mühe, nicht zu erschauern … und sich tiefer in den Arm zu drücken.

»Das hier …«, erklärte er unterdessen und deutete auf ein Schild, »… ist der Privatparkplatz des Senders – und somit ausschließlich für Mitarbeiter reserviert.«

»Oh«, erwiderte sie gespielt erschrocken, musterte ostentativ seine teure Kleidung, warf einen Seitenblick auf den Aston und hob leicht die Brauen. »Sie sind der Hausmeister!«

Er lachte anerkennend.

»So ähnlich!«, gab er zurück. »Und ich passe nicht nur auf den Parkplatz auf! Sind Sie liiert?«

»Starten Sie immer so direkt durch?«

»Hat Vorteile. Dann weiß ich, dass ich drauflos flirten kann, ohne dass jemand mit dem Knüppel auf mich zu rennt.«

»Ist ein bisschen früh für einen Flirt.«

»Ein Flirt ist immer nur ein Anfang, wie kann so etwas zu früh sein?«

»Touché!« Sie musste lachen, hielt ihm ihre Faust hin, er stieß die seine dagegen. »Man merkt, Sie haben Übung!«

»Das ist keine Antwort auf meine Frage, ob Sie liiert sind.«

»Es ist zumindest keiner mit einem Knüppel in Sicht.«

»Ich hoffe, das liegt nicht nur an der späten Stunde.« Er lächelte. »Dann eben Kehrtschwenk zur ersten Frage: Warum sitzen Sie hier?«

»Ich warte auf Frau Wittstein.«

»Haben Sie einen Termin?«

»Nein, ist reines Wunschdenken, sie sprechen zu können.«

»Und weswegen?«

Sie biss sich auf die Lippen. »Sie sind ganz schön neugierig! Gehört das auch zu den Pflichten eines Hausmeisters?«

»Tja, wie erwähnt passe ich nicht nur auf den Parkplatz auf. Sie können mir Ihr Anliegen vollständig anvertrauen. Es ist bei mir in den besten Händen.«

»Mit Verlaub, ich würd's ihr trotzdem gerne selber sagen.«

»Ja, natürlich, dem Hausmeister erzählt man so was nicht. Verstehe. Hm. Tja, ich fürchte, das wird schwierig, Charlene benutzt nicht diesen Ausgang.«

»Ach, verflixt! Dann ist sie wohl schon weg?«

Senta checkte die Uhrzeit auf ihrem Handy. Es war sieben Minuten nach Mitternacht und das Treppenhaus noch immer dunkel. Nervös stand sie auf und gab Fred damit Gelegenheit, sie genauer zu betrachten. In sein übliches Beuteschema fiel sie schon mal gar nicht mit ihren Sneakers, den Söckchen, den vielen bunten Bändchen an ihrem Handgelenk und dem Hängerkleidchen, das zumindest ihre hübschen Beine zur Geltung brachte. Sie war weit weg von den glamourösen Frauen in Abendkleid und High Heels, die er bevorzugte, ging fraglos in Richtung alternative Studentin. Aber sie hatte etwas sehr Süßes und Frisches an sich, das ihn anzog. Auch er spähte auf die Uhr.

»Ich denke, Charlene ist noch oben. Sie bespricht sich immer noch ein paar Minuten mit dem Redakteur, bevor sie geht.«

»Okay, wenn Sie das wissen, dann kennen Sie sie gut?«

»Tja, was man als Hausmeister doch so alles mitbekommt! Nein, im Ernst, ich kenne sie sogar sehr gut. Habe ich jetzt Pluspunkte bei Ihnen?«

»Ja, unbedingt! Ich bin unglaublich bestechlich!«

»Sehr sympathisch! Vielleicht komme ich ja doch noch zu einem Date mit Ihnen! Wie ist Ihr Name?«

»Senta Buchinger. Und wer sind Sie?«

»Frederic Dubois, zu Ihren Diensten, Verehrteste.«

Er stand ebenfalls auf, deutete eine leichte Verbeugung an, reichte ihr die Hand und setzte einen Hauch von Kuss darauf.

»Wie mutig«, stellte sie fest. »Sie geben mir die Hand! Und Sie haben den Arm um mich gelegt!«

Er seufzte. »Oh, ich vergesse diese Regeln ständig! Sie sind ganz gegen mein Naturell. Bitte sehr um Vergebung, Gnädigste!«

Senta wurde es warm ums Herz. Sein Gehabe erinnerte sie sehr an ihre drei alten Freunde.

Ein tiefes Lächeln erschien auf ihrem Gesicht. »Nein, bitte, keine Ursache! Sie ahnen gar nicht, wie ich Ihre Ansicht begrüße!«

»Ich begrüße gerade auch so einiges, vor allem Ihre Bestechlichkeit. Wenn ich Sie zu Charlene führe, gehen Sie dann mit mir mal was trinken?«

Er lächelte entwaffnend und Senta, überwältigt von seinem Charme, entfuhr ein »Klar, warum nicht?«, bevor sie auch nur eine Sekunde nachdenken konnte.

»Würden Sie mit mir auch was trinken gehen, wenn das mit Charlene gerade eben ein Scherz war?«

Ein Lachen kullerte aus ihrem Mund. »Um ehrlich zu sein, waren diese drei Minuten mit Ihnen so erfrischend, dass ich bei meiner Entscheidung bleibe. Ja, ich würde mit Ihnen was trinken gehen. Wenn die Bars wieder geöffnet haben.«

Ihre Augen leuchteten, das war so herrlich, einfach drauflos flirten zu können! Und dieser Fred war ein Phänomen. Er brachte es fertig, gleichzeitig frech und galant zu sein.

»Wunderbar! Dann folgen Sie mir!« Er reichte ihr erneut die Hand. »Ich bringe Sie nach oben.«

»Echt jetzt?«

»Echt jetzt. Hier lang, bitte.«

Er zückte einen Schlüssel, hielt ihr die Tür auf und ließ ihr höflich den Vortritt in den Lift. Die Kabine war klein, sie spürte seine Präsenz, das Knistern, die Leichtigkeit, das Spielerische, das ihn umgab. Eines war sicher: Mit ihm hätte man jede Menge Spaß im Bett! Der Kerl roch förmlich danach!

Ertappt flogen ihre Gedanken zu Christopher. Zu den letzten Sekunden am Wagen, seiner Melancholie, der Sehnsucht. Verwirrt von diesen unterschiedlichen Emotionen folgte sie Fred, der ihr vorausging, bis sie vor der Studiotür standen.

»Ist vielleicht besser, wenn ich Sie ankündige. Würden Sie bitte hier warten?«

Senta nickte. Eine Minute später schon konnte sie eintreten und stand einem kleinen, älteren Mann und einer Frau mit moosgrünen Augen gegenüber. Ungezwungen zog Frederic sie etwas weiter in das Zimmer hinein.

»Darf ich vorstellen: Charlene Wittstein – Charlene, das ist Senta. Und hier haben wir den wichtigsten Mann im Studio: Harry Körner.«

»Guten Abend, Frau Wittstein, guten Abend Herr Körner«, grüßte Senta, unsicher, ob sie ihnen die Hand geben sollte. Das wusste wohl gerade keiner. Jeder zuckte ein wenig vor und beließ es dann dabei. »Bitte entschuldigen Sie, dass ich Sie einfach so überfalle, aber wenn ich zwei Minuten Ihrer Zeit bekäme, wäre ich sehr dankbar.«

»Nur keine Hektik«, antwortete Charlene freundlich. »Nehmen Sie sich die Zeit, die Sie brauchen. Wir hören zu.«

Ihr Blick war genauso warm wie die Stimme, die Senta nun schon so oft gehört hatte. Die ganze Person drückte Güte aus, wie ihr Opa und doch anders. Das tat so gut! Die Schwingung hier in diesem Raum tat gut! Es war die Gleiche, die sie auch über den Äther spürte, wenn sie der Sendung lauschte. Ermutigt davon brachen sich ihre Worte Bahn:

»Ich stehe hier, weil ich mir große Sorgen wegen des momentanen Geschehens mache und habe Sie sagen hören, dass Sie auf Fachfragen und Hintergrundwissen nicht eingehen können. Daher wollte ich anregen, ob es nicht eine sinnvolle Ergänzung wäre, eine zweite Sendung zu machen. Ich habe einen Master in Biologie und mein Opa ist Wissenschaftler. Er kann superinteressante Fakten zu dem Thema beitragen.«

»Ihr Großvater ist Wissenschaftler?«, fragte Charlene, hellhörig geworden nach. »In welchem Bereich?«

»Geophysik, Quantenphysik, Humanbiologie, er hat ein reiches Spektrum. Und außerdem natürlich jede Menge Freunde, die ebenfalls auf verschiedene Bereiche spezialisiert sind.«

Charlenes und Harrys Reaktion verunsicherte sie. Entgleisten denen gerade die Gesichtszüge? Warum? Instinktiv drehte sie sich nach Fred um, der an der Wand lehnte und ihr kurz zuzwinkerte. Ein feines Lächeln umspielte seinen Mund. Senta wurde noch heißer zumute. Sie zwang sich, sich auf ihr Vorhaben zu konzentrieren, kramte ihr Handout aus der Tasche und hielt es Charlene hin.

»Ich habe einen Themenkatalog zusammengestellt«, erklärte sie. »Vielleicht mögen Sie sich das mal anschauen? Es ist nur eine erste Übersicht. Mein Opa ist noch im Ausland, aber sobald er zurück ist, könnten wir das entsprechend erweitern.«

Charlene nahm die Blätter entgegen, überflog sie zusammen mit Harry. Wieder suchte Senta instinktiv Halt bei Fred, aber diesmal war sein Blick auf Charlene gerichtet, seine Augen dunkler als vorher und auf seinem

Gesicht lag eine solche Wehmut, dass sich in Senta alles zusammenzog und sie einen heftigen Stich in ihrem Herzen fühlte.

Es war überhaupt keine Frage, dass dieser Mann Charlene liebte, auf eine Weise, die sie unglaublich berührte. Wenn sie eines verstehen konnte, dann das. Charlene wirkte sanft und doch stark, strahlte wie Fred eine Mischung aus Weltgewandtheit und Natürlichkeit aus. Ihr Aussehen war nicht perfekt und doch war sie wunderschön, ihre Körperhaltung fließend und anmutig.

Senta erinnerte sich, mal irgendwo gelesen zu haben, dass sich die Geisteshaltung in der Art, wie man sich bewege, widerspiegele. Aber was sie am meisten faszinierte, war Charlenes Ruhe, gepaart mit diesem Leuchten, das von ihr ausging. Sie war der erste Mensch außer ihrem Opa, bei dem sie das Licht wahrnahm, ohne es zu sehen. Kein Wunder, dass Fred sie verehrte!

Umso sehnlicher wollte sie diesem Team angehören. Sie wollte in der Nähe solcher Menschen sein! In deren Gegenwart war es leicht, Gelassenheit zu bewahren, hier war sie in ihrer Mitte, ohne dass sie sich dafür anstrengen musste. Charlene sah auf und ihr direkt in die Augen.

»Ihre Themen sind sehr ansprechend. Ich bin beeindruckt!« Sie lachte und sah zu Fred.

»Fred! Wo hast du denn Senta auf einmal hergezaubert?«

»Ich war schon immer ein Magier und ein Glückskind! Ich habe sie mir hergewünscht.«

»Wenn das mal keine Fügung ist!«, strahlte auch Harry. »Ist genau das, was wir suchen, oder? Wissenschaft! Zahlen, Daten, Fakten!«

»Ja, das muss ich unbedingt mit Jeff besprechen!«

Senta überlief es heiß. Das hörte sich vielversprechend an!

Erklärend wandte sich Charlene zu ihr um:

»Wir hatten uns eben darüber unterhalten, wie wir am besten mit den Fragen der Hörer verfahren. Geben Sie uns ein paar Tage Zeit, Sie können sicher sein, dass wir uns melden.«

Senta nickte mit leuchtenden Augen.

»Ich danke Ihnen«, stieß sie glücklich hervor. »Ich danke Ihnen von ganzem Herzen, allein dafür, dass Sie es in Erwägung ziehen. Ich weiß, was da alles dranhängt.« Sie wandte sich an Fred: »Und Ihnen vielen Dank, dass Sie mir das Gespräch ermöglicht haben.«

Er grinste sie leicht an, blieb aber stumm. Instinktiv hatte Senta erwartet, er mache eine Anspielung auf den gemeinsamen Drink, aber es schien doch nur ein Scherz gewesen zu sein. Er brachte es nicht mehr zur Sprache.

Währenddessen reichte Charlene Senta die Hand.

»Der Dank liegt auf unserer Seite!« Sie zwinkerte ihr zu. »Sie sind ein Fingerzeig des Schicksals! Ich brenne darauf, mich mit Ihrem Großvater zu unterhalten, wenn er wieder da ist.«

»Also, um ehrlich zu sein, weiß er noch nichts über die Sendung, weil er gerade in Russland ist.«

Siedendheiß fiel ihr ein, dass Charlene vermutlich ihren Opa googeln würde und die Einträge über ihn lasen sich teilweise nicht so toll. O, verflixt, wenn die auf das Bild stießen, als er wegen seiner Erfindung abgeführt worden war …! Sollte sie das vorausschicken? Jede Menge Zweifel überfielen sie, unter anderem der, dass ihr Opa nicht unbedingt Lust haben könnte, sich ein weiteres Mal dem Shitstorm der Öffentlichkeit zu unterziehen. Trotzdem sagte sie:

»Sobald er wieder hier ist, arrangiere ich ein Treffen.«

»Klasse! Harry, was sagst du nun? Wir kommen früher ins Bett als gedacht! Also, ab nach Hause mit dir!«

Der lachte. »Frau Buchinger, Sie haben mich gerade um eine Nacht mit Charlene gebracht!«

Auch er reichte ihr zwanglos die Hand. Senta strahlte.

Hier war alles menschlich und gut, so wohl hatte sie sich schon lange nicht gefühlt. Am liebsten hätte sie hier übernachtet! Wieder ging ihr Blick zu Fred, aber der hatte nur Augen für Charlene.

Der Flirt von vorhin schrumpfte auf ein nichtssagendes Techtelmechtel zusammen. Es war Harry, der sie nach unten brachte, nicht Fred.

♫ ♫ ♫

Wieder einmal war sie durcheinander, fuhr sinnend durch die dunklen Straßen. Die Stimmung im Studio klang in ihr nach, romantische Musik verstärkte den sonderbaren Mix in ihr. Sie fühlte sich erhoben, angestochen und wie auf ein Katapult für den Absprung geführt. Das Gefühl wich nicht, als sie sich wie so oft unter den Apfelbaum setzte und dem Zauber des Abends nachspürte. Der Begegnung mit Fred. Dem Treffen mit Charlene.

Bei ihren Recherchen über das Moonlight-Radio war es nicht zu vermeiden gewesen, über die Geschichte zwischen Jeff und Charlene zu stolpern. Unwillkürlich fragte sie sich, wie wohl Jeff war, wenn Charlene ihn einem Mann wie Frederic vorzog. Der hatte ja alles! Seine Präsenz, als er neben ihr auf der Treppe gesessen hatte, erreichte sie noch immer, seine graugrünen Augen waren in ihrem Kopf, vor allem aber der Ausdruck, mit dem er Charlene angeschaut hatte. Wie musste das für ihn sein, die Liebe seines Lebens unerreichbar zu wissen? Ihre Gedanken glitten zu Christopher. Ihm war eine so andere Ausstrahlung zu eigen; seine Melancholie stand in krassem Gegensatz zu Freds Leichtfüßigkeit. Aber Christophers sehnsuchtsvoller Blick hatte ihr, Senta gegolten. Seine flüsternde Stimme prickelte in ihrem Ohr, sein Atem, seine Worte hauchten wieder über ihre Wange.

Heute Nacht träume ich von dir, Senta. Sehen wir uns wieder?

Im selben Moment gab ihr Handy einen Signalton von sich.

»Hey Senta, gerade muss ich an dich denken. Wo bist du?«

Augenblicklich fing die Nacht an zu schimmern. Sie blickte zu den Sternen, zum Mond, der die weißen Apfelblüten mit silbrigem Glanz versah. Das Bild war so wunderschön, dass sie mitten in die Blütenpracht knipste, das Foto an Christopher schickte und dazu schrieb:

»Unterm Apfelbaum.«

»Ist das dein Schlafplatz?«

Sie lächelte. »Nein, aber ein Ort zum Träumen.«

»Wovon träumst du, Senta? Darf ich das wissen?«

»Von Schokokuchen und Urlaub am Strand. Vom Machu Picchu und Reisen ins Weltall.«

In Gedanken sah sie ihn lachen, drei Sekunden später rief er sie an.

»Gehörst du zur Gattung der Nachteulen?«, fragte sie. »Der nachtaktiven Jäger?«

»Nur, wenn die Beute so attraktiv ist wie du«, gab er schmunzelnd zurück. »Wie geht es dir?«

»Sehr gut, danke. Und du? Was machen deine Albträume?«

»Die haben sich gewandelt. Gerade träume ich davon, dass du dich nochmal mit mir triffst.«

»Warum nicht? Die Restaurants haben ja wieder geöffnet. Oder wir treffen uns hier. Unterm Apfelbaum.«

»Tolle Vorstellung! Aber würde es dir was ausmachen, zu mir zu kommen? Das ist nicht dreist gemeint, es ist nur so, dass ich Fotos vermeiden will.«

»Oh«, sagte sie verdutzt. »Dein Privatleben scheint kompliziert zu sein.«

»Es ist nicht so wie bei Lieschen Müller, das ist richtig.«

»Ja, gut, dann komme ich zu dir, kein Problem.«

»Fantastisch! Kommenden Freitag? Passt das?«

»Lässt sich einrichten. Wir könnten uns was kochen. Ich bringe alles mit, nachdem du mich ja beim letzten Mal eingeladen hast.«

»Nein, nein, ich möchte nicht, dass du dir Mühe machst. Ich organisiere alles.«

»Mach dir keinen Aufwand. Ein Glas Rotwein und Spaghetti sind absolut ausreichend. Schachtelpizza hat auch ne gewisse Romantik. Und du könntest deine Jogginghosen anlassen, damit fläzt es sich leichter auf der Couch.«

Er lachte lauthals. »Oh, ich mag dich, Senta! Aber lass mich mal machen, okay?«

»Heißt das, du kochst?«

»Ich hab keine Ahnung, wie man ein Reiskorn weich kriegt, aber es wird ganz sicher zumindest kulinarisch kein Reinfall. Ich freue mich so, dich wiederzusehen!«

»Ich freue mich auch auf dich«, antwortete sie. »Dann … schlaf gut.«

Lächelnd legte sie auf.

Erst nachts im Bett fielen ihr die fiesen Artikel und Kommentare wieder ein, die ihn sein Aufruf zur Aufhebung der Maßnahmen gekostet hatte. Er hatte das auch heute mit keinem Wort erwähnt und sie nahm sich vor, ihn danach zu fragen.

♫ ♫ ♫

Ihr Leben hatte wieder Fahrt aufgenommen. Zwei Tage später schon rief der Sender an und bat sie für ein weiteres Gespräch in das Studio.

Diesmal gab sie sich Mühe mit ihrer Kleidung, schminkte sich ein wenig und brachte ihr blondes Haar in Schwung. Ihre Gedanken wanderten zu Fred, dem Blick, mit dem er Charlene angesehen hatte. Sie musste ein wenig lachen, als ihr bewusst wurde, dass es innerhalb kurzer Zeit zwei Männer gab, die ihr gefielen. Aber Fred war ja sozusagen vergeben.

Im Sendegebäude angekommen, traf Senta auf Charlene, die sie herzlich begrüßte und mit ihr zusammen den Besprechungsraum aufsuchte. Erneut war Senta bezaubert von ihrer anmutigen Art – und megagespannt auf Jeff.

Als Charlene die Tür zum Konferenzzimmer öffnete, wurde die Liste der Männer, die Senta gefielen von zwei auf drei erweitert.

Zwei ungewöhnlich blaue Augen blitzten sie an, Jeffs Körper war durchtrainiert und strahlte Kraft aus, sein dunkles Haar war nach hinten gekämmt und er trug einen Bart wie Tony Stark in Iron Man. Wie Charlene war er nicht perfekt, aber fraglos attraktiv und hatte eine spritzige, tatkräftige Ausstrahlung.

»Hallo Senta«, grüßte er sie und schenkte ihr ein atemberaubendes Lächeln. »Ich habe dein Handout gelesen – das sind tolle Themen! Als Biologin kannst du sicher viel Fachliches beitragen.«

»Das habe ich vor! Ich hoffe auch, den ein oder anderen Professor gewinnen zu können, aber ich glaube, wenn wir das starten, ist es am wichtigsten …«

Die zwei fanden sofort ins Gespräch, zwischen ihnen existierte nicht die geringste Barriere, einer sprudelte mehr als der andere, eine Idee gesellte sich zur nächsten hinzu. Eindeutig schwammen sie auf einer Wellenlänge. Charlene warf ebenso wertvolle Gedanken ein, sodass Senta und Jeff am Ende eine lange To-do-Liste und weitere Termine im Kalender stehen hatten. Mit leuchtenden Augen schloss Senta:

»Unser vorrangigstes Augenmerk sollte auf Sachlichkeit liegen. Damit müssen wir uns auszeichnen.«

»Sehr gut«, freute sich Charlene. »Das wäre ein tolles Markenzeichen! Das wird klasse!«

»Und dank des Moonlight-Radios haben wir den Vorteil, nicht bei null anfangen zu müssen. Das ist ein richtig gutes Sprungbrett!«, fügte Jeff hinzu und wandte sich Charlene zu. War sein Lächeln schon vorher atemberaubend gewesen, steigerte sich das jetzt noch mehr. Senta blieb die Luft weg. Noch nie hatte sie in dieser Stärke das Gesicht eines Menschen sich so wandeln sehen. Es verklärte sich ja geradezu! Jeffs Züge wurden so weich und zärtlich, dass er selbst Wulff damit in den Schatten stellte.

Senta war platt. Dass es so was gab. So eine Liebe, so ein klares, unbedingtes Zueinanderstehen! Ihr eröffneten sich neue Dimensionen, was ihre persönliche Messlatte ziemlich nach oben schob.

Sie hatten sich schon zum Gehen gewandt, als Jeff sagte:

»Ich habe nicht die geringste Ahnung, wie das laufen wird, Senta, aber wenn unsere Seite irgendwelche Einnahmen generiert, wird das natürlich brüderlich geteilt.«

»Oh, ich will kein Geld«, erwiderte sie. »Ich bin dankbar, dass ich mich einbringen darf. Es ist mir ein Bedürfnis. So viele sagen, alternative Medien wären nicht kompetent, dabei sind wir es doch, die mit offiziellen Zahlen argumentieren. Die Gegenseite steht in der Beweisschuld. Dagegen müssen wir ankämpfen!«

Zwanglos legte Charlene den Arm um ihre Schulter.

»Wir kämpfen nicht«, sagte sie. »Wir lieben. Wir senden aus. Bei allem, was wir tun, dürfen wir nie vergessen, dass es nur darum geht, Menschen in die Liebe zu bringen. Ob sie nun eine andere Meinung haben oder nicht.«

Senta war verblüfft. Diese Einstellung fiel ihr nach wie vor schwer. Wie ging das, sich gegen etwas zu wehren und doch in der Liebe zu bleiben?

»Aber dann würde doch das *Moonlight-Radio* reichen«, widersprach sie verständnislos. »Wozu dann Jeffs Arbeit?«

»Weil man viele Menschen nur über den Verstand erreichen kann. Und ich hoffe doch sehr, dass ihr beide das Gleiche tut wie das Moonlight-Radio«, antwortete Charlene. »Menschen die Angst zu nehmen. Man kann alles mit Liebe machen. Alles mit Verständnis. Man kann auch Informationen mit Liebe weitergeben. Dann gewinnt das gleich eine andere Qualität. Um ehrlich zu sein, halte ich das für substanziell.«

Sie grinste Jeff an, der schon wieder diesen überirdisch verliebten Ausdruck im Gesicht hatte, seine Arme öffnete und Charlene umarmte.

»Aber immer doch, meine Süße«, murmelte er in ihr Haar. »Das geht gar nicht anders, wenn man mit dir zusammen ist.«

Das glaubte ihm Senta ungeschminkt. Sie war geradezu schockiert von dieser Liebe zwischen den beiden und der hohen Energie, die in ihrer Gegenwart schwang. Hier war tatsächlich kein Platz für negative Gefühle. Charlene zwinkerte Senta zu.

»Ganz sicher ist das ein spannender Prozess, über Dinge zu berichten, ohne ins Negative zu verfallen.«

»Allerdings«, stimmte Senta zu. »Ich gebe zu, das ist eine dicke Herausforderung für mich, weil ich finde: Gewisse Dinge *sind* negativ und durch nichts zu beschönigen. Im Gegenteil. In diesem Fall halte ich eher das Beschönigen für negativ.«

»Ich verstehe, was du meinst. Aber schau, das zieht eine wahre Kettenreaktion nach sich. Wenn du zu sehr verhaftet bist, siehst du die andere Seite nicht. Wenn du die andere Seite nicht siehst, hast du kein Gesamtbild. Und wenn du das nicht hast, verlierst du deine Ruhe. Wenn du diese verlierst, rutschst du in die Angst und willst nur noch kämpfen und um dich schlagen. Dauerhaft schlechte Gefühle bedeuten Labilität, das macht dich angreifbar. Und dann bist du nicht mehr offen für das Licht. Eine Situation wie diese sollte man immer von einer höheren Perspektive aus betrachten, sich also über Gut und Böse, Schwarz und Weiß erheben.«

»Aber wie geht das?«, fragte Senta ehrlich interessiert. »Irgendwie habe ich schon das Gefühl, dass es ein Kampf zwischen Gut und Böse ist.«

»Das würde ich anders bezeichnen. Es ist eine Entscheidung für oder gegen die Liebe. Nichts sonst.«

Senta entfuhr ein verblüffter Laut, während sie beobachtete, wie Jeff Charlene in seine Arme nahm und sie mit dieser unendlichen Zärtlichkeit an sich drückte. Wusch! Eine Welle an Liebe türmte sich auf, brach sich und überflutete auch Senta.

Wieder einmal war sie verwirrt, aber auf positive Weise. Charlenes Argumentationskette verfolgte sie die gesamte Heimfahrt über.

Informationen mit Liebe weitergeben. Das, was sie ausgraben würden, war aber sehr wahrscheinlich nicht unbedingt schön – wie sollte man das mit Liebe weitergeben? Aber allein die Möglichkeit erweiterte ihren Horizont, ja, beschämte sie geradezu und schuldbewusst dachte sie an Melanie. An ihren letzten Disput, an die Unterhaltungen davor – und im Bruchteil einer Sekunde verstand Senta plötzlich, warum ihre Freundin Abstand gesucht hatte: weil ihre Erkenntnisse mit einer Masse an Wut und Unverständnis getränkt gewesen waren. Hatte Melanie primär darauf reagiert? Wäre sie für ihre Informationen offener gewesen, wenn nicht diese negativen Gefühle sie begleitet hätten?

Charlenes Gelassenheit kam ihr in den Sinn. Charlene, die alle Leute so sein ließ, wie sie eben waren und sich doch nicht verbog. Die trotzdem klar Stellung bezog, die Dinge erkannte, wie sie waren und auf einer hohen Ebene blieb.

Ich habe nichts gegen das, was geschieht. Wie das gehen sollte, begriff Senta noch nicht vollends, aber sie war bestrebt, es herauszufinden.

Immer tiefer erschloss sich ihr damit auch, was ihr Opa mit seiner Aufforderung gemeint haben könnte, hochkommende Gefühle zu bearbeiten und die Situation als Reinigungsprozess zu nutzen. *Überleg dir gut, was dein Beitrag ist für diese Welt.*

Ja, Senta hatte viel nachzudenken.

♫ ♫ ♫

Die Arbeit mit Jeff machte von Beginn an Spaß. Nicht nur, weil ihr Kopf gefordert war und sie sich wieder nützlich fühlte, sondern weil sie zu verstehen begann, dass diese Sache ihr ureigener Aufarbeitungsprozess war. Sie suchte Antworten, innen wie außen. Für Senta war noch nicht in jedem Detail erkennbar, wo das Schiff der Menschheit gerade hinsteuerte, wohin die Politik die Menschen trieb. Und damit auch sie.

Drei Tage lang sichtete sie Unmengen an Material, um auszusortieren, was ihren Ansprüchen genügte und staunte, wie viele hochqualifizierte Beiträge es bereits gab, die in der Masse untergingen. Die Autoren lasen sich teilweise wie das Who is Who der Wissenschaft und doch hatten ein Tierarzt und ein hochgeputschter Virologe mehr zu sagen als Hunderte anderer Experten.

Jeder konnte Zahlen lesen, auch die Regierung. Senta unterstellte den Obersten alles Mögliche, aber nicht, dass sie dumm waren. Aber wenn es nicht Dummheit war, musste eine andere Absicht dahinterstecken. Sie glaubte auch nicht, dass TIM an noch mehr Geld interessiert war. Wozu denn? Nein, er, und wer sonst noch die Geschicke der Welt leitete, sahen ganz sicher einen anderen Anreiz, als nur Geld in die Kassen der Pharmaindustrie zu pumpen.

Fakt war: Sentas Tage waren wieder voll. Am Wochenende wollte sie sich mit Gunnar treffen, um ihn zu fragen, ob er Ideen hatte, wie man Jeffs Seite eine größere Reichweite und Präsenz bescheren konnte. Sie stellte Anfragen an potenzielle Interviewpartner, surfte stundenlang im Netz und versuchte, Ordnung in die gesammelten Daten zu bringen.

Das Leben sah viel rosiger aus als vor ein paar Wochen und einmal mehr erkannte Senta, wie recht Charlene hatte: Mit einer angstvollen Einstellung nützte sie niemandem.

Wenn du in negative Energien hineingehst, spielst du ihr Spiel und vergrößerst nicht das Feld der Liebe, sondern das Feld der Angst. Geh nach innen, nicht nach außen. Nur dort kannst du etwas ändern.

Ja, das war es. Aus den unregelmäßigen Meditationen wurden regelmäßige. Oft verbrachte sie den Morgen im Garten unter den Bäumen – und war glücklich. Trotz der Krise.

Endlich hatte sie ihren inneren Leuchtturm wiederentdeckt, nach dem sie sich immer richten konnte: das Licht in ihrem Herzen.

♫ Writing In The Margins ♫

John Gorka

Freitagabend. Sie stand vor dem Kleiderschrank. Ob Christopher eine Jogginghose anzog? Hm, so richtig glaubte sie nicht daran und so entschied sie sich für ein leicht elegantes, langes Sommerkleid im Empirestil, schnappte sich eine Flasche guten Rotweins aus Opas Keller und fuhr los.

Sowie ihr Wagen vor dem imposanten Tor stand, schob es sich automatisch zurück. Im Augenwinkel entdeckte Senta eine Kamera, mit der er sie vermutlich hatte kommen sehen. Die Sonne war noch nicht untergegangen und erlaubte ihr diesmal einen umfassenderen Blick über das Anwesen. Passend zum weißen Bungalow war ein Steingarten angelegt, mit Gräsern und Kakteen, anthrazitgrauen Bodenvasen sowie futuristischen Außenleuchten. Ein nüchterner Gegensatz zu dem natürlich und teilweise wild wachsenden Garten ihres Opas. Als sie sich der Haustür näherte, entdeckte sie rechts davon eine merkwürdig geformte, lebensgroße Skulptur aus rotem Stein inmitten eines Kiesrondells. Es sah aus wie ein völlig verwurstelter, verknoteter Mensch mit zu vielen Gliedmaßen und einem schrecklich deformierten Gesicht – ein buckliger Koloss mit Krebsgeschwüren. Das Gesicht war eine Fratze, die negroiden Lippen blau angemalt und zum Schrei geöffnet. Erschauernd wandte sie sich ab.

»Du liebe Zeit, bist du hässlich«, murmelte sie. »Wer stellt sich denn so was freiwillig in den Garten?«

Kurz darauf öffnete sich die Haustür und ein anderer Anblick erwartete sie. Christophers Augen strahlten sie an. Er war total glücklich, sie zu sehen, und hatte natürlich keine Jogginghose an.

»Ich habe geahnt, dass du dich schick machst!«, begrüßte sie ihn und drückte ihm den Rotwein in die Hand. »Hier! Falls nichts zu trinken im Haus ist.«

Er lachte. »Danke! Aber wie versprochen, habe ich für alles gesorgt.« Er umarmte sie länger, als es sich für ihre noch flüchtige Bekanntschaft ziemte und hauchte ihr einen Kuss auf die Wange.

»Ich freue mich so auf den Abend mit dir!«

Sanft strich er ihr über die Wange, strahlte sie an. Senta wurde schwummerig, noch mehr, als er sie wieder an die Hand nahm, als seien sie zusammen, und sie ein Stück ins Innere zog, wo er ihr die Jacke abnahm. Sie standen in einer kleinen Halle, die wie eine Gruft wirkte, da man den Rohbeton an den Wänden belassen hatte. Das Haus war hypermodern und minimalistisch eingerichtet, wirkte sehr kühl. Das war ihr beim ersten Mal gar nicht so aufgefallen. Doch Christophers Freude erwärmte die Betonmauern.

»Sag mal, was hast du dir denn für einen Quasimodo in den Garten gestellt?«, fragte sie, um die intime Stimmung etwas zu entschärfen. »Wäre ein Mandelbäumchen nicht hübscher gewesen?«

»Auf jeden Fall billiger«, grinste er.

Senta wollte gerade antworten, als eine Frau und ein Mann im Cateringoutfit auftauchten, den Mundnasenschutz bis zum Rand der Augen gezogen. Verdattert starrte Senta die Zwei an.

»Guten Abend, Madame«, näselte der Mann. »Mein Name ist Udo, ich bin heute Ihr Butler und hoffe, zu einem gelungenen Abend beitragen zu können.«

Allein sein Anblick ließ jede Menge Zweifel daran aufkommen. Zu allem Unglück holte Udo das ihr inzwischen bekannte schwarze Säckchen heraus und forderte sie mit steifen Worten auf, ihr Mobiltelefon hinein zu versenken. Senta kam sich vor, als beträte sie ein Gefängnis, in dem man alle privaten Dinge abgeben musste.

»Selbstverständlich können Sie Ihr Telefon bei sich behalten«, informierte Udo sie und gab ihr mit weiß behandschuhten Händen das Säckchen zurück. Er nickte ihr knapp zu und wandte sich steif an Christopher. »Wie gewünscht steht der Aperitif im Wohnzimmer, Herr Waldorf. Möchten Sie, dass ich einschenke?«

»Ja, nur zu«, sagte Christopher nervös, weil er merkte, dass die beiden bei Senta gar nicht gut ankamen und die Stimmung deutlich abgesackt war.

»Ich darf mich ebenso vorstellen«, machte sich die Frau bemerkbar, die Augen ausdruckslos auf Senta gerichtet. »Mein Name ist Trijana und ich habe heute für Sie ein vegetarisches Sechs-Gang-Menü zubereitet, bestehend aus …«

Sie leierte ihren Text herunter. Sentas Versuch, sie mit einem Lächeln zu etwas mehr Emotion zu bewegen, scheiterte kläglich.

Ernüchtert folgte sie Christopher und dem Butler ins Wohnzimmer, der formvollendet die Flasche öffnete, zwei Gläser füllte und sie, den Unterarm auf dem Rücken, auf einem Tablett überreichte.

Etwas unwillig nahm sich Senta eines davon. Christopher stieß mit ihr an, seine braunen Augen blickten beunruhigt. Sie räusperte sich.

»Herzlichen Dank für die Einladung.« Sie klang ebenso förmlich wie Udo.

»Danke, dass du gekommen bist.«

Er versuchte zu lächeln, aber Senta nahm einen tiefen Schluck aus dem Glas und wandte sich ab in Richtung der bodenlangen Fenster, die Ausblick auf die große Terrasse und den restlichen Garten gaben. Alles war geometrisch angeordnet und somit den Formen des Hauses angepasst. Ihre Augen wanderten über den perfekten Rasen, der mit Stahlleisten eingefasst war, über die perfekt in Form geschnittenen Buchse, den sauber geharkten Kies, auf dem nicht ein Laubblatt lag.

Gerade wollte sie eine Bemerkung machen, als Christopher hinter sie trat, so nah, dass sie seine Körperwärme empfing. Sie machte einen Schritt zur Seite, entwich seinem persönlichen Bereich. Er schluckte.

»Du bist enttäuscht«, stellte er leise fest.

»Ja«, gab sie unumwunden zu. »Das ist … irgendwie sonderbar. Ich glaube, Schachtelpizza und Jogginghose wäre die bessere Wahl gewesen.«

Im selben Moment tat es ihr leid, das gesagt zu haben. Er hatte sich doch solche Mühe gegeben, wollte ihr einen schönen Abend bereiten und hatte keine Kosten gescheut. Etwas reumütig blickte sie ihm von unten her in die Augen und Christophers Herz setzte wieder mal aus, strömte zu ihr hin, so vehement, so offen, dass es ihr die Sprache verschlug. Sanft streichelten seine Finger über ihren nackten Oberarm, wie ein »Es tut mir so leid! Wie kann ich das wiedergutmachen?«

Sie verstand die Botschaft.

»Du könntest den beiden einen freien Abend gönnen«, schlug sie vor.

»Trijana wäre bestimmt sauer, wenn wir ihr Menü nicht essen. Und Hunger habe ich auch. Aber den Rest des Abends können wir ihnen …«

»Hattest du etwa vor, sie die ganze Zeit hierzubehalten?«, fragte sie erstaunt. »Wozu denn?«

»Ich … ich wollte es einfach besonders haben«, erwiderte er ein wenig unglücklich, weil er genau das Gegenteil erreicht hatte. Senta atmete tief durch, hob ihr Glas und sagte lakonisch:

»Okay, dann auf einen besonderen Abend.«

Christopher wollte antworten, aber Udo betrat wieder die Bühne, stellte Kanapees auf dem Couchtisch ab und checkte die Gläser. Das ihre war noch voll, so füllte er nur Christophers auf und verschwand wieder, aber seine Distanziertheit und Emotionslosigkeit hingen wie Bremsklötze im Zimmer. Die Stimmung blieb gezwungen.

»Setz dich doch«, forderte Christopher sie auf. Wie ein paar Wochen zuvor ließ sie sich auf der Couch nieder, startete einen Versuch, das Eis zu brechen.

»Wie geht es dir, Christopher?«

»So weit gut, danke. Viel zu tun. Aber das ist ja nichts Neues.«

Vorsichtig stellte sie ihr Glas auf dem Tisch ab. »Christopher, ich habe mitbekommen, dass du dich für ein Enddatum der Maßnahmen eingesetzt hast. Das finde ich grandios.« Nun war sie es, die ihn unglücklich anschaute »Aber ich habe auch mitbekommen, wie sie über dich hergezogen sind. Das tut mir aufrichtig leid.«

»Muss dir nicht leidtun. Mir war klar, dass das kommt.«

»Warum hast du es dann getan?«

»Aus reiner Unvernunft. Mein Kopf war ganz sicher nicht beteiligt. Und weil mich kurz davor eine bezaubernde Wildkatze angefaucht hat, ich sei feige.«

Er lächelte sie an. »Diese Wildkatze ist auch der festen Überzeugung, dass alles Mögliche mal unmöglich war. Und noch fataler: dass Liebe in diesem Spiel eine entscheidende Rolle spielt.«

Ihr Gesicht wurde weich, ihre Augen begannen zu leuchten.

»Und?«, fragte sie aufgeregt nach, als er nicht weiterredete. »Denkst du jetzt anders über all das?«

Er atmete tief ein, starrte auf das Feuer in seinem drei Meter langen Kamin.

»Ich habe erkannt, dass ich diese Variable nie in die Gleichung einbezogen habe. Und noch gravierender: dass andere das auch nicht tun.

Dass genau das ein Fehler in ihrer Rechnung sein könnte. Aber ob das etwas ändert, weiß ich nicht.«

Die letzten Sätze hatte er mehr zu sich gesagt, als zu ihr, aber Senta war total fasziniert.

»Christopher!«, hauchte sie. »Das … das hört sich total schön an! Das ist es! Oh, ich kann es nicht fassen, dass du das gesagt hast!«

Er lachte leise, während sein Blick zur Tür glitt. Udo stakste herein, überprüfte erneut den Inhalt der Gläser und verdünnisierte sich wieder.

Senta zog eine Grimasse.

»Ich kann's offengestanden kaum erwarten, mit dir allein zu sein«, brummte sie.

»Das kann ich offengestanden auch nicht erwarten«, gab er zurück. Sie wurde rot. Dass er sich das aus anderen Gründen wünschte, war klar.

»Hat es dir wehgetan, dass sie dich so fertiggemacht haben?«, wich sie aus.

»Nein, nicht wirklich, wie gesagt, ich habe es erwartet.«

»Und wie geht das jetzt weiter? Bleibst du dran? Oder war das dein letzter Vorstoß in diese Richtung?«

»Wollten wir es nicht vermeiden, über Politik zu reden?«

»Ich dachte, das galt nur für den ersten Abend?«

»Ich meinte, das gilt generell. Das würde vieles vereinfachen.«

»Nein, das geht nicht«, widersprach sie entschieden. »Ich möchte mit dir über *alles* reden können.«

»Das ist völlig unmöglich«, entfuhr es ihm. Erstaunt sah sie ihn an. Ihr Blick fiel auf das Säckchen mit dem Handy.

»Ich verlange doch nicht, dass du Staatsgeheimnisse mit mir teilst. Du willst also an der Oberfläche bleiben?«

Als er nicht antwortete, stieß sie einen kleinen Schnaufer aus und sagte: »Okay. Kannst du haben. Worüber wollen wir reden? Übers Wetter?«

»Nein, das will ich nicht!«, presste er hervor. »Ich will nur nicht … versteh doch, ich bin den ganzen Tag mit Problemen beschäftigt und einfach froh, wenn ich mal Abstand davon gewinne.«

»Gewinnst du denn Abstand, wenn du nicht darüber redest?«, gab sie zurück. »Manchmal werden Dinge klarer, wenn man sie mit Leuten durchdenkt, die außerhalb des üblichen Horizonts liegen.«

»Bist du deswegen hier? Um meine Gedanken mit mir durchzudenken? Um zu erfahren …« Er brach ab. Sie runzelte die Stirn.

»Ich bin hier, weil du mich eingeladen hast«, versetzte sie eingeschnappt. Christopher seufzte resigniert.

»Senta … tut mir leid. Das hätte ich nicht sagen sollen. Es ist nur, dass ich …« Er räusperte sich. »… dass ich diesbezüglich ziemlich negative Erfahrungen hinter mir habe.«

»Schon gut, Christopher, ich verstehe. Wirklich.«

Wieder sah er sie auf diese Weise an, die kein Hehl aus seinen Gefühlen machte. Seine gesamte Körpersprache gab zu, in sie verliebt zu sein und eine Beziehung mit ihr herbeizusehnen. Gleichzeitig war ihm klar, dass das nicht möglich war, wenn er von vornherein dichtmachte. Senta hingegen fühlte sich überrumpelt von seiner Gefühlsdichte, doch die Tatsache, dass es für sie noch lange nicht zur Debatte stand, etwas mit ihm zu starten, half ihr, über ihren Schatten zu springen. Spielerisch boxte sie ihn an den Oberarm und meinte leichthin:

»Vorschlag: Wir reden einfach drauflos und du sagst mir, wenn du nicht antworten kannst. Wäre das eine Lösung?«

Verdrossen schloss er den Mund. Er hatte die Leichtigkeit, mit der sie das gesagt hatte, ganz richtig verstanden und es war ihm anzusehen, dass er nicht glücklich darüber war.

»Mann«, stöhnte er. »Wie schaffe ich es nur immer wieder, schon in den ersten Sekunden alles zu versauen?«

»Nichts ist versaut«, sagte sie. »Ich kann nachvollziehen, dass du vorsichtig bist.«

»Danke, Senta.« Er strich sich übers Haar. »Was gäbe ich dafür, mit dir wirklich über alles reden zu können! Aber da gibt es ein paar Dinge, die …«

Er brach ab, biss sich auf die Lippen.

»Nur kein Stress«, erwiderte sie heiter und legte ihre Hand auf die seine. »Es ist okay. Wirklich. Ich habe dir schon mal gesagt, dass ich dich niemals hintergehen würde. Ich könnte mit so was nicht leben.«

Christopher atmete tief durch, griff ihre Hand fester. Neigte sich ihr zu, doch wieder wurde der Moment von Udo unterbrochen. Er stand so unvermutet im Zimmer, dass Senta erschrocken zusammenzuckte. Wo war der Kerl auf einmal hergekommen? Der schlich ja wie ein Indianer! Mit Lackschuhen? Wie machte er das?

Fast ertappt ließ Christopher Sentas Hand los, was sie mit Verwunderung wahrnahm, noch mehr, als Udos Lippen sich kräuselten, als habe er Christopher beim Pupsen erwischt.

»Trijana bittet zu Tisch, Herr Waldorf«, vermeldete er. »Madame? Wenn Sie mir bitte folgen würden?«

Er stellte die Champagnergläser auf ein Tablett und blieb steif stehen. Senta erhob sich und strich ihr Kleid glatt. Udo suchte Christophers Blick, glitt danach zu Sentas Handtasche. Chris schüttelte leicht den Kopf.

»Was ist?«, fragte Senta irritiert. »Hab ich was verpasst?«

»Nein, gar nicht! Udo wollte nur wissen, ob er die Champagnerflasche mit rübernehmen soll«, sagte Christopher schnell und errötete leicht. »Aber wir haben eine exquisite Weinbegleitung zum Essen.«

»Vielen Dank, ich bleibe bei Wasser«, kündigte Senta an. »Ich muss noch fahren.«

»Das wäre schade! Ich habe einen tollen Rosé für dich rausgesucht, sehr leicht, den musst du unbedingt probieren!«

Er führte sie ins Esszimmer. Senta blieb die Spucke weg. Ein Tisch aus purem Beton erwartete sie, mit Kunststoffstühlen in grün, gelb, blau und rot außenherum. Die Deko war dem Design angepasst. Sentas Blick glitt über Metallkugeln, Kerzenständer aus Eisen und Steine. Ein krakeliger, trockener Ast steckte in einer Glasvase, daran befestigt drei künstliche Blüten. Etwas entfernt davon befand sich eine riesige, schwarze Lamellenwand, die sich in einem großen L durch den Raum zog.

»War ne Idee meiner Expartnerin«, erklärte Christopher. »Dahinter ist die Küche. Man kann die Wand auf und zu fahren. Ist praktisch in Fällen wie diesen.«

Unwillkürlich fragte sich Senta, wie wohl ihre Bleibe auf Christopher wirken musste. Die rotkarierte Tischdecke unterm Baum, Gardinen an den Fenstern, Weichholzmöbel im Landhausstil und Floralmuster auf den Kissen im Wohnzimmer. Sie räusperte sich.

»Sehr originell«, bemerkte sie auf Christophers erwartungsvollen Blick. »Ungewöhnlich. Die Steinchen auf dem Tisch sind schön.«

Das waren sie, denn auf jedem stand ein aufbauendes Wort wie »Hoffnung«, »Liebe« oder »Glück«.

Udo rückte ihr den Plastikstuhl, versorgte sie mit Rosé und Wasser, während Trijana mit einem großen Tablett hereinkam. Die Stimmung war gruselig, mit den Zweien am Tischrand, deren Gesicht hinter dem Mundschutz verborgen war und deren Augen nicht lächelten. Näselnd kündigte Udo den ersten Gang an. Seine Stimme hallte ein wenig in dem Beton-Esszimmer. Senta wusste darauf nichts zu sagen, Christopher ebenso wenig. Mit steifer Geste platzierte Udo die Teller auf den Tisch, drehte den Rand, bis alles exakt stand. Trijana flüchtete in die Küche, als hielte sie es keine Sekunde länger in Sentas Nähe aus. Diese wünschte sich sehnlichst, Udo wäre mit Trijana geflüchtet, aber er scharwenzelte weiter um sie herum, stellte die Flaschen in einen Betonkühler, während sie schweigend zu essen begannen und jeder Bissen, den sie schluckten, hörbar war. Als er den Raum verließ, atmete Senta hörbar auf; Christopher fühlte sich daraufhin wieder unbehaglich – was die Stimmung nicht besserte.

»Oh, verdammt«, grummelte er mit gesenkter Stimme, damit die Worte nicht durch die Lamellenwand drangen. »Gründlicher kann man wohl einen Abend nicht vergeigen. Ich habe dem Caterer gesagt, dass ich ihr bestes Personal möchte. Tja, da haben wir es nun. Sie sind beide perfekt.«

»Superperfekt«, stimmte Senta zu, neigte sich ein wenig über den Tisch, blinzelte ihm zu und flüsterte: »Bist du sicher, dass sie menschlich sind? Sie wirken wie Zombies! Wie abgestorben!«

Christopher lachte. »Du hast immer so krasse Bilder auf Lager.«

»Aber es stimmt doch! Wie wäre es mit einem Wiederbelebungsversuch?«

»Ein Wiederbelebungs… wie meinst du das denn?«

Die Unterhaltung erstarb erneut, als Udo hereinkam und den Schluck Wasser nachschenkte, den Senta eben getrunken hatte. Beobachtete er sie aus der Küche? Unwillkürlich suchte sie nach einer Kameralinse – und entdeckte eine, in der Ecke des Zimmers. Na, super.

»Danke, Udo«, sagte Christopher gepresst. »Wir schenken uns selbst nach.«

»Sehr wohl, Herr Waldorf.« Udo nickte knapp, verschwand wieder hinter die Lamellen.

»Wie geht es dir?«, fragte Christopher, ohne auf den Wiederbelebungsversuch weiter einzugehen. »Hast du schon einen Job gefunden?«

»Ich habe einige Angebote als wissenschaftliche Mitarbeiterin in diversen Universitäten. Aber die sind alle weiter weg und gerade möchte ich nicht unbedingt woanders hinziehen.«

Mit glänzenden Augen beugte sie sich zu ihm vor und wollte ihm gerade vom Moonlight-Radio erzählen, als Udo erneut auftauchte und die Vorspeisenteller mitnahm. Senta seufzte, zog eine Grimasse und merkte an Christophers erwartungsvollem Blick, er meinte, sie würde ihm mit dem nächsten Satz offenbaren, er wäre der Grund, warum sie nicht woanders hinziehen wollte. Langsam wurde ihr das unangenehm und diesmal war sie richtig froh, ihre Wortverlegenheit auf Trijana schieben zu können, die mit dem nächsten Tablett erschien. Udo näselte wieder, Trijana guckte tot, Christopher wünschte guten Appetit, weil es in der Gegenwart der beiden nicht mehr zu sagen gab.

Das Gespräch spuckte wie Wasser aus einem verstopften Rohr, wurde in kurzen Intervallen immer wieder von Udo und Trijana abgedreht. Die Atmosphäre war befremdend, die Themen blieben notgedrungen seicht, weil Udo alle drei Minuten checkte, ob sie etwas bräuchten. Seine Ausstrahlung war wie ein Eishauch, der alles erstarren ließ. Als Udo zum gefühlt fünfzigsten Mal ihre Unterhaltung zum Erliegen gebracht hatte, entfuhr Senta ein genervter Atemzug. Christopher sandte ihr einen unglücklichen Blick. Im nächsten Moment sah er in Sentas Augen einen kämpferischen Funken aufblitzen. Sofort hoben sich seine Lippenenden nach oben. Das bedeutete Kampf! Was hatte sie vor?

»Weißt du was?«, sagte sie da auch schon. »Das ist ja nicht auszuhalten! Ich starte jetzt mal mit meinem Wiederbelebungsversuch.«

»Ach ja, der Wiederbelebungsversuch. Was meinst du damit?«

»Es ist ein Experiment. Du kannst gerne mitmachen.«

»Schieß los! Was muss ich tun?«

Er lachte und lehnte sich leicht zurück, um sie besser betrachten können. Jeanne d'Arc, die ihn bis in seine Träume verfolgte, war gerade zum Leben erwacht. Eifrig beugte sich Senta über den Tisch zu ihm hin.

»Wir machen jetzt genau das, woran du nicht glaubst!«, raunte sie ihm verschwörerisch. »Es geht um Folgendes: Wir schließen beide die Augen. Dann denkst du an dein Herz und stellst dir vor, wie darin ein Licht leuchtet. Ein Licht voller Liebe. Als Nächstes visualisierst du, wie von diesem Licht Strahlen ausgehen. Und diese Strahlen senden wir Udo und Trijana.«

Er stieß einen verblüfften Laut aus, sichtlich konsterniert.

»Aber ich empfinde keine Liebe für sie. Also kann ich auch nichts versenden«, protestierte er.

»Das ist Unsinn. In deinem Herzen ist doch Liebe, die reicht für die ganze Welt. Es geht doch nur darum, ein bisschen was davon zu verschenken. Das macht uns ganz sicher nicht ärmer, im Gegenteil.«

»Mann, Senta, das ist voll durchgeknallt!«

»Ist dir schon mal die Idee gekommen, dass die Welt durchgeknallt ist, weil du solche Ansichten vertrittst? Vorhin hast du gesagt, dass Liebe eine Komponente ist, die du nie ins Auge gefasst hast. War das nicht ernstgemeint?«

»Doch, schon aber …«

»Super, dann machen wir jetzt aus der Theorie eine Praxis«, unterbrach sie ihn rigoros. »Einen Versuch ist es doch wert! Außerdem müssen wir uns beeilen! In spätestens sechzig Sekunden ist Udo zurück! Komm schon, mach die Augen zu!«

Unwillkürlich kullerte ein Lachen aus seinem Mund.

»Du bist ein total verrücktes Huhn«, murmelte er amüsiert, setzte sich aufrecht hin und schloss die Augen. Senta tat dasselbe und atmete tief durch.

Irgendwo tickte eine Uhr. Ansonsten war es vollkommen still im Raum. Sie konzentrierte sich auf ihr Herz, stellte sich vor, wie Liebe sich daraus erhob, sich ausdehnte, zum Feld wurde, das sie und Christopher einhüllte. Sie ließ es dichter und stärker werden, visualisierte, wie sich diese Liebe in den Raum ergoss, das Haus füllte, über die Mauern hinaustrat und sich weiter ausbreitete. Danach fokussierte sie in Gedanken einen Lichtstrahl, schickte ihn in Udos Herz und tat dasselbe mit Trijana.

Ein kleiner Seufzer entfuhr ihr, sie badete in diesem satten Gefühl und versenkte sich noch mehr. Die Energie hob sich merklich, es schien wärmer zu werden.

Christopher hingegen wusste nicht, wie ihm geschah. Er hatte nur Senta zuliebe die Augen geschlossen, aber nicht vorgehabt, mitzumachen. Doch die nächsten Sekunden gingen über seinen Verstand hinaus. Eindeutig erreichte ihn etwas, das war nicht zu leugnen. Eine sanfte Schwingung erfasste ihn, er fühlte sich von Licht umgeben und sein Herz sirrte, als sei es seit langer Zeit wieder an ein Kraftwerk angeschlossen und liefe sich warm.

Trotzdem kam er sich doof vor, linste verhalten zu Senta und fiel fast um, als er ihr seliges Gesicht sah. Sie schien restlos glücklich zu sein und das versetzte ihm einen gewaltigen Schock, ohne dass er hätte sagen können, warum.

Schnell schloss er die Augen wieder, ihre Worte tanzten in seinem Ohr: *In deinem Herzen ist doch Liebe, die reicht für die ganze Welt.*

Ja, in seinem Herzen war Liebe, schmerzhaft und schön. Christopher war hin- und hergerissen zwischen Abwehr und Genuss, zwischen sich bescheuert fühlen und Faszination. Mit Sentas seligen Ausdruck im Gedächtnis gab er für einen Moment den Widerstand auf, gab für eine Sekunde sein Herz frei. Eine Sekunde, eine Mini-Chance, eine feine Öffnung – die sein Herz nutzte. Es fühlte sich an, als käme es aus diesem Spalt hervor, als weitete es sich aus. Mit einem Mal hatte Christopher das Gefühl, ein Feld zu erzeugen, das ihn mit Senta verband. Sein Herz klopfte. Er spürte sie, ohne sie zu sehen, ohne sie zu berühren, er spürte sie mit völlig neuen Sinnen. Je mehr er sich darauf einließ, desto stärker wurde die Verbindung, desto mehr Energie schien im Raum zu tanzen, schwerelos und sorgenfrei. Es war unsagbar schön. Es war ein »über den Wolken Gefühl«, das er noch nie so erlebt hatte.

Ein verlegenes Räuspern riss sie beide aus ihrem Zustand und unisono öffneten sie die Augen. Schmidtchen Schleicher stand vor ihnen, zwei Teller in der Hand, sie hatten ihn nicht gehört. Senta hatte keine Ahnung, ob etwas von dem Gefühl, das sie Udo geschickt hatte, angekommen war. Aber unumstrittene Tatsache war: *Sie* fühlte sich besser und das gab ihr völlig andere Gedanken ein.

»Hey, Udo«, sagte sie verträumt. »Kennen Sie sich mit der Anlage von Herrn Waldorf aus? Ein bisschen Musik wäre nicht schlecht. Würden Sie uns was Hübsches aussuchen?«

»Oh, verflixt, daran habe ich gar nicht gedacht!«, platzte Christopher dazwischen. »Sorry, Senta. Mann, wo hab ich nur mein Hirn?«

Eilig stand er auf und verschwand im Wohnzimmer.

»Kein Stress! Wir haben ja noch zwei Gänge vor uns«, rief sie ihm hinterher. Wortlos stellte Udo die Teller auf den Tisch und füllte Christophers Weinglas auf.

»Geht es Ihnen gut, Udo?«, fragte Senta ihn plötzlich, selbst überrascht über die Frage, die ihr vorher nicht in den Sinn gekommen war.

Udo stutzte. »Ähm … ja, sicher«, nuschelte er unter seiner Maske.

Sie lächelte ihn an. »Das Essen schmeckt himmlisch. Großes Kompliment an Trijana.«

»Vielen Dank, Madam. Ich werde es ausrichten.«

Er zupfte an seiner Maske.

»Von mir aus können Sie das Ding gerne abnehmen. Es sei denn, Sie haben Angst vor Ansteckung. Dann natürlich nicht.«

»Es ist leider Vorschrift, Madame, und ich erachte es für erstrebenswert, mich daran zu halten.«

Sie nickte. »Wie auch immer. Ich hätte Sie jedenfalls nicht verpfiffen.«

Ob sich in Udos Gesicht etwas änderte, war aufgrund der Vermummung schwer auszumachen, und doch meinte sie, eine Änderung zu spüren. Ihre Gedanken glitten wieder zum Moonlight-Radio. Zu Charlenes Idee, geboren aus der Not des Social Distancing, eine Verbindung über die körperlichen Grenzen hinaus zu erschaffen, sich mit Menschen auf andere Weise zu verbinden, Sinne dafür zu entwickeln und damit in höhere Dimensionen vorzustoßen. War das die Evolution, die nun anstand?

Der Raum wirkte anders. Die Stimmung war anders und als wolle sie das Universum zu ihrer kleinen Aktion beglückwünschen, tönte der Klang von Akustikgitarren durch den Raum und schien die Luft noch weicher zu machen.

Christopher kam zurück.

»Und?«, fragte er neugierig. »Hat sich was getan?«

»Yes!« Sie lachte. »Vor allem bei mir! Und du? Fühlst du dich anders?«

»Ich gebe das ja äußerst ungern zu, aber es ist tatsächlich so.«

Sie grinste ihn an und hob ihr Weinglas: »Darauf sollten wir trinken, oder? Vielleicht kriegt ja dieser Abend doch noch die Kurve.«

Entschlossen stellte er sein Weinglas auf den Betontisch.

»Weißt du was? Dafür sorge ich jetzt!«

Erstaunt beobachtete sie, wie er sich Richtung Küche begab. Weitere zehn Minuten später saßen sie mit einem wunderbaren Dessert, Espresso und Schokoladenkonfekt im Wohnzimmer. Udo hatte ihr noch immer gut gefülltes Weinglas ins Wohnzimmer gebracht, Holzscheite nachgelegt, und da Senta in ihrem Sommerkleid gefröstelt hatte, eine Decke bereitgelegt. Danach waren er und Trijana gegangen. Senta und Christopher waren allein, sichtlich erfreut über den freien Abend.

»Wunderbar«, juchzte Senta und wickelte sich wohlig in das weiche Vlies, »jetzt kommt der gemütliche Teil! Darf ich meine Schuhe ausziehen und mich auf die Couch lümmeln, als wäre es meine?«

Ein Lacher entfuhr ihm.

»Hab ich dir schon gesagt, dass ich dich süß finde?«, schmunzelte er. »Nur zu! Tu dir keinen Zwang an.«

Senta schnappte sich ihr Glas, stellte es auf einen Beistelltisch und kuschelte sich in die Ecke. Christopher wollte sich vom Wein einschenken, aber die Flasche war leer. Auch die Champagnerflasche steckte mit dem Kopf nach unten im Eis, von der Senta gerade mal ein halbes Glas getrunken hatte. Christopher holte sich einen doppelten Whisky vom Barwagen, setzte sich zu ihr, das eine Bein angewinkelt, den Arm auf der Rückenlehne. Auch er atmete durch.

»Du hast recht. Das ist viel besser so! Irgendwie ist es ruhiger im Haus, obwohl die zwei nicht laut waren.«

»Ruhe scheinst du auch nötig zu haben. Bist du beruflich sehr unter Druck?«

»Das bin ich immer.«

»Und wie entspannst du dich?«

»Gar nicht. Ich packe den Terminkalender voll, damit ich nicht denken muss.«

»Hört sich nicht sehr gesund an. Du wirkst unglücklich, Christopher.«

Der letzte Satz war ihr herausgerutscht, stand zwischen ihnen wie eine Brücke – die er betrat. Er griff unter die Decke, fand ihren nackten Fuß und streichelte sanft über den Rist. Senta schloss die Augen. Seine Hand war weich, die Berührung tat so gut … es kribbelte … bis in ihr Becken hinauf.

»Ich bin aber nicht unglücklich«, raunte er. »Im Moment bin ich sogar sehr glücklich … weil du hier bist.«

Sie schlug die Augen auf. Er setzte sich näher, legte seine Hand an ihre Wange. Unwillkürlich schmiegte sie ihr Gesicht hinein, gefangen von seiner Stimme, von der Sehnsucht in seinem Blick, von der widersprüchlichen Aura, die ihn umgab. Sein Daumen streichelte über ihre Haut und ihr ganzer Körper begann zu prickeln.

»Du hast den schönsten Blick der Welt«, wisperte er. »Nie werde ich den ersten Abend vergessen, als du an deinem Wagen standst, wie der Wind mit deinem Haar gespielt hat …«

Er nahm eine blonde Strähne, drehte sie zwischen den Fingern, strich sie sanft zurück. »Du standst dort wie eine Kriegerin, bereit für den Angriff. Bereit, dich in die Schlacht zu werfen. Ich habe auf deine Dolchstöße gewartet und dann … hast du stattdessen geweint.«

Seine Hand glitt in ihren Nacken, erzeugte wohlige Wärme.

»Ich habe es von der ersten Sekunde an gespürt«, hörte sie seine flüsternde Stimme. »Von der ersten Sekunde, als ich dich sah. Aber als ich dich im Arm hielt …«

Er brach ab, die Szene stand vor seinem Auge und Gefühle überrollten ihn. Senta versank in seinem Blick, hypnotisiert davon. Er strich ihr das Haar aus der Stirn wie einem Kind.

»Und doch hat mich mein erster Eindruck nicht getäuscht. Du bist meine Jeanne d'Arc, meine Amazone … ich träume jede Nacht von dir.«

Er zog sie an sich und als Senta sich nicht wehrte, nahm er ihr Gesicht in beide Hände und setzte seine Lippen auf die ihren, vorsichtig, zart, abwartend – und ohne einzudringen. Ihr lang vernachlässigter Körper erschauerte so sehr, dass sich seine Arme instinktiv um ihren Körper schlangen, um die Vibration abzufangen. Körper an Körper, Wärme, die sie durchtränkte, Arme, die sie hielten … Senta wurde schwach. Sie schloss die Augen. Kleine Küsse landeten auf ihrem Gesicht, das sich erhitzte, das die Wärme zurückgab, bis sich ihre Lippen erneut fanden und Senta diesmal ihren Mund öffnete.

Christopher gab einen kleinen Laut von sich. Sein Arm schlang sich fester um ihre Taille, zog sie nach unten, bis sie lag. Er streckte sich neben ihr aus und küsste, küsste, küsste sie, völlig berauscht in dem Bewusstsein, dass sie sich für ihn geöffnet, dass sie ihn eingelassen hatte. Sein Herz schlug Kapriolen und gewaltige Gefühle wallten in ihm empor, die ihn wie eine Sturzflut überschwemmten. Er spürte, wie ihre Hände seinen Rücken entlang strichen, und wünschte sich mit aller Macht ihre Finger auf seiner Haut. Sein Becken drängte ihr entgegen, seine Hände bekamen nicht genug von ihr, tasteten sich auf ihre Brüste. Sie zuckte zusammen. Er merkte es nicht, zog an ihrem Kleid, suchte den Reißverschluss. Doch Senta stoppte ihn und rappelte sich hoch.

»Nein, Christopher, warte, das geht mir zu schnell. Wir sollten uns Zeit geben.«

Sein Blick brannte. »Entschuldige, Senta, ich … ich wollte dich nicht … du überwältigst mich einfach …«

Er brach ab. Sein ganzes Sein sagte: »Ich liebe dich«, aber sein Mund sprach es nicht aus.

Sie lächelte unsicher und er konnte nicht anders. Wieder schob er seine Hand unter ihren Rücken, küsste sie noch einmal, fühlte beglückt, dass sie erregt war, dass sie schwankte, dass sie kurz davor war, sich seinen Zärtlichkeiten zu ergeben. Er wurde leidenschaftlicher. Nichts wünschte er sich sehnlicher, als das Spiel zu Ende zu spielen. Doch sie drehte ihren Kopf, wand sich unter ihm hervor, machte Anstalten, aufzustehen.

»Hey«, sagte er verdattert. »Du willst jetzt aber nicht schon gehen, oder?«

»Doch«, erwiderte sie. »Ich habe das Gefühl, es ist ein guter Moment.«

Senta hatte keine Ahnung, was sie antrieb. Es war doch so schön gewesen, so wunderbar, Berührung zu spüren, seine Hände auf ihrer Haut, seine Zunge in ihrem Mund … Alles in ihr hatte nach mehr geschrien. Aber ihr Mund murmelte:

»Ist ein bisschen früh für all das. Findest du nicht?«

»Nein! Überhaupt nicht! Wenn es nach mir gegangen wäre, hätte ich dich schon in der ersten Nacht hierbehalten.«

»Aber wir kennen uns nicht wirklich, Christopher.«

»Mein Herz kennt dich«, beharrte er trotzig. »Ich habe das Gefühl, es kennt dich schon lange.«

Sie schluckte. Unmöglich konnte sie das verwerfen. Auch sie hatte dieses Empfinden gehabt, allerdings nur als leichten Hauch, der sich bisher immer wieder hatte wegpusten lassen. Für Christopher jedoch war es viel mehr als nur ein Hauch, für ihn war es ein massiver Sturm.

»Nein, Christopher «, beharrte sie. »Ich sollte gehen.« Sie lächelte ihn an. »Vielen Dank für diesen Abend. Für das tolle Essen und den Riesenaufwand, den du dir gemacht hast. Das war total lieb von dir.«

»Warum willst du gehen? Du hast noch gar nichts von dir erzählt!«

»Und du nichts von dir. Das machen wir beim nächsten Mal.«

»Wann ist nächstes Mal? Morgen?«

»Mann, Christopher, du stürmst ganz schön vorwärts! Machst du das immer so?«

»Nein, normalerweise erstelle ich stundenlang Adenauerlisten, bevor ich jemanden date, aber bei dir ist alles irgendwie total anders.«

»Tja, vielleicht wäre eine Adenauerliste nicht schlecht«, schmunzelte sie. »Immerhin habe ich unverzeihlich dicke Punkte auf der Minusseite.«

»Du hast keine Minuspunkte«, widersprach er aus tiefster Überzeugung. »Das geht gar nicht.«

»Und wie das geht, Herr Politiker! Ich bin eine waschechte Verschwörungstheoretikerin, die keinem eurer Argumente zugänglich ist. Schon vergessen? Du bekämpfst meinesgleichen.«

»Ich glaube, ein Kampf mit dir würde mir Spaß machen. Mit dir würde mir alles Spaß machen.«

Sie lachte ein wenig und hatte sich kaum umgewandt, als er bat:

»Bitte, Senta. Bleib hier.«

Der Ton, mit dem er das brachte, hemmte ihren Schritt. Der Ausdruck seiner Augen noch mehr.

»Ich … ich werde dir nicht zu nahe treten, wenn du das nicht willst«, setzte er heiser hinzu. »Ich will einfach nur, dass du bleibst.«

Senta war tief bewegt von seiner Bitte und schwankte. Ja, einfach nur bei ihm liegen, kuscheln, ihn spüren … aber würde es dabei bleiben? Ungewollt erschienen Bilder in ihrem Kopf, wie das wäre, wenn sie ihm das Hemd ausziehen, er ihr das Kleid abstreifen würde, wenn ihre Körper sich umschlingen würden, hier vor dem Kamin, auf dem weichen Lammfell, wenn er sie wieder küssen würde wie vorhin … Die Hitze stieg in ihr hoch, ihre Lippen waren leicht geöffnet, ihre Augen spiegelten die erdachten Szenen wider. Christopher konnte nicht an sich halten, riss sie an sich und küsste sie wild. Seine Hände wühlten in ihrem Haar und seine Stimme schoss einen heißen Strahl, von ihrem Ohr direkt in ihren Unterleib.

»Bitte«, raunte er. »Bitte bleib.«

Was hielt sie ab? Die Erkenntnis traf sie in der nächsten Sekunde, fuhr wie eine Axt durch ein Scheit Holz und spaltete es. Sie standen in zwei Lagern. Sobald die Presse herausfand, welcher Gesinnung die Partnerin von Christopher Waldorf war, würde ihm alles um die Ohren fliegen – und ihr genauso. Eine Beziehung mit ihm war von vornherein zum Scheitern verurteilt!

»Christopher«, flüsterte sie. »Es … es hat keinen Sinn zwischen uns. Du musst mich vergessen.«

Maßlose Bestürzung malte sich in seinen Augen.

»Warum sagst du das? Gibt es jemand anderen in deinem Leben?«

»Nein! Sonst hätte ich mich doch nicht mit dir getroffen. Es ist … unsere gegensätzliche Einstellung.« Sie biss sich auf die Lippen. »Du weißt, wie ich über Omega denke und …«

»Ja, das weiß ich nur zu gut, aber muss das ein Hindernis zwischen uns sein?«

»Es ist bereits ein Hindernis«, antwortete sie traurig. »Ich eröffne demnächst mit einem Bekannten einen Kanal, der sich der Aufklärung verschrieben hat. Das heißt, mein Name wird auftauchen. *Ich* werde auftauchen. Ich werde Interviews führen, die Leute wissen, wer ich bin, wie ich aussehe. Wie soll das gehen, Christopher? Sie reißen dir wie mir den Kopf ab. Du bist so sehr angefeindet worden, weil du die Maßnahmen angezweifelt hast. Nochmal so ein Ding, und deine Karriere ist im Eimer. Und ich will nicht dein Leben zerstören, verstehst du? Deshalb hat es keinen Sinn.«

Seine Lippen bewegten sich, nichts kam heraus.

Leise fuhr sie fort: »Und wenn ich dich bitte, mir etwas aus deinem Alltag zu erzählen und ehrlich zu mir zu sein, würdest du glauben, ich will dich für unseren Kanal aushorchen. Du könntest nie offen sein. Das ist keine Voraussetzung für eine Beziehung, noch nicht mal für eine Freundschaft. Wirst du mich jedes Mal abtasten, wenn wir zusammen sind, aus Angst, ich trage ein Aufnahmegerät mit mir herum?«

Christophers Augen waren ein Meer an Empfindungen, Senta tat es weh, aber sie straffte sich und brachte es zu Ende »Es … es tut mir leid, das so klar sagen zu müssen, aber das hier hat keine Basis.«

Er war sichtlich bewegt, doch zu ihrer Überraschung leuchteten seine Augen. Leise sagte er:

»Danke, Senta. Ich danke dir von Herzen für deine Ehrlichkeit. Du ahnst nicht, was mir das bedeutet.«

Er nahm sie an die Hand, zog sie zur Couch zurück, nötigte sie, sich zu setzen.

»Erzähl mir, was du vorhast«, bat er. »Bitte.«

Senta berichtete ihm vom Moonlight-Radio, von Charlene und Jeff, skizzierte ihr Vorhaben, und zwar so schonungslos wie möglich. In seinem Kopf schienen Millionen an Gedanken zu rotieren,

»Verstehst du jetzt?«, fragte sie ihn.

»Ja, ich verstehe«, antwortete er heiser. Er blickte nach unten, dann sah er ihr intensiv in die Augen. »Senta, ich bitte dich inständig: Tu das nicht. Bitte, du ruinierst dein Leben! Du …«

»Christopher, hör auf, mir zu drohen«, erwiderte sie verstimmt. »Du weißt, auf dem Ohr bin ich taub!«

Er gab einen resignierten Laut von sich.

»Senta, bitte, lass mich dir sagen: Alles, was du damit erreichst, ist, deine Zukunft zu zerstören. Ihr könnt nichts ausrichten.«

»Wogegen? Was habt ihr denn vor?«

»Das war nur so dahingesagt.«

»War es nicht. Warum sprichst du nicht darüber? Hast du Bedenken, dass ich danach noch weniger verstehe, dass du nichts dagegen unternimmst?«

»Eher würdest du verstehen, dass es nichts gibt, was man dagegen unternehmen kann. Aber so gut kenne ich dich schon, dass du das für dich selbst rausfinden musst. Du würdest mich nur anfauchen.«

»Gut möglich. Weil ich nie im Vorfeld aufgeben würde.«

»Ich habe auch nicht im Vorfeld aufgegeben.«

»Und was ist mit dem, was du zu Beginn des Abends gesagt hast? Liebe als die Variable, die alles ändern könnte?«

»Könnte! Wie gesagt, ich glaub nicht dran. Es wäre das erste Mal.«

»Oh, du verflixter Pessimist!«, rief sie.

»Das ist nicht pessimistisch, sondern empirisch!«

»Es ist ein Kausalfehler! Denn hätten die Menschen die Macht dieser Variable früher schon begriffen, hätten wir auch andere empirische Ergebnisse!«

»Komm, lass uns nicht streiten. Treffen wir uns trotzdem wieder?«

»Das weiß ich nicht! Das müsste ja immer heimlich ablaufen! Und du bringst jedes Mal dein blödes Handysäckchen mit!«

Ungewollt musste er lachen.

»Nein«, antwortete er. »Weißt du was? Ich bringe es nicht mehr mit. Ich vertraue dir.«

»Ich hätte dein Vertrauen sowieso nie enttäuscht.«

Erneut stand sie auf. Christopher tat es ihr nach, wirkte frustriert, wollte sie nicht gehen lassen, verbiss sich sichtlich eine weitere Bitte. Er half ihr in die Jacke, konnte sich nicht beherrschen, nahm sie noch einmal in die Arme und stahl ihr einen Kuss. Senta fühlte sich aufgerufen, einen schnellen Rückzug anzutreten, um dieser gefühlsschwangeren Atmosphäre zu entkommen.

Zwei Minuten später rollte ihr Wagen auf die Straße. Christopher stand auf dem Bürgersteig, die Hände in den Hosentaschen und starrte ihr nach. Sie sah seine Gestalt im Rückspiegel, bis sie um die nächste Kurve bog – und atmete insgeheim auf.

Ihre Seele war aufgewühlt, ihr Körper prickelte von seinen Händen. Und doch hatte sie das Empfinden, in einen sicheren Hafen einzufahren, als sie unter dem mit Blauregen berankten Carport den Motor abstellte und sich dabei ertappte, wie ihr ein Stoßseufzer entglitt. Nachdenklich stieg sie aus.

Sachte strich der Wind durch die Zweige des alten Apfelbaumes und die Lianen der Weide am kleinen Teich.

»Na?«, schienen sie zu fragen. »Wieder zu Hause? Wie war's?«

Und sie dachte: »Alles in allem war es merkwürdig.« Sie fühlte sich, als ob sie von einem stickigen Raum mit geschlossenen

Fenstern auf eine Wiese gekommen wäre, auf der sie endlich frei atmen konnte. Und das Gefühl erschreckte sie.

♫ ♫ ♫

Am nächsten Morgen schien die Sonne und obwohl es morgens noch etwas kühl war, trank sie ihren ersten Kaffee im Garten – mit einer Frühstücksmessage von Christopher auf dem Display.

»Gut nach Hause gekommen? Trotz perfekter Caterer war es für mich ein wundervoller Abend … ich hatte heute Nacht alles andere als Albträume …«

Sie lächelte leicht, überlegte kurz, dann tippte sie:

»Vielleicht wäre es sinnvoll, sich mal mit diesen Albträumen zu beschäftigen? Mich würde interessieren, warum du sie hast. Und wovon du träumst.«

Es dauerte ein Weilchen, bis er antwortete:

»Interessierst du dich für meine Albträume? Oder für mich?«

»Ich interessiere mich für Christopher, den Menschen«, schrieb sie zurück. »Und ich finde, Misstrauen ist keine Grundlage für irgendetwas.«

Es kam nichts mehr. Wussten die Götter, warum. Aber Senta ließ sich die Laune nicht verderben. Denn die nächste Nachricht war von ihrem Opa, in der er ihr Hoffnung machte, in den nächsten vier Wochen zurückzukommen. Sie jubelte innerlich auf. Das wäre fantastisch! Mit ihrem Opa konnte sie über alles reden. Und es würde wunderbar zu ihrem Vorhaben mit Charlene und Jeff passen. Das war ein Zeichen!

♫ Don’t Ask Me Why ♫

Billy Joel

Jeff hatte sich in einem der Geschäftsgebäude Charlenes ein Büro angemietet und konnte dort auch die Schulungs- und Besprechungsräume nutzen. Mit Senta hatte er einen festen Besprechungstermin einmal pro Woche vereinbart. Die wiederum hatte im Zuge dessen Charlene Wittstein noch mal genauer gegoogelt und war fast vom Stuhl gefallen, als sie realisierte, mit wem sie es zu tun hatte. Nie hätte sie hinter dieser sanften Frau eine Topunternehmerin vermutet!

Während sie sich aus der Etagenküche einen Kaffee zogen, setzte Jeff sie ein wenig ins Bild. Er erzählte ihr von seinem ersten Geschäftsmodell, *Living dishes*, das er erfolgreich verkauft hatte, dummerweise an einen Konzern, der seine Idee nun anders umsetzte als geplant. Die Idee, Deutschland mit Kleingärten zu überziehen und auf Regionales zu setzen, hatten sie zu seinem Ärger als Erstes gecancelt. Er berichtete von seinem derzeitigen Konzept, davon, wie er Charlene kennengelernt hatte, von ihrem schrägen Freundeskreis – und von Frederic. Senta erfuhr, dass dieser eine angesehene, europaweit agierende Anwaltskanzlei führte und längst nicht mehr arbeiten müsste. Das Bild, das Jeff von Fred zeichnete, war beeindruckend und er endete mit exakt dem Satz, der auch ihr in den Sinn gekommen war:

»Nie hätte ich gedacht, dass ich gegen Fred eine Chance hätte. Ich meine, er hat alles – und noch viel mehr. Und doch ist alles ganz anders gekommen.«

Er lächelte versonnen, in Erinnerungen versunken.

»Also war es Fred, der nicht bereit war?«, fragte Senta verblüfft. »Verzeih mir, dass ich das so offen sage, aber bevor ich dich kannte, dachte ich auch, dass die beiden ein Traumpaar seien.«

»Das mit Fred ist nicht so einfach«, erklärte Jeff. »Er ist der personifizierte Frauenheld. Er liebt Frauen – und zwar alle und vor allem Jüngere. Deswegen mag und kann er sich nicht festlegen. Er genießt die Vielfalt der Frauen und das Leben in allen Zügen.«

Er senkte ein wenig die Stimme. »Er wird auch gemunkelt, dass er ziemlich … hm … ausgefallene Sexpraktiken bevorzugt. Grundsätzlich ist der Typ ein Synonym für Luxus, Glamour und Partys. Ich glaube, er hatte noch nie eine längere Beziehung.«

»Noch nie?«, ächzte Senta geschockt. »Wie alt ist er denn?«

»Er wird heuer fünfzig.«

»Fünfzig!«, rief sie und hakte Fred geistig ab. »Er sieht deutlich jünger aus. Aber in diesem Alter immer noch nicht zu wissen, wo man hinwill …«

Unwillkürlich flog ihr Christophers Bild in den Kopf, seine leuchtenden Augen, die eindeutig nach einer Beziehung schrien, seine Hände, die sie gestreichelt hatten. Fast täglich schickte er ihr kleine Nachrichten, ein Meme, einen Spruch, manchmal erzählte er sogar ein wenig aus seinem Alltag. Anzeichen, dass er sich öffnete – für sie, wegen ihr – und je mehr er das tat, desto eher war Senta bereit, sich auf ihn einzulassen.

Jeff lenkte auf ihr Hauptthema über. Beide waren sie fleißig gewesen, brachten eine Unmenge an Punkten mit.

Sie wollten aufräumen mit lapidaren Aussagen von Politikern wie »Die Lage ist nach wie vor ernst«, oder unbegründeten Sätzen a´la »Das Virus wird jeden Tag gefährlicher«.

Wenn es so wäre, musste das bewiesen werden, so wie das von jedem Wissenschaftler erwartet wurde. Sie durchkämmten die Mainstream-Medien, deren Beiträge an Banalität und auch Falschaussagen oft nicht zu überbieten waren. Dort standen nur Sätze wie: »Das Virus sei *wahrscheinlich* ansteckender als Grippe«, oder: »*Man muss davon ausgehen*, dass die Letalitätsrate höher ist …«

Das waren Vermutungen, keine Beweise, aber es reichte, um Panik zu machen. Neuinfektionen waren erst recht keine Beweise. Beweise konnten nur über die Zahlen generiert werden, die nach diesen langen Monaten endlich vorliegen müssten. Fakt blieb: Es gab keine Evidenz für diese Maßnahmen. Das Virus war nicht gefährlicher als andere Erreger, aber stets hing dieses »Was wäre, wenn doch …«-Argument in der Luft.

Jeff hatte sich auf den Bereich Finanzen und Wirtschaft fokussiert und mithilfe von Johanna hochkarätige Interviewpartner auf seiner Liste. Senta hingegen war für medizinische Fachartikel zuständig und vor allem für das Impfthema. Sie wollte die Zahlen aus dem Kochstudio wöchentlich aktualisieren und so aufbereiten, dass jeder sie verstehen konnte, mit der Intention im Auge, den Menschen die Angst zu nehmen. Beide sprudelten vor Ideen, initiierten sich gegenseitig und ihre To-do-Liste wurde immer länger.

Unter anderem richteten sie eine Kummerecke ein, in der Bürger Briefe veröffentlichen konnten, Erlebnisberichte, wie sie die Krise empfanden und wie mit ihnen umgegangen wurde. Auf diese Weise bekamen Jeff und Senta Schreiben von Lehrern an Schulleitungen zu Gesicht, in denen diese inständig baten, mit diesem Wahnsinn aufzuhören, weil kein normaler Unterricht mehr möglich sei und den Kindern das Kindsein genommen wurde. Sie erhielten Einsicht in Arbeitsverträge, die aufgrund von Omega fast schon menschenverachtende Konditionen enthielten und aggressive Quarantäneanordnungen von Gesundheitsämtern. Fassungslos las sich Senta durch einen dieser Texte:

> »Für die Zeit der Absonderung unterliegen Sie der Beobachtung durch das Gesundheitsamt gemäß §29 des Infektionsschutzgesetzes. Danach haben Sie Untersuchungen und Entnahmen von Untersuchungsmaterial durch die Beauftragten des Gesundheitsamtes an sich vornehmen zu lassen, insbesondere erforderliche äußerliche Untersuchungen, Abstriche von Haut und Schleimhäuten, Blutentnahmen und Röntgenuntersuchungen sowie das erforderliche Untersuchungsmaterial auf Verlangen bereitzustellen. Anordnungen des Gesundheitsamtes haben Sie Folge zu leisten. Sie können durch das Gesundheitsamt vorgeladen werden. Ferner sind Sie verpflichtet, den Beauftragten des Gesundheitsamtes zum Zwecke der Befragung oder Untersuchung den Zutritt zu Ihrer Wohnung zu gestatten und auf Verlangen über alle Ihren Gesundheitszustand betreffenden Umstände Auskunft zu geben.
>
> […]
>
> Sofern Sie den Ihre Absonderung betreffenden Anordnungen nicht nachkommen, kann eine zwangsweise Absonderung in einem geschlossenen Krankenhaus oder einem abgeschlossenen Teil eines Krankenhauses angeordnet werden. Das Grundrecht der Freiheit der Person (Artikel 2 Abs. 2 Satz 2 Grundgesetz) kann insoweit eingeschränkt werden […]«

Das verursachte massives Unwohlsein. Wie weit würde der Eingriff in die Privatsphäre noch gehen?

»Wäre toll, wenn wir die Leute miteinander vernetzen«, meinte Jeff, »sodass sich Betroffene austauschen könnten. Das wäre ein guter Synergieeffekt.«

»Genial! Zusammen mit der geistigen Unterstützung von Charlene wäre das der Hammer!«, fügte Senta begeistert hinzu. »Mann, Mann, Mann, ich weiß gerade gar nicht mehr, wo mir der Kopf steht! Das Kinderprojekt haben wir noch gar nicht angetastet! Das ist so viel Arbeit! Jeff, wie sollen wir das nur schaffen?«

Er kratzte sich am Kopf. »Ja, das frage ich mich gerade auch«, gab er zu. »Vor allem wird die Homepage komplizierter als gedacht. Das kriege ich echt alleine nicht hin.«

»Ich habe einen Freund, der in der IT-Branche arbeitet. Ich frage ihn mal, ob er sich uns anschließen will. Oder uns zumindest einen guten Preis macht.«

»Das wäre klasse, Senta, ich denke, wenn wir gut sind, werden ja doch ein paar Spenden reinkommen. Und wir brauchen einen Namen für unsere Seite!«

Fünf Stunden schon saßen sie zusammen, aber Senta war kein bisschen müde, sondern aufgeladen mit Energie.

Noch auf der Fahrt rief sie Gunnar an, fragte, ob er Zeit und Lust habe, mitzuhelfen und vereinbarte ein Treffen mit ihm. Beladen mit To-dos kam sie zu Hause an, tauchte in die Arbeit ein, vergaß zu essen, vergaß alles um sich herum, bis ihr das Smartphone beim Durchsuchen einiger Unterlagen vom Tisch fiel und sie entdeckte, dass WhatsApp-Messages eingetroffen waren.

Christopher: »Hey, Senta. Ich denke an dich. Wie geht es dir?«

»Traumhaft!«, schrieb sie zurück. »Ich ruiniere gerade meine Zukunft und das macht richtig Spaß!«

Die Nächste war von ihrem Opa.

»Liebe Senta, nächster Monat fällt flach, leider verzögert sich unsere Rückreise. Alles Weitere per Mail.«

»Ach, nein, Opa!«, stöhnte sie schwer enttäuscht. »Ich hab mich doch schon so auf dich gefreut!«

Obwohl ihr Leben gerade so viel Auftrieb erhielt, brauchte sie seine Sicherheit. Vor allem, weil er doch bei ihrem letzten Telefonat betont hatte, er käme mit bahnbrechenden Neuigkeiten zurück. Enttäuscht klickte sie ihr Postfach an. Seine Mail war bereits angekommen, aber die trug wenig dazu bei, ihre Bedenken zu beruhigen – im Gegenteil.

»Liebe Senta«, hatte er geschrieben,

»Es tut mir unendlich leid, dass ich es nicht zu deinem Geburtstag im nächsten Monat schaffen werde. Unser Flug wurde gestrichen, ist ja nichts Unübliches in der heutigen Zeit, also mach dir keine Sorgen. Ich melde mich, sobald wir neue Flugdaten haben. Dein Geschenk habe ich in Auftrag gegeben, als ich noch in Deutschland weilte. Hoffe, es gefällt dir. Tja, und die Kerze musst du nun auch alleine anzünden. Schade. Aber ich gehe mal davon aus, dass du weißt, wie das geht.

Bis bald, liebe Grüße,

Dein Opa Ludwig.«

Stumm saß Senta vor dieser Mail. An seinem Text war nichts auszusetzen und doch klang das nicht nach ihm. Dazu kam: Sie hatte im November Geburtstag, nicht im Juni.

Sie checkte seine Flugdaten. Der Flug war nicht gestrichen. Vielleicht war das nur noch nicht aktualisiert? Aber irgendetwas sagte ihr, dass da etwas anderes im Busch war.

Ihr Herz begann zu pochen. Sie rief ihn an. Die Anrufe wurden nicht durchgestellt. Sie schickte Nachrichten. Nur ein Häkchen erschien. Ihre Besorgnis wuchs. Ihr Blick ging zur Uhr. Es war kurz vor Mitternacht, in Sibirien musste es jetzt sieben Uhr morgens sein. Eine Zeit, in der ihr Opa gewöhnlich schon wach war.

Aufgescheucht kontaktierte sie Fritz und Heribert. Aber auch von ihnen kam kein Pieps.

♫ ♫ ♫

Die Arbeit half ihr über die Unruhe hinweg. Es gab so viel zu tun, dass sie kaum Luft zum Atmen fand. Es gab Wagenladungen an Informationen, Untersuchungen, Statements und Berichten, die auf ihre Gültig- und Wertigkeit untersucht werden wollten und ständig strömte Neues nach.

Auch Jeff hatte die Nächte zum Tag gemacht, arbeitete fieberhaft an seinem neuen Auftritt.

Charlene brillierte auf allen Ebenen und nun hatte auch er endlich wieder eine Austragungsfläche – noch dazu eine, die ihn an alte Zeiten erinnerte. Das, zusammen mit dem ehrlichen Wunsch, wertvolle Arbeit zu leisten, beflügelte ihn. Sentas Gegenwart tat ihr Übriges dazu. Sie war enthusiastisch, sie lagen auf einer Wellenlänge und sie wollte das Gleiche wie er: Erfolg für ihren Kanal.

Charlene hatte in ihren Sendungen darauf verwiesen und Dörfler war es ein persönliches Bedürfnis, den Kanal zu unterstützen. Er war wütend und verzweifelt. Sein Vater war im Pflegeheim und die Zustände dort waren unerträglich geworden. Ständig schlug der alte Mann mit den Händen gegen das Glas zwischen ihnen, versuchte, seinen Sohn zu berühren, und weinte, weil es nicht gelang. Herr Dörfler weinte mit ihm, war jedes Mal fix und fertig, wenn er das erleben musste. Die Alternative war, sich mit einem Stuhl auf die Wiese vor den Balkon zu setzen und nach oben zu schreien, was sinnlos und unangenehm war. Das Personal war streng, lebte in der ständigen Angst wegen eines Regelfehlers angezeigt zu werden, und war völlig überlastet. Herrn Dörfler brach es jedes Mal das Herz, wenn er seinen Vater besuchte. Er war außer sich und begann immer mehr an dieser Geschichte rund um den Erreger zu zweifeln. Vor allem, weil er sich durch das Material las, das Senta und Jeff zusammengetragen hatten. Jeffs Kanal wurde für ihn wichtiger als gedacht.

Alle waren gespannt, wie viele der Hörer sich dafür interessieren würden. Die Eröffnung stand kurz bevor.

»Bist du aufgeregt?«, fragte Charlene, als sie nach einem langen Tag im Bett lagen.

»Kann ich nicht leugnen. Es ist das erste Mal seit Langem, dass ich wieder in die Öffentlichkeit trete. Das kam mir damals schon irgendwie komisch vor. Und wie damals weiß keiner, wie es ausgeht.«

»Das ist wohl wahr«, murmelte Charlene und kuschelte sich an seine feste Brust. »Wie kommst du mit Senta zurecht?«

»Sehr gut!« Charlene konnte zwar nicht sehen, dass seine Augen aufstrahlten, aber sie spürte es. »Sie ist geradeheraus und engagiert. Sie passt gut zu uns.«

»Ja, das denke ich auch.«

»Sag mal, kann es sein, dass sie auf Fred steht?«

Charlene kicherte. »Sie wäre eine der wenigen, die ihm widersteht. Er ist nun mal ein Frauenflüsterer.«

»Ja, das stimmt. Jedenfalls hat sie ziemlich viel über ihn wissen wollen.«

»Bestimmt haben die zwei schon ein Date.« Charlene seufzte.

»Hey!«, moserte Jeff. »Bist du etwa eifersüchtig?« Sein leichtes Lachen war nicht ganz frei von Bedenken.

»Nein, woher denn!«, gab Charlene zurück. »Ich frage mich nur, wie Fred damit umgeht. Er hat spürbar Ansätze, endlich tiefer zu gehen. Aber Senta ist so jung. Und ziemlich impulsiv.«

»Also, erstens hat er schon immer Jüngere bevorzugt und zweitens hat Senta für mich Tiefgang. Vermutlich mehr als er.«

Charlene erwiderte nichts darauf. In Jeff entstand der Eindruck, ihr passe seine Antwort nicht und es mache ihr doch etwas aus, dass Fred sich für Senta interessierte. Der Kerl hatte wirklich eine verflixt erotische Ausstrahlung, es gab kaum eine Frau, die er im Bett nicht glücklich gemacht hatte. Darin war er Meister.

Instinktiv griff Jeff nach Charlene, zog sie zu sich heran, begann, sie zu küssen.

»Hey, Jeff«, murmelte sie und rollte sich auf die Seite. »Ich bin zu müde.«

Sie schlief schnell ein. Jeff drehte sich wieder auf den Rücken und lag mit offenen Augen im Bett. Es gingen ihm viele Gedanken durch den Kopf.

♫ ♫ ♫

Einkaufen war für Senta inzwischen zu etwas Unschönem geworden. Mit Rücksicht darauf, dass es Menschen gab, die Angst hatten, trug sie die Maske und hielt sich an die Regeln, hoffend, dass die stete Aufklärung die Masse irgendwann erreichen würde. Doch eher schien die Neurose, man könne sich anstecken und daran sterben, ein fest verankertes Gedankengut in der Bevölkerung zu werden. Die Chance, zu überleben, lag bei 99,956 Prozent, doch das drang nicht durch, in den Medien und der Politik wurden nach wie vor Todesängste geschürt – und Abwehr gegen Andersdenkende.

Die Situation wurde schärfer statt lockerer und der Eindruck erhärtete sich, dass diese Pandemie auf Teufel komm raus aufrechterhalten werden sollte. Statt der Rückgabe der Grundrechte wurden Bußgelder für Maskenverweigerer eingeführt, die Hetze gegen Kritiker spitzte sich zu. Die Welt schien jeden Tag verrückter zu werden.

Umso bemühte sich Senta, positiv zu bleiben. Sie wollte keinem Narrativ zum Opfer fallen und überprüfte daher ständig ihre eigene Denkweise, Melanies Worte im Ohr, sie habe den Boden der Realität verloren. Aber Mellie war jemand, der mit kugelrunden Augen die Zahlen im TV verfolgte, sich nie anderweitig informierte und brav glaubte, was man ihr auftischte.

Für die Bürger, die nach Hintergründen forschten, wurde die Unlogik immer klarer, verdichtete sich alles in die befürchtete Richtung, untermauert von Menschen, die deutlich mehr Insiderwissen hatten. Senta traf auf ein Zitat von Edward Snowden, Whistleblower und Ex-NSA-Mitarbeiter. Seine Bemerkung zu der Krise war folgende:

»*Der Notstand wird tendenziell immer mehr erweitert werden. Gefahrensituationen werden künstlich in die Länge gezogen. Staaten und Regierungen werden beginnen, sich an diese Macht zu gewöhnen, sie werden anfangen, es zu mögen. Die Überwachungsstaaten, die gerade errichtet werden, werden das Virus überdauern.**«

Genau das zeichnete sich ab; es war nicht zu leugnen.

Was Senta aber wirklich zutiefst frustrierte, und ihr jeden Gang in die Außenwelt vermieste, war die Gemeinheit, die sich bei nicht wenigen Menschen zeigte, eine Bösartigkeit, die sie niemals erwartet hätte. Charlene hatte so recht! Die Krise veränderte die Menschen nicht, sie entlarvte sie. Immer öfter wurde sie Zeuge von Szenen, die das Einkaufen zur Tortur machten.

An diesem Tag betrat ein junger Mann mit ihr den Bioladen und wartete vor ihr an der Bäckerei, brav auf seinem aufgeklebten Streifen. Er trug eine Maske, auf der dick die Worte »Freiheit! Demokratie!« geschrieben standen. Sein etwas unsicherer Blick streifte Senta, sie zwinkerte ihm zu und dankbar lächelte er zurück. Doch als er an der Reihe war und höflich um ein Brot bat, schoss die Verkäuferin einen hasserfüllten Blick auf ihn ab und weigerte sich, ihn zu bedienen.

»Gehen Sie in Ihr Naziland und kaufen Sie dort Ihr Brot!«, giftete sie so laut, dass jeder es mitbekam und sich sämtliche Köpfe drehten. Der junge Mann wurde feuerrot, aber blieb ruhig.

»Ich trage eine Maske und halte Abstand«, erklärte er. »Und ich möchte bitte ein …«

»Frau Heeeellllig!!!«, schnitt ihm die Verkäuferin gellend das Wort ab, euphorisch in ihrem Trachten, von möglichst vielen gehört zu werden. »Übernehmen Sie mal? Ich bediene keine Omega-Leugner!«

Tief verletzt drehte sich der junge Mann auf dem Absatz um und lief nach draußen. Senta tat es ihm nach.

»Hey!«, rief sie. »Mach dir nichts draus!«

Aber er hörte sie nicht. Unschlüssig stand sie mit ihrem Korb vor dem Laden, hatte keine Lust, hier einzukaufen. Fuhr ein paar Kilometer weiter, wo sie wenigstens freundlich behandelt wurde. Bedrückt stellte sie fest: Quer durch Deutschland hatte sich wieder eine hohe, unüberbrückbare Mauer erhoben.

Auch in ihrem Freundeskreis war eine tiefe Spaltung erfolgt, die Kommentare auf Facebook liefen heiß und oft waren beide Parteien nicht sehr freundlich zueinander, was Senta zutiefst bedauerte. Wie sollte man sich annähern, wenn die Kommunikation so ablief? Wobei die Gegenseite stets das Totschlag-Argument in petto hatte: Du bringst Menschen um, wenn du dich nicht an die Regeln hältst.

Senta hätte mit Freuden und ohne Zögern diese Regeln und noch mehr befolgt, wären sie evidenzbasiert. Aber das waren sie nun mal nicht. Ihr – und vielen anderen – ging es um offene Diskussionen und um die Berücksichtigung anderer Expertenmeinungen, um freie Meinungsäußerung und einen vernünftigen, respektvollen Umgang. Stattdessen wurden Gegenmeinungen immer schneller gelöscht, die Leute aufgefordert, sich gegenseitig anzuzeigen. Alles, was gesund war, wurde verboten, alles, was das Immunsystem kaputtmachte, zum Gesetz. Es machte Senta Angst, wie unerbittlich Andersdenkende fertiggemacht wurden, wie sich die Leute gegenseitig beglückwünschten, sich gegen einen dieser »Spinner« durchgesetzt zu haben, wohlwissend, die Macht und den Strafkatalog der Regierung im Rücken zu haben. Ja, so etwas machte kleine Leute stark.

»Diese Maskenverweigerer sollten nicht nur ein Bußgeld aufgebrummt bekommen, sondern gleich weggesperrt werden!«, ereiferte sich einer von Sentas Studienkollegen auf Facebook.

»Bin voll dafür, dass die in die Psychiatrie müssen!«

»Egoistische Arschlöcher! Nur, weil sie mal auf Feiern verzichten müssen!«

Als ob es darum ginge! Senta schüttelte den Kopf, wenn sie so etwas hörte.

»Die sollte man im Krankenhaus verrecken lassen, damit sie wissen, was sie anderen antun!«

»Genau! Und ihnen den Beatmungsschlauch vor das Gesicht halten, ohne dass sie ihn benutzen dürfen. Dann wüssten sie, wie das ist!«

»Richtig so!«, antwortete ein anderer. »Letztens hat auch einer wegen mir seinen Job verloren. Saß ohne Maske im Bus. Ist Aufforderungen, sie aufzusetzen, nicht nachgekommen. Dumm war nur, dass auf der Arbeitskleidung sein Name stand, plus Firma, selbstredend. Bin ja schlau. Hab ihn gefilmt, wie er sich weigerte, damit er hinterher den Tathergang nicht leugnen kann. Meine Anzeige ist sofort raus. Hab auch seinen Chef unterrichtet. (Wenn schon, denn schon.) Der Kerl wurde in der Probezeit gefeuert. Und Bußgeld gab's auch :-) Muss so laufen – anders kapieren die das nicht!!«

Senta wurde es übel, wenn sie so etwas las oder hörte. Es gab etliche, die nicht unbedingt Angst vor dem Virus hatten, aber vor den Konsequenzen, wenn sie sich nicht an die Regeln hielten oder Zweifel äußerten. Lieber kuschten sie, in der Hoffnung, dass alles eines Tages vorbei sein würde. Genau das war der Punkt: Würde es vorbei sein, wenn man kuschte? Wenn es nicht mutige Menschen gab, die für die Wahrheit einstanden? Ein massiver Psychoterror war aufgebaut worden, unterstützt von Denunzianten und einer falschen Moral.

Ja, die Krise entlarvte und das zu sehen, war nicht immer schön. Auch auf ihrer Seite sah es nicht durchweg rosig aus. Auch hier gab es einige Exemplare, die weit übers Ziel hinausschossen, damit allen Vorurteilen Vorschub leisteten und keine Basis für einen gesunden Meinungsaustausch schufen.

Obwohl sich die ominöse R-Zahl weit nach unten reguliert hatte, wurde behauptet, die Gefahr sei nicht vorbei, spielten sich die Politiker als Retter der Menschheit auf und sonnten sich in ihrer Popularität. Christopher lag nicht falsch, wenn er sagte, Menschen wollten nicht denken, sondern an die Hand genommen werden. Dafür bezahlten sie ohne mit der Wimper zu zucken mit ihrer Freiheit – aber auch mit der Freiheit ihrer Mitbürger, die durchaus noch Lust hatten, selbst zu denken und vor allem ein selbstbestimmtes Leben zu führen.

Senta drehte jede Zahl dreimal um, untersuchte jeden fachlichen Bericht auf das Pingeligste, bevor sie etwas an Jeff weitergab. Aber YouTube löschte weiterhin vor allem jene Videos, die klare Zahlen und Fakten veröffentlichten. Auch Facebook verwarnte, sperrte und löschte, alles mit der Begründung, gesundheitsgefährdende Falschmeldungen vermeiden zu wollen.

Doch unterm Strich konnte es nicht angehen, jemanden zu löschen, nur weil er eine eigene Meinung zu Omega hatte. Man musste ja diese nicht teilen, sollte sie aber wenigstens äußern dürfen. Diese um sich greifende Zensur wurde immer derber und dreister. Wenn jemand behauptete, morgen würde der Mars auf die Erde plumpsen, durfte das veröffentlicht werden. Wenn jemand mit Fakten begründete, die Masken machten keinen Sinn, wurde er gelöscht.

Die Menschen suchten sich andere Möglichkeiten, sich zu äußern. Medien wie Regierungen reagierten darauf mit beleidigender Denunziation und Verunglimpfung. Sie bezeichneten die Portale, die nicht zensierten, als einen »Sumpf für Radikale«, die subversivem Gedankengut eine Plattform böte.

Die Omega-Gegner wurden zu Aussätzigen, eine verachtenswerte Spezies, die mundtot gemacht werden musste. Die Sprecherin eines Fernsehsenders ließ sich in bissigem Ton über diese Stimmen aus, ging nicht eine Sekunde auf deren Argumente ein, und schloss in höhnischem Ton:

»Das ist alles ganz einfach. Wir berichten einfach nicht mehr über solche Idioten. Dann werden die nämlich ganz schnell vergessen. So haben wir es mit allen gemacht, die meinten, sie müssten es besser wissen. Und wo sind die jetzt? Weg. Keiner redet mehr von denen. So funktioniert das.«

Solche Aussagen waren der schlagende Beweis dafür, dass die Meinung der Masse schon immer geformt worden war. Doch diesmal war die Masse gespalten, ein guter Teil der Bevölkerung selbst betroffen – die Methoden traten stärker und deutlicher zutage. Die Regierung ging dermaßen massiv vor, dass man sich unwillkürlich fragte: Was hatte sie wirklich vor? Was verbarg sie? Was war hier eigentlich los?

Noch während die nicht existente erste Welle lief, wurde schon die zweite prognostiziert, die viel, viel schlimmer als die erste werden sollte. Das wussten die jetzt schon? Immer und immer wieder wurde mit Tod und Verderben argumentiert – Senta konnte das nicht mehr hören. Krankhaft ehrgeizige Ministerpräsidenten stellten sich vor das Mikro und erklärten der Bevölkerung allen Ernstes, es sei eine Sünde, gegen die Maßnahmen zu verstoßen. Das Virus würde jeden Tag gefährlicher. Womit begründete er das? Senta fragte sich, was das für Menschen waren, die so mit der Psyche der Bürger spielten. Wenn es stimmte, dass alles zurückkam, was man verursachte, dann wollte sie nicht in deren Haut stecken, wenn es so weit war.

Sie seufzte, ja … wenn! Das war ihre Angst: dass die Politiker oder wer auch immer hinter ihnen stand, ungestraft damit durchkamen.

Sie hörte nicht auf, sich selbst gegenüber kritisch zu sein, fragte sich stets, ob sie nicht Gespenster sah, ob nicht sie es war, die einen verdrehten Blick hatte. Vor allem, wenn ihr jemand aus erster Hand von einem schweren Verlauf oder einem Todesfall erzählte, nahm sie das mit und ließ sie zweifeln. Aber so herzlos es auch klang: Wollte man die Sache wissenschaftlich betrachten, musste man die Gesamtzahl und nicht Einzelfälle als Grundlage hernehmen. Und die Gesamtzahlen rechtfertigten den Begriff der Pandemie in keiner Weise.

Die Wahrnehmung, dass die Welt sich teilte, sich zwei Bewusstseinsebenen bildeten, ergriff sie immer öfter. Aber wo sollte das hinführen?

Das alles ging ihr durch den Kopf, als sie zu einer weiteren Besprechung zu Jeff aufbrach. Es drängte sie, mit Christopher über all das zu reden. Er musste um die Hintergründe wissen, sonst hätte er sich an ihrem ersten Abend völlig anders verhalten. Sie wunderte sich heute noch, was er da alles von sich gegeben hatte. Weitere Worte klangen in ihrer Erinnerung nach:

Du bist meine Jeanne d'Arc … meine Amazone …

Jedes Mal kribbelte es aufs Neue. In ihren Fantasien schrieb sie den Schluss des letzten Abends um. Wie sie seinem Drängen nachgab, er sie auszog, sie ihn, erdachte sie sich den Moment, wenn ihre nackte Haut aufeinandertraf … wie sie sich … doch an dieser Stelle erstarb der Traum. Etwas bremste ihn aus und sie wusste: Nein, sie hätte nicht anders handeln können.

Bing! Als hätte er gewusst, dass sie an ihn dachte, erschien er auf ihrem Display. Sie konnte nicht verhindern, dass ihr das Herz in der Brust hüpfte. An der nächsten roten Ampel lugte sie drauf.

»Hallo Senta, wie geht es dir? Hab übrigens was Interessantes für dich. Ist frisch hereingekommen. Vielleicht für dich nützlich? Wird erst in ein paar Tagen veröffentlicht.«

Ein Link folgte, dem nicht zu entnehmen war, worum es sich handelte. Die Ampel sprang um und sie fuhr weiter. Sie war ohnehin spät dran und hetzte wenig später die Stufen hoch in Jeffs Büro.

Gott sei Dank war er noch in einem Telefonat gefangen und gab ihr Zeichen, dass es noch etwas dauern würde. Aufatmend holte sie sich einen Kaffee, setzte sich in den angrenzenden Besprechungsraum und klickte Christophers Link an.

Sie fiel fast vom Stuhl, als sie des Inhalts gewahr wurde. Ihre Augen begannen über die Buchstaben zu rasen und sie war schon mit den ersten Worten so aufgeregt, dass sie Mühe hatte, den Text anständig zu lesen. Schon nach dem ersten Abschnitt entfuhr ihr ein kleiner Schrei und als sie am Ende angelangt war, schob sie völlig aufgelöst ihren Stuhl zurück, die Hände im Gesicht.

»O mein Gott!«, krächzte sie. »Ich fasse es nicht! Ich fasse nicht!«

Jeff, der sein Gespräch beendet hatte und aufgestanden war, um sie zu holen, sah sie erstaunt an.

»Jeff!« Sie schrie es fast. »Das musst du unbedingt lesen! Es gibt einen neuen offenen Brief!«

Skeptisch bemerkte er: »Das wäre so ungefähr der Einhundersechsundsiebzigste. Keiner hat je etwas bewirkt.«

»Der hier *muss* was bewirken! Rate, von wem der ist! Von Kardinälen, Bischöfen, hohen Geistlichen und prominenten Intellektuellen! Du fällst um! Hier! Lies selbst!«

Senta wusste gar nicht, wohin mit ihrer Aufregung, es hielt sie kaum auf ihrem Sitz, als Jeff sich neben sie setzte und sie gemeinsam den Text durchgingen.

*»Aufruf! Für die Kirche und für die Welt**

An die Katholiken und alle Menschen guten Willens. Veritas Liberabit Vos (Joh. 8, 32).

In einer Zeit schwerster Krise erachten wir Hirten der katholischen Kirche, aufgrund unseres Auftrags, es als unsere heilige Pflicht, einen Appell an unsere Mitbrüder im Bischofsamt, an den Klerus, die Ordensleute, das heilige Volk Gottes und alle Männer und Frauen guten Willens zu richten. (…)

Es sind Tatsachen, dass unter dem Vorwand der (…) Epidemie in vielen Fällen unveräußerliche Rechte der Bürger verletzt und ihre Grundfreiheiten unverhältnismäßig und ungerechtfertigt eingeschränkt wurden, einschließlich des Rechts auf Religionsfreiheit, freie Meinungsäußerung und Freizügigkeit. Die öffentliche Gesundheit darf und kann kein Alibi werden, um die Rechte von Millionen von Menschen auf der ganzen Welt zu verletzen (…) Dies gilt umso dringlicher, je mehr Zweifel von verschiedenen Seiten an der tatsächlichen Ansteckungsgefahr, der Gefährlichkeit, sowie der Resistenz des Virus laut werden. Viele maßgebliche Stimmen in der Welt der Wissenschaft und Medizin bestätigen, dass dieser Alarmismus seitens der Medien … in keiner Weise gerechtfertigt zu sein scheint.«

»Wow«, sagte Jeff beeindruckt. »Das sind klare Worte von hoher Stelle!«

»Es kommt noch besser!«, jubelte Senta. »Das ist ein Durchbruch! Ein klarer Durchbruch!«

*»**Wir haben Grund zu der Annahme** – und das auf Grundlage offizieller Daten der Epidemie in Bezug auf die Anzahl der Todesfälle –, **dass es Kräfte gibt, die daran interessiert sind, in der Bevölkerung Panik zu erzeugen. Auf diese Weise wollen sie dauerhaft Formen inakzeptabler Freiheitsbegrenzung und der damit verbundenen Kontrolle über Personen und der Verfolgung all ihrer Bewegungen durchsetzen. Diese illiberalen Steuerungsversuche sind der beunruhigende Auftakt zur Schaffung einer Weltregierung, die sich jeder Kontrolle entzieht**.*

Wir glauben auch, dass in einigen Situationen die ergriffenen Eindämmungsmaßnahmen, einschließlich der Einstellung kommerzieller Aktivitäten, zu einer Krise geführt haben, die ganze Wirtschaftszweige zum Erliegen gebracht hat. Diese wiederum fördert die Einmischung von fremden Mächten und hat schwerwiegende soziale und politische Auswirkungen. (…)

Die Kriminalisierung persönlicher und sozialer Beziehungen muss als inakzeptabler Bestandteil eines Projektes beurteilt werden, mit dem die Isolation von Personen gefördert wird, um diese besser manipulieren und kontrollieren zu können.

Wir fordern die wissenschaftliche Gemeinschaft auf, dafür zu sorgen, dass (…) sorgfältigst vermieden wird, dass zweifelhafte Wirtschaftsinteressen die Entscheidungen der Regierungen und internationalen Behörden beeinflussen. (…)Wir erinnern als Hirten daran, dass es für Katholiken moralisch inakzeptabel ist, sich mit Impfstoffen behandeln zu lassen, zu deren Herstellung Material von abgetriebenen Föten verwendet wird. (…)«

»Und Schlimmeres«, fügte Jeff an dieser Stelle hinzu. »Was in dem Zeug drin sein wird, weiß ja keiner.«

»Wir fordern die Regierenden außerdem auf, dafür zu sorgen, dass Formen der Kontrolle von Menschen auf Strengste vermieden werden. (…) Der Kampf (…), so ernst er auch sein mag, darf nicht als Vorwand zur Unterstützung unklarer Absichten supranationaler Einheiten dienen, die sehr starke politische und wirtschaftliche Interessen verfolgen. (…)«

»Senta!«, rief Jeff, inzwischen genauso in Aufruhr wie sie. »Das ist unglaublich!«

»Es kommt noch besser!«, versprach sie ihm.

»Diejenigen, die eine Politik der drastischen Bevölkerungsreduzierung verfolgen und sich gleichzeitig als Retter der Menschheit präsentieren – noch dazu ohne irgendeine politische oder soziale Legitimierung –, befinden sich im offensichtlichen Widerspruch zu sich selbst. Letztendlich kann die politische Verantwortung derjenigen, die das Volk vertreten, auf keinen Fall ›Experten‹ übertragen werden, die – und das ist fürwahr beunruhigend – für sich selbst Formen der strafrechtlichen Immunität fordern.«

»Ist das der Hammer oder ist das der Hammer?« Senta war außer sich vor Freude.

»Das ist absolut fantastisch!«, strahlte auch Jeff. »Und mutig!«

»Ja!«, juchzte Senta und hüpfte aufgeregt auf der Stelle. »Oh, ich bin so dankbar! So dankbar! Das ist ein Schlag in die Kniekehlen! Das ist ein super Auftakt für unsere Seite! Den müssen wir gleich bei Aktuelles posten! Oh, ich bin so froh! So froh!«

Das waren sie beide, das waren viele, die heimlich immer wieder daran gezweifelt hatten, ob sie nicht, wie es ihnen ständig eingeredet wurde, total durchgeknallt waren. Aber die Verfasser dieses Briefes hatten tiefere Einblicke ins Weltgeschehen, ganz sicher waren ihnen Details bekannt, die sich der breiten Öffentlichkeit entzogen. Die Aussagen Snowdens, dieser Brief und die Riesenfülle beweisbarer Details schürten Sentas Mut, ihren Weg, trotz der Denunziation, die auf sie wartete, weiterzuverfolgen.

Die neue Homepage mit diesem Aufruf zu starten war der Brüller! Was für ein Timing! Ihre jubelnden, aufgeregten Stimmen drangen durch den Türspalt und neugierig lugte ein Mitarbeiter, der gerade durch den Gang lief, hindurch.

Senta warf sich Jeff voller Freude an den Hals, und er schlang wie selbstverständlich seine Arme um sie.

♫ Rhythm Inside ♫

Calum Scott

Sie tanzte nach der Besprechung geradezu aus dem Büro, fetzte die Treppen hinunter, raus aus dem Gebäude, warf ihre Unterlagen ins Auto und merkte, dass es ganz ratsam wäre, vor der Heimfahrt nochmal die sanitären Anlagen aufzusuchen.

Der Brief ließ sie nicht los – der würde eine Lawine auslösen, in der all die Lügen ans Tageslicht kämen! Vielleicht war das Ding schneller zu Ende als gedacht? Sie würde diesen Brief Melanie schicken und etlichen anderen Bekannten, die stets an ihren Worten gezweifelt hatten! Völlig berauscht von der Flut an Gedanken lief sie zurück ins Gebäude, riss die Tür zu den Toiletten auf – und prallte mit Fred zusammen. Sie starrte ihn an, als wäre er ein Alien. Wie kam der denn hierher? Seine Augen funkelten amüsiert.

»Also, Sie hätte ich hier nicht erwartet«, witzelte er, ganz Herr der Lage. Verwirrt blickte sich Senta um – und registrierte siedendheiß: Sie war in der Herrentoilette gelandet. Bevor sie reagieren konnte, legte Fred, wie beim ersten Mal, den Arm um ihre Schulter und sagte:

»Sie wollen dieses Etablissement kaufen? Ich kann Sie gerne herumführen.«

Er drehte sie Richtung Kabinentüren.

»Voila, Klotür 1«, verkündete er. »Sehr schickes Ambiente, ganz Ton in Ton gehalten. Hier können Sie problemlos Ihre Kinder unterbringen.«

Senta brach in schallendes Gelächter aus. Unbeeindruckt machte Fred weiter.

»Hier Toilette 2 ... gegen einen geringen Aufpreis lässt sich die Kloschüssel in einen Stehtisch umfunktionieren, vorausgesetzt, Sie schrumpfen etwas. Und Achtung, aufgepasst! Mein Favorit, Toilette 3. Ein wunderbar intimer Raum. Man beachte außerdem das Pissoir, hier übt der gemeine Mann Einschuss und kann seine Zielsicherheit erproben.«

Senta bekam einen so heftigen Lachanfall, dass sie kaum Luft bekam und mit ihrer Hand vor ihrem Gesicht herum wedelte. Erfreut lehnte sich Fred an den Waschtisch, verschränkte die Arme und beobachtete sie.

»Das war gut!«, japste sie schließlich. »Das war saugut, sogar! Wusste gar nicht, dass Sie eine so komödiantische Ader haben, Herr Dubois!«

»Frederic. Waren wir nicht schon beim Du?«

»Ich glaube nicht.«

»Ich glaube schon. Du hast übrigens neulich abends im Studio was vergessen. Ist dir das gar nicht aufgefallen?«

»Ich hab was vergessen? Was denn?«

»Mir deine Nummer zu geben.«

Überaus erheitert schüttelte Senta den Kopf. Diesem Typen konnte man nichts übelnehmen! Und unmöglich konnte der fünfzig sein! Himmel, war der sexy! Aber mit dem Hintergrund, den sie inzwischen von Jeff kannte, war sie gut gegen seinen Sexappeal gewappnet.

»Kann es sein, dass Sie an diesem Abend mit Ihren Gedanken woanders waren, Herr Dubois? Und an meiner Nummer wenig interessiert?«

»Mon Dieu! Welch eine Unterstellung! Übrigens heiße ich Frederic. Oder Fred. Bist du immer so förmlich? Selbst wenn du Männer an ihrem intimsten Ort überfällst?«

»Ist das eine Anmache? Wenn ja, war sie schlecht.«

»Das lässt sich steigern. Wie schlecht soll die Anmache denn sein auf einer Skala von eins bis zehn?«

»Zehn natürlich!«

»Wunderbar. Dann sehen wir uns morgen?«

Sie brachen beide in Gelächter aus. Vergnügt sah er sie an.

»Nein, im Ernst. Wann hast du Zeit?«

»Gar nicht! Ich muss nämlich dringend für kleine Mädchen!«

»Nur zu, ich empfehle Toilette 3.«

»Ich glaube, ich werde doch mal eben ein geeigneteres Domizil besichtigen. Machen Sie's gut, Herr Dubois!«

»Ja, ich hab's schon gut gemacht, danke! Dann wünsche ich, dass du es auch gut machst, ob groß oder klein oder was immer du vorhast. Soll ich dir vielleicht meine Nummer geben, für den Fall, dass du dich nochmal verirrst und in der Dachkammer landest?«

»Keine Ursache! Ich hab ein Navi auf dem Handy!«

Senta drehte sich um, verschwand in den Räumen daneben und musste selbst auf der Schüssel noch lachen. Würde er draußen auf sie warten? Es war ein belebendes Gefühl.

Während sie sich die Hände wusch, musterte sie ihr Gesicht im Spiegel. Ihre Augen blitzten vor Vergnügen, sie hatte lange nicht mehr so sehr gelacht wie gerade eben. Ihr Herz schien in ihrem Brustkorb zu schweben – schade, dass Fred so ein Frauenheld war! Sein Blick erregte sie, ebenso seine Ausstrahlung, die keine Zweifel daran ließ, dass er erfahren darin war, einer Frau eine Menge Freuden zu bereiten. Doch ein anderes Augenpaar tauchte in ihrem Kopf auf, das das Himmelhochjauchzende etwas dämpfte.

Mit einem Lächeln verließ sie die Toilette. Fred stand davor.

»Was muss ich tun, damit du mit mir ausgehst? Nützt es etwas, dir den tollsten Abend zu versprechen, den du je erlebt hast?«

»Wenn ich wüsste, was du darunter verstehst, wäre mir wohler«, gab sie zurück. »Welches Programm fährst du denn für gewöhnlich ab?«

»Du wirfst dich in ein Abendkleid, ich mich in meinen Anzug. Ich suche ein sensationelles Restaurant aus und lasse vorher schon eine Kiste Champagner kaltstellen, hole dich mit einer Rose auf dem Armaturenbrett ab und …«

»Das machst du immer so?«

»Macht Eindruck.«

»Okay, dann würde ich sagen, wir lassen es erstmal.«

»War das etwa ein Nein?«, fragte er fassungslos.

»Exakt.«

Sie schenkte ihm ein geistesabwesendes Lächeln. Ihre Gedanken weilten bei Christopher. Sie waren sich schon so nah gekommen … und er hatte ihr eben mit diesem Brief so geholfen … irgendwie empfand sie es als nicht richtig, sich mit einem anderen Mann zu verabreden, so charmant und witzig Fred auch sein mochte.

Fred hingegen war geflasht. Vor allem, weil sie ihre Entscheidung mit nichts begründete – und ihm damit jede Argumentationsgrundlage nahm.

»Ähm … bekomme ich dann wenigstens deine Nummer?«, fragte er. Senta wollte schon ablehnen, als ihr einfiel, dass sie ihm was schuldig war, weil er das Treffen mit Charlene organisiert hatte. Frederic allerdings berief sich nicht nur mit keiner Silbe darauf, es schien ihm noch nicht einmal in den Sinn zu kommen. Das rechnete sie ihm hoch an und so antwortete sie:

»Natürlich, Fred. Vielleicht trinken wir ja mal einen Kräutertee zusammen.«

»Kräutertee? Aber ich bin nicht krank!«

»Schmeckt trotzdem gut.«

»Das erinnert mich an Fieber und Husten. Sag bitte nicht, dass du keinen Champagner oder Rotwein magst. Sonst wird das nämlich wirklich nix mit uns«, fuhr er ehrlich besorgt fort.

»Nein, alles gut«, beruhigte sie ihn. »Ist nur so, dass ich von all dem gerade ein wenig die Nase voll habe.«

»Das«, kommentierte Fred zufrieden, »hört sich doch schon besser an. Es hat dich also jemand enttäuscht. Wunderbar! Dann kann ich es nur besser machen!«

»Du bist echt ein Ganove, Fred«, kicherte sie, während sie zusammen nach draußen liefen. »Aber ich mag dich. Du bist total goldig.«

Fred zuckte zusammen, als hätte sie ihn geschlagen.

»Mein Gott, was fährst du nur für Geschütze auf«, frotzelte er und sah aus, als hätte er Schmerzen. »Erst bietest du mir Kräutertee an, dann findest du mich …« Er brach ab und schüttelte fassungslos den Kopf. »Hast du eben *goldig* gesagt? Ich finde, du hast ein komplett falsches Bild von mir.«

»Oder ein anderes«, gab sie vergnügt zurück, ging ein paar Schritte rückwärts zu ihrem Auto und sagte mit orakelhaft verstellter Stimme: »Wer weiß, wie viele Freds noch unentdeckt in dir stecken! Zum Beispiel Freds, die Kräutertee mögen?«

Sie wandte sich um.

»Ich wüsste lieber, wann ich dich wiedersehe!«, rief er ihr zu.

»Wenn ich Brennnesseln gepflückt habe!«

»Bitte?«

»Für deinen Kräutertee!« Sie stieg ein. »Bei mir gibt's nix Konserviertes, nur frisch.«

»Wenn ich dich so ansehe, glaube ich dir das aufs Wort!«

Er wedelte mit dem Handy. »Danke für die Nummer! Also, ich werde das gerne mal ausprobieren! Den Kräutertee, meine ich.«

Senta schüttelte lächelnd den Kopf, während sie losfuhr.

Immer wieder kullerte während der Fahrt ein Lachen aus ihrem Mund. Auch wenn er das mit jeder Frau so machte, aufgeheitert hatte er sie allemal. Und der Kardinalsbrief … So beschwingt war sie schon lange nicht mehr gewesen!

♫ ♫ ♫

In dieser Laune kam sie zu Hause an und verfasste ein glühendes Dankesschreiben an Christopher. Warum hatte er das getan? Schwenkte er womöglich um? Sie nahm sich vor, ihn anzurufen.

Gleich am nächsten Tag fand ein weiteres Meeting statt, um einen Namen für die Seite finden. Diesmal war auch Charlene anwesend. Wie beim ersten Mal war Senta von ihrer ruhigen Art fasziniert. Es ging etwas sehr Würdevolles und trotzdem Leichtes von ihr aus, als würden die aktuellen Geschehnisse sie gar nicht wirklich erreichen. Sie war alles andere als fatalistisch, aber auch nicht in den Geschehnissen gefangen. Das war exakt Sentas Herausforderung: Entweder man engagierte sich oder man blieb draußen. Charlenes Zustand brachte sie stets ins Grübeln – was ihr guttat.

Ein lebhaftes Brainstorming folgte, dann schlug Charlene vor:

»Wie wäre es mit dem Gegenstück zum Moonlight? Der Mond ist ein Symbol für nach Innengehen. Die Sonne strahlt nach außen und bringt Licht ins Dunkel. Also irgendwas mit Sunlight? Was meint ihr?«

»Sunlight-News!«, vervollständigte Senta. »Das hört sich positiv an und wir haben damit die Verbindung zum Moonlight-Radio. Das ist perfekt!«

»Gebongt! Das ist es«, rief auch Jeff und hielt Senta seine Faust hin. Freudestrahlend boxte sie dagegen. Sentas Blick richtete sich auf Charlene.

»Das war eine grandiose Anregung«, sagte sie. »Danke!«

Auch Jeff wandte sich ihr zu. »Ja, danke, Schatz, du bist einfach super!«

Er drückte ihr einen Kuss auf die Wange, öffnete seinen Laptop und vertiefte sich darin. »Senta, könntest du Gunnar Bescheid geben?«

»Mach ich! Ich kontaktiere ihn gleich.«

Beide waren mit ihren Geräten beschäftigt.

»Okay«, sagte Charlene. »Ich gehe dann mal.«

»Ja, ist gut«, erwiderte Jeff geistesabwesend. »Wir sehen uns.«

Charlene zögerte für den Bruchteil einer Sekunde, Jeff bemerkte es nicht. So drehte sie sich um und verließ den Raum.

Aber Senta hatte Charlenes kurzes Zögern sehr wohl bemerkt. Bildete sie sich das ein oder gingen die beiden kühler miteinander um? Sie hatte nicht viel Zeit, darüber nachzudenken. Jeff nahm sie mit seinen Fragen in Beschlag.

Doch als sie sich etwa zwanzig Minuten später einen Kaffee holte und aus dem Fenster schaute, während er in die Tasse lief, sah sie Charlene mit Fred draußen auf dem Parkplatz stehen. Beide standen mit dem Rücken gegen ihren Wagen gelehnt in der Sonne und wirkten unendlich vertraut miteinander. Die Blicke, die sie sich zuwarfen, waren voller Zuneigung und die Art, wie sie miteinander umgingen, ließ auf eine tiefe Verbundenheit schließen. Einmal mehr wurde Senta bewusst, welch schönes Paar die beiden abgaben, und ein kleiner Stich durchfuhr sie, als Fred sich Charlene zuwandte, seinen Blick in ihre Augen senkte, dabei seinen Arm am Autodach abstützte, als wolle er sie umarmen und wusste, dass er das nicht tun durfte. Es war ein Bild tiefster Innigkeit. Ein Fluidum an Erotik und Freundschaft umgab die beiden, so stark, dass Senta ihren Blick nicht abwenden konnte.

Sie schienen etwas sehr Vertrauliches miteinander zu besprechen und jetzt hob Fred sogar seine Hand und strich Charlene so sanft über die Wange, dass sich sämtliche Härchen auf Sentas Körper aufstellten.

Im selben Moment kam Jeff herein, warf einen kurzen Blick aus dem Fenster und erhaschte eben diesen Moment.

Seine Augen verdunkelten sich, aber er sagte kein Wort, zog sich den Kaffee und tat so, als ob nichts gewesen wäre.

Fred war Charlene im Foyer begegnet, beide waren sie auf dem Weg zum Parkplatz, und wie so oft hatte sich ein Gespräch entsponnen.

»Was macht dein Liebesleben?«, erkundigte sich Charlene. »Private Partys sind ja wieder erlaubt … ist was in Bewegung gekommen?«

»Nein, keine Spur.« Er fuhr sich mit der Hand durch sein Haar. »Charlene, wenn mir das einer vor einem halben Jahr gesagt hätte, ich hätte es nicht geglaubt, aber tatsächlich habe ich keine Lust mehr auf diese Art von Spiel. Ist das ein Zeichen, dass ich alt werde?«

Sie lachte. »Nein, wohl eher, dass die tiefere Phase deines Lebens beginnt. Ist doch schön!«

Er schwieg darauf, lehnte sich an den von der Sonne aufgeheizten Wagen und fragte plötzlich:

»Was hältst du von dieser Senta?«

Charlene verzog keine Miene. »Ich mag sie. Sie ist sehr aufrichtig, auch sehr schwungvoll; sie hat klare Werte und ist ein starker Charakter. Und mutig ist sie auch. Wäre sie eine Kandidatin für dich?«

»Irgendwie macht sie mich an. Obwohl sie mit mir Kräutertee trinken will statt Champagner. Und sie findet mich … halt dich fest … goldig! Ehrlich, als sie das sagte, dachte ich mir: Das wird nix mit der.«

Wieder lachte Charlene. »Das heißt, ihr habt schon Kräutertee zusammen getrunken?«

»Nein! Noch nicht einmal dazu hat sie Ja gesagt! Ich weiß auch nicht … Ich meine, sie trägt Söckchen und Hängerkleidchen und so.«

Charlene kicherte. »Verstehe, das ist natürlich ein schlagendes Gegenargument.«

Fred erwiderte nichts darauf, stand mit verschränkten Armen am Wagen.

»Macht dich das nicht eifersüchtig, dass ich mich für sie interessiere? Nicht wenigstens ein bisschen?«

»Und wie! Die ganzen Jahre über war ich dein Stern. Das tut schon weh, dass du nun einen anderen entdeckt hast.«

Das sagte sie mit einer solchen Leichtigkeit, dass Fred absolut nicht wusste, ob sie das ernst meinte, oder etwas überspielte. Forschend sah er ihr in die Augen, die vor Schalk und ehrlicher Zuneigung nur so blitzten und wie so oft sein Herz berührten.

»Du weißt doch, Fred«, fuhr sie mit dem Mix aus Heiterkeit und Ernst fort. »Ich liebe dich auf meine Weise. Du wirst immer einen Platz in meinem Herzen haben.«

»Ich liebe dich auch, Charlene. Ich kapiere langsam, dass so was auch außerhalb vom Bett stattfinden kann. Trotzdem beneide ich Jeff zutiefst.«

Der Satz, den er schon mal gebracht hatte, schwang unausgesprochen zwischen ihnen: Ich wünschte, ich könnte die Zeit zurückdrehen. Charlene reagierte auf seine stumme Aussage.

»Du gehst jetzt erstmal und trinkst Kräutertee«, empfahl sie. »Falls dir danach ist. Lass es laufen, Fred. Schalt dein Herz ein und lass alle anderen Körperteile mal außen vor.«

»Ach, Chérie«, seufzte er und zog eine Grimasse. »Es ist so wunderbar, dich als Freundin zu haben. Da habe ich mein zeitlich unbefristetes Moonlight-Radio immer in der Nähe. Was für ein Segen!«

»Du alter Zyniker! Ich glaube, das ist genau der Grund, warum es zwischen uns nicht funktioniert hätte.«

»Möglich«, antwortete er, strich ihr lächelnd über die Wange, verharrte ein wenig mit seiner Hand an ihrem Gesicht, bis sie sein Handgelenk fasste und herunterzog.

»Welche Art von Kräutertee macht sie denn?«, fragte sie, während sie die Wagentür öffnete.

»Brennnessel. Selbst gepflückt. Das ist auch so ein Ding. Ein Bio-Mädel hatte ich noch nie.«

»Brennnessel entgiftet. Ist sehr zu empfehlen. Lass mich wissen, wie er geschmeckt hat! Ciao, Fred!«

Sie stieg ein, winkte ihm zu, scherte auf die Straße.

Fred steckte die Hände in die Hosentaschen und sah ihr nach. Genauso, wie er vor einem Tag Senta hinterhergeschaut hatte.

Die stand immer noch oben am Fenster, die Tasse in der Hand. Wie gebannt hatte sie die Szene verfolgt und fragte sich, was das für Gefühle waren, die in ihrer Seele rumorten.

♫ ♫ ♫

Auch Jeff brachte das Bild nicht aus seinem Kopf. Worüber hatten Charlene und Fred geredet? Über ihn?

Die Tage waren für ihn nicht leicht. Charlene war ständig unterwegs, wurde überall gebraucht, war müde, wenn sie nach Hause kam. Es gab wenig Zeit zu reden, sie reagierte kaum auf seine Zärtlichkeiten. Meist schlief sie schon, wenn er ins Bett kam. Wer konnte ihr das verdenken?

Er wollte nicht schlecht denken, weigerte sich, an Charlenes Liebe zu ihm zu zweifeln, aber das Problem war: Er zweifelte an sich.

Neben ihr kam er sich vor wie ein Loser. Wieder mal. Mit Entsetzen stellte er fest, dass diese Negativität keineswegs verschwunden war, sondern noch munter vor sich hin schwelte, bereit, beim kleinsten Funken wieder aufzuflammen. Gelegenheiten gab es genug. Vor Tagen hatte er einen weiteren Rückschlag erlitten, als seine Kooperationspartner sich vollständig von dem Hotelkonzept verabschiedet hatten. Das Geschäft war damit offiziell geplatzt und das rumorte in ihm. Fred hingegen hatte seine Kanzlei vergrößert. Charlene ihre Firmen trotz Krise im Griff.

Sie machte immer alles richtig, kam bei jedem gut an, fand immer die passenden Worte. Das Moonlight-Radio lief grandios, die Zahl der Hörer erhöhte sich ständig und er war insgeheim nervös, wie im Vergleich dazu sein Kanal ankommen würde. Er durfte nicht floppen!

Deswegen hatte er sich vehement dahintergeklemmt, er wollte es einfach perfekt haben, hatte Stunden mit Gunnar verbracht, eigenes Geld investiert und war froh, Senta an seiner Seite zu wissen, die eine große Hilfe war. Sie hatte seinen Humor, sprach seine Sprache, war ähnlich alt wie er. Und sie war unkompliziert, irgendwie seinesgleichen. Er hatte sie nie gefragt, aber sie schien Single zu sein. Und dass sie Freds Avancen standgehalten hatte, rang ihm Respekt ab. Auch wenn Charlene behauptete, Fred hätte sich geändert: Er war ein Jäger, das war in seinen Genen verankert. Meinte der Kerl nun, er könnte sich in die Beziehung zwischen Charlene und ihm einmischen? Mit seinem Aussehen, seinem Geld, seinem gesellschaftlichen Status, seinem Luxusleben …?

Alles Dinge, die Charlene gewohnt ist, flüsterte eine Stimme in ihm. *Alles, was du ihr nicht bieten kannst. Stattdessen lebst du auf ihre Kosten in ihrem Haus.*

Er biss sich auf die Lippen. So sollte, durfte er nicht denken! Das war Gift, er wusste es, aber immer und immer wieder schossen diese Pfeile in sein Herz und sonderten ihre toxischen Stoffe ab.

Charlene kam auch an diesem Abend erst kurz vor Mitternacht nach Hause. Hatte die Besprechung wirklich so lange gedauert? Mit hinter dem Kopf verschränkten Armen lag Jeff im Bett, kam sich doof vor. Er hörte sie duschen, roch ihren typischen Orangenduft, als sie ins Schlafzimmer kam und sich ins Bett legte. Warum so leise? Damit er sie nicht anfasste? Und warum hatte sie geduscht?

In einer impulsiven Regung umfasste er ihren Körper, zog sie fast grob zu sich her, und drehte sie auf den Rücken.

»Hey, du bist ja noch wach«, murmelte sie.

Wortlos schob er ihr Hemdchen hoch, seine Hand glitt auf ihre Brust, streichelte sie, bis ihre Knospe hart wurde. Er nahm sie in den Mund, saugte sacht daran. Charlene gab einen genießerischen Laut von sich, leicht wölbte sich ihr Körper ihm entgegen, ein Zugeständnis, das eine gehörige Portion an negativen Gefühlen in ihm fortschwemmte. Aufatmend fuhr sein Arm unter ihre Taille, hob sie an. Er zog ihr das Höschen runter, spürte beglückt, wie sich ihre Hände an seinen Shorts zu schaffen machten und ein sanftes Spiel begann, das für Jeff in einer dreifachen Erlösung endete. Ihr zuckender Körper unter ihm, seine eigene körperliche Explosion, das lang ersehnte Verschmelzen mit ihr. Er wüsste nicht, was gewesen wäre, hätte sie sich ihm auch diese Nacht verweigert.

Weich und völlig hingegeben lag Charlene in seinen Armen und die Liebe für sie überschwemmte ihn mit aller Macht. Er zog sie fester an sich, atmete ihren Duft ein, als sie plötzlich murmelte:

»Nicht zweifeln, Jeff. Du weißt doch, dass ich dich liebe.«

Ein kleiner Laut entfuhr ihm.

»Ich liebe dich auch, Charlene«, flüsterte er in ihr Haar. »Ich liebe, liebe, liebe dich. Ich liebe dich so sehr, dass es schon wieder wehtut.«

Als Antwort drückte sie sich an ihn. Jeff atmete auf. Niemals würde er etwas zwischen sich und Charlene treten lassen. Niemals.

♫ ♫ ♫

Christopher hatte nur kurz auf Sentas Dankesschreiben geantwortet. Sie schickte ihm den Link zu den Sunlight-News und dem Moonlight-Radio.

»Wir gehen heute online! Dank dir mit einer Bombe! DANKE!«

»Keine Ursache, das geht ohnehin viral. Und hier kommt Nachschub!«

Er schickte ein weiteres Dokument.

»Dürfte in zwei Tagen in allen Medien sein, heute allerdings noch brandheiß!«, schrieb er dazu.

Senta flippte fast aus. Diesmal handelte es sich um eine hochoffizielle Akte aus dem Bundesministerium des Inneren*, ein achtzigseitiges Papier, das schlüssig bewies, dass es sich bei dem Lockdown um einen Fehlalarm handelte, dessen Kollateralschäden weitaus höher waren als die, die der Erreger jemals würde anrichten können. Es war Aufgabe dieser Abteilung, solche Analysen zu erstellen und das Ergebnis war die Bestätigung all dessen, was so viele Menschen in Deutschland von Beginn an vermutet hatten.

Bis in die letzte Faser dankbar saß Senta vor ihrem Rechner und schloss die Augen. Deutschland funktionierte noch! Die Rechtsstaatlichkeit funktionierte noch! Endlich ging das Ding in die richtige Richtung!

Glühend motiviert schickte sie den Link an Jeff und versuchte danach, Christopher zu erreichen. Er ging nicht ran, daher schrieb sie eine Nachricht.

»Tausend Dank, Christopher! Das ist einfach wunderbar! Danke, dass du mir das geschickt hast!«

»Keine Ursache«, tippte er zurück. »Bin gerade in einer Sitzung, ich melde mich!«

Senta war schon lange nicht mehr so glücklich wie an diesem Tag. Nun gab es zwei satte Bomben, die das Lügengebilde zerstörten! Der Brief der Kardinäle und dieses Papier! Und das war sicher erst der Anfang!

Sie setzten die Dokumente in Eilgeschwindigkeit auf die Homepage des Moonlight-Radios mit einem Linkverweis zu den Sunlight-News. Es schlug ein wie eine Bombe. Nahezu siebzig Prozent der Hörer abonnierten ad hoc Jeffs und Sentas Kanal. Sie konnten beide ihr Glück nicht fassen. Vom Stand weg gewannen die Sunlight-News über siebzigtausend Abonnenten! Das war sagenhaft!

Ausgelassen tanzten sie im Büro umher, die Motivation durchstieß die Decke und umso engagierter arbeitete Senta bis spät in die Nacht, in dem Bewusstsein, dass das Eis gebrochen war.

Ihre Freude währte nicht lange. Einen Tag später schon wurde der Brief der Kardinäle in der Presse verhöhnt. Die Leitmedien machten auch vor diesen Würdenträgern nicht halt und titelten: »Wirre Bischöfe verbreiten krude Verschwörungstheorien.«

Sie hatte die Dreistigkeit der Medien und der Regierung unterschätzt. Auch das BMI-Papier wurde zerrissen, der Verfasser mit der Begründung entlassen, er habe lediglich eine persönliche Meinung geäußert. Der Mann dementierte, pochte darauf, die Arbeit getan zu haben, für die er eingestellt worden war und sich ausschließlich auf Fakten berufen zu haben. Die Fakten fanden jedoch keine Beachtung. Es wurde lediglich über die Unverschämtheit des Mannes diskutiert, der angeblich seine Befugnisse überschritten hatte. Über den Inhalt, der ja deswegen trotzdem der Wahrheit entsprach, verlor man kein Wort.

Tief getroffen saß Senta vor dem Rechner und begann zu verstehen, was Christopher gemeint hatte. Wenn solch hohe Würdenträger keinen Erfolg hatten, wenn Leute, die für die Regierung arbeiteten, abgesägt wurden, wenn die Vorlage offizieller Zahlen nie etwas nützte, keine Demo, kein offener Brief, egal von wem, keine andere Meinung zählte, wenn Fakten aus den eigenen Ministerien mit fadenscheinigen Argumenten und ohne sich für das Ergebnis zu interessieren, vom Tisch gewischt wurden, den Erkenntnissen von inzwischen Hunderten von Ärzten und Wissenschaftlern aus allen möglichen Bereichen niemals Gehör geschenkt wurde, was wollte dann die Regierung eigentlich wirklich? Und was wollte dann sie ausrichten?

Erregt stand sie auf. Der Schluss, der aus all dem zu ziehen war: Es musste ein übergeordneter Plan dahinter stehen, es gab sonst keinen weiteren Grund, auf diesen Maßnahmen zu bestehen und sich so zu verhalten, wie die Regierung es tat. Es hätte Wege zurück in die Normalität gegeben und trotz der Schäden wäre jeder froh darüber gewesen. Doch immer und immer wieder wurde diese Impfung in den Vordergrund gestellt. Was würde das für eine Impfung sein? Warum bestand man so darauf? Stets wurde betont, dass erst, wenn diese erfolgt sei, Ruhe einkehren würde. Aber Senta glaubte diesen Leuten kein Wort mehr. Sie war tief, tief enttäuscht, fühlte sich mit Füßen getreten und einer Regierung ausgeliefert, die alles Mögliche im Sinn hatte, nur nicht das Wohl ihrer Bürger. Ja, sie fühlte sich immer stärker umkreist, eingefangen, wie ein Stück Vieh, das mit einer Impfung gebrandmarkt werden sollte.

Die Schlinge zog sich zu, genau, wie Christopher es prophezeit hatte. Aber sowie sie das dachte, hob sich trotzig ihr Kinn. Sie wollte ihm nicht recht geben. Aber es war schwer, an etwas zu glauben, wenn Millionen von Menschen sich von der Angst steuern ließen und eine völlig andere Vorstellung vom Geschehen hatten. Wenn Millionen davon überzeugt waren, dass der momentan eingeschlagene Weg der richtige war – und damit alle in den Abgrund rissen.

♫ ♫ ♫

Senta hatte ihre schwachen Momente, doch im Umfeld von Charlene mit ihrem Moonlight-Radio und Jeffs Enthusiasmus fiel es schwer, längere Zeit in Trübsal zu verfallen. Jeden Tag war Senta dankbarer für die beiden.

Jeff rief an, überschäumend vor Freude über den Erfolg des Kanals und der Homepage und riss sie aus ihrem Frust.

Teilweise hatte er schon Gespräche geführt, und zwar dermaßen professionell und medienwirksam, dass Senta nur so staunte. Fraglos war Jeff ein Bühnenmensch. Er kam super rüber, stellte intelligente Fragen und wirkte wohltuend neugierig und offen.

»Macht es dir nichts aus, dass der Kardinalsbrief und der Bericht des BMI so eingestampft wurden?«, fragte sie erstaunt.

»Schön ist das nicht, aber wir stehen doch erst am Anfang! Für die Regierung ist es viel zu früh, Fehler einzugestehen. Da muss noch ein wenig mehr geschehen. Es ist eine Riesen-Demo geplant, davon erhoffen wir uns alle was!«

»Aber Demos klären nicht auf.«

»Würde ich nicht sagen, es werden ja Reden gehalten, die werden alle online gestellt.«

»Die nur die Leute anschauen, die ohnehin überzeugt sind, dass etwas nicht stimmt.«

»Auch das würde ich nicht behaupten. Wir gehen den Weg der kleinen Schritte. So viele tun etwas dafür und die Demonstranten zeigen schon mal, dass die Menschen nicht einverstanden sind mit dem, was läuft. Das ist wichtig. Außerdem weißt du nie, welche Wirkung etwas erzielt. Und wenn du es nicht tust, wirst du es auch nie erfahren.«

»Ja, du hast recht, sorry, bin heute nicht ganz auf der Höhe.«

»Kein Ding. Geht bei uns allen rauf und runter. Warum ich anrufe, Senta, Charlene hat die Fragen für das Moonlight-Radio gesichtet. Ein großer Teil dreht sich um die Impfung. Davor haben so viele Angst. Andere wiederum können nicht verstehen, dass es Menschen gibt, die sich nicht impfen lassen wollen. Wir brauchen unbedingt Informationen darüber.«

»Okidoki. Ich habe schon einiges gesammelt.«

Ja, es ging auf und ab. Senta machte sich auch Sorgen um ihren Opa. Eine Woche war seit dem letzten Anruf vergangen und noch immer hatte er sich nicht gemeldet. Alte Unruhe ergriff wieder von ihr Besitz. Es war eine ständige Übung, sich auf das Positive zu konzentrieren.

Aber die Sonne schien, es war warm, es war Sommer, sie hatte seit dem frühen Morgen am Laptop gearbeitet und brauchte nun dringend etwas Tapetenwechsel. So zog sie sich Shorts und ein Top an, packte ihre Gartenwerkzeuge und ließ sich aufatmend zwischen den Beeten nieder.

Das Grün, die dunkle satte Erde beruhigten sie sofort. Schmetterlinge tanzten über den sprießenden Kohlblättern, es gab jede Menge Unkraut zu jäten. Überall war Mutterkraut hochgeschossen, das sie zu einer Tinktur verarbeiten wollte. Hingebungsvoll zupfte und harkte sie, wurde sich bewusst, dass sie das von allen Tätigkeiten noch am liebsten tat. Ihre Gedanken schweiften zu Christopher und spontan rief sie ihn an.

»Hey, Senta«, rief er erfreut. »Wie geht es dir?«

»Danke, gut. Ich wollte mich nochmals für die Links bedanken, Christopher.«

»Na ja, sie haben ja letztlich nichts genützt. Bin übrigens schwer beeindruckt, wie viele Abonnenten ihr habt!«

»Das ist auch mit dein Verdienst.« Sie lachte leicht. »Ist das für dich nicht irgendwie komisch, dass ausgerechnet du uns gepusht hast?«

»Weiß ja keiner. Für mich war das eine Kleinigkeit. Da ist jeder Dank zu viel. Glaub mir, ich hätte mir auch gewünscht, es hätte Wirkung gezeigt.«

»Wow!« Senta richtete sich auf ihrer Gartenbank ein wenig auf. »Hat das jetzt Christopher, der Politiker, gesagt?«

»Nein, Christopher, der Mensch.«

»Okay, und was bedeutet das?«

»Dass ich etwas ändern will. Ich denke zumindest darüber nach.«

»Hey!«, rief sie verblüfft. »Nochmal Wow! Ein dickes Wow! Wie kommt das denn? Gibt es einen Grund?«

»Natürlich.«

Nichts kam mehr. Sie wollte schon weiterreden, weil sie meinte, er wolle sich nicht dazu äußern, als er leise fortfuhr:

»Der Grund bist du, Senta. Du hast so viel in mir aufgerüttelt. Mein Weltbild ist dabei, sich zu verschieben.«

Die Antwort warf sie um – und erweckte wilde Gefühle in ihr. Wieder spürte sie seine Hände an ihrem Körper, seine Lippen auf ihrem Gesicht, ihr wurde heiß.

»Verrätst du mir, in welche Richtung dein Weltbild sich schiebt?«

Er räusperte sich. »Ich habe in das Moonlight-Radio reingehört.«

»Christopher! Du versetzt mir heute einen Schock nach dem anderen! Wie soll ich das nur verkraften!«

Er lachte. »Ja, es ist seltsam, aber diese Charlene wirft interessante Dinge in den Raum. Trotzdem hört sich das Gerede schrecklich utopisch an. Nicht machbar, sagt mein Kopf. Schöne Worte, die für den Moment ein wenig Trost geben, aber nichts ändern.«

»Das ist der entscheidende Punkt: Daran zu glauben, dass man was ändern kann und es nicht nur schöne Worte sind. Du könntest mithelfen, dass eine positive Zukunft entsteht, was immer das für dich bedeutet.«

»Positiv wäre schon mal, wenn wir uns wiedersehen! Magst du auf einen Drink vorbeikommen? Ganz ohne Udo?«

»Nein, diesmal kommst du zu mir. Wie wäre es mit einem Kaffee unterm Apfelbaum?«

»Ich kann leider nur abends. Auch am Wochenende. Ist gerade viel los.«

»Kein Problem. Wir könnten uns einen Film reinziehen oder einfach nur reden. Wie wäre es nächstes Wochenende? Hast du Lust?«

»Sehr!«

Sie einigten sich auf Tag und Uhrzeit. Christopher schien überglücklich. Lächelnd legte sie auf – und traute ihren Augen kaum. Die Nachricht an ihren Opa war durch! Endlich! Endlich hatte sich zu dem einen Häkchen ein zweites hinzugesellt. Sofort tippte sie eine weitere Nachricht an ihn, die ebenfalls durchging – aber es kam keine Antwort.

Einen Tag später traf sein Päckchen ein.

Absender war eine exklusive Dependance in Italien für Luxusartikel. Gespannt öffnete sie den großen Karton und hielt kurz danach eine Designertasche in der Hand, die ein Vermögen gekostet haben musste. Sie war befüllt mit Verpackungsmaterial, in deren Tiefen sie vier sorgfältig in Luftpolsterfolie gewickelte Festplatten sowie ein Feuerzeug fand. Vergeblich suchte sie nach einem Zettel oder Brief, entfernte das Plastik um die Harddrives. Jede hatte ein kleines Etikett mit dem Vermerk

»Nowosibirsk« in der Handschrift ihres Opas darauf. Das hieß, er hatte sie dort bespielt und vermutlich jemandem mitgegeben. Irgendwo musste ein Hinweis sein, was sie damit machen sollte! Vielleicht direkt auf den Festplatten? Sie schloss die erste an ihren Rechner an und wurde prompt nach einem Passwort gefragt. Etwas ratlos durchstöberte sie die letzte Mail ihres Opas nach einem Fingerzeig. Ihr Geburtsdatum?

Sie gab es ein. Mit Leerzeichen, ohne Leerzeichen, in normaler Reihenfolge, in amerikanischer ... nichts. Ihre Augen glitten über den Text.

Tja, und die Kerze musst du nun auch alleine anzünden. Schade. Aber ich gehe mal davon aus, dass du weißt, wie das geht.

Ein Schnaufer entfuhr ihr. Das Feuerzeug!

Grübelnd nahm sie es in die Hand und betätigte es. Das Reibrad am Zündstein versprühte ein paar Funken, aber es ergab keine Flamme. Sie versuchte es erneut, wieder schlugen nur ein paar Funken hoch. War kein Gas drin? In einer plötzlichen Eingebung zog sie am Zündkopf. Er saß ziemlich fest, aber mit einer Zange ging er ab. Und siehe da: Im Gehäuse des Feuerzeugs steckte kein Gasbehälter, sondern ein USB-Stick. Aufgeregt steckte sie ihn an ihren Rechner und hatte endlich etwas Handfestes vor sich: Einen Ordner und ein Worddokument mit einer Nachricht von ihrem Opa. Er schien sie in großer Eile geschrieben zu haben.

»Meine liebe Senta,

ich wusste, du würdest mein kleines Rätsel knacken! Wunderbar! Bitte verzeih, ich habe nicht viel Zeit, die Festplatten müssen gleich auf die Reise.

Im Ordner findest du die Passwörter.

Öffne die Festplatten. Dort findest du ein Klonprogramm, Codierungen und Dokumente. Letztere bitte ALLE ausdrucken, und an einem sicheren Ort verwahren, nicht im Haus.

Kopiere den Inhalt aller Festplatten mittels des Programms, kaufe die Harddrives in einem Geschäft, auf keinen Fall online. Die Originale bitte mit beiliegendem Retoure-Etikett genauso zurückschicken, wie du sie bekommen hast, und zwar am besten gestern. Für die Kopien einen sicheren Ort außerhalb des Hauses finden.

Mach das bitte sofort, nachdem du diese Nachricht gelesen hast. Lösche die Passwörter und diese Nachricht und vernichte Feuerzeug sowie den Stick. Ich verlasse mich auf dich.

Hoffe, wir sehen uns bald.

Liebe Grüße, Dein Opa Ludwig.

PS – mach dir keine Sorgen – es wird alles gut!«

Das klang ja wie eine Spionageaktion! Was war auf den Festplatten drauf, dass solche Sicherheitsvorkehrungen nötig waren? Aber sie tat wie geheißen, setzte sich in den Wagen, fuhr in die Stadt, kaufte die Festplatten zur Sicherheit in verschiedenen Geschäften, zahlte jedes Mal bar und raste wieder nach Hause. Nur, um kurz darauf noch mal loszufahren, weil sie die Anzahl der Ausdrucke so hoch war, dass sie jede Menge Farbpatronen brauchte.

Sie kopierte bis ins Morgengrauen hinein. Ganze Programme waren aufgespielt sowie eine Unmenge an Bild-und Fotomaterial. Es dauerte ewig, bis der Inhalt allein von einer Festplatte überspielt war. Auch der Drucker lief heiß. Ein guter Teil waren Fotos von der Sonne, in allen Variationen, die für Senta alle gleich aussahen. Sie vernichtete schon mal den Stick und das Feuerzeug, überschlug, dass sie mindestens zwei weitere Nächte brauchen würde, um das zu schaffen. Und Jeff brauchte ihre Ergebnisse bezüglich des Impfens! Aber ihr Opa hatte gesagt: Mach es sofort. Daran wollte sie sich halten, vor allem an seinen Satz: *Es wird alles gut.*

♫ ♫ ♫

Sie stand um fünf Uhr morgens auf, erledigte ihre Recherchen am Rechner, verfasste Artikel, schrieb mögliche Interviewpartner an, und ließ bei allen Aktivitäten den Drucker laufen.

Am Nachmittag hatte sie viereckige Augen, streckte ihren Rücken, und beschloss, im Garten zu arbeiten. Hingebungsvoll jätete sie Unkraut, düngte die Rosen, installierte ein Netz über dem Kohl, damit die Raupen ihn nicht abfraßen. Sie wollte gerade eine Kaffeepause einlegen, als ihr Handy einen Signalton abgab. Eilig wischte sie sich die erdigen Hände an ihrer Hose ab und ging ran. Es war Fred.

»Erntest du gerade Brennnesseln?«, fragte er.

»Du wirst lachen, das haut ziemlich genau hin.«

»Wenn ich an Zufälle glauben würde … dann komm ich zum Tee! Oder noch besser, du wirfst dich in Schale und wir gehen essen.«

Senta lachte. »Letzteres müssen wir streichen. Ich stecke gerade bis obenhin in Arbeit. Tee ist okay. Kannst gerne vorbeikommen.«

»Sind zwanzig Minuten zu knapp?«

»Nö, wieso? Ich bin doch hier?«

Frederic stutzte. Jede andere Frau hätte genau gewusst, was er meinte. Oder war sie zufällig schon fix und fertig gestylt?

»Ich dachte nur, weil du meintest, du steckst in Arbeit, vielleicht musst du ja noch was zu Ende bringen.«

»Nein, alles gut. Ich mache den Tee ganz frisch, wenn du da bist.«

Fred war erfreut, ließ sich die Adresse geben, fand sich zwanzig Minuten später vor einer grüngestrichenen Haustür wieder und damit in einem anderen Universum.

Seine Welt war die der teuren Hotels, der Bars, Partys, Clubs, Frauen in Designerkleidung und Designervillen. Und nun stand er vor einem schlichten, kleinen Hobbithaus mit grünen Fensterläden und einer Minigarage, die dringend einer Renovierung bedurfte. Ein Vorgarten mit einem alten knorrigen Apfelbaum, wie er ihn von Bauernhäusern kannte, verstärkte den Eindruck, in einer anderen Welt gelandet zu sein. Aber es sah idyllisch und einladend aus. Mit einem eigenartigen Gefühl im Bauch drückte er auf den Emailleklingelknopf und hörte sie kurz darauf rufen:

»Bin im Garten! Einfach den Weg entlang!«

Fred lief um das Haus herum, öffnete ein kleines, schmiedeeisernes Tor und stand inmitten der prachtvollen Natur. Nach hinten erschloss sich ein bemerkenswert großes Grundstück, an das Felder und Äcker grenzten. Uralte Bäume hießen ihn willkommen, unter einem davon stand ein Tisch mit rotkarierter Tischdecke und vier windschiefen Stühlen. In den Ästen hingen Laternen.

Senta kniete im Gemüsebeet und winkte ihm zu. Sie trug Shorts, Top und feste Boots, um besser auf den Spaten treten zu können, und sie war über und über mit Erde beschmiert. Selbst quer über die Nase verlief ein schwarzer Streifen.

»Hi Fred!«, rief sie. »Tee gibt's gleich! Ich will nur schnell diesen Ableger rausmachen, der wuchert alles zu. Setz dich schon mal irgendwohin!«

Sie nickte zur Terrasse und widmete sich wieder der Pflanze. Fred, der es gewohnt war, dass sich Frauen frischen Lippenstift auflegten, wenn er sich ankündigte und fünf Minuten davor noch einen coolen Auftritt probten, beobachtete etwas verwirrt, wie sie an dem Gewächs zerrte, das fest verwurzelt in der Erde saß. Er kam näher.

»Kann ich dir helfen?«, fragte er.

Sie lachte, während ihr Blick über seinen teuren Anzug und sein weißes Hemd glitt. »Nö, ich mach das schon. Kommst du von der Arbeit, weil du so schnieke bist?«

»Ich bin immer schnieke.«

»Was? Auch zu Hause? Ich meine in deiner Freizeit? Ziehst du keine Jogginghosen an?«

»Doch. Wenn ich jogge.«

»Ah, okay«, spöttelte sie. »Lass mich raten, dein Jogginganzug war bestimmt noch nie draußen im Wald.«

Sie ruckelte wieder an dem Sprössling. Ihre Muskeln spannten sich an, ihre Haut glänzte vom Schweiß, ihr Top schob sich am Rücken etwas nach oben und Fred konnte sehen, wie die Schweißperlen in der Rinne ihrer Wirbelsäule heruntertropften.

»Komm schon, das kann ich nicht mit anschauen.«

Er zog sein Jackett aus, hängte es an eine Bohnenstange, krempelte die Ärmel hoch, schnappte sich den Spaten und stellte seinen Fuß im eleganten Designerschuh darauf. Ein paar Minuten lang lockerte er unvermutet geschickt die Erdränder rund um die Pflanze, während Senta immer wieder versuchsweise daran zog, bis sich die Pflanze endlich aus der Erde lösen ließ und sie sie befriedigt auf den Kompost warf.

»Super! Danke!«, strahlte sie. »Das wäre geschafft! Den Tee hast du dir redlich verdient!«

Sie wischte sich den Schweiß von der Stirn, was den nächsten schwarzen Streifen hinterließ und Fred zum Grinsen brachte.

»Du hast ziemlich viel Garten im Gesicht«, informierte er sie amüsiert.

»Oh!« Sie versuchte, mit dem Handrücken die Erde wegzuwischen, machte aber alles nur noch schlimmer. Fred musste lachen. Senta besah sich ihre Hände.

»Ach, was soll's! Ich geh erst mal duschen. Gib mir fünf Minuten, bin gleich wieder da. Mit Tee! Versprochen! Die Brennnesseln liegen schon in der Küche. Such dir einen bequemen Stuhl aus und mach's dir gemütlich!«

Sie ging mit ihm zur Terrasse, stellte ihm Wasser und ein Glas hin und verschwand. Fred setzte sich und ließ das Ambiente auf sich wirken.

Ursprünglich hatte er gehofft, Senta zu einem Abendessen überreden zu können, hatte sogar schon einen Tisch gebucht, den er jetzt mit leiser Stimme retournierte. Es passte nicht zu der Stimmung dieses frühen Abends.

Irgendetwas war seltsam. Irgendetwas war hier anders. Er brauchte ein wenig, bis er herausfand, dass jeglicher Backgroundlärm fehlte. Es gab keine vorbeisausenden Autos, keinen Nachbarn, der Rasen mähte … es war ungewöhnlich still, wenn man mal von dem Vogelgezwitscher und dem Summen der Bienen und Hummeln absah. Seine Augen schweiften über den Garten und das Land.

Solche Momente kamen in seiner Welt nicht oft vor. Seine Verabredungen mit Frauen fanden immer in einem entsprechenden Rahmen statt. Einfach, weil er ihnen gern Gelegenheit gab, sich von ihrer besten Seite zu präsentieren, und er es liebte, wenn sie das taten. Das war seine Rosinentechnik – ein prickelnder Flirt und ein Höhepunkt, der auch gleichzeitig das Ende markierte. Für ihn war somit jedes Mal Hoch-Zeit, ohne das mühselige Davor und Danach.

Ja, gut! Und heute mal Brennnesseltee und Gemüsebeet! Seine Lippenenden bewegten sich nach oben. Unvermutet fühlte er sich wohl und stellte sich auf eine längere Wartezeit ein. Er kannte das ja. Wenn Frauen sagten, sie bräuchten fünf Minuten …

Er entspannte, lehnte sich lächelnd zurück, Sentas erdverschmiertes Bild vor Augen. Doch schon drei Minuten später hörte er Geschirr klappern. Kurz danach kam sie mit einem Tablett nach draußen. Erstaunt sah er auf die Uhr, dann auf sie. Sie war barfuß, hatte sich ein leichtes Sommerkleid übergeworfen, ein paar Locken ihres Haares waren nass.

»Das war ja mal eine Turbodusche«, stellte er fest.

»Musste ja auch nur die Erde runter. Sag mal, hast du Hunger? Ich habe die letzten Stunden im Garten gearbeitet und mächtig Kohldampf.«

»Wenn mir von dem Brennnesseltee nicht speiübel wird, könnte ich auch was vertragen.«

»Kannst du kochen?«

»Logisch!«

»Im Ernst? Dann komm mit, wir schauen mal, was der Kühlschrank hergibt.«

Er folgte ihr in die Küche. Du liebe Güte, was war das denn? Das war ja wie bei den Wawuschels! Kleine Zimmer, Möbel im Landhausstil, an manchen Fenstern hingen Spitzengardinen, auf dem Sofa lagen Kissen mit floralem Aufdruck. Die Küche war alt. Kein überdimensionaler Kombikühlschrank mit Eiswürfelbereiter erwartete ihn, sondern ein Modell, das er in dieser Größe zuletzt in Studienzeiten genutzt hatte. Senta hatte die Tür geöffnet und war davor in die Hocke gegangen.

»Am schnellsten gehen Nudeln mit Tomatensoße«, sinnierte sie vor sich hin. »Was meinst du? Isst du gerne Pasta?«

»Sicher.« Seine Augen glitten über den Inhalt im Kühlschrank. »Du hast ja gar keine Tomaten!«

»Doch! Jede Menge! Im Garten.«

»Gut, dann erkläre ich mich für die Soße zuständig.«

Senta fingerte ein Glas Oliven aus dem Kühlschrank, gab ihm ein Körbchen und erklärte ihm, wo die Tomaten wuchsen. Fred ging nach draußen und holte die sonnengereiften Früchte ins Haus.

»Ich hab schon mal Zwiebeln und Knoblauch zurechtgelegt«, informierte sie ihn. »Willst du eine Schürze?«

»Bist du wahnsinnig?«

»Ich mein ja nur, wegen des weißen Hemds … im Garten habe ich übrigens frischen Thymian, Oregano, Salbei und Basilikum.«

»Fein, dann hol du doch schon mal die Kräuter.«

Bevor sie in den Garten ging, setzte sie einen Topf mit Wasser auf, während Fred sich umsah, sich ein Schneidbrett schnappte und begann, Zwiebeln zu schnippeln – mit einer Präzision, die Senta in Staunen versetzte. Überhaupt war das Bild irgendwie sonderbar. Nie hätte sie vermutet, dass dieser maßgeschneiderte Anzugträger so unkompliziert wäre. Sein Auftreten rief Bilder von roten Teppichen und Galaabenden hervor, er bewegte sich ja auch in solchen Kreisen, wie Jeff ihr versichert hatte. Dessen Beschreibungen von Fred kamen ihr in den Sinn, als sie sich vor das Beet mit den Kräutern kniete.

»Fred hat einfach eine Schwäche für Glamour, Glitter und Leichtigkeit. Er liebt Frauen und sie lieben ihn. Darauf will er nicht verzichten, deswegen hat er sich bewusst für ein Single-Dasein entschieden. Irgendwie ist er nie allein, aber auch nie mit jemandem zusammen. Keine Ahnung, ob er Zweisamkeit jemals erlebt hat.«

Sie dachte an Christopher, an dessen fraglose Tiefe – und doch war es prickelnd, Fred in ihrer Küche zu wissen. War sie jetzt komplett übergeschnappt? Sein Bild war in ihrem Kopf, während sie Kräuter schnitt und in den kleinen Korb legte: Frederic Dubois, erfolgreicher Anwalt, der mit aufgekrempelten Ärmeln Zwiebeln hackte.

Als sie zurückkam, duftete es nach Knoblauch und Butter. Sie stellte den Kräuterkorb an die Spüle. Fred gesellte sich neben sie, sie spürte seine Anwesenheit wie eine Wolke, die sie einhüllte.

»Lass mal sehen«, sagte er, holte die Thymianzweige heraus und hielt sie sich an die Nase. »Hmmm, Zitronenthymian, herrlich! Das wird ein Festessen! Hast du einen guten Rotwein hier?«

»Keinen Zweihundert-Euro-Wein, aber einen anständigen Rioja«, erwiderte sie. »Auch für Weinkenner wie dich genießbar.«

»Was hältst du davon, ihn gleich aufzumachen? Beim Kochen Wein zu trinken hat was, findest du nicht?«

Er lächelte sie an. Senta war gebannt von seinem souveränen Charme und der Erotik, die aus ihm herausströmte, einfach, weil sie zu ihm gehörte. Ihre Blicke verhakten sich für eine Sekunde ineinander, dann löste sich Senta errötend, steckte die Nudeln ins Wasser, holte den Wein und zwei Gläser, schenkte ein und deckte den Tisch draußen unterm Baum. Als sie wieder die Küche betrat, hatte Fred den Thymian in die Soße gerebelt und nahm die Gläser in die Hand. Die tiefstehende Sonne leuchtete zum Fenster herein, die Tomatensoße köchelte vor sich hin, verströmte ihr Aroma. Fred reichte ihr ein Glas.

»Danke, dass du mich in deine Küche lässt«, sagte er. »Das ist intimer als das Schlafzimmer.«

»Tatsächlich? Habe ich noch nie so empfunden. Dazu habe ich wohl zu lange in WGs gewohnt.«

»Und jetzt hast du ein Haus für dich allein? Lebst du alleine hier?«

»Jein. Das Haus gehört meinem Opa. Er ist gerade in Russland. Eigentlich wollte er längst zurück sein. Ich vermute, er kommt wegen der Pandemie nicht aus dem Land. Für mich ist das nur eine Übergangsbleibe, bis ich einen festen Job habe.«

»Erzählst du mir ein bisschen was von dir?«

»Wenn du mir auch was über dich erzählst?«

Zu ihrer Überraschung rief ihre Frage ein warmes, fast erstauntes Leuchten auf seinem Gesicht hervor.

»Natürlich. Wenn dich das interessiert … und du mich nicht verurteilst.«

»Weshalb sollte ich dich verurteilen?«

»Bin ziemlich sicher, dass mir mein Ruf vorausgeeilt ist.«

»Das ist er. Aber ich höre dir trotzdem unvoreingenommen zu.«

Sie lächelte ihn an, stieß mit ihrem Glas an das seine. »Auf einen schönen Abend!«

»Ich finde, das ist er jetzt schon.«

Ein versonnenes Lächeln begleitete seine Worte. Er nippte am Wein, während der Timer klingelte und Senta die Nudeln aus dem Wasser holte.

Fünf Minuten später saßen sie unter dem Baum, eine dampfende Schüssel Spaghetti vor sich, bestreut mit Parmesan und frisch gehacktem Basilikum. Der Rotwein leuchtete in den Gläsern. Die Blätter des alten, knorrigen Baumes bewegten sich sanft, die Sonne schickte ihre letzten Strahlen durch die Äste. Es war urgemütlich, das Essen schmeckte im Freien und in Gesellschaft noch mal besser. Auf Freds Aufforderung fing Senta an, ihm von ihrem Leben zu erzählen. Fred hörte zu und unterbrach sie nur, um nachzufragen.

»Klingt nicht einfach, das mit deinen Eltern«, sagte er. »Und Ludwig Buchinger ist dein Opa? Hätte ich eigentlich gleich drauf kommen können. Ich habe seine Bücher verschlungen und finde, er war seiner Zeit schon immer voraus. Für mich ist er ein verkanntes Genie.«

Senta strahlte. »Hätte ich nicht gedacht, dass dich so etwas interessiert.«

»Warum nicht?«

»Du siehst nicht so aus, als ob du eine spirituelle Ader hättest.«

»Sie ist nicht sehr ausgeprägt, das stimmt. Aber wenn mich jemand für das Thema begeistert, dann er, weil er es wissenschaftlich aufbereitet. Er ist toll.«

»Ja, das ist er. Ich vermisse ihn schrecklich.«

»Kein Wunder. Er ist ja auch alles für dich. Papa, Mama und Opa …«

»Und Freund«, ergänzte sie. »Aber wie ist das mit dir? Und deinen Eltern?«

»Ich habe ähnliche Erfahrungen gemacht und ähnliche Schlüsse gezogen wie du.« Er seufzte ein wenig. »Meine Eltern streiten sich heute noch. Echt abschreckend. Mit achtzig! Beziehungen sind mir zu aufreibend. Es hat eigentlich nur eine gegeben, mit der ich es mir hätte vorstellen können.«

»Du redest von Charlene.«

»Exakt. Aber der Zug ist ja wohl abgefahren. Zweimal, sogar. Erst war sie mit meinem besten Freund verheiratet. Jetzt ist sie mit Jeff zusammen.« Er trank einen Schluck. »Und du? Niemand in Sicht?«

Senta beschloss, ehrlich zu sein.

»Doch«, gab sie zögernd zu und sah nicht, wie Freds Augen ein klein wenig dunkler wurden. »Ich treffe mich mit jemandem.«

»Das heißt, ihr seid noch in der Kennenlernphase?«

»Hm, genau das ist das Schwierige. Er lässt sich nicht so richtig kennenlernen.«

»Klingt kompliziert. Wie hast du ihn überhaupt kennengelernt, dass du ihn weiter kennenlernen willst?«

Sie lachte und sandte Fred einen innigen Blick.

»Eigentlich wollte ich dem Typen nur meine Meinung sagen – was ich auch getan habe. Danach wollte er mich wiedersehen und wir haben uns noch ein weiteres Mal getroffen.«

Sie sah auf das Gras zu ihren Füßen. »Aber ich weiß noch nicht, was ich von all dem halten soll. Er ist Politiker, das macht es nicht einfach.«

»Ach, du liebe Zeit, einer von der ganz bösen Spezies! Darf ich fragen, um wen es sich handelt?«

»Wenn du dichthältst? Er will nicht, dass es jemand erfährt, vor allem, weil ich über diese Krise so ganz anders denke als er.«

»Oh, oh«, machte Fred. »Noch mehr Stunk! Wie stehst du zu ihm?«

»Hm, ich weiß nicht, ob ich mehr will. Ich weiß noch nicht mal, ob ich in …«

Sie brach ab. Die letzten Sätze hatte sie mehr zu sich selbst als zu Fred gesagt. Dessen Blick war unverwandt auf sie gerichtet und er spürte, wie sich sein Herz auf eine ganz neue Weise öffnete. Er fand ihre Natürlichkeit umwerfend, ihre Zehen spielten mit den Grashalmen, rupften Gänseblümchen aus – er mochte den Anblick.

»Denkt er genauso wie du?«, wollte er wissen.

»Nein, er …« Sie wurde rot und fuhr fort. »Scheint fast, als hätte er sich verliebt, obwohl unser erstes Aufeinandertreffen ziemlich heftig war. Es ist Christopher Waldorf.«

»Waldorf«, wiederholte Fred nachdenklich. »Hm, das ist allerdings ein besonderer Charakter.«

»Kennst du ihn näher?«

»Nicht wirklich. Wir sind uns beim einen oder anderen Event begegnet. Aber ein paar meiner Kollegen kennen ihn gut. Er war eine Zeit in Amerika, nicht? Um ihn ranken sich etliche Gerüchte.«

»Welche denn?«, fragte sie neugierig. »Von Amerika weiß ich gar nichts.«

»Offensichtlich hat er sich davon auch distanziert und nun doch lieber eine eher unbedeutende Position ergriffen.«

»Aber er ist doch ein hohes Tier in seiner Partei.«

»Wenn er die Amerikageschichte durchgezogen hätte, wäre er wohl sehr viel weiter nach oben gerückt. Waldorf ist in internen Kreisen eine Zeitlang hochgehandelt worden. Er hat Ausbildungen bezahlt bekommen, wurde zu entsprechenden Konferenzen eingeladen, wie zum Beispiel der Atlantikbrücke, man munkelt sogar von Bilderberg. Er sollte wohl für einen größeren Posten fit gemacht werden.«

»Fit gemacht werden! Das klingt … wie abgerichtet werden! Was ist denn die Atlantikbrücke?«

»Ein Verein, bestehend aus Wirtschaft, Finanz, Politik, Medien und Wissenschaft, der die Verbindung zwischen Amerika und Deutschland fördert. Mittels Austausch, Thinktanks und so weiter. Sie veranstalten Seminare und was nicht alles. Man kommt nur rein, wenn man vorgeschlagen wird. So geschehen bei Waldorf.«

»Und welchen übergeordneten Posten sollte er einnehmen?«

»Keine Ahnung. Sicher ist, dass er eine Zeitlang der Sunnyboy war, aber aus irgendeinem Grund zur banalen Parteiarbeit zurückgekehrt ist. Ob er in Ungnade gefallen ist oder das seine Entscheidung war … das musst du ihn schon selbst fragen.«

»Tja, ich fürchte, das ist das Problem«, murmelte sie und setzte auf Freds erstaunten Blick erklärend hinzu: »Er will nicht über Politik reden, sondern nur über sich als Mensch.«

»Wie will er das denn trennen?«

»Hab ich ihn auch gefragt.«

»Und wie habt ihr euch kennengelernt?«

Senta wurde rot, was Fred amüsiert zur Kenntnis nahm, was wiederum sie zur Kenntnis nahm und ihre Röte nicht minderte. Als er von ihrem ersten Zusammenstoß mit Christopher erfuhr, kriegte er sich nicht mehr ein vor Lachen.

»Du bist vielleicht ne Nummer!«, rief er erheitert. »Also, ehrlich, Senta, ich bin ganz auf Waldorfs Seite! Ich glaube, ich hätte mich auch stehenden Fußes in dich verknallt!« Er lachte. »Was für eine Lovestory! Filmreif!«

Senta lehnte sich zurück und verschränkte die Arme. Fred beobachtete sie.

»Bist du in ihn verliebt?«

Sie zögerte. »Dazu kenne ich ihn zu wenig. Wie erwähnt.«

Er beugte sich vor, tätschelte ihre Hand und sagte fast väterlich: »Das Kennenlernen kommt nach dem Verliebtsein, meine Kleine. Erst ist man verliebt, dann lernt man sich kennen. Was oft dazu führt, dass man sich wieder ganz schnell ent-liebt.«

»Geht auch andersrum«, konterte sie. »Man lernt sich kennen und lieben. Soll auch länger halten.«

Fred grinste. »Mag sein. Also, du sagst, bei ihm hat es gefunkt?«

»Sieht so aus.« Sie drehte ihr Weinglas in den Händen. Fred beobachtete sie.

»Was ist los?«, stupste er nach. »Du scheinst dich nicht darüber zu freuen.«

»Doch, schon. Ich meine, er bedeutet mir was. Aber wir stehen ja noch am Anfang.«

»Willst du mehr?«

»Ja, vermutlich.«

»Okay.«

Fred nickte. Sagte nichts mehr. Senta wurde sich bewusst, dass sie ihn soeben in die zweite Reihe geschoben hatte, was ihr allerdings wenig Gewissensbisse verursachte. In welcher Reihe wäre sie denn bei Fred auf Dauer gestanden? Für eine Nacht oder zwei an erster Stelle und danach? Und doch war er alles andere als ein Macho, dazu war er zu liebenswürdig.

Ihr Blick erhaschte seine Hand, die das Weinglas hochnahm, glitt unauffällig über seinen Körper, und etwas in ihr fragte sich, wie das wäre mit ihm. Sagte ihr, dass er sich mit aller Hingabe um sie kümmern, er das Spiel mit ihr zelebrieren und alles geben würde, um ihr eine unvergessliche Nacht zu bescheren. Ja, wie wäre es mit jemandem wie ihm? Wäre nicht Christopher, hätte sie es ausprobiert? Eine feine, erotische Stimmung flimmerte zwischen ihnen und sie bemerkte erst jetzt, dass sein Blick unverwandt auf ihr lag.

»Wo bist du gerade gewesen?«, fragte Fred leise.

»Dort, wo ich nicht sein sollte.«

Er lächelte nicht. Dieses Date war für ihn komplett anders als das, was er sonst kannte. Es gab keine Gelegenheit, die üblichen Galanterien anzubringen, weil er ahnte, dass sie darauf allergisch reagieren würde. Fred fühlte sich seiner Waffen beraubt – und das war ein seltsames wie aufregendes Gefühl, eines, das er bislang nur bei Charlene gespürt hatte.

»Hey, Senta«, sagte er mit einem warmen Lächeln. »Ich freue mich, dass du das zumindest in Erwägung gezogen hast.«

Sie stieß ein verblüfftes Lachen aus. »Meine Güte, das ist ja unheimlich! Wenn dich deine Partnerin jemals betrügen würde, sie könnte es wohl nicht vor dir verheimlichen.«

»Frauen können generell vor mir nichts verheimlichen. Und da ich mich nicht binde, kann mich auch keine betrügen, ein weiterer Vorteil.«

»Tut es den Frauen nicht weh, wenn du sie nur für eine Nacht willst?«

»Bisher habe ich streng darauf geachtet, dass sie das auch wollen. Sonst könnte ich das nicht tun.«

»Aber wird das nicht langweilig mit der Zeit?«

»Ich habe eher Bedenken, dass eine Ehe langweilig wird.«

»Ja, immer derselbe Mann, das kann schon anöden«, gab Senta zurück.

Fred prustete los.

»Eine Ehe ist doch allein durch ihre Herausforderungen abwechslungsreich«, setzte sie hinzu. »Vielleicht ist das sogar abwechslungsreicher als wechselnde Partner?«

»Oje, es wird philosophisch. Das hätte von Charlene stammen können.« Er lächelte zufrieden. »Ich mag dich, Senta. Sehr sogar. Ich glaube, mit dir könnte ich gar nicht ins Bett, weil ich dich so mag.«

»Ich mag dich auch, Fred«, erwiderte sie. »Ich glaube, ich könnte mit dir auch nicht ins Bett, selbst wenn es mich reizt.«

»Weil du zu jenen Frauen gehörst, denen es wehtäte, wenn es nur für eine Nacht wäre?«

»Exakt.«

Ein fast unmerkliches Lächeln lag auf seinen Zügen. Es war nicht der Mund, der lächelte. Es bildete sich auch kein Kranz um seine Augen. Nein, sein ganzes Sein lächelte, ohne dass es Ausdruck im Gesicht fand. Senta war fasziniert davon, wie man ein Lächeln spüren konnte, ohne es zu sehen.

Eine innige Atmosphäre schwang zwischen ihnen, schwang in der Nacht. Sie fragte Fred nach seinem Alltag, er antwortete bereitwillig und ein unbeschwertes Gespräch entspann sich, bis es kühl und sie müde wurde.

Fred half ihr, abzuräumen, stellte die Teller in die Spülmaschine, wischte die Anrichte sauber und nahm schließlich sein Jackett. Als er mit ihr an der Haustür stand, wünschte sie sich für einen Moment dringend, so locker über Bettgeschichten denken zu können wie er.

Ihre Wangen waren leicht gerötet, in ihren Augen war ein warmes Leuchten und in ihrem Herzen war es angenehm ruhig.

»Toll, dass du vorbeigekommen bist«, sagte sie. »Hat richtig gutgetan.«

»Mir auch, Senta. Es war schön in deinem Garten. Es war schön mit dir.«

Sie lächelte. Sie war immer noch barfuß, auf ihrem Kleid prangten inzwischen ein paar Tomatenspritzer und sie hatte gegen die Kühle der Nacht die Arme um sich geschlungen. Freds Blick ruhte auf ihr, auf der Gänsehaut auf ihren Armen, landete wieder in ihrem Gesicht und schließlich in ihren Augen.

»Du hast den aufregendsten Mund, den ich je gesehen habe«, murmelte er.

»Und du bist der erotischste Kerl, der mir je untergekommen ist. Komm gut nach Hause, Fred.«

Hatte er sonst immer frivole Antworten parat, kam ihm diesmal nicht eine einzige davon in den Sinn. Er nickte nur, ging zu seinem Wagen, hatte den Motor schon gestartet, als sie winkend den Gartenweg entlang rannte und ihn aufhielt. Er ließ das Fenster runter.

»Hast du in deiner Kanzlei einen Tresor?«

»Natürlich.«

»Wäre es möglich, für mich darin ein paar Dinge aufzubewahren?«

»Um was handelt es sich denn? Ich meine größenmäßig?«

»Um einen Stapel Papier und vier Festplatten. Ich zahle natürlich Aufbewahrungskosten.«

»Ach, Unsinn! Das ist überhaupt kein Problem. Willst du es mir gleich mitgeben?«

»Nein, ich muss noch ein paar Ausdrucke machen. Morgen müsste ich fertigsein.«

»Dann ruf mich an!« Er gab ihr eine Visitenkarte. »Das ist meine Durchwahl und meine Privatnummer. Bewahr sie gut auf.«

»Mach ich, Fred, danke!«

Sie grinste, klopfte kurz auf das Wagendach, drehte sich um und lief mit schwingendem Schritt zurück.

♫ Spinning The Wheel♫
George Michael

Sunlight-News lief. Innerhalb von zwei Wochen war die Abonnentenzahl auf neunzigtausend gestiegen und Jeff wie Senta fieberten der 100 K-Grenze entgegen. Hörer des Moonlight-Radios empfahlen die Sunlight-News und umgekehrt. Es entstand ein Synergieeffekt, den alle begrüßten.

Verglichen mit anderen Youtubern, die über eine Million Abonnenten zählten, war das immer noch keine so große Nummer, aber immerhin!

Jeffs Ehrgeiz war voll erwacht. Verbissen warf er sich ins Geschehen, las, recherchierte, bestellte Bücher, sprach mit Leuten, machte Interviews … er tauchte immer tiefer ins Geschehen ein. Teilweise war es nicht leicht, Wahres von Unwahrem, Fakten von bloßen Theorien und Gedankenspielen zu trennen. Und ja, es gab auch die, die Jeffs Meinung nach wirklich in die Kategorie »Spinner« gehörten, was es den Bodenständigen, die schlicht mit dem Kurs der Regierung nicht einverstanden waren, noch schwerer machte. Denn sie wurden genau mit diesen Leuten in einen Topf geworfen.

Bei all dem, was nach und nach aufgedeckt wurde, war es alles andere als leicht, gelassen zu bleiben. Nichts schien so, wie es der Allgemeinheit in all den Jahren mittels der Medien dargestellt worden war. Alles schien gesteuert worden zu sein, jeder Faden in den Händen jener zu enden, die über Geld und Macht verfügten. Die die Geschicke der Welt nach ihrem Dafürhalten lenkten, ohne dass es den Menschen bewusst geworden war. Für Jeff war es schrecklich, die Welt, die er für real gehalten hatte, sukzessive einstürzen zu sehen, zu erkennen, dass er selbst das meiste geglaubt hatte, was in den Zeitungen publiziert oder im Fernsehen gesendet worden war.

Zum ersten Mal bekam er mit, wie gezielt Stimmung gegen Politiker anderer Länder und die Länder selbst gemacht wurde. Wie gezielt Meinungen und Feindbilder erschaffen wurden. Wie gezielt die Meinung der Bürger manipuliert wurde.

Jeffs Netzwerk vergrößerte sich innerhalb kürzester Zeit weltweit und erlaubte ihm, sich mit Menschen in aller Welt auszutauschen, die live vor Ort berichteten. Er sprach mit Hoteliers und Restaurantbesitzern aus Spanien, bekam Informationen aus den Staaten, aus Brasilien, Kanada, den skandinavischen Ländern aus erster Hand. Fachpersonal aus Krankenhäusern, Ärzten wie Krankenschwestern aus etlichen Ländern, auch Deutschland natürlich, bestätigten: Die Zahl der Omega-Toten stimmt nicht. Sie erzählten, wie sie angehalten wurden, jedem

Verstorbenen einen Omega-Stempel aufzudrücken, auch wenn er an Herzversagen gestorben war. Ärzte aus aller Welt gaben ihm Interviews und erzählten, sie seien gezwungen worden, Omega auf den Totenschein zu schreiben, oder sie wurden mit Geld geködert. Nicht nur die Zahlen wurden gefälscht, auch Fotomaterial. Die Särge aus Bergamo, die im März um die Welt gegangen waren, waren schon bei der Flüchtlingskrise aus Lampedusa gezeigt worden. Aus Spanien erreichten ihn Livemitschnitte von leeren Promenaden, leeren Straßencafés, leere Bars, leere Hotels, verzweifelte Menschen, denen der Lebensunterhalt genommen wurde, weil Reisewarnungen für ihre Länder ausgesprochen wurden – während in der deutschen Presse Touristen abgedruckt wurden, die angeblich an genau diesen Plätzen in Massen aufeinandersaßen und mit Strohhalmen aus Eimern Alkohol tranken. Damit wurde die Wut auf Urlauber geschürt, die durch ihre unvernünftige Verhaltensweise das Virus verbreiteten und es mit nach Hause brächten.

»Diese Fotos sind alt«, verriet ihm ein spanischer Hotelier. »Aus diesem Jahr können die nicht sein! Solche Besäufnisse sind doch hier seit Jahren nicht mehr erlaubt! Und die Frisuren sind auch nicht aktuell. Gott weiß, wie alt dieses Foto ist, aber sicher nicht aus diesem Jahr! «

Bücher von Autoren, die sich kritisch äußerten, vor allem jene, die Einblick hatten und Machenschaften aufdeckten, wurden verboten und aus dem Verkehr gezogen. Die Überschrift war klar: Wir entscheiden, was der deutsche Michel zu denken hat.

Jeff und Senta bekamen Originalreden von Politikern zugespielt – und glichen diese mit dem ab, was in den sogenannten Qualitätsmedien zusammengeschnitten an das Publikum weitergegeben wurde. Teilweise waren die Reden sogar anders synchronisiert worden – mit völlig anderem Wortlaut. Es war zum Weinen.

Mit objektiver Berichterstattung hatte das jedenfalls nichts zu tun. Ja, und auch die überlasteten Krankenschwestern, die auf Facebook rührende Storys zum Besten gegeben hatten und als Helden gefeiert worden waren, stellten sich als Fake heraus und kein geringerer als John Ioannidis hatte etliche davon entlarvt. Jeff spannte mehr und mehr: Omega war ein Riesenbetrug. Der größte, der jemals an der Menschheit verübt wurde.

In Kanada und Australien gab es inzwischen Internierungslager. Die Menschen wurden aus ihren Häusern gezerrt, weil ihnen gesagt wurde, in privaten Räumen wüte das Virus am meisten. Sie wurden in Hotels gesteckt, in denen ständig irgendwelche Chemikalien in die Luft gesprüht wurden und sie wie im Gefängnis saßen. Dasselbe Szenario fand in Melbourne und Neuseeland statt. Die Menschen wurden behandelt wie Tiere.

Ja, und in den ärmsten Ländern verhungerten jeden Tag im Sekundentakt Kinder, weil die Lieferketten nicht mehr funktionierten, weil die Leute nicht mehr arbeiten durften, weil die Arbeit der Hilfsorganisationen durch die Maßnahmen erschwert wurde. Über eine Million zusätzliche Hungertote und 270 000 mehr Malariatote waren allein jetzt schon zu verzeichnen – und das nur, weil das Spotlight auf einen Virus leuchtete, dessen Überlebensquote bei über 99,9 Prozent lag.

An manchen Tagen hatte Jeff Mühe, nicht zu verbittern, wenn er sich die verlogenen Parolen der Politiker anhörte. Menschen vor Wirtschaft? Genau das Gegenteil war der Fall. Er bezweifelte, ob diejenigen, die ihre Nachbarn anzeigten und doppelten Mundschutz trugen, sich jemals über diese Millionen an Toten Gedanken machten, die nicht durch Omega, sondern wegen der idiotischen Politik starben. Und über die Toten, die noch kamen, denn der große Crash, der in Bälde als Folge der Maßnahmen erwartet wurde, stand ja noch bevor. Sein Herz schmerzte, wenn er solche Berichte las und in ihm entstand der dringende Wunsch, Hilfe zu leisten, irgendetwas beitragen zu können, damit dieses Unrecht endlich aufhörte. Sein Kopf rotierte wieder mal. Und Senta, die ohnehin auf dieser Welle schwamm, war eine der besten Gesprächspartner, die er sich nur wünschen konnte.

Facebook hatte inzwischen mehr als 100 Millionen Beiträge gelöscht. Dieselbe Zensur fand bei Twitter und Instagram statt. Journalisten wurden gefeuert, wenn sie nicht konform berichteten – und obendrein fand Jeff ein Papier, eine Handweisung* der Politik, in der festgehalten stand, wie man Menschen manipulierte. Las man das durch, hielt man das fertige Skript für den geplanten Ablauf in Händen. YouTube löschte ebenfalls mithilfe sogenannter Faktenchecker, – das bessere Wort wäre wohl Faktenverdreher – die obendrein von TIM bezahlt wurden, in rasender Geschwindigkeit alles, was nur in die Nähe einer Kritik kam. Leute wurden wegen geringster Anlässe von ihren Arbeitgebern gefeuert, Bürger hatten Angst, von ihren Nachbarn angezeigt zu werden. Kinder weinten in der Schule, weil sie keine Luft mehr bekamen, verarmten sozial, weil ihnen beigebracht wurde, dass singen, einem Freund etwas ins Ohr zu flüstern, umarmen und miteinander spielen den Tod bringen könnten. Sie waren für den Rest ihres Lebens traumatisiert.

Jeff fühlte sich völlig aus den Angeln gehoben und sämtlicher Sicherheiten beraubt. Vorher hatte es Lebensgesetze gegeben, die ihm nicht zuletzt Charlene damals im Moonlight-Radio um die Ohren gehauen hatte. Lebensgesetze, die sein Halt und sein Anker geworden waren. Aber nun schien es nichts mehr zu geben, woran er sich orientieren konnte.

»All das gilt immer noch«, versicherte ihm Charlene. »Mehr denn je, Jeff. Es ist doch gerade in diesen Tagen wichtig, daran festzuhalten.«

»Aber ich habe das Gefühl, die gesamte Welt löst sich auf!«, antwortete er.

»Ja, das ist auch so, ich hab doch mit dir darüber geredet. Wir wollten eine bessere Welt. Dafür muss das Alte gehen. Das tut es – und jetzt kommt kollektive Angst hoch. Jeder Einzelne muss sich um die seine kümmern. Und du um deine, Jeff.«

»Aber ich habe keine Angst, ich bin …«

»… wütend. Ich weiß. Das ist dasselbe. Dann kümmere dich darum. Finde ihren wahren Ursprung. Die Situation ist doch nur dafür da, um dir sie bewusst zu machen.«

Charlene war müde, es war elf Uhr nachts, sie war gerade erst nach Hause gekommen, hatte nur das Bedürfnis nach einer heißen Dusche und ihrem Bett. Jeff spannte das nicht.

»Ich war immer der Meinung, dass die Menschheit auf einem guten Weg ist«, sagte er bitter. »Wenn ich jetzt sehe, was da abgeht … welche Feindseligkeit herrscht … Diese Politiker sind einfach ein so intrigantes und korruptes Volk und …«

»Jeff, nochmal«, unterbrach sie ihn. »So kommst du nicht weiter. Auch unter Politikern gibt es gute Menschen, vielleicht sind sie rar gesät, das mag schon sein. Schau auf die und nicht auf die anderen. Die müssen ihren eigenen Weg finden. Du siehst ja das Gute gar nicht mehr! Denk dran, es ist wichtig, was wir ins Feld geben. Ich verstehe, dass es gerade sehr dunkel aussieht und du Gerechtigkeit willst. Die will ich auch. Nur weißt du genauso wie ich, dass negative Gefühle uns nicht helfen.«

Sie versuchte ein Lächeln, Jeff bemerkte es nicht. Dieses ewige Verweisen auf das Positive war ihm zu einfach!

»Das ist verdammt schwer, wenn man sieht, wie die ganze Welt ins Unglück gestürzt wird. Sie sagen uns, dass wir die Regeln niemals hinterfragen dürfen. So redet man noch nicht mal mit einem Kleinkind!«

Charlene war genervt. Ihr Kalender war noch voller als der von Jeff. Es gab viele Herausforderungen zu bewältigen und sie befand sich an manchen Tagen schlicht körperlich an der Grenze. Doch wenn sie nach Hause kam, berichtete ihr Jeff, was er alles herausgefunden hatte und regte sich maßlos darüber auf. Er beschäftigte sich den ganzen Tag mit diesen Dingen, war angefüllt davon und brauchte ein Ventil, um es wieder loszuwerden. Und wer war besser geeignet als Charlene? Oft hatte er sich in diese Emotionen so hineingesteigert, dass in den Räumen eine Mischung aus Ärger, Frust und – ja, fast schon Grauen – vor der Zukunft hing.

»Du weißt doch, die Dinge, denen du Aufmerksamkeit schenkst, bekommen deine Energie«, versuchte sie es erneut. »Also wenn du nicht willst, dass eine solche Horrorwelt entsteht, dann hör auf, sie dir auszumalen!«

»Ich male sie mir doch nicht aus, Charlene!« Jeff war angepisst. »Sie wird gerade von irgendwelchen Psychopathen errichtet! Wir *müssen* uns mit diesen Dingen beschäftigen! Gandhi hat gesagt, das Schlechte zuzulassen, ist genauso böse wie das Böse selbst. Wie wollen wir was ändern, wenn wir naiv an eine heile Welt glauben, während andere munter ihre Pläne durchsetzen, die ganz weit weg davon sind?«

»Wie willst du etwas ändern, wenn du nicht verstehst, dass du diese Welt mit deiner Geisteshaltung mitgestaltest? Wenn du das nicht erkennst, kämpfst du gegen Papiertiger! Projektionen!«

»Oh, Charlene, bitte hör auf damit! Die Situation ist hoch brenzlig! Das musst *du* endlich mal verstehen!«

»Und du musst verstehen, dass die Brenzligkeit einer Situation dieses Lebensgesetz nicht aushebelt! Im Gegenteil! Du solltest verstehen, dass du sie in genau solchen Situationen anwenden solltest, damit nicht wieder Mist passiert!«

»Aber wie soll das denn aussehen? Soll ich mich hinsetzen, meditieren und hoffen, dass alles gut wird?«

»Meditieren ist keine schlechte Idee! Dann würdest du dich endlich mit deinem Inneren beschäftigen! Du könntest sehen, was du gerade in die Welt pustest, könntest es transformieren und danach mit einer völlig anderen Energie handeln! Darum geht es! Und ich sage nicht, dass du nicht handeln sollst!«

Jeff stieß einen frustrierten Laut aus. Er wollte aktiv etwas tun! Er wollte wissen, welche rechtlichen Möglichkeiten es gab, er wollte, dass die Politiker für ihre Taten zur Rechenschaft gezogen wurden, für all das Leid, das sie verursachten! Er wollte, dass die Wahrheit ans Licht kam, dass dieser Wahnsinn und diese Rechtsverletzungen endlich aufhörten! Es stank ihm, nein beunruhigte ihn, dass Charlene seine Sichtweise nicht teilte. Ihre Gelassenheit wirkte wie Gleichgültigkeit auf ihn. Ihr ständiger Aufruf, nach innen zu gehen, wie Hohn in diesen Zeiten, wo doch alle gesammelt auf die Straße mussten! Er hatte so gehofft, dass sie an seiner Seite kämpfen würde, stattdessen pflasterte sie ihn mit esoterischen Kram zu! Und er wollte verdammt nochmal nicht immer belehrt werden! An dieser Stelle mit seinen Gedanken angekommen, stockte er.

Du liebe Zeit, sie stritten sich ja! Dieser Scheißerreger! Machte das Ding jetzt auch noch seine Beziehung kaputt? Eine, von der er noch vor wenigen Wochen überzeugt gewesen war, es sei eine Jahrtausendliebe?

Charlene hatte sich längst umgewandt und war nach oben gegangen. Sie war erschöpft, sie brauchte dieses Gerede und den Wust an Emotionen am Ende eines langen Tages nicht. Frustriert stand sie unter der Dusche und ließ ihren Gedanken freien Lauf.

Jeff belud sie mit diesen Themen schon beim Frühstück und empfing sie damit, wenn sie nach Hause kam. Und nachts wollte er mit ihr schlafen, sie wusste genau, warum. Weil er unsicher war und die Bestätigung brauchte, dass sie ihn liebte.

Sie liebte ihn. Das hatte sie ihm oft genug versichert. Er war es, der diese Unsicherheit bearbeiten musste, nicht sie, und sie ahnte, dass es nicht angebracht war, geduldig oder nachgiebig zu sein. Erstens hatte auch sie körperliche Grenzen, zum anderen erinnerte sie sich an das, was ihre geistigen Lehrer ihr klipp und klar gesagt hatten: Es war nicht die Zeit, ungelöste Themen auf die lange Bank zu schieben. Es lag in Jeffs Verantwortung, damit fertigzuwerden. Vor allem, wenn er ein gleichwertiger Partner sein wollte.

Als er sich ihr diese Nacht näherte, wies sie ihn ab.

»Jeff, meine Tage sind lang«, murmelte sie. »Wäre schön, wenn wir einfach nur kuscheln.«

Er antwortete nicht darauf, schloss sie in die Arme und drückte seine Nase in ihr Haar. Weich lag ihr Körper an seinem und ein kleines Zucken verriet ihm wenig später, dass sie eingeschlafen war. Aber er war noch hellwach, stützte sich auf einen Arm, betrachtete ihr schlafendes Gesicht. Ja, sie sah müde aus. Selbst im Schlaf konnte er erkennen, dass sie nicht glücklich war. Seinetwegen? Sein Herz wurde schwer und ein Satz aus einer ihrer Sendungen kam ihm in den Sinn:

»Wenn eure Gemütsverfassung von den Geschehnissen beeinflusst wird, war das Positive noch nicht echt.«

Verdammt, erwartete er, dass sie sich genauso in diese Sache hineinsteigerte wie er? Genauso wütend war wie er?

Endlich glomm Verständnis auf, noch kein vollständiges, aber doch immerhin so viel, dass ihm bewusst wurde, dass er sie belastete. Hatte er nicht geschworen, sie glücklich zu machen? Unversehens zog er sie näher an sich heran, flüsterte:

»Ich liebe dich, Charlene. Ich will nicht, dass es so zwischen uns läuft.«

Der Gedanke, dass die Liebe zwischen ihnen temporär sein könnte, machte ihn nervös. Sein Selbstbewusstsein war angeknackst. Sein Weltbild war angeknackst. Und ja, er hatte Angst vor dieser Zukunft, die sich abzeichnete. Charlene hatte recht. Wieder mal. Er musste sich um diese Angst kümmern – damit sie sich nicht manifestieren konnte. Wieder drückte er Charlene an sich.

»Du bist das Beste, was mir je passiert ist«, flüsterte er in ihr Haar. »Du bist die wundervollste Frau der Welt.«

♫ ♫ ♫

Dass ihm jede Menge Gegenwind auch aus seinem Bekannten- und Freundeskreis auf Facebook, Twitter und Instagram entgegenblies, machte die Sache nicht leichter.

»Bist du jetzt unters Nazipack gegangen?«, fragte ihn einer.

»Bin schwer enttäuscht von dir.«

»Lass mal die Wissenschaft den Wissenschaftlern«, empfahl ihm ein Nächster. »Und die Viren den Virologen. Ich nehme an, die können das besser als du.«

Jeff feuerte nicht zurück, er begann zu üben, damit umzugehen. Aber oft genug ärgerte er sich. Er ärgerte sich jeden Tag über die Politiker, die jede Bodenhaftung verloren hatten, immer verrückter zu werden schienen und über die Köpfe der Menschen hinweg Entscheidungen trafen. Er ärgerte sich über die Art, wie mit dem sauer verdienten Geld der Bürger umgegangen wurde, ohne dass diese auch nur einen Hauch daran ändern konnten. Ja, er fühlte sich auf Gedeih oder besser Verderb einer korrupten Regierung ausgeliefert, die Lobbyisten den Hintern abputzte und ihre Bürger als Klopapier benutzte.

Der Verdacht, dass diese Situation nicht zufällig entstanden war, stand längst im Raum, auch hierfür häuften sich die Indizien – die vom Großteil der Bevölkerung nicht wahrgenommen wurden, weil die mithilfe der Todesangst abgelenkt wurde.

Johanna, die entsprechende Verbindungen zur Finanzwelt hatte, steckte ihm, dass der Zusammenbruch der Wirtschaft nicht schrittweise, sondern ziemlich schnell herbeigeführt werden sollte. Daher waren der zweite und ein dritter Lockdown unabdinglich. Der Sommer sollte dazu dienen, sich schon mal dauerhaft ans Maskentragen zu gewöhnen. Wenn im Herbst die Läden wieder dichtmachen würden, war der Crash unausweichlich. Die Regierung würde sich als Retter einer selbst inszenierten Katastrophe aufspielen und ein Wirtschaftssystem errichten, das mit einem digitalen Währungssystem arbeitete, dessen Datenspeicher nicht, wie es sein sollte, eine unabhängige Blockchain wäre, sondern in den Händen jener liegen würde, die damit tatsächlich die Kontrolle über die gesamte Welt und jeden einzelnen Menschen hatten.

Jeff war übel und nicht zum ersten Mal hoffte er von Herzen, dass dies nur eine blöde Verschwörungstheorie sei.

Aber Johanna hatte ihm den Zahn gezogen. »Seit 2010 und auch schon davor«, erklärte sie, »wurden Pläne für eine Pandemie erstellt. Es gibt offizielle Papiere, die kannst du dir direkt von den Seiten der Bundesregierung runterladen, wo exakt das eben stattfindende Szenario skizziert ist. Sie folgen einem Drehbuch.* Dir kann ich das sagen – alle anderen glauben es nicht, obwohl es eine offizielle Seite der Regierung ist. Sie meinen ja auch, dass die niemals einen zweiten oder dritten Lockdown durchzieht, und glauben immer noch, sie würden die Masken loswerden. Ich weiß nicht, was mit den Menschen los ist, wie viele Beweise sie noch brauchen, um zu spannen, dass hier gerade eines der größten Verbrechen durchgezogen wird.«

Sie spielte ihm eine Rede aus dem Kanzleramt vor, die im Januar gehalten worden war, als das Virus noch gar nicht in den Fokus der Öffentlichkeit gerückt war. Darin sagte man klipp und klar, dass sich das Leben der Menschen drastisch ändern würde und eine Lebensweise, wie sie sie jetzt kannten, nicht mehr möglich wäre. Woher hatten sie das gewusst, wenn es nicht einen Plan gab, dem sie folgten?

Nein, Jeff glaubte nicht mehr daran, dass das Zufall war. Glaubte nicht daran, dass es um den Schutz und die Gesundheit der Bevölkerung ging. Zu vieles sprach dagegen. Zu vieles war unlogisch, zu vieles gelogen. Zu viele Dinge standen seltsamerweise genau jetzt bereit: Ein digitales Währungssystem, ein digitales Überwachungssystem, eine weltweit geplante Impfung, deren Sinn sich ihm nicht erschloss, Medien, die von Konzernen gekauft waren und nur das berichteten, was diese wollten, ein Bildungssystem, das bereits umgebaut wurde und Kindern jeden Selbstwert nahm. Und die Erschaffung eines Denunziantentums, in dem die Bevölkerung sich gegenseitig bespitzelte.

Welche Zukunft hatte er in einer solch kontrollierten Gesellschaft? War das ein lebenswertes Leben? Wenn er sich nur in einem engen Rahmen bewegen durfte, den ihm andere vorschrieben? Wenn er sich nicht entfalten durfte, wie er wollte? Das war eine Zukunft, die ihn frieren ließ und daher wollte er alles tun, um zu verhindern, dass dieses Unrecht geschah.

Das war Jeffs Antrieb und der jener Menschen, die bereits aufgestanden waren, die mit ihm dasselbe wollten. Sie kämpften für die Menschen in diesem Staat, auch für jene, die nichts als Beschimpfungen für sie übrig hatten. Sie kämpften für die Menschen dieser Welt. Sie scheuten keine Mühe, reisten in andere Länder, klärten auf, gaben nicht auf. Und das wollte er auch nicht. Wieder kam ihm ein Satz aus dem Moonlight-Radio in den Sinn.

»Freiheit muss von innen heraus entstehen. Du musst dich innen frei sein, damit das nach außen treten kann. Was ist wahre Freiheit? Freiheit ist, wenn du Frieden spüren kannst, auch wenn außen Krieg herrscht.«

Wenn Jeff eine Fähigkeit hatte, dann die, ehrlich zu sich selbst zu sein. Er wusste, das war genau das, was er üben musste: Gelassen zu bleiben im Chaos. Freiheit zu fühlen.

Ja, er war frei! Er war ein freier Mensch. Er war so frei, dass er entscheiden konnte, welchem Gefühl er sich zuwenden wollte. Was hatte Charlene außerdem gesagt? »Wenn du wütend bist, spielst du ihr Spiel.«

Wenn eines wahr war, dann das. Genau aus diesem Spiel wollte er ja aussteigen.

Nein, er wollte nicht wütend sein. Er wollte auch nicht ängstlich sein. Er wollte lieben.

♫ ♫ ♫

Senta schickte Fred eine Sprachnachricht.

»Hey Fred, ich würde dir gerne die Harddrives vorbeibringen. Kann ich sie am Montag oder Dienstag deiner Sekretärin geben?«

Eine Minute später war er in der Leitung.

»Ich hab total Lust auf einen ungesunden Rieseneisbecher mit Sahne«, sagte er. »Isst du so was oder brauchst du was mit Brennnesselgeschmack?«

Senta lachte. »Eis hört sich klasse an! Bin dabei!«

»Dann bestell schon mal Sonne! Ich würde sagen, wir treffen uns in der Kanzlei, ich verstaue deine Wertsachen und wir ziehen los, einverstanden?«

»Sehr! Ich war schon ewig nicht mehr Eisessen!«

»Sieht man dir an.«

»Heißt das, du findest mich zu dünn?«

»Nein, ich finde dich attraktiv. Ich habe noch nie ein Bio-Mädel wie dich zum Eisessen ausgeführt.«

»Bio-Mädel!«, protestierte sie. »Was ist denn das für ein Ausdruck?«

»Was soll ich denn sonst von jemandem denken, der Erde im Gesicht hat und Brennnesseln kocht?«

Senta prustete los. »Du bist wirklich goldig, Fred!«

»Und die mich obendrein goldig findet!«, beschwerte er sich auch gleich. »Das macht mich doch sehr nachdenklich.«

Fred riss einen Witz nach dem anderen und sie kam aus dem Lachen nicht mehr heraus. Noch immer vor sich hin prustend legte sie auf. Der Typ war echt ne Nummer!

♫ Roundabouts ♫
Michael Patrick Kelly

Es war Wochenende. Heute Abend würde Christopher das erste Mal bei ihr sein und sie wollte alles so gemütlich wie nur möglich machen. Am Vormittag ging sie einkaufen und als sie ihren Wagen durch die Reihen rollte, entdeckte sie plötzlich Melanie. Es war das erste Mal, dass sie ihr wieder begegnete. Auch Mellie hatte sie gesehen, tat aber so, als suche sie etwas im Regal und schob ihren Wagen um die Ecke in die nächste Reihe. Sentas Herz schmerzte. Auch an der Kasse wurde sie unfreundlich behandelt, denn sie hatte sich auf ihren Mundschutz die Worte »Stay free« geschrieben. Die Kassiererin ließ sie durch Körpersprache wissen, was sie davon hielt.

Überall regten sich die Leute über die Unverantwortlichkeit der Maskenverweigerer auf, erzählten sich gegenseitig, wer alles gestorben sei oder einen schweren Verlauf gehabt hätte. Das ging an Senta nicht spurlos vorbei. Sie erkannte durchaus an, dass der Virus manche Menschen schwer niederschlug und sie unverhältnismäßig lange brauchten, um sich zu erholen. Das wollte sie auch keineswegs negieren, sie wollte nur, dass das genauer untersucht wurde statt das Virus zu nutzen, um etwas durchzusetzen, was nicht förderlich für die Menschheit war. Immer, wenn ihr so etwas vor Augen geführt wurde, ermahnte sie sich stets, einen objektiven Blickwinkel zu bewahren – und die Zweifel, ob ihr das gelang, rumorten sehr in ihr.

Sie war jedes Mal froh, wenn sie ihre Einkäufe hinter sich gebracht hatte, und stellte auch diesmal aufatmend die Taschen in der Küche ab.

Der Tag war perfekt für einen Filmabend. Es regnete heftig und drinnen war es urgemütlich. Mit Hingabe bereitete sie Fingerfood zu, steckte es in den Ofen, brachte Tee ins Wohnzimmer, als es auch schon klingelte.

Christopher stand mit einem riesigen Blumenstrauß und einer Flasche Rotwein vor der Tür, sein Gesicht strahlte auf, als sie öffnete.

»Hallo Senta«, begrüßte er sie und drückte ihr die Blumen in die Hand. »Du wohnst ja in einer wundervollen Ecke.«

»Ja, das finde ich auch«, lächelte sie. »Komm rein!«

Sie trug Jogginghosen und ein T-Shirt, führte ihn zwanglos ins Wohnzimmer. Auf dem kleinen Couchtisch dampfte es aus der Tülle der Teekanne, aus der Küche roch es würzig und sie hatte auf einem Zettel eine kleine Filmauswahl zusammengeschrieben. Christopher folgte ihr mit den Augen. Sie war so natürlich und ungezwungen! So echt und unverfälscht – und damit ein so krasser Gegensatz zu der Welt, in der er sich beruflich aufhielt, dass ihm fast schwach zumute wurde. Eine immense Sehnsucht brach in ihm auf. Eine Sehnsucht, die ihm klarmachte, wie schön es war, einfach leben zu können, ohne Strategien, ohne Kalkül, einfach mit Herz. Aber war das möglich in einer Welt wie dieser? Tatsache war, dass er sich in diesen Minuten noch mehr in Senta verliebte, falls das überhaupt möglich war.

»Ich hoffe, du stehst auf Schnulzen«, sagte die gerade. »Und auf Kräutertee!«

»Habe ich ewig schon nicht mehr gehabt!«

»Was? Schnulze oder Kräutertee?«

»Beides! Das alles hier!« Mit leuchtenden Augen sah er sich um. Es war kuschelig und warm und es roch so verdammt gut.

»Mach's dir gemütlich!«, forderte sie ihn auf. »Ich hole noch eben das Fingerfood aus dem Ofen.«

Sie verschwand in die Küche. Christopher sah sich um. Kräutertee! Ohrensessel! Und der Fernseher musste aus einem vorigen Jahrhundert stammen – einen so kleinen Bildschirm hatte er schon lange nicht mehr gesehen. Draußen prasselte der Regen gegen die Scheiben, lief in Strähnen das Glas hinab. Er stellte sich ans Fenster, blickte auf den Garten, auf die Fülle, das Grün, die Blumen. Und wieder überkam ihm das Gefühl, die Welt hier mit Senta aus der richtigen Perspektive zu sehen, einer Perspektive, die ihn an Kindertage erinnerte, an Tage, in denen er noch glücklich gewesen war.

»Schön, nicht?«, unterbrach Senta seine Innenschau, als sie mit einem Tablett in der Hand wieder zur Tür hereinkam.

»Ja, es ist traumhaft schön.«

Er nahm ihr das Tablett ab und platzierte es auf dem Tisch. »Du liebe Zeit, du hast dir ja richtig Arbeit gemacht!«, staunte er beim Anblick der vielen Schüsselchen.

»Das habe ich«, grinste sie zufrieden. »Aber dafür ist es gesund! Null Industriefutter! Kannst alles bedenkenlos essen!«

Sie ließ sich auf die Couch fallen und klopfte mit der Hand auf das Polster.

»Na, komm schon, setz dich!«

Lächelnd setzte er sich neben sie. Sie schenkte Tee ein und schob ihm die Tasse hin.

»Zieh deine Schuhe aus, ist doch viel gemütlicher.«

Als er zögerte, rutschte sie ohne viel Federlesens von der Couch, kniete sich vor ihn hin und knüpfte seine Schnürsenkel auf. Wie gebannt blickte er auf ihren blonden Schopf, sah er ihr zu, wie sie die Schuhe an der Ferse fasste und seine Füße aus dem Leder befreite. Diese Geste machte was mit Christopher, ohne dass er hätte sagen können, was.

»Viel besser so«, erklärte sie währenddessen zufrieden und plumpste wieder neben ihn auf das Polster. »Und? Hast du schon in die Filmliste geschaut?«

Sie fischte den Zettel vom Tisch, hielt ihn so, dass sie beide draufschauen konnten. Mit ihrer Körperwärme wehte Zitrusduft in seine Nase und Christopher konnte nicht an sich halten. In der nächsten Sekunde schon hatte er ihr Gesicht zwischen seinen Händen und küsste sie, als gäbe es kein Morgen mehr. Sein Körper drängte sich gegen sie, bis sie auf dem Rücken lag. Er konnte seinen Mund nicht von ihren Lippen lösen, trank von ihr, schmeckte sie, fühlte ihre Wange an der seinen, völlig überwältigt von dieser Liebe zu ihr.

Auch Senta war überrollt davon – in jeder Hinsicht – und doch konnte sie sich nicht von seinem Kuss lösen. Nicht von ihm, nicht von seinem Körper, der so warm und lebendig auf ihr lag, seinen Händen, die sie streichelten, die unter ihr T-Shirt glitten, ihre Haut und ihre Formen erfühlten. Ein Keuchen entfuhr ihr, ihr Rückgrat drückte sich durch und alles in ihr drängte danach, ihrer Leidenschaft freien Lauf zu lassen. Christophers Gesicht war erhitzt, er war völlig absorbiert, aber als sich seine Hand unter den Bund ihrer Jogginghose schob, stoppte sie ihn.

»Nein, nicht«, flüsterte sie, drückte ihn weg, rappelte sich hoch, zog die Knie an und wischte sich mit beiden Händen übers Gesicht. Fragend sah er sie an.

»Ich ... ständig überrumpelst du mich!« Sie lachte verlegen und leicht ärgerlich. »Lass es etwas langsamer angehen, Chris. Ich glaube, das hatten wir das letzte Mal schon vereinbart.«

»Solange wir es angehen«, gab er heiser zurück. Er saß wie auf dem Sprung, als könne er es nicht erwarten, sie wieder anzufassen und in diese Seligkeit zu versinken. Das war so stark, dass es auf sie übergriff. Ja, ihn jetzt ganz fühlen, ihn auszuziehen, seine Haut zu ertasten, Ekstase erleben ... Senta konnte nicht antworten. Sie war aufgewühlt. Das Verlangen war da und doch spürte sie auch eine deutliche Barriere.

»Hey, Senta, was ist?«, fragte Christopher beunruhigt. »Willst du es gar nicht angehen?«

»In erster Linie will ich dich kennenlernen.«

Aufmunternd lächelte sie ihn an. »Du hast am Telefon davon gesprochen, dass sich dein Weltbild verschoben hat. Und dass du das Moonlight-Radio gehört hast! Erzähl mir! Ich bin megagespannt darauf!«

Sie setzte sich in den Schneidersitz, nahm die Teetasse in die Hand und sah ihn über den Rand hinweg erwartungsvoll an.

Er schluckte. Und schon hatte sie wieder das Gefühl, dass er hinter dieser Aufforderung etwas anderes vermutete. Dass er Angst hatte, sie benutze ihn, um an Wissen zu kommen. Sie stieß einen frustrierten Laut aus, als ihr das klar wurde. Ungehalten stellte sie die Tasse ab, ihr Gesicht verschloss sich und sie lehnte sich zurück. Christopher tat das fast körperlich weh.

»Senta«, sagte er unglücklich. »Bitte, mach nicht dicht. Ich … ich weiß, das ist ziemlich verkorkst und ich …«

»Mensch, Chris, ich habe dir doch versprochen, dass ich das niemals ausnutze! Außerdem hast du gesagt, dass du mithelfen willst, unsere Welt ein bisschen besser zu machen und …«

»Hab ich das gesagt? Ich glaube, das war eher ein Wunsch von dir.«

»Ja, mag sein. Könnte es denn auch einer von dir werden?«

Er stieß einen Laut aus. »Du verdrehst mich, Senta. Ich denke nicht mehr klar, wenn ich in deiner Nähe bin. Ich … bekomme spleenige Ideen in den Kopf. Oder du setzt sie mir hinein!«

»Welche denn?«

Er zögerte. »Jetzt bin ich derjenige, der sagen muss, es geht mir zu schnell.«

»Ach, Chris«, seufzte sie entnervt. »So kommen wir nicht weiter. Wir finden keinen Konsens. Auch gut. Ich würde vorschlagen, wir gucken einen Film, essen das Fingerfood, das übrigens gerade kalt wird, und machen uns schlicht einen gemütlichen Abend.«

»Jetzt bist du sauer.«

»Nein, bin ich nicht«, erwiderte sie.

»Und das soll ich dir jetzt glauben?«

»Musst du wohl.«

»Aber … ich will reden. Wirklich!«

»Und dass soll ich *dir* jetzt glauben?«

Sie schwieg. Er schwieg. Ihre Emotionen hingen in der Luft wie Smog – und ließen sich nicht verscheuchen. Zumindest nicht mit Film und Fingerfood.

Senta biss sich auf die Lippen. Die vormittägliche Einkaufsszene war in ihrem Kopf, die Unsicherheit, die sich in solchen Momenten in ihr breitmachte, die Todesfälle und die schweren Verläufe, die Menschen, die Angst hatten. Entschlossen sah sie auf: »Christopher? Ich würde dich gerne um die Beantwortung von nur einer einzigen Frage bitten und wäre dir sehr dankbar, wenn du diesmal nicht ausweichst.« Er nickte, deutlich in Habachtstellung.

»Okay, und die wäre?«

»Ich möchte nur eines wissen: Bin ich ein Verschwörungstheoretiker? Bilde ich mir das alles nur ein? Sind die Bedenken, die so viele Bürger haben, berechtigt oder haben wir uns komplett in etwas verrannt? Bitte nimm mir zumindest diese Ungewissheit.«

Ihr Herz schlug so hart gegen ihre Rippen, dass es schmerzte. Ihre Augen flehten um Antwort. Sie brauchte die Sicherheit, auf dem richtigen Weg zu sein. Sie wollte und konnte nicht mit dem drohenden Damoklesschwert über ihrem Haupt leben, anderen gesundheitlich zu schaden, weil man glaubte, was man glaubte. Und sie glaubte nun mal, dass der Erreger nicht so gefährlich war, wie er dargestellt wurde und eher für ungute Zwecke genutzt wurde.

Ein langes Schweigen machte sich breit. Christopher kämpfte sichtlich mit sich. Ihm war klar, dass nicht nur der Abend schlagartig beendet sein würde, wenn er jetzt keine klare Antwort gab. Die Frage war hochexplosiv und tausend miese Gedanken flirrten durch sein Gehirn. Ob sie ihn doch irgendwie aufnahm? Ausnutzte? Er befand sich in einer schrecklichen Zwickmühle. Senta ging es ähnlich und doch anders. Sie wusste nicht, ob sie mit ihm zusammen sein wollte. Wenn er ihr eine Antwort gab, würde er das als Startschuss verstehen? Oh, das Ding war so verfahren! Beide Herzen klopften wie verrückt. Sie sah ihn an, er knetete seine Finger, blickte zu Boden.

»Sprich's einfach aus, Chris. Sind wir Spinner? Sind unsere Bedenken Verschwörungstheorien? Ja oder Nein?«

Weitere Sekunden tickten in den Raum und Senta wollte schon entnervt aufgeben, als er plötzlich hervorpresste:

»Nein. Ihr seid keine Spinner. Ihr habt euch nicht verrannt. Das sind keine Verschwörungstheorien.«

Ein Felsbrocken löste sich aus Sentas Herzen. Sie war so erleichtert, dass ihr ein Keuchen entfuhr und ihr Tränen in die Augen schossen. In den ersten Sekunden war sie unfähig, es zu fassen, unfähig, sich zu bewegen, dann aber schlang sie impulsiv ihre Arme um Christopher und drückte ihn fest.

»Danke, Christopher«, hauchte sie glücklich. »Danke! Danke! Danke!«

Er ergriff ihr Handgelenk, löste ihre Arme, suchte ihre Augen.

»Und jetzt?«, fragte er. »Wirst du weiterbohren?«

»Absolut nicht!«, rief sie in überbordender Laune. »Jetzt starten wir unseren Filmabend!« Total befreit und voller Freude lächelte sie ihn an. »Und essen das Fingerfood! Jetzt hab ich auch richtig Appetit drauf!«

»Diese Antwort reicht dir?«, fragte er ehrlich verblüfft, beobachtete, wie sie Tee nachschenkte, den Fernseher einschaltete und mit ihm über die Filmauswahl zu diskutieren begann. Völlig relaxed und selig kuschelte sie sich in die Polster. Die Atmosphäre war eine völlig andere, die schwarze Wolke, die über ihnen gehangen war, komplett verschwunden. Gemeinsam lachten sie über die Witze im Film, genossen den Streifen, seufzten an den gleichen Stellen und gingen zum ersten Mal total entspannt miteinander um.

Es wurde ein unglaublich gemütlicher Abend, in dessen Verlauf sie seine mitgebrachte Flasche Rotwein öffneten und noch eine Folge einer Staffel schauten. Schließlich schaltete Senta das Gerät aus, wandte sich ihm leicht zu. Christopher verstand das als Aufforderung und nahm sie in die Arme, fing an, sie zu küssen. Sie machte mit, zog sein Hemd aus der Jeans, ihre Finger streichelten zum ersten Mal seine Haut und brachten in Christopher etwas zum Explodieren. Er wurde immer wilder, war unübersehbar erregt. Auch in Senta loderte heiß das Verlangen, der Alkohol benebelte sie, seine warme Hand lag auf ihrer Brust, seine Zunge war in ihrem Mund, zwischen ihren Beinen brannte und pulsierte es. Doch erneut hielt sie seine Hände fest beim Versuch, ihre Hose herunterzuziehen. Und wieder waberte wie auf Knopfdruck der Hauch des Misstrauens zwischen ihnen. Er sah sie an. Seine Gedanken standen in seinen Augen wie an eine Tafel geschrieben: *Muss ich dir noch mehr verraten, bevor du mit mir schläfst? Läuft das jetzt immer so? Und machst du Schluss, wenn du alles weißt?*

Ihre Augen verdunkelten sich.

»Hey«, flüsterte sie. »Was denkst du?«

Er richtete sich auf, sein Blick flackerte durch den Raum. Vermutete er ein Abhörgerät? Auch sie rappelte sich hoch.

»Du denkst eindeutig zu viel«, konstatierte sie und stupste ihn an der Nase. »Mann, muss das schrecklich sein, wenn man immer nur Schlechtes von seinen Mitmenschen denkt! Ich denke jedenfalls gut von dir, Christopher.«

Er spürte ihre Ehrlichkeit und atmete tief durch.

»Du hast recht, ich bin Aufrichtigkeit nicht gewohnt«, gab er zu. »Ja, ich denke schlecht. Tut mir leid.«

»Was hast du erlebt, dass es so ist? Ich meine, du hattest eine schöne Kindheit und damit eine gute Grundlage. Liegt das an der Politik?«

»Vermutlich.«

Sie wartete auf mehr. Es kam nichts.

»Hast du schon mal dran gedacht, was anderes zu machen?«

»Nein, ich bin ganz bewusst Politiker.«

Senta war verzweifelt. Wieso machte er schon wieder dicht? Krampfhaft überlegte sie, was sie fragen könnte, ohne dass er den Eindruck gewann, sie würde ihn aushorchen wollen. Es fiel ihr nichts ein.

»Was hältst du davon, wenn wir demnächst mal wandern gehen?«, schlug sie schließlich vor. »Frische Luft kann dir nicht schaden. Du kannst auch gerne vorher mich und meinen Rucksack nach Spyware absuchen, wenn dich das beruhigt.«

»Ach, Senta«, entfuhr es ihm resigniert. »Ich wusste, ich mache einen paranoiden Eindruck auf dich.«

»Ja, das tust du«, erwiderte sie ungeschminkt. »Und? Gehst du mit?«

»Mit dir gehe ich überall hin!«

»Du sagst immer so leichtfertige Dinge und wenn es so weit ist, hast du ein Problem«, frotzelte sie. »Wie vorhin.«

»Du hast auch ein Problem, wenn es so weit ist«, rutschte es ihm heraus. »Warum lässt du nicht zu, was wir beide wollen?«

»Weil ich noch nicht weiß, ob ich es will, Christopher.«

»Doch«, flüsterte er. »Du willst es. Ich hab es gespürt.«

Senta merkte, dass er kurz davor war, wieder auf Kuschelkurs zu gehen, und stand auf.

Er räusperte sich, verstand ihre Botschaft. Seine Augen verdüsterten sich.

»Okay … Ich gehe dann mal. Wenn ich dich nicht mehr anfassen darf.«

»Ich bin eben altmodisch«, gab sie zurück. »Ich möchte den Mann kennen, dem ich mein Herz und noch mehr schenke. Stört dich das?«

Seine Schultern sackten nach unten.

»Nein, gar nicht. Entschuldige Senta, ich möchte nicht, dass du diesen Eindruck von mir hast. Aber ich … du verdrehst mich eben.«

Sie lächelte. »Das ist doch gut. Dann entstehen auch neue Gedanken.«

Sie begleitete ihn zur Tür und schließlich klappte die Haustür hinter ihm zu.

Nachdenklich räumte Senta den Rest des Geschirrs aus dem Wohnzimmer. Chris hatte die Gläser und die Rotweinflasche in die Küche gebracht. Sie suchte den Korken für die Flasche, bis ihr auffiel, dass sie leer war. Sie hatte nur drei oder vier Schlucke getrunken – wo war denn der Rest hingekommen? Eine Sekunde später entdeckte sie Rotweinspuren in der Spüle. Hatte Chris den Wein weggeschüttet? Auch gut. Sie brauchte das Zeug ohnehin nicht zum Leben.

Aufatmend legte sie sich ins Bett. Ihr Geist war müde, aber ihr Körper noch wach. Der wünschte sich, Chris wäre hier. Der sehnte sich nach seinen Händen und in ihrem Kopf entstanden Bilder, was diese Hände mit ihr angestellt hätten. Einem Impuls folgend schickte sie ihm noch einen Gute-Nacht-Smiley, den er sofort beantwortete, mit einem Herz, das vor Liebe pochte.

Ja, er war in ihrem Leben präsent. Es verging kein Tag, wo er nicht etwas von sich hören ließ. Aber keiner von ihnen wusste, ob sie nun zusammen waren oder nicht. Es war irgendetwas dazwischen.

♫ They Don't Care About Us ♫

Michael Jackson

Sie arbeitete sich weiter in die Studien des Impfstoffes ein.

Als Biologin wusste sie, dass die Sache mit den Mikrochips keineswegs utopisch war. Die Dinger waren inzwischen so klein, dass sie problemlos mit einer Injektion oder mit einem Spray verabreicht werden konnten. Das war Fakt. TIM schien das ja in Afrika und Indien bereits eingesetzt zu haben.

Inzwischen hatte man sich auf einen mRNA-Impfstoff eingeschossen. Allein das war sehr bedenklich, war dies doch ein unerprobtes, bisher noch nie eingesetztes Verfahren. Allem voran blieb es unlogisch, einen Impfstoff für ein Virus produzieren zu wollen, der doch längst mutiert war.

Je länger sich Senta damit beschäftigte, desto mehr runzelte sich ihre Stirn. Sie schrieb mehrere Experten an, stellte die Sunlight-News vor, bat um Infos und fragte, ob sie ihnen Interviewfragen schicken dürfe. Nicht jeder war dazu bereit. Etliche hatten Angst vor den Konsequenzen, einige versorgten sie zumindest mit Material, das sie in Artikeln aufarbeitete und auf die Seite stellte, wobei sie sich bemühte, so nüchtern und neutral wie möglich zu bleiben. Eine Woche später gewann sie einen Experten für ein Interview, der die Impfstoffentwicklung seit Beginn der Krise mitverfolgt hatte.

Er bestätigte nicht nur ihre Schlussfolgerungen, er war auch stinksauer, obendrein sehr mutig, weil er kein Blatt vor den Mund nahm.

»Diese Impfung ist nicht nur eine Impfung«, erklärte er resolut. »Sie ist ein Eingriff in unser Genom. Sie verändert uns Menschen genetisch. Die Langzeitschäden sind in keiner Weise vorhersehbar, wie auch! Normalerweise dauert die Entwicklung eines Impfstoffes zwischen vier und zwölf Jahren. Nun sind es ein paar Monate. Bei einem Virus, dessen Genom man erst seit Januar kennt, ist das untragbar. Allein dadurch sind immense Risiken vorprogrammiert. Wie kann es sein, dass die Presse Handlanger für die Pharmaindustrie spielt und uns dauernd versichert, der Impfstoff hätte hervorragende Ergebnisse? Genau das Gegenteil ist der Fall! Das ist schlicht gelogen. Und damit gefährlich und verantwortungslos.«

»Wow, klare Worte«, kommentierte Senta verblüfft. »Könnten Sie uns etwas zu den Testphasen sagen?«

»Sicher. Es gab eine präklinische Phase mit Primaten, danach folgten drei weitere Testphasen. Wie erwähnt dauern diese Prozesse, um

Langzeitschäden zu verhindern, normalerweise zwölf Jahre. Wie allgemein bekannt haben die Regierungen mal wieder die Gesetze geändert und eine Beschleunigung der Testverfahren erlaubt, eine sogenannte Teleskopierung. Das heißt, dass die Arbeitsprozesse nicht, wie es sein sollte, nacheinander ablaufen, sondern nahezu gleichzeitig. Man beginnt also mit Schritt zwei, obwohl Schritt eins noch gar nicht abgeschlossen ist. Wie will man auf diese Weise wissen, welche Folgen eine solche Impfung nach sich zieht? Es ist unmöglich, etwas über die Langzeitimmunität auszusagen, und schon gar nicht über zeitverzögerte Nebenwirkungen. Man spielt hier akut mit Menschenleben! Millionenfach! Wissen Sie, was das Perverse daran ist? Dass man der Bevölkerung suggeriert, um nicht zu sagen, sie hypnotisiert, die Impfgegner wären es, die mit Menschenleben spielen. Das ist schlicht perfide. Ich verstehe nicht, dass die Leute so naiv sind und auf das Zeug auch noch warten.«

Senta enthielt sich einer Bemerkung dazu.

»Können Sie etwas über die Auswertung der Phasen sagen?«, fragte sie stattdessen. »Mir wurde bekannt, dass eine schwerwiegende Nebenwirkung aufgetreten ist und das Ganze gestoppt wurde.«

Sie hatte den Eindruck, der Arzt weine gleich. Hörbar schluckte er und als er weiterredete, klang seine Stimme heiser.

»Okay, lassen Sie mich das genauer aufrollen. Im Zusammenhang mit dem Impfstoff wird stets von einer namhaften Uni geredet, um Vertrauen zu erzeugen. Unterm Strich ist das ein schlecht getarnter Beruhigungsversuch für die Massen, die – verzeihen Sie mir, wenn ich hier etwas emotional werde – sich blind auf ihre Regierung verlassen und sich blenden lassen. Es ist kein Impfstoff von dieser Universität, sondern von einem privatwirtschaftlichen Unternehmen. Die Medien jubeln das Zeug hoch und es wird uns als *sicher* verkauft. Wie erwähnt: Das ist gelogen. Nachweislich gelogen. Was wiederum bedeutet, dass es nicht um die Gesundheit der Menschen gehen kann. Das Gegenteil ist der Fall: Sie wird massiv gefährdet.«

»Womit begründen Sie das?«

»Das ist in den Auswertungen der Impfstudie nachzulesen. Das macht halt nur keiner. So viele leben nach dem Motto: Gib mir eine Pille und alles ist gut. Aber diesmal wird nichts gut sein. Mit dieser Impfung öffnen wir definitiv die Büchse der Pandora.«

»Heftige Worte. Haben Sie denn die Ergebnisse der Auswertung vor sich?«

»Selbstverständlich. Schon in der präklinischen Phase, die man an Primaten ausgeführt hat, hat man festgestellt, dass durch diese Impfung keinerlei Immunität erfolgt. Das heißt, dieser Stoff ist sinnlos und hätte schon zu diesem Zeitpunkt in den Müll geworfen werden sollen. Trotzdem ist man in Phase eins eingestiegen. Da sei doch ein wenig Verwunderung erlaubt: Eine Impfung soll immun machen, der Stoff tut das nicht – und trotzdem macht man weiter? Liegt da nicht der Gedanke nahe, dass die Impfung einen anderen Zweck erfüllen soll? Aber zurück zur Studie: Die Nebenwirkungen in Phase eins beliefen sich auf sage und schreibe siebzig Prozent. Von Krankheitsgefühlen mit Kopfschmerzen bis zu hohem Fieber, Muskelschmerzen am ganzen Körper, Schüttelfrost, Erschöpfung, Rötungen und noch einiges mehr.*«

»Siebzig Prozent!«, ächzte Senta. »Aber ein Medikament darf niemals eine solche hohe Quote haben. War die Grenze nicht zwischen ein und fünf Prozent?«

»Allerdings. Schon mit der niedrigsten Quote von einem Prozent tragen allein in Deutschland 830 000 Menschen, die vorher gesund waren, einen Schaden davon. Können Sie mir mal erklären, wo hier noch das Verhältnis zu den angeblichen Schäden von Omega steht?«

Bevor sie eine weitere Frage stellen konnte, brauste er weiter.

»Niemals dürften diese Tests weiterverfolgt werden. Denn bei sechsundvierzig Prozent, also knapp der Hälfte, sind nicht nur Kopfweh und Übelkeit aufgetreten, sondern schwerwiegende Nebenwirkungen, die man auf gar keinen Fall vom Tisch wischen darf. Es wurde nämlich ein Verlust weißer Blutkörperchen festgestellt. Zwar temporär, aber das sind unsere wichtigsten Erste-Hilfe-Zellen, wichtig für die Hintergrundimmunität für virale Erkrankungen. Wenn die wegfallen, ist unser Immunsystem geschwächt.«

»Das ist doch genau das Gegenteil von dem, was die Impfung erreichen soll.«

»Eben. Schon längst hätte man an dieser Stelle nicht mehr über den Impfstoff auch nur nachdenken dürfen. Aber was ist passiert? Der Stoff hat die Zulassung für Phase *drei* bekommen.«

»Das ist unethisch!«, entfuhr es Senta. »Wie kann das gehen?«

»Fragen Sie die Regierung! Und den Leuten da draußen wird eingeredet, es sei verantwortungslos, sich diesen Stoff *nicht* verabreichen zu lassen. Man ist also verantwortungslos, wenn man sich weigert, einen Stoff verabreichen zu lassen, der einen krank macht, wenn man vorher gesund war. Einem Stoff, der nicht vor dem schützt, vor dem er schützen soll. Das nennt man verantwortungslos. Und diese Ansicht wird so sehr geschürt, dass nach Impfgegnern, die wahrlich die besseren Argumente haben, getreten und gehackt wird.«

»Vermutlich liegt das daran, dass die Leute das eben nicht wissen«, erwiderte Senta, während ihr Herz heftig pochte. »Dafür sind wir ja da, um das zu ändern.«

»Tja, dann sollte doch klar erwähnt werden, dass eine weitere, noch viel schlimmere Nebenwirkung aufgetreten ist. Eine transverse Myelitis, das ist eine Rückenmarksentzündung, damit ist weiß Gott nicht zu spaßen. Dies ist nämlich ein eindeutiger Hinweis darauf, dass als Folge dieser Impfung Autoimmunkrankheiten sehr wahrscheinlich sind – ein No-Go für einen Impfstoff.«

»Aber genau deswegen wurden doch die Tests gestoppt.«

»Nein, wurden sie nicht. Sie wurden lediglich kurz unterbrochen, und werden nun munter weiterverfolgt. In den Medien hörte sich das so an, als seien die Wissenschaftler besonders sorgfältig, aber das Gegenteil ist der Fall. Und das Abscheulichste ist, dass die Politiker das auch noch feiern, und Glückwünsche aussprechen. Das muss man sich mal geben!«

Er war außer sich und versuchte trotzdem, so sachlich wie möglich zu bleiben. »Dieser Impfstoff«, fasste er zusammen, »hat ein desaströses Nebenwirkungsprofil. Damit sind Millionen an Geschädigten vorprogrammiert. All das wird bagatellisiert und verheimlicht und als unproblematisch dargestellt. Und die Medien nehmen an dieser Falschdarstellung und Verheimlichung teil, suggerieren den Menschen, der Impfstoff hätte ein gutes Sicherheitsprofil. Das hätten zweiunddreißig Autoren bestätigt. Aber sie schreiben nicht dazu, dass fünfundzwanzig davon wirtschaftliche Interessen haben und dass einer der Autoren die Impfherstellerin selbst ist.«

»Gut, dass Sie es sagen. Damit wissen es auch unsere Leser und Abonnenten.«

»Okay, ich hoffe, wir bringen die Brisanz rüber.« Er wandte sich direkt an das Publikum. »Ihr Leser, oder Hörer, da draußen: Machen Sie sich bitte Folgendes klar: Diese Impfung verursacht nach dem heutigen Stand der Nebenwirkungen, und berechnet auf die Bevölkerungszahl Deutschlands, knapp *60 Millionen* Geschädigte. Stellen Sie bitte die Zahlen der Omega-Opfer Deutschlands oder jedes anderen Landes dagegen. Nach Stand der Kochstudio-Zahlen liegt die Überlebensquote von Omega immer noch bei 99,99 Prozent. Schalten Sie Ihren gesunden Menschenverstand ein. Wenn nicht für Sie selbst, dann doch wenigstens für Ihre Kinder.«

»Aber kein Hersteller der Welt geht ein solches Risiko ein«, warf Senta ein. »Einmal aus ethischen Gründen, und schon gar nicht aus finanziellen. Es würde doch Schadensersatzklagen geben.«

»Die Hersteller haben sich von Beginn an von jeder Haftung freisprechen lassen«, entgegnete der Arzt. »Von unseren Regierungen. Die machen das Spiel ja mit. Es haftet also der Staat. Aber der Staat sind wir. Das bedeutet, dass wir mit unseren Steuergeldern einen Impfstoff bezahlen, den viele nicht wollen, und wir als Steuerzahler müssen die Rechnung für die Schäden übernehmen, die man uns zufügt.«

Er schnaufte tief und heftig, Senta fiel dazu auch gar nichts mehr ein. Es war einfach nur hanebüchen.

»Wer hier keine Zusammenhänge sieht«, fuhr der Arzt fort, »muss einen IQ unter eins haben. Wer diese Impfung nicht kritisch sieht, dem schreibe ich jede Intelligenz ab. Spätestens mit diesem Wissen muss jedem klar sein, dass es nicht um unsere Gesundheit, sondern um ganz andere Interessen geht. Den Leuten wird erzählt, der Impfstoff sei sicher, obwohl die Nebenwirkungen derzeit bei siebzig Prozent liegen. Eine Lüge wird nicht wahr, wenn man sie millionenfach erzählt.«

»Aber niemand würde doch vorsätzlich die Bevölkerung schädigen wollen«, protestierte Senta. »Wir haben ein Grundgesetz.«

Mit diesen Worten schluckte sie. Wie oft war dieses in den letzten Monaten missachtet und gebogen worden? Überdies: Die Menschen hatten ja ihre Grundrechte gar nicht mehr! Das Infektionsschutzgesetz erlaubte jedwede Aushebelung! Und sie redeten jetzt schon davon, diese Ausnahme zur Regel zu machen, das Notstandsgesetz fest zu verankern. Sie fragte weiter:

»Im Artikel eins steht, dass die Würde des Menschen unantastbar ist. Dass die körperliche Unversehrtheit unantastbar ist. Niemand darf in das Genom eines Menschen eingreifen.«

»Auch das ist vorbei. Mit der Pandemie hat die EU die Regelung zum Schutz vor Gentechnik* gekippt. Sie haben damit uns, die Bevölkerung, als Laborratten an die Pharmaindustrie verkauft. Und in dieser neuen Regelung ist auch vermerkt, dass der Hersteller nicht angeben muss, was in diesem Stoff drin ist.«

»Wie bitte?«

»Sie haben richtig gehört. Es besteht keine Kennzeichnungspflicht von Produkten mit gentechnisch veränderten Organismen. Wir werden nicht erfahren, was man uns verabreicht. Das allein sollte doch misstrauisch machen.«

»Aber man muss doch etwas dagegen tun können«, argumentierte Senta. »Ich meine, es kann doch nicht sein, dass man einen unzureichend geprüften, obendrein genverändernden Stoff auf den Markt bringt und ihn Milliarden von Menschen verabreicht.«

Der Arzt stieß einen verächtlichen Laut aus.

»Gegen diese Sauerei haben 140 nationale Akademien der Wissenschaft protestiert. Aber es scheint, als ob deren Warnung niemanden interessiert. Wie auch generell kritische Meinungen nicht interessieren.«

Senta versetzte es wieder diesen unangenehmen Stich, dieses miese Gefühl, ausgeliefert zu sein. Das schien auch dem Experten so zu gehen, er klang fast verzweifelt, als er weitermachte.

»Ich kann nicht glauben, dass die Menschen sich das antun wollen. Dass sie das ihren Kindern antun wollen«, sagte er.

»Trotzdem nochmal ... Ich habe gelesen, dass für die Herstellung und Marktzulassung weiterhin die EU-Richtlinien bezüglich GVO, (genetisch veränderter Organismus) gelten«, wandte Senta ein.

»Das behaupten sie, aber das ist nicht richtig. Durch die herbeigeredete Dringlichkeit wurden die Prüf- und Einspruchsmöglichkeiten, die normalerweise in den EU-Verträgen und im Subsidiaritätsprotokoll definiert sind, außer Kraft gesetzt. Dieses Gesetz gilt in allen Mitgliedsstaaten. Die nationalen Parlamente haben kein Mitbestimmungsrecht. Das heißt, selbst Ländern, die eine restriktive GVO-Regelung haben, wird die Zulassung *vorgeschrieben*. Was ergo bedeutet: Niemand kann sich dagegen wehren. Sie dürfen zur Impfung gezwungen werden.«

Senta schluckte.

»Aber die Politiker betonen, dass es jedermanns freie Entscheidung bleiben wird. Dass es keine Impfpflicht geben wird.«

»Und wie oft haben uns die Politiker schon angelogen? Ulbricht hat damals auch vor laufender Kamera gesagt: ›Niemand hat die Absicht, eine Mauer zu errichten.‹ Sie stand achtundzwanzig lange Jahre lang. Die Impfpflicht wird durch die Hintertür kommen.«

Senta sah auf ihren Zettel, um die nächste Frage zu stellen, die Buchstaben verschwammen vor ihren Augen. Sie war dankbar, dass der Arzt von sich aus weiterredete.

»Was das angeht«, fuhr er fort, »gibt es ja schon Ministerpräsidenten, die anklingen lassen, was man mit Menschen machen will, die sich nicht impfen lassen wollen. Sie werden vom öffentlichen Leben ausgeschlossen. In Kanada wurden bereits Internierungslager für jene gebaut, die sich weigern. Dazu kann ich Ihnen gerne ein Video schicken, wo das unter den Politikern besprochen wird.«

»Haben Sie denn eine Lösung für all das im Auge?«, wollte Senta wissen, obschon ihr klar war, dass es derzeit keine gab. Der Experte lachte und zwinkerte ihr zu.

»Ich würde den Menschen auf der ganzen Welt empfehlen, mindestens einen Monat lang ihre Fernseher in die Tonne zu treten und keine Mainstream-Zeitungen mehr zu lesen. Das wirkt äußerst belebend auf den gesunden Menschenverstand.«

Senta beendete das Interview und redete noch privat weiter mit dem Arzt. Sie fragte ihn, was er glaube, wo das hinführen sollte.

»Das ist sehr einfach«, erklärte er. »Die beteiligten Institutionen und NGOs machen ja kein Hehl aus ihren Absichten. Die Politik redet offen über einen ›Great Reset‹*. Das lässt sich doch alles, auf hochoffiziellen Seiten im Internet nachlesen. Aber die Regierungen bringen das Kunststück fertig, alles fein säuberlich auf ihre eigenen Seiten zu schreiben und gleichzeitig all diejenigen, die genau darauf verweisen, als Lügner und Verschwörer hinzustellen. Wirklich, perverser geht es nicht. Ich schicke Ihnen nachher dazu einen Link. Und die E-Mail-Adresse einer Kollegin, die sich intensiv in das Thema eingearbeitet hat. Sie war in der Schweiz auf entsprechenden Foren, wo sich diese Leute treffen, die meinen, sie könnten über das Schicksal der Welt und der Menschen bestimmen. Möge Gott verhüten, dass das wahr wird. Gut, dass es solche Plattformen wie die Ihre gibt. Geben wir nicht auf. Noch ist das Spiel nicht zu Ende.«

Er schickte Senta im Anschluss an dieses Gespräch die Nummer der Ärztin.

Aber Senta war völlig down nach diesem Interview. Die Gedanken ließen sich wieder mal nicht abschalten. Ja, was sollte diese Impfung, die an Unlogik nicht zu überbieten war? Ging es wirklich nur um Geld?

TIM hatte schon Jahre zuvor eine Pandemie vorausgesagt. Viele unterstellten ihm, dass er sie geplant hätte. Aber so wenig Senta diesem Mann auch traute, musste sie doch eingestehen, dass die Gefahr einer Pandemie im Zuge der Globalisierung tatsächlich gestiegen war. Das war ein Fakt, der sich aus dem Zusammenschluss weiterer Faktoren speiste: dem allgemein schwächeren Immunsystem der Menschen aufgrund von Luftverschmutzung, ungesunder Lebensweise, falscher Ernährung, Elektrosmog und zunehmendem Stress; dem Zurückdrängen der Tierwelt auf kleinere Räume, dem Zerstören des weltweiten Mikrobioms durch Antibiotika und Desinfektionsmittel und dem damit gleichzeitigen Anstieg von multiresistenten Bakterien. Um Pandemien zu vermeiden, musste man sich um diese Dinge kümmern. Das tat man aber nicht. Man machte lediglich einen einzigen Erreger unter Millionen anderer zum Sündenbock.

Warum waren TIM und seine Kumpane so erpicht darauf, sieben Milliarden Menschen durchzuimpfen? Und warum sagte man nicht, was im Impfstoff drin sein würde? Was würde ihnen wirklich verabreicht werden?

Sie fürchtete sich fast vor dem Gespräch mit der Ärztin. Was würde die ihr wieder erzählen? Oh, sie hatte so die Nase voll!

In diesem Moment verstand sie, dass sich viele Menschen von diesen Ahnungen und Fragen abwandten, schlicht, weil sie damit nicht umgehen konnten, weil sie spürten, dass es ihre vertraute Welt erschüttern würde. Sie wollten, dass alles einfach wieder lief wie vorher und dass es jemanden da oben gab, der das alles für sie regelte. Sie wollten Vertrauen haben. Wenn sie den Dingen auf den Grund gingen, würden sie in einen Abgrund schauen. Ihr, Senta, erging es ja auch so. Aber das war immer noch besser, als unerwartet abzustürzen.

Sie riss sich zusammen und schickte das Interview an Jeff. Kurz danach rief er an, sichtlich aufgewühlt.

»Das kann nicht sein, Senta«, sagte er. »Ich habe langsam wirklich das Gefühl, in einem bösen Traum zu leben.«

»Geht mir genauso. Vor allem frage ich mich, wie man mit dem Wissen leben kann, vorsätzlich Millionen Menschen zu schädigen. Jeff, sie *müssen* es wissen. So wie es aussieht, hat unsere Regierung uns an die Pharmaindustrie verhökert! Das Kanzleramt hofiert Leute wie TIM, sie besprechen mit ihnen Pläne über unsere Köpfe und unseren Willen hinweg!«

Jeff schüttelte den Kopf.

»Ich versteh's nicht, Senta. Das betrifft doch auch sie selbst. Ihre Kinder, ihre Enkel, sie können doch nicht wollen, dass die in einer solchen Welt aufwachsen.«

Darauf hatte auch sie keine Antwort. Solche Fragen brannten ihr unter den Nägeln und sie wusste, Christopher hatte Antworten. Sie hatten sich noch einmal zwanglos getroffen und an diesem Abend war Chris offener als sonst gewesen und hatte auch nicht dauernd versucht, sie zu küssen. Doch würde er antworten, wenn sie ihn direkt fragte? Sie biss sich auf die Lippen. Sie mochte Chris sehr, wünschte sich, es könnte mehr werden. Oft träumte sie von ihm und ja, sie würde gern ihrem Verlangen nachgeben und doch stets hinderte sie etwas, wenn es so weit war.

Jeff lud das Interview hoch. Vierzig Minuten später wurde es von YouTube und Facebook gelöscht. Sie stellten es unter einem anderen Namen erneut online, hofften, es würde von anderen Usern kopiert und verbreitet werden.

Etwa eine Stunde nach dem Upload füllte sich die Chatleiste ihrer Homepage, auch die vom Moonlight-Radio, und sie konnten zusehen, wie sie stündlich Abonnenten dazu gewannen und wie oft das Interview geteilt wurde. Aufgeregt verfolgte Senta den Verlauf und schöpfte wieder ein klein wenig Hoffnung. Es ging langsam, aber es ging vorwärts!

Der Vollständigkeit halber forschte sie nach, ob eine Zwangsimpfung möglich sei. Sie war es. In Österreich war das Gesetz bereits geändert worden, dahingehend, dass jedem Menschen, der sich in Quarantäne befand oder der aufgrund von Verkehrsbeschränkungen seinen Ort nicht verlassen durfte, ein Omega-Arzneimittel verabreicht werden konnte, selbst, wenn es sich noch in der klinischen Testphase befand.

Das war keine Rechtsstaatlichkeit mehr. Das war Diktatur und Willkür im Namen der Gesundheit. Wieder einmal aufgewühlt stand sie auf. Was war das für eine Welt? Wie konnte es sein, dass sie sich innerhalb von ein paar Monaten so grundlegend geändert hatte? Die Geschwindigkeit, vor allem die Richtung machten ihr Angst. Und sie wollte keine Angst haben.

Ihr Blick fiel auf den Kalender. Heute war Dienstag. Am Nachmittag war sie mit Fred verabredet und in der Nacht würde sie wieder Charlenes Stimme hören. Wie stets hoffte sie, dass sie etwas sagen würde, was ihr weiterhalf.

♫ ♫ ♫

»Hey, Biomäuschen! Bin noch in einer Besprechung! Lass dir schon mal einen Kaffee bringen, zweiter Stock, rechts, erste Tür! Ich komme gleich!«

Die Nachricht erreichte sie noch im Wagen. Sie stand vor einem imponierenden antiken Stadthaus, fast einem Komplex. Innen erwarteten sie alte gediegene Treppen, ein gläserner Aufzug, Kronleuchter, die von hohen Decken herabhingen, hohe Fenster sowie ein Mix aus modernen wie alten Möbeln. Senta war schwer beeindruckt. Mit ihrem Päckchen bewaffnet begab sie sich in den zweiten Stock. Ein rundes, mit Couchen und dezenten Schirmlampen auf kleinen Tischchen ausgestattetes Foyer erwartete sie. Es wirkte eher wie eine noble Hotellobby als das Entree einer Anwaltskanzlei. Welche Klientel vertrat dieser Frederic eigentlich?

Etwas eingeschüchtert klopfte sie an die angegebene Tür. Eine freundliche Dame empfing sie, versorgte sie mit Kaffee und Petit Fours und versicherte, dass Frederic nicht allzu lange auf sich warten lassen würde. Senta kam sich in ihren Jeans und dem einfachen T-Shirt deplatziert vor.

Kurz danach trat Fred, angeregt mit einem Mandanten diskutierend, vor die Tür. Senta beobachtete ihn. In diesen Räumen wirkte er völlig anders. Strenger, kompromissloser, dominanter. Jemand, der genau wusste, was er draufhatte. Von Unverbindlichkeit und Nonchalance war rein gar nichts zu spüren. Senta hatte den Eindruck, einen völlig anderen Mann vor sich zu haben, und unwillkürlich fiel ihr Jeffs Bemerkung über Freds Vorlieben für ungewöhnliche Sexpraktiken ein. Ob das stimmte?

Erst, als er seinen Mandanten verabschiedet hatte und sich ihr zuwandte, kam der ihr bekannte Fred wieder zum Vorschein. Ein Lächeln erhellte sein Gesicht, als er auf sie zuging und sie munter plaudernd in sein Büro führte.

Senta fiel fast um, als sie den großen, runden Raum mit Blick auf einen hübschen Innenhof betrat. Darin standen ein Tisch wie von König Artus' Tafelrunde, über dem ein riesiger Kronleuchter hing, zwei Couchecken und ein monumentaler Schreibtisch, der mit Akten beladen war.

Der Raum strahlte etwas aus, was sie von Beginn an gefangen nahm.

»Du meine Güte, Fred«, hauchte sie. »Im Buckingham Palace kann es nicht glamouröser sein.«

»Ach! Das gefällt dir? Ich dachte, du stehst auf Zweimannzelte und verabscheust jeden Luxus?«

»Ich verabscheue Verschwendung, aber ganz bestimmt nicht Kunst und schöne Dinge. Und dazu gehört dieser Raum allemal.«

Mit leuchtenden Augen sah sie sich um und drehte sich um sich selbst. »Das ist einfach gigantisch, Fred. Der Raum ist groß und doch ist er gemütlich.«

»Und er hat einen Tresor! Voilà, meine Verehrteste, wenn Ihr mir folgen wolltet?«

Die Sprache passte zum Raum, der Raum passte zu Fred; ein Lächeln glitt über Sentas Gesicht. Er drückte auf ein Panel, das ein Code-Gerät freigab, Fred tippte eine Zahlenkombination ein, legte seinen Zeigefinger auf den Scanner. Die massive Wand verschob sich nach rechts und gab einen begehbaren Tresor frei.

»Bitte schön, links oben im Regal müsste noch Platz sein.«

Sie stellte ihr Kistchen ab. Fred verriegelte die schwere Tür wieder und ließ sie hinter der Holzwand verschwinden.

»Vielen Dank, Fred. Das ist sehr freundlich von dir.«

»Keine Ursache. Und jetzt der Rieseneisbecher?«

»Willst du trotz des Regens Eis essen?«

»Wieso nicht? Oder hast du keine Lust darauf?«

»Doch, schon.«

»Na, dann komm. Die Eisdiele ist gleich um die Ecke.«

Zehn Minuten später wurde vor Fred ein gigantisches Gebilde aus Eis und Sahne abgestellt, während Senta an einem Joghurtshake nippte.

»Was ist los?«, fragte er. »Du wirkst bedrückt.«

»Ehrlich? Tut mir leid, Fred. Ich wollte dir nicht deine Laune verderben.«

»Das schafft fast keiner. Was hat *dir* denn die Laune verdorben?«

Ehe sie sich versah, erzählte sie ihm von dem Interview. Ihre Bedenken, Vermutungen, Zweifel und Fragen purzelten nur so aus ihr heraus. Fred hörte zu.

»Und was sagt dein Politikerfreund dazu?«, erkundigte er sich.

»Ich bin nicht mit ihm zusammen. Noch nicht. Wir versuchen, uns kennenzulernen.«

»Immer noch? Ihr *versucht*, euch kennenzulernen. Tiefblickende Formulierung. Also gibt er nach wie vor nichts von sich preis?«

»Nein, er hat dauernd Angst, dass ich ihn nur ausquetschen will, weil ich für Sunlight-News arbeite.« Sie seufzte. »Ist nicht einfach.«

»Ja, das hört sich wirklich verfahren an. Das mit dem Impfen auch.«

»Find's ja beruhigend, dass du auch so denkst.«

»Na, erlaube mal! Immerhin habe ich vor, gesund zu bleiben und will mir nicht vom Staat in meinem Körper rumpfuschen lassen. Weißt du was? Ich mache mich mal schlau, was rechtlich dagegen zu machen ist. Wenn das stimmt, was dieser Arzt sagt ...«

»Die Gesetzestexte habe ich alle herauskopiert.«

»Schick sie mir mal. Aber was ist mit Waldorf? Unternimmt er denn gar nichts dagegen? Ich meine, er ist doch auch betroffen.«

»Das ist genau das, was ich nicht verstehe. Manchmal habe ich das Gefühl, er wartet ab, wie sich die Dinge entwickeln. Ob die Leute, die sich dagegen auflehnen, vielleicht doch früher oder später Erfolg haben.«

»Um sich dann anzuhängen? Das wäre nicht sehr heldenhaft.«

Sie schwieg daraufhin. Fred beobachtete sie.

»Und du?«, fragte er. »Siehst du eine Chance mit eurer Aufklärung? Ich finde das toll. Ich habe einige Artikel von dir gelesen. Gefällt mir. Gute Arbeit.«

Ein warmes überraschtes Lächeln erschien auf ihrem Gesicht.

»Danke, Fred, Lob aus dem Mund eines erfolgreichen Staranwaltes weiß ich sehr zu schätzen. Und was deine Frage angeht: Wenn ich keine Chance sähe, wäre die Arbeit sinnlos. Wir alle wollen diesen Turnaround schaffen. Das ist wie in einer Schiffschaukel. Ich habe das Gefühl, wir schwingen einfach noch nicht hoch genug. Oder nur mit halber Kraft«

»Wie meinst du das denn? Schiffschaukel?«

»Ich liebe diese Dinger«, schwärmte sie und das Leben kam zurück in ihre Augen. »Man hat das Gefühl zu fliegen, wenn die Schaukel von einer Seite hoch oben zur anderen schwingt. Das ist ein so geiles Gefühl!«

Fred schmunzelte über ihren Enthusiasmus, während sie fortfuhr: »Einmal war ich in einer Überschlagsschaukel. Ich wollte unbedingt diesen Dreh schaffen. Ich kam höher und höher, bis ich lotrecht zum Boden stand. Das ist genau der Punkt, wo die Schaukel verharrt. Es ist, als ob dich jemand fragt: *Willst du das wirklich? Bist du bereit?* In diesem Moment brauchst du noch irgendetwas … ich weiß nicht was … ein letztes Quäntchen Mut, ein letztes Quäntchen Kraft. Wenn man das nicht aufbringt, schafft man den Überschlag nicht und schwingt dahin zurück, wo man hergekommen ist.«

»Und?«, fragte Fred gespannt. »Hast du es geschafft?«

»Nein«, erwiderte sie leise. »Ich habe es danach auch nie mehr versucht.«

»Und … jetzt hast du Angst, dass es wieder so sein könnte?«

Ihre graublauen Augen ruhten auf ihm. Versenkten sich in sein Graugrün.

»Danke, Fred«, murmelte sie. Ihre Lippen bebten.

»Wofür?«

»Dass du mich verstehst.«

♫ What One Man Can Do ♫

John Denver

»Guten Abend, meine Lieben! Hier ist das Moonlight-Radio! Wie ergeht es euch mit eurem Transformationsprozess? Lasst mich raten: Es geht rauf und runter und ist nach wie vor turbulent?«

Ein silberhelles Lachen ertönte. »Das ist ganz normal. Wichtig ist nur, dass ihr euch vom Strudel nicht mitreißen lasst. Macht euch bewusst: Die Welt und dein Bewusstseinszustand sind ein und dasselbe. Bleibt besonnen. In stürmischen Zeiten sucht man automatisch nach einem ruhigen Zentrum. Und viele Menschen stellen fest, dass dieses Zentrum im Außen gerade überhaupt nicht zu finden ist. Es ist in uns. Es ist euer Herz. Euer Selbst. Der Aufruf ist eindeutig: Konzentriert euch auf das, was ewig ist. Das ist die Chance. Atmet durch. Alles wird gut.«

Musik wurde eingespielt. Senta saß zu Hause im Wohnzimmer und hörte mit. Ob Christopher auch eingeschaltet hatte? Und Jeff? Es war schön, zu wissen, dass man verbunden war. Und dieses kleine Sätzchen: »Alles wird gut«, war inzwischen zum Mantra für sie geworden. Ihr Opa hatte das schon so oft beteuert – und Charlene benutzte diese Worte ebenfalls in jeder Sendung.

Während Senta auf die Fortsetzung wartete, wurde ihr bewusst, dass sie Charlene auf eine gewisse Weise liebte. Sie wusste, sie hatte berufliche – und sicher auch private – Herausforderungen zu bewältigen, aber nie ließ sie von ihren Überzeugungen ab. Nie schien sie sich aus der Ruhe bringen zu lassen. Das bewunderte sie und es erschien ihr nachahmenswert. Kam das daher, dass sich Charlene auf ihr Herz fokussierte statt auf das Außen?

»Was eure Zuschriften angeht«, tönte Charlenes Stimme wieder an ihr Ohr: »Unnötig zu sagen, dass die Einstellungen weit auseinanderklaffen und Unverständnis auf beiden Seiten herrscht. Aber es gibt etwas, was uns verbindet: Wir wollen alle in einer heilen, friedvollen Welt leben. Ohne Virus. Das ist unser gemeinsamer Nenner und darauf sollten wir uns konzentrieren. Auf eine Welt voller Liebe.«

Allein dieser Einstieg hievte das derzeitige Dilemma aus dem Sumpf menschlicher Rechthaberei heraus auf eine höhere Ebene. Sanfte Violinenklänge begleiteten Charlenes Worte, schienen sie in der Luft tanzen zu lassen. Senta atmete schon jetzt ein wenig freier. Ja, das stimmte … egal, welcher Seite man angehörte: Alle wollten glücklich sein.

»Beide Lager wollen, dass die Gegenseite ein Einsehen hätte, beide sind der Auffassung, man müsse an einem Strang ziehen, damit endlich Friede auf der Welt ist«, fuhr Charlene fort »Aber Frieden entsteht nicht, wenn man über ein strittiges Thema zu einem Konsens kommt. Frieden entsteht, wenn wir den Kampf in uns selbst beenden. Wenn ihr aufhört, euch selbst und eure Mitmenschen zu bekriegen. Das tun leider viele. Jeder auf seine Weise und vielleicht mit dem Gedanken im Kopf: Wie kann man nur so blöd sein und nicht sehen, dass ich recht habe? Wir müssen gegen dies und jenes kämpfen. Aber Kampf bedeutet Krieg – und nichts wird dadurch besser. Wir sollten größer denken.«

Senta seufzte ein wenig. Das war das, was sie nicht hinbekam: Ihrer Meinung nach passierte gerade großes Unrecht. Es zu dulden, war doch keine Lösung! Krieg war auch keine Lösung, das war ihr klar, aber wo lag sie dann?

»So einige haben mir geschrieben, es sei schwer, in einer Welt voller Negativität positiv zu bleiben«, sagte Charlene. »Es sei schwer, in einer dunklen Welt Licht zu sehen. Im Moment scheint es in der Welt nicht viel Gutes zu geben, aber Hand aufs Herz: Ist das so? Geht nicht jeden Morgen die Sonne auf und verzaubert uns mit ihren prachtvollen Farben? Blühen nicht draußen Blumen, obwohl eurer Meinung nach die Welt im Chaos versinkt? Viele wünschen sich, dass die Welt wieder so wird, wie sie mal war – aber mal ehrlich: Habt ihr euch nicht auch schon vor der Pandemie darüber aufgeregt, was alles im Argen liegt? Und die nächste

Frage: Wie, meint ihr, soll denn eine Änderung vonstattengehen? Ist es dafür nicht nötig, dass alte Strukturen zusammenbrechen? Und jetzt, wo das passiert, fangt ihr an zu lamentieren? Wäre es nicht gerade jetzt wichtig, zentriert und bewusst zu handeln? Ich habe das Gefühl, dass sich die meisten im Strudel der Angst verlieren. Und dabei ist es mir egal, welcher Angst du frönst. Ob wegen des Virus oder wegen einer Diktatur spielt keine Rolle. Ich habe es schon mal gesagt: Angst ist Angst. Wenn du dem, was um dich herum passiert ausgeliefert bist, bist du unbewusst. Und hier geht es eindeutig darum, *bewusst* zu werden. Viele reden davon, dass sie aufgewacht wären. Aber was heißt das eigentlich? Dieser Frage wollen wir heute und in den nächsten Sendungen nachgehen. Unter anderem.«

Musik übernahm für ein paar Minuten, Senta war froh darüber. Charlene hatte es wieder mal geschafft, innerhalb von Sekunden, den Kopf in die richtige Richtung zu rücken. Ja, sie, Senta, verlor sich zu oft in Angst vor der Zukunft. Einer Zukunft, die doch noch gar nicht da war.

»Also meine Lieben«, begann Charlene wieder. »In meinen Sendungen habe ich immer betont, dass Änderungen im Herzen beginnen. Sie beginnen bei uns selbst. Ich habe euch von Feldern erzählt, die uns umgeben, die wir mit unseren Gedanken und Gefühlen tränken. Es gibt genügend Beweise dafür, dass wir mit unseren Gedanken Realität schaffen. Alle unsere Gedanken werden in dieses universelle Feld, das Urfeld, eingespeist – keiner geht verloren. Unsere Gedanken, zusammen mit den Emotionen, die sie hervorrufen, werden ähnlich einer Funkübertragung an andere übermittelt. Nun möchte ich, dass ihr euch über eines klar werdet: Wir teilen uns dabei *einen* Geist. Und wenn dieser allumfassende Geist gestört wird von negativen Frequenzmustern oder düsteren Vorahnungen und Erwartungen, welche Welt haben wir dann zu erwarten? Welchen Baustein lieferst du zu einer schönen Welt?«

Kilometer vom Studio entfernt stützte Christopher seinen Kopf in seine Hände, als er das vernahm. Jeden Dienstag zog es ihn inzwischen magisch zu diesem Moonlight-Radio hin. Zuerst hatte er lediglich Sentas Gedankenwelt näher kommen wollen, doch inzwischen hatte ihn diese Charlene mit ihren bizarren und doch irgendwie logischen Schlüssen mehr und mehr in ihren Bann gezogen. Ihre Frage: »Welchen Baustein lieferst du zu einer schönen Welt?«, war einer von vielen, die seinen Kopf in Aufruhr brachten. Wenn er Baumeister seines Lebens und seiner Welt war, woran baute er eigentlich? Zum ersten Mal wurde ihm bewusst, wie wichtig seine Absichten und Gedanken waren – und welche Verantwortung er damit trug.

»Unsere Gedanken und Intentionen haben immensen Einfluss auf das Weltgeschehen«, sprach Charlene in seine Gedanken hinein. »Genau hier sollten wir mit Hygienemaßnahmen ansetzen. Wir machen die Welt nicht besser, wenn wir uns die Hände länger waschen, wir sollten unser Herz fegen! Unsere Seele reinigen! Denn das, was wir denken, wird in ein kosmisches Gedächtnis eingespeichert. Und wenn viele das Gleiche denken, was gerade im hohen Maße geschieht, erhöht das die Wahrscheinlichkeit einer Realisierung.«

Christopher lächelte, als er das mit dem Hygienekonzept hörte und schrieb sich eine Notiz dazu. Er mochte die Stimme von Charlene. Wenn sie etwas sagte, war er viel eher bereit, die Worte in sich hineinzulassen. Vielleicht, weil sie nicht daran interessiert war, andere zu überzeugen? Jedenfalls spürte er nie Druck. Es war wie ein Buffet, von dem er sich das aussuchen konnte, was ihm schmeckte – und was er vertrug.

»Zu diesem Thema«, machte Charlene weiter, »möchte ich euch von einem Projekt erzählen, das seit 1995 existiert. Es nennt sich *›Global Consciousness Project‹,* bei dem Roger Nelson federführend ist. Das Projekt hat über die gesamte Welt Aufzeichnungsgeräte verteilt, die in der Lage sind, Stimmungen und Emotionslagen der Bevölkerung zu messen. Mit diesen konnte nachgewiesen werden, dass unser Geist einen direkten, messbaren Einfluss auf das Weltgeschehen hat. Unser Geist, dein Geist, mein Geist fließt wie Elektrizität durch Drähte, Bauteile und Computerchips, durch Haut, Knochen und Gewebe auf der ganzen Welt und steuert so den weltweiten Energiefluss. Die Belege dafür sind überwältigend. Halten wir fest: Das, was jeder Einzelne denkt, hat Einfluss auf das Weltgeschehen. Wenn ich davon rede, dass diese Krise eine nie dagewesene Chance ist, und davon, dass wir doch alle das Gleiche wollen, nämlich Frieden und Glück, sollten wir uns diese Tatsache fest vor Augen führen.«

Senta war beeindruckt. Wie schaffte es Charlene nur, innerhalb so kurzer Zeit dieses miese, untergründige Angstgefühl zu nehmen und ihren Kopf durchzuputzen? Sie war so dankbar dafür! Gespannt und mit einem Lächeln im Gesicht hörte sie weiter zu. Charlene redete sich wie so oft in Begeisterung – und riss ihre Hörer mit.

»Noch bekannter als das *Global Consciousness Project* dürfte die Massenmeditation aus den 70er Jahren sein. Wobei von Masse absolut nicht die Rede sein kann. Habt ihr gewusst, dass sich bei diesem Versuch gerade mal siebentausend Menschen zusammen gefunden haben, die innerhalb von zwei Jahren dreimal meditierten? Das ist doch eigentlich gar nichts, oder? Aber die Ergebnisse werfen mich jetzt noch um. Stellt euch vor, in dieser Zeit hat sich die Terroraktivität weltweit um sagenhafte zweiundsiebzig Prozent gesenkt! Mit nur siebentausend Leuten! Alles, was diese Menschen getan haben, war, sich innerlich auf Frieden und Liebe auszurichten. Diese Studie wurde wissenschaftlich anerkannt und in namhaften Magazinen publiziert. Das Ganze wurde 1993 wiederholt. Hier kamen zunächst vierhundert, später viertausend Menschen für eine Meditation zusammen. In diesem Zeitraum verringerte sich die Quote der Gewaltverbrechen in Washington D.C. um 23,6 Prozent, obwohl sie zuvor angestiegen war. Weitere messbare Auswirkungen wurden von James Twyman festgehalten, der weltweit synchronisierte Gruppenfriedensgebete leitet. Gebete haben unglaubliche Kraft, sie verändern den weltweiten Grad der Unordnung zum Positiven, bringen Harmonie und Kohärenz in die Welt. Dieser positive Effekt ist allein bis zum Jahre 1993 mit fünfzig Studien aus dreißig Jahren Forschungsarbeit unbestreitbar belegt worden.«

Senta wünschte sich, Charlene würde weiterreden, aber offensichtlich war sie gerade dabei, einen Live-Anrufer reinzuschalten. Das fand sie schade, das Thema interessierte sie sehr! Und sie hoffte sehr, dass Christopher zuhörte.

»Hi«, meldete sich eine männliche Stimme, die einigermaßen angriffslustig klang. »Ich bin Sebastian, ich rufe von Spanien aus an. Deine Worte in Ehren, aber bei uns hier steht das Militär vor der Tür, die Leute werden beim Spaziergehen überwacht. Uns werden Strafen angedroht, wenn wir …«

Er ließ sich über alle mögliche Dinge aus und schloss mit der Frage: »Ehrlich, Charlene, darin etwas Gutes zu sehen, geht mir komplett ab. Und dieses Gerede von ›die Krise wäre eine große Chance‹ kotzt mich an. Wir haben keine Zeit, uns mit Meditation zu befassen, während andere fleißig an unserem Untergang basteln. Wir müssen handeln!«

»Und Meditation ist kein Handeln?«, gab Charlene zurück. »Das könnte ein Trugschluss sein. Versteh mich nicht falsch, Sebastian: Natürlich müssen wir uns mit den Dingen auseinandersetzen, die Frage ist das ›Wie‹ und woher du die Kraft dafür nimmst. Mach dir bitte eines bewusst: Die Gegenseite macht sehr wohl von diesen energetischen Prozessen Gebrauch, während ihr sie als ineffektiv verwerft – und damit voll in deren Falle lauft.«

»Wie meinst du das denn?«, hakte Sebastian verdutzt nach.

»Ich meine damit Folgendes: Twyman hat aus seinen Studien ein klares Resümee gezogen – Konflikte in der Welt sind die Folge von Konflikten in uns selbst. Wir projizieren dieses Gefühl in die Welt, weil wir nicht bereit sind, zu akzeptieren, dass wir selbst die Ursache und daher auch die Lösung des Konfliktes sind. Also, Sebastian, solltest du Wut und

Ohnmacht fühlen, so berechtigt sie deiner Meinung sein mögen, dann mach dir bewusst, dass du die Unordnung in der Welt damit aufrechterhältst, um nicht zu sagen, sie vergrößerst. Nehmen wir an, du hättest recht und es sind negative Kräfte am Werk, die nichts Gutes wollen – was meinst du, speisen die in den kollektiven Geist ein? Liebe und Freude? Nein. Wenn sie nichts Gutes im Sinn haben, brauchen sie wohl eher Emotionen wie Wut und Ohnmacht. Was brauchen sie also von dir? Wut und Ohnmacht. Und was gibst du ihnen?«

Sebastian stieß einen verdutzten Laut aus, während Charlene ungerührt fortfuhr:

»Damit tust du ihnen einen Riesengefallen. Du bist voll im Spiel, bist ein wunderbarer Verstärker für ihre Absichten und merkst es nicht einmal.«

»Oh, f ... verflixt«, stöhnte Sebastian, schon weit offener als vorher.

»Der Satz, ›alles ist eins‹ oder ›wir sind das Universum‹, wird so oft daher gesagt«, erklärte Charlene. »Aber danach leben will keiner. Denn das bedeutet letztlich, die Verantwortung für den eigenen Geisteszustand zu übernehmen. All das ist ein gutes Training, trotz verschiedener Meinungen in der Liebe zu bleiben. Das nennt man bedingungslose Liebe, eine, die nicht an etwas gebunden ist, sondern eine großherzige, freie Liebe auf höherer Ebene. Und darum geht es hier: Womit identifiziert ihr euch? Mit dem Negativen, was da draußen abläuft? Oder mit höheren Frequenzen?«

Sie wartete ein paar Sekunden, bevor sie weitermachte.

»Noch mal: Wir teilen uns *einen* Geist. Okay, ich weiß, was viele jetzt denken, nämlich: Ich bin nicht schuld an diesem Weltgeschehen. Den Zahn ziehe ich euch. Ich will nicht von Schuld sprechen, aber ihr seid mitverantwortlich für das Weltgeschehen. Ja, ich weiß, ihr sagt, ihr könnt doch nichts dafür, dass es da draußen Kräfte gibt, die etwas Unmögliches mit uns vorzuhaben scheinen. Dass ihr nichts mit den fiesen Leuten, die andere denunzieren, gemein haben wollt. Natürlich, das macht viele wütend oder traurig. Auf der Gegenseite sieht es ähnlich aus. Die glaubt, von rücksichtslosen, radikalen Egoisten umgeben zu sein, die andere der Gefahr eines tödlichen Virus aussetzen und die nicht bereit sind, mal ein paar Monate anders zu leben als sonst. Egal, welchem Lager ihr angehört: In beiden Fällen speist ihr das Feld mit Negativem und ich habe wirklich nicht die geringste Ahnung, was das bringen soll.«

»Ja, aber was ist die Lösung?«, murmelte Senta an ihrem Küchentisch zu Hause.

Und im Studio fragte Sebastian:

»Heißt das, wir sollen uns zu Hause hinsetzen und meditieren?«

Charlenes Antwort kam klar und zügig.

»Ja, unbedingt. Das wäre ein großer Segen für dich – und damit für uns alle. Es ist wichtig, nach innen zu gehen und zu sehen, was hochkommt. Zum Beispiel diese Wut, die ich bei dir sehr klar spüre. Wenn du die Wunde siehst, kannst du sie heilen. Das nennt man bewusst sein.«

»Und uns nicht gegen das wehren, was passiert?«, begehrte Sebastian auf. »Charlene, ich habe Kinder! Die eine Zukunft verdient haben! Du kennst den viel zitierten Spruch: Wer in der Demokratie schläft, wacht in der Diktatur auf. Und ich will mir nicht von meinen Kindern Dummheit oder Feigheit vorwerfen lassen!«

»Dann hast du nicht verstanden, was ich gerade eben gesagt habe«, konterte sie. »Und du unterschätzt die Macht der Meditation. Bitte versteh mich nicht falsch, Sebastian: Gegen Unrecht muss man sich wehren. Denn es ist auch Unrecht, Unrecht zuzulassen. Ich denke, es ist wichtig, negativen Kräften ein klares Nein entgegenzustellen. Nur ist es eben entscheidend, dass wir dabei nicht selbst in ungute Gefühle kommen und daher ist das Wichtigste, auf eine höhere Dimension zu wechseln, um Liebe und Frieden *in uns* zu aktivieren. Versteh doch: Alles entsteht von innen nach außen, nie umgekehrt. Wenn ich betone, darauf zu achten, was in euch hochkommt, dann auch deshalb, weil negative Gefühle, die ihr spürt, nicht unbedingt die euren sein müssen. Ich meine, eines ist doch offensichtlich: dass gerade sehr bewusst Angst geschürt wird. Lasst euch davon nicht übernehmen! Und um nicht in diese Falle zu tappen, brauchen wir die Innenschau und die Fähigkeit, auf eine höhere Frequenz zu wechseln. Deswegen ist Meditation so wichtig. Unser Schwingungszustand spielt eine große Rolle, Sebastian. Wenn du tagtäglich das Böse erwartest, öffnest du ihm Tür und Tor. Gehst du in hohe Frequenzen, erlaubst du dem Licht, einzutreten. Da Liebe eine höhere Schwingung als Angst hat, bist du soviel mächtiger bei all deinen Aktionen. Man muss nicht sehr intelligent zu sein, um zu wissen, welcher Weg eher zu einer besseren Welt führt.«

»Aber Charly, ich krieg das nicht zusammen. Einerseits müssen wir wachsam sein und uns informieren, anderseits von einer hellen Zukunft träumen?«

»Exakt! Das ist genau die Fertigkeit, die wir brauchen und üben müssen. Kannst du dir Nachrichten anhören, ohne involviert zu sein? Das kann kaum einer. Also, wenn du informiert sein willst, dann dosiere es wenigstens. Achte drauf, welche Gefühle das in dir auslöst. Lass sie nicht unbewusst und unkontrolliert in dir wüten, sondern kümmere dich darum. Oder schick Licht in diese Nachricht, schick Licht zu dir selbst. Das ist dein Beitrag: Selbstheilung, um die Welt zu heilen. Du erkennst deinen Fortschritt daran, dass du dir irgendwann Nachrichten anschauen kannst, *ohne* diese negativen Gefühle. Du kannst sie dir anschauen und bleibst in einer hohen Frequenz, gibst sogar hohe Frequenzen dazu. Oder schaust dir diesen Mist gar nicht erst an, was noch besser wäre, denn die Gefahr, dir damit eine Welt zu designen, die du gar nicht willst, ist sehr hoch. O mein Gott, Kinder!«, brach es plötzlich aus Charlene heraus. »Diese Krise ist so einzigartig! Weil es eine *weltweite* Krise ist. Ihr müsst doch nur umsetzen, was ihr schon längst wisst! Immer wurde auf Aggression und Gewalt mit Aggression und Gewalt geantwortet! Seht ihr nicht, welch grandiosen Umschwung wir diesmal vollführen könnten? Noch nie hat es so viele spirituelle Menschen auf der Welt gegeben wie heute, Menschen, die meditieren und an das Gute, an die Liebe glauben. Es kann nicht sein, dass du, Sebastian, just in dem Moment abdrehst, wo genau das gebraucht wird, wo genau das manifestiert werden kann! Die Ergebnisse bei den Massenmeditationen *hatten* messbare Wirkungen! Wie viel Beweise braucht ihr denn noch?«

Charlene wurde immer aufgeregter, erhitzt rief sie ins Mikro:

»Hey, ihr alle da draußen! In dem Experiment aus dem Jahre 1970 kamen gerade mal *siebentausend* Menschen zusammen! Und sie konnten die Verbrechen um zweiundsiebzig Prozent senken! Heute sind wir *Millionen*, die eine heile Welt wollen. Begreift doch endlich, welche Macht dahintersteckt, wenn wir unsere Energien bündeln! Begreift doch endlich, dass diese Angstmacherei euch genau davon abhalten will! Hört endlich auf, eure Wut oder euren Frust ins Feld zu schicken! Ich wiederhole, was Twyman gesagt hat: Konflikte in der Welt sind die Folge von Konflikten in uns selbst. Wut und Angst sind Konflikte. Die müsst ihr *in euch* lösen! Wie das geht? So einfach wie nur was! Aktiviert gute Eigenschaften. Seid gute Menschen. Behandelt andere so, wie ihr behandelt werden wollt. Sendet Liebe, wo immer ihr seid und egal, was passiert – *das* sind eure Verstärker. Allein damit begeben wir uns in eine höhere Schwingung und verbinden uns mit dem Urfeld. Daraus sollten wir unsere Kraft schöpfen. Diese Kraft hilft uns. Sie ist für uns da – nur kommt ihr nicht an sie ran, wenn ihr euch in der Wut verliert. Versteht bitte: Das Urfeld ist pure Ordnung. Und erst, wenn wir ruhig und damit in einer gewissen Ordnung sind, können wir Kontakt aufnehmen. Wir *haben* Zugriff auf diese unendliche Intelligenz. Jeder von euch! Aus diesem Grund ist Meditation wichtig, oder schlicht die Konzentration aufs Herz, denn die erzeugt diese Kohärenz.«

Sebastian gab einen Laut von sich und Charlene sprach ihn direkt an.

»Bevor du irgendwelchen Leuten Schuld zuweist und damit die Macht über dich gibst, sende Liebe. Damit ist allen gedient. Ich sage nicht, dass du nicht handeln sollst, Sebastian. Es ist aber entscheidend, mit welcher Energie du dein Handeln speist.«

Sie blies Luft aus nach diesem langen Wortschwall und lehnte sich zurück. Harry neben ihr lachte lautlos und klatschte leise in die Hände. Er fand es atemberaubend, wie sie sich über diese zersetzenden Spielchen erhob und zwei Lager zusammenbrachte, die unvereinbar schienen. Nachdem sie ein paar Takte Musik eingespielt hatte, die zusätzlich wirkten, erklang ihre Stimme erneut und sie klang heiter und aufgeräumt.

»Aus diesem Urfeld«, flötete sie, »sollten wir schöpfen. Nie waren Herzemotionen wie Liebe, Dankbarkeit und Freude so wichtig wie jetzt. Nie waren Visionen wichtiger als jetzt. Speist die Visionen einer guten, friedvollen, heilen, glücklichen Welt in das Urfeld ein, und zwar nicht aus Angst, sondern aus der Freude und dem Bewusstsein heraus, dass ihr die Schöpfer eurer Welt seid und dass diese Welt bereits im Feld existiert. So holen wir sie in die Realität.«

»Es hört sich halt nur immer so … passiv an«, kommentierte Sebastian nicht ganz glücklich. »So … vage! Und irgendwie unwahrscheinlich.«

»Ach«, gab Charlene trocken zurück. »Wie hast du denn sonst deine Träume wahrgemacht? Du hast darüber nachgedacht, hast es dir vorgestellt und danach gehandelt. Fertig. Was für euer Leben gilt, gilt auch für die Welt. Es ist das, woran ihr nie geglaubt habt. Es ist das, was andere gerade tun: Sie realisieren das, was sie für richtig halten und sie glauben dran, dass sie es schaffen. Ganz bestimmt finden sie es sehr erleichternd, dass ihr hingegen überhaupt nicht an eure Schöpferkraft glaubt. Dass ihr euch überhaupt nicht interessiert daran seid, eure Göttlichkeit zu erkennen. Ich habe schon in einer der letzten Sendungen darauf verwiesen, dass diese Zeit uns dazu aufruft, über unsere physischen Dimensionen hinauszugehen. Dass wir unsere Fähigkeit, eine Welt kreieren zu können, wie *wir* sie wollen, nutzen dürfen – und müssen. Alles ist aus Visionen entstanden. Es ist doch bewiesen, dass das geht! Und das Schöne ist: Dafür brauchen wir nicht so viele zu sein, denn Liebe schwingt viel, viel höher als jede negative Emotion und hat eine stärkere Kraft. Wir haben sehr eine reale Chance, eine neue, gute Welt zu erschaffen. Gesetzt den Fall, es gibt eine Gegenseite, die nichts Gutes vorhätte, dann braucht sie auf jeden Fall Masse, und zwar eine angstvolle Masse. Und daher ist es wichtig, dass du dich nicht in diese Masse einreihst, Sebastian, verstehst du?«

»Ja«, antwortete er. Und klang befreit. »Das verstehe ich. Siehst du wirklich eine Chance für eine gute Welt?«

Charlene lächelte breit. »Nicht nur eine Chance, Sebastian. Ich fühle Gewissheit. Ich habe Vertrauen.«

»Woher nimmst du das?«, fragte Sebastian ehrlich interessiert. »Noch habe ich Schwierigkeiten damit, bei all den beunruhigenden Nachrichten.«

»Verstehe ich gut. Zwar sind Vorhersagen schwer bis unmöglich, immerhin agieren hier sieben Milliarden Menschen, aber in jeder Sekunde kann das Ruder herumgerissen werden. Schau dir das Phänomen der Schwarmintelligenz an. Wenn wenige Fische am Rand eines Schwarms erkennen, dass sie angegriffen werden, ändern sie die Richtung und der Schwarm folgt ihnen. Obwohl die Fische immer wieder von den Angreifern auseinandergetrieben werden – was ja jetzt durch das Social Distancing geschieht –, finden sie wieder zusammen, weil sie wissen, dass ein einzelner Fisch viel leichter gefressen werden kann. Daher ist der natürliche Instinkt eines Fisches, nah beim Nachbarn zu bleiben. Auch das wird gerade stark unterbunden. Hass trennt. Angst trennt. Wir werden zu einzelnen Fischen, die man mühelos fressen kann. Welche Chance bleibt uns? Wenn wir physisch nicht zusammenkommen können, können wir uns über gemeinsame Visionen treffen. Wir müssen buchstäblich über uns hinauswachsen. Wir müssen unsere Sinne über die Körperlichkeit erheben, damit wir trotzdem zusammenbleiben können. Wir müssen erkennen, dass wir Energiewesen sind, die ihre Energie nutzen können und deren Energie hochwirksam ist. Diese Energie heißt Liebe. Denn Liebe verbindet. Und Liebe kennt keine Distanz.«

»Ich glaube, so langsam begreife ich das.« Sebastians Stimme klang ganz anders als zu Beginn.

»Na hoffentlich«, gab Charlene munter zurück. »Mein anderes Beispiel bezüglich Vorhersagen betrifft das Wetter. Auch hier spielen viele unberechenbare Faktoren mit hinein, sodass es sich maximal auf vier, fünf Tage voraussagen lässt. Wir reden hier von der berühmten Schmetterlingstheorie oder dem Lorenz-Effekt, der besagt, dass kleinste Veränderungen zu großen Ereignissen führen können. Viele empfinden ihre eigene Entwicklung und sich selbst als so unwichtig wie ein Sandkorn am Meer. Viele meinen, ihr Verhalten habe keine Auswirkung. Das stimmt nicht. Jeder gute Gedanke, jede gute Tat ist ein Gewicht auf der Waage zum Glück.«

Charlene stoppte, brachte ihren Mund direkt vor das Mikro. Die Hörer fühlten, wie sie sich sammelte. Sie vernahmen ihren Atem und es war, als bliese sie ihnen die nächsten Sätze direkt ins Gehirn.

»Mithilfe von Computersimulationen«, fuhr sie fort und ihre Stimme klang tief, »hat man das Verhalten von Sandkörnern untersucht, die durch eine Sanduhr laufen. Die Körnchen bilden einen Haufen, der immer höher und höher wird, bis der kritische Punkt erreicht wird. Dann braucht es nur noch ein einziges Sandkorn – und die Lawine wird ausgelöst. Für eine

Weile hat es den Anschein, als ob das völlig chaotisch abläuft, und doch folgt das Ganze präzisen Gesetzmäßigkeiten. Wenn dieses letzte Sandkorn fällt, stürzt das Alte zusammen – und etwas Neues entsteht. Der Sandhaufen wird in eine höhere Ordnungsebene umstrukturiert. Jeder Einzelne von euch kann dieses letzte Sandkorn sein. Jeder Einzelne von euch kann derjenige sein, der die Wende zum Guten auslöst. Mit jedem Anflug von Liebe, Dankbarkeit und vor allem von Freude erhellt ihr die Dunkelheit. Das sind Gesetzmäßigkeiten. Überlegt euch gut, in welcher Welt ihr leben wollt. Konzentriert euch auf das, was sein soll, und nicht auf das, was euch Angst macht. Ich persönlich glaube an die innewohnende Güte in jedem Menschen, auch wenn jeder seinen eigenen Entwicklungsprozess braucht, auch wenn es tatsächlich Menschen gibt, die vielleicht gerade einen Weg gehen, der ihnen selbst nicht guttut. Wollt ihr euch die Blöße geben und euch von diesen Leuten umdrehen lassen? Euch eurer Macht berauben lassen, eurer hohen Energien? Ich glaube an die Liebe, ich glaube daran, dass es einen Himmel auf Erden geben kann. Und ich hoffe, ihr glaubt mit mir.«

Geistesgegenwärtig klickte Harry ein Klavierstück an, das ihre letzten Worte in Töne zu verwandeln schien, Töne, die sich in den Herzen der Menschen verankerten. Charlene zog die Regler für das Mikro nach unten und atmete tief durch.

Auch Harry lehnte sich zurück, ein breites Lächeln im Gesicht.

»Amann hatte recht. Wenn einer es schafft, gegensätzliche Meinungen zu vereinen, dann du. Und Dörfler hatte ebenfalls recht. Wir brauchen dich.«

Charlene lächelte schwach. Sie dachte an Jeff … der in eben diesem Dilemma gefangen war. Ob er heute zuhörte? Ob sie ihm über das Moonlight-Radio eine Botschaft senden konnte, so wie früher? Nach dem Musikstück ergriff sie erneut das Mikro. Sebastian hing noch in der Leitung.

»Handeln ist gut, Sebastian. Ein Wandel stellt sich ja nur ein, wenn wir ihn aktiv herbeiführen und ich möchte an dieser Stelle allen danken, die sich für das Gute einsetzen. Die den Mut haben, ihre Meinung zu sagen. Diese Leute handeln nicht aus Wut. Sie handeln aus dem tiefen Bedürfnis heraus, anderen Menschen helfen zu wollen. Und das hat Kraft. Die Intention hinter eurem Handeln ist das Wichtigste. Aggression, in welcher Form auch immer, hat noch nie jemanden überzeugt. Geh nach innen, Sebastian, wenigstens für ein paar Minuten am Tag. Nimm einen Besen und kehr dein Herz.«

»Aber ich bin nicht gut im Meditieren«, hielt Sebastian hilflos dagegen.

»Dann finde etwas anderes, um in eine gute Schwingung zu kommen. Du willst eine Welt voller Liebe und handelst mit Wut, an dieser Schraube solltest du als erstes drehen. Hör Musik, visualisiere die Welt, in der du leben willst, schreib dir auf, wie sie aussehen soll! Schicke deine Visionen ins Feld! Ihr wisst, ein Elektron ist solange unsichtbar, bis man es beobachtet. Erst wenn du deinen Blick darauf richtest, wandelt es sich in Materie. Diese Schöpferkraft müssen wir nun alle einsetzen – die Leute, die an der Macht sind, tun es längst. Sie verwirklichen ihre Ideen von ihrer Welt. Sie sind äußerst organisiert, während du, Sebastian, dir selbst die Macht absprichst, es auch tun zu können. Du machst dich so klein und das ist einfach nur schade.«

Mit diesen Worten hatte sie nicht nur Sebastian mundtot gemacht. Auch Senta, Christopher, Jeff und viele andere saßen betroffen vor ihren Geräten. Aus diesen Worten leuchtete etwas hervor, was in diesem Dilemma immer wieder vergessen wurde: die eigene Größe. Die Verbindung zu etwas Höherem.

»Ich greife nochmal das auf, was dich so ankotzt, Sebastian«, sagte Charlene. »Das Gerede von der Chance auf eine gute Welt. Die Welt sortiert sich neu. Viele haben die Nase voll, wollen Frieden, wollen Glück. Viele von uns wollen also das Gleiche. Das ist die Chance. Macht euch bewusst: *Wir* sind die Beobachter. *Wir* erschaffen Materie. Und hey, ihr da draußen, euch geht es sicher ähnlich wie Sebastian: Versteht bitte in aller Deutlichkeit, dass diejenigen, die an der Macht sind, genau wissen, wie man Gedanken materialisiert. Und was machen wir? Statt dass wir mit unseren eigenen Bildern dagegensetzen, übernehmen wir die ihren!«

»Fuck!«, entfuhr es Sebastian, was mit Charlenes Lachen zusammentraf.

»Kann nicht sein, oder? Wird langsam Zeit, dass wir die Gesetze des Universums nicht nur nachplappern, sondern sie anwenden! Wir wollen eine Welt voller Liebe, also schickt diese Vision los! Schickt sie mit viel, viel Freude ins Universum! Tut so, als wäre diese Welt schon da! Wenn wir eine gute Welt wollen, muss sie logischerweise aus Freude gespeist werden. *Das* ist der wahre Schöpfungsprozess. Diese Freude findet ihr in eurem Herzen, und das Beste ist, dass ihr dann auch, wenn sich diese Welt im Außen noch nicht zeigt, glücklich seid. Das heißt: Ihr gewinnt in jedem Fall. Freude ist die Quelle; sie ist wie der Strom für ein elektrisches Gerät. Ohne Strom würde es nicht funktionieren.«

»Okay, Charlene, das ist richtig«, gab Sebastian zu. »Trotzdem, ich hoffe, ich komme nicht begriffsstutzig rüber. Ich *bin* wütend! Und ich weiß einfach nicht, wie ich dieses Gefühl loswerden soll. Wenn ich wütend bin, kann ich keine Liebe empfinden. Und schon gar nicht Freude!«

»Wunderbar!«, dachte Senta in ihrem Wohnzimmer. »Sebastian, du stellst die richtigen Fragen!«

»Vielleicht hilft dir ein Bild«, schlug Charlene vor: »Stell dir vor, dass du die Welt bist und alle Menschen deine Zellen. *Alle*, hörst du? Dein Körper ist in Harmonie, wenn dein Geist in Harmonie ist. Wird er von negativen Gefühlen befallen, ist er in Disharmonie. Dann bilden sich Krebszellen. Stell dir vor, da sind ein paar Zellen in dir, die übermäßig wuchern, die nicht genug kriegen und die die gesunden Zellen übernehmen. Das trifft so ziemlich die Weltlage, nicht? Was tust du? Du beschimpfst die Krebszellen, bespuckst sie, hasst sie und fütterst sie mit der Disharmonie, aus der sie entstanden sind. Was heißt: Sie wachsen und wuchern umso mehr. Kennst du die Geschichte um den hawaiianischen Psychiater Dr. Hew Len?«

»Nein, von dem habe ich noch nie gehört.«

»Der arbeitete auf einer Station für geisteskranke Straftäter. Diese Station war unter dem Personal mehr als gefürchtet. Jeden Tag kündigten Psychologen und Pflegekräfte oder meldeten sich krank. Alle hatten tierische Angst vor den wirklich gemeingefährlichen Patienten. Nachdem jedoch Dr. Len die Station übernommen hatte, konnten nach einigen Monaten Patienten, die vorher angekettet werden mussten, frei umherlaufen, andere brauchten keine so starken Medikamente mehr und manche konnten komplett rehabilitiert werden. Das Kuriose dabei ist: Len kam mit keinem der Patienten persönlich in Berührung. Er hatte nur ihre Akten. Aber immer wenn er eine davon in die Hand nahm, wendete er ein altes Verfahren namens Ho'oponopono an. Er tat so, als ob die Leiden des Patienten seine eigenen wären, und machte sich daran, sie zu heilen – und zwar auf folgende Weise: Er schlüpfte gedanklich in dessen Körper und sagte voller Überzeugung vier Sätze: Es tut mir leid. Bitte verzeih mir. Ich liebe dich. Danke. Du siehst also: Es ist durchaus möglich, Verbesserungen über solche Methoden zu erzielen. Hast du ein bestimmtes Feindbild, Sebastian?«

»Ja!«, rief er wie aus der Pistole geschossen. »TIM! Wenn ich das Gesicht schon sehe … und die da oben in der Regierung! Ich könnte dir einige aufzählen!«

»Na, da wuchert ja einiges in dir!«, schmunzelte Charlene und lachte über ihr eigenes Wortspiel. »Okay… wie wäre es, wenn du eine leicht veränderte Methode von Dr. Len anwendest und ihnen Licht schickst?«

»Das fällt mir ausgesprochen schwer«, gab Sebastian zu.

»Ach, Unsinn, das sagt dir nur dein Kopf. Es ist ganz einfach. Und es wird Wirkung haben, auch wenn wir die Änderung im Außen nicht sehen. Denn vielleicht hast du damit ein winziges Schräubchen gedreht, vielleicht fällt dadurch eine Entscheidung anders aus, die wiederum eine winzige Wendung im Gesamtgefüge verursacht, eine, die nach dem Lorenzprinzip vielleicht der letzte Flügelschlag ist. Etwas, was wir vermutlich nie erfahren werden, wir aber dennoch beeinflusst haben. Sicher ist, dass ein Strahl aus Licht mehr nützt als negative Gefühle und daher machen wir das jetzt mal gemeinsam, okay?«

»Wie, wir machen das gemeinsam. Was denn?«, stotterte Sebastian perplex.

»Wir wenden das jetzt aktiv an, damit du mit deiner Wut fertigwirst. Vorausgesetzt, du bist bereit dazu, du musst natürlich nicht.«

»Doch, natürlich bin ich das!«, erwiderte Sebastian wie aus der Pistole geschossen.

»Hey, und ihr da draußen«, rief Charlene derweil ins Mikro. »Ihr könnt auch mitmachen, wenn ihr wollt! Das wird super! Let's heal the World! Wir senden jetzt mal unsere Vorstellungen einer guten Welt in den Äther! Das wird geil! Yippiehyayeah!«

Wie so oft warf sie ihre Arme in die Luft, was Harry stets zum Lachen animierte.

Aufgedreht sagte Charlene zu Sebastian:

»Schließ die Augen, Sebastian. Und auch alle, die mitmachen wollen. Atmet durch. Atmet erstmal eure Wut raus. Eure Angst.«

Sie gab ihrer Zuhörerschaft Zeit, atmete mit ihr. Auch Senta ließ sich auf diesen Prozess ein. Es war unfassbar. Allein das bewusste Atmen bescherte Ruhe, Kraft – und einen Raum, der sich zu öffnen begann. Ein Raum, in den hinein Charlene behutsam die nächsten Worte setzte. Nach wenigen Sekunden schon hatte sich eine völlig andere Stimmung aufgebaut.

»Denkt an eure Kinder, an jemanden, den ihr liebt. Geht in euer Herz. Seht ihr das Licht darin? Spürt ihr, wie es leise glimmt? Wie es euch wärmt, wie es größer wird? Es dehnt sich mehr und mehr aus. Spürt, wie die Liebe aufsteigt. Sie ist wie eine Flut eine Flut, die euch durchströmt, euch sättigt, jede Zelle in euch tränkt … lasst diese Liebe fließen. Einfach so, ohne Absicht. Badet darin, tankt auf … und lasst es nach außen strahlen.«

Vorsichtig zog Charlene die Regler für die Musik hoch, schloss die Augen und ging in Resonanz. Sie dachte an Jeff und ein Schwall von Liebe drang nach außen, so stark, dass es fast greifbar war. Sie ging tiefer und die Liebe wurde allumfassend. Die Frequenz war dicht, sie war erhaben. Wie ein Goldnebel durchzog sie das Studio, das Land, die Welt. Eine Zeitlang badeten Charlene und ihre Hörer darin, bis ihre Stimme wie ein Hauch in diese vor Energie flirrende Atmosphäre eindrang:

»Denkt nun an jemanden, den ihr nicht mögt, der euch verletzt hat. Stellt sie euch vor. Die Personen, Sebastian, die du so ablehnst … sie stehen vor dir. Auch sie haben ein Hohes Selbst, genau wie du. Auf dieser Frequenz könnt ihr euch begegnen. Schicke ihnen einen Strahl aus Licht.«

Sie wartete ein Weilchen. Dann fragte sie.

»Hast du es?«

»Hmh.«

»Wunderbar. Damit hast du der Welt einen großen Dienst erwiesen. Wir danken dir, Sebastian. Und nun lassen wir alle unsere Liebe herausfließen, sehen, wie sie mit den Feldern eurer Mitmenschen zusammenfließt, wie wir alle ein riesiges, leuchtendes, gleißend helles Feld aus Licht und Liebe erschaffen. Das Dunkel kann nur existieren, wenn das Licht fehlt. Und das Licht sehen wir nur deshalb nicht, weil wir nicht hinschauen. Ein Elektron wird zu Materie, wenn wir es beobachten. Beobachten wir gemeinsam eine Welt voller Liebe. Diese Fülle an Licht durchflutet eure Wohnungen, eure Städte, flutet über das Land, über die Welt … bis unser gesamter Planet davon durchdrungen ist. Alles ist hell, alles ist gut.«

Charlene schloss die Augen, Senta schloss die Augen, die Hörer im Sendegebiet schlossen die Augen. Ja, sie waren verbunden. Die Frequenz der Liebe erhob sie, trug sie, die Luft schien zu schimmern. Die Musik übernahm, strömte wie das Licht aus den Herzen der Menschen hinaus ins Universum. Senta hatte das Gefühl, zu schweben. Ihr Herz vibrierte und sie fühlte mit einem Mal eine so tiefe Zuversicht, dass sich ein seliges Lächeln auf ihrem Gesicht malte. In dieser Seligkeit träumte sie von der Welt, in der sie leben wollte. Erhob sich in ihr mit aller Macht nicht nur der Wunsch, sondern der Wille, diese heile Welt zu realisieren. Zum ersten Mal erkannte sie, was Glauben war, was Stärke war: sich vom Außen abzuwenden und von innen heraus etwas Neues zu erschaffen.

Der Mitternachtsgong ertönte, die Sendung war zu Ende.

♫ ♫ ♫

Senta atmete aus. Sie konnte nicht gleich aufstehen und verblieb in dieser Schwingung. Das fühlte sich so voll und gut an.

Sie bewunderte Charlene. Von Jeff wusste sie, wie tief sie in Arbeit und Problemen steckte. Dann noch solch wunderbare Sendungen zu machen, ging über ihr Verständnis hinaus. Wie schaffte sie das nur? Und wie kam

Jeff damit zurecht? Irgendwie erschien ihr Charlene so perfekt. Das war sicher eine ganz eigene Herausforderung in einer Beziehung.

In diesem Moment klingelte ihr Telefon. Christopher! Zu so später Stunde?

»Hey, Senta, hab mir schon gedacht, dass du noch wach bist.«

»Ja, hab noch das Moonlight-Radio gehört.«

»Ich auch.« Er lachte leise. »Ich glaube, ich habe eben zum ersten Mal in meinem Leben meditiert.«

»Ein meditierender Politiker. Wie wunderbar! Wie geht es dir damit?«

»Es war beeindruckend. Ich nehme an, wenn jemand anderes die gleichen Sätze sagen würde, hätte ich nach fünf Minuten abgeschaltet, aber dieser Charlene glaube ich irgendwie alles.«

»Ja, geht mir auch so. Ihre Gedanken sind wunderschön und so tröstend.«

»Das sind sie. Sie vermittelt eindeutig Hoffnung, wo vorher keine war. Das mit dem Beobachtereffekt hat mir schwer zu denken gegeben.«

»Und was genau denkst du?«

Ihr Herz klopfte stärker. Sie konnte nicht verhindern, dass Wunschgedanken in ihrem Kopf entstanden. Wenn Chris und sie auf einem Nenner wären …, wenn er auf ihrer Seite stehen würde …

»Magst du am Wochenende mal auf einen Drink vorbeikommen?«, wich er aus.

»Bist du dann redseliger?«

»Vor allem bist du weniger müde. Und ich brauche mindestens eine Nacht, um das zu verdauen. Sind so viele neue Gedanken dabei, das muss ich sortieren.«

»Das verstehe ich«, erwiderte sie warm. »So toll, dass du als Politiker Sendungen wie das Moonlight-Radio hörst! Ich kann dir nicht sagen, wie ich das schätze. Danke, Christopher.«

»Das flasht mich jedes Mal, wenn du dich wegen so etwas bedankst. Für nichts.«

»Für nichts? Ehrlich, Chris, ein bisschen Bürgernähe täte dir gut. Du ahnst nicht, wie sehr Menschen sich Politiker wünschen, die das Herz am rechten Fleck haben. Die überhaupt wissen, dass sie eines haben.«

Er schwieg. Das Herz am rechten Fleck. Das Herz hatte in der Politik noch nie eine Rolle gespielt. Es war genauso, wie Senta es an ihrem ersten Abend gesagt hatte: Man machte es lächerlich. Doch immer und immer wieder wies sie ihn darauf hin, dass es doch zum Zentrum gemacht werden sollte. Er hatte keine Ahnung, wie sich das jemals durchsetzen sollte.

»Wie gesagt«, sagte er leise. »Du verdrehst mich.«

»Oh, nein, das tue ich nicht.« Sie lächelte. »Der bessere Ausdruck wäre: Du drehst dich. Und wer weiß, welchen Blickwinkel dir das erlaubt. Stell dir einfach vor, du drehst dich auf einer Spirale. Dann hast du nämlich auch gleich eine erhöhte Position.«

Er musste lachen, sie vereinbarten noch Tag und Uhrzeit, danach legten sie auf.

Irgendwie glitzerte seit heute Abend wieder alles voller Hoffnung. Das Spiel war noch nicht zu Ende! Sie waren mittendrin! Sie sah auf ihre Notizen, die sie sich während der Sendung gemacht hatte. Das Beispiel mit den Zellen hatte sie tief berührt. Ihr war vorher noch nie so klar gewesen, was das hieß, die Welt von innen heraus zu heilen. Auch die Methode von Dr. Len faszinierte sie und sie nahm sich vor, sich einzulesen und einen Artikel darüber zu schreiben.

Getröstet legte sie sich ins Bett, träumte sich bewusst eine wundervolle Welt zusammen, in der die Menschen die Erde schätzten und ehrten, das Land, das ihnen Nahrung schenkte, in der kein Mensch mehr hungern musste, in der sauberes, klares Wasser floss und reicher, gesegneter Boden gesunde Nahrungsmittel hervorbrachte. Eine Welt ohne Neid und Zwietracht, ohne Profitdenken und Wachstumswahn. Eine Welt, in der Zeit für Freunde und Begegnungen war, Zeit für Tanz, Freude und Spiel, für Liebe und das Schöne dieser Welt. Was würde sie beruflich in einer solchen Welt tun wollen?

Mit dieser Frage schlief sie ein und wurde gleich am nächsten Morgen mit einer positiven Nachricht belohnt: Ihr Opa hatte sich wieder gemeldet.

»Meine Süße! Wie geht es dem Kohl? Und Heribert will wissen, was dein Liebesleben macht! Er meinte, da wäre was los bei dir, er ist schwer beunruhigt. Wir arbeiten sehr intensiv, genießen aber auch das Land. Es ist herrlich hier! Freu mich aber trotzdem wieder auf meinen Garten und vor allem auf dich. Hoffe, bald zurückzukommen. Ganz liebe Grüße von deinen drei alten Herren. Dein Opa.

Oja, bitte, dachte sie. *Bitte komm bald zurück.*

♫ As It Seems♫

Lilly Kershaw

Der Impfartikel und das Interview schlugen ein wie eine Bombe und bescherten den Sunlight-News eine Vielzahl neuer Abonnenten. Freudestrahlend klatschten Senta und Jeff sich ab.

Die Seite lief, die Kanäle liefen. Senta organisierte interessante Interviewpartner und bereitete mit Jeff die Fragen vor.

Es war wie damals: Jeff gewann durch seine ungezwungene, unerschrockene Art, die Leute mochten ihn und für viele weibliche Leser und Zuschauer war er ein Frauenschwarm mit seinen tiefblauen Augen, dem Tony-Stark-Bärtchen und seiner guten Figur. Auch Senta war von seinem Charisma angetan und freute sich tierisch über den Erfolg. Die 100K-Grenze hatten sie längst geknackt und es ging ständig weiter vorwärts. Sie finanzierten sich über Spenden und wie angekündigt, teilte Jeff brüderlich mit Senta. Es war gar nicht mal so wenig und da sie sehr genügsam lebte, reichte es zum Leben.

»Das habe ich gar nicht erwartet!«, freute sie sich. »Aber es ist mir nicht recht, dass wir das halbieren. Wenn ich das alleine gestartet hätte, hätte ich nie eine Chance gehabt.«

»Und mir wäre es nicht recht, wenn du es nicht annimmst«, antwortete er. »Es ist ohnehin nur eine Aufwandsentschädigung. Und wir müssen uns darauf gefasst machen, dass wir von den großen Plattformen bald gesperrt werden. Bis dahin müssen wir an Abonnenten sammeln, was geht.«

Senta nickte. Das ging allen so, die sich kritisch äußerten, mit den immergleichen Begründungen. Es wären Hassreden, Falschinformation, diskriminierende, aufhetzende Texte oder Inhalte, die zu Gewalt aufrufen würden. Aber das stimmte nicht. Den Menschen wurde einfach der Mund verboten und fragte man nach, bekam man zur Antwort, dass die Maßnahmen der Regierung und anderer Institutionen niemals in Frage gestellt werden dürften.

Die erste große Demo stand bevor, eine Demo, für die lange Werbung gemacht und ein Riesenaufwand betrieben worden war. Jeff wie Senta fanden das Engagement dieser Leute, von den Organisatoren über die Sprecher bis hin zu den Demonstranten, herausragend. Zudem war Kompetenz vertreten, Ärzte und Juristen stellten sich vors Mikro, Wirtschaftsexperten und Finanzmathematiker. Doch schon im Vorfeld wurde die Demonstration mit entsprechender Hetze versehen, aber auch müde belächelt. Da wollten ein paar Idioten zusammenkommen und stänkern. Wie viele würden es schon sein? »Hirntote Risikopiloten«, las man in der Zeitung. Die Leute seien verantwortungslose Virenschleudern – und natürlich »Nazipack«.

Wen interessierten schon die paar Verrückten und wie viele konnten es schon sein?

Doch an diesem Tag strömte eine so große Masse an Menschen in Berlin zusammen, dass so manchem die Spucke wegblieb. Die Stimmung war friedlich, sie war freundlich. Die Leute redeten von Liebe, vom Weg Mahatma Gandhis, von dem Wunsch, endlich gehört zu werden. Die Polizei twitterte zu Beginn, dass über 1,3 Millionen Bürger sich versammelt hätten. 1,3 Millionen! Das war mega! Allein die Luftbilder sprachen für sich. Zu aller Erstaunen wurde der Twitter-Eintrag der Polizei nach drei Stunden gelöscht und die Zahl der Teilnehmer auf 17 000 reduziert.

In der Presse las man schlussendlich von 18 000 bis 20 000 Idioten, die Reichsflaggen geschwungen hätten. Doch damit schoss sich die Presse selbst massiv ins Knie. Es war klar ersichtlich, dass sie Lügen abdruckten. Es war so klar, dass weitere Menschen misstrauisch wurden – und die ersten Polizisten aufstanden*.

Einige von Sentas Freunden waren anwesend, liefen mit, berichteten ihr live von der positiven Stimmung, schickten Videos und waren dermaßen gut drauf, weil sie endlich wieder unter Menschen waren, weil sie reden konnten, weil sie das tun konnten, was einen Menschen ausmachte: Sozial sein. Für das Immunsystem ein wahrer Energiebooster! Und obwohl dort keine Masken getragen wurden und sich die Leute nahekamen, stieg die Zahl der Neuinfektionen danach überhaupt nicht an. Ein Umstand, der genauso unterschlagen wurde, wie alles Positive unterschlagen wurde. Zum Beispiel auch der Auftritt von Robert F. Kennedy*, dem Neffen von John F. Kennedy, der auf der zweiten großen Demo eine grandiose Rede hielt. Nicht ein Wort seiner Rede schaffte es in die Mainstream-Medien. Seine Anwesenheit war ihnen lediglich eine Fußnote wert.

Senta setzte Live-Videos online, führte Interviews, war mittendrin im Geschehen. Auch für sie und Jeff in ihrem Office war das ein wunderbarer, hoffnungsvoller Tag.

Die Menschen waren zusammengekommen, weil die Zustände für viele unerträglich geworden waren. Vor allem diejenigen, die Kinder hatten, litten unsäglich. Mehr und mehr merkten sie, wie manipulativ auf den Geist ihrer Kinder eingewirkt wurde.

Senta fragte sich, wie es Lilly und Sonnie ging, wie Melanie das empfand. Sie hatte ihrer Freundin eine versöhnliche Botschaft geschickt und gefragt, ob sie ihre Patentochter besuchen dürfe, aber die Antwort war niederschmetternd gewesen:

»Ich schäme mich, jemals mit dir befreundet gewesen zu sein«, hatte Mellie geschrieben. »Und denke darüber nach, die Patenschaft aufzukündigen. Lilly will dich auch gar nicht sehen. Sie hat Angst vor dir. Sie weiß durch die Schule, welche Art Mensch du geworden bist.«

Das fuhr Senta tief in die Knochen. Das waren Momente, wo sie fest die Zähne zusammenbiss und unendlich dankbar war für Christophers Antwort: *Nein, ihr habt euch nicht verrannt.* Vermutlich konnte er gar nicht ermessen, welchen Gefallen er ihr damit getan hatte.

Die Dinge nahmen ihren Lauf. Der Chefvirologe wurde angeklagt. Das Kochstudio wurde angeklagt. Juristen fanden sich zusammen, ein Arzt nach dem anderen wagte es, sich per Videobotschaften aufklärend an die Bevölkerung zu wenden, wenn das auch sofort wieder gelöscht wurde. Sie appellierten an die Regierung, baten um Vernunft. Alles, was sie erreichten, war die Androhung, ihre Approbation zu verlieren, sollten sie sich weiter so äußern. In Lokalzeitungen wurde sogar vor diesen Ärzten gewarnt und sie landeten auf einer Liste nicht vertrauenswürdiger Mediziner, wenn sie Masken nicht befürworteten.

Die Stimmung schwankte zwischen Hoffnung und Frust. Es war nun schon so viel angeleiert, so viel aufgedeckt, so viel widerlegt worden. Es gab kompetente Studien, Nachweise, die komplette Faktenlage sprach gegen diesen Wahnsinn – und doch blieb alles beim Alten. Schlimmer noch. Die EU hatte die Regelung zum Schutz vor Gentechnik gekippt, der Weg für eine Gen-verändernde Impfung war frei. Außerdem verlängerten sie – ebenfalls an der Bevölkerung vorbei – das Notstandsgesetz bis Ende des Jahres. Oder korrekter ausgedrückt: Das Notstandsgesetz wurde in ein Rechtsverordnungsweitergeltungsgesetz überführt, das bis März 2022 gelten sollte. Ganz sicher war auch das nicht das Ende der Fahnenstange. Das, und die Tatsache, dass eine Pandemie schon mit der kleinsten Grippe ausgerufen werden konnte, bescherte den Regierungen überall, beziehungsweise denen, die sie steuerten, alle Macht der Welt.

Selbst Parteien begannen sich nun darüber zu beschweren, dass das Parlament ausgehebelt wurde und sie nun noch nicht einmal über das Regierungsgeschehen informiert wurden, sondern dieses einfach beschlossen wurde ohne jede Diskussion oder Möglichkeit von Rückfragen.*

Natürlich erfolgten Reaktionen auf solche Beschwerden – nur nicht die erhofften. Die Forderung, die Parlamente wieder in Entscheidungen einzubeziehen, bewirkte, dass am dritten Gesetz zum Schutz der Bevölkerung gebastelt wurde, das die Aushebelung des Parlaments gesetzlich erlaubte. Es war so, wie viele befürchtet hatten: Sie schrieben die Gesetze, so wie sie sie brauchten.

Es passte zur Logik, dass während der nicht existenten ersten Welle schon die zweite als so sicher angekündigt wurde wie das nächste Weihnachtsfest. Dazu kam, dass etliche Politiker Aussagen tätigten, die schlicht menschenverachtend waren.

»Warum muss ich mich als Idiot und Aluhutträger beschimpfen lassen von Menschen, die von meiner Hände Arbeit leben?«, fragte Johanna sauer, als sie sich wieder mal in Charlenes Wohnzimmer trafen. »Und das nur, weil ich berechtigte Fragen habe? Weil ich etwas fordern muss, was mir eigentlich ohnehin zusteht? Nämlich meine Freiheit?«

»So langsam verdichtet sich in mir das Gefühl, dass es denen da oben komplett egal ist, was die Bevölkerung denkt«, sagte Georgie.

»Ach«, erwiderte Sophie ironisch. »Das ist ja mal ganz was Neues.«

»Nein, ehrlich, es ist mir noch nie so aufgefallen!«, erklärte Georgie sein Unverständnis. »Normalerweise sind sie doch so bedacht auf ihre Umfragewerte. Inzwischen gibt es Millionen, die gegen das sind, was sie tun – und es kratzt sie nicht? Das geht nur, wenn sie tatsächlich vorhaben, das Mitbestimmungsrecht der Bürger komplett zu beerdigen. Dann brauchen sie auch keine Umfragewerte mehr, weil nicht mehr gewählt, sondern vorgesetzt wird. So wie jetzt.«

Er schüttelte den Kopf.

Sophie war wieder einmal verzweifelt, berichtete von einem Schulalltag, der als solcher nicht mehr bezeichnet werden konnte. Ihre Kinder weinten, wenn sie in die Schule mussten und weinten, wenn sie zurückkamen. Die Diskrepanz zwischen dem, was ihnen in der Schule eingebläut wurde und dem, was ihre Eltern befürworteten, war groß. Die Kinder waren schrecklich verwirrt, wurden nachhaltig traumatisiert. Die gesellschaftliche Spaltung zog sich selbst durch die Schulklassen. Die Kinder redeten nicht mehr miteinander – wie auch, wenn sie in aufgemalten Kreisen auf dem Schulhof stehen mussten wie die Schwerverbrecher. Und auch sie wurden von Lehrern zum Petzen angehalten, aufgefordert, Klassenkameraden zu melden, die sich nicht konform verhielten. Jeff bekam einen dicken Hals, als Sophie das erzählte, notierte sich Stichpunkte und nahm sich fest vor, sich endlich um das Kinderprojekt zu kümmern.

»Geben wir nicht auf«, tröstete er Sophie, die den Tränen nah war. »Es ist, wie Charlene sagt. Das Alte muss gehen, damit das Neue kommen kann.«

Dankbar drückte Charlene seine Hand.

Jeff war nach wie vor bestrebt, vorwärtszukommen. Der Abonnentenpush, den ihm das Impfinterview verschafft hatte, hatte ihn beflügelt und weitere Artikel dieser Richtung folgten, mit entsprechendem Erfolg. Senta entpuppte sich als wahre Goldgrube, sie kam an Leute und Texte heran, die ihm völlig verschlossen geblieben wären.

So präsentierte sie ihm einen Brief eines Bundestagsmitarbeiters, der zwar anonym bleiben wollte, aber sehr offen, sehr klar und über die Maßen besorgt über den bereits im Hintergrund stattfindenden Umbau einer von Technokraten und Wirtschaftseliten gesteuerten Diktatur berichtete.*

… Digitalkonzerne und Regierungen weltweit instrumentalisieren die Angst vor dem Virus, um eine gesellschaftliche Akzeptanz für umfassende digitale Überwachungs- und Kontrollsysteme zu erreichen. Diese Systeme, die unter anderem Kontaktverfolgung, digitale Identitäten, biometrische Gesichtserkennung sowie digitale Immunitätsnachweise umfassen, sind geeignet, eine totalitäre Kontrolle der gesamten Bevölkerung zu ermöglichen.

Es stand noch viel mehr in diesem Schreiben, das für Jeff und Senta nicht ganz so wertvoll war, weil der Schreiber anonym bleiben wollte, aber das Papier existierte* – und mit der Zeit sollte der Verfasser seine Anonymität angesichts der immer bedrohlicheren Lage aufheben.

Wieder war es Christopher gewesen, der ihr den Text zugespielt hatte, bevor er von anderen Kanälen aufgegriffen wurde. Seine Unterstützung ließ Senta hoffen. Immer wieder gab es Momente, in denen er sich öffnete, nicht zuletzt auch aufgrund Charlenes Sendungen.

♫ I Love You ♫

Woodkid

Obwohl sie sein Haus nicht wirklich mochte, freute sie sich auf ihn und klingelte eine Stunde vor ihrer Verabredung bei ihm durch.

»Wie wär's mit Pizza oder was vom Chinesen?«, fragte sie gutgelaunt. »Oder hast du schon gegessen?«

»Nein, tolle Idee! Pizza klingt gut!«

Senta fuhr zeitig los, bekam die Pizzas schneller als gedacht und traf zehn Minuten zu früh bei Christopher ein. Er öffnete ihr per Fernbedienung das Tor, auch die Haustür stand offen, aber er selbst war nirgends zu sehen. Sie stellte die Schachteln auf dem Couchtisch ab, auf dem ein benutztes Glas und die Whiskykaraffe stand.

»Hi, Senta, ich komme gleich!«, rief er von oben.

Sie sah sich um, unsicher, ob sie in seiner Küche nach Tellern und einem Pizzaschneider suchen sollte. Doch da kam er schon die Treppe herunter. Pfefferminzduft umwehte sie mit seiner Umarmung und dem Kuss, den er ihr auf die Wange drückte. Schwankte er ein wenig?

»Hm, das riecht schon gut!«, freute er sich. »Worauf hast du Lust? Wollen wir einen Film schauen?«

»Nein, das hatten wir doch erst. Wir könnten ein wenig reden.«

»Auch gut.«

War da schon wieder Rückzug in seiner Stimme?

»Soll ich mein Handy in dein Säckchen stecken?«, fragte sie.

Er stieß einen Seufzer aus. »Nein, hab dir doch gesagt, dass ich dir vertraue.«

»Tust du das denn wirklich?«

»Ja! Wirklich!«

»Dann verrat mir, wo dein Pizzaschneider ist! Hast du überhaupt einen?«

Er lachte erleichtert.

»Keine Ahnung. Die Küche hat meine Ex eingerichtet, danach ging sie. Außer zum Kaffeeholen bin ich kaum in diesem Raum.«

»Ist mir unverständlich. Die Küche ist doch das Zentrum eines Hauses.«

»Nicht für mich. Ich esse meist auswärts. Schau dich einfach um. «

Er machte keine Anstalten, ihr bei der Suche helfen zu wollen, so begab sie sich hinter die Lamellenwand. Ein schwarzes futuristisches Gebilde erwartete sie, riesengroß, mit einer Wand voller eingebauter

Geräte, alle mit kleinen, blauen Leuchtdioden versehen. Sie kam sich vor wie in Darth Vaders Raumschiff. Alles wirkte künstlich und hypermodern. Kein Wunder, dass er dieses Ungeheuer hinter einer Lamellenwand versteckte! So schnell wie möglich suchte sie ein Messer und zwei Teller und flüchtete.

»Jetzt weiß ich, warum du nicht gerne kochst«, sagte sie erschauernd.

Christopher lachte und kippte einen Schluck Whisky nach hinten.

»Fein, dass du das auch so siehst! Was möchtest du trinken?«

Sie bat um Wasser. Er holte eine Flasche aus einem gläsernen, bläulich beleuchteten Kühlregal an der Wand und ließ es sich nicht nehmen, zusätzlich einen Champagner zu öffnen. Senta schaffte es, die Musikanlage zu betätigen, zündete eine Kerze an, lief in seinen Garten raus, schnitt ein paar Gräser ab und stellte sie in eine Vase. Das Grün änderte sofort die Stimmung im Raum und schließlich saßen sie Pizza essend auf der Couch und hatten, da der Tag ein wenig kühl war, eine Decke über ihre Beine gebreitet.

Ihre Augen glitten über die Räume.

»Deine Eltern sind bestimmt stolz darauf, dass du es so weit gebracht hast.«

»Na ja«, gab er zurück. »Sie sind eher unglücklich mit meiner Berufswahl.«

»Ehrlich? Wie bist du zur Politik gekommen?«

»Bin reingerutscht. Hast du mich nicht gegoogelt?«

»Nein. Ich will's lieber von dir hören. Was hast du davor gemacht?«

»Ich war ein paar Jahre Vertriebsleiter, hab danach eine eigene Firma gegründet, zwei sogar. Die liefen gut, ich war erfolgreich. Politisch engagierte ich mich aus reinem Eigennutz, weil so viel im Argen lag und ich hoffte, auf die Geschehnisse einwirken zu können. Tja …«, er drehte das Glas in seinen Händen. »Damals dachte ich wirklich, ich kann was ändern.«

Den letzten Satz hatte er mehr zu sich als zu ihr gesagt. Senta schwieg, betrachtete sein Profil. Wieder hing ihm eine Strähne seines Haares in die Stirn, seine weichen Lippen bewegten sich, gaben zögernd, vorsichtig Vergangenes frei. In diesen Sekunden wirkte er unglaublich verletzlich. Das rührte sie, bewegte sie und sie war kurz davor, ihm diese Melancholie aus dem Gesicht zu küssen. Aber er fuhr fort, von sich zu erzählen, endlich, und das wollte sie nicht bremsen. Fast gedankenverloren berichtete er von seinen Anfängen in der Politik, seinem steigenden Ansehen, den Firmen, um die er sich immer weniger hatte kümmern können. Er wirkte, als überrasche ihn das Resümee seiner Vergangenheit selbst.

»Alles nahm seinen Lauf, bis ich vor der Entscheidung stand, entweder ganz in die Politik zu gehen oder meine Geschäfte weiterzuführen.«

»Und was gab den Ausschlag? Eigentlich bist du zu sensibel für die Politik.«

Er warf ihr einen Blick zu.

»Ich meine, jeder weiß, dass das ein Haifischbecken ist«, fügte sie erklärend an.

»Das ist allerdings wahr«, bekannte er und seufzte. »Ich fürchte, meine Entscheidung war eher egogetrieben. Das merkt man in diesen Kreisen gar nicht mehr, weil die meisten so sind. Aber der ausschlaggebende Grund war: Ich habe erkannt, dass ich früher oder später mit meinen Unternehmen scheitern würde. Wenn du die Wahl hast zwischen lang- und mittelfristiger Sicherheit, dürfte die Entscheidung nicht schwerfallen.«

»Aber du hast doch gesagt, deine Unternehmen liefen gut. Du konntest doch nicht wissen, wie sie sich entwickeln.«

Er presste die Lippen zusammen. »Ich hatte, sagen wir, eine Vermutung, wie Unternehmen, vor allem die mittelständischen, letztlich enden.«

»Das heißt, du hast damals schon gewusst, was heute passiert?«, fragte sie verdattert. »Dass die Wirtschaft zerschlagen wird? Der Mittelstand bewusst kaputtgemacht wird, um von Konzernen übernommen zu werden?«

»Du denkst mir zu schnell«, knurrte er. »War nicht der Deal, die Politik außen vor zu lassen?«

»Nein, der Deal war, dass ich über alles reden kann und du mich stoppst, wenn du nicht antworten willst.«

»Okay, ich möchte nicht antworten. Ich möchte lieber mit dir kuscheln. Ich möchte …«

»Aber ich finde, wir müssen reden!«

»Das willst du immer! Warum? Weil du Infos für deinen Kanal brauchst?«

»Christopher, das ist nicht fair! Ich will reden, weil ich dich kennenlernen will, und ich habe keine Ahnung, wie das etwas zwischen uns werden soll, wenn wir uns nicht vertrauen.«

»Heißt das, du denkst darüber nach, mit mir zusammen zu sein?«

»Natürlich tu ich das! Hätte ich mich sonst von dir küssen lassen?«

»Und du sagst das nicht nur, um Infos aus mir herauszuquetschen?«

»Ach, Chris«, seufzte sie ungehalten. »Das ist der Grund, der mich generell zurückhält, was mit dir zu starten. Dieses verdammte Misstrauen.«

Er schwieg verstockt. Senta schüttelte leicht den Kopf.

»Glaubst du denn ernsthaft, es könnte funktionieren, ohne offen zu sein?«

»Nein.« Er fuhr sich mit der Hand übers Haar. »Nein, ich bin ja nicht blöd. Trotzdem wünschte ich, du würdest nicht für die Sunlight-News arbeiten.«

»Das würde keinen Unterschied machen. Ich denke, was ich denke. Aber Christopher … du hast beim letzten Mal gesagt, unsere Bedenken sind gerechtfertigt. Das bedeutet, dass wir gar nicht so weit auseinanderliegen.«

»Doch, in unseren Reaktionen darauf. Du meinst, du kannst was ändern. Dieser Meinung bin ich gar nicht.«

»Weil du schon mal gescheitert bist? Die Lage ändert sich doch stündlich! Inzwischen gibt es eine Widerstandspartei mit knapp hunderttausend Mitgliedern. Es gibt viele Bürger, die nicht eine einzige der bestehenden Parteien mehr wählen würden und auf jemanden gieren, der ihre Interessen teilt. Das ist doch ein Ansatz! Könntest du nicht diese Wähler vertreten? Wenn du den Mut hast, dich gegen den Wind zu stellen? Du könntest auf unserer Seite kämpfen.«

»Mann, Senta, du weißt nicht, was du sagst! Du hast keine Ahnung!«

Christopher stand so abrupt auf, dass sie erschrak. Er ging zum Barwagen, schenkte Hochprozentiges in sein Glas, fragte: »Willst du auch einen?«, was sie verneinte, und kippte das Zeug in einem Ruck nach hinten.

Danach starrte er zur Terrassentür hinaus, das Glas in der Hand. Senta stand auf, fasste ihn an der Hand, blickte hoch zu ihm.

»Was ist los, Christopher?«, fragte sie leise.

»Senta, ich …« Er fuhr sich mit der Hand durchs Haar, wandte sich ihr zu. Seine Augen brannten, seine Lippen bebten, als wollte er etwas sagen und wagte es nicht.

»Hey«, ihre Stimme war weich. »Erzähl mir, was dich belastet.«

»Du!«, stieß er so plötzlich hervor, dass sie zurückprallte. »Du bist es, die mich belastet!«

Entgeistert starrte sie ihn an. »Ich … belaste dich?«

»Ja, du!«, fuhr er heiser fort. »Weil ich jede Nacht von dir träume. Weil ich dich nicht aus meinen Kopf bekomme. Wo ich bin, bist auch du. Ich ertappe mich dabei, an einer Zukunft zu schmieden, an die ich nicht mehr geglaubt habe.«

Überrumpelt zog sie ihre Hand aus der seinen.

»Wir … kennen uns nicht gut genug, um über Zukunft reden zu können«, stellte sie klar.

Er presste die Lippen zusammen, wandte sich ihr wieder zu, sein Blick war wund, aber unverkennbar leuchtete Liebe darin. Und diesmal sprach er es aus:

»Ich liebe dich, Senta. Seit ich dich kenne, reift ein Plan in mir. Und du hast recht. Wir müssen offen sein … ich muss offen sein. Es ist nur so, dass ich dir dann Dinge anvertrauen muss, die ich dir nicht anvertrauen dürfte.«

Ihre Blicke trafen sich. Unglücklich der seine, fragend der ihre.

»Du verwirrst mich«, murmelte er. »Du und dieses Scheiß-Moonlight-Radio. Manchmal wünschte ich mir, du wärst nie in mein Leben getreten. Ich hatte eine Lösung für mich … und dann kamst du.«

»Ich bin aber in dein Leben getreten«, entgegnete sie leise. »Und du in meins. Aber ich kann auch wieder gehen. Ich will nicht der Grund für deine Seelenqual sein.«

Er schenkte sich einen weiteren Whisky ein, tat erneut einen großen Schluck. Resolut nahm ihm Senta das Glas aus der Hand, zog ihn zur Couch, nötigte ihn, sich zu setzen, und sah ihm in die Augen.

»Christopher, ich weiß, dass du Angst hast, dass ich deine Infos ohne Rücksicht auf dich verwenden könnte. Das werde ich aber nicht. Niemals. Entweder du glaubst mir das endlich oder wir lassen es ein für allemal sein.«

»Ich würde dir gern glauben, Senta. Aber vielleicht sage ich ja mal was, von dem du unbedingt meinst, dass es an die Öffentlichkeit muss. Das ist sogar sehr wahrscheinlich.«

»Selbst wenn! Ich bräuchte Belege, Beweise – und eine Aussage von dir würde nie als solche gewertet werden. Außerdem würdest du alles dementieren. Ich weiß wirklich nicht, wovor du Angst hast!« Ärgerlich runzelte sie ihre Stirn. »Wird Zeit, dass du mal wieder mit normalen Leuten zusammenkommst!«

Sie griff ihr Wasserglas und trank einen kräftigen Schluck. »Vielleicht sollten wir einen Film schauen und uns darauf einigen, in jeder Hinsicht an der Oberfläche zu bleiben.«

»Auf keinen Fall!«, protestierte er. Sein Blick war wieder mal atemberaubend, sein Körper wirkte wie ein Magnet auf sie. Seufzend streckte sie die Arme nach ihm aus und sagte:

»Komm her, leg dich zu mir.«

Dieser Aufforderung kam er nur zu gern nach, kuschelte sich an sie, seinen Kopf an ihrer Brust. Sie streichelte ihm übers Haar. Er atmete durch, kroch fast in sie hinein, wollte sie spüren, halten und noch viel mehr.

Eine Zeitlang lagen sie stumm beieinander, bis sie sich wieder aufrappelte, weil er ihr zu schwer war.

»Mann, ihr Politiker seid echt ne eigene Spezies«, murmelte sie und griff nach ihrem Glas. »Was denkt ihr eigentlich? Glaubt ihr wirklich an die Gefährlichkeit des Erregers?«

»Nein, du siehst doch, dass es die gibt, die dagegen sprechen. Aber deren Ruf wurde komplett beschädigt. Die sind alle rechts-gebrandmarkt, damit sie nur ja keiner wählt. Was die anderen angeht: In den unteren Riegen gibt es tatsächlich einige, die dem Eifer verfallen sind, die Bevölkerung retten zu wollen. Keiner hat gesagt, dass Politiker intelligent sein müssen. Und kompetent sind sie schon gar nicht.«

Senta kicherte ungewollt.

»Gut, das mal aus deinem Mund zu hören! Und die anderen?«

»Ja, die anderen … Keine Frage, das Virus verleiht Macht. Nachdem die Medien ihre Arbeit getan hatten, war so manch einer erstaunt, wie stark die Umfragewerte nach oben geschnellt sind, nur weil sie den Knüppel in die Hand genommen haben. Sie haben Blut geleckt, sind berauscht von dem Gefühl, dass die Leute kuschen, wenn sie auch nur den Finger heben. Jeden Tag haben sie sich mit ihren Aussagen ein bisschen weiter aus dem Fenster gehängt. Gibt so einige, die hoffen, mit ihrer harten Linie ganz oben landen zu können. Und einige, die in die Reihen aufgenommen wurden, weil sie so hart sind.«

In die Reihen aufgenommen. Senta schwieg. Die Aussage brodelte in ihr. Christopher richtete sich ein wenig auf, kippte den nächsten Schluck, sah ihr in die Augen.

»Verstehst du? Sie können nicht mehr zurück, Senta, sie haben alle Brücken hinter sich verbrannt. Wie soll das gehen? Tut mir leid, ich habe mal eben die Wirtschaft zerstört, euer Leben ruiniert, Familien verfeindet, eure Kinder psychologisch geschädigt ... war leider ein Versehen? Nein, sie wissen, dass sie dafür gelyncht werden würden. Ihnen bleibt nur die Flucht nach vorn.«

Schwer ließ er sich wieder in die Polster fallen.

»Genau das glaube ich nicht«, entgegnete Senta. »Die Mehrzahl hätte das total verstanden. Erstmal Sicherheit schaffen, klären, was Sache ist und nachdem sich herausstellt, dass alles nicht so schlimm ist, wieder auf Normalität umschwenken. Das hätte die Umfragewerte stabil oben gehalten. Aber das passiert nicht. Also muss der wahre Grund ein anderer sein. Ein übergeordneter Plan. Und wenn ja, wissen alle von euch Bescheid?«

Er überlegte sichtlich, ob er die nächsten Sätze sagen sollte. Einmal mehr wurde augenfällig, was für ein Eiertanz das zwischen ihnen war.

Aber beide hatten keine Ahnung, wie sie das anders lösen konnten, außer sich so vorsichtig anzunähern wie jetzt.

»Die meisten sind gesteuert. Von ihren Bedürfnissen, den Medien, die sie hetzen, vor allem von der Angst, ihre Beliebtheitswerte könnten fallen, sprich, von der eigenen Angst vor der Zukunft. Sie laufen eben mit. Manche meinen's sogar gut. Ja, und die ganz oben, die wissen natürlich Bescheid.«

Er brach ab. Sentas Herz klopfte stark.

»Worüber?«, hakte sie mit rauer Stimme nach.

»Dieses Spiel zu spielen, von dem sie überzeugt sind, dass es das Beste für die Menschen ist«, erwiderte er.

»Wollen sie wirklich das Beste für die Menschen? Und worin besteht das Spiel?«

Ihr Herz hämmerte in diesen Sekunden wie ein Vorschlaghammer gegen ihre Rippen. Aber Christopher verschloss sich wieder mal.

»Bitte, Senta«, bat er. »Lass uns einfach ein wenig kuscheln. Gönn mir ein wenig Ruhe.«

Seine Stimme zitterte mit diesen Worten. Sein Blick war ehrlich, er wirkte schutzbedürftig auf sie, und sie brachte es nicht übers Herz, weiterzubohren. Außerdem war er angetrunken. Er hatte ja schon vor ihrem Kommen getrunken und die Innenränder seiner Augen waren rot. Auf einmal wirkte er unglaublich müde und instinktiv nahm sie ihn wieder in den Arm. »Komm her«, flüsterte sie. Er kuschelte sich an sie wie ein Kind.

»Lass uns ein wenig träumen. Erzähl mir, was du tun würdest, wenn du kein Politiker wärst. Wo wärst du dann?«

Christopher antwortete nicht. Sie dachte schon, er sei eingeschlafen, als er murmelte:

»Es ist zu spät für Träume, Senta. Niemand kann diese Entwicklung aufhalten.«

Sein Kopf wurde schwer, er schlief ein. Sie hielt ihn fest, ahnend, dass es das war, was er brauchte. Ihr war schwer ums Herz, wie so oft, wenn sie bei ihm war. Und doch war dies vermischt mit einem zärtlichen Gefühl, dem Wunsch, ihm aus der Misere zu helfen, ihn glücklich zu sehen. Seine Liebe zu ihr war echt, sie war tief, daran hatte sie keinen Zweifel und diese Liebe traf sie mitten ins Herz. Liebte sie ihn? Ja, auf gewisse Weise. Was wäre, wenn sie sich ganz auf ihn einlassen würde?

Sie ahnte, dass er genau das bräuchte, um sich ihr zu öffnen. Und sie brauchte seine Offenheit, um sich auf ihn einlassen zu können. Es war ein Dilemma. Nachdenklich glitt ihr Blick durch den Raum. Chris *war* belastet. Ob von ihr allein, wagte sie zu bezweifeln.

Auch sie schlief ein, wachte gegen zwei Uhr morgens auf, weil das Blut in ihrem Arm völlig abgedrückt war und er sich wie taub anfühlte. Christopher wachte nicht auf, als sie sich vorsichtig unter ihm hervor schälte.

Sachte deckte sie ihn zu, fand die Fernbedienung für das Tor und fuhr nach Hause. Es war wie am Abend mit Udo und Trijana. Sowie sie den alten Apfelbaum im Vorgarten ihres Opas sichtete, atmete sie auf.

Das nächste Mal wollte sie sich mit Christopher lieber wieder hier treffen. Sein Haus war einfach nur schrecklich.

♫ ♫ ♫

»Hey, du bist einfach so gegangen! Warum hast du mich nicht geweckt?«

»Hab's nicht übers Herz gebracht. Du hast so selig geschlafen.«

»Du hättest doch auch bleiben können. Dann wäre ich auch selig aufgewacht.«

»War ein bisschen unbequem auf deiner Couch.«

»So schade, ich hätte auch ein Bett für dich gehabt. Es ist so schön, wenn du da bist. Dann ist irgendwie Seele im Haus. Wann sehen wir uns wieder?«

»Nächste Woche? Was hältst du davon, wenn wir die Wanderung machen?«

»Hört sich super an! Und Senta?«

»Ja?«

»Ich wollte dich wissen lassen, dass ich das, was ich gestern gesagt habe, ernst meine. Ich liebe dich. Und ich suche einen Weg … für uns.«

Sie schwieg daraufhin. Nach vier Monaten, die sie sich nun kannten, konnte sie nicht mehr sagen, es ginge ihr zu schnell. Sie fühlte sich zu ihm hingezogen, aber ihre Fragen waren nicht nur nicht beantwortet, es waren auch weitere dazu gekommen.

»Was ist?«, fragte er auch schon beunruhigt nach.

»Lass uns drüber reden, wenn wir unseren Waldspaziergang machen. Beim Laufen fließen die Gedanken besser und alles ist leichter. Der Wald wird dir guttun!«

»Du tust mir gut.«

Es klang fast verzweifelt nach: »Bitte sag mir, dass du mich auch liebst.«

»Wir sehen uns, Chris«, antwortete sie stattdessen. »Bis dahin arbeiten wir mal beide an einer besseren Welt. Denk dran, das Gute gewinnt immer!«

Trotz allem musste er ein wenig lachen.

»Ich würde dir ja gern zustimmen«, entgegnete er. Sein unausgesprochener Satz *Du weißt nur nicht, was du sagst,* hing in der Luft. Sie reagierte darauf.

»Und wenn die Hölle vor mir stünde und drei Zerberusse und Luzifer persönlich, werde ich dran glauben, dass das Gute siegt!«, rief sie kämpferisch. »Früher oder später!«

Diesmal lachte er laut auf.

»Oh, du unverbesserlicher Optimist! Gott, wie ich dich liebe, Senta! Ich glaube, ich kann ohne dich nicht mehr leben.«

»Das solltest du aber. Du solltest für dich glücklich sein können, nicht, weil es jemanden gibt, der dich glücklich macht.«

»Du machst mich nun mal glücklich. Selbst das Streiten mit dir macht Spaß.«

Senta lachte leicht, spähte auf die Uhr.

»Christopher, ich muss los. Bis die Tage dann! Und halt die Ohren steif!«

♫ Coal War ♫

Joshua James

Sie vertiefte sich wieder in ihre Arbeit und stieß in diesem Zusammenhang auf ein Interview mit Aldous Huxley, dem Autor des berühmten Buches *Brave New World.*

Dieses Interview las sich wie eine Prophezeiung. Es stammte aus dem Jahre 1958, Huxley beschrieb darin im Prinzip in allen Einzelheiten die heutige Zeit.*

Er hatte klar erkannt, damals schon, dass die Überbevölkerung zu einem für die Welt umfassenden Problem werden würde. Hatte auch TIM diese Worte gelesen, weil er so erpicht darauf war, die Zahl der Menschen zu reduzieren?

Huxley sagte:

»… mein Buch handelt von einer Gesellschaft, in der jede Anstrengung gemacht worden war, alle menschlichen Unterschiede auszuschalten und das Produkt Mensch zu standardisieren, um schließlich eine Art von (...) wissenschaftlicher Diktatur zu errichten, die auf einem Kastensystem beruht. Damit sollte eine total regulierte und geordnete Gesellschaft entstehen. (…) Damals dachte ich, diese schöne neue Welt läge noch weit in der Zukunft, mindestens 500 Jahre. Aber schon dreißig Jahre später entdeckte ich, (…) dass wir gegen unseren Willen in eine Gesellschaftsform hineingedrängt werden, wie ich sie in der Schönen neuen Welt beschrieben habe. (…)«

»Eine regulierte Gesellschaft«, murmelte Senta vor sich hin. »Ein Kastensystem – die Geimpften und die Ungeimpften ... Genau das, was jetzt passiert!«

»Selbst wenn es keine Kriegsgefahr gäbe, glaube ich, dass sich die persönliche Freiheit und die demokratischen Institutionen heute in erheblicher Gefahr befinden, denn es sind mehrere gewaltige, unpersönliche Kräfte am Werk, die die Menschheit in Richtung auf totalitäre Kontrolle drängen. (…) Das Resultat dieser Entwicklung ist zunächst einmal, dass die Kontrolle der Menschheit immer mehr in die Hände von Big Business und Big Government übergeht, d.h. in die Hände der Großindustrie und der Regierungsspitze.«

Senta war platt. Aldous hatte es glasklar erkannt!

»Und zweitens«, fuhr Aldous fort, *»wird das Individuum immer mehr seiner unabhängigen Aktivität beraubt und immer mehr zu einem Rädchen in der gewaltigen Maschine der Organisation. Diese beiden Prozesse führen natürlich zu einem Verlust persönlicher Freiheit und zu einer immer größer werdenden totalitären Macht von oben.«*

Fasziniert schüttelte Senta leicht den Kopf.

»Die Diktatoren der Vergangenheit haben ihren Willen durch Gewalt und durch Gewaltandrohung durchgesetzt. Ihr Hauptmittel, an der Macht zu bleiben, war der Terror. Die wissenschaftlichen Diktatoren der Zukunft (…) werden vom Terror Abstand nehmen, nicht etwa, weil sie menschlicher sind als die Diktatoren der Vergangenheit, sondern einfach deshalb, (…) weil sich Diktaturen verschiedener wissenschaftlicher Mittel bedienen werden, durch die man Menschen manipulieren kann. (…) Heute weiß man aufgrund wissenschaftlicher Untersuchungen, wie man Menschen am besten dazu bringt, ihre Versklavung zu lieben. (…)«

An dieser Stelle angekommen, war Senta geradezu fassungslos. Es spiegelte so genau das Weltbild wider, dass es schon unheimlich war. Sie zwang sich, weiterzulesen.

»Ich fürchte, dass wissenschaftliche Diktaturen der Zukunft die Entwicklung mehr und mehr in diese Richtung treiben. Das heißt, es wird eine Gesellschaft entstehen, in der die Bedingungen wirklich unmenschlich sind. In der die Seelen der Massen so manipuliert werden, dass die Menschen diese Bedingungen nicht nur akzeptieren, sondern sie geradezu lieben. Bedingungen, die sie eigentlich ablehnen und hassen sollten. Aber durch Seelenmanipulation werden sie dazu gebracht, sie zu lieben.

Forscher wie Pawlow in Russland zum Beispiel haben enorme theoretische Einsichten in das Wesen der seelischen Beeinflussung gegeben, in das, was man heute Gehirnwäsche nennt. Folglich hat heute jeder, der an der Spitze eines totalitären Staates steht eine gewaltige Wissensfülle zu seiner Verfügung, (…) die Massen dazu zu bringen, seine Ideen anzunehmen und ihm zu gehorchen.

Hinzu kommt, dass diese Mittel unendlich wirkungsvoller sind als die, die den Diktatoren der Vergangenheit zustanden. Früher konnte ein Demagoge nur zu so vielen Menschen sprechen, wie er mit seiner Stimme direkt erreichen konnte. Das waren vielleicht ein paar Tausend. Heute, dank Radio, Fernsehen und Film, kann er sich gleichzeitig an Millionen wenden. (…)Er kann sie in die Massen hineintrommeln, so dass sie sie in einer Art Hypnose akzeptieren.«

»O mein Gott!«, hauchte Senta, unendlich beeindruckt vom Scharfsinn und Weitblick dieses Mannes. Sie dachte an Mellie, die tagtäglich vor ihrem Fernseher saß und alles aufnahm, alles glaubte, was gesendet wurde. Senta sah inzwischen ab und zu Fernsehen, aber nur, weil sie wissen wollte, was da propagiert wurde. Die Berichterstattung war grauenerregend falsch. Es war absolut erschreckend zu sehen, wie diese Leute eigentlich genau das taten, was sie den Verschwörungstheoretikern vorwarfen: Zahlen aus dem Zusammenhang zu reißen und unbegründet Angst zu schüren.

»Zudem«, mischte sich Mr. Huxley wieder in ihre Gedanken, *»gibt es heute chemische Methoden, mit denen man die Menschen kontrollieren kann, mit denen man sie veranlassen kann, bestimmte Dinge zu tun, bestimmte Gefühle zu empfinden, und mit denen man vor allen Dingen Menschen in einen Zustand künstlichen Glücks versetzen kann, sodass sie sogar ihr Sklaventum und die schlechten Umstände, in denen sie sich befinden, lieben. (…) Ich glaube, dies wird mit großer Wahrscheinlichkeit geschehen.«*

»Nein, wird es nicht« , flüsterte Senta. »Weil wir es erkennen. Wir haben eine Chance!«

»Eine andere Entwicklung«, fuhr Huxley fort *»ist die elektrische Kontrolle des Gehirns. Es gibt da eine Reihe von sensationellen Experimenten, die an Tieren vorgenommen wurden. Man hat kleine Elektroden in verschiedene Hirnbereiche der Tiere eingeführt und konnte dadurch eine vollständige Kontrolle des Benehmens der Tiere erzielen. (…) Man hat diese Methode auch auf menschliche Gehirne angewendet und dieselben Effekte erzielt. Auch hier müssen wir die Möglichkeit ins Auge fassen, dass wissenschaftliche Diktatoren sich dieser außergewöhnlichen Entdeckungen bedienen, die jüngst auf dem Gebiet der Nervenphysiologie gemacht worden sind.«*

Senta war das nur allzu gut bekannt. Während ihres Studiums hatte sie ein Referat über Dr. Delgado* von der Yale University und dessen damals umstrittene Methoden gehalten. Er war der Erste, der die Gehirne von Tieren verdrahtet, bestimmte Teile ihres Gehirns stimuliert und damit sanfte Katzen in Bestien verwandelt hatte. Sein wohl berühmtestes Experiment hatte er mit einem Stier durchgeführt. Er hatte ihn mit Elektroden bestückt und sich mit einem Umhang und einem Funksender in eine Arena gestellt. Als er den Stier gereizt hatte und der rasend vor Wut auf ihn zugestürmt war, hatte Delgado ihn mit einem Knopfdruck auf dem Sender stoppen können. Der Stier war dicht vor Delgado zum Stehen gekommen. Die Presse hatte damals über eine Sensation gesprochen. Die Versuche waren alt, sie stammten aus den 50er und 60er Jahren. – und die Technik heute war um ein Vielfältiges fortgeschritten.

Senta gab Aldous Huxley recht: Das *war* eine Versuchung. Sie machte ein Gedankenspiel daraus. Wäre so etwas technisch möglich? Was brauchte man dafür? Dass man mittels einer Spritze, sprich Impfung, etwas in den Menschen injizieren konnte, war unumstritten. Damit hätte man eine Art Mikroelektrode als Empfänger. Man bräuchte natürlich auch einen möglichst leistungsstarken, flächendeckenden Sender. Wurden nicht gerade die 5G-Netze überall auf der Welt installiert? Wie viele hatten schon vor 3G und dessen gesundheitliche Schäden gewarnt? Auch darauf war nie Rücksicht genommen worden. Technik ging vor. Profit ging vor. 5G war weitaus intensiver und gefährlicher – eine flächendeckende Sendung war also technisch nicht nur möglich, sondern sogar schon vorhanden. Zudem existierte ja auch das sehr umstrittene HAARP-Projekt, das ebenso massive Strahlen in die Welt schickte – das war den meisten Menschen natürlich nicht bekannt.

Ebenso war es kein Geheimnis, dass Elon Musk mal einfach so 42 000 Satelliten rund um die Erde ins Weltall geschossen hatte. Damit konnte man aus dem Orbit senden, dafür waren die Dinger ja wohl auch da. Ob das nur für Navigationssysteme gedacht war? Wer wusste schon, was auf die Gehirne der Menschen einprasselte?

Sie werden ihre Knechtschaft lieben ... das war nicht so weit hergeholt. Waren diese Technologien erstmal im Einsatz, würden die Menschen sich noch nicht mal bewusst sein, dass sie nicht mehr dachten, was sie wollten, sondern das, was sie sollten.

Die Tiere, denen Dr. Delgado Elektronen ins Gehirn implantiert hatte, waren in den Händen des Arztes zu elektronischem Spielzeug geworden. Sie hatten keinerlei freien Willen mehr gehabt. Senta biss sich auf die Lippen. Delgado hatte dasselbe mit Menschen gemacht. Damals schon.

Er hatte mit dieser Methode einen negativen Stimulus an die Großhirnrinde eines Menschen geschickt, was zu abgestumpftem Verhalten geführt hatte. Delgado war der Meinung gewesen, auf diese Weise Unruhestifter kontrollieren zu können, »aggressive Menschen« zu zivilisieren, was damals auf herbe Kritik und Unmut gestoßen war. Sie schluckte. Wer war ein Unruhestifter? Ein Andersdenkender? Menschen, die systemkritisch waren?

Zweifelsfrei waren diese technischen Möglichkeiten längst existent. Die Wissenschaftler, die den Diskussionsabenden ihres Opas beigewohnt hatten, hatten immer wieder betont, dass viele Erfindungen vor der Masse geheimgehalten wurden, im negativen wie im positiven Sinne.

Sah man die Impfung in diesem Zusammenhang, konnte es einem eiskalt den Rücken hinunterlaufen.

Senta schüttelte den Kopf. War sie jetzt völlig durchgeknallt? Sie wollte nicht so weit denken, wollte sich ein solches Szenario nicht ausmalen. Aber musste man nicht trotzdem klarmachen, dass es zumindest so etwas gab? Wieder einmal war sie hin- und hergerissen und wünschte, sie hätte mit Charlene darüber reden können. Denn nahm man diese Absicht, Menschen kontrollieren zu wollen, als Überschrift für das gegenwärtige Szenario, ergab plötzlich alles einen Sinn. Das ständige Aufrechterhalten der Pandemie, weitere Panikmache, damit die Impfung akzeptiert wurde, die Spaltung der Bevölkerung, das Aufhetzen derer, die Angst hatten, gegen die, die sich nicht impfen lassen wollten, um den Druck zu erhöhen. Die geplante Digitalisierung des Menschen, die Abschaffung des Bargeldes, das Zerschlagen der Wirtschaft, das Gespenst der Enteignung, das Gerede von einer Weltregierung, die Gesetze, die jetzt schon dafür in Kraft traten ... alle Puzzleteile passten wunderbar zusammen. Aber das ergab unterm Strich ein so ungeheuerliches Szenario, dass selbst Senta sich weigerte, jemandem diese Absicht zu unterstellen.

Was sie davon abhielt, es komplett zu verwerfen, war die Tatsache, dass Politiker in den höheren Rängen zu oft skrupellos gelogen hatten.

Nein, es wird keine Impfpflicht geben. Aber die Impfverordnung war inzwischen der EU unterstellt, nicht dem eigenen Land. Nein, wir haben nicht vor, euch zu kontrollieren. Doch die Menschen *wurden* bereits kontrolliert. Sie wurden auseinandergetrieben, wenn sie sich zu nah kamen, sie wurden kontrolliert, ob sie ihre Masken aufhatten, und die ersten Stadtoberhäupter redeten davon, ihre Bürger mit Drohnen überwachen zu lassen. Nein, wir wollen euch nichts Böses. Es ging aber vielen schon schlecht. Nein, wir schrauben nicht an der Demokratie. Die Gesetze wurden doch jetzt schon nach Belieben geändert, die Stimme des Volkes nicht gehört. Nein, wir haben nicht die Absicht, eine Mauer zu errichten. Das war solange in die Köpfe eingebläut worden, bis es zu spät gewesen war. Bis Millionen Menschen achtundzwanzig Jahre hinter Mauern eingesperrt gewesen waren. Und diesmal ... diesmal würde es für die gesamte Menschheit so sein.

Der letzte Abend bei Christopher, sein Satz »Niemand kann die Entwicklung aufhalten«, kam ihr in den Sinn.

Erneut wandte sie sich Aldous Huxley zu. Hatte er vielleicht auch einen Ausweg aus dieser Situation gesehen? Er hatte.

»Das Erste, was mir absolut wichtig und essentiell erscheint, ist, sich darüber bewusst zu sein, was vorgeht«, las sie. *»Die Öffentlichkeit muss wissen, was in der Welt passiert.«*

Senta atmete tief ein, reckte die Faust in die Luft. »Yep!«, rief sie. »Danke, Aldous!«

Genau deshalb durfte sie nicht aufgeben! Darum ging es! Eigentlich hätte die Aufklärung von den Leitmedien übernommen werden müssen, aber die waren ja zum Staatsfernsehen verlumpt, das, was dort gebracht wurde, war nichts weiter als betreutes Denken. Aldous bestätigte das mit seinem nächsten Satz:

»Ich glaube nicht, dass die verschiedenen Massenkommunikationsmittel ausreichend benutzt werden, um uns über diese Dinge zu informieren. Sie sind primär darauf gerichtet, die Aufmerksamkeit der Öffentlichkeit abzulenken. Sie bringen uns alle Arten von absurder Unterhaltung ins Haus.«

»Aldous«, flüsterte Senta. »Du bist schlicht genial!«

»Wir müssen aber erkennen, was vor sich geht. Und wenn wir uns dieser Dinge bewusst sind, müssen wir ernsthaft darüber nachdenken, was getan werden kann. (…) und (…) Mittel finden, die garantieren, dass diese ganzen revolutionären Entdeckungen, die jetzt gemacht werden, zum Wohle der Menschheit eingesetzt werden und nicht zu ihrer Erniedrigung und endgültigen Versklavung. Das ist unsere beste Hoffnung.«

Wieder atmete Senta tief durch.

Aldous hatte es auf den Punkt gebracht. Sein Satz »Wir müssen erkennen, was vor sich geht«, bestärkte sie. Einer plötzlichen Regung folgend googelte sie George Orwell, der bei Huxley Literatur studiert hatte und der ja einen ebenso dystopischen Bestseller verfasst hatte. Wie dachte er über das alles?

Sie stieß auf sein letztes Interview vor seinem Tod. Es war nur zwei Minuten lang, allerdings faszinierende zwei Minuten. Als er in die Kamera blickte, wirkte er, als ob er eine Quelle anzapfte, die ihm eine Botschaft eingab, eine Warnung an die Menschheit. Diese Botschaft begann mit den Worten:

»… something like 1984 could really happen …«

So etwas wie 1984 kann tatsächlich wahrwerden. Denn das ist die Richtung, die die Welt gerade geht.

In dieser Welt wird es keine anderen Emotionen geben außer Angst, Wut, Aufruhr und Selbsterniedrigung. Der Sexualtrieb wird ausgerottet sein. Der Orgasmus wird abgeschafft werden. Es wird keine Loyalität mehr geben außer der Partei gegenüber, der Rausch der Macht wird allgegenwärtig sein.

Immer und zu jedem Zeitpunkt wird es den Drang nach Sieg geben, die Lust, auf dem hilflosen Feind herumzutrampeln. Wenn Sie sich ein Bild von der Zukunft machen wollen, stellen Sie sich einen Stiefel vor, der in ein menschliches Gesicht tritt …

In Senta regte sich Rebellion. »Wir werden das verhindern, George«, sagte sie leise. »Es gibt immer noch die Macht der Liebe.«

An dieser Stelle wurden George Orwells Augen starr, definitiv holte er in diesen Sekunden seine Worte aus der Zukunft:

»Die Moral, die du aus dieser gefährlichen Albtraumsituation ziehen kannst, ist simpel: ***Lass es nicht geschehen****. Es liegt an dir.«*

»Don't let it happen. It depends on you.«

Es liegt an dir. Es liegt an jedem Einzelnen. Senta bekam Gänsehaut, erinnerte sich an ihre eigenen Worte, die sie Christopher an ihrem ersten Abend entgegengeschleudert hatte, Charlenes Worte gesellten sich dazu: *Wenn du tagtäglich das Böse erwartest, öffnest du ihm Tür und Tor. Gehst du in hohe Frequenzen, erlaubst du dem Licht, einzutreten.*

Das war es, was sie tun mussten – sich auf diese hohen Frequenzen konzentrieren, auf Liebe, auf Mitgefühl, auf eine gute Welt.

Noch einmal rief sie das Internet auf – und ja, da waren sie: All jene, die ebenso nicht aufgaben. Die einen Schritt nach dem anderen gingen. Die nach jedem Rückschlag wieder aufstanden. Die unermüdlich Interviews führten, und alle Mühen dieser Welt auf sich nahmen, um die Öffentlichkeit aufzuklären, das, was Aldous als Lösung empfohlen hatte. Und die standhaft blieben – für eine bessere Welt.

Für Senta waren das die wahren Größen. Nicht die machtbesessenen Politiker an der Spitze, denen die Geschicke der Bürger egal waren. Nein, diese Leute waren es, die ihren Ruf, ihr Ansehen, ihre Zeit und ihre Energie opferten, die Unsägliches über sich ergehen ließen für die Freiheit der Menschen, für körperliche Unversehrtheit, für wahre Demokratie – und für die Zukunft der Kinder. Was für ein Hohn, dass ausgerechnet sie als Nazis beschimpft wurden! Dabei war es doch die Gegenseite, die die Menschen in Angst und Schrecken zwang, die Terror und Unheil schuf und ihnen Medikamente aufdrückte, die sie krank statt gesund machten.

Senta atmete durch. Die vielen kleinen Schritte der Aufklärung, die unternommen wurden, die Aktionen vieler Menschen, die sich gegenseitig informierten, trugen Früchte, langsam, zäh, aber jeder Schritt zählte. Immer mehr Ärztevereinigungen und Juristen taten sich zusammen und sprachen aus, was keiner auszusprechen gewagt hatte:

»Wir haben es hier mit einem organisierten Verbrechen zu tun und wir müssen es stoppen, bevor es zu spät ist.«

Zeitgleich wurden von vielen Menschen neue Ideen in den Raum geworfen, Ideen für ein gerechteres System, für die Beendigung des

Hungers auf der Welt, Lösungen für die Klimakrise. Sie alle hungerten auf den Moment, in dem die in Schubladen verborgenen und von der Industrie unterdrückten Erfindungen endlich herausgeholt werden würden, sehnten sich nach der Zeit, in der es nicht um Geld, Macht, Profit und Ego ging, sondern Werte wie Brüderlichkeit, Frieden und Liebe die Führung übernahmen.

Senta starrte auf Orwells letzten Satz: *It depends on you.*

Es gab eine bessere Zukunft und sie war nicht allein. Senta war fest entschlossen, ihren Beitrag dazu zu leisten. Sie glaubte an das Gute und sie glaubte an die Liebe.

♫ Girl In The War ♫

Josh Ritter

Ihre Einstellung wurde gleich am nächsten Tag auf eine harte Probe gestellt.

Als sie einkaufen ging, traf sie vor dem Eingang auf Gunnar.

»Hab mir euer neues Interview übers Impfen reingezogen, war super!«, lobte er. »Ich hab's auch Melanie geschickt.«

»Oh, oh! Ob das gut war? Wie hat sie reagiert?«

»Bis jetzt noch gar nicht. Ich glaube, sie ist ziemlich im Stress.«

»Siehst du sie noch?«

»Nein, irgendwie rutscht das alles auseinander. Übrigens, hast du schon mal dran gedacht, einen Teil der Interviews zu übersetzen? Ich habe ein paar Kollegen im Ausland, mit denen könntet ihr euch vernetzen. Es betrifft ja die Welt und überall stehen die Leute auf.«

»Das ist eine sagenhafte Idee, Gunnar! Ich komme auf dich zurück!«

»Ja, mach das!«

Sie umarmten sich zum Abschied, Senta genoss seine Unkompliziertheit über alle Maßen. Soeben hatte sie sich die Maske über die Nase gezogen, als eine Bekannte, Michaela, am Supermarkt ankam und ihr winkend bedeutete, mit ihr sprechen zu wollen.

»Hey«, grüßte sie. »Lange nicht gesehen! Wie geht es dir?«

»Danke, sehr gut«, antwortete Senta freundlich. »Und du? Was macht dein Job? Arbeitest du noch als Psychologin?«

Da sie noch vor dem Eingang und auch weit genug voneinander entfernt standen, zog Senta die Maske unters Kinn. Ostentativ schob Michaela ihre eigene höher.

»Läuft prima. Hab zurzeit extrem großen Zulauf. Und du? Melanie hat mir erzählt, du wärst arbeitslos.«

Sie stierte Senta an, als wolle sie sie röntgen und auf Mängel untersuchen.

»Nein, das stimmt nicht. Das Forschungsprojekt ist zwar wegen Omega geplatzt, aber ich habe …«

»Ja, hab schon gehört, dass du sehr wütend darüber bist.«

»Ich bin überhaupt nicht wütend.«

»Ehrlich? Ich meine, glaubst du, was du sagst? Du wirkst sehr aggressiv.«

»Ich wirke aggressiv?« Erstaunt sah Senta sie an. »Wie kommst du denn darauf?«

»Du hast so eine … subversive Ausstrahlung … Hör mal, Senta, von meiner Arbeit als Psychologin weiß ich, dass man selber am wenigsten erkennt, wenn man Hilfe braucht. Das ist wie mit dem Alkoholiker, der nicht merkt, dass er süchtig ist und behauptet, jederzeit aufhören zu können.«

»Was soll das? Wovon redest du?«

Michaela gab sich einen Ruck.

»Melanie hat mir erzählt, dass du … lass es mich so sagen … unter einem gewissen Realitätsverlust leidest. Ich hatte schon einige Fälle in meiner Praxis, die ähnliche Wahrnehmungsstörungen aufwiesen. Es gibt prima Medikamente dafür, Senta. Bitte nimm das nicht auf die leichte Schulter. Du bist da in einen ganz, ganz unheilvollen Kreis gerutscht. Das sind Menschenfänger! Das kann jedem Mal passieren, vor allem, wenn man eine schwache Phase oder Misserfolg hat. Wichtig ist nur, dass du dir helfen lässt.«

Senta wurde schwarz vor Augen.

»Hast du gerade … Wahrnehmungsstörung gesagt?«, ächzte sie bestürzt. »Und Realitätsverlust?«

»Ich weiß, das hört sich im ersten Moment erschreckend an, aber weißt du, man hat herausgefunden, dass das bei Terroristen auch der Fall war. Sie haben die Welt nicht mehr richtig gesehen und meinten, gegen einen Feind – einen imaginären Feind! – kämpfen zu müssen. Senta, du bist auf dem besten Weg, radikal zu werden. Dann ist es nur noch ein kleiner Schritt zum Terrorismus! Gedanklich bist du ja schon dort! Bitte lass mich dir helfen, bevor man dich endgültig radikalisiert.«

In Senta drehte sich alles. Sie brauchte Sekunden, bis sie sich wieder gefasst hatte und ihr war klar, dass jedes Wort von ihr als Beweis für ihre Unzurechnungsfähigkeit gewertet werden würde. Vorsichtig entgegnete sie:

»Wenn deine Definition von Terrorist bedeutet, anders zu denken als die Allgemeinheit, dann mag ich in deinen Augen einer sein. Persönlich glaube ich aber, dass ich jemand bin, der noch Lust am selbständigen Denken verspürt.«

»Siehst du, das ist genau das, was ich meine, Senta. Du siehst nicht mehr klar!«

Senta fehlten die Worte. Sie wusste, wenn sie jetzt einen giftigen Satz absonderte, würde Michaela ihr sofort unterstellen, aggressiv zu sein. Dabei hatte sie allen Anlass dazu, denn Michaela war unverschämt. Sie hatte zu keiner Sekunde wissen wollen, was Senta wirklich dachte. Senta wiederum wollte nicht wissen, was Melanie ihr erzählt hatte. Allein, dass ihre alte Freundin über sie redete, rumorte schrecklich in ihr. Beschwörend fuhr Michaela indessen fort: »Du bist in einem teuflischen Kreis gefangen! Und merkst es nicht!«

Senta dachte an Gunnar, an Jeff, an Charlene, an Fred – und an Christopher. Ja, ein total teuflischer Kreis! Sie holte bewusst Luft und fragte ruhig zurück:

»Woher willst du denn wissen, in welchen Kreisen ich verkehre? Und was ich denke? Wir haben uns das letzte Mal vor ungefähr drei Jahren gesprochen und da auch nur kurz.«

Michaela schloss genervt die Augen, weil Senta so uneinsichtig war. »Senta«, insistierte sie. »Wie wäre es, wenn du einfach mit mir in die Praxis kommst? Jetzt sofort! Ich nehme mir gern die Zeit. Es gibt Hilfe, glaub mir!«

Sie war laut geworden, die Leute drehten sich zu ihnen um. Senta zwang sich, an Charlene zu denken, an den gemeinsamen Nenner, an die letzte Sendung, als sie Sebastian erklärt hatte, die Welt als seinen Körper zu betrachten, und daher war alles, was ihr einfiel, Michaela einen tiefen Strahl an Liebe zu schicken. Ohne, dass sie das vorgehabt hatte, tauchten die Worte in ihr auf: *Es tut mir leid, bitte verzeih mir, ich liebe dich. Danke.* Und so schaffte sie es, sich heiter von ihr zu verabschieden.

»Das ist sehr ehrenwert von dir, dass du Menschen helfen willst, Michaela. Aber ich muss jetzt los.«

Sie wandte sich auf dem Absatz um, setzte sich wieder in ihren Wagen und nahm Kurs auf einen anderen Supermarkt.

Der Moment der Gnade verflog schnell. Er hatte ihr einen gebührlichen Abschied ermöglicht, aber nun drang die Brisanz des Erlebten in ihren Kopf. Dass Melanie über sie redete und vor allem wie. Welches Bild die Leute von ihr, Senta, hatten. Leute, die nach wie vor in der Überzahl waren.

Michaela hatte sie ausweichen können, der Realität nicht.

Überall traf sie auf vermummte Gesichter, die ihr signalisierten: Halt die Fresse, und mach mit. Du bist ein Mörder, wenn du keine Maske trägst. Du bist ein Unruhestifter, wenn du anders denkst. Sie blickte auf Markierungen und Pfeile auf dem Boden, die ihr befahlen: Da darfst du stehen. So nah darfst du jemandem kommen. Du darfst nur hier lang gehen. Du darfst nur in den Laden, wenn du brav bist. Fass niemanden an. Halte Abstand. Umarme niemanden. Folge den Hinweisschildern.

Hatten nicht etliche Politiker davon gesprochen, das hier wäre eine Übung? Wofür? Um den Gehorsam der Menschen zu testen?

Später würde es heißen:

Sie wollen einen Job? Sind Sie geimpft? Nein? Tut uns leid, dann ist uns das Risiko zu groß. Du willst ins Konzert? Reisen? In die Bibliothek? Nur, wenn du geimpft bist. Du willst ein Eis essen, ins Restaurant? Hier einkaufen? Nur, wenn du geimpft bist. Wir werden dich erkennen. Wir scannen dich. Wir wissen, wer zu uns gehört und wer nicht.

Senta wurde klar: Sie würden nie mehr ihre Grundrechte wiederbekommen. Sie würden nie mehr die Maske loswerden. Es war das geeignete Symbol für eine geknebelte unfreie Spezies.

Zutiefst frustriert kam sie zu Hause an. Klickte sich ins Internet. Eine Umfrage tauchte auf, die ihr verriet, dass fünfundsiebzig Prozent der Deutschen die Maßnahmen für gut hielten. In diesem Moment ergriff sie nur noch immense Verzweiflung und sie vermisste ihren Opa so sehr, dass sie es fast nicht mehr aushielt.

Alles wird gut, Senta. Gerade konnte sie überhaupt nicht daran glauben.

♫ I Feel Free ♫

Bliss 'n Eso

Sie klappte den Rechner zu, machte einen Waldlauf, duschte, fläzte sich danach bewusst mit einem Roman auf die Couch und checkte kurz das Handy.

Ihr Opa sonderte immer mal wieder kleine Nachrichten ab, aber verlor kein Wort mehr über seine Rückkehr, selbst, wenn sie ihn darauf ansprach. Auch das war etwas, was ihr nicht koscher vorkam. Christopher hatte geschrieben, wollte wissen, ob er für die Wanderung etwas mitbringen sollte. Und Fred hatte sich gemeldet.

»Hallo Bio-Mädel, rufst du mich mal an?«

Sie tat es gleich im Anschluss.

»Hör mal«, sagte er, »ich muss leider doch eine Gebühr für die Aufbewahrung deines Kartons verlangen. Geht leider nicht anders aus steuerrechtlichen Gründen.«

Sein Humor hob sie aus ihrer düsteren Stimmung heraus.

»Aus steuerrechtlichen Gründen«, gluckste sie. Sie glaubte ihm kein Wort. »Natürlich zahle ich meine Gebühren. Wie hoch sind die?«

»Ein Abendessen mit mir. Ich kenne ein total süßes Restaurant, nicht weit von deinem Garten entfernt. Es sei denn, du bist inzwischen fest mit Waldorf verbandelt. Dann natürlich erst recht. Wir machen einfach ein Geschäftsessen draus.«

Ein Lachen entfuhr ihr. Mit Fred essen gehen! Warum nicht? Sie dachte an das Eisessen neulich und ihr Herz wurde warm.

»Ich weiß noch nicht, ob es ein Geschäftsessen wird. Hunger hätte ich in jedem Fall.«

»Wann hast du denn Hunger?«

»Nächste Woche kann ich außer samstags immer.«

»Dann am Donnerstag?«

»Prima! Schickst du mir die Adresse aufs Handy?«

»Nein! Natürlich nicht! Ich hole dich ab! Wie es sich gehört.«

Senta lächelte. »Das ist fein, Fred, ich freue mich.«

♫ ♫ ♫

Unter dem Reiter »Herumgesponnen?«, landeten Orwells und Huxleys Interviews, zusammen mit Sentas Kommentaren und den Erkenntnissen Delgados, auf der Homepage der Sunlight-News. Jeff hatte darauf bestanden, die Brisanz der Aussagen klar hervorzuheben, Senta fühlte sich nicht ganz wohl damit und hätte eine positive Aufarbeitung befürwortet. Aber davon hatte Jeff nichts wissen wollen.

Die Kommentarleiste der Sunlight-News überschlug sich danach mit Beiträgen, auch die des Moonlight-Radios lief heiß. Ein Bombardement an E-Mails erreichte den Sender, die Homepage wurde überflutet mit Tausenden von Fragen.

»Jeff«, sagte Charlene nervös. »Ihr müsst darauf achten, dass eure Beiträge konstruktiv bleiben.«

»Aber Charlene!«, protestierte er. »Was bitte an diesem Thema ist konstruktiv? Hast du gewusst, dass die momentane Impfung mit einem Pflaster aus Mikronadeln erfolgen soll, das eine Art Barcode unter die Haut setzt?«

»Darum geht es nicht, Jeff. Es geht auch darum, denjenigen, die anders denken, Respekt entgegenzubringen. Du willst es doch umgekehrt auch!

Mir ist klar, dass euer Job ein Balanceakt ist, aber ich finde, ihr solltet Informationen so verpacken, dass sie nicht noch mehr Panik verursachen.«

Er antwortete nicht gleich. Dann schüttelte er leicht den Kopf.

»Manchmal brauchen die Leute einen Schock, Charlene. Sie sagen immer wieder, es sei doch alles nicht so schlimm und rennen wie die Lemminge blind den Abgrund runter!«

Charlene presste die Lippen zusammen.

»Sag mal, was ist eigentlich deine Intention hinter den Sunlight-News?«

»Wie meinst du das?«

»Ich meine damit immer noch, dass es kontraproduktiv ist, die Panik in der Welt zu vergrößern. Ich dachte, du willst mit deinem Kanal Informationen auf eine Weise vermitteln, die die Menschen aufklärt, ohne sie zu entsetzen.«

»Das ist verdammt schwer, Charlene«, wehrte er sich er. »Weil die Fakten nun mal niederdrückend sind. Das weißt du selbst! Erst gestern haben sie auf einer Demo die Leute brutal festgenommen, obwohl die nichts getan haben! Von anderen weiß ich, dass ...«

»Mann, Jeff, hör auf«, schnitt sie ihm genervt das Wort ab. Entgeistert sah Jeff Charlene an.

»Was ist denn jetzt los? Bist du sauer?«

»Sauer ist der falsche Ausdruck. Ich finde nur, du rutschst in eine Art ... Skandaljournalismus hinein. Ich hatte geglaubt, du siehst das höhere Ziel und worauf es wirklich ankommt. Wir brauchen Lichtbringer!«

Nun war es Jeff, der gereizt wirkte. Wie konnte sie mit solchen Floskeln auf eine derartige Bedrohung antworten? Da nützte spirituelles Gerede nichts! Sollte er einfach den Herrgott einen guten Mann sein lassen? Dazu war das alles viel zu ernst!

»Charlene, wir *müssen* was tun! Wir müssen runter vom Sofa! Sowas kann man nicht einfach hinnehmen, versteh das doch!« Sie seufzte und sammelte sich sichtlich.

»Und du solltest verstehen, dass wir das Problem nicht auf der Ebene lösen können, wo es entstanden ist. Wenn du so berichtest, bietest du keine Lösung, du stachelst nur auf und nichts wird besser! Gar nichts! Mag sein, dass wir irgendwann mal alle gesammelt auf die Straße gehen, aber dann mit der richtigen Einstellung. Es geht doch darum, dass du trotz schwieriger Themen die Frequenz hochhältst und nicht selber negativ wirst. Wenn die Welt besser werden würde, indem man alle Schandtaten aufdeckt, dann sind wir wohl bis in die Unendlichkeit damit beschäftigt.

Und du würdest immer mehr verzweifeln. Es gibt immer noch das Gute in der Welt, wir müssen unser Augenmerk darauf richten, dass …«

»Ich bin nicht negativ«, schnitt er ihr heftiger als gewollt das Wort ab. »Und das Gute wird es nicht mehr lange geben, wenn wir nicht aufpassen. Das fliegt nicht einfach mittels Gebete durch die Luft.«

Charlenes Augen ruhten lange auf ihm, bevor sie antwortete:

»Das Moonlight-Radio«, sagte sie leise, »ist dafür da, die Frequenz hochzuhalten und Menschen in eine gute, heilende Schwingung zu versetzen. Dafür mache ich das. Das ist meine Intention, egal, ob ich damit erfolgreich bin oder nicht. Aber es ist das, was ich geben kann. Denn damit baue ich auch an meiner eigenen Welt. Und ich will nicht in einer Welt leben, wie du sie siehst, Jeff.«

Durch Jeff fuhr ein so gewaltiger Ruck, dass es für einen Moment den Anschein hatte, er fiele um. Eine Lawine schien in seinem Inneren nach unten zu donnern und in seinen Augen malte sich eine Mischung aus Panik und Fassungslosigkeit.

»Wie … wie meinst du das?«, fragte er heiser.

»Das heißt, dass ich Freude und Glück mit dir erfahren will, Jeff«, gab sie zurück. »Unabhängig davon, wie die Umstände sind. Sie sind gerade nicht schön, das stimmt. Aber ich dachte, du willst das Gleiche wie ich. Ich dachte, du hast verstanden, dass es darum geht, in solchen Situationen in der Liebe zu bleiben, statt sich in Negativität zu verlieren. Ich dachte, du glaubst mit mir daran, dass Liebe in einer Sekunde alles ändern kann. Aber das tust du nicht. Du wühlst in diesem Mist, jeden Tag, viele Stunden. Du servierst es mir zum Frühstück und zum Abendessen und rechtfertigst es damit, gegen das Böse kämpfen zu wollen. Welche Seite ist denn die bessere? Diejenige, die Angst wegen eines Virus verbreitet, oder diejenige, die Angst vor einer dystopischen Welt schürt? Der Gegenstand der Angst ist wohl letztlich egal, oder nicht? Aus Angst kann nichts Gutes entstehen, das habe ich schon mal gesagt, Jeff. Das ist eine so … zersetzende Energie! Es kostet Kraft, mit dir zusammen zu sein.«

Jeff war bestürzt und doch voller Trotz. »Ich weiß, dass das, was da ans Tageslicht kommt, nicht schön ist«, verteidigte er sich. »Aber soll es unter dem Teppich bleiben? Sollen wir einfach ein bisschen Liebe draufkleistern, weil uns sonst nichts Besseres einfällt? Ist das deine Lösung?«

»Nein, das ist nicht meine Lösung«, entgegnete Charlene verdrossen. »Aber ich finde, man kann auf all das schauen ohne Urteil. Ohne Wut. Ohne Angst, einfach so. Verstehst du denn nicht, dass wir alle an dem Bild, das sich uns bietet, mitgemalt haben? Was wir auf diesem Bild sehen, sind auch unsere negativen Emotionen. Und du malst fleißig weiter mit

Wut und Mangel auf das Bild, bringst auch noch andere Leute dazu, dunkle Farben zu verwenden – was bitteschön soll das ändern? Du bist es doch, der die Wut in dir auflösen muss und nur du! Dann kannst du helle Farben wählen und ein sonniges Bild zeichnen! Aber weißt du was? Ich habe das Gefühl, du willst diese Arbeit einfach nicht tun! Du machst das, was die meisten machen: das Bild bespucken, das du mitproduziert hast! Dir fehlt jegliches Vertrauen! Du verlierst es, weil du dich von diesen negativen Nachrichten nicht distanzieren kannst. Du vergisst den göttlichen Plan, die höheren Dimensionen und die Lichtseite. Das hier ist kein Kampf zwischen Gut und Böse, Jeff. Es ist eine Entscheidung für oder gegen das Licht. Für oder gegen die Liebe.«

Sie starrten sich an. Stumm wandte sich Charlene schließlich ab und verließ das Zimmer.

Jeff war angepisst und schockiert zugleich. Solche Unterhaltungen hatten sie in der letzten Zeit öfter geführt. Das erschreckte ihn und er mochte es nicht, wie sie ihn immer wie von oben herab behandelte, als sei er ein kleiner Junge, der nicht wirklich kapierte, was Sache war. Sie war doch nicht seine Mama! Ihre spirituellen Ansichten in Ehren, aber die hatten hier keinen Platz. Sie hörten sich in seinen Ohren flach und weltfremd an. Sie lebten in einer Zeit, in der sie um ihre Rechte kämpfen mussten! Außerdem gab ihm der Erfolg recht – sein Kanal bekam immer mehr Zulauf. Warum gönnte sie ihm das nicht? Was war los mit ihr?

Wütend blickte er aus dem Fenster – und erkannte in derselben Sekunde, dass sie recht hatte. Er *war* wütend. Das war eine Regung, die er nicht haben wollte, die ihn tatsächlich das Gute nicht mehr sehen ließ, nämlich, dass er Charlene aus tiefstem Herzen liebte. Er realisierte noch mehr: Dass er alle dämonisierte und schlechtmachte, die anders dachten als er. Dass er des Erfolges wegen auf seiner Schiene weitermachen wollte. Wie derzeit so mancher Politiker. Fuck! Dieser Gedanke versetzte ihm einen Schock. Und wieder schoss ihm ein Satz von ihr in den Kopf:

Erfolg bindet mehr als Misserfolg.

Zutiefst beunruhigt stand er auf, folgte Charlenes Stimme, die aus ihrem Büro kam und stoppte abrupt vor ihrer Tür. Sie stand mit dem Rücken zu ihm, ihr silberhelles Lachen drang an sein Ohr. Aha? Sie war also durch das eben geführte Gespräch kein bisschen belastet? Gerade stellte sie sich ans Fenster und blickte nach draußen, sodass er sie im Profil sah. Ihre Augen glänzten, selbstvergessen drehte sie eine Strähne ihres dunklen Haares zwischen ihren Fingern, während sie dem Anrufer andächtig lauschte, ein verträumtes Lächeln auf den Lippen. Röteten sich jetzt ihre Wangen? Mit wem telefonierte sie? Ihre nächsten Worte beantworteten seine Frage.

»Du hörst dich wirklich total anders an, Fred! Da wird mir so warm ums Herz. Das ist ja hochromantisch! Oh, wie supersüß von dir!«

Jeff erstarrte. Frederic erwiderte etwas und Charlene lauschte hingerissen, mit diesem strahlenden Lächeln auf ihrem Gesicht.

Ernüchtert drehte sich Jeff um und ging nach oben. Sein Herz klopfte unwillkürlich stark. Er sah sich um und mit einem mal kam er sich hier vor wie ein Fremder. Das war Charlenes Haus. Ihr Zimmer, ihr Bad. Das war ihre Welt. War sie gerade dabei zu erkennen, dass Fred besser dazu passte als er?

Ehe er nachdenken konnte, schnappte er sich seine Jacke, lief eine Weile aufgewühlt den nah gelegenen Feldweg entlang. Je länger er lief, desto mehr verrauchte sein Zorn. Er musste mit Charlene reden, er wollte nicht, dass dieser blöde Erreger zwischen sie beide kam. Er wollte nicht, dass Fred zwischen sie und ihn kam! Er drehte wieder um, beschleunigte seinen Schritt, doch als er zu Hause ankam, war sie fort. Es war Dienstag. Wenn er sie hören wollte, musste er das Radio einschalten.

♫ ♫ ♫

Diesmal machte sich Senta richtig schick. Bio-Mädel! Sie musste lachen, während sie in der Badewanne lag. Fred hatte nicht verraten, wo es hinging, aber ihr gesteckt, dass sie sich durchaus aufbrezeln könnte, wenn sie wollte.

»Das ist so ein Laden, wo du nie genau weißt, ob du nun over- oder underdressed bist«, hatte er erklärt. »Du kannst im Abendkleid hin oder in Jeans. Auch Söckchen sind erlaubt. Ich würde etwas Enganliegendes empfehlen.«

Fred, der Womanizer. Das waren Ansagen, die sie vor ihm warnten. Aber er war witzig und da sie so oft mit negativen Dingen zu tun hatte, tat es ausnehmend gut, mit jemandem lachen zu können.

»Von wegen Söckchen«, murmelte sie, während sie ihren Kleiderschrank nach Brauchbarem durchwühlte. Sie entschied sich für ein silbergraues Etuikleid, das ihre Augenfarbe unterstrich. Bei den Schuhen gab es nicht viel Auswahl. Die Jimmys waren ihre einzigen High Heels.

Ihr Haar steckte sie diesmal hoch, schminkte kräftig ihre Augen und konturierte ihre Wangen. Sie erkannte sich fast selbst nicht mehr. Es war ewig lange her, dass sie sich so aufgedonnert hatte.

Auch Fred war etwas nervös und hoffte inständig, sie würde sich nicht für eines ihrer Hängerkleidchen oder sonst was Flatteriges entscheiden. Er ging sogar auf Nummer Sicher und ließ seine Sekretärin etwas besorgen, das er im Kofferraum seines Wagens verstaute. Doch als Senta ihm die Tür öffnete, bekam er den Schock seines Lebens. Eine völlig andere Frau öffnete ihm die Tür. Ihr Anblick verschlug ihm die Sprache. Teufel, wer hätte gedacht, dass ein bisschen Schminke aus einem Bio-Mädel einen Vamp machte?

»Senta? Bist du das?«, fragte er verdattert. »Ich hätte dich ohne die Söckchen fast nicht erkannt.«

»Ich könnte sie überstreifen, damit du weißt, wer ich bin und mich nicht mit anderen Frauen verwechselst. Bist du irritiert?«

»Irritiert ist das richtige Wort«, gab er zurück. »Um das ein wenig aufzulösen, hilf mir mal, was wird das heute? Ein Geschäftsessen?«

Sie wurde rot. »Ich fürchte ja, Fred. Hätte ich auf das enganliegende Kleid verzichten sollen?«

»Oh nein, im Gegenteil! Das ist elementar wichtig! Du siehst klasse aus, Senta.«

Er führte sie zu seinem Aston, öffnete ihr die Tür. Verstohlen beobachtete sie ihn.

Heute erinnerte er sie an Fred, den erfolgreichen Anwalt, mit seinem maßgeschneiderten, dunkelgrauen Anzug. Er wirkte sagenhaft elegant und wie immer verströmte er dieses unabsichtliche, erotische Flair, das sie so faszinierte. Mühelos kamen sie ins Gespräch. Er erzählte ihr Anekdoten aus seinem Berufsleben, unterhielt sie mit seinen Witzen, bis sie sich beschwerte, dass er ihr Make-up ruinierte, weil ihr vor Lachen die Tränen aus den Augen liefen. Als sie nach einem Taschentuch kramte, um sich Mascara vom Gesicht zu tupfen, rief sie plötzlich:

»O mein Gott! Du fährst zu Wulff und Rosita!«

»Ach bitte, das tust du mir jetzt nicht an! Du kennst das Lokal und die beiden?«

»Ja, ich war mit Christopher schon mal hier!«

»So ein Mist! Und ich dachte, ich überrasche dich!«

»Es ist ja auch eine Überraschung! Ich freu mich total, die zwei wiederzusehen!«

Freds Gesichtsausdruck war undefinierbar und Senta wusste nicht recht, was sie davon halten sollte. Jedenfalls zog sie im Wagen schon die Schuhe aus und erklärte:

»Das sind meine einzigen Jimmys und Wulff hat jede Menge absatzvernichtenden Kies auf dem Weg.«

Für so etwas hatte Fred totales Verständnis. Er manövrierte den Wagen so nah wie möglich an den Eingang, ließ sie aussteigen und fuhr danach auf den Parkplatz.

Wie beim ersten Mal stand Wulff mit vor der Brust verschränkten Armen an der Tür. Ihm fiel fast die Kinnlade runter, als er Senta erkannte.

»Senta!«, rief er. »Das gibt's nicht, oder?«

»Hallo Wulff«, grinste sie. »Machst du wieder den Zickencheck?«

Im nächsten Moment fiel es ihr wie Schuppen von den Augen. »Ach du Schande!«, kicherte sie. »Sag bloß, Fred ist einer von den drei Kandidaten, die du unter deine Fittiche genommen hast?«

»Hab ich nicht gesagt, du kommst für Kandidat zwei auch in Frage?«, gab er zurück.

»Nein, du täuschst dich, Wulff. Es ist ein Geschäftsessen.«

»Ein Geschäftsessen. Mit Fred. Und bei dem Aufwand.«

»Meinst du mein Outfit? Das ging ganz schnell. Im Übrigen gehe ich mit Chris demnächst wandern – falls es das ist, was du wissen wolltest.«

In diesem Moment stieß Fred dazu.

»Und?«, fragte er Wulff. »Sie darf rein, oder? Ist übrigens ein Geschäftsessen.«

»Ja, schon klar«, erwiderte Wulff und nickte knapp Richtung Gastraum. Man sah ihm an, dass er nicht wusste, was er davon halten sollte. »Immer der Nase lang. Wo es am besten riecht, da lasst euch nieder.«

Das Restaurant war diesmal gut besetzt und Fred der Gentleman par excellence. Er schaffte allein mit seiner Gegenwart eine solche Romantik, dass sich Senta vorkam wie eine Prinzessin. Ja, das war seine Spezialität, Frauen das Gefühl zu geben, sie seien die wundervollsten Lebewesen der Welt. Exakt so empfand er es auch und genauso behandelte er sie. Aber da war noch ein Quäntchen mehr zwischen ihm und ihr. Der Humor, der alles so einfach machte, das versteckte Flirten, weil sie wusste, dass er auf Charlene stand, und er wusste, dass sie mit Waldorf zusammen war. Das hatte fast schon wieder etwas Verbotenes, was seltsamerweise den Zauber und den Reiz erhöhte. Aber Fred ließ diesmal auch die zwanzig Jahre Unterschied und damit den väterlichen Teil raus. Senta mochte das. Und so erzählte sie ihm von ihren jüngsten Erlebnissen mit Michaela, ihrer Arbeit mit den Sunlight-News, wie schwer es ihr manchmal fiel, bei all den Nachrichten eine positive Einstellung zu bewahren. Es gab nicht so viele Menschen, mit denen man über diese Befürchtungen sprechen konnte, und Fred war einer davon. Es tat unglaublich gut, einfach drauflosreden zu können, zumal Fred ihr aufmerksam zuhörte. Sentas Wangen glühten vor Elan und ihre Augen blitzten.

»Ich bleibe relaxed, was das angeht«, erklärte Fred gerade. »Niemals kommen die mit so etwas durch. Und weißt du, warum? Weil sie uns Menschen unterschätzen. Und wir haben ja noch Charlenes Weisheiten.

Ich bin überzeugt, dass die Zuhörer das anwenden, sonst würden die ja nicht jeden Dienstag einschalten. Also, ich bemühe mich sehr drum.«

»Tust du das?«, fragte sie erstaunt.

»Na, logisch!«

Senta lächelte. »Wie siehst du das Ganze, Fred? Du als Anwalt hast doch noch mal einen anderen Einblick ins Geschehen.«

»Meiner Meinung nach ist das eine unserer größten Herausforderungen in der Geschichte der Menschheit. Aber auch eine fantastische Chance und das in jeder Hinsicht. Was Huxleys Prognose angeht: Der hat die spirituelle Entwicklung der Menschheit nicht ins Kalkül gezogen. Die Politik auch nicht. Falls es dich beruhigt, Senta: Wir sind dran. Ein ganzer Anwaltsstab ist hinter diesem Chefvirologen und den anderen Beteiligten dieser Inszenierung her. Wir arbeiten eher im Hintergrund, weil wir nicht wollen, dass unsere Arbeit zu stark behindert wird, aber ich kann dir versichern, dass da einiges angeleiert ist. Mach dir keine Sorgen.«

Allein dieser Satz war Balsam in ihrer Seele.

»Darfst du darüber reden? Über das, was ihr tut?«

»Sicher. Zum Beispiel überprüfen wir die Rolle des Chefvirologen. Es gibt ziemliche Ungereimtheiten, bezüglich seines Tests, der keiner ist. Und natürlich seiner Doktorarbeit. Es gibt ne Menge unlogischer Erklärungen, warum die nicht auffindbar war. Jetzt gibt es sie, aber mit einem falschen Datum. Wir vermuten, er hat gar keine echten Titel. Zudem rotten sich die kleinen und mittelständischen Unternehmen zusammen, die sich gegen die Handhabe der Regierung mit einer Sammelklage wehren. Es gibt auch Untersuchungen, was die Weltfinanz angeht, auch hier haben wir viele Dinge in der Leitung, die viele Fragen aufwerfen …«

Fred zuzuhören war ein Genuss. Er hatte eine sehr unterhaltsame Art und je länger er redete, umso wärmer wurde ihr ums Herz. Für sie war es Hoffnung pur, zu hören, dass kompetente, erfolgreiche Menschen wie er die Gefahren sahen. Und jemand wie Fred sollte ein radikaler Verschwörungstheoretiker sein? Inzwischen gab es Millionen, die offen oder heimlich gegen all das protestierten. So viele Verschwörungstheoretiker hatte es wohl weltweit noch nie gegeben. Das Gespräch half ihr und ihr wurde immer leichter zumute. Schließlich wechselten sie das Thema, lachten viel, das Essen war mal wieder gigantisch – und vor allem sehr leicht, was Wulff mit fast jedem Gang betonte. Auch Rosita war kurz an den Tisch gekommen und hatte sie begrüßt, diesmal ohne sie zu umarmen, weil das Restaurant voller Leute war.

»Ich wünschte mir von Herzen, dass eure Bemühungen Früchte tragen«, sagte Senta, als sie beim Dessert saßen. »Es wird und wurde nun schon so viel getan und doch scheint sich nichts zu bewegen.«

»Der Eindruck täuscht. Das addiert sich alles. Es ist ein wenig wie mit deiner Überschlagsschaukel, nicht? Das letzte Quäntchen, das fehlt, um es zu schaffen.«

»Ja, so ist es.« Sie biss sich auf die Lippen und sagte nichts mehr. Fred wusste genau, was sie dachte. Damals hatte genau das letzte Quäntchen gefehlt. Sie hob den Kopf, lächelte ihn an:

»Darf ich dich etwas sehr Persönliches fragen?«

»Nur zu!«

»Liebst du Charlene?«

»Ja, natürlich«, erwiderte er. »Wer liebt sie nicht.«

»Nein, ich meine, wärst du mit ihr zusammen, wenn Jeff nicht wäre?«

Um seine Lippen zuckte es und er antwortete nicht gleich. Senta hatte nicht das Gefühl, dass er sich verschloss, sondern dass er nach passenden Worten suchte. Als er sie nicht fand, half sie ihm.

»Jeff hat mir erzählt, dass du es warst, der die Beziehung nicht wollte. Warum, wenn du sie doch liebst?«

»Um ehrlich zu sein, denke ich oft darüber nach«, gestand er. »Sehr oft sogar. Dass es ein Fehler war … gewesen sein könnte.«

Gedankenverloren spielte er mit seiner Gabel, legte sie ab, sah Senta in die Augen:

»Du kennst ihre letzte Sendung nicht, oder?«

»Welches ist denn die letzte? Ich habe in einige alte Aufzeichnungen reingehört, die noch auf der Homepage zu finden waren, ein paar Dialoge mit Jeff … uh, das war echt heiß.«

Sie lachte.

»Ich meine die Sendung, mit der sie das Moonlight-Radio beendete.«

»Nein, die habe ich nicht entdeckt.«

»Hm, kann sein, dass sie die von der Homepage genommen haben. Ich habe sie noch irgendwo und schick sie dir mal, falls du Interesse hast.«

»Und darin erfahre ich, warum du glaubst, dass es ein Fehler war?«

»Darin erfährst du im Wesentlichen, wie ich ticke.«

»Aber wie geht es dir damit, Charlene gebunden zu wissen? Tut dir das weh?«

Zum ersten Mal wich er aus.

»Es geht mir gut. Ich genieße nach wie vor mein Leben und gerade ganz besonders.« Er lächelte charmant. »Ich sitze nämlich mit einer bezaubernden Frau zusammen, für die ich noch eine kleine Überraschung parat habe.«

Verdutzt sank sie auf ihrem Stuhl nach hinten.

»Eine Überraschung? Für mich? Was denn?«

Er seufzte. »Das ist mal wieder eine typische Frauenfrage. Wenn ich dir das verrate, ist es doch keine Überraschung mehr.«

Auf seine unnachahmliche Art tupfte er sich den Mund ab. Gebannt stellte Senta fest, dass es sogar ein Augenschmaus war, ihn beim Ablegen der Serviette zu beobachten. Irgendwas war an dem Kerl, was einen ständig zwang, ihn anzuschauen.

»Was ist?«, fragte er auf ihren Blick hin. »Habe ich Gemüse zwischen den Zähnen?«

»Nein, mir fällt nur auf, wie unglaublich schön und elegant deine Bewegungen sind. Du benimmst dich wie ein Adliger, so edel wie ein König. Es macht richtig Freude, dich zu betrachten.«

Sie lachte. »Ich hoffe, ich komme jetzt nicht als Spanner rüber.«

»Ich hoffe, ich komme jetzt nicht gleich als durchgeknallt rüber. Also, hopphopp! Die Überraschung wartet!«

♫ Dreamland ♫

Alexis Ffrench

Senta erhob sich, nahm ihre Tasche und den Schal und folgte Fred. Er nahm sie nicht bei der Hand, wie es Christopher getan hätte. Erst als sie draußen standen, legte er leicht die Hand auf ihren Rücken und lenkte sie Richtung Garten. Doch bevor sie um die Ecke bogen, blieb er stehen, hielt ihr die Augen zu und dirigierte sie mit seinen Händen weiter. Senta war seltsam zumute. Freds Hände auf ihren Augen, sein Körper, der dem ihren zwangsläufig nah kam, berührten sie im wahrsten Sinne des Wortes. Manchmal näherte sich sein Mund von hinten, um ihr die Richtung zuzuraunen, dann prickelte seine Stimme ihre Wirbelsäule hinunter, dass sie ein Schauern unterdrücken musste. Sein Sexappeal war in diesen Sekunden greifbar, knisterte wie ein elektrisches Feld, das die Voltzahl ihrer Zellen erhöhte.

Vorsichtig schob er sie vorwärts und mit jedem Schritt, den sie tat, vernahm sie immer deutlicher Musik. Romantische Pianoklänge füllten die Luft, die spitzen Absätze ihrer Schuhe sanken in weiches Gras. Senta lachte leise, als sie deswegen ein wenig nach hinten kippte, aber fragte nichts. Schließlich blieb Fred stehen. Sein Mund näherte sich wieder ihrem Ohr.

»Bereit?«, fragte er. Sie nickte. Langsam nahm er seine Hände von ihrem Gesicht, Senta blinzelte in die Nacht. Aber schon im nächsten Moment entfuhr ihr ein ungläubiges Quietschen und ihr fielen fast die Augen aus dem Kopf.

Auf dem Rasen stand eine Luftschaukel. Glühbirnchen waren um die äußeren Gestänge des Gerüstes gewunden sowie um die Gitter der vier Schiffchen, die herzallerliebst altmodisch bemalt waren. Es war ein Anblick wie aus dem Märchenland. Die Musik versprühte ihren Zauber, die Äste der alten Bäume im Hintergrund winkten ihr zu, das Blätterrauschen klang wie ferner Applaus und der freundliche Sichelmond am Himmel schien sie aufzufordern, zu ihm zu fliegen. Ein ungläubiges Lachen purzelte aus ihrem Mund, und mit feuchten Augen wandte sie sich Fred zu. Sie brachte kein Wort hervor.

»Ist ein Gemeinschaftsprojekt von Wulff und mir«, erklärte er, zog sie zu einem der Schiffchen und vollführte eine Verbeugung:

»Verehrteste, wolltet Ihr mir die Freude machen, mit mir zum Himmel zu fliegen?«

Vor Entzücken außer sich bestaunte Senta das Schiffchen, das über und über mit Blüten bemalt war. Noch immer konnte sie kein Wort sagen, folgte stumm Freds Einladung und wollte einsteigen.

»Ach, warte«, hielt er sie zurück »Könnte mir vorstellen, dass den Jimmys übel wird. Wäre vielleicht besser, wenn wir sie an die Seite stellen.«

Er bückte sich, um ihr die Schuhe von den Füßen zu ziehen, die er dem Bremser übergab, der grinsend danebenstand. Erst jetzt registrierte Senta, dass das Schiffchen Fußbindungen und Gurte hatte. Wie ferngesteuert stieg sie ein, bekam kaum mit, wie die Bänder um ihre Füße und Knöchel gelegt wurden und stand plötzlich in nächster Nähe zu Fred, der sein Jackett ausgezogen und die Ärmel hochgekrempelt hatte. Er sah ihr direkt in die verblüfften, glänzenden Augen.

»Wir schaukeln einfach los und haben Spaß, okay? Und dann schauen wir mal, ob wir das nicht zusammen hinkriegen.«

Die Musik wurde fetziger. Ein Gute-Laune-Song tönte durch die Nacht. Fred fasste die Stangen diagonal, sie tat es ihm nach. Der Bremser stieß sie an, sie nahmen den Rhythmus auf, schwangen sich mit jedem Anschub höher und höher in die Lüfte. Als sich die Schaukel in einem Neunziggradwinkel befand, stieg in Senta ein irrsinniges Gefühl der Freiheit hoch. Ihr Gesicht fing an zu leuchten und sie fand ihre Sprache wieder.

»Juchhuuu!«, schrie sie, als die Schaukel von einem immer höher werdenden Winkel nach unten sauste. »Yippieyayeah!«

Der Flugwind blies ihr das Haar aus dem Gesicht, ihre Wangen waren gerötet und ihre Augen leuchteten in einem Glück, wie Fred das noch nie an einem Menschen gesehen hatte. Er konnte sich an dieser Freude gar nicht sattsehen, nicht an diesem seligen Ausdruck in ihrem Gesicht, wenn die Schaukel von ihrem höchsten Punkt nach unten und wieder nach oben flog, wenn sie in diesen Sekunden die Augen schloss und die Luft auf ihrer Haut und die Bewegung genoss. Freds Herz weitete sich und schien einen Salto zu schlagen.

»Jetzt verstehe ich, warum du auf ein enganliegendes Kleid bestanden hast!«, rief sie und lachte.

»Hey Mäuschen!«, erinnerte er sie. »Wir haben etwas vor! Also volle Kraft voraus!«

»Ja, genau!«, antwortete sie juchzend. »Volle Kraft voraus!«

Mit leuchtenden Augen gingen sie zusammen in die Knie, synchronisierten ihre Bewegungen, verdoppelten ihren Schwung, verbanden sich zu einem Körper, der das schwere Schiff immer leichter werden ließ. Höher und höher und höher stieg es, bis es sich immer mehr dem obersten Punkt annäherte. Allein dieses Gefühl, von ganz oben nach unten zu segeln, war gigantisch. Senta jubelte und sang begeistert die Songs mit. Doch je mehr sie sich dem Überschlagspunkt näherten, desto konzentrierter und stiller wurden sie beide. Das Schiff flog nach oben, kurz an die Hundertachtziggrad-Achse und sauste im vorgezeichneten Bogen wieder zurück.

»Nur noch ein paar Zentimeter, dann haben wir's!«, keuchte Fred.

Wieder schwang das Schiff hoch, brauste zurück, schwang erneut nach oben, verharrte für eine Sekunde am höchsten Punkt – und kippte erneut nach unten. Ein weiterer Schwung folgte, vereint gingen sie in die Knie, richteten sich im genau richtigen Moment wieder auf, warteten. Das Schiffchen erreichte bis auf wenige Zentimeter die Hundertachtziggrad-Position, verharrte vor dem Turning Point – und fiel ein weiteres Mal zurück. Im Augenwinkel registrierte Senta, dass inzwischen Gäste wie Personal, angelockt von der Musik, nach draußen gekommen waren, mitfieberten und jedes Mal ein bedauerndes »Ooooohhh neeeeiiinnn!«, von sich gaben, wenn es misslang.

»Und nochmal mit aller Kraft!«, feuerte Fred sie an und lachte, obwohl die Schaukel in der Abwärtsbewegung war. Ein weiteres Mal koordinierten sie ihre Bewegungen, und als sie diesmal nach oben schwangen, spürten sie, dass sie ein paar Millimeter dazugewonnen hatten. Sie befanden sich komplett kopfüber. Senta fühlte, wie ihre Füße sich vom Bretterboden lösten, die Schlaufen den Fall bremsten, aber es fehlte der letzte Tick und einmal mehr zog es sie zurück in die andere Richtung, begleitet von enttäuschten Rufen aus den Kehlen der Zuschauer.

Senta biss die Zähne zusammen.

»Wir brauchen mehr Schwung«, presste sie hervor.

»Locker bleiben«, mahnte Fred außer Atem. »Gib dich in die Bewegung! Der Schwung braucht *dich*!«

Senta schloss die Augen. Das Schiff sauste hoch, näherte sich zum x-ten Mal der Vertikalen, stand kopfüber – und blieb stehen. Eine Sekunde, zwei Sekunden, die Zuschauer unten quietschten aufgeregt. Senta fühlte, wie sich der Schwerpunkt wieder zur Erde, zur falschen Seite neigte. Das Gefährt wackelte, hielt noch immer die Position, unentschieden, wo es hingehen sollte, und ein kleiner, fast verzweifelter Atemzug entfuhr ihr. In diesem Moment löste Fred seine Hand von der Stange, fasste Senta am Rücken, schob sie zu sich, schuf damit genügend Schwerkraft auf seiner Seite – und die Schaukel überschlug sich.

Das Gefühl war atemberaubend. Senta blieb buchstäblich die Luft weg. Der Kopf drehte sich, der Magen drehte sich, die Welt drehte sich. Die Sterne am Himmel, der Mond, die Wolken, das Universum – alles war Tanz. Senta hatte in diesen Sekunden nicht einen Gedanken im Kopf, fühlte nur diese Bewegung, fühlte sich wie ein vibrierendes Elektron kurz vor der Materialisierung, wie auf einem Katapult in die Weiten des Universums. Die Freude platzte in ihr wie ein Ballon und ein langer Jubelschrei löste sich aus ihrer Kehle. Sie kriegte sich fast nicht mehr ein vor lauter Glück, und juchzte in einem fort. Freds Arm blieb an ihrer Taille und mit dem Schwung des ersten Überschlags schafften sie noch einen zweiten, dritten, vierten und fünften. Unten lachten und applaudierten die Zuschauer, klatschten sich ab, als wären sie es, die den Überschlag geschafft hätten.

Schließlich ließ Fred sie los, ergriff wieder die Stange. Ihre Blicke trafen sich, ihre Oberkörper waren sich nah. Sie vermisste seine Hand, sowie er sie zurückgezogen hatte. Keiner von ihnen sprach ein Wort. Was hätten sie schon sagen können? Senta fühlte sich überirdisch. Sie fühlte sich, als wäre sie jetzt erst zum Leben erwacht, fühlte sich, als hätte sie mit jedem Überschlag die gesamte Energie des Universums eingesogen. Ihre Augen glänzten wie Sterne.

Langsam ließen sie das Schiff ausschaukeln und setzten sich auf die kleinen Bänke, bis der Schausteller mit dem Holzklotz und seiner Stange das Schiffchen ruckelnd zum Stillstand brachte. Sie stiegen aus, fühlten den Boden unter den Füßen, lächelten über die Glückwünsche der Zuschauer. Fred holte sein Jackett, ihre Tasche, ihren Schal, drückte ihr die Schuhe in die Hand. Langsam liefen sie zu seinem Wagen. Erst dort war es ihr möglich, einen Dank auszusprechen. Er kam ihr armselig vor im Vergleich zum Erlebnis – und genau das sagte sie ihm.

»Fred, mir … mir fehlen die Worte.«

»Ich brauche keine Worte«, antwortete er. »Ich weiß, dass es dir Spaß gemacht hat. Das ist mehr als genug.«

Er lächelte zufrieden und startete den Wagen. Senta saß neben ihm. Sie versuchte erst gar nicht, das wirbelnde Gefühls- und Gedankenkonfetti in ihr zu sortieren. Es war völlig unmöglich.

♫ Bitte hör nicht auf zu träumen ♫

Xavier Naidoo

»Guten Abend, meine Lieben! Das Moonlight-Radio startet in die nächste Runde! Noch immer sind die Zeiten spannend, wir schreiben unser Schicksal neu. Schon Max Planck hat gesagt: Der Geist ist der Urgrund der Materie. Und von einer der letzten Sendungen wissen wir: Wir teilen uns einen Geist. Wir sind ein Geist und jede Änderung setzt etwas im Getriebe des Universums in Bewegung. Aber Änderung heißt, über das vertraute, kleine ›Ich‹ hinauszuwachsen. Änderung heißt, zu erkennen, dass wir mehr sind als nur unsere Körper. Sie bedeutet, den wahren Schöpfungsprozess *bewusst* zu leben, nämlich vom Feinstofflichen ins Grobstoffliche. Und ›bewusst‹ bedeutet, dass es keinen Sinn macht, am äußeren Bild herumzuschrauben, sondern an die Kraft in unserem Inneren heranzukommen, wenn wir im Außen eine Änderung wollen. Hinter den Schwankungen des Lebens liegt etwas sehr Beständiges, etwas sehr Greifbares – das göttliche Licht. Und dieses Licht schimmert ununterbrochen in jedem Teilchen des Universums. Das zu entdecken, dafür sind wir hier. Es wäre so schön, wenn die Impulse des Moonlight-Radios ein kleiner Booster für unser aller Wachstum sind. Bleibt dran!«

Jeff saß mit gemischten Gefühlen vor seinem Laptop. Er hatte keine Ahnung, wie Charlene es schaffte, so heiter zu sein. Er wusste ja am besten, dass sie belastet war, nicht zuletzt, weil es zwischen ihnen deutlich frostiger zuging als sonst. Gelegenheit zum Reden hatte es kaum gegeben, jeder war in seinen Aktivitäten gefangen und überdies wurde Jeff das Gefühl nicht los, dass Charlene Freds Gegenwart mehr suchte und schätzte als die seine. Sie hatte ja sogar gesagt, er, Jeff, würde sie belasten! Aber man sollte doch wohl mit seinem Partner über alles reden können, oder nicht? Er biss sich auf die Lippen, als er sich an ihren Vorwurf erinnerte: Skandaljournalismus. Ja, er hatte Senta vor dem Gespräch mit

Charlene gebeten, zusätzlich ein paar unschöne Enthüllungen über die Impfung dazu zu setzen. Auch Senta hatte sich unbehaglich gefühlt und das zum Ausdruck gebracht.

Er wandte sich wieder der Sendung zu, nicht zuletzt, weil sein Name genannt wurde.

»Und mit wem spreche ich gerade?«, fragte Charlene im Radio.

»Ich heiße Franziska. Und ich habe mich auf Jeffs Seite über das Impfen schlaugemacht. Seitdem kann ich nicht mehr schlafen. Ich habe schreckliche Angst davor.«

Jeff schluckte. Das hatte er wirklich nicht gewollt. Aber war es nicht auch wichtig, sich zu informieren? Auch wenn es unangenehm war?

»Ich habe Angst, dass sie mit dieser Impfung unsere Körper irreparabel verändern«, hörte er Franziska sagen. Sie weinte fast. »Irgendwie machen die da oben, was sie wollen und wir werden überhaupt nicht mehr gefragt! Was sollen wir tun, wenn sie uns das Zeug in den Körper zwingen? Diese … diese Verbrecher!« Charlene schwieg zunächst. Das mit der Impfung war ein heikles Thema.

»Franziska«, sagte sie schließlich. »Ich kann das nicht aus medizinischer Sicht angehen, lediglich aus spiritueller. Das möchte ich vorab klarstellen.«

»Ja, natürlich, deswegen rufe ich doch an. Ich hoffe, du kannst mir etwas sagen, was mich beruhigt.«

»Das hoffe ich auch. Hast du dich schon mal mit Epigenetik beschäftigt?«

»Nein, noch nie.«

»Okay. Epigenetik sagt im Wesentlichen, dass du es bist, der seine Gene kontrolliert. *Du* bist es, der gesunde Gene einschalten und weniger gesunde deaktivieren kann. Diese Wissenschaft belegt, dass es nicht die Gene sind, die unser Schicksal bestimmen, sondern unsere Einstellung, unsere Gedanken und Gefühle. Du weißt, dass sich aufgrund eines Gedankens bestimmte chemische Stoffe in deine Zellen ergießen und dafür sorgen, dass das dazu passende Gefühl entsteht. Je öfter man einen Gedanken denkt, desto schneller nimmt ihn der Körper an. Warum sage ich das? Weil du in Angst schmorst und dir damit überhaupt keinen Gefallen tust. Damit fährst du dein Immunsystem runter und bist offen für Negatives. Denk dran: *Du* bist der Chemiemeister in deinem Labor und niemand sonst. Dieser Power solltest du dir als Allererstes bewusst sein.«

»Ja, schon, aber was nützt mir das, wenn sie mir was verabreichen und ich noch nicht mal weiß, was das sein wird!«

»Es nützt dir nicht nur, es könnte die Lösung sein, sollte es überhaupt so weit kommen. Das möchte ich an dieser Stelle doch nochmal klar zum

Ausdruck bringen: Mit euren Gedanken manifestiert ihr die Welt. Wenn ihr euch also in bestimmten Ängsten verliert, kann nichts Gutes draus entstehen. Daher ist es vor allem wichtig, dass du dich von dieser Angst löst, Franziska. Wenn du weißt, dass *dein* Geist und *deine* Einstellung entscheidend sind, hast du die Macht – und nicht ein Vakzin, das dir verabreicht wird. Wenn diese Krise für eines da ist, dann dafür, dass wir uns dieser Macht bewusst werden. Schau, Franziska, wenn ich dir sage, dass Stress und negative Horrorszenarien dein Immunsystem runterfahren, würdest du mir zustimmen?«

»Klar, das ist eine altbekannte Tatsache.«

»Gut, warum ist dann der Umkehrschluss so schwierig? Dass du mit freudvollen, positiven Gedanken dein Immunsystem hochfahren und du über deinen Körper bestimmen kannst?«

»Weil diese Impfung in etwas sehr Essenzielles eingreift«, gab Franziska zurück. »In mein Genom. Und da es keine Langzeitstudien gibt, weiß auch niemand, welche Schäden sie auf Dauer anrichtet. Steht doch so auf Jeffs Seite! Die ganzen Nebenwirkungen und das alles.«

»Das steht da, um darauf hinzuweisen, dass es hierbei um einen ungeprüften Impfstoff handelt, der das Omega-Problem nicht löst – was sich ja viele von dem Impfstoff erhoffen. Es steht da, damit du deinen gesunden Menschenverstand nutzen und dir bewusst werden kannst, was du willst und was nicht. Aber es steht nicht da, um dir Angst zu machen. Es ist wichtig, sich zu informieren, noch wichtiger ist es, sich davon nicht aus der Balance bringen zu lassen. Alles im Leben ist ein Spiegel. Und gerade habe ich dir gesagt, dass die Macht in dir liegt. Aber lass uns ruhig mal vom Worstcase ausgehen und so tun, als ob die Impfung durchgedrückt wird, okay?«

»Okay«, sagte Franziska. »Bin gespannt, was du dazu zu sagen hast.«

»Rufen wir uns doch mal in Erinnerung, dass 98,5 Prozent unserer Gene brachliegen. Das bedeutet: Dir steht ein unendliches Potenzial zur Verfügung, ein Potenzial, das wirksame Lösungen für einen Eindringling jeder Art hätte und die du gar nicht nutzt, weil Angst dich blockiert – und außerdem davon überzeugt bist, dass ein Vakzin stärker wäre als du. Die Wissenschaft der Epigenetik macht sehr deutlich, dass wir *nicht* unseren Genen ausgeliefert sind, dass sie *nicht* unser Schicksal besiegeln. Hier greift wieder diese andere Kausalität, von der ich ständig spreche: vom Feinstofflichen zum Grobstofflichen. Das muss uns endlich klarwerden. Dr. Glen Rein von der Universität London hat in einem Experiment bewiesen, dass sich unser Bewusstsein direkt auf unsere DNS auswirkt. Er hat DNS in entionisiertes Wasser gegeben und Probanden gebeten die DNS zu entrollen oder aufzuwickeln. Das hat funktioniert, sogar auf weite

Entfernungen. Es funktionierte aber nur, wenn der Proband sich konzentrierte und wenn er Liebe mit ins Spiel brachte. Wenn das passierte, stieg die Photonenzahl in der DNS an. Und ihr wisst, Photonen sind Lichtteilchen. Diese Liebe wurde erzeugt, indem sich die Probanden auf ihr Herz konzentriert haben. Liebe wirkt sich direkt und unmittelbar auf die DNS aus. Liebe ist die Quelle. Sie ist das Urfeld.«

Charlene schwieg ein wenig, um Zeit zu geben. Es waren die Momente, die Harry so liebte, denn obwohl nichts gesagt wurde, war der Raum voll, schwang Tröstendes im Äther.

»Bitte präg dir das ein Franziska«, setzte Charlene an. »Sie können deinen Körper impfen, aber nicht deine Seele. Das ist der immerwährende Aufruf dieser Krise: sich endlich, endlich mit der Quelle zu verbinden. Dr. Rein hat nämlich Weiteres festgestellt: Deine DNS ist nicht nur in deinem Körper, sie ist direkt im Urfeld gespeichert. Sie ist direkt mit der Präsenz verbunden, die dich leben lässt.«

»Aber an die komme ich nicht ran«, wandte Franziska unzufrieden ein. »Ich habe mich nie mit solchen Dingen beschäftigt. Urfeld! Was soll ich damit! Das ist vielleicht was für Leute, die schon länger meditieren, aber ich kann das nicht!«

»Den Satz streichst du gleich mal wieder. Jeder kann das. Du tust es ja auch schon. Du beeinflusst dich gerade massiv. Nur eben unbewusst und in die falsche Richtung. Jetzt bringen wir mal Bewusstsein in die Sache – und du drehst das Ding um. Mach dich nicht so klein, Franziska! Du bist doch hier, um deine Großartigkeit zu entdecken!«

Charlene lächelte, aber es war zu spüren, dass Franziska stark in ihrer Angst feststeckte. Sie war keineswegs beruhigt.

»Ich weiß nicht, Charlene«, seufzte sie. »Das hört sich jetzt blöd an, ich frage aber stellvertretend für viele: Wenn wir nicht wissen, was in diesem Impfstoff drin sein wird, nicht wissen, welche Schäden er anrichtet, wie sollen wir uns dagegen wehren? Und vielleicht sind ja doch Mikrochips enthalten, wer weiß das schon! In dem Artikel auf Jeffs Seite wurde ja auch das 5G erwähnt ... damit können sie mich steuern, ohne dass ich das merke!«

»Daran glaube nicht«, versetzte Charlene rigoros. »Das wird nie funktionieren. Niemals. Jeder, der das glaubt, unterschätzt sich und die Menschheit und macht sich klein. Bist du so klein, Franziska? Nein. Du bist riesengroß. Und wenn du das kapierst, hat niemand Macht über dich, nur du selbst. Wenn du heute schon anfängst, deine Gedanken zu beobachten und Herr über deinen eigenen Geist zu werden, hat keiner eine Chance, dich zu kontrollieren. Nein, das ist Schwachsinn. Diesen

Gedanken würde ich niemals auch nur einen Hauch von Energie geben wollen.«

Jeff ruckelte unbehaglich auf seinem Stuhl. Begriff langsam, dass er mit manchen Ideen, die er auf seine Seite setzte, negative Gefühle heraufbeschwor, die doch gerade jetzt keiner brauchen konnte. Trotzdem … Information war doch auch wichtig … wo lag die Lösung?

»Das beruhigt mich ja schon ein bisschen«, drang Franziskas Stimme an sein Ohr. »Also denkst du, dass diese Kontrollgeschichte nicht möglich ist?«

»Nein. Und weißt du warum? Weil sie dem, worüber wir hier reden, keine Macht einräumen. Sie wissen um die Macht der Gedanken, aber nicht um die Macht der Liebe. Und sie gewinnen nur bei Menschen, die dieser Präsenz ebenfalls keine Macht einräumen. Das ist einer der Gründe, warum ich in jeder Sendung betone, dass wir keine Zeit haben, uns mit Ausreden aufzuhalten. Ihr müsst jetzt die Emotionen ausräumen, die euch von der Liebe trennen. Ihr müsst *jetzt* mit eurem Selbst, mit eurem Licht in Verbindung treten und alle Gedanken, dass ihr das nicht könnt, ein für alle Mal begraben. Meine Güte, Franziska, du *bestehst* aus dieser Energie, du bist geboren aus dem Urfeld, doch ständig programmierst du dich, du hättest keinen Kontakt dazu.«

»Wow, so langsam dämmert mir was«, sagte Franziska, während Charlene, im Bestreben, ihr zu helfen, sich heißzureden begann.

»Versteh bitte: Niemals kann jemand Kontrolle über dein Herz erlangen und über die Liebe in dir. Es ist der größte Fehler, das zu denken. Und es ist auch *dein* größter Fehler, Franziska, wenn du so denkst.«

Diese Worte hatten endlich einen breiteren Riss in Franziska verursacht. Sie blieb stumm und hörte gebannt weiter zu.

»All das gelingt nur bei sehr unbewussten Menschen«, erklärte Charlene. »Ihr seid aber nicht unbewusst, sonst würdet ihr doch gar nicht zuhören. Du musst überhaupt kein Meditationsmeister sein, um das für dich anzuwenden. Geist über Materie – das wird immer gelten und bitte, bitte: Es wird Zeit, dass ihr das bewusst einsetzt! Träumt von dem, was ihr wollt und nicht vor dem, wovor ihr Angst habt – Himmeldonnerwetternochmal!«

Charlene lachte herzlich und man hatte das Gefühl, säße sie jetzt mit Franziska zusammen, würde sie ihr mit einer gespielt verzweifelten Grimasse an den Arm boxen. Franziska kicherte mit – und wurde noch ein Stück offener. Jeff ging es genauso. Er verstand immer mehr, was Charlene gemeint hatte.

»Okay, werden wir konkret!«, rief diese übermütig und trieb Jeff damit ein zärtliches Lächeln ins Gesicht. O Gott, er liebte sie! Er liebte es, wie sie die Dinge auf den Punkt brachte, wie sie aufging, in dem, was sie tat und stets versuchte, die Leute aus ihrer schwarzen Stimmung herauszureißen – so wie sie es bei ihm vor Jahren getan hatte. Und er verstand auf einmal glasklar, dass auch er das mit seiner Arbeit tun musste, in Zeiten, in denen es genug Dunkles gab.

»Also, liebe Franziska, du hast gesagt, du traust dir das nicht zu. Daher will ich von einer Studie erzählen – mit ganz normalen Menschen, die ganz sicher nichts mit Meditation und übersinnlichen Fähigkeiten am Hut hatten. Die Studie stammt aus dem Jahr 1996 und wurde von einem Orthopäden mit zehn freiwilligen Probanden durchgeführt, allesamt Kriegsveteranen, die an einer Knie-Arthrose litten. Sie hinkten, gingen am Stock oder brauchten andere Gehhilfen, also volles Programm. Es war eine Standardoperation geplant, in der das arthritische Gewebe mit Hochdruck ausgespült werden sollte. Jedem wurde mit einem Skalpell die Haut aufgeschnitten, aber nur bei fünfen der Eingriff tatsächlich durchgeführt. Dabei wussten weder der Arzt, wessen Knie er gerade unter sich hatte noch der Patient, was mit ihm geschah.

Nach der OP berichteten alle zehn Männer, sie seien mobiler und hätten weniger Schmerzen. Den Scheinoperierten ging es genauso gut wie den wirklich Operierten. Das war auch nach einem halben Jahr noch so. Diese Studie wurde 2002 wiederholt, diesmal mit hundertachtzig Patienten – und demselben Ergebnis. Es gibt zig solcher Beispiele, Franziska, selbst mit Herzoperationen, wo man den Betreffenden einfach nur einen Schnitt in die Brust machte, ihn wieder zunähte und behauptete, man hätte eine erfolgreiche Operation durchgeführt. Der Hammer ist, dass in diesem Fall die Placebo-OP erfolgreicher war als die wirkliche. Also, wenn das mal nichts beweist!« Charlene blies ihre Begeisterung geradezu ins Mikro. »Das sind alles Dinge, die millionenfach passieren und doch nie wirklich beachtet werden. Warum nicht, Franziska? Weil es vielleicht lukrativer ist, wenn Menschen glauben, sie brauchen Medikamente und Impfungen? Wenn Menschen glauben, sie schaffen und können das nicht? Weil sie besser zu lenken und leiten sind, wenn sie vergessen, wie groß sie eigentlich sind? Sollte es jemanden geben, der das beabsichtigt, dann würdest du ihm diesen Gefallen bestimmt nicht tun wollen, oder?«

Jeff schüttelte lächelnd den Kopf. Er wusste genau, wie Charlenes Augen funkelten, wusste, dass ihre Wangen gerötet waren, und wäre in diesen Sekunden am liebsten zu ihr geflogen.

»Nein, das würde ich nicht«, lächelte Franziska zu. »Das ist beeindruckend.«

»Und mehr als das! Fangt doch bitte, bitte an, das für euch zu nutzen! Und zwar nicht nur in Bezug auf euren Körper, sondern auch in Bezug auf euer und unser aller Schicksal! *Das* ist wahre Solidarität! *Das* ist der wahre Aufwachprozess, meine Lieben. Ich höre von so vielen, sie seien endlich aufgewacht, weil sie die Ränke und Spiele der Politiker durchschauen, weil sie plötzlich merken, wie sie gesteuert werden, aber lasst mich euch sagen: Ihr seid solange nicht aufgewacht, solange ihr euch von Angst und Terror einfangen lasst – und zwar egal, auf welcher Seite ihr steht. Solange ihr in diesem negativen Quark rumwuselt, seid ihr voll im Spiel. Aufwachen heißt: bewusst aus diesem Spiel auszusteigen. Ihr seid solange nicht aufgewacht, solange ihr im Außen ein Feindbild sucht. Ihr seid solange nicht aufgewacht, solange ihr nicht tief und fest an eure Göttlichkeit glaubt, euch der Energie in euch und um euch herum zuwendet – und aus ihr zu leben beginnt. *Das* nennt man Aufwachen. Denn selbst wenn sie diese Impfung durchdrücken, selbst wenn das Schlimmste passieren würde – woran ich nicht glaube – könntet ihr immer noch glücklich sein. Ihr könntet Freude und Liebe spüren, ihr könntet euch über all das erheben. Genau deswegen ist es doch so wichtig, dass ihr in euch zu geht, irgendeine Methode findet, die euch zu der Fülle eures Herzens führt. Singt! Tanzt! Meditiert! Hört Musik! Irgendwas! Die Welt da draußen wird sich erst ändern, wenn sich die Bilder in eurem Herzen ändern. Wir müssen die Fülle von innen nach außen bringen, es geht nicht andersrum. Kapiert ihr nicht, dass diejenigen, die ihr als Bösewichter deklariert, ihre Rolle für euch spielen? Dass sie euch an eure Grenzen treiben, damit ihr euch endlich aufrichtet und durch die Wolken stoßt? Ich will damit weiß Gott nicht die Taten einiger Leute rechtfertigen, ganz im Gegenteil. Um ehrlich zu sein, möchte ich nicht in deren Haut stecken, wenn zurückkommt, was sie anderen antun. Und es *wird* zurückkommen.«

»Puh, klare Worte«, ließ Franziska vernehmen. »Ich gebe zu, dass ich das mit der Fülle und Freude im Herzen immer als Trostpflaster empfunden habe ... ich weiß nicht … angesichts dessen, was uns droht, klang das mit der inneren Freude ziemlich lau.«

Charlene lachte leise.

»Das würdest du nicht sagen, wenn du auch nur einen Ansatz in dieser Richtung erfahren hättest«, entgegnete sie. »Lass es mich so ausdrücken: Das Licht im Herzen zu leben, ist meines Erachtens das Gebot der Stunde. Wenn wir es nicht tun, materialisiert sich eine Welt, die wir nicht wollen. Wir sind im Umbruch, jetzt können wir uns bewusst entscheiden: für die Liebe. Nur mal angenommen, das Kollektiv würde es nicht schaffen, du hättest aber die Liebe in dir aktiviert, meinst du nicht, dass es dir damit auf jeden Fall besser ginge? Sie ist in jedem Fall die Lösung.

Liebe ist kein Trostpflaster, sie ist Voraussetzung, dass etwas anderes entstehen kann. Ich habe es so oft gesagt: Wir glauben, es wäre banal, Liebe als Lösung zu sehen, aber wir haben sie im Kollektiv noch nie als Gegenmittel eingesetzt. Und nun haben wir eine weltweite Krise, die uns das erlaubt. Nutzen wir die Chance! Da Liebe eine viel, viel höhere Schwingungsfrequenz als Angst hat, brauchen wir weniger Menschen dazu als die Masse, die gerade über die Medien zwangsneurotisiert wird.«

Harry zuckte zusammen. Der letzte Satz war gewagt! Auch Franziska stieß ein entsprechendes Lachen aus. Charlene machte ungerührt weiter.

»Wir brauchen dich. Denn du willst eine bessere Welt. Die kommt aber nicht einfach so im Außen daher spaziert. Wir müssen sie *erschaffen*. Was wollen wir? Fülle. Frieden. Freude. Glück. Wo finden wir das? Im Außen? Nein. Das alles ist in uns drin. Und wie gesagt, wir haben keine Zeit mehr für die Ausrede, ihr kämt an die Freude und Liebe in euch nicht heran. Jeder kann sich zu jeder Zeit auf das Licht seines Herzens konzentrieren. Das ist eine Entscheidung. Und du hast einen freien Willen und kannst dich entscheiden, wofür du willst. Punkt.«

Jeff lehnte sich zurück. Auch Franziska blieb still. Jeder war froh über die musikalische Denkpause, die sie ihnen gönnte. Sobald aber der Song zu Ende war, sprudelte Charlene weiter:

»Es ist das, wovor die da oben Angst haben. Dass ihr keine Angst habt. Dass ihr euer Licht entdeckt. Sie können nur mit Angst argumentieren, jetzt schon wieder, wo es auf den Herbst zugeht. Das tun sie, um die Schwingung niedrig zu halten. Wir sind multidimensionale Lichtwesen und kein übler Plan hätte je eine Chance, wenn ihr das erkennen würdet. Es ist an der Zeit, das nicht mehr als lächerlich abzutun. Liebe ist unsere Essenz, unsere Quelle, sie ist das Urfeld. Dieses Urfeld durchdringt uns, umfließt uns, umgibt uns. Weder kannst du aus ihm herausfallen noch es verlieren. Es ist auch nichts, was du erreichen musst. Du musst dich lediglich dem zuwenden. Fang einfach an. Spür dich, Franziska. Wir glauben immer, es müssen Lichtblitze und großartige Dinge passieren. Aber das wirklich Großartige ist, Liebe in kleinen Dingen zu fühlen. In einem Kuss, einem Lächeln, einem lieben Wort von dir und nicht zuletzt in der Natur mit all ihren Schönheiten.«

»Das hört sich einfach an.« Diesmal klang Franziska fast verträumt.

»Es *ist* einfach«, gab Charlene zurück. »Gott hat das Leben nicht kompliziert gemacht. Das tut nur unser Kopf. Und was die Impfung angeht: Das Urfeld steht in direkter Verbindung zu unserer DNS und in diesem Urfeld ist dein intaktes, vollständiges Genom gespeichert. Darauf kannst du zurückgreifen. Schau Franziska, wir sind keine physischen

Organismen, die gelernt haben zu denken. Es ist umgekehrt: Wir sind Gedanken, die einen physischen Organismus erschaffen.«

Wieder schwieg sie für eine Weile. Harry spielte DJ und ließ sanfte Sphärenklänge einfließen.

»Was tun wir, wenn es härter werden würde? Wenn sie uns wieder einsperren? Bitte macht euch bewusst, dass das nicht zu eurem Schutz geschieht, sondern um niedrigschwingende Frequenzen zu erschaffen. Dann kommt es darauf an: Können wir in einer hohen Schwingung bleiben? Können wir diese Zeit nicht nutzen, um uns auf die Vision einer liebevollen Welt zu konzentrieren? Stellt euch doch nur vor, welche Kraft, welche Power entsteht, wenn jeder jeden Tag das Feld mit Liebe und guten Gedanken tränken würde, und wenn es nur für ein paar Minuten wäre. Das ist unsere Verantwortung. Es liegt an uns, eine gute oder dystopische Welt entstehen zu lassen. Und all diese sogenannten Bösewichter oder Feindbilder da draußen – die habt ihr miterschaffen. Daher macht es überhaupt keinen Sinn, zu hetzen, lästern, oder sie zu beschimpfen. Das ist, als wolltet ihr eurem Spiegelbild einen Pickel ausdrücken. Ich sagte schon mal: Dunkelheit entsteht dort, wo das Licht fehlt. Jeder, der sich nach innen wendet und aus seinem Herzen heraus die Vision einer liebevollen Welt schafft, wird zum Sandkorn, das durch die Öffnung rutscht. Wir brauchen Menschen, die sich dem Licht zuwenden und ich hoffe, du bist einer davon, Franziska.«

Die antwortete nicht gleich. Sichtlich getroffen sagte sie schließlich leise:

»Ja, das hoffe ich auch. Wenn es auch wirklich manchmal nicht leicht ist.«

Charlene lachte. »Der Abgrund lockt, oder?«, witzelte sie. »Und ihr starrt alle wie hypnotisiert drauf, statt euch mit dem zu beschäftigen, wo ihr eigentlich hinwollt. Also, meine Süße, immer dann, wenn du dich bewusst von diesem Abgrund ab- und dich höheren Emotionen zuwendest, lädst du das Licht ein. Das ist die Wende, nach der ihr, nach der wir uns alle sehnen.«

»Hast du konkrete Vorschläge, was ich tun kann?«, fragte Franziska.

»Ja, mit kleinen Dingen anfangen, Franziska. Wenn du Klavier lernen willst, beginnst du auch nicht mit Beethoven, sondern mit Fingerübungen. Ihr könnt zum Beispiel ein Glas Wasser nehmen, eure Hand drüber halten und liebevolle Energie einspeisen. Wenn das mit der Impfung käme, sagt euch: Das ist das Beste, was meinem Körper passieren kann. Er zieht alles Gute in diesem Stoff für mich heraus, alles andere lässt er los und scheidet er sofort aus. Erschafft Bilder in eurem Kopf, denn euer Körper reagiert genauso, als sei es so geschehen. Er kann nicht unterscheiden zwischen der sogenannten Realität und dem Bild in deinem Kopf. Das dürft ihr nie vergessen, sonst gebt ihr eure Macht ab. Genau das spiegelt sich gerade in der Welt: Menschen, die ihre Macht abzugeben bereit sind und alles dem Staat überlassen, weil sie das Licht ihres Herzens komplett vergessen haben.«

»Das war ne gute Erklärung, danke Charlene!«, sagte Franziska befriedigt.

»Das freut mich, aber by the way, was tust du am liebsten, Franziska? Was macht dir Spaß? Vielleicht ist es ja etwas, was du lange nicht mehr getan hast?«

»Ich … ich tanze gern«, verriet sie erstaunt. »Aber das habe ich wirklich schon lange nicht mehr gemacht.«

»Klasse! Dann würde ich dir empfehlen, damit gleich und sofort anzufangen. Andere Frage: Bist du verheiratet?«

»Ähm … ja?«

»Wunderbar! Wann hast du deinen Mann zuletzt leidenschaftlich geküsst? Mit Zunge und so?«

»Charlene! Ich bin vierundsechzig!«

»Und? Was hat das denn damit zu tun?«

Sie brachen beide in Lachen aus und die gesamte Hörerschaft schmunzelte mit.

»Was hat denn ein Kuss mit dem Thema zu tun?«, fragte Franziska aufgekratzt zurück. Ihre Tonlage war eine ganz andere als zu Beginn des Gespräches. Eine heitere Schwingung lag über dem Sendegebiet.

»Ganz einfach: Statt mit deiner Angst steckst du deinen Mann mit guter Laune an. So multipliziert sich das Licht! Und wenn er sich freut, trägt er das an seinen Arbeitsplatz und steckt vielleicht auch jemanden an. Ihr kennt das theoretische Beispiel des Schmetterlings, der mit seinem Flügelschlag einen Tsunami auslöst. Also stell dir vor, Franziska, wenn dein Kuss dieser letzte Flügelschlag wäre! Das letzte Sandkorn! Das wäre doch fantastisch, nicht?«

»Mensch, Charlene, ich kann es kaum erwarten, meinen Mann zu küssen!«, lachte Franziska.

»Ich kann es auch kaum erwarten, meinen Mann zu küssen«, gab Charlene zurück und zauberte damit Jeff ein tiefes, bewegtes Lächeln ins Gesicht, während sie im Radio heiter proklamierte:

»Es ist doch einfach wunderbar, wenn wir mit einem Kuss das Weltgeschehen beeinflussen können, nicht? Wir sind Licht! Also raus aus dem Kokon und rein in die Freiheit des Schmetterlings!«

Franziska lachte übermütig. »Mensch Charlene, du bist klasse! Danke! Ich freue mich schon auf deine nächste Sendung! Ich hab nur eine letzte Frage: Warum sagst du immer, wir hätten keine Zeit mehr?«

»Hm. Guter Einwurf. Also, wenn ich ganz mutig bin, werde ich euch in den nächsten Sendungen etwas erzählen, das mich sicher komplett in die Reihe der Spinner schiebt. Aber ich habe einige Informationen von einem geistigen Lehrer erhalten, dessen Aussagen ich sehr vertraue. Vielleicht hast du recht. Vielleicht sollte ich euch das sagen.«

Charlene zögerte für Sekunden. Es wurde still im Studio, still in den Wohnzimmern, gespannt wartete jeder auf ihre nächsten Worte. Und nicht wenige Blicke gingen zur Uhr. Es war kurz vor Mitternacht.

»Freut euch auf die nächste Zeit. Es wird noch jede Menge Turbulenzen geben, aber haltet die Spannung und Unruhe aus. Zentriert euch im Herzen. Träumt von einer schönen Welt – und vergesst nicht, eure Liebsten zu küssen! Gute Nacht, Franziska, gute Nacht euch allen da draußen!«

Charlene zog die Regler nach unten, biss sich auf die Lippen und blieb nachdenklich vor dem Mikro sitzen.

»Alles okay, Charly?«, fragte Harry.

»Ja, alles okay.« Sie lächelte geistesabwesend. Dann aber platzte aus ihr heraus: »Warum bringt mich das Moonlight-Radio jedes Mal dazu, meinen Ruf vollständig zu vernichten?«

Sie stieß ein Lachen aus, aber es klang nicht wirklich fröhlich. Harry verstand nicht, was sie meinte, aber schon lächelte sie wieder und meinte leichthin:

»Na ja, sei's drum. Wenn es so kommt, wie es kommen soll, spielt das ohnehin keine Rolle mehr.«

Er hatte nicht den Eindruck, dass die Worte an ihn gerichtet waren, trotzdem sagte er:

»Na, da bin ich ja mal wieder gespannt, welche Bombe du diesmal platzen lässt, Charly.«

Charlene blickte aus dem Fenster, suchte den Mond, der am Himmel stand und murmelte:

»Ich wünschte sehr, ich hätte diesmal Hilfe.«

♫ ♫ ♫

Es war ein Uhr nachts, als sie ihren Wagen in die Garage fuhr. Die angespannte Situation zu Hause war nicht leicht für sie. Mehrmals hatte sie versucht, mit Jeff zu reden, aber eher das Gefühl bekommen, er wiche ihr aus. Wegen Senta? Ihre Mitarbeiter unterhielten sich darüber, dass Jeff Senta geküsst hätte … sie wusste nicht, ob das wahr war.

Es brannte noch Licht in der Küche. Jeff war also noch wach. Sie sah, wie er seinen Laptop zuklappte, als sie um die Ecke kam.

»Hey, Jeff«, begrüßte sie ihn ein wenig reserviert, aber fest entschlossen, die Unstimmigkeit zwischen ihnen anzusprechen.

»Hallo Charlene«, erwiderte er warm. »Deine Sendung war mal wieder grandios.«

Forschend sah sie ihn an. Jeff stand auf.

»Und ich wollte dir sagen, dass es mir leidtut. Dass ich verstehe, was du mit dem Skandaljournalismus gemeint hast. Du hattest so recht!« Ein Lachen purzelte aus seinem Mund. »Meine Güte, was täte ich nur ohne das Moonlight-Radio? Was täte ich nur ohne dich? Ich liebe dich, Charlene.«

Mit einem erleichterten Seufzer flog sie in seine Arme.

»Das tut so gut, dass du das sagst«, murmelte sie. »So gut!«

»Mir auch, meine Süße«, flüsterte er in ihr Ohr. »Und weißt du was? Als ich darüber nachgedacht habe, wie ich meinen Kanal konstruktiver gestalten könnte, sind mir gefühlt tausend neue Geschäftsideen gekommen. Es ist erstaunlich.«

»Das hört sich ja wunderbar an!«, strahlte sie. »Das gibt ein langes Sonntagsfrühstück, ich freu mich schon drauf!«

»Und ich mich darauf, dass du mich küsst! Das hast du vor Tausenden von Zeugen angekündigt!«

Sie lachte, zögerte kurz, dann sagte sie schlicht: »Danke, Jeff.«

»Nein, ich muss mich bedanken«, erwiderte er leise. »Dass du so viel Geduld mit mir hast. Dass du an mich glaubst. Und dass du mich liebst.«

»Das fällt nicht schwer«, erwiderte sie. Glücklich lächelten sie sich an.

»Hey, du bist müde«, wisperte er und strich mit seiner Hand über ihre Wange. »Also, ab ins Bett mit dir!«

In der nächsten Sekunde hatte er sie schon auf seine Arme geschwungen und trug sie nach oben, glücklich, dass es stimmig war zwischen ihnen und die Liebe wieder floss. Hatte er nicht vor Kurzem gesagt, es wäre das Einzige, was zählt? Es war das Einzige, was zählte. Man musste es sich nur immer und immer wieder bewusst machen.

♫ ♫ ♫

Charlene rief Senta an.

»Sag mal, hast du Nachricht von deinem Großvater?«, fragte sie sie.

»Nein, ich bin selbst sehr beunruhigt«, antwortete Senta. »Er sollte schon längst zurück sein.«

»Ich habe seine Bücher gelesen, hat er eigentlich in dieser Richtung weitergeforscht?«

»Du hast seine Bücher gelesen? Das wird ihn freuen! Und ja, natürlich hat er weitergeforscht. Er hat damit nie aufgehört«.

»Und es ist nicht möglich, mit ihm Kontakt aufzunehmen? Ihn für ein Interview an die Strippe zu bekommen? Oder kennst du jemanden, der ähnliche Forschungen betrieben hat?«

»Nicht persönlich, aber ich kann mich mal schlaumachen.«

»Ja, mach das doch mal. Ich glaube, es ist an der Zeit, dass die Leute wirklich aufwachen.«

»Wie meinst du das denn?«

»Damit meine ich, dass ich deinem Opa in seinen Forschungen sehr recht gebe. Dass ich darüber in den nächsten Sendungen reden möchte. Aber ich bin kein Experte auf diesem Gebiet und wäre dankbar für professionelle Unterstützung und wissenschaftliche Belege.«

»Okidoki«, sagte Senta mit glänzenden Augen. »Für welche Fachbereiche soll ich denn suchen?«

Als Charlene ihr die Tags nannte, bekam Senta große Augen. Bunter konnte das Feuerwerk an wissenschaftlichen Sparten nicht sein!

»Ich hänge mich rein!«, versprach sie und legte auf.

Der nächste Punkt war somit auf ihrer Agenda gelandet. Auch Jeff war diesen Morgen auf sie zugestürmt und hatte sie mit Ideen überschüttet, dass sie nicht mehr wusste, wo ihr der Kopf stand. Aber es waren brillante Ideen. Ideen, aus denen sich sogar Geschäftsmodelle bauen ließen, die ihr selbst unglaublich Spaß machen würden.

»Wir sollten eine Möglichkeit auf der Seite einrichten, auf der Leute ihre Vorschläge für eine bessere Welt einbringen können«, schlug er vor. »Da könnte ein riesiger Thinktank dabei herauskommen!«

»Das ist genial, Jeff!«, strahlte Senta. »Damit beschäftigen wir uns endlich mit Lösungen und mit Positivem! Ich habe irgendwo von einem Konzept gelesen, wie man regionale Produkte und damit die Artenvielfalt fördert, den Boden verbessern kann und obendrein Konzerne umgeht … und ich hatte mal einen Bekannten, der sich mit Müllbeseitigung beschäftigt hat …«

»Senta, genau so etwas brauchen wir! Hervorragend! Wir bauen die Seite um! Und weißt du was? Wenn wir einen Missstand aufs Tapet bringen, sollten wir auch gleich mit Lösungsansätzen aufwarten – oder unsere Leser dazu auffordern, konstruktive Vorschläge zu machen, statt niederschmetternde Kommentare zu schreiben!«

»Jeff, das ist klasse! Das ist der Trend zum Positiven! Voll geil! Da macht das Arbeiten wieder Spaß!«

Beide waren sie inspiriert – und ihr Schreibtisch noch voller, diesmal mit Dingen, die Hoffnung und Zuversicht gaben.

Senta war begeistert und aufgemöbelt, arbeitete lange, bis sie gegen Mitternacht müde ihren Rücken durchstreckte und zu Bett ging. Ihr Kopf brummte, aber aus all diesem Gewusel kristallisierte sich Fred heraus. Die Schiffschaukel. Sein Griff nach ihr. Der Überschlag mit ihm. Sein Körper, der so oft den ihren gestreift hatte.

Ihre Frage: *Liebst du Charlene?,* und seine so spontane Antwort: *Natürlich!*, schoben sich hinterher. Charlene und Fred – die beiden passten so wunderbar zusammen und Senta kam sich fast klein dagegen vor.

Sie hatte sich am nächsten Tag nochmal überschwänglich bei Fred bedankt. Er hatte lediglich mit einem Smiley geantwortet, was sie ziemlich ernüchtert hatte. Wer weiß, vielleicht saß er schon mit der nächsten Frau in der Schaukel? Ihre Gedanken wanderten weiter. Sie hatte sich auch bei Wulff bedankt, der das gar nicht hatte annehmen wollen.

»Die Idee ist auf Freds Mist gewachsen«, hatte er abgewehrt. »Aber ist ne geniale Idee! Du ahnst nicht, was ich an Pärchen auf dieser Schiffschaukel habe! Das Ding ist der Knüller! Und die Leute total begeistert. Der Schausteller übrigens auch. Der freut sich wie verrückt und solange das Wetter gut ist, kann er mit seiner Schaukel da stehen bleiben.«

Sie unterhielten sich auch über Chris, der sich nach wie vor jeden Tag bei ihr meldete, aber voll unter Strom stand. Senta sagte:

»Tja, vielleicht hätte er doch auf seinen Papa hören sollen, als der ihm von der Politik abriet.«

»Der hat ihm ganz bestimmt nicht davon abgeraten«, erwiderte Wulff verwundert. »Im Gegenteil, der war stinksauer, weil Chris die Amerikageschichte nicht durchgezogen hat. Er hat Chris sogar deswegen Hausverbot erteilt.«

»Hausverbot? Aber Chris sagte, er hätte eine glückliche Familie!«

»Glückliche Familie? Dann kannst du nicht von Chris sprechen. Seine Eltern sind schrecklich und der alte Waldorf wahrlich kein Sympathieträger. Er war zwar selbst nie in der Politik, aber hat die politische Karriere seines Sohnes ziemlich ausgenutzt, um an Vergünstigungen für seine Firma zu kommen. Nicht nur darüber gerieten sie in Streit. Wie gesagt …«

Er hatte noch weitergeredet und Senta ziemlich ratlos zurückgelassen. Morgen traf sie sich mit Christopher. Morgen würden sie im Wald sein. Der Wald tat gut und sie hoffte, dass sich eine andere Gesprächsqualität ergab als in seinem Haus. Morgen wollte sie ihn konfrontieren. Mit allem, was ihr auf dem Herzen lag. Und wenn er sich öffnete, ja, dann wollte sie sich auch für ihn öffnen. Dann könnten sie einen Schritt weitergehen – und sich finden.

♫ Whatever Happens ♫

Michael Jackson

Gutgelaunt holte Senta den Picknickrucksack aus dem Schrank, in dem sich eine Decke, Teller, Besteck, Plastikgläser und eine Kühltasche für Getränke befanden. Das Wetter hätte herrlicher nicht sein können. Die Sonne lachte von einem nahezu wolkenlosen Spätsommerhimmel herab und durch den Regen der letzten Woche stand das Gras noch immer saftig und grün. Summend bereitete sie Kartoffelsalat und Gemüseburger zu. Sie freute sich auf Christopher. Freute sich, seine braunen, warmen Augen zu sehen, sein zaghaftes Lächeln, freute sich darauf, ihm ein bisschen mehr Lebensfreude vermitteln zu können. Nachdenklich ließ sie das Messer sinken. Hm, das war ja fast ein Beschützerinstinkt! Weil er so verloren wirkte?

Freds graugrüne, amüsierte Augen schoben sich dazwischen. Seine Lippen, auf denen immer ein Witz lag, die Leichtigkeit des Lebens, die er versprühte – was für ein krasser Gegensatz zu Chris' leichter Schwermut! Aber ihn zum Lachen zu bringen, schien ihr erstrebenswerter, als sich von Fred mehr Verlässlichkeit zu wünschen. Oder gar neben seinem Idealbild Charlene bestehen zu müssen! Dennoch glitt wie stets ein Lächeln über ihr Gesicht, als sie an ihn dachte. Fred war herrlich unterhaltsam … und diese Schiffschaukelgeschichte …

Schmunzelnd widmete sie sich weiter der Bestückung des Rucksacks.

Eine Stunde später, es war früher Nachmittag, erreichte sie den verabredeten Ort, einen Parkplatz vor einem größeren Wald. Christopher lehnte bereits am Wagen, als sie vorfuhr, trug Jeans, Sweatshirt und feste Wanderschuhe.

Senta winkte, stieg aus, ging um den Wagen herum und wollte den Rucksack von der Beifahrerseite holen, als er sie auch schon umschlang und nicht mehr losließ. Er barg sein Gesicht in ihrem duftenden Haar, völlig absorbiert in die Berührung, drehte sie in seinen Armen und umschlang sie, als wolle er sie nie mehr loslassen. Schließlich drückte sie sich ein wenig von ihm ab.

»Du siehst süß aus in Jeans. Steht dir besser als ein Anzug.«

»Sagt jemand, der generell Anzugträger nicht mag«, flachste er zurück. »Du siehst auch gut aus, Senta. Frisch wie der Morgentau! Wohin gehen wir?«

Sie holte den Rucksack vom Beifahrersitz.

»Ich kenne eine wunderhübsche Ecke in einem versteckten Tal.«

»Das hört sich fantastisch an! Ich habe eine Decke im Wagen, die nehmen wir mit.«

Er schwang den Rucksack auf seinen Rücken. Als sie losliefen, nahm er wie selbstverständlich ihre Hand, als könnte er damit etwas bekräftigen, was noch nicht bekräftigt war. Sie war unsicher, aber wollte ihm nicht wehtun und ließ sie in der seinen. Ganz offensichtlich belastete ihn etwas und sie ahnte, was es sein könnte.

»Wie war deine Woche?«, fragte er.

»Spritzig!«, erwiderte sie. »Hast du Charlenes Sendung gehört? Die war mal wieder mega! Und am Donnerstag bin ich mit jemandem essen gegangen, der wie du keine Frau findet.« Sie lachte. »Wulff war total schockiert, als er mich gesehen hat.«

»Wer ist das? Kenne ich ihn?«

»Vielleicht. Er meinte, er hätte dich schon ein paar Mal auf Galas getroffen. Er heißt Frederic Dubois, ist Anwalt und ihm gehören Anteile am Moonlight-Radio. Und stell dir vor …«

Sie blieb stehen, ihre Hand löste sich dabei aus der seinen und begeistert berichtete sie: »Wulff hatte eine Schiffschaukel in seinem Garten! Das war so geil!«

Ein Lächeln glitt über Christophers Gesicht. »Wulff hat mir davon erzählt«, verriet er. »Und ich freu mich, dass du mir auch davon erzählst.«

Sie konnte seine Erleichterung spüren. »Hm«, machte sie. »Du hattest mal wieder Angst, dass ich nicht ehrlich zu dir bin?«

Er wurde rot. »Nein. Aber Wulff hat erwähnt, dass du mit einem attraktiven Mann essen warst. Und du weißt, wie ich zu dir stehe. Klar lässt mich das nicht kalt.«

Sie sagte nichts darauf.

»Woher kennst du dieses Tal?«, fragte er.

»Mein Opa hat es mir gezeigt. Es ist nicht groß, aber völlig naturbelassen. Und es liegt total versteckt. Ich habe noch nie einen anderen Menschen außer mir und meinen Opa dort gesehen.«

»Dann fühle ich mich besonders geehrt, dass du mich mitnimmst.«

Da war sie wieder, seine so rührende Ernsthaftigkeit! Senta lächelte.

»Es wird dir gefallen. Für mich ist es ein Paradies, weil man dort alles hat, was man braucht. Wasser, Holz, Beeren … und ganz in der Nähe kenne ich eine Ecke, in der im Herbst die besten Steinpilze ever wachsen!« Sie zwinkerte ihm zu. »Allein deswegen muss der Platz geheim bleiben.«

»Von mir erfährt keiner was«, versprach er.

»Alleine würdest du es sowieso nicht finden«, vermutete sie. »Aber jetzt lass mal den Wald auf dich wirken. Reden können wir später.«

Stumm wanderten sie eine Zeitlang den Waldpfad entlang. Die Blätter der Bäume tanzten im Wind, die Stämme vermittelten Geborgenheit, Moos lockte mit samtigem Grün und beruhigte den Geist. Nach einer Weile deutete Senta auf einen kaum sichtbaren Trampelpfad im Unterholz, der so schmal war, dass man hintereinandergehen und sich oft genug bücken musste, um herunterhängenden Zweigen und Strauchwerk auszuweichen. Unter den Bäumen war es kühl und schattig, die Sonne schuf Lichtsäulen, setzte Farne und Waldveilchen in Szene. Der Pfad ging rauf und runter, zum Reden gab es keine Gelegenheit, da sie sich auf den Weg konzentrieren mussten, um nicht über Wurzeln zu stolpern. Oft genug wichen sie Pfützen aus, sprangen von einer trockenen Stelle zur nächsten, bogen Zweige und Äste zur Seite. Christopher genoss es, hinter ihr zu laufen, genoss es, ihr blondes, schwingendes Haar anzuschauen, auf dem sich Sonnenstrahlen reflektierten, die es durch die Dichte der Blätter schafften. Genoss es, eine Prise ihres Geruchs zu erhaschen, wenn der Wind sie ihm zutrug, oder den fröhlichen Blick ihrer graublauen Augen, der mit dem leichten Heben ihrer Mundwinkel gepaart war. Er hätte ewig so weiterlaufen mögen, fokussiert auf ihre Gegenwart, die seinen Kopf so herrlich leicht machte, ihn mit dieser Liebe für sie füllte und ihn alles andere vergessen ließ. Sie machte ihn auf Kunstwerke der Natur aufmerksam, auf ein Spinnennetz, das in der Sonne glitzerte, einen Riesenkäfer, dessen Chitinkörper in allen Farben schillerte, während sie ihn zielsicher durch den Wald führte. Sie erkannte Wege, wo für ihn keine waren, las Spuren und Zeichen, für die sein Auge blind war. Ihr zu folgen wurde zum Sinnbild, jemandem, der den Kontakt zu seiner Seele nicht verloren hatte.

Noch immer gingen sie hintereinander, sprachen kaum. Die Natur tat ihre Wirkung. Es war ruhig und doch betriebsam inmitten der Bäume. Christopher fühlte sich in etwas Lebendiges aufgenommen und atmete tief die frische Luft ein. So komisch es klang, aber hier, unter diesen alten Bäumen, begann er sich frei zu fühlen, so frei wie schon lange nicht mehr. Hier fühlte er die Sehnsucht nach einer friedlichen Welt, weil sie hier friedlich war. Über eine Stunde schon waren sie gelaufen. Der Wald schien immer dichter, immer undurchdringlicher zu werden, bis Senta schließlich stehenblieb. Der Weg endete hier. Vor ihnen befand sich dichtes Gestrüpp, in das Vögel ihre Nester gebaut hatten. Weit und breit war weder ein Pfad noch ein Durchgang zu erkennen. Christopher dachte schon, sie hätte sich letztlich doch verlaufen, als sie sich zu ihm umdrehte und ihm mit leiser, erwartungsvoller Stimme mitteilte:

»Wir sind da.«

Sein verwirrter Gesichtsausdruck sprach Bände, während ihre Augen über das Gestrüpp und den Boden glitten. Kurz danach hatte sie gefunden, was sie suchte: Einen Spalt zwischen den Ästen, der für Christopher wie jeder andere aussah, Senta jedoch als Pforte erkannte. Sacht, um die Tierwelt nicht zu stören, bog sie die Zweige auseinander, hob sie über ihren Kopf, hielt den Eingang offen für ihn und forderte ihn mit einer Kopfbewegung auf, hindurchzugehen.

Dieser Anblick versetzte ihm einen Schock, stanzte sich in sein Herz. Schmerzhaft zog es sich zusammen: Senta, die den Durchtritt schuf, die ihn einlud – in ihr Paradies. Die Sonne schien auf ihr blondes Haar, das Licht verklärte ihr Gesicht. Sein Blick verschwamm.

»Komm mit!«, flüsterte sie. Sie hielt noch immer die Zweige hoch, Lichtstrahlen drangen wie eine Verheißung ins Dunkel des Waldes, verstärkte den Glanz ihrer Augen. Wie hypnotisiert folgte ihr Christopher, stützte die Zweige, sodass sie sie loslassen und vollständig auf die andere Seite treten konnte. Er stand noch im Schatten, sie in der vollen Sonne. Licht flutete auf ihr Haar, ihre Lippen teilten sich, sie breitete ihre Arme aus, atmete tief ein, drehte sich um sich selbst. Christopher meinte, einer Halluzination zu erliegen. Ihm kam es vor, als sei sie transparent. Wie erstarrt betrachtete er ihren Tanz im Licht.

»Christopher, komm schon!«, lachte sie, lief zu ihm, fasste ihn am Arm und zog ihn mit. Der Schritt vom schattigen Unterholz in das Tal, war wie eine Offenbarung, wie ein symbolischer Akt. Die wärmenden Strahlen der Sonne empfingen ihn wie eine alles umhüllende Umarmung, drangen in seinen Körper, erhellten jede Zelle. Sein Verstand spielte verrückt. Die Stille war zu schön, die Magie zu gewaltig, er hatte tatsächlich das Empfinden in ein Paradies gekommen zu sein.

Sattes Gras, mit Wildblumen gesprenkelt, breitete sich wie ein sonnengetränkter Teppich vor ihm aus. Bienen und Hummeln tranken Nektar aus den Kelchen. Das Gurgeln von Wasser perlte an seine Ohren, ansonsten war es still hier. Zauberhaft still. Das Bächlein war still. Das Summen der Insekten war still. Es war eine Stille, die nichts mit dem Fehlen von Tönen zu tun hatte, es war die Stille des Seins, die Stille des Lebens, die sich mit seiner Seele vereinte, als sei sie endlich nach Hause gekommen. Christopher war sprachlos. Sein Kopf versuchte ihm klarzumachen: Es ist doch nur eine Wiese. Aber es war nicht nur eine Wiese. Der gesamte Zauber der Schöpfung erschloss sich ihm in vollendeter Schönheit. Es war ein absichtsloses, kaum von Menschenhand berührtes Opus Magnum.

Wieder fühlte er sich benommen, verzaubert von dieser Energie, die hier herrschte, fühlte Sentas Hand in der seinen, ihre Berührung, die wie auf Knopfdruck ein heißes Glücksgefühl in ihm kursieren ließ.

Gemeinsam liefen sie den Hang hinunter, suchten sich eine geeignete Stelle am Bach und breiteten die Decke auf dem weichen Gras so aus, dass sie halb im Schatten und halb in der Sonne lag. Senta kramte im Rucksack nach einer Flasche Wasser und holte ihre Essensbehälter aus der Kühlmanschette.

»Tataa! Schau mal, was ich hier habe!«, strahlte sie. »Ist das toll oder ist das toll?«

»Das ist mehr als toll, Senta. Das sieht total lecker aus!«

Sie grinste zufrieden. »Hast du schon Hunger?«

»Ja, sehr sogar!«

»Super! Ich hoffe, du magst Kartoffelsalat.«

Sie stellte die Schüsseln auf die Decke, legte Besteck, Servietten und Brot dazu und platzierte eine der Wasserflaschen zum Kühlen in den Bach. Danach zog sie Schuhe und Socken aus und ließ sich mit einem genießerischen Seufzer auf der Decke nieder. Christopher stand noch immer wie gebannt auf der Wiese.

»Hey, komm her!«, forderte sie ihn auf. Er lächelte glücklich, setzte sich ihr gegenüber, nahm den Becher entgegen.

»Worauf wollen wir anstoßen?«, fragte er.

»Auf, dass die Welt wieder ein Paradies für uns alle wird«, erwiderte sie. »So wie hier. Dass wir ohne Angst leben können und ohne jede negative Emotion. Dass es nur noch gute Menschen gibt und alles Leid ein Ende hat.«

Das war leidenschaftlicher aus ihr herausgerutscht als beabsichtigt – und ihr im Nachgang etwas peinlich. Christopher stieß mit ihr an, trank nachdenklich den ersten Schluck.

»Du glaubst nicht an sowas, oder?«, fragte sie ihn, weil er stumm geblieben war.

»An ein Paradies auf Erden? Nein. Ich denke, jeder sollte sich sein Leben so gut einrichten, wie es in einer Welt wie dieser möglich ist«, antwortete er vorsichtig.

»Das wäre mir zu wenig. Ich weiß, es klingt naiv, aber ich glaube tatsächlich an eine heile Welt. Wenn du mitmachst, wären wir schon einer mehr.«

Er lächelte, konnte seinen Blick wieder mal nicht von ihr abwenden, erschrocken über dieses heftige Gefühl, das sie in ihm verursachte. Sie sinnierte weiter:

»Wenn du ein Paradies wolltest, würdest du ganz andere Ideen und Impulse in deinen Kopf bekommen. Du würdest anders handeln und denken. Und wir brauchen doch andere Impulse, wenn wir einen Unterschied schaffen wollen.«

»Das ist richtig. Aber wir leben nun mal in einer Welt, die für solche Ideen wenig bis gar nichts übrighat.«

»Genau deswegen ist es doch wichtig, das zu ändern«, erklärte sie. »Ist doch logisch. Das ist im Grunde Evolution. Wünsche sind die Triebfedern für Weiterentwicklung. Gute Wünsche zumindest.«

Er lachte. »Wobei ›gut‹ Definitionssache ist.«

»Ja, das ist leider wahr.« Sie zog eine Grimasse und hob den Becher. »Auf Christopher, der hoffentlich mithilft, das Paradies zu erschaffen!«

»Also, ich will nur ins Paradies, wenn du dort bist – und dieser fantastische Kartoffelsalat.«

Die Unterhaltung glitt in leichtere Themen ab. Es wurde wärmer. Der schattige Teil der Decke wurde von der Sonne erfasst, die Wanderung, der volle Magen und die Wärme taten ihr Übriges dazu. Senta gähnte verhalten, legte sich mit einem wohligen Laut auf den Rücken und ließ die Sonne auf sich scheinen. Christopher streifte ebenso Schuhe und Sweatshirt ab, formte seine Decke zu einer Rolle, schob sie Senta unter den Kopf und legte sich neben sie. Seine Hand wollte nach der ihren tasten, aber sie hatte beide auf dem Bauch verflochten. Sie döste weg.

Chris lag wach neben ihr, ihm war heiß und ihm sollte noch heißer werden, denn nach etwa einer Viertelstunde richtete sie sich auf, zog sich ungezwungen das T-Shirt über den Kopf und die Jeans von den Beinen. Darunter trug sie ein leichtes Top und einen hübschen Hipster mit Spitze. Ihr Blick ging kurz zu Christopher, der sich auf die Seite gedreht hatte und ihr zusah.

»Was ist? Ist dir nicht warm in der dicken Jeans?«, fragte sie.

»Doch, schon.«

»Na, dann runter damit!«, und als er zögerte: »Hier sieht dich doch keiner!«

»Darum geht es nicht«, entgegnete er. »Ich weiß nur nicht, ob das abkühlend wirkt … du und ich in Unterwäsche auf einer Decke in einem verlassenen Tal.«

»Im Schwimmbad hätten wir noch weniger an«, argumentierte sie.

»Im Schwimmbad wären viele Leute um uns herum.«

»Okay, wovor hast du Angst?«

»Dass mich meine Gefühle übermannen? Es sei denn … du wolltest es?«

Ihre Augen glitzerten, als sie forschend in die seinen sah. Eine klare, rückhaltlose Liebe stand darin, eine Liebe, die sie nach wie vor überwältigte.

»Du bist dir so sicher, nicht?«, fragte sie leise.

»Ja, das bin ich«, flüsterte er. Ihre Augen verdunkelten sich.

»Dann lass uns drüber reden. Ich habe so einiges auf dem Herzen.«

Er seufzte.

»Okay. Reden wir. Schieß los.«

»Du erwartest von mir Ehrlichkeit. Die erwarte ich auch von dir.«

»Bisher kann ich mir diesbezüglich keinen Vorwurf machen.«

»Solltest du aber. Du hast gesagt, dass du liebe Eltern und eine tolle Familie hast. Wulff hat mir erzählt, dass es ganz und gar nicht so ist.«

»Kommt drauf an, von welcher Warte aus man das sieht. Ich liebe meine Eltern. Wulff mag sie nicht und ist anderer Meinung.«

»Ist das jetzt eine Politikerantwort?«

»Wie meinst du das?«

»Eine, wo man genau spürt, dass der andere zwar nicht lügt, aber auch nicht die Wahrheit sagt?«

»Senta, glaubst du das von mir?«

»Ich weiß nicht, was ich von dir glauben soll«, gab sie zurück.

»Dann lass mich dich etwas fragen: Wie stehst du zu mir?«

»Ich mag dich, Christopher. Ich mag dich sehr. Ich hätte schon längst was mit dir angefangen, wenn nicht so viele … so viele Ungereimtheiten wären.«

»Was denn zum Beispiel? Ich war wirklich immer ehrlich zu dir.«

»Du hast ja auch nie viel preisgegeben. Und immer wenn ich weiterfrage, schweigst du. Ist das ehrlich?«

»Ist es das Einzige, was dich stört?«

»Nein, mich stört auch, dass wir unterschiedlicher Meinung sind wegen Omega. Ich weiß nicht, ob ich damit leben kann, Chris.«

Sie sah ihm direkt in die Augen. »Ich sagte dir, ich bin altmodisch, was das angeht. Und ich würde keinen Mann wollen, der …«

Sie brach ab, presste die Lippen zusammen.

»Der …?«

»Der feige ist«, vervollständigte sie leise. »Der etwas tun könnte und es nicht tut.«

Christopher schluckte heftig.

»Ich bin nicht feige«, wehrte er sich. »Du weißt, dass ich es versucht habe.«

»Das stimmt. Aber es ist bei nur einem Versuch geblieben.«

»Okay, mal angenommen, ich würde mich auf deine Seite schlagen und meine Karriere beenden …«

»Das will ich doch gar nicht!«

»… wäre das der einzige Punkt? Oder gibt es noch weitere, die dich abhalten?«

»Ja, zum Beispiel, dass du keine Kinder willst. Fühlst du dich zu alt dafür?«

»Das Alter hat damit nichts zu tun. Ich finde einfach, man sollte keine Kinder in diese Welt setzen.«

»Herrgott nochmal, das ist keine vollständige Antwort«, entgegnete sie genervt. »Wie ist denn diese Welt für dich, dass Kinder darin keinen Platz haben? Kannst du nicht einfach mal drauflos reden? Und kapierst du denn nicht, dass eine Beziehung so keine Grundlage hat?«

»Doch, das habe ich längst verstanden. Deshalb habe ich mich entschlossen, dir zu sagen, was ich weiß. Ich habe mich entschlossen, alle deine Fragen zu beantworten.«

Sie war so perplex, dass ihr im ersten Moment nichts dazu einfiel.

»Alle?«

»Exakt. Aber glaub mir, Senta, meine Antworten werden dich nicht freuen. Du wirst dir wünschen, du hättest nicht gefragt. Du würdest dir wünschen, du hättest mich nie kennengelernt. Das ist der Grund, warum ich davor zurückgescheut bin. Aber ich liebe dich. Noch nie habe ich jemandem gegenüber so tiefe Gefühle verspürt. Und daher setze ich alles auf eine Karte, für dich, für uns. Ich sage dir, was ich denke und was ich weiß. Warum ich tue, was ich tue. Warum ich glaube, dass mit den Wölfen zu heulen die einzige Möglichkeit ist, ein einigermaßen glückliches Leben zu führen. Ein Leben, das ich mit *dir* führen will.«

Sie schwieg daraufhin. Ihr Herz begann laut zu klopfen, als er aufstand, den Rucksack packte und sie zum Gehen aufforderte.

»Ich brauche meinen Laptop für all das«, erklärte er. »Wir fahren zu mir.«

♫ Kingdom Of One ♫

Joy Frost

Die Stimmung war wieder mal höchst komisch. Der Weg zum Wagen zurück verlief in geradezu bedrücktem, unheilschwangerem Schweigen. Als sie am Parkplatz angelangt waren, kündigte sich schon der Abend an. Sie stiegen in ihre Wägen, Senta fuhr hinter Chris her und mit jedem Meter überlegte sie, einfach irgendwo abzubiegen und abzuhauen.

Kaum waren sie in seinem Haus, holte er seinen Laptop, schenkte sich einen Whisky ein, fragte, ob sie auch einen wolle. Sie verneinte. Er kippte das Zeug nach hinten – ein weiterer Punkt, den sie hatte ansprechen wollen: sein hoher Alkoholkonsum.

Senta fühlte sich unwohl, wie kurz vor einer Verurteilung, als er sich neben sie an den grässlichen Betontisch setzte, seinen Laptop aufklappte und ein YouTube-Video aufrief.

Er wandte sich ihr zu. Ihre Lippen bebten.

»Senta«, sagte er leise und strich ihr eine Strähne aus dem Gesicht. »Ich liebe dich. Ich wünsche mir von ganzem Herzen, dass du verstehst. Dass du erkennst, dass ich alles andere als feige bin. Dass ich eine Zukunft mit dir will. Glaubst du mir das?«

Sie nickte mechanisch. Ihr Magen verknotete sich immer mehr.

»Ich beantworte dir deine zuletzt gestellte Frage zuerst«, erläuterte er sanft. »Warum ich keine Kinder will.«

Er klickte auf den roten Abspielpfeil, ließ den Titel erscheinen, und drückte gleich danach wieder auf Pause.

»Genderwahn[1]«, stand mit weißer Schrift auf dem schwarzen Bildschirm. Verdutzt starrte Senta auf das Wort, las weiter unten: *Vortrag von Professor Wolfgang Leisenberg vom 18.10.2014 im Alten Schloss in Stuttgart*.*

Fragend sah sie Christopher an.

»Über Genderwahn hat Herr Leisenberg vorher gesprochen, diese Aufzeichnung hier ist die letzte halbe Stunde seines Vortrages.«

Er klickte auf Play. Ein sympathischer, distinguiert aussehender Herr erschien auf der Bildfläche. Das Thema wurde schnell klar. Es ging um die Vermittlung von Werten in der Schule, in diesem Fall um die Toleranz sexueller Vielfalt.

»Zunächst einmal…«, sagte Professor Leisenberg im Video, »Toleranz und Akzeptanz sexueller Vielfalt – das klingt freundlich. Doch das ganze System lebt davon, dass die Menschen nicht wissen, was wirklich getan wird – lebt von Verschleierung und Täuschung. Kindergärten sind nun Bildungseinrichtungen und damit von der Regierung übernommen worden.«

Schon an dieser Stelle pochte Sentas Herz unverhältnismäßig stark. Das hatte sie nicht gewusst, dass die Kindergärten vom Staat übernommen worden waren – und wenn sie sich die heutige Regierung so anschaute, konnte das wahrlich nichts Gutes bedeuten.

»Kinder zwischen ein und drei Jahren«, so der Professor weiter, »brauchen nicht Bildung, sondern Bindung. Den Eltern wird suggeriert, dass sie ihre Kinder benachteiligen, wenn sie sie nicht früh genug in eine Bildungseinrichtung stecken. Durch die politisch gewollte Trennung der Kinder von den Eltern werden die Kinder traumatisiert. Viele Heimkinder onanieren in frühester Kindheit – als Ersatz für Bindung.«

Sentas Augen wurden düster. Sie drückte auf Pause, drehte sich zu Christopher um, wollte etwas sagen.

»Hör's dir zu Ende an«, forderte er sie auf. »Danach können wir reden.«

Sie schaltete wieder ein, der sympathische Herr sprach weiter:

»Manfred Berger leitet die Erzieher dazu an, die Onanie von Kindergartenkindern zu fördern. Die Bundeszentrale für gesundheitliche Aufklärung sagt dazu: Es ist ein Zeichen der gesunden Entwicklung eines Kindes, wenn es die Möglichkeit, sich selbst Lust und Befriedigung zu verschaffen, ausgiebig nutzt. Es heißt im Gesetz, Paragraph 100, Schulgesetz von Baden-Württemberg: Die schulische Sexualerziehung muss altersgemäß sein.

(Das bedeutet):

Selbstbefriedigung zwischen 0 und vier Jahren
Homosexualität zwischen vier und sechs Jahren
Empfängnisverhütung zwischen sechs und neun Jahren
Genderorientierung zwischen neun und zwölf Jahren
Sex zwischen zwölf und fünfzehn Jahren«

Senta war sprachlos. Davon wusste niemand etwas!

»Das«, erläuterte Herr Leisenberg, »steht im Standardwerk für Sexualpädagogik. Darin heißt es, das Schamgefühl des Kindes muss geachtet werden, aber bei der Frage ›Was ist Liebe?‹, werden für Zwölfjährige folgende Optionen angeboten:

Mindestens jeden zweiten Tag Sex haben, mit anderen ins Bett zu gehen oder Oralverkehr. Dazu gehört auch: Plastikpenis, Plüschvagina und erzwungene Verbalisierung im Klassenverbund … Tja, so viel dazu, das Schamgefühl der Kinder zu achten. Christina Hennen sagt: ›Das ist der Versuch, die Schamgrenzen von Kindern aufzubrechen.‹

Eingesetzt werden heute freiberufliche Sexualpädagogen, die die Lehrer ersetzen. Der Lehrer sollte dabei nach Möglichkeit den Raum verlassen. (…)«

Professor Leisenberg machte eine kleine Pause, für die Senta dankbar war. Sie konnte nicht glauben, was sie gerade gehört hatte. Ihr standen alle Haare zu Berge und eine fiese Übelkeit begann sich in ihr auszubreiten.

»Es ist schon ein unglaublicher Vorgang«, fuhr Herr Professor Leisenberg fort, »wenn man sich das mal vorstellt ... diese Ideologie, die unsere gesamte Gesellschaft verändern soll – sie wurde als hidden agenda, ohne jemals das Parlament oder die Bevölkerung aufzuklären oder gar zu fragen, an allen demokratischen Institutionen vorbei, per Kabinettsbeschluss für alle gesellschaftlich bedeutsamen Institutionen verbindlich eingeführt.

Das heißt: Alle Institutionen sind verbindlich verpflichtet, das durchzusetzen, vorbei an der ganzen Bevölkerung. Kein Mensch weiß, worum es geht.«

Unwillkürlich checkte Senta nochmals das Datum des Vortrags: 2014. Die letzte Äußerung konnte aktueller nicht sein – und betraf inzwischen viel mehr Bereiche. Fassungslos hörte sie weiter zu. Der Mund Herrn Leisenbergs war strenger geworden.

»Das Ziel dahinter ist die Lufthoheit des Staates über den Kinderbetten, so der kinderlose Olaf Scholz. Der Staat bestimmt, wann die Kinder schulpflichtig werden – Tendenz: immer früher. Der Staat bestimmt, wie lange die Kinder täglich die Schule besuchen müssen, Tendenz: Ganztagsschule. Der Staat bestimmt die Unterrichtsinhalte und Erziehungsziele – und der Trend ist eindeutig. In den meisten Grundschulklassen sind es höchstens noch eine Handvoll Kinder, die mittags zu Oma oder Opa oder noch seltener, nach Hause zu Mama und Papa gehen.

Kitas und Ganztagsschulen, so sagt Josef Kraus, der Präsident des deutschen Lehrerverbandes, sind Symptome der fortschreitenden Verstaatlichung und Kollektivierung der Erziehung. Es geht eindeutig darum, die Eltern aus der Erziehung herauszuziehen und letzten Endes den Staat machen zu lassen. Und da stört natürlich die Familie bei dieser ganzen Sache.

In einer Befragung von UNICEF gaben Kinder an, dass ihnen Werte am besten noch von den Eltern vermittelt werden.«

Herr Professor Leisenberg schob seine Brille nach oben.

»Das ist natürlich tödlich für so eine Ideologie. Wenn ich diese Ideologie durchziehen will, muss ich die Kinder möglichst früh und vollständig von den Eltern trennen. Deshalb, so heißt es in einer inoffiziellen Handreichung zur Sexualerziehung, brauchen wir die sexuelle Stimulation der Schüler, um den Autoritätsgehorsam einschließlich der Kinderliebe zu den Eltern gründlich zu beseitigen.«

Senta entfuhr ein Laut. Sie spulte zurück. Konnte nicht glauben, was sie gehört hatte, begann innerlich zu zittern. Eine inoffizielle Handreichung? Empfahl die sexuelle Stimulation von Schülern, um die Kinderliebe zu den Eltern zu beseitigen? Was für eine teuflische Agenda war das? Wer wollte solche Dinge? Die Frage nach dem Warum, die Ahnung, wo das hinlaufen sollte, verursachte ihr jetzt schon Brechreiz.

»Wenn man so etwas hört«, drang Herrn Leisenbergs Stimme an ihr Ohr, »wird einem klar: Es muss ein anderes Ziel *hinter* dem Ziel geben. Josef Kraus, Präsident des deutschen Lehrerverbandes sagt: ›Der abendländische Wertekonsens soll außer Kraft gesetzt werden und mit ihm alle Orientierung. Für mich sind diese Ansätze Dekadenzphänomene, die beginnen mit dem Verlust von Identität und Selbstachtung. Das heißt, der seiner Identität beraubte Mensch wird beliebig lenkbar, abhängig, unmündig und führungsgläubig.‹«

Er schob seine Brille hoch.

»Ein Schwede, der das erlitten, seine Kinder zu Hause unterrichtet und die gesamten Aspekte untersucht hat, kommt zu folgendem Schluss:

›Ich kann keinen Gewinner ausmachen als diesen: Einen modernen säkularen Staat, der seine Bürger allmählich umformt, damit sie sein totalitäres System akzeptieren.‹«

Herr Leisenberg schaute ins Publikum:

»An dieser Stelle sind wir jetzt. Und ich glaube, wir haben noch eine Tür offen.«

»O mein Gott, hoffentlich«, flüsterte Senta. Der Vortrag war sechs Jahre alt! War die Tür immer noch offen?

»Aber noch immer«, fuhr Herr Leisenberg fort, »ist das Vertrauen der Deutschen in den Staat und das Schulsystem so groß, dass am Wegesrand noch die große Mehrheit schlummert, getreu dem Motto: So schlimm wird es doch nicht sein.

Wir brauchen eine starke und mutige Bewegung in diesem Land, denn es geht hier letzten Endes nicht um irgendwelche Nebensächlichkeiten, es geht um die Grundlagen der menschlichen Existenz. Es ist ein Kampf für die Würde des Menschen, für die Familie, für unsere Kinder und letzten Endes für unsere Zukunft.«

Der Vortrag war zu Ende. Sentas Gesicht hatte sich verfärbt. Stumm saß sie vor dem Rechner.

Christopher schnappte sich einen Stuhl, setzte sich ihr schräg gegenüber.

»Verstehst du jetzt?«, fragte er leise und mit brennenden Augen, »Sie wollen unsere Kinder, Senta. Herr Leisenberg hat es sehr treffend erkannt: *Das ganze System lebt davon, dass die Menschen nicht wissen, was wirklich getan wird – von Verschleierung und Täuschung.* Und Omega ist nichts weiter als der Startschuss für etwas, was schon sehr lange vorbereitet wurde. Die totale Versklavung des Menschen. Omega ist die Abrissbirne für das alte System. Du siehst doch, dass das Schulsystem jetzt schon zusammenbricht. Wie lange wird es dauern, bis den Bürgern verkauft wird, dass ihre Kinder auf staatlichen Internaten am besten aufgehoben sind? Nein, sie werden es noch nicht mal verkaufen. Sie werden es anordnen. Damit sind Kinder dem Zugriff ihrer Eltern komplett entzogen. Wenn du ein Baby hättest, Senta, würdest du keinerlei Einfluss mehr auf es haben. Lehrer, die du nicht kennst, pflanzen deinen Kindern Gedankengut ein, das du nicht gutheißen würdest. Du hast Leisenberg gehört. Liebe wird durch Sex ersetzt, seine Schlussfolgerungen sind ganz richtig. Woher willst du wissen, was sie deinem Kind in der Schule alles erzählen? Und ist es dort sicher? Du musst doch nur die Augen aufmachen Senta. Die Unverschämtheit, Kinder in Autowerbungen auf obszöne Weise darzustellen, waren die ersten Vorstöße. Natürlich haben sie das erstmal wieder weggenommen, aber es wird wieder und wieder stattfinden, bis es zum Alltag gehört. Wie die Maske. Wie das Abstandhalten. Es gibt inzwischen einen Streaming-Dienst für Pädophile.* Elfjährige Stripperinnen – das wird erlaubt? Wo bleibt der Aufschrei einer Regierung, die behauptet, sie will ihre Bürger schützen? In einem angeblichen Rechtsstaat, der das Wohl seiner Bürger im Sinn hat?«

Senta gefror.

»Und das ist nicht alles. Du wolltest wissen, was sie vorhaben. Geht ins Internet. Da steht's. Sie machen absolut kein Geheimnis draus. Du findest alles auf ihren Homepages. Sie wissen genau, dass sich kaum einer die Mühe macht, diese Inhalte unter die Lupe zu nehmen und wenn es einer tut, wird ihm das logische Denken aberkannt. Er ist dann halt ein Spinner und Verschwörungstheoretiker. Es ist so einfach, Senta. So einfach. Die Leute lassen sich vom Fernsehen hypnotisieren, sie sind so dumm. Ihr seid alle dumm. Und das wissen sie.«

»Wir sind nicht dumm«, widersprach sie heiser und mit zusammengebissenen Zähnen.

»Doch, das seid ihr«, entgegnete er sanft. »Darauf bauen sie. Dass ihr dumm seid. Der Frühling war der Beweis. Die Menschen haben brav alles gemacht, was die da oben wollten. Einfach *alles*, verstehst du? Du kennst das Drama von Max Frisch, *Biedermann und die Brandstifter* … Biedermann, der von den Brandfällen in seiner Gegend hört, die von Hausierern verursacht werden. Eines Tages stehen zwei dieser Hausierer vor seiner Tür und beklagen sich, dass ihnen so viele schlechte Dinge unterstellt werden. Biedermann will ein guter Mensch sein und nimmt sie auf, obwohl sie von Anfang an andeuten, dass sie sein Haus anzünden werden. Aber sie appellieren an seine Menschlichkeit und Biedermann gefällt sich in der Rolle des Menschenfreundes. Er tut es, weil er an das Gute im Menschen glauben will. Und daher vertraut er ihnen und will ihnen nichts Böses unterstellen. Kommt dir das bekannt vor, Senta? *Wir müssen Menschen schützen. Du bringst deinen Nachbarn um, wenn du die Maske nicht trägst. Glaub nicht das Schlechte, was über uns erzählt wird* … Die beiden Hausierer sitzen an Biedermanns Abendbrottisch und unterhalten sich offen über das, was sie vorhaben, wohlwissend – und das ist ein genialer Satz von Max Frisch – dass die beste Tarnung die Wahrheit ist, weil niemand sie glaubt. Biedermann ahnt was, hält aber aus Verzweiflung an seinem Vorhaben, ein Menschenfreund zu sein, fest und steckt als Zeichen seines Vertrauens den beiden Brandstiftern am Ende sogar noch die Streichhölzer zu.«

Christopher lachte leise. Er hatte den dritten Whisky intus. »Ist das nicht eine geniale Parallele? All die Leute, die glauben, etwas Gutes zu tun, indem sie diesen Wahn mitmachen, Masken tragen, andere denunzieren …o ja, ihr seid dumm.« Er schüttelte verächtlich den Kopf. Die Whiskyflasche stand auf dem Tisch. Er schenkte nach, lachte noch immer dieses Lachen, das so freudlos und bitter klang. Ein Lachen, das Senta in der Seele wehtat.

»Der Schluss an dem Stück ist das Allerbeste«, fuhr er sarkastisch fort. »Das Haus geht natürlich in Flammen auf – und mit ihm Biedermann und seine Frau. Aber noch immer glauben sie, richtig gehandelt zu haben, und sind fest davon überzeugt, in den Himmel zu kommen, weil sie die zehn Gebote befolgt haben. Aber als Biedermann sich umschaut, merkt er, dass er in der Hölle gelandet ist.«

Christopher lachte noch mehr, er war angetrunken. Senta vermutete, dass er es anders nicht aushielt. Und sie konnte es verstehen.

»Genau das wird passieren, Senta. Nein, es passiert ja schon! Biedermann beteuert natürlich seine Unschuld. Sagt, er hätte nichts anderes getan als die anderen Bürger auch. Klingt doch vertraut, nicht? Verstehst du jetzt, warum ich von den Theorien des Moonlight-Radios nicht sonderlich viel halte? Wenn Charlene von der Güte und Größe der Menschen spricht?«

Mit großen Augen und zugeschnürter Kehle sah Senta ihn an.

»Ihr seid Biedermänner!«, knurrte Chris. »Und ihr landet alle in der Hölle. Sie ist schon für euch vorbereitet.«

Flatternd sog Senta Luft in ihre Lungen, Chris zerstörte gerade alles, woran sie sich festgehalten hatte, jede Hoffnung, jeden Lichtstrahl. Und sie fror. Sie fror so entsetzlich, dass es sie schüttelte und sie dem Weinen nah war. Aber Christopher schonte sie nicht.

Er stand hinter ihr, beugte sich über sie, stützte einen Arm auf den Tisch, sodass sein Brustkorb ihren Rücken berührte. Senta verspürte ein unmäßiges Verlangen nach Sicherheit und Wärme und wünschte sich mit Macht, er würde sie einfach in den Arm nehmen und ihr diese Kälte nehmen. Aber stattdessen klickte er ein weiteres Video an. Ein offizielles Video des World Economic Forums, ebenfalls aus dem Jahre 2014. Ihr Körper zuckte im Impuls, aufzustehen und zu flüchten. Christopher verstand ihre Botschaft und spulte ein wenig vor.

»Ab hier kommen die wichtigsten Aussagen«, murmelte er, dicht an ihrem Ohr. »… nur, damit du verstehst. Damit du verstehst, wie deine Zukunft aussieht.«

Die Bilder stachen in Sentas Augen, die Sätze drangen scharf in ihr Bewusstsein. Eine Hand erschien, die eine Mauer entlangstrich. Ein Kindergesicht im Profil. Eine Stimme, die sagte:

»Die Idee des menschlichen Wesens als ein rein natürliches Konzept wird sich ändern …«

Nie hätte Senta gedacht, dass es ihr noch eisiger werden könnte, als es ihr schon war.

»Unsere Körper werden so hightech sein, dass wir nicht mehr unterscheiden können, was natürlich und was künstlich ist.«

»Das ist Transhumanismus«, raunte Christopher von hinten in ihr Ohr. »Hör ruhig weiter zu. Sie machen nicht das geringste Hehl daraus, was sie vorhaben.«

Eine Frau mit schwarzem Haar erschien auf dem Bildschirm, eine Wissenschaftlerin?

»Ich denke«, flötete sie in die Kamera, »dass eines der wichtigsten Teile einer freien und offenen Gesellschaft die Freiheit der Gedanken ist. Bis jetzt ging es um die Meinungsfreiheit. Sobald wir Zugriff zu den Gedanken und Gefühlen der Menschen haben, müssen wir einen Bereich schaffen, der den Menschen erlaubt, frei zu denken, eine andere Meinung zu haben und kreativ zu sein.«

Senta stieß ihren Stuhl zurück, schlug die Hände vors Gesicht, ein Laut kam aus ihrem Mund. Sie bebte am ganzen Körper. Christopher hielt das Video an, ihre Blicke trafen sich.

»Das glaube ich nicht!«, brach es entsetzt aus ihr hervor. »Das glaube ich nicht! Sie wollen in unsere Gedanken und Gefühle eingreifen?«

»Nicht nur das«, bestätigte Christopher leise. »Sie wollen uns auf Dauer mit Maschinen verschmelzen und verkaufen es der Bevölkerung so, als wäre es das Tollste auf der Welt, weil sie damit übernatürliche Fähigkeiten bekämen. Aber im Grunde steht dahinter die Absicht, die Menschen komplett steuern zu können. Cyborgs aus ihnen zu machen. Sie nennen es ›The Great Reset‹. Senta, diese Leute sind krank. Sie … sie sehen sich als etwas Besseres an und sie wollen euch, den normalen Menschen, als Arbeitstier. Ihr seid nichts anderes für sie!«

Wie zur Bekräftigung drangen weitere Worte an Sentas Ohr:

»… wir müssen Rahmenbedingungen geben, dass die Menschen denken dürfen …«, erklärte die schwarzgekleidete Frau im Video und lächelte süß, als verkündete sie die schönste Offenbarung der Welt.

»Das … das war 2014«, krächzte Senta, als ob sie es damit ungeschehen machen könnte. Christopher schnaubte auch entsprechend. Er blieb eisern, setzte sich neben sie, gab den Begriff World Economic Forum in die Suchzeile ein, klickte deren offizielle Seite an.

»Wir navigieren uns jetzt mal durch das Programm dieses werten Vereins«, murmelte er. »Das, was Gretel Regierungstreu und Leute, die sich ihre Bildung von Mainstreammedien holen und auch noch stolz drauf sind, ganz sicher nicht tun.«

Senta sah, wie er auf einen Button klickte: *Omega Action Platform**, nach unten scrollte und auf *Omega-Map* ging.

Ein großer Kreis mit unzähligen Armen und Begriffen öffnete sich, die die Maßnahmen für Omega enthielten. Christopher klickte den Arm *Avoiding OMEGA and Spread* an.

»Lies selbst«, empfahl er. »Schau dir an, was sie darunter verstehen.«

Und Senta las. *Global Governance* – eine Weltregierung sollte installiert werden. *Global Health*. Darunter standen die Begriffe: *Shifting Demographics and Lifestyles* – die Veränderung der Bevölkerung, zahlenmäßig sowie sozial, die Veränderung des Lebensstils, sowie Datensammlung. Die vierte industrielle Revolution. Irgendwelche Leute, die sie nicht kannte, bestimmten darüber, wie sie zu leben hatte – wie Milliarden an Menschen zu leben hatten –, und sie wollten in ihre Gehirne eingreifen.

»Der Vorsitzende dieses Vereins hat es postuliert«, flüsterte Christopher in ihr Ohr. »Er sagte: Die vierte industrielle Revolution verändert nicht die Art, wie die Menschen arbeiten, sie verändert *den Menschen selbst.*«

Sie blieb stumm, atmete flach. Chris klickte weiter. Auf dem Arm *Biotechnology* fand sie folgende Begriffe: *Gene und Genom-Steuerung. Human Enhancement* – menschliche Erweiterung … Der Satz von vorhin gesellte sich hinzu: »*Die Idee des menschlichen Wesens als ein rein natürliches Konzept wird sich ändern …«*

Christophers Stimme unterstrich ihr Grauen.

»Das ist Menschenzucht, Senta. Eugenik. Diese Leute maßen sich an, Gott zu spielen. Sie wollen Menschen designen, und sie wollen die Kontrolle darüber. Wusstest du, dass die Strahlen von 5G unfruchtbar machen können? In absehbarer Zeit wird es nur noch industriell produzierte Kinder geben. Woher ich das weiß? Ich war in Amerika, Senta. Und dort habe ich Dinge gesehen und gehört …«

Er brach ab, die Augen tiefdunkel. Er sah aus, als müsste er sich in der nächsten Sekunde übergeben. Senta schaffte es nicht, nachzufragen, obwohl es eine Öffnung in sein Inneres gewesen wäre. Der Moment verging - Chris klickte die Begriffe *Neuroscience* und *Decision-Making* an. Sentas Herz schlug immer heftiger, immer schmerzhafter.

»Decisionmaking … Wie würdest du das als Biologin bezeichnen?«, fragte er. »Behaviorismus, nicht? Steuerung des freien Willens. Hat das nicht die nette Dame vorhin auch glasklar formuliert, als sie sagte: Wir müssen den Menschen einen Raum geben, in dem sie denken *dürfen*? Eine eigene Meinung haben *dürfen*? Das ist die Entmenschlichung der Menschheit, Senta. Sie verpacken alles ganz wunderbar. Sie lassen mit Omega alles zusammenbrechen, schieben es auf das Virus. Nicht sie sind schuld, nein, das Virus hat die Wirtschaft und die Existenzen und das Bildungssystem kaputtgemacht! Und später wird es das Klima sein. Auch das steht schon fest. Es ist für sie ein Leichtes, hernach als die großen Retter aufzutreten! Die Leute werden danach lechzen, nur damit dieses Elend endlich aufhört. Dumm, wer auf dieses Gelaber reinfällt! Sie behaupten, sie wollen eine gerechtere Welt. Sie sagen, sie wollen saubere Luft und sauberes Wasser, aber die Teilnehmer dieses ominösen Forums setzen sich zufällig aus den größten Umweltsündern dieser Erde zusammen. Wie geht das zusammen?«

Chris starrte sie an. Wie ein Häuflein Elend saß Senta auf dem Kunststoffstuhl und sachte nahm er ihre Hände in die seinen. Sie waren eiskalt.

»Die Leute da draußen sind so schrecklich naiv. Sie glauben noch immer, ihre Regierungen würden das niemals zulassen. Sie würden niemals glauben, dass die, denen sie vertrauen, die Handlanger dieses Plans sind.

Darum wird das Ganze mit dieser enormen Geschwindigkeit vorangetrieben. Damit keiner zu Atem kommt. Damit die Masse keine Chance hat, das zu checken. Sie machen die Leute krank, lassen sie verzweifeln, stürzen sie in Depressionen. Deshalb isolieren sie uns, Senta. Das wird im Herbst noch viel, viel schlimmer, glaub mir. Sie tun das solange, bis jeder nach einer Rettung schreit. Nach der Impfung, natürlich. Einer neuen Weltordnung. Und glaub mir, Senta, diese Impfung werden viele nicht überleben, es wird jede Menge Tote geben. Sie werden das vertuschen, die Leute werden nichts davon in der Zeitung lesen, wie so vieles nicht in der Zeitung zu lesen war all die Jahre, was die Leute nicht wissen sollten. Und die Bevölkerung wird weiter alles glauben. Weil sie den Medien glauben, weil sie immer weniger selbst denken. Ehe die Leute kapieren, was passiert, wird es schon geschehen sein. Aldous Huxley war ein sehr kluger Kopf. Er hatte ganz recht … *und sie werden ihre Knechtschaft lieben.*«

Senta saß wie gefrostet auf ihrem Stuhl. Ihr war unsagbar übel.

»Das … das kann nicht sein, Christopher«, krächzte sie. »Das kann nicht unsere Zukunft sein! Ich will daran nicht glauben!«

»Musst du auch nicht. Es wird so oder so geschehen. Genau deshalb denke ich, ist es das Beste, sich ein Leben einzurichten, dass …«

»Nein!«, rief Senta erregt und sprang auf. »Noch ist alles offen! Und solange das so ist, werde ich dafür kämpfen, dass wir frei bleiben! Dass wir Menschen bleiben!«

»Frei bleiben!«, schnaubte Christopher verächtlich. »Du warst nie frei! Du hast nur gedacht, du bist frei! Und du siehst doch, wie alles, was ihr tut, im Sand verläuft! Du siehst doch, wie viele Leute eure Sunlight-News anfeinden! Sie glauben euch nicht! Sie wollen es nicht wahrhaben! Hier auf dieser Welt gibt es nur Biedermänner und Übeltäter! Und der kleine Rest dazwischen reicht für eine Revolution nicht aus. Es ist ohnehin zu spät. Im Herbst wird der Great-Reset-Knopf gedrückt.«

»Ich werde trotzdem nicht aufgeben! Denn wenn ich aufgebe, denke ich nicht mehr über Lösungen nach und wenn ich nicht mehr über Lösungen nachdenke, dann erst ist wirklich alles verloren! Es kann sich in jeder Sekunde alles ändern!«

Verzweifelt machte sie einen Schritt auf ihn zu: »Christopher, bitte, es *muss* Lösungen geben! Wir brauchen Helden! Du bist nicht irgendwer! Wenn du das, was du mir gezeigt hast, anderen zeigst, wird es sie überzeugen! Wenn es aus dem Mund eines Politikers kommt, hat es Gewicht! Dann wird aus der Minderheit die Mehrheit und damit haben wir eine Chance! Du siehst doch, dass immer mehr Menschen aufstehen und demonstrieren! Sie …«

»Und?«, unterbrach er sie kalt. »Meinst du, das haben sie nicht einkalkuliert? Sie sagen: *Lasst sie demonstrieren!,* sagen sie. *Sie kommen, sie halten Reden, sie gehen wieder und wir ziehen derweil unsere Sache durch.* Wer will sie hindern? Du könntest genauso gut einen Regentanz aufführen. Ich gebe zu, die Anzahl der Leute auf den Augustdemos hat sie schockiert. Aber aus all denen sind superleicht Unsympathen und Reichsbürger gemacht und – Schwupps – schon wird die Bewegung, die alle befreien könnte, von der eigenen Bevölkerung niedergebügelt. Ihr werdet nie mehr aus dem Lockdown rauskommen und ihr werdet nie mehr die Masken los. Demos werden verboten werden, die Polizei wird immer brutaler durchgreifen, damit die Leute Angst bekommen. Euer gesamtes Leben wird vom Staat bestimmt - Ist doch jetzt schon so.«

Senta senkte den Kopf. Es stimmte, was er sagte. Aber wenn die Regierung diese Unterstützung nicht hätte … wenn die Polizisten und Soldaten sich weigern würden …

Chris erahnte ihre Gedanken: »Vergiss es, Senta, die Leute setzen ihre Existenz nicht aufs Spiel. Das Mittagessen auf dem Tisch war schon immer wichtiger als die Freiheit der Menschen.«

Ihr Hals wurde ihr eng. Beklommen sah sie zu, wie Chris den nächsten Whisky kippte.

»Obwohl es diese Bilder gibt, obwohl überall Polizei und Bundeswehr steht – wegen eines Grippevirus! –, sagen die braven Bürger immer noch, es gäbe keinen Polizeistaat.« Er lachte wieder dieses freudlose Lachen. »Ja, die Benzinfässer ...! Ganz ehrlich, Senta, ich bin selbst entsetzt darüber, wie leicht sich die Masse manipulieren lässt … und die paar wenigen kritischen Stimmen sind schnell mundtot zu kriegen. Sie werden alles durchsetzen, was sie wollen. Und damit das möglichst problemlos funktioniert, setzen sie auf die nächsten Generationen. Auf die Kinder. Die werden als Babys schon geimpft. Denen wird in der Schule beigebracht, wie toll es ist, einen Chip implantiert zu bekommen ... du hast den Vortrag von Herrn Leisenberg gehört. Deshalb wollen sie die Älteren nicht mehr. Sie wollen jene weghaben, die sich daran erinnern, was Familie bedeutet. Was Freiheit bedeutet. Diese Leute sterben aus. Und sie helfen dabei gerne ein wenig nach.«

Senta brach in Tränen aus.

»Du musst damit an die Öffentlichkeit gehen!«, schluchzte sie. »Du musst …«

»Ach, komm«, schnaubte er verächtlich. »Selbst wenn ich diesen politischen Selbstmord begehe – es nützt gar nichts! Wie viele namhafte, ehrbare Personen sind denn schon an die Öffentlichkeit getreten? Tausende! Sie haben Rang und Namen, sie haben Zahlen, Daten und

Fakten. Hat es was geändert? Nein. Und warum nicht? Weil die Drahtzieher die Medien haben. Sie haben die Macht. Sie haben die Polizei, die mitspielt, die Lehrer, Ärzte, Juristen, die sich dafür hergeben. Sie haben den Großteil der Bevölkerung, die vor ihren Fernsehgeräten sitzt und brav glaubt, was ihnen eingetrichtert wird. Siehst du doch, wie sie auf ihre Mitmenschen losgehen!«

»Nein, Christopher, wir können was tun! Ich will in einer solchen Welt nicht leben!«

»Das wird vielen so gehen. Definitiv wird die Selbstmordrate steigen. Das stört sie nicht. Sie finden ohnehin, wir sind zu viele auf der Welt.«

Entsetzt starrte sie ihn an.

»Wie können das Politiker verantworten? Heißt das, die spielen alle mit?«

»Jein. Ein Großteil ist genauso blind wie die Bevölkerung. Etliche verschließen die Augen, weil sie hoffen, als Politiker eine Sonderbehandlung zu bekommen. Sie sind der Meinung, dass dieses Szenario auf euch, aber nicht auf sie zutrifft.«

»Auf *euch*?«, wiederholte sie aufgewühlt. »Heißt das, sie sehen die Bevölkerung als etwas anderes als sich selbst?«

»Exakt.«

Senta keuchte, bekam kaum Luft.

»Das ist einfach nur schrecklich«, flüsterte sie heiser, während ihr wieder Tränen über ihre Wangen zu laufen begannen.

»Ich weiß, Senta«, sagte er weich und drängend. »Aber es ist so. Was unsere Regierung angeht: Sie wissen, dass die Deutschen sich nicht auflehnen werden. Das Selbstbewusstsein unserer Bevölkerung wurde schon immer kleingehalten, ganz bewusst. Auch das ist eine jahrzehntelange Programmierung. Immer und immer wieder wird uns die Schuld an den Verbrechen des Holocausts eingetrichtert – und Schuld ist ein sehr mächtiges Mittel, um das Selbstbewusstsein eines Menschen zu zerstören. Unlängst hat ein Politiker bezüglich des Holocausts geäußert: *Es gibt keine Erlösung*. Das ist ein Fluch, Senta. Aber der größte Fluch ist: Die meisten Menschen wollen ihre Ruhe und nicht denken – den Gefallen tun ihnen gerade viele.«

Senta ließ sich nicht bekehren. Mit zusammengebissenen Zähnen quetschte sie hervor:

»Wir werden diesen Fluch auflösen! Deutschland kann das Land sein, von dem die Befreiung ausgeht! Wir sind nicht dumm! Wir sind mutig! Wir wehren uns! Und immer mehr informieren sich … Wir sind viele und wir werden immer mehr!«

Christopher stieß einen dicken Seufzer aus, wandte sich um, fuhr sich durchs Haar. »Okay«, murmelte er mehr zu sich als zu ihr. »Dann muss es eben sein.«

Er wandte sich ihr wieder zu, nahm ihre Hände, sagte behutsam:

»Senta, ich bitte dich inständig, nicht mehr für die Sunlight-News zu arbeiten.«

Völlig verwirrt blickte sie ihn an, verstand den Kehrtschwenk in seinen Gedanken nicht. Wieder zog er sie zum Laptop, nötigte sie, sich zu setzen. Diesmal rief er ein Dokument auf: »Pandemie Playbook«*‹ lautete die Überschrift.

»Lies das«, forderte er sie auf.

Es fiel ihr schwer. Sie musste sich zu jedem Buchstaben, jedem Satz zwingen und schaffte es doch nur, Überschriften zu speichern. Das genügte auch.

»Rockefeller Strategiepapier*, Lockstep 2010, simulierter, globaler Pandemie-Ausbruch.

Entwicklung eines ansteckenden Virus mit geringer Letalitätsrate ... Entwicklung einer waffenfähigen Version als Backup-Plan mit höherer Letalitätsrate. Narrative erfinden, wie das Virus in die Welt gelangte ... Finanzierung der Meinungsführer, Fauci, Tedros, WHO ..., die das Narrativ der Gefährlichkeit des Virus hochhalten … Übertreibung der Sterblichkeitsraten, Phase 1: Veranlassung von Zwangsquarantänen, Isolationen, Strafen. Erstellung und Finanzierung des Impfentwicklung- und Einführungsprogrammes, globaler Impf-Aktionsplan, ständige Wiederholung, dass Impfen die einzige Lösung ist.

Beendigung von Phase 1, kurze Phase zurück in Normalzustand, dann Phase 2. Quarantäne auf viel extremerem Niveau, Erhöhung der Strafen, Ersetzung der Geldstrafen durch Gefängnis, Übernahme der Lebensmittelkontrolle und der Energieversorgung … Wenn die Mehrheit der Menschen der Agenda folgt, lassen Sie sie ins System eintreten (neue Normalität), die Minderheit wird weiter eingeschränkt. Keine Reisen, keine Arbeit …«

In Sentas Gesicht stand nur noch Grauen, sie wollte das nicht lesen, aber Chris war unerbittlich.

»Genau hier befinden wir uns jetzt«, erklärte er. »Phase 2. Und willst du wissen, was sie als Endlösung anstreben?«

In Senta drehte sich alles, sie war zu keiner Antwort fähig. Wieder klickte Chris ein Video an und ihr wurde gewahr, dass das alles öffentlich einsehbar war, dass sie sich nicht scheuten, offen darüber zu reden - und die Menschen wollten die Gefahr nicht sehen!

Ein arrogant aussehender Mann erschien auf dem Bildschirm, etliche Titel vor seinem Namen. In aller Selbstverständlichkeit erklärte er:

»Einige Regierungen und Unternehmen haben zum ersten Mal in der Geschichte der Menschheit die Macht, Menschen zu ‚hacken'. Es wird viel über das Hacken von Smartphones, Computer und Bankkonten gesprochen, aber das Ding in unserer Zeit ist die Fähigkeit, Menschen zu hacken. Und damit meine ich, wenn jemand genügend Daten und Rechenleistung hat, die Menschen besser verstehen kann, als sie sich selbst verstehen. Und dann kannst du sie manipulieren, auf viele Arten, die früher unmöglich waren. In einer solchen Situation funktioniert das alte demokratische System nicht mehr. Wir müssen die Demokratie neu erfinden. Für diese neue Ära, die eintritt, werden Menschen nichts anderes als hackbare Tiere sein. Also, diese ganze Idee, dass Menschen eine Seele oder einen Geist haben, und ihren freien Willen und niemand weiß, was in mir vorgeht ... also, was ich immer ich wähle, sei es bei den Wahlen oder im Supermarkt … das ist mein freier Wille … Das ist vorbei![2] …«

Senta klappte der Mund auf, aber sie hatte keine Zeit nachzudenken oder gar Fragen zu stellen, denn Chris hatte wieder das Lockdownpapier aufgerufen.

»… hier kannst du nachlesen, was passiert, wenn die Minderheit, die Widerstand übt, zur Mehrheit wird, genau das, was du dir so sehr wünschst.«

Er markierte den Abschnitt. Grausame Sätze in Neongelb leuchteten Senta entgegen:

»Sollte die Mehrheit gegen die Agenda verstoßen, folgt Phase 3. Freisetzen eines Virus mit einer Sterblichkeitsrate von dreißig Prozent.«

Senta sprang auf.

»Das … das ist Mord!«, schrie sie außer sich. »Christopher! Das ist Mord!«

Das Entsetzen schnürte ihr die Kehle ab, ihre Augen starrten ihn flehend, hilfesuchend an und Christopher ergriff seine Chance.

»Senta«, drängte er so behutsam wie möglich. »Verstehst du jetzt? Wenn das passiert, wenn die Krankenhäuser sich füllen, Menschen sterben … dann können sie sich in die Brust werfen und sagen: ›Seht ihr? Wir hatten recht. Das Virus ist tödlich‹. Sie werden sich als Menschenretter aufspielen, obwohl sie es sind, die die Menschen gefährden. Alle Demonstranten und Omega-Gegner wären für immer ans Kreuz genagelt. Es wäre ein Leichtes für sie, die Impfung durchzusetzen. Niemand würde es wagen, auch nur noch einen Mucks dagegen zu sagen.«

Sentas Brustkorb hob und senkte sich. Jeder Atemzug tat ihr weh. Chris hielt noch immer ihre Hände und sie fühlte sich wie gefesselt.

»Deswegen will ich dich schützen, Senta«, flüsterte er und griff fester zu, als sie ihre Finger aus den seinen ziehen wollte. »Deswegen musst du das mit den Sunlight-News lassen. Sie haben ihre Augen überall, aber wenn du jetzt rausgehst, haben wir eine Chance. Du und ich. Du siehst doch, alles andere hat keinen Sinn. Der Sack ist zu. Selbst wenn ihr mehr werdet, würde das nichts nützen. Verstehst du das endlich?«

»Ja«, gab sie heiser zurück und riss ihre Hände aus den seinen. »Ich verstehe es. Und doch werde ich nicht aufgeben!«

»Oh, Senta«, stöhnte er entnervt auf. »Was muss eigentlich noch passieren? Sie verfügen über euch! Sie dressieren euch! Schau doch, wie viele sich schon angepasst haben! Sie wissen genau, dass nur ein Bruchteil sich die Mühe macht, sich das anzuschauen, was du dir angeschaut hast. Und nur ein Bruchteil dieses Bruchteils wird es glauben! Dieser Typ, den du da gerade gesehen, sagt offen, dass die Menschen nutzlose Tiere sind! Schau dich um, Senta: Die Benzinfässer sind längst aufgestellt, die Lunte brennt – und alle schauen zu!«

In Senta platzte etwas.

»Dann tu was dafür, dass sie ausgetreten wird!«, schrie sie. »Wie kannst du es mit deinem Gewissen vereinbaren, die Menschen in diese Falle tappen zu lassen? Wie kannst du auch nur daran denken, so etwas zuzulassen?«

»Weil es ausweglos ist!«

»Das ist es *nicht!* Ausweglos ist es mit Typen wie dir! Die so denken wie du! Wenn du das publik machst, nimmst du ihnen doch den Wind aus den Segeln! Man könnte es einordnen, man könnte es verhindern! Was deine verdammte Pflicht wäre, verdammt noch mal!«

»Es wäre nichts weiter als ein sozialer Selbstmord!«

»Das ist alles, was du dazu zu sagen hast?«

»Ich könnte noch mehr sagen, wenn es immer noch nicht reicht!«

Senta zitterte vor Anspannung. Christopher packte sie an den Schultern, sah ihr mit aller Dringlichkeit in die Augen. Sie wandte sich ab, wollte sich losreißen, wollte nicht in diese Augen sehen, die ihr den Glauben an die Zukunft nahmen. Aber er griff an ihr Kinn und zwang sie, ihn anzusehen.

»Ich liebe dich, Senta«, stieß er hervor. »Von der ersten Sekunde an habe ich mich in dich verliebt. Ich wünschte mir so oft, es wäre nicht geschehen. Du hast alles in mir durcheinandergebracht! Seit ich dich kenne, feile ich an einem Plan, wie wir in dieser Welt überleben können. Politiker bekommen einen anderen Impfstoff als Normalbürger und …«

»Christopher!« Sie schüttelte seine Hände ab, stolperte einen Schritt nach hinten. »Das … das kannst du nicht bringen! So darfst du nicht denken! Du bist von Menschen gewählt, die dir vertrauen! Von Menschen, die von dir glauben, du willst nur das Beste für sie!«

»Tja«, antwortete er lakonisch. »Da fällt mir nur der Spruch ein: Es gibt Menschen, die denken, die Regierung meint es gut mit ihnen – und Menschen, die denken.«

»Aber du kannst doch ein Leuchtfeuer sein!«, beschwor sie ihn weinend. »Du hast Zutritt ins TV! Du könntest Millionen erreichen, wenn du wolltest! Du kannst nicht tatenlos zusehen, wie das geschieht! Was ist mit Wulff und Rosita? Sie werden alles verlieren! Sie sind doch deine Freunde!«

»Herrgott, Senta, was soll ich denn machen! Was würde denn passieren, wenn ich damit an die Öffentlichkeit trete! Sie werfen mich in die Verschwörerkiste, stampfen mich medial ein, nennen mich einen Mörder und danach bin ich nur noch ein nichtssagender Aluhutträger, ein weiterer Idiot, der Reden schwingt und trotzdem kein Gehör findet! Kapier's doch endlich! Das Ding ist gelaufen! Sie haben ihre Leute an den entscheidenden Stellen, sie haben die Medien, die Justiz, sie haben die Macht! Sie löschen alles, was ihnen nicht passt, sodass die Leute nur lesen, was sie ihnen zu denken vorgeben! Kapier's doch endlich! Alles, was du tun kannst, ist, dich so gut wie möglich in deinem Gefängnis einzurichten! Und vielleicht einiges für dich selbst verhindern!«

»Nein«, flüsterte sie mit Tränen in den Augen. »Nein. Charlene hat gesagt, wir sind mächtiger, als wir bisher angenommen haben. Jetzt verstehe ich ihre Worte in ihrer tiefsten Bedeutung! Und es ist das, woran ich mich festhalten werde!«

»Senta, bitte …«, bat er frustriert und wollte wieder ihre Hände nehmen, aber sie wich vor ihm zurück, schüttelte den Kopf.

»Ich werde weiter daran glauben, dass sich von einer Sekunde auf die andere alles ändern kann. Dass es ein letztes Sandkorn braucht. Für dieses Sandkorn bete ich.«

Unwillkürlich war Christopher fasziniert. Sie gab einfach nicht auf! Ihr nasser Blick suchte den seinen.

»Bitte, Christopher«, flehte sie heiser. »Geh an die Öffentlichkeit. Du hast Verbindungen, du hast ein Netzwerk, vielleicht kannst du die Polizei überzeugen! Wenn sie niemanden haben, der ihre Befehle ausführt, wären sie machtlos! Du musst die Menschen warnen! Es ist deine Pflicht, das zu tun! Wenn die Leute wissen, dass das inszeniert ist, dass sie erpresst werden …«

»Das soll ich denen sagen, die an die Gefährlichkeit eines Virus glauben, der nicht gefährlich ist?«

»Ja!«, beharrte sie verzweifelt. »Ja! Weil ich will, dass die Wahrheit siegt. Weil ich immer noch fest daran glaube, dass es gehen kann. Und weil ich …«

»Ach, Senta«, unterbrach er sie seufzend in einer Mischung aus resigniert und zärtlich. »Das ist das, wofür ich dich so liebe. Aber es ist genau das, was nicht funktionieren wird.«

Senta hob ihren Kopf, reckte ihr Kinn, während ihr die Tränen übers Gesicht liefen.

»Ich werde nicht aufgeben«, flüsterte sie stur. »Ich werde nicht aufgeben. Charlene hat gesagt, es wird alles gut. Und ich glaube an Wunder.«

»Das ist auch das Einzige, was jetzt noch helfen würde«, entgegnete er müde.

Tränenblind starrte sie ihn an. »Dann … war's das?«, fragte sie mit zugeschnürter Kehle. »Du wirst schweigen und das Spiel mitspielen, weil du als Politiker in einer besseren Lage bist als die Allgemeinheit? Das reicht dir?«

»Nein, es reicht mir nicht«, antwortete er leise. »Aber ich sehe auch nicht, dass mein Outing etwas ändert. Glaub mir, ich habe das Szenario tausendmal in meinem Kopf durchgespielt. Hätte ich eine Chance gesehen, hätte ich sie genutzt. Und ich möchte dich so sehr vor all dem bewahren, Senta. Weil ich dich liebe. Wenn wir zusammen sind, kann ich dich schützen.«

Er wollte sie umarmen, sie ließ es nicht zu.

»Niemals könnte ich mit dem Wissen leben, nur meine eigene Haut zu retten. Der Kreis schließt sich, Chris.«

Er starrte sie an. »Wie meinst du das?«

Ein dicker Kloß saß in ihrem Hals. Ein Felsbrocken in ihrem Magen. Sie fühlte sich genauso verknotet wie die grässliche Figur in seinem Vorgarten. »Ehrlich … ich hätte mir so gewünscht, dass das zwischen uns klappt, aber es geht nicht. Es geht einfach nicht. Heul du mit den Wölfen. Es ist nicht mein Weg.«

»Senta«, flüsterte er. »Bitte. Sag das nicht. Du bist aufgewühlt. Lass es sacken und denk nochmal drüber nach. Sei vernünftig.«

»Nein, Chris, ich will nicht vernünftig sein.«

Sie biss sich auf die Lippen, fuhr leise fort:

»Ich werde gehen. Und ich werde nicht wiederkommen. Ich danke dir, dass du mir das gesagt hast. Aber das mit uns … das funktioniert nicht. Wir liegen zu weit auseinander.« Die Tränen liefen ihr die Wangen hinunter. »Ich hätte es mir auch anders gewünscht. Ich … ich hab dich so lieb, Chris. Bitte vergiss das nie.«

Schnell drehte sie sich um und verließ sein Haus. Das Herz schmerzte unsäglich in ihrer Brust, die letzte Stunde füllte sie mit schierer Verzweiflung.

Der Gedanke, nie mehr hierher zurückzukehren, tat weh und war erleichternd zugleich. Aber vor den Inhalten des Abends konnte sie nicht ausreißen. Die tobten in ihrem Kopf und in ihrem Herzen.

♫ What's In a Kiss ♫

Gilbert O'Sullivan

Wo sollte sie hin? Sie brauchte Nähe, wollte nicht allein sein. Das soeben Erlebte wühlte in ihr. Christophers Blick wühlte in ihr. Ihre Augen wurden nass, als sie daran dachte, wie er sich nun fühlen musste. Sie zitterte wie Espenlaub, hatte so große Empfindungen für ihn, aber in diesen Minuten wurde ihr klar, dass es quälende waren, dass seine Schwermut sie niedergedrückt hatte. Er war so liebenswert, aber sie konnte nicht zurück. Und sie konnte nicht mit seiner Einstellung leben.

Senta wusste nicht mehr ein noch aus. Die Tränen liefen und liefen, mühsam biss sie sie zurück, konzentrierte sich auf die Straße. Ja, wo sollte sie hin? Zu Gunnar? Sie rief ihn an. Er ging nicht ran. Oh, wie wünschte sie sich eine Freundin, bei der sie sich hätte ausweinen können! Oder ihren Opa! Der Gedanke an ihn trieb ihr erst recht die Tränen aus den Augen.

»Ach, Opa«, weinte sie in ihrem Wagen. »Wann kommst du endlich nach Hause? Ich brauche dich!«

Sie schluchzte auf, ihr Kopf rotierte nach einer Möglichkeit und spontan nahm sie die Ausfahrt und fuhr zum Geschäftsgebäude. Charlene arbeitete lange, vielleicht hatte sie Glück und sie war da? Sie musste mit ihr reden! Sie musste ihr vom Backup-Plan erzählen! Die Menschen mussten gewarnt werden! Sollten sie das auf ihre Homepage setzen? Was würde dann passieren? Was würde passieren, wenn sie es nicht taten?

Die Tränen liefen ihr in Strömen über die Wangen. Christophers Worte, diese Ungeheuerlichkeit, die Emotionalität der letzten Stunden, es war zu viel, sie konnte einfach nicht mehr. Kurze Zeit später stand sie vor dem Bürokomplex – Charlenes Wagen stand hier und oben brannte noch Licht.

Senta stellte den Motor ab, brach in Tränen aus und heulte sich die Seele aus dem Leib, als es plötzlich an ihre Scheibe klopfte. Sie schreckte hoch.

Fred stand davor, öffnete ungefragt die Wagentür und hockte sich vor sie hin.

»Hey«, sagte er. »Was ist denn mit dir los? Hast du Geburtstag?«

»Ja, bin mitten in der Feier«, gab sie erstickt zurück. Ihr Brustkorb drohte ihr auseinanderzuspringen. Ein tiefes Schnaufen entfuhr ihr, als ihr gewahr wurde, dass sie in so der von Chris skizzierten Welt nicht leben wollte. Ob es nicht besser wäre, zu gehen. Sie hatte noch nie in ihrem Leben an Selbstmord gedacht. Das war so meilenweit weg von ihrer sonstigen Denkweise, dass erst recht etwas in ihr zusammenbrach. Sie wandte sich von Fred ab und wünschte sich in diesen Minuten von Herzen einen Zug, der sie überfuhr.

Fred stand auf, ging um den Wagen herum und stieg auf der Beifahrerseite ein.

»Komm schon. Erzähl mir, was ist los? Ärger mit Waldorf?«

»Nein. Ja. Nein, ich …«

Wieder strömten ihr die Tränen aus den Augen und ehe sie sich's versah, stürzten die Erlebnisse des Abends aus ihr heraus. Als sie den Inhalt von Professor Leisenbergs Vortrag wiedergab, zuckte Fred zusammen.

»Und warum stehst du hier?«, fragte er.

»Weil ich mit Charlene reden will.«

»Nein, das vergiss mal«, sagte er so entschieden, dass sie erstaunt hochsah. »Du wirst mit Charlene nicht über dieses Thema sprechen.«

»Warum nicht? Ich dachte, mit Charlene kann man über alles reden?«

»Nicht darüber.«

Senta biss sich auf die Lippen, starrte mit rotgeweinten Augen zur Windschutzscheibe hinaus, als Fred resolut sagte:

»Okay, steig aus.«

»Warum? Was hast du vor? Gehen wir trotzdem zu …«

Fred hatte den Wagen bereits verlassen und ihre Tür zum zweiten Mal geöffnet.

»Nein, wir gehen nicht zu Charlene. Auf keinen Fall lasse ich dich in diesem Zustand allein. Sonst hätte ich Angst, dass du dich in der nächsten Sekunde aus einem Fenster stürzt.«

Sentas Schultern sackten nach unten.

»Würde ich nie machen«, murmelte sie. »Weißt du doch.«

»Gerade weiß ich das gar nicht«, widersprach er. »Eher habe ich den Eindruck, dass ich nicht so falschliege. Also schnapp dir deine Tasche und komm mit.«

»Wohin denn?«

»Zu mir.«

»Nein, auf keinen Fall«, protestierte sie. »Was soll ich denn da?«

»Auf andere Gedanken kommen. Und keine Widerrede! Sonst muss ich mir einen juristischen Grund einfallen lassen!«

Ohne ihr Gelegenheit zu geben, zu antworten, packte er sie am Ellbogen und führte sie zu seinem Wagen.

Erst nachdem sie auf die Hauptstraße einscherten, wurde ihr klar, dass es besser gewesen wäre, ihm hinterherzufahren.

»Jetzt habe ich mein Auto nicht bei mir«, seufzte sie. »Ich hätte selbst fahren sollen.«

»Um dann irgendwo falsch abzubiegen? Nein, Chérie, das ist viel besser so.«

Sie verstummte. Auch Fred sagte nichts mehr. Er berührte den Screen auf dem Display. Leise Musik begann den Raum zu füllen. Das Innere des Wagens roch gut. Es roch nach Fred. Nach seiner Leichtigkeit – und irgendwie nach Zuversicht. Er schien kein bisschen belastet nach ihrem so niederdrückenden Bericht. Und sie wusste, dass nicht Oberflächlichkeit der Grund dafür war. Senta entspannte sich ein klein wenig. Doch sobald ihre Gedanken zu Christopher flutschten, wurde ihr das Herz wieder schwer. Sie hatte Fred nur von den Videos und von dem Playbook erzählt, nicht vom Dilemma zwischen ihr und Chris. Sie war Fred dankbar, dass er nicht fragte, dankbar, in der Sicherheit seiner Limousine zu sitzen, dankbar, nicht alleine sein zu müssen.

Zwanzig Minuten später hielten sie vor seinem Haus, einem Altbau in unaufdringlicher Würde und Eleganz, am Rande der Stadt, an dessen grauen Steinen sich Efeu und Wein rankten.

Erstaunt stieg sie aus.

»Wieso habe ich einen futuristischen Bunker erwartet?«, fragte sie mehr sich als ihn.

»Vermutlich, weil du mein Alter vergessen hast«, antwortete er. »Was ich nicht schlecht finde.«

Er lächelte leicht, schloss die Tür auf, lotste sie in seine Küche, die überraschend gemütlich war, ließ sie am Tresen seiner Küche auf einem Barhocker Platz nehmen und schob ihr fünf Minuten später ein Glas Rotwein hin. Er stieß mit ihr an.

»Auf die Zukunft!«, sagte er und in seinen Augen blitzte es kämpferisch auf. Ein Funken, der ihr guttat. Er toastete weiter: »Auf eine Zukunft, die *wir* uns erschaffen! Trinken wir auf das Menschsein und … wie Charlene sich ausdrücken würde … auf den göttlichen Funken in uns, der nicht totzukriegen ist!«

Unversehens entfuhr Senta ein kleines Lächeln und sie nahm einen großen Schluck vom Wein. Sie brauchte Hoffnung und Fred hatte zumindest ein Fitzelchen davon freigestaubt.

»Danke, Fred« , erwiderte sie. »Das … war schön gesagt.«

Sie wagte nicht, die Frage zu stellen, die ihr auf der Seele brannte, weil sie Angst vor der Antwort hatte. Aber Fred fing ihre Schwingung auf.

»Du glaubst doch nicht wirklich, dass das je geschieht?«, fragte er. Ein nervöses Lachen entfuhr ihr.

»Tja, sieht so aus, als geschähe es bereits.«

»Planen kann man viel«, antwortete Fred ernst. »Durchsetzen ist was anderes. Dazu spielen viel zu viele Faktoren hinein, als die das genau berechnen könnten. Vergiss den Mist, Senta. Das sind ein paar Komplettspinner, die meinen, Gott spielen zu können. Das muss noch lange nicht wahr werden. Niemals werden die das schaffen. Und warum? Weil wir Menschen etwas anderes wollen. Meinst du, das fließt nicht in die Gleichung ein? Das ist die Komponente, die sie dauernd vergessen. Und denkst du vielleicht, ich gebe kampflos auf? Da kannst du lange drauf warten. Und du gibst doch auch nicht auf. Wir sind also schon zwei. Mit Charlene und Jeff sind wir vier ... und ich nehme an, da kommen noch ein paar mehr hinzu.«

»Laut Christopher hat das keinen Sinn.«

»Das erinnert mich an einen Satz aus der Sendung: ›Genau jetzt, wo deine positive Einstellung am meisten gebraucht wird, drehst du ab?‹ Weißt du was? Ich stehe auf den Spruch: Ich mache mir die Welt, wie sie mir gefällt.«

Unwillkürlich musste sie ein wenig lachen. In ihre Augen kam ein leichter Glanz.

»Niemand kann uns das Menschsein nehmen«, fuhr Fred ernst fort. »Und niemand kann uns das Lachen nehmen, unser Herz und die Liebe. Wie sollte das denn gehen? Wenn du mich fragst: Das Spiel ist noch lange nicht entschieden. Und insofern ist das, was Waldorf heute von sich gegeben hat, Verschwörungstheorie. Und es wird Theorie bleiben. Es wird nicht passieren, glaub mir. Es wird eine Lösung geben. Immer mehr Menschen denken über eine nach. Immer mehr Menschen wollen eine. Wir kriegen den Schwarm schon wieder zusammen und lenken ihn in eine andere Richtung.«

»Was macht dich so sicher?«

»Mein sechster Sinn. Und weil ich an Menschen glaube. Weil ich an meine Kraft glaube und an deine und an all die, die Freiheit wollen. Wenn ich eines in meinem Leben gelernt habe, dann ist das: Das Leben lässt sich nicht kontrollieren. Und wenn da ein paar Spinner im WEF sitzen und meinen, ihren Größenwahn austoben zu müssen, wird sie das teuer zu stehen kommen.«

Senta war nicht überzeugt. »Aber Fred, sie toben sich gerade aus. Sie machen wahr, was sie vorhaben. Etliche Steps dieses Plans sind bereits Realität.«

»Das ist der entscheidende Punkt, Senta. Die Steps vorher waren den Menschen nicht klar. Die Steps danach sind es. Und das ist die Chance. Daran können wir drehen. Wir drehen ja bereits daran. Vergiss nicht, was Charlene gesagt hat: Konzentriere dich auf die Welt, die du haben willst, und lass dich nicht von den wahnsinnigen Gedanken anderer einfangen. Es sind nicht deine, sie gehören nicht zu dir. Ist es nicht das, was man ›Aufstehen‹ nennt? Ja zu sagen zum Leben? Ja, zum Licht in dir? Ist es jetzt nicht umso wichtiger, in – wie sagt das Charlene immer so schön – höhere Frequenzen zu wechseln?«

Ungewollt teilte ein Lächeln Sentas Gesicht und die damalige Szene im Garten ihres Opas entstand ihr vor ihren Augen … ihr Opa, der mit ihr auf der Bank saß und ihr die Geschichte von den Archonten erzählte. Der Moment, als sie sie mit dem Bambusstock bekämpft hatte. ... sie lächelte in Erinnerung an den Dialog:

Aber Opa, ich hab nicht immer einen Stock bei mir und seine Antwort: *Aber du hast immer das Licht in deinem Herzen.*

Ihr war etwas leichter ums Herz. Fred hatte den richtigen Knopf gedrückt. Deutlich entspannter nahm sie einen weiteren, großen Schluck.

»Hey, langsam, wir haben noch was vor«, warnte Fred.

»Wir haben noch was vor?« Erstaunt ließ sie das Glas sinken. »Was denn?«

»Du wolltest doch in höhere Frequenzen wechseln, nicht? Komm mit!«

Er fasste ihre Hand und zog sie ins Wohnzimmer, das mindestens hundert Quadratmeter groß und fünf Meter hoch war. Dort nahm er ihr das Glas aus der Hand, stellte es zusammen mit seinem auf den Couchtisch. Mit einem Touch auf dem Screen seines Handys flammten indirekte Lichter im ganzen Haus auf, mit einem zweiten Touch begann Musik zu spielen. Die Musikauswahl überraschte sie.

Weder hatte er Kuschelrock noch sanfte Pianomusik gewählt, nein, die fröhlichen Takte von Gilbert O'Sullivans *What's In a Kiss* strömten durch den Raum. Fred streckte seinen Arm nach ihr aus.

»Meine Süße, darf ich bitten?«

Ein Leuchten ging über ihr Gesicht und sie ergriff seine Hand. Er fasste sie um die Taille, sie spürte seine Nähe, seine Wärme, seine Sicherheit und sah ihm vertrauensvoll in die Augen. Ihre Blicke hakten sich kurz ineinander, dann schwang Fred sie leicht und sicher übers Parkett. Senta überließ sich der Musik und Freds Händen. Sie konnte nicht verhindern, dass ihre Gedanken hin und wieder zu den letzten Stunden abschweiften, und immer wenn das geschah, legte sich ein düsterer Zug auf ihr Gesicht. Wenn das geschah, zog Fred sie etwas an sich heran, näherte seine Wange der ihren, tat er irgendetwas, um sie wieder in die

Gegenwart zu holen. Zu ihm. In sein Wohnzimmer. Zu dem Moment, wo sie sich drehten und schwangen. Dem Moment, wo es weder Zukunft noch Vergangenheit gab und der in sich vollkommen war.

Ein nächster Song von Gilbert folgte, ausgerechnet *Matrimony*, Fred flüsterte in ihr Ohr:

»Ist ganz sicher keine Anspielung!«, während die gute Laune des Musikstückes sie beide erfasste und Senta sich immer freier mit ihm durch sein Wohnzimmer drehte. Billy Joels *Don't Ask Me Why* löste Gilbert ab. Fred sang ein paar passende Liedzeilen mit, was sie zum Kichern brachte. Oh, es tat so gut, mit Fred Pirouetten zu schwingen, den Luftzug zu spüren und den leichten Schwindel, den der Wein und die Drehungen verursachten. Nahezu stumm tanzten sie vier, fünf Songs durch, bis sich wieder Billy Joel zu Wort meldete mit seinem *I Love You Just The Way You Are*.

Es war der erste etwas langsamere Song. Fred war zart und doch dominant, er presste sie zu keiner Zeit an sich. Senta war es, die zu ihm drängte, ihre Stirn an seine Schulter lehnte und ihre Arme um seinen Hals schlang. Bewusst legte sie die Wange an die seine, ihr leichter Atem hauchte in sein Ohr. Erst jetzt schloss Fred seine Arme um sie, fest und warm, und Senta seufzte auf. Oh, das fühlte sich gut an! Und ja, sie war angetrunken, aber nicht so, dass sie nicht wusste, was sie tat – und was sie wollte. Fred war ihr Berg. Der Fels in der Brandung. Er hatte immer zugehört, war immer für sie da gewesen. Und als Mann … als Mann war er Zucker und Karamell und an diesem Abend hatte sie Heißhunger auf Süßes. Ihre Finger begannen seinen Nacken zu streicheln, am liebsten wäre sie in ihn hineingekrochen. Sachte kam ihr sein Körper entgegen, fast scheu und vorsichtig. Warum? Sie wollte mehr! Es war das erste Mal, dass Fred sie im Arm hatte und die Stärke seiner Ausstrahlung, die Innigkeit dieser Begegnung, ließ sie schmelzen, sprengte alle Grenzen, machte ihr klar: Sie wollte ihn spüren, sie wollte ihn ganz. Sie wollte ihn auf alle möglichen Arten, wollte, dass er sie küsste, streichelte und die Dinge, mit ihr tat, für die er berüchtigt war.

Kurz war sie davor, das zu tun, was Christopher so oft mit ihr getan hatte: Sein Gesicht in ihre Hände nehmen, um ihn zu küssen. Genauer gesagt brannte sie darauf und er, er wollte es auch, das spürte sie. Sein Unterleib reagierte, auch wenn er es vor ihr zu verbergen versuchte. Seine Körpertemperatur schien zu steigen und beglückt merkte sie, wie er stehenblieb, sie mit allen Sinnen umarmte – für eine Sekunde – und sie dann losließ. Irritiert stand sie vor ihm. Fühlte sich haltlos.

»Es ist spät, Bio-Mäuschen«, erklärte er. »Du kannst hier schlafen, wenn du möchtest. Ich habe ein Gästezimmer für dich – mit eigenem Bad.«

Bestürzt sah sie ihn an.

»Ich will nicht ins Gästezimmer«, hörte sie sich sagen. »Ich will bei dir schlafen.«

»Nein, das machen wir nicht.«

»Aber wieso denn nicht?«

»Du hattest keinen leichten Abend. Ich rühre dich nicht an, Senta.«

Ein enttäuschter Laut entfuhr ihr.

»Ich will aber, dass du mich berührst«, protestierte sie und trat einen Schritt auf ihn zu. »Ich will dich spüren. Ich will …«

»Noch mal nein, Chérie«, fiel ihr Fred resolut ins Wort. »So sehr mich das reizt und ehrt. Nicht heute Nacht. Du bist emotional belastet, du hast getrunken und …«

»Ich habe nicht so viel getrunken, um nicht mehr zu wissen, was ich tue«, trotzte sie. »Und ich weiß, was ich sage. Ich will auch nicht bei dir sein, weil ich emotional belastet bin. Ich will wegen dir bei dir sein.«

Fred sah ihr ins Gesicht. Sie war in Aufruhr, aber fest entschlossen … er musste lächeln. Dieser göttliche Trotz in ihrem Gesicht, der ihre Lippen noch aufreizender aufwarf, als sie ohnehin schon waren. Diese wilde Entschlossenheit, um ihn zu kämpfen. Fred war zutiefst gerührt und seufzte tief.

»Glaub mir, ich habe noch nie jemanden bei mir im Bett gehabt, der Söckchen trägt.«

»Für die zieh ich die sogar aus.«

»Tja, mit dem Argument hast du mich natürlich schachmatt gesetzt. Dann komm.« Aufatmend legte sie ihre Hand in die seine. Er zeigte ihr das Gästebad, gab ihr eine Zahnbürste, legte ihr ein T-Shirt hin.

Senta duschte die Erlebnisse ab, dachte an Christopher, an die Erleichterung, als sie von ihm weggefahren war. An das Gefühl, das sie jetzt hatte – und eine tiefe Gewissheit setzte sich in ihr. Nein, sie war nicht betrunken, allenfalls ein wenig beschwipst und die Erwartung, gleich zu Fred ins Bett zu schlüpfen fühlte sich nicht nur richtig an, sondern ließ tiefe Freude aufkommen. Eine Freude, die ihr klarmachte, dass sie viel mehr für ihn empfand, als sie sich bisher eingestanden hatten. Sie konnte es kaum erwarten, zu ihm ins Bett zu kriechen und in seinen Armen zu liegen.

Mit dem T-Shirt bekleidet trat sie in sein Schlafzimmer, blieb vor dem Bett stehen. Er lehnte am Kopfteil und lüpfte stumm die Bettdecke. Mit einem Lächeln kroch sie unter die Laken. Er rutschte runter, bis er auf dem Rücken lag, Senta schlang ihren Arm um seine Mitte und legte ihren Kopf auf seine Brust.

»Danke, Fred«, murmelte sie. »Du tust so gut. Und du bist total goldig.«

»Du bist auch goldig, Chérie«, murmelte er.

Senta wurde schläfrig, sie fühlte sich sicher und geborgen und ihr Arm schlang sich noch fester um ihn.

Fred strich ihr leicht übers Haar. Es war ein süßes Gefühl, ihr Herz an seinem Brustkorb zu spüren, als klopfe es an seine Tür und bäte um Einlass. Ein süßes Gefühl, ihre Hand auf seiner Haut zu fühlen, ihr Bein, das über dem seinen lag. Er dachte schon, sie sei bereits eingeschlafen, als sie murmelte.

»Ich glaube, ich liebe dich, Frederic Dubois.«

Seine Hand, die ihren Rücken gestreichelt hatte, hielt mitten in der Bewegung inne. Voller Vertrauen kuschelte sie sich enger an ihn – und war in den nächsten Sekunden eingeschlafen.

Fred blickte auf den blonden Schopf auf seiner Brust. Ihm war, als wäre sie schon immer hier gelegen. Unversehens drückte er ihr einen Kuss auf den Scheitel.

»Verdammt«, flüsterte er. »Ich glaube, ich liebe dich auch.«

♫ Depend on it ♫

Liam Payne

Es klingelte. Senta schoss hoch. Sah sich verwirrt um. Wo war sie? Ihr Blick fiel auf Fred, der schlaftrunken nach dem Wecker tastete und ihn ausschaltete.

»Sorry«, murmelte er. »Kannst weiterschlafen, ist erst sechs Uhr.«

Automatisch griff er nach ihr, zog sie an sich, eine Geste, die ihr Schmetterlinge in den Bauch setzte. Glücklich genoss sie für ein paar Minuten dieses Gefühl.

Aber ihre Blase drückte, so nestelte sie sich doch noch mal aus seinem Arm und verschwand im Gästebad. Fred schlief, als sie zurückkam. Sein Haar war verwuschelt und er sah herrlich entspannt aus. Ein zärtliches Lächeln erschien auf ihrem Gesicht und wie am Abend zuvor konnte sie es kaum erwarten, sich wieder an ihn zu schmiegen. Vorsichtig schob sie sich zu ihm, aber er wachte auf, als ihre kühle Haut auf seine bettgewärmte traf. Er drehte sich zur Seite und stützte seinen Kopf auf dem Arm ab.

»Hey, Bio-Mäuschen, ganz sicher hast du einen Hahn zu Hause, der dich um fünf Uhr morgens weckt.«

Sie lachte leise. »Keine Sorge, bin eine gesunde Mischung aus Frühaufsteher und Langschläfer.«

»Oh, wie gut, dann haben wir schon mal was gemeinsam.«

»Wunderbar«, schnurrte sie, drückte ihn in die Kissen zurück, legte wie am Abend zuvor ihren Kopf auf seine Brust und streichelte ihn sanft.

»Ich habe keine Ahnung, was du an dir hast«, flüsterte sie, »dass ich dich dauernd anfassen möchte.«

Er lachte leise, seine Hand fuhr am Rücken unter ihr T-Shirt und Senta schloss die Augen, rekelte sich in seinem Arm. Ihr Hand glitt nach unten.

»Senta, lass das, sonst kann ich für nichts garantieren. Zumindest für gewisse Teile an mir nicht.«

»Ich brauche keine Garantien, Fred.«

Diesmal war er es, der sie auf den Rücken drehte. Forschend sah er ihr ins Gesicht. Zwei leuchtende Augen, ein Mund, der ihn anlächelte, ein süßes Wesen, das glücklich war, weil er bei ihm lag. Ihre Blicke verbanden sich. Sanft strich er ihr das Haar aus der Stirn wie einem Kind. Sie protestierte nicht, als er sich über sie beugte und seine Lippen auf die ihren setzte. Stattdessen genoss sie das Schwindelgefühl, das sein Kuss in ihr auslöste, die angenehme Leere in ihrem Kopf und seinen zum Leben erwachten Unterleib. Ein kleines Stöhnen entfuhr ihr, das ihn ermutigte, weiterzugehen. Seine Finger spielten mit ihrer Knospe, Senta entfuhr ein

Keuchen, das direkt in seinem Ohr landete – und das war wie ein Startschuss für ihn.

Mit beiden Händen schob er das Shirt nach oben, zog es über ihren Kopf, drückte ihre Handgelenke rechts und links auf das Kissen und kostete mit dem Mund ihre Brustwarzen. Mit dieser Liebkosung explodierte etwas in Senta und sie bäumte sich in einer wilden Geste auf, versank in seinem Kuss, schob ebenso sein T-Shirt hoch, bis ihre Haut aufeinandertraf und er sie in einer innigen Umarmung fast verschlang.

»Senta«, flüsterte er in ihr Ohr und schickte Millionen Volt ihr Rückgrat hinunter. »Senta …«

Ihre Hände streichelten seinen Brustkorb, seinen Rücken, fuhren unter den Bund seiner Boxershorts. Aufatmend genossen sie den Kontakt, spürten sie Wärme, den Energiefluss, wie sehr Berührung Leben bedeutete, der Austausch von Liebe und Zuneigung. Senta war wie ausgehungert danach. Hunderte von Küssen landeten auf ihrem Gesicht, auf ihrem Hals, auf ihrem Bauch, und sie ließ ihn gewähren, als er tiefer glitt. Fred war völlig absorbiert in sein Tun, völlig auf sie eingestellt, achtete auf jede Nuance und Reaktion von ihr. Sein heißer Atem drang durch den Stoff ihres Höschens, und er machte sich daran, es herunterzuziehen. Senta half ihm. Das, was sie Christopher instinktiv so lange verwehrt hatte, war bei Frederic auf einmal völlig natürlich. Es war ihr in diesem Moment sogar einerlei, wenn es nur für dieses eine Mal sein sollte. Der Moment war einfach zu schön, als dass sie sich ihm hätte verweigern wollen. Sie versank in seinen Zärtlichkeiten, die ihren Körper in Ekstase versetzten, die den Zusammenschluss mit ihm herbeisehnen ließen und alles in ihr in Brand setzen.

Fred ging es ähnlich. Er war ein mehr als erfahrener Liebhaber und hatte sich in der letzten Zeit des Gefühls nicht erwehren können, sich abgenutzt zu haben, hatte sogar mit dem Gedanken gespielt, dass seine beste Zeit in dieser Hinsicht vorbei war. Aber Senta in seinem Bett machte alles frisch und neu und auf ihrem Gesicht lag eine Hingabe, die ihn schier zum Bersten brachte. Alles in ihm drängte auf die Vereinigung mit ihr und doch war er bestrebt, den Weg dorthin so sehr wie möglich zu vergolden. Er konnte sich an ihrem Gesicht nicht sattsehen, als er in sie drang, als er es zum ersten Mal als Zugeständnis empfand, dass eine Frau ihre Pforten für ihn öffnete und ihn aufnahm. Zum ersten Mal agierte nicht nur sein Unterleib, sondern auch sein Herz. Es schien zu leuchten, schien zusätzliches Feuer zu geben. Als sie unter ihm explodierte, explodierte auch etwas in ihm. Ein unsagbar tiefes Gefühl flammte auf und überflutete ihn so sehr, dass er meinte, das Bewusstsein zu verlieren. Er fühlte ihre

Ekstase, fühlte diese Liebe, die den körperlichen Orgasmus nur noch als angenehmen Nebeneffekt erscheinen ließ.

Senta war wie von Sinnen, die Gedanken in ihrem Kopf waren ausgelöscht. Sie vibrierte unendlich lange nach und drückte ihr heißes Gesicht fast hilflos gegen seine Brust, weil es einfach nicht aufhören mochte. Fred war hin und weg. Hatte er sie so zum Klingen gebracht? Oder war dieses neue Gefühl in ihm dafür verantwortlich? Er hielt sie im Arm, vernahm ihre kleinen Laute, genoss die Vibrationen, bis sie endlich abebbten.

Vollkommen selig lag Senta an seiner Seite. Sie konnte jede Frau verstehen, die sich sagte: Lieber eine Nacht mit diesem Mann als gar keine. Nach einer Zeit zog sie sich ein wenig hoch, hauchte einen Kuss auf seine Lippen – und wurde sich des starren, grüblerischen Ausdruckes auf seinem Gesicht gewahr.

»Hey«, fragte sie leise. »Was ist los?«

Fred antwortete nicht.

»Du musst keine Angst haben, dass ich klammere«, wisperte sie. »Es war so wunderschön – ich werde ewig davon zehren.«

Seine Lippen zuckten leicht, sein graugrüner Blick forschte in ihrem Graublau, als suche er eine Erklärung für etwas, was er nicht verstand. Erst als sie ihn fragte:

»Möchtest du, dass ich gehe?«, entspannte er sich, strich ihr lächelnd das Haar aus dem Gesicht und sagte weich:

»Nein, ich möchte nicht, dass du gehst. Mir ist nur bewusst geworden, dass ich zum ersten Mal nicht mit einem Phantom geschlafen habe, sondern mit dir. Mit Senta.«

»Wie meinst du das?«

»Dass du die erste Frau bist, von der ich mir nicht wünschte, sie wäre Charlene.«

In ihre Augen kam ein zaghaftes Leuchten.

»Das … hört sich nach Frühstück an.«

Er lachte. »Ja, sieht ganz danach aus. Hast du denn schon Hunger?«

»Eigentlich nur nach dir. Aber was zu essen wäre auch nicht schlecht.«

»Bin ich dir nicht zu alt?«

»O nein«, erwiderte sie mit tiefer Überzeugung. »Du bist genau richtig. Dich mag ich sogar im Anzug.«

Er lachte. »Und ich mag dich sogar mit Söckchen. Eigentlich mag ich dich *wegen* deiner Söckchen! Mann, wenn mir das einer vor ein paar Wochen erzählt hätte …!«

»Ich wundere mich auch gerade. Bist du nicht der Typ, der auf schwarze Lederhandschuhe steht?«

»Stehst du drauf?«

»Hab ich noch nie ausprobiert.«

»Also, seit ich dich kenne, finde ich Söckchen fast erotischer.«

»Oh, wie schade. Und ich dachte, du erzählst mir von deinen geheimsten Wünschen.«

»Hast du denn so was wie geheime Wünsche?«

»Den einen oder anderen schon, ich glaube, das lässt sich kaum vermeiden.«

»Na, da bin ich aber mal gespannt. Worauf steht eine Ökonudel wie du?«

»Ein Bett im Kornfeld?«

Fred lachte und schlang seine Arme um sie. Senta lächelte glücklich. Mit Fred war alles licht und hell. Sie fühlte sich wie aus einem Albtraum gerissen, obwohl es doch die Welt mit all ihren Herausforderungen noch gab. Und doch – hier bei Fred war alles gut. Er vermittelte ihr eine wunderbare Geborgenheit, alles war natürlich und unkompliziert. Da gab es keine Peinlichkeiten, keine Gezwungenheit, kein Abwägen, was man jetzt sagen konnte und was eventuell falsch rüberkam. Sie atmete in jeder Hinsicht tief auf und merkte erst jetzt, wie sehr die Beziehung zu Chris sie belastet hatte. Sie wisperten und flüsterten noch eine Weile, liebten sich erneut, schliefen nochmal ein.

Sie wachten gleichzeitig auf. Sacht malte ihr Finger Figuren auf seinen Bauch, wanderte weiter nach unten. Aber Fred stoppte sie.

»Ich glaube, ich werde doch alt, ich brauche Frühstück nach all der Morgengymnastik. Gehe ich recht in der Annahme, dass Madame Müsli bevorzugt? Ich hoffe, du bist nicht der Typ, der Bananen dehydriert.«

Sie wollte gerade zu einer Antwort ansetzen, als ihr Telefon klingelte. Schon ein paar Mal hatte es Signaltöne von sich gegeben, die Senta zwar im Hintergrund vernommen, aber auf die sie nicht reagiert hatte. Wie auch? Freds Hände waren eindeutig lauter gewesen. Sie kramte in ihrer Tasche nach dem Gerät, aber bis sie es in der Hand hielt, war es verstummt.

Christopher war mit mindestens fünf Nachrichten drauf.

»Senta, wo bist du? Ich stehe vor deiner Haustür!«

»Wo bist du hingefahren? Ich mache mir Sorgen!«

»Bitte lass uns nochmal reden.«

»Ich habe nachgedacht. Ich wollte dir persönlich sagen, was dabei herausgekommen ist.«

»Melde dich, bitte! Ich liebe dich.«

Sie biss sich auf die Lippen. Diese Nachrichten machten ihr klar, wie schnell das mit Fred gegangen war. Sie war direkt von Christophers

Wohnzimmer in Freds Bett gelandet! Bevor sie sich fragen konnte, warum ihr schlechtes Gewissen sich in Grenzen hielt, entdeckte sie eine weitere WhatsApp, die ihr Schnappatmung verursachte. Eine Nachricht von ihrem Opa! Von gestern Abend! Ihre Augen rasten über den Text.

»Meine liebe Senta, stell dir vor, endlich, endlich haben wir einen Flug bekommen und landen hoppladihopp morgen um fünfzehn Uhr zehn in Frankfurt. Kannst du uns abholen? Anbei die Flugnummer. Sag doch bitte Bescheid, ob es klappt! Ich freue mich unglaublich auf dich! Dein Opa.«

Sie stieß einen Schrei aus. Wie spät war es? Fieberhaft checkte sie die Uhr. Elf! Zum Flughafen brauchte sie zwei Stunden! Es war Hauptverkehrszeit und auf der Autobahn ganz sicher Stau. Vorher musste sie nach Hause, was anderes anziehen – und ihr Auto am Funkhaus abholen! Das wurde knapp!

Dann erst wurde ihr in aller Deutlichkeit klar: Ihr Opa kam nach Hause! In wenigen Stunden schon würde sie ihn im Arm halten! Ihn küssen können! Vor Freude sprang ihr fast das Herz aus der Brust.

In aller Eile sprach sie ihm eine Nachricht auf, dass sie die Message jetzt erst erhalten habe und es ein paar Minuten später werden könnte.

»Was ist los?«, wollte Fred wissen. »Hat sich wieder einer mit Omega infiziert?«

»Nein!«, jubelte sie und hüpfte vor Freude auf und ab. »Mein Opa kommt nach Hause! Endlich! Nach fünf Monaten kommt er endlich nach Hause! Und Fritz und Heribert auch! Fred! Ich muss weg! Ich rufe mir eben ein Taxi. Das Frühstück holen wir nach!«

Sie ließ das Handy sinken. »Falls du das willst«, fügte sie etwas leiser hinzu und wurde rot. »Wir … ich glaube, ich war gestern ziemlich aufdringlich, das tut mir leid.«

»Oh, mir das tut das kein Stück leid!«

Fred stand in Boxershorts vor ihr, mit seinem erstaunlich jungen Körper, das Haar noch immer verwuschelt, mit diesem intensiv graugrünen Blick, den sie jetzt schon abgöttisch liebte. Ein sanftes Lächeln erschien auf ihrem Gesicht.

»Du bist so goldig«, sagte sie tief bewegt. Er lachte kopfschüttelnd.

»Sag mal«, sinnierte er, »wenn ich das richtig verstanden habe, willst du drei ältere Herren mit Gepäck in dieser Gurke, die du Auto nennst, abholen? In deinen Kofferraum passt gerade mal ein Kasten Bier!«

»Das letzte Mal hatten Heribert und Fritz ihre Koffer auf den Beinen, das geht schon.«

»Aber … die sind doch schon über achtzig! Wie haben die das ausgehalten?!«

»Die halten noch ganz andere Dinge aus!«

»Hast du was dagegen, wenn ich mitfahre? Ich habe einen alten VW-Bus in meiner Garage. Wir holen uns eben beim Bäcker ein Frühstück und düsen los!«

»Ein alter VW-Bus?«, strahlte sie. »Besser geht's nicht! Das ist voll ihre Zeit! Opa hatte auch einen, als er jung war! Und das Ding fährt noch?«

»Alle meine Oldtimer sind in Schuss!«, beteuerte Fred. »Da lege ich Wert drauf.«

Als Senta kurz danach das Gefährt erblickte, war sie völlig von der Rolle. Es war ein Sambabus T1, mit den typischen kleinen Fensterchen seitlich oben. Seine Grundfarbe war hellblau und er war über und über mit Blumen, Gras, Schmetterlingen und Sonnen bemalt. Liebevoll streichelte Frederic die Karosserie.

»Darf ich vorstellen, Verehrteste? Das ist Rusty.«

Senta brach in Begeisterungsstürme aus.

»O mein Gott!«, quietschte sie. »Das ist der schönste Bus, den ich je gesehen habe! Und der Innenraum! Fred! Das Ding ist ein Schmuckstück!«

Mit der Hand vor dem Mund lief sie mindestens dreimal um das Gefährt herum und bewunderte jedes Detail. Fred freute sich über ihren Enthusiasmus. In dieser Laune wechselte sie zu Hause schnell die Kleidung, holten sie sich danach Kaffee, belegte Brötchen und Croissants vom Bäcker und nahmen Kurs auf den Flughafen.

Während der Fahrt legte Fred Flower-Power-Musik auf und beide sangen sie voller Inbrunst die Songs mit. *Morning of My Life* und *It never seems to rain in Southern California*, die Beachboys und andere Melodien ließen die damalige Zeit auferstehen, in der es ebenso um die Freiheit des Menschen gegangen war wie heute.

Ab und zu nahm Fred ihre Hand und schwenkte sie übermütig zum Takt des Songs hin und her. Senta war so glücklich, dass ihr die Tränen in die Augen stiegen.

Der Wechsel von dieser schrecklichen Nacht bei Christopher und dem goldenen Morgen bei Fred war zu krass. Es war, als sei sie vom tiefsten Punkt eines Katapults in den Himmel geschleudert worden. Um so hoch fliegen zu können, hatte sie den tiefsten Punkt erreichen müssen. War das mit der Welt auch so? Jedenfalls war in ihr eine unsagbare Freude und mit Hilfe dieser Energie stellte sie sich die Welt vor, in der sie leben wollte. Eine Welt mit Fred, eine Welt voller Blumen und Sonnenschein, Freunde und Lachen, Herz und Gefühl. Mit aller Macht, die sie in ihrem Herzen spürte, schickte sie diese Vision in das Urfeld. Ja, aus dieser Freude konnte eine neue Welt entstehen! Und dafür war es wichtig, mit Gleichgesinnten zusammenzusein, denn die Prüfung bestand genau darin: Diese Freude aufrechtzuerhalten, dieses Glücksgefühl in sich selbst zu schaffen, egal, was außen war. Hätte sie das geschafft, wenn Fred nicht gewesen wäre? Es wäre deutlich schwieriger gewesen. Aber sie ahnte, dass das keine Ausrede sein durfte. Es würde immer Dinge geben, die einen runterzogen. Aber es gab auch immer Gegenmittel. Allen voran der Kontakt zu Mutter Erde, denn sie war Meisterin darin, vieles auszuhalten und sich doch immer wieder zu erneuern. Sie lehrte, dankbar zu sein für die kleinsten Dinge der Welt, die doch eigentlich die größten waren: ein Blütenblatt, ein Sonnenstrahl, ein Lächeln, ein tröstendes Wort – und für dieses unendliche Licht in ihrem Herzen.

Ja, jetzt verstand sie, was Charlene gemeint hatte: Mit diesem Licht war alles möglich. Denn aus Licht entstand Licht.

Eine Flut an Erkenntnissen strömte auf sie ein: Sie würde sich nicht mehr in die Dunkelheit ziehen lassen, sie wollte ihr Licht leben. Und sie wusste auch, wie und was sie dafür tun wollte. Es waren Kleinigkeiten, aber vielleicht war ja eines davon das letzte Sandkorn.

♫ Something I Need ♫

One Republic

Als sie am Flughafen angekommen waren, hatte ihr Opa ihr eine weitere Nachricht geschickt.

»Sag mir, wo du stehst, wir kommen raus. Dann können wir uns wenigstens umarmen!«

Sie parkten in der Nähe des Gates, wo die Maschine pünktlich gelandet war. Aber es würde sicher noch mindestens eine halbe Stunde dauern, bis die drei ihr Gepäck hatten. Fred verschwand für kleine Jungs im Flughafengebäude und Senta nutzte die Gelegenheit, eine Nachricht an Melanie zu schreiben.

»Liebe Melanie, wer hätte gedacht, dass uns ein so winziges Ding, das noch nicht mal als Lebewesen zählt, auseinanderbringt. Mir sind in der letzten Zeit einige Dinge klargeworden: dass ich dich damals mit meiner Wut ziemlich überfallen und dich sicher damit verschreckt habe. Das tut mir sehr leid, ich dachte, du teilst diese Wut – was natürlich Unsinn ist, weil Wut nie etwas bewirkt. Diese Wut ist schon lange verdampft. Meine Meinung über das Thema habe ich allerdings nicht geändert und ich nehme an, du deine auch nicht. Ich schreibe dir auch nicht deswegen. Ich schreibe dir, weil ich dir sagen wollte: Du warst die beste Freundin, die ich je hatte, und ich werde dich immer in Erinnerung behalten. Es war eine so wunderbare Zeit mit dir! Wenn wir nun auch verschiedene Wege gehen, bitte vergiss nie: Ich hab dich lieb, deine Senta.«

Sie suchte noch ein paar passende Smileys aus und drückte auf Senden. Es war egal, ob Melanie reagierte, aber sie, Senta, hatte das Gefühl, ihr Herz gefegt zu haben.

Danach widmete sie sich Christophers Nachrichten – was weitaus schwieriger war.

»Lieber Christopher, mach dir keine Sorgen«, schrieb sie. »Ich habe bei einem Freund übernachtet. Vorerst möchte ich kein Gespräch. Ich brauche Zeit zwischen dem gestrigen Abend und einem möglichen nächsten Treffen. Außerdem ist mein Opa wieder zu Hause, ich werde also die nächsten Tage vollauf beschäftigt sein. Bitte pass auf dich auf.«

Sie presste die Lippen zusammen. Chris war so der Typ, der eben nicht auf sich aufpasste. Er trank zu viel. Er bearbeitete seine Themen nicht. Er versuchte, alles im Außen zu lösen.

Sie schickte es ab, wohlwissend, dass sie sich damit nur einen verständlich klingenden Aufschub verschafft hatte.

Noch während sie das Handy wegsteckte, bimmelte ihr Handy schon wieder. Christopher hatte geantwortet. Sie schaute nicht mehr drauf, denn Fred kam zurück.

»Das Gepäck aus Nowosibirsk ist schon auf dem Band«, informierte er sie.

Senta wurde aufgeregt. Ihr Opa musste jeden Moment rauskommen, es konnte nicht mehr lange dauern! Sie stieg aus, lief auf dem Parkplatz auf und ab, immer den Ausgang im Auge, während sie Fred aufgeregte kleine Fragen und Sätze hinwarf, die keiner Antwort bedurften.

Zehn Minuten später war es soweit: Heftig winkend, laut rufend und mit lachenden Gesichtern kamen ihr Ludwig, Fritz und Heribert entgegen. Sentas Herz vollführte mindestens drei Salti mit doppelter Schraube, als sie mit ausgebreiteten Armen juchzend auf ihren Opa zu rannte.

Er blieb stehen, sicherte seinen Koffer, keine Sekunde zu früh, als sie schon schluchzend in seine Arme segelte und ihn so heftig drückte, dass er fast keine Luft mehr bekam.

»Opa!«, schrie sie. »Du bist zurück! Du bist wieder da! Ach, ist das schön! Ich hab dich so vermisst! Ich kann dir gar nicht sagen, wie ich dich vermisst habe! Ich habe euch alle vermisst!«

Sie busselte ihn ab, heulte Rotz und Wasser vor Freude. Ludwig lachte gerührt, hatte ebenso feuchte Augen und hielt sie fest, was einigermaßen schwierig war, weil sie vor Jubel auf und nieder hopste. Endlich trafen seine gütigen und verschmitzten Augen wieder auf die ihren. Senta konnte gar nicht aufhören zu weinen.

Schluchzend umarmte sie auch Heribert und Fritz, wischte sich die Tränen aus dem Gesicht, während sie alle wild durcheinanderredeten und keiner das Wort des anderen verstand. Es war auch völlig egal.

Endlich beruhigte sich Senta und wandte sich mit leuchtenden Augen um.

»Schaut mal, womit wir euch abholen!«, kündigte sie an und deutete in Richtung Sambabus, wo Fred am Bus lehnte und lächelnd die Szene beobachtet hatte.

Wie Senta ein paar Stunden zuvor brachen die Herren beim Anblick von Rusty in Begeisterungsstürme aus und kamen neugierig näher. Schon fragte Heribert mit Blick auf Fred misstrauisch:

»Wer ist das denn? Hoffentlich nur der Chauffeur? Senta, du wirst mir doch kein Herzeleid bescheren?«

Fred stieß sich vom Bus ab und kam näher. Mit einem warmen Lächeln ergriff Senta seine Hand.

»Meine Lieben«, stellte sie vor. »Das ist Frederic Dubois, Besitzer von Rusty, diesem wunderbaren Gefährt hier.«

»Meine Angebetete«, schnarrte Heribert und zog die Augenbrauen hoch. »Der Bursche riecht nach mehr! Soll das etwa bedeuten, dass Ihr es nicht schafftet, fünf Monate Euer Herz für mich zu bewahren?«

Prüfend und gleichzeitig verschmitzt sah er Fred ins Gesicht. Fred musste grinsen, stand kurz stramm und vollführte danach eine sehr elegante Verbeugung.

»Fürwahr, mein Bester«, deklarierte er. »Eure Befürchtungen sind durchaus berechtigt. Solltet Ihr Genugtuung fordern, stehe ich für ein Duell bereit.«

Senta lachte, legte ihre Arme um Fred und drückte ihre Nase an seinen Hals.

»Hm. Ich fürchte, das hat sich gerade erübrigt«, brummte Heribert, während seine Augen vor Vergnügen funkelten. »Aber meinem Verhör entkommt Ihr nicht! Wer seid Ihr? Welchem Geschlecht entstammt Ihr? Welcher Profession geht Ihr nach? Habt Ihr ausreichend Mittel, einer Prinzessin wie dieser ein Heim zu bieten? Und auch wenn es sich nicht geziemt, danach zu fragen: Wie steht es um Eure Manneskraft?«

Er schwurbelte noch einige Fragen dieser Art hervor und Fred stieg so mühelos in Heriberts Humor ein und die beiden schraubten sich innerhalb kürzester Zeit in einen Witz hinein, dass der gesamte Sambabus vor Gelächter wackelte.

»Meine Angebetete«, schloss Heribert irgendwann vergnügt. »Mich dünkt, Ihr habt eine gute Wahl getroffen.«

Die Münder der drei Herren standen selbst nach dem langen Flug nicht still. Angeregt erzählten sie von den Landschaften Russlands, von Sibirien und ihrem Leben dort. Erst gegen Ende der Fahrt wurden alle etwas ruhiger, und Senta nutzte die Gelegenheit, Christophers Nachricht zu lesen.

»Lass uns reden. Ich möchte dir noch so vieles sagen. Ich liebe dich.«

Ihr Blick glitt zu Fred und ihr Herz weitete sich. Selbst wenn es mit Fred auf Dauer nicht klappen sollte, würde sie nicht zurückwollen. Als ihr das klar wurde, tippte sie ihre Antwort:

»Wir können gern reden, Chris. Aber mehr als eine normale Freundschaft möchte ich definitiv nicht. Egal, wie du jetzt denkst. Lass uns einfach festhalten, dass wir beide das Gleiche wollen: in einer freien, glücklichen Welt leben. Genau das wünsche ich Dir: Glück, Freude, Frieden, Freiheit – und alle Liebe dieser Welt.«

Spontan setzte sie noch eine zweite Nachricht hinterher:

»Über deine Freundschaft würde ich mich sehr, sehr freuen. Und ich danke dir von ganzem Herzen für – alles.«

Es kam keine Antwort zurück. In Gedanken schickte sie ihm ihre Liebe. Es war so einfach. Einfach die Augen zumachen und dieses immens gewaltige Gefühl an jemanden zu senden. Das war immer und jederzeit möglich. Und es tat allen gut. Es war das Beste, was sie ihm in diesem Moment geben konnte – und das Einzige.

♫ ♫ ♫

Senta kriegte sich fast nicht mehr ein vor Freude, dass wieder Leben im Haus war. Und was für eines! Die drei Herren waren unglaublich quirlig und aufgedreht und sprudelten ununterbrochen. Die Augen blitzten, ihr Mundwerk stand nie still und sie rissen einen Witz nach dem anderen. Fred vervollständigte das Privat-Kabarett auf Trefflichste und verstand sich mit allen auf Anhieb. Heribert tat noch ein paar Mal so, als sei er beleidigt, dass Senta ihm keine fünf Monate hatte treu bleiben können, aber je länger er mit Fred herumwitzelte, desto öfter beglückwünschte er Senta, auf eine Weise, die jedem den Eindruck vermittelte, er hätte Fred für sie organisiert und es sei sein Verdienst, dass die beiden nun zusammen waren. Das Gelächter der drei Herren, ihr Pfeifen und Singen drang durchs Haus und Senta hörte Fritz und Heribert sogar noch in ihren Betten kichern und lachen.

Einer der seligsten Momente kam, als sie am ersten Abend mit ihrem Opa in den Gemüsegarten schlenderte, sie sich wie in alten Zeiten auf die Bank setzten und Senta, wie sie es als Kind so oft getan hatte, ihre Arme um seine Mitte schlang. Es war unfassbar schön. Keiner von ihnen sagte ein Wort, denn nichts hätte dieses Gefühl in Worte fassen können. Wie zur Bestätigung der alten, wunderbaren Zeiten streichelte Ludwig seiner Enkelin übers Haar, sein gütiges Lächeln im Gesicht und sprach die Zauberworte, die das Herz noch leichter machten.

»Alles wird gut, meine Kleine.«

Senta war megagespannt auf das, was die drei zu berichten hatten. Würde alles gut werden? Brachten sie, wie Heribert stets versichert hatte »gute Kunde«? Würde es so positiv sein, dass es diesen Gefahren und Bedrohungen begegnen konnte?

Jedenfalls hatte Senta sofort Charlene über die Rückkehr ihres Großvaters informiert und die war außer sich vor Freude gewesen. Jeff hatte sie im gleichen Atemzug beschworen, alle drei Herren für Interviews zu verpflichten … Senta konnte es kaum erwarten, sie zu fragen, ob sie dazu bereit wären.

Und in der Nacht hatte ihr Fred tausend kleine Nachrichten geschickt, die letzte mit den Worten:

»Verdammt, ich fühle mich wie ein erstverliebter Teenager! Was machst du nur mit mir?«

Das Glück in ihren Herzen war riesengroß und strahlte wie die Sonne. Senta fühlte sich wie aus einem bösen Traum in eine sonnigere Welt gehievt, wie ein Gestrandeter, der ewig lange auf einer Insel ausgeharrt hatte und endlich von einem Rettungsboot abgeholt worden war. Das hatte in der Nacht mit Fred angefangen und sich seitdem fortgesetzt. Selbst der erneut aufflammende Medienwahnsinn mit drohenden Nachrichten von Lockdowns, Neuinfektionen, Abriegelungen und was nicht allem konnte das nicht dämpfen.

Zeitig stand sie auf, holte Brötchen und Croissants, kochte Eier, stellte selbstgemachte Marmelade und Honig auf den Tisch, lud ihn mit Leckereien der voll. Draußen regnete es, Kaffeeduft zog durch das urgemütliche kleine Häuschen. Beglückt hörte sie von oben schon die ersten Geräusche und anschließend Heriberts und Fritz' Stimmen, die sich darum stritten, wer als erster ins Bad durfte.

Eine halbe Stunde später saßen alle um den Tisch.

»Allerliebste Maid«, schnarrte Heribert und drückte ihr einen Kuss auf die Wange. »Wo ist euer edler Ritter? Er wäre eine Bereicherung für unsere Runde.«

»Er muss arbeiten, Onkel Heribert, aber er hat einen Tisch für uns alle in seinem Lieblingsrestaurant gebucht! Das übrigens auch inzwischen mein Lieblingsrestaurant ist.«

»Apropos«, hakte Fritz mit leuchtenden Augen ein. »Das Frühstück sieht wunderbar aus! Allein dafür könnte ich dich küssen, Senta!«

»Das russische Frühstück war auch nicht zu verachten!«

»Also, was mich angeht, ich kann kein Kascha und keine Blinis mehr sehen!«

»Kinder, erzählt doch mal, was ihr gemacht habt!«, warf Senta ein, die vor Ungeduld nicht mehr an sich halten konnte. »Was hat es mit diesen Festplatten auf sich? Und warum habt ihr nicht aus dem Land gedurft?«

»Wir mussten warten, bis jemand die Festplatten klaut«, erklärte Ludwig.

»Da siehst mal, dass die gar nicht so schlau sind. Die haben erstaunlich lange gebraucht, bis sie herausgefunden haben, wo die sind!«

»Moment mal«, warf Senta verwirrt ein. »Die Festplatten wurden nicht gestohlen. Fred hat sie sicher im Safe.«

»Das sind doch deine Kopien! Wir mussten die Originale stehlen lassen!«

»Stehlen lassen? Die ich in der Tasche nach Italien geschickt habe?«

»Exakt. Das war vielleicht ein Abenteuer, was?« Die Herren lachten und schlugen sich auf die Schenkel. »Mann, Senta, du ahnst nicht, wie froh wir waren, als die Dinger bei dir angekommen sind!«

»Und dass du sie so fix wieder zurückgeschickt hast, sonst hätte das nicht funktioniert.«

»Wir haben sie einem Bekannten mitgegeben, der einen Freund mit einem Taschengeschäft hatte«, erläuterte Fritz.

»Der Bekannte hat die Tasche gekauft, die Festplatten hineingetan und sie direkt vom Geschäft aus schicken lassen.«

»Und als die Tasche wieder zurückkam, hat ihm sein Freund die Drives gegeben und er hat sie bei sich zu Hause auf den Schreibtisch gelegt.«

»Von wo sie geklaut wurden.«

»Die Tasche kriegst du natürlich noch!«, wandte sich Ludwig an Senta. »Ne echte Bottega!«

Die drei grinsten sie erwartungsvoll und Beifall heischend an.

Sentas Gehirn ratterte sichtbar.

»Ihr habt also die Originale rausgeschleust und sie denken lassen, ihr macht erst Kopien, wenn ihr wieder zurück seid. Und nachdem sie die Originale geklaut haben, gehen sie davon aus, dass ihr nichts mehr in der Hand habt.«

»Wenn ich nicht schon wüsste, dass du meine Enkelin bist …«, grinste Ludwig zufrieden und tätschelte ihr das Bein. »Genauso. Als die Platten in ihrem Besitz waren, durften wir fliegen.«

»Aber wer sind sie? Die Russen?«

»Nein, ich glaube, das Bild, das man der Welt von Russland vermittelt, ist nicht ganz richtig, wenn dort sicher auch nicht alles rund läuft. Die haben uns sogar in unseren Forschungen unterstützt. Es ist die NASA, die nicht will, dass aktuelle Fotos von der Sonne an die Öffentlichkeit kommen. Beziehungsweise diejenigen, die die NASA befehligen, wollen das nicht.«

Senta lehnte sich verblüfft zurück.

»Aber euer Bekannter hätte doch auch Kopien machen können.«

»Exakt. Nach denen haben sie auch gesucht, aber nichts gefunden.«

»Wow, Opa, das hört sich an wie in einem James-Bond-Film!«

»So fühlen wir uns alle gerade irgendwie. In geheimer Mission, die Welt zu retten!«

»Womit wir beim eigentlichen Thema wären …«, ergänzte Fritz und tupfte sich den Mund ab. »Dürfte ich vielleicht vorher noch um ein Tässchen Tee bitten?«

»Du willst die Welt retten, Onkel Fritz? Das wäre ja mal ein Ding.« Senta lachte, während sie ihm nachschenkte.

»Ja, das habe ich eigentlich ernstgemeint«, konstatierte er ruhig. Senta hielt mitten in der Bewegung inne.

»Die Welt retten …«, wiederholte sie und sah in die Runde. Ludwig ergriff das Wort.

»Es geht tatsächlich um nichts Geringeres als um die Rettung der Menschheit und unseres Planeten«, erwiderte er. »Senta, du wirst große Augen machen, das garantiere ich dir!«

»Ich kann es selbst noch gar nicht glauben«, bestätigte Fritz und wirkte geradezu ergriffen, was Sentas Verwunderung noch steigerte.

»Wenn mir das einer in jungen Jahren gesagt hätte …«, stimmte Ludwig mit einem versonnenen Kopfschütteln zu.

»Bitte ihr Lieben!«, flehte Senta. »Erzählt endlich! Erlöst mich!«

»Das kann aber lange dauern«, warnte sie ihr Opa lächelnd. »Hast du denn Zeit?«

»Die nehme ich mir! Ich giere auf jedes Wort von euch!«

Die Herren legten los, überluden sie mit Fotos, Berichten, Büchern, Berechnungen und vielem mehr, bis sie – noch immer in geraffter Form – Senta ins Bild gesetzt hatten. Ein Bild, das ihre Welt einmal mehr erschütterte und sämtliche Vorstellungen komplett niederriss. Als sie geendet hatten, starrten drei erwartungsvolle Augenpaare sie an, aber Senta brachte keinen Ton hervor. Zu gewaltig war das, was sie da eben gehört hatte. »Wie realistisch ist das?«, hauchte sie schließlich.

»Sehr realistisch!«, antworten die drei wie aus der Pistole geschossen.

»Auch wenn es sich total fantastisch anhört.«

»Und das ist wahr? Wirklich wahr?« Sentas Herz klopfte wie verrückt. Es hielt sie nicht mehr auf ihrem Stuhl. Sie stand auf, keuchte, war völlig durcheinander. Schließlich schossen Tränen in ihre Augen und sie begann, stumm zu weinen. Ludwig gesellte sich zu ihr, legte verständnisvoll seinen Arm um ihre Schulter und drückte sie. Allein das war schon Glück. Ihn zu spüren, ihn hier zu wissen, seinen Geruch einzuatmen, seine Hand an ihrer Schulter … aber dieser Bericht hatte dem Fass den Boden ausgeschlagen.

»Uns ging es auch so«, versicherte Fritz. »Es geht uns eigentlich immer noch so.«

»Hab doch gesagt, es wird alles gut, meine Kleine!«, schmunzelte ihr Opa. »Aber es bedeutet auch Abschied. Es bedeutet Loslassen in seiner reinsten Form.«

Senta putzte sich die Nase, starrte auf die Unterlagen, hob ihren Blick und sah die Drei an.

»Wisst ihr was? Ich finde, die Menschen müssen das wissen! Ihr habt doch selbst gesagt, dass die Schockwirkung sonst zu stark wäre. Ich weiß ja nicht, wie ihr drüber denkt, aber würdet ihr vielleicht …«

»Nein, Senta, lass mal«, intervenierte ihr Opa, was Senta einen Knoten in den Magen setzte. Verflixt, sie hatte geahnt, dass er nicht in die Öffentlichkeit wollte! »Es wird uns wohl keiner glauben«, fuhr er auch schon fort. »Das kenne ich nur zu Genüge. Es hört sich ja auch mehr als verwunderlich an.«

»Wir haben lange darüber diskutiert«, setzte Fritz hinzu. »Abgesehen davon, dass es unvorstellbar klingt, wüssten wir nicht, wie wir das an die Öffentlichkeit bringen sollten. Wir sind nicht diese YouTube-Generation. Und du hast ja eben erwähnt, dass alles zensiert wird. Das würde sofort gelöscht werden. Wir können ein paar Artikel online setzen – und hoffen, dass sie jemand liest.«

Sentas Augen fingen an zu leuchten. Das hörte sich ja ganz anders als erwartet an! Ihre drei Herren *wollten* an die Öffentlichkeit und wussten nur nicht, wie?

»Ihr Lieben!«, japste sie. »Ratet, was ich gerade mache! Und wen ich kennengelernt habe! Habt ihr schon mal vom Moonlight-Radio gehört?«

Fritz lächelte erfreut. »Moonlight-Radio? Hört sich romantisch an.«

»Das ist eine spirituell-philosophische Sendung mit einer fantastischen Moderatorin, die inzwischen fast zweihunderttausend Abonnenten hat! Und daran angebunden ist …«

»Zweihunderttausend!«, wiederholte Heribert beeindruckt, während die drei wie gebannt an ihren Lippen hingen.

»Aber das ist noch nicht alles!«, sprudelte Senta weiter. »Damit verknüpft sind die Sunlight-News, ein Kanal, der sich um Informatives rund um Omega berichtet. Und ich bin einer der Redakteure!«

Ein vielfacher, jubelnder Aufschrei unterbrach sie.

»WAS? Was hast du gesagt? Hast du 200 000 gesagt? Leute, hab ich richtig gehört? Hat sie 200 000 gesagt? Sie hat 200 000 gesagt, oder?«

»Ja, ich hab's auch gehört! Ganz deutlich!«

»Das kann nicht wahr sein, Kinder, oder? Das ist ein Geschenk Gottes!«

»Senta! Meinst du, wir könnten mal fragen, ob wir …«

Senta sprang auf und tanzte im Zimmer umher. »Nein! Wir müssen nicht fragen! Charlene – das ist die Moderatorin, wartet sehnsüchtig auf euch! Sie ist jetzt schon Feuer und Flamme! Opa, sie hat alle deine Bücher gelesen! Ihr müsst umgehend einen Vortrag ausarbeiten! Wir müssen uns mit Charlene zusammensetzen! Ich rufe sie sofort an! Und Jeff auch! Oh, das ist sensationell! Wir werden euch alle drei interviewen und ihr könnt den Leuten das Material zeigen, das ihr mir gezeigt habt!«

»Senta, warte doch mal, wer ist Jeff? Jetzt setz dich erstmal wieder hierher und fang von vorne an! Wir verstehen kein Wort! Was machst du denn jetzt genau?«

Aber Senta war kaum in der Lage, sich zu setzen, so fiebrig war sie. In kurzen Worten gab sie wieder, was sich in den Monaten der Abwesenheit der alten Herren ereignet hatte, präsentierte ihnen die Homepage sowie Jeffs Kanal und spielte ihnen im Anschluss ein paar Sequenzen aus dem Moonlight-Radio vor.

»Was für eine Stimme«, schwärmte Heribert.

»Ist ja klar, dass du wieder in diese Richtung denkst«, nörgelte Ludwig. »Auf den sagenhaften Inhalt hast du gar nicht geachtet! Mensch, Senta, das passt ja wie die Faust aufs Auge! Genau unser Metier! Das ist genial! Absolut genial!«

»Ja«, sagte Heribert zufrieden. »Das kann man wohl sagen. Die Götter sind mit uns. So viel ist schon mal sicher.«

♫ ♫ ♫

Schon einen Tag später machte Senta ihre drei Herren mit Charlene und Jeff bekannt. Es war Sympathie auf den ersten Blick, ganz wie Senta es vermutet hatte. Alle drei küssten Charlene galant die Hand und überreichten ihr einen Strauß Moosröschen. Anwesend waren auch Amann, Griesig, Harry und Dörfler vom Radioteam und natürlich Fred.

Der flüsterte Senta zu:

»Seit ich deine drei Beschützer kenne, mache ich mir wegen der zwanzig Jahre Unterschied echt weniger Gedanken. Wenn ich mit achtzig auch noch so bin …«

»Warum machst du dir überhaupt Gedanken?«, leuchtete sie und küsste ihn sanft auf die Wange.

»Moment mal! War das jetzt ein Kuss?«, wunderte sich Jeff. »Senta? Fred? Hab ich was verpasst?«

Auch Charlene blickte ihren alten Freund überrascht an.

Senta errötete glücklich.

»Wir haben schon mehr als zweiundsiebzig Stunden hinter uns«, erklärte sie. »Für Fred ein Rekord! Vielleicht wird ja mehr draus?«

»Ach, das ist ja mal eine wunderbare Nachricht!«, strahlte Charlene. »Ich freue mich für euch!«, während Fred sich gespielt ärgerlich an Senta wandte:

»Was sollen denn meine drei potenziellen Schwiegerväter von mir denken, wenn du solche Bemerkungen machst? Jetzt hatte ich schon bei ihnen einen Fuß in der Tür und nun das!«

Sie lachten, die Stimmung war wie kurz vor einem Konzert, aufgekratzt und angeregt.

Als aber die drei Herren die Inhalte der geplanten Sendung grob skizzierten, brach fast Chaos aus.

»O mein Gott, das ist ja ein spannender Beitrag nach dem anderen! Dafür brauchen wir eine ganze Woche, wenn wir das alles rüberbringen wollen!«, rief Charlene hingerissen. »Was für ein Input! Und so unglaublich! Absolut unglaublich! Jeff! Hast du das gehört! Das ist einfach nur wunderbar!«

Auch der Rest war total begeistert und die Gemütsverfassungen praktisch kurz vorm Bersten. Dörfler war jetzt schon so neugierig, dass er Details aus den dreien Herren herauszuquetschen versuchte, was das Ganze unnötig aufhielt.

»Mann, Dörfler«, pfiff ihn Amann schließlich zurück. »Die Sendung steigt doch bald! Jetzt warten Sie's doch ab!«

Nachdem die Herren Unmengen an Bildmaterial hatten, wurde schnell klar, dass es eine Videoaufzeichnung geben musste. So war es möglich, auch Filmsequenzen und Blätter mit Diagrammen und Statistiken einzublenden. Zeitgleich würde die Sendung als Audio-Aufzeichnung im Moonlight-Radio laufen. Die Werbung lief dafür auf Hochtouren. Dörfler war in seinem Element.

»Hab ja gewusst, dass du wieder eine Bombe platzen lassen wirst«, lächelte Harry, als Charlene mit ihm die technischen Details besprach.

»Ja, nur, dass diesmal nicht ich diejenige bin, die sie zündet. Mein Gott, Harry, die drei haben so viele Indizien … wenn das stimmt! Wenn das wahr wird! Es wäre …«

Ihr versagte es die Sprache.

»Was haben sie dir denn nun erzählt?«, fragte er neugierig.

»Das würdest du mir niemals glauben, Harry! Niemals!«

»Mehr willst du mir nicht sagen? Komm schon, Charly, nach all der Zeit, die wir nun schon miteinander verbracht haben!«

»Harry, ich kenne auch nur Bruchstücke! Außerdem würde ich das niemals rüberkriegen. Das musst du dir aus dem Mund dieser entzückenden drei Herren anhören! Alles andere würdest du bereuen! Manchmal denke ich, ich träume!«

Wieder versank sie in Gedanken, ein Lächeln auf dem Gesicht. Als sie merkte, dass Harry nach wie vor abwartend im Raum stand, fügte sie hinzu:

»Jedenfalls war die Essenz aus diesem Gespräch eindeutig: Alles wird gut.«

»Mensch, Charly«, seufzte Harry. »Wie viele Sendungen haben wir schon hinter uns gebracht? Es kann doch nicht sein, dass ich immer noch nie die nächste abwarten kann. Jedes Mal schafft es das Moonlight-Radio aufs Neue.«

»Das liegt ganz klar an unserer Starbesetzung!«

»Da gehörst du auch dazu. Ich weiß schon jetzt, dass dich nach diesem halben Jahr wieder alle bombardieren werden, weiterzumachen.«

»Also, wenn ich eines in Frage stelle, dann, ob ein Format wie das Moonlight-Radio überhaupt noch gebraucht wird.«

In Harrys Gesicht stand ein großes »Häh?«, geschrieben. Charlene bekam es gar nicht mit.

»O Mann, Harry«, seufzte sie und schien in einer völlig anderen Welt zu sein. »Wenn nur ein Bruchteil von dem wahr ist, was die angedeutet haben …!«

♫ ♫ ♫

Die letzten Vorbereitungen liefen.

Die Aufzeichnung sollte im Geschäftsgebäude in einem Schulungsraum stattfinden. Dort standen Messewände mit schönen Hintergrundmotiven zur Verfügung und sie kamen überein, einen Tisch aufzubauen, an dem die drei Herren Platz für ihr Skript hätten und auf den die Kamera vorwiegend gerichtet sein würde. In nächster Nähe würden Jeff und Charlene als Moderatorenpaar sitzen sowie Senta und Harry, die den Monitor und den Chat überwachten.

Sie einigten sich auf zwei Sendungen. In der ersten wollten sie den gesamten Inhalt an einem Stück aufzeichnen und kalkulierten, dass diese mindestens drei Stunden in Anspruch nahm. Daher wurde der Beginn auf 19:30 Uhr gesetzt. Die Aufnahme würde auf YouTube und auf anderen Kanälen verfügbar sein. Jeder hoffte, dass die erste Sendung einschlug und sie weitere Zuhörer für die zweite Sendung gewinnen könnten. Diese sollte fünf Tage später stattfinden mit einem Highlight, das sogar den Aufbau einer speziellen Technik erforderte. Dafür brauchten die drei Herren ihre Festplatten – und Gunnar.

Zu Sentas Überraschung nahmen sie Gunnar auf einen Spaziergang mit und bestanden darauf, dass er sein Handy im Haus ließ. Das war ja wie bei Christopher! Was hatten die drei vor? Senta bekam große Augen – und nur den Anfang des Gespräches mit.

»Hör mal, mein Freund«, sagte Heribert zu Gunnar. »Es geht um ein etwas kompliziertes, sehr umfangreiches Programm, das uns mit einem Sonnenteleskop in Portugal verbindet und …«

Alles weitere entzog sich ihr. Aber Gunnar war danach wie angestochen, versenkte sich sofort zu Hause in die Arbeit und sagte zu Senta auf ihre Anfrage, ob er denn zurechtkäme:

»Mann, Senta, ich werde alles dafür tun! Das ist total creepy!«

Keine Frage, jeder war höchst gespannt auf die Ausführungen der nächsten Tage und Dörfler schürte massiv den Hype auf die kommende Sendung. Darin war er unglaublich gut.

Für Senta war es eine Zeit, die nach Aufbruch und Durchhalten gleichzeitig roch. Die politische Lage spitzte sich auf dramatische Weise zu. Der Great Reset wurde inzwischen von namhaften Zeitungen wie dem Time Magazin offen verkündet. Das Kanzleramt und andere Regierungschefs normten ihre Bürger darauf ein, begannen von der Einführung eines Weltsozialismus' zu reden, frech und dreist, ohne auch nur einen Ansatz, die Bürger zu fragen, ob sie das überhaupt wollten – und natürlich hübsch verpackt in Lügen, so wie Christopher es prophezeit hatte.

Alles wurde erneut verschärft, weil die Inzidenzen, die gegen jede Vernunft noch immer das Maß der Dinge waren, anstiegen. Natürlich stiegen die an. Es wurde ja fleißig getestet. Senta konnte – und viele mit ihr – über dieses falsche Spiel und darüber, das sie immer noch damit durchkamen, nur noch mit dem Kopf schütteln.

Sie hatte mit Charlene und Jeff über den Backup-Plan gesprochen und sie waren übereingekommen, diesen kommentarlos mit der Frage: »Wahrheit oder Fake?« auf die Seite zu setzen.

Das Zweite, was sich Senta und Jeff nicht nehmen ließen, war ein Aufruf an die Polizei und die Bundeswehr. Sie erstellten einen Ein-Minuten-Clip, in dem sie Ausschnitte davon brachten, wie die Polizei mit den Bürgern dieses Landes umging, und versahen ihn mit den Worten:

»Ohne euch, eure Gewalt und ohne eure Waffen lässt sich kein Unrecht durchsetzen. Bedenkt, was ihr tut. Und bedenkt, dass jeder für die Konsequenzen seines Tuns geradestehen muss. Früher oder später. Bitte fragt euer Herz.«

Das ging viral, wurde überall geteilt und man konnte nur hoffen, dass solche Winzigkeiten die Schaukel zum Überschlagen brachten.

Währenddessen ging der Wahnsinn weiter. Das Frisieren der Zahlen schien zu einem Hobby der Politiker geworden zu sein, ebenso wie die Panikmache. Wie durch ein Wunder waren die Grippeinfizierten aus der

Statistik des Kochstudios verschwunden. Sie wurden einfach den Omega-Infizierten zugerechnet. Senta wusste ja nun, warum dieser Wahn aufrechterhalten werden sollte. Es machte überhaupt keinen Sinn, die Zahlen zu widerlegen, keinen Sinn, zu erklären, dass Masken nichts brachten, weil es gar nicht darum ging. Es ging darum, die neue Weltordnung zu installieren, und das möglichst schnell.

Die Politiker, die das mittrugen, schienen jedes Maß und jede Bodenhaftung verloren zu haben. Auch jeden Anstand und jeden menschlichen Wert. Oder es mangelte am IQ respektive an Mut. Kombinationen waren leider auch nicht rar gestreut. Sie beschimpften die Bürger, diejenigen, die ihnen ursprünglich ihr Vertrauen geschenkt hatten und von derer Hände Arbeit sie lebten, riefen die Leute auf, sich gegenseitig anzuzeigen, Menschen ohne Maske aus dem Zug zu werfen, und die meisten von ihnen stimmten ohne jedes Problem und ohne jeden Weitblick für ein Gesetz, das der Regierung erlaubte, auf immer das Notstandsgesetz, das dauerhafte Einschränkungen des Lebens zum neuen Normal machte, gesetzlich zu verankern. Der 18. 11. 2020 war ein schwarzer Tag in der Demokratie dieses Landes – der Willkür der Regierung waren nun keine Grenzen mehr gesetzt.

Der Wissenschaftliche Dienst erklärte ein paar Tage später eine Verlängerung der Regierungszeit des Kanzleramtes für legal. Ohne Wahlen. Denn die wurden ja wegen der Pandemie bis auf Weiteres verschoben. Was hieß: Es wurde nicht mehr gewählt und das konnte durchaus eine: Diktatur auf Lebenszeit* bedeuten.

Alles wurde immer irrer. In manchen Städten wurde per Hubschrauber überwacht, ob Menschen ihre Masken trugen. Es sollte Einkaufen im Einzelhandel nur noch mit Termin geben, Reisen war ohnehin zum No Go geworden und obwohl immer wieder betont wurde, es gäbe keine Impflicht, wurden Impfzentren errichtet und der Druck auf Impfgegner perfide erhöht. Immer öfter wurde betont, dass diese ihre Rechte nicht zurückbekommen würden und vom öffentlichen Leben ausgeschlossen werden mussten. Und nachdem die Politiker zu oft Zuflucht und Rechtfertigung in, Adenauers Satz »Was interessiert mich mein Geschwätz von gestern« nahmen, ahnten viele, dass die Aussage, es gäbe keine Impflicht, null und nichtig war.

Der neue Lockdown war auf drei Wochen begrenzt, aber Senta wusste aus dem Playbook, dass ein halbes Jahr geplant war. Das bedeutete von November bis Sommer! Und im Herbst, also ein paar Wochen später würde die dritte Welle losgetreten werden? Weil ja die Infektionen in der Grippezeit zwangsweise wieder anstiegen? Die Leute warteten immer darauf, dass es endlich besser werden würde – die meisten verstanden nicht, dass das nie ein Ende finden würde.

Peu a peu bewahrheitete sich jede einzelne Befürchtung auf der Liste der Verschwörungstheoretiker. Das machte doch sehr nachdenklich.

Ja, die Benzinfässer im Hause Biedermanns waren überall aufgestellt. Hebammen berichteten, dass bei Gebärenden kurz vor der Entbindung verpflichtend ein Test gemacht werden musste. Sollte der nicht negativ ausfallen, würde man ihnen das Baby sofort wegnehmen – und frühestens nach vierzehn Tagen zurückgeben. Und es wurden weitere Gesetze – an der Bevölkerung vorbei – durchgepeitscht, die den Eltern die Rechte über ihre Kinder nahmen. Senta ertrug solche Nachrichten manchmal gar nicht. Sie musste sehr aufpassen, nicht in diesen Schacht zu fallen.

Senta hatte an manchen Tagen Mühe, in ihrer Mitte zu bleiben.

Der Vorteil war, dass sie nun mit ihrem Opa darüber sprechen konnte. Er bestätigte ihre Bedenken.

»Es wird alles getan, was den Menschen das Selbstbewusstsein nimmt«, sagte er. »Die Bindung zwischen Mutter und Kind ist so wichtig. Es gibt unzählige Studien darüber, dass gerade die ersten Tage und Wochen entscheidend sind. Sozialer Kontakt ist wichtig … Geselligkeit und Nähe.«

Senta musste an den Vortrag von Herrn Leisenberg denken. Das Ziel hinter dem Ziel – alles lief in diese Richtung.

In solchen Momenten drängte sich Chris und seine bittersüße Liebe in den Vordergrund. Nach wie vor hatte sie tiefe Gefühle für ihn, wenn sie auch genau wusste, dass es für sie beide keine Zukunft gab. Auch darüber redete sie mit ihrem Opa. Zusammen saßen sie in der warmen Herbstsonne auf der Bank im Kräutergarten. Wie in alten Zeiten hatte er den Arm um sie gelegt, während sie von Christopher erzählte.

»Du hast sehr viel für dich gelöst, Senta«, resümierte er nach ihrem Bericht.

»Verstehe ich jetzt nicht. Ich war eher der gegenteiligen Meinung.«

»Schau, dein Papa war auch heimlicher Alkoholiker. Nie so stark, dass man ihn als solchen empfand, aber ohne seinen Rotwein konnte er kaum sein. Erinnerst du dich? Ich glaube, es ist immer noch so. Ich fand das immer bedauerlich.«

»Ja, das ist wahr«, erwiderte Senta wehmütig. Die Verbindung zu ihrem Vater war so gut wie abgestorben. Es kamen Grüße zum Geburtstag, sonst nichts. Ihr Opa wusste, was in ihr vorging, streichelte leicht ihren Oberarm.

»Christopher war wohl derselbe Typ. Will Karriere machen, steckt im System fest, hält es ohne Dope nicht aus … und du, Senta, willst helfen. Das wolltest du bei deinen Eltern damals auch. Bis du eingesehen hast, dass sie selbst für ihr Glück verantwortlich sind. Und du für deines. Ich finde, mit der Entscheidung für Frederic hast du dich von alten Mustern gelöst – und dein eigenes Glück gefunden.«

Er lächelte sie an. »Fred ist ein guter Mann. Ich mag ihn sehr.«

Sie lächelte selig und seufzte: »Oh, und ich liebe ihn! Fred ist sooo goldig!«

»Mir scheint, er ist nicht nur goldig«, feixte ihr Großvater und sah sie verschmitzt lachend an.

»Nein, er ist nicht nur goldig«, gab sie zu und wurde rot. »Manchmal ist er sogar richtig …« Sie stoppte und wurde noch roter, als sie sich die letzte Nacht mit ihm in Erinnerung rief, wo er sich von einer anderen, hocherotischen und überaus fantasievollen Seite gezeigt hatte. Ludwig musste lachen, als er ihr heißen Wangen bemerkte. Wie so oft schlang Senta ihre Arme um seine Mitte.

»Ich liebe dich, Opa. Du bist der beste Mensch der Welt.«

♫ ♫ ♫

Mit wehem Herzen sah sie Chris wieder – im Fernsehen. Er wirkte blass, aber konzentriert und zu ihrer Verblüffung fand er äußerst klare – und scharfe – Worte für die momentane Entwicklung: die Entmachtung des Volkes und des Parlaments, sodass selbst Politiker nicht mehr agieren konnten, weil über ihre Köpfe hinweg entschieden und die Demokratie ausgehebelt wurde.

»Sieben Monate dauert diese Sache nun schon an«, prangerte Christopher mit brennenden Augen. »Die Bevölkerung wird von einem Monat zum nächsten vertröstet. Inzwischen wissen wir eines: Die Politik will die Bürger aus ihrem Gefängnis nicht entlassen. Wir haben Herbst und die Menschen werden weggesperrt. Im Frühling kommt die nächste Grippewelle – die Menschen werden weggesperrt. Und lassen Sie mich raten: Das Kanzleramt wird die Bürger auch im nächsten Herbst wieder wegsperren ... und im nächsten Frühling … wie es ihnen passt. Es wird Zeit, sich mal das Thema genauer anzuschauen – vor allem fordere ich Journalisten und Medien auf, objektiv zu berichten. Ich fordere alle auf, hinter die Kulissen zu schauen.«

Dass er sich das zu sagen traute, war verdammt mutig. In den Zeitungen stand immer nur, dass die meisten Bürger mit der Regierung einverstanden wären. Aber war das wirklich so? Diese von der Regierung finanzierten Medien berichteten, dass die Umfrage- und Beliebtheitswerte für das Kanzleramt und diesen oder jenen Ministerpräsidenten so hoch wie nie wären. Aber stimmte das? Oder schrieben sie das nur, damit es die

Bürger nicht verwunderte, wenn bei einer Briefwahl, die viel leichter zu fälschen war als eine persönliche Stimmenabgabe, die angeblich so beliebten Politiker die Wahl gewannen? Senta biss sich auf die Lippen, hörte Christopher weiter zu:

»Ich möchte zudem in den Raum werfen, dass die Menschen sich nun auch sieben Monate an Abstandsregeln gehalten und Mundschutz getragen haben. Trotzdem steigen die Infektionszahlen vermeintlich an. Abgesehen davon, dass wir es mit einer normalen, immer wiederkehrenden Grippewelle zu tun haben, zeigt das, dass die Maßnahmen sehr offensichtlich einen Anstieg der Infektionszahlen nicht verhindern. Und des weiteren möchte ich zu bedenken geben, dass Abstand zu halten schon immer eine natürliche Reaktion der Menschen war. Wenn jemand Grippe hatte, blieb er automatisch zu Hause, um andere nicht anzustecken. Er hielt automatisch Abstand und sagte zu seinen Bekannten: Komm mir nicht zu nahe, ich bin erkältet. Die Menschen wissen, was sie tun müssen. Sie brauchen keinen Staat, der ihnen das vorschreibt. Kehren wir zur Normalität zurück.«

Ja, ihr Herz schmerzte, wenn sie ihn sah, seine braunen Augen, die Hände, die sie gestreichelt hatten – und die Verzweiflung in seinem Blick. Er wie sie kannten die Hintergründe. Er wie sie wussten, dass es nicht gewollt war, zur Normalität zurückzukehren. Er wie sie wussten, dass seine Intervention viel, viel zu spät kam, und dass sie, gemessen an dem, was die Politik eigentlich vorhatte, viel zu lax war. Und doch versuchte Christopher, eine Kerbe zu schlagen, in die man einhaken und diese monströse Gefahr aufbrechen konnte. Senta hoffte, dass er es für die Menschen tat – und nicht für sie.

Am nächsten Tag las sie im Netz, dass er Morddrohungen erhalten habe, weil er das Leben der Bevölkerung aufs Spiel setze. Sie las, dass er rechtsextremistische Züge aufwiese und somit nicht mehr ernst genommen werden könnte.

In einer impulsiven Regung nahm sie ihr Handy und tippte eine Nachricht an ihn:

»Hey, Chris, hab deinen Auftritt gesehen. Das war extrem mutig. Es tut mir so leid, dass ich dich feige genannt habe. An den Reaktionen der Menschen kannst du sehen, wie recht du hattest: Sie wollen es nicht hören. Aber es gibt auch sehr, sehr viele positive Reaktionen auf deine Rede. Schau auf die. Und vielleicht liegt die Lösung ja ganz woanders. In zwei Tagen strahlen wir eine Sendung aus. Würdest du sie dir anhören? Ich bin sicher, dass darin eine Antwort für dich enthalten ist. Ich denke sehr oft an dich, Chris, und sende dir alles Licht der Welt. Nach wie vor würde ich mich über deine Freundschaft freuen. Senta.«

Chris antwortete nicht.

Senta brach es fast das Herz. Sie wusste, dass er einsam war.

♫ ♫ ♫

Endlich war es soweit. Der Tag der Sendung war gekommen. Fred chauffierte alle mit Rusty zum Geschäftsgebäude. Es herrschte eine Spannung, als brächen sie zu einem allentscheidenden Wettkampf auf.

Ein bisschen war es auch so. Der Inhalt der Sendung würde definitiv jeden Rahmen sprengen. Ob er die Bombe war, die das Ruder herumreißen konnte, war ungewiss. Sie konnten sie nur platzen lassen.

Dörflers Werbemaßnahmen waren so reißerisch gewesen, dass tatsächlich ein satter Anteil neuer Abonnenten dazugekommen war. Die Ausgangsposition war hervorragend und sie hofften, durch den Inhalt der ersten Sendung Hörer hinzu zugewinnen – und nicht zu verlieren. Beides war möglich.

Den Aufzug verschmähend wieselten die drei Wissenschaftler die zwei Stockwerke hoch und bereiteten, heftig miteinander streitend und diskutierend, ihre Unterlagen vor. Jeff beobachtete sie erheitert.

»Sag mal, was essen die denn zum Frühstück?«, fragte er Senta. »Das ist ja mega, wie die drauf sind!«

»Du hast sie noch nicht in Aktion erlebt!«

»Noch nicht in Aktion erlebt? Und was ist das gerade eben?«

Senta lachte. »Warte mal, bis die in ihrem Element sind! Dann drehen sie erst richtig auf!«

Jeffs Blick sprach Bände. Die drei verschoben gerade mächtig seine Parameter vom Altwerden. Vor allem dieser Heribert! Der war doch nicht von dieser Welt! Niemals konnte dieser Typ über achtzig sein!

Von der ersten Sekunde an herrschte eine elektrisierende Atmosphäre. Das ganze Zimmer loderte und die drei Herren brannten darauf, loszulegen. Sie gaben ein wunderbares Bild ab, alle drei hatten sorgfältig ihre Kleidung ausgewählt, und Charlene hatte es sich nicht nehmen lassen, ihre Nasen mit ein wenig Puder zu bestäuben.

Jeder im Raum verspürte ein Kribbeln im Bauch, als sich der Zeiger der Uhr dem Sendetermin näherte. Es war ein Bild für die Götter: Heribert, Ludwig und Fritz saßen am Tisch, fassten sich an den Händen, schlossen die Augen – und beteten für einen guten Verlauf. Automatisch machten es ihnen die anderen im Raum nach.

»Möge Gott uns helfen«, murmelte Ludwig.

»So sei es«, schloss Heribert. Er wirkte von allen am gelassensten.

Der Jingle ertönte. Die Sendung begann.

♫ Mountain to Move ♫
… Wake Up Now!

Nick Mulvey

Das Spotlight richtete sich auf Charlene:

»Guten Abend, meine Lieben! Hier ist das Moonlight-Radio in Kooperation mit den Sunlight-News! Heute nehmen wir uns sehr viel mehr als nur sechzig Minuten Zeit, denn heute warten *extrem* viele neue Impulse auf euch. Impulse, die uns geradezu zwingen, Altes loszulassen und Unnützes in den Müll zu werfen. Glaubt mir: Heute wirbeln wir eure Gedankensuppe gewaltig auf!«

Sie lachte in die Kamera. Ihr sympathisches Gesicht strahlte vor Vergnügen.

»Das könnt ihr wörtlich nehmen! Seid ihr bereit für neues Denken? Bereit für ein besseres Leben? Und vor allem: Für eine bessere Welt? Wenn ja: Bleibt dran!«

Eine kurze Musiksequenz und ein Foto, das auf den Monitor geschoben wurde, schufen eine Pause. Danach war Charlene, zusammen mit Jeff, wieder im Bild:

»Wir haben sensationelle Studiogäste hier, die euch Jeff vorstellen wird. Studiogäste, die für das Motto dieser Sendung stehen, der in voller Länge lautet: *Alles wird gut! Raus aus dem Kokon, hinein in die Freiheit des Schmetterlings*!«

Wieder lachte Charlene und diesmal konnte man sehen, was man vorher nur erahnt hatte: wie sie enthusiastisch ihre Arme nach oben reckte und auf ihrem Stuhl wippte. Die Kamera schwenkte über zu Heribert, Fritz und Ludwig, die breit in die Kamera grinsten und dermaßen gute Laune versprühten, dass die Stimmung von Beginn an die Decke zu durchstoßen schien. Ja, das war genau das Gefühl! Grenzen zu durchstoßen! Auf zu neuen Ufern!

Auf ihrem Monitor verfolgte Senta die Zahl der Teilnehmer mit, die sich unaufhaltsam nach oben schob, ja fast schon sprang. Harry lachte leise, als sie die 50 000er-Grenze durchstieß.

Jeff wandte sich mit seinem blauen Blick der Kamera zu. Er war der geborene Moderator. Äußerst professionell stellte er die drei Herren vor, deren Titel und Auszeichnungen mächtig Eindruck machten. Ludwig entsprach noch am meisten der Vorstellung eines Professors mit seiner

Nickelbrille, die ihm ständig die Nase herunterrutschte, dem leicht wirren Haar, der Cordhose und dem Tweed Jackett. Fritz dagegen, perfekt gestylt in Anzug, Weste und Einstecktuch, war das Abbild eines Gentleman, während Heribert in seiner schwarzen Hose, dem schwarzen Hemd, den buschigen Brauen und der hohen Stirn eine unglaublich autoritäre Präsenz ausstrahlte, die jedes Wort von ihm von Beginn an außer Zweifel stellte. Er wirkte imposant und wie so oft hatte Senta den Eindruck, ein langer Umhang hinge von seinen Schultern herab. Keiner der drei wirkte aufgeregt, im Gegenteil, eher hatte man den Eindruck, sie platzten gleich, weil sie unbedingt ihre Botschaft übermitteln wollten – und als gäbe es keine Zeit zu verlieren.

Die Kamera richtete sich auf Heribert.

In diesem Moment ging fühlbar eine Änderung mit ihm vor. Oder mit dem Raum? Heribert schien größer zu werden – oder richtete er sich nur gerader auf? Sein Blick wurde zwingender, seine Ausstrahlung schien sich in den Äther zu ergießen, gespeist von einer unsichtbaren Macht. Als er sprach, klang seine Stimme sonorer, schien jeden Teilnehmer dort draußen einzeln anzusprechen und in seinen Bann zu schlagen. Es war, als öffne sich neben Höhe, Breite und Länge noch eine weitere Ebene. Was war das nur?

Senta war sprachlos und der Blick, den sie unwillkürlich mit Charlene wechselte, verriet ihr, dass sie keiner Halluzination erlag. Heriberts Worte verstärkten den Eindruck, dass sich hinter ihm mehr verbarg, als sie bisher vermutet hatte.

»Liebe Menschen!«, startete er seinen Vortrag. »Gar turbulente Zeiten haben eure Erde erfasst. Es geschehen Dinge, die schwer verständlich sind, die Aufruhr, Unruhe und Chaos brachten. Doch Aufruhr herrscht nicht nur auf der Erde. Das Chaos, das gerade stattfindet, betrifft nicht nur euch. Wir werden euch mit Wissen versehen, das eure Welt erst recht auf den Kopf stellen wird. Aber wir sehen es als unsere Pflicht, euch aufzuklären, damit ihr auf das Kommende vorbereitet seid.«

Er stoppte nach diesen kryptischen Worten, hatte aber trotzdem oder gerade deswegen die volle Aufmerksamkeit der Leute gewonnen.

»Die Eingangssätze dieser wunderbaren Dame neben mir könnten treffender nicht sein«, knüpfte er an. »Wir *werden* Grenzen sprengen, *eure* Grenzen. Und daher ist es wichtig, bereit zu sein für ein Denken, das weit über euren bisherigen Rahmen hinausgeht.«

Jeff schaltete sich ein: »Wie immer werden im Anschluss Dokumente hochgeladen sowie Literaturempfehlungen und interessante Links zu dem Thema, sodass jeder alles selbst nachlesen und sich eine eigene Meinung bilden kann.*«

»Gehen wir in medias res«, übernahm Heribert wieder. »Wir vermitteln zunächst Basics, damit ihr in der Lage seid, das Gesamtbild zu verstehen. Ich leite über zu meinem Kollegen Ludwig Buchinger, der sich seit rund fünfzig Jahren mit einem der interessantesten Themen überhaupt befasst: unserer Erde und unserem Planetensystem.«

»Was dieses mit der momentanen Krise zu tun hat, bringen wir am Schluss des Vortrags zusammen«, übernahm Ludwig. »Mit unserem zweiten Vortrag nächste Woche möchten wir beweisen, dass die momentanen Geschehnisse nicht nur uns Menschen betreffen und nicht nur unseren Planeten, sondern weit darüber hinausgehen.«

»Dazu kommen wir noch!«, warf Heribert ein und lehnte sich zurück.

»Gut, schauen wir uns an, was in den letzten Jahren auf der Erde so los war«, begann Ludwig. »Und da war und ist immens viel los! Der Klimawandel hält uns in Atem, seit 1973 verzeichnen wir einen Anstieg von verheerenden Erdbeben um 400 Prozent, von Tornados um 200 Prozent. Wir hatten Hitzewellen und Winter ohne Schnee, Waldbrände, Überschwemmungen. Berichte über das Massensterben von Tier- und Pflanzenarten sowie die Erwärmung des Atlantiks und des Pazifiks sind uns nicht neu.«

Ludwig schob seine Brille nach oben und lächelte verschmitzt in die Kamera, während neben ihm die entsprechenden Diagramme und Zahlen eingeschoben wurden.

»Fraglos sind wir Menschen Umweltsünder, ob aber diese Auswirkungen in dieser Massivität alle auf uns zurückzuführen sind, darf bezweifelt werden. Dr. Dmitriev hat festgestellt, dass die Stärke des Erdmagnetfeldes deutlich abgenommen hat. Das Erdmagnetfeld steht wiederum in direkter Verbindung mit der Temperaturveränderung des Ozeans. Auch etliche andere Geologen weisen darauf hin, dass unser Gravitationsfeld mittlerweile extrem schwach geworden ist. Das führt zu allerlei Stimmungsschwankungen, denn wir Menschen sind direkt an dieses Feld gekoppelt. Um eine Zahl zu nennen: Unser Magnetfeld ist um etwa 38% niedriger als vor 2000 Jahren. Und auch die Schumann-Resonanz, die als Herzschlag der Erde bekannt ist und normalerweise bei einem Wert von 7.8 Hertz liegt, entwickelte in den letzten Jahren Werte teilweise bis zu 50 Hertz. Das ist unglaublich – niemand konnte sich das am Anfang erklären. Was wir damit ausdrücken wollen: Auf der Erde geht es rund – und zwar gewaltig! Jedes Mal, wenn solche Ereignisse wie Erdbeben, Erderwärmung und anderes zusammenkamen, kam es zu einem Polsprung in der Geschichte der Erde. Mit einem Polsprung bricht unser magnetischer Schutzschild komplett zusammen, und würde das passieren, wären wir einem massiven Ausbruch von kosmischer Strahlung ausgesetzt – was in der Regel die Auslöschung allen Lebens bedeutet.«

Irritiert warf Harry Charlene einen Blick zu, die stumme Frage im Gesicht:

»Hast du nicht gesagt, das hier wäre aufbauend?«

Nun schaltete sich Heribert hinzu.

»Wir sind überzeugt, dass es *nicht* zu einem Polsprung kommt, wir aber die Gegebenheiten für uns nutzen können. Denn das Zusammenbrechen des Erdmagnetfeldes bewirkt Folgendes: die Öffnung unseres Bewusstseins für höhere Dimensionen und Informationskanäle.«

»Exakt«, klinkte sich Ludwig wieder ein. »Aber kommen wir erstmal zurück zu den Ereignissen auf der Erde. Wir haben einen massiv erhöhten Anstieg von Gewittern zu verzeichnen, bezogen auf die Anzahl wie auch auf die Stärke. Gewitter bringen Energie und Elektrizität. Somit hat sich die Elektrostatik der Erde verändert. Überdies messen wir eine Erhöhung der Gammastrahlung aus dem Universum. Merkt ihr langsam was? Die Dichte solcher Vorfälle in den letzten Jahren ist frappierend. Und das Tempo, in der sich kosmische Ereignisse vollziehen, wird immer schneller.«

Ein Blatt wurde eingeblendet, mit einer Auflistung von kuriosen Vorgängen, die Ludwig laut vorlas:

»Am 8. November 2000 ereignete sich ein koronaler Massenauswurf der Sonne, der einen der intensivsten Strahlungsstürme seit Jahrzehnten auslöste. Die Schockwelle traf die Erde in nur einunddreißig Stunden und erreichte unseren Planeten am 10. November. Das war doppelt so schnell, als die NASA-Wissenschaftler erwartet hatten. Die Geschwindigkeit des Sonnenwindes stieg dabei von 600 auf fast 1000 Kilometer pro Sekunde, und die Menge der hochenergetischen Protonen, die zu diesem Zeitpunkt um die Erde herum gemessen wurde, erreichte ein Niveau, das 100 000 mal höher war als normal. Nächstes Datum: 23. Juli 2012. An diesem Tag entkam die Erde nur knapp einem sogenannten Megaflare, was die NASA aber erst zwei Jahre später zugab.«

Ludwigs Augen blitzten angeregt in die Kamera, seine Begeisterung riss alle mit. Fraglos war er voll in seinem Element.

»Man beachte das Jahr 2012«, sagte er. »An diesem Tag schleuderte die Sonne Billionen Tonnen magnetisiertes Plasma ins All – glücklicherweise war kurz davor die Erde aus der Schussbahn geflogen. Irgendetwas oder irgendwer hat uns damals gerettet. Die Quintessenz aus all dem ist: In den letzten Jahrzehnten schießt immer mehr Energie aus dem All auf die Erde. Energie, die die Erde selbst verändert und die etwas *in uns* verändert. Leute, es ist unglaublich, was gerade geschieht!«

Er trank einen Schluck Wasser, konnte es selbst kaum erwarten, weiterzumachen: »Vor allem in diesem Jahr, 2020, das für uns alle so völlig verrückt verläuft, gab es Vorkommnisse, die unerklärlich sind: Im Januar floss in Norwegen Strom aus der Erde. Kurz zuvor sprang das interplanetare Magnetfeld etwa fünfzehn Minuten in der Nähe der Erde um 180 Grad und die Sonnenwinde stiegen um mehr als das Fünffache an.«

Ludwig redete sich in Ekstase: »Am 14. Januar 2020 wurde im Bruchteil einer Sekunde die Raumzeit verzerrt. Die Atomuhren müssen immer schneller nachgestellt werden, was ein weiteres Indiz für die Änderung des Raumzeitgefüges ist. Am 21. Januar 2020 sprach man von Gravitationswellen, die auf die Erde einwirkten. Und am 14. Juli 2020 schoss eine massive Sonneneruption auf unseren Planeten. In nur fünfzehn Minuten erreichten uns Photonen von der Sonne, in einer der höchsten Geschwindigkeiten, die die NASA jemals gemessen hatte. Und wie ihr wisst, sind Photonen nichts anderes als Licht.«

»Aber die Allgemeinheit wurde darüber nicht unterrichtet«, ergänzte Fritz. »Warum wird das geheimgehalten? Wären das nicht überaus spannende Themen, die die Öffentlichkeit interessieren würden?«

»Vor allem, weil diese Energie und all diese Verschiebungen direkt auf uns einwirken«, erklärte Ludwig weiter. »Sie wirken in einer Weise, die unglaubliche Folgen haben könnte, vorausgesetzt, wir wissen darüber Bescheid und vorausgesetzt, wir wissen damit umzugehen.«

»Deswegen sitzen wir hier«, warf Heribert selbstzufrieden ein.

»Aber das ist nicht alles, was gerade passiert«, machte Ludwig weiter. »Wir haben eingangs erwähnt, dass diese Vorgänge auf der Erde *alle* Planeten unseres Systems betreffen. Unterliegen die etwa auch solch drastischen Änderungen? Schauen wir's uns an! Auf Plutos Oberfläche hat man einen immensen Anstieg an schwarzen Flächen festgestellt. Neptun hat offensichtlich einen totalen Magnetpolwechsel innerhalb kürzester Zeit hingelegt. Auch hat sich das magnetische Feld von Uranus verändert und ist in seiner Intensität abrupt angestiegen. Saturns Leuchtkraft hat sich immens vergrößert und Jupiters Magnetfeld hat sich seit 1992 sogar verdoppelt. Dr. Sanja Lamaye sagt über die Venus, dass etwas sehr Ungewöhnliches dort stattfindet. Was, haben die Wissenschaftler noch nicht herausgefunden, sie wissen nur, dass es bahnbrechend ist. Merkur, Saturn und Mars – überall finden Umwälzungen großen Ausmaßes statt. Auch der Mond hat seine Atmosphäre verändert und über die Erde haben wir ja schon geredet. Zusammengefasst kann man sagen: In unserem gesamten Planetensystem ist eine enorme Energiezufuhr zu verzeichnen.«

»Aber das ist keine Energie der Sonne, sondern zusätzliche Energie aus dem Kosmos«, erklärte Heribert dazu.

»Genau, das macht es ja noch spannender. Seit 1995/96 – bitte merkt euch dieses Jahr, ich komme wieder darauf zurück – spielt unsere Sonne verrückt. Dort passieren gerade die unglaublichsten Dinge. Ihre Magnetoberfläche hat sich seit 1900 mehr als verdoppelt. 1995 hat zu jedermanns Überraschung die Sonne alle Anzeichen ihres magnetischen Feldes verloren. Es gab keinen Süd- oder Nordpol, nur ein Feld konstanter Energie über die gesamte Oberfläche hinweg. Schon 1997 gab die Akademie der Wissenschaften Russlands in Nowosibirsk an, dass die Sonnenaktivität zu diesem Zeitraum auf 230 Prozent angestiegen sei. Der hauptsächliche Grund für die Klimaverschiebung ist also in der erhöhten Aktivität der Sonne zu suchen, ohne damit unsere Umweltsünden rechtfertigen zu wollen.«

»Wissenswert ist, dass die Aktivitäten der Sonne in direktem Zusammenhang mit unserer Psyche und unserer DNS stehen«, fügte Fritz hinzu. »Jetzt wird es spannend. Was macht diese Energiezufuhr mit uns? Unsere DNS, die Sonne und unser Herz haben die gleiche Frequenz von 150 Megahertz. Die Sonne ist sozusagen ein erweitertes Organ von uns. Und wenn die verrücktspielt ...«

»… spürt das der Mensch«, vollendete Heribert. »Warum erzählen wir euch das?«

»Weil es unbestreitbar ist, dass sich unser Sonnensystem in eine neue Energiezone, in ein hochenergetisches Feld bewegt hat, das alle Magnetfelder der Planeten transformiert. Wir alle, die Erde und ihr gesamtes Planetensystem, befinden sich in einem der größten Transformationsprozesse überhaupt.«

Er ließ den Satz stehen. Ein Satz, der in der Stille des Raumes zu zerfließen begann, sich ausbreitete wie Nebel, der das ganze Land erfasste. Eine Stille, die gefüllt war mit Spannung und Aufregung. Mit einer Vorahnung, die niemand in Worte fassen konnte. Ludwig beugte sich ein wenig vor, sah direkt in die Kamera und sagte in diese Stille hinein:

»Nicht nur die Erde, das gesamte Planetensystem befindet sich in einer Schwingungs-und Frequenzerhöhung. Die Planeten haben sich verschoben. Das gesamte Planeten*system* hat sich verschoben. Das hat Auswirkung auf unser aller Leben. Das hat Auswirkungen auf die Erde. Es hat Auswirkung auf uns. Und dieser Prozess ist nicht aufzuhalten. Er ist unumkehrbar.«

Ein prickelnder Schock durchlief den Äther, der sich in konzentrischen Kreisen ins Land ausdehnte. Unwillkürlich schaute Senta auf die Teilnehmerzahl: Einhundertfünfzigtausend. Sie fühlte ihr Herz klopfen, fühlte, wie es sich mit denen der Hörer und Zuschauer verband, zu einem starken, gemeinsamen Rhythmus und die dicke Frage stand im Raum: Was bedeutet das für uns?

Ludwig nahm die unausgesprochene Frage auf.

»Ja, was bedeutet das für uns Menschen?« Er sah Fritz und Heribert an und unwillkürlich rückten sie ein wenig näher zusammen. Die Kamera erfasste Ludwig, der seinen intensiven Blick auf die Zuschauer richtete.

»Diese Schwingungserhöhung hat Auswirkungen auf alle Ebenen unseres Seins. Auf Körper, Geist und Seele. Anders ausgedrückt: Sie ist der Auslöser für eine spontane Umwandlung von Materie, von Energie und Bewusstsein. Sie ist in der Lage, uns Menschen in etwas Höheres zu verwandeln. Und das, meine Lieben bedeutet, dass *jetzt*, in genau dieser Zeit, die gesamte Menschheit die Chance auf ein kollektives Erwachen hat. Die Chance auf einen kollektiven, spirituellen Aufstieg. Wir stehen kurz davor.«

Instinktiv hielt Ludwig inne, ließ es wirken.

»Es bedeutet, dass wir Menschen endlich erfahren werden, wer wir wirklich sind. Es bedeutet, dass Schranken, die bisher den Zugang zu unserer Seele und dem Bewusstsein gesperrt haben, aufgehoben werden. Und es bedeutet, dass altes Karma gelöscht wird. Es bedeutet *Freiheit*. Es bedeutet Aufstieg.«

Senta schloss die Augen. Freiheit! Und das in einer Zeit, in der sie ihnen im Außen genommen wurde!

Atemlose Stille herrschte über dem Sendegebiet, dann hauchte Charlene:

»Das … das hört sich nach … Erlösung an! Aber wie äußert sich das? Wie kann man sich das vorstellen?«

Heribert beantwortete die Frage.

»Diese energetischen Veränderungen wirken sich direkt auf die Struktur unserer DNS-Moleküle aus. Das und die massive gesamtplanetarische Aufstiegsbewegung sorgen dafür, dass wir eine neue genetische Programmierung erfahren, die es uns erlaubt, in ganz andere Bewusstseinsstufen aufsteigen. Unsere DNS fungiert dabei als Empfänger und Sender. Die DNS ist der Dreh- und Angelpunkt. Durch diese hochenergetische Programmierung aus dem Kosmos transformiert sich unsere DNS in ein neues, viel komplexeres Modell.«

»Das ist nicht ganz richtig ausgedrückt, Ludwig«, hakte Heribert ein. »Sie verwandelt sich nicht, sie erhält ihre vollumfängliche, ursprüngliche Form zurück.« Diesmal war er es, der die Leute eindringlich ansah:

»Die menschliche DNS besteht nicht nur aus einer Zweistrang-Doppelhelix, wie wir das kennen. Sie hatte ursprünglich zwölf Stränge. Und die sollen wieder aktiviert werden.«

»Ist es nicht erstaunlich, dass gerade jetzt eine Impfung ansteht, die in den genetischen Code der Menschen eingreift?«, warf Fritz dazwischen.

Der Aufschrei, der durch die Hörerschaft, war fast physisch zu hören. Auch Charlene lief es kalt den Rücken hinunter. Aber es klang so abgefahren! Sie wurde immer aufgeregter und merkte, wie es Jeff neben ihr genauso erging. Sollte das wahr sein? Eine erweiterte DNS? Ein Aufstieg der Menschheit? Die Kommentarleiste wuchs in rasender Geschwindigkeit, schon jetzt wurden Tausende von Beiträgen verfasst, Fragen gestellt und der Link der Sendung geteilt. Senta blendete die Zahlen für die drei am Tisch kurz ein.

»Das ist ja unglaublich!«, freute sich Heribert. »Meine lieben Menschen, euer Interesse ehre ich sehr!«

Es war nicht das letzte Mal, dass die Gedanken und Fragen automatisch von den Herren aufgegriffen wurden.

»Wir wissen, wie irrational sich das anhört«, sagte Fritz. »Eine erweiterte DNS, sogar ein neuer, halbätherischer Körper … wie soll das gehen? Es mag sich für euch übergeschnappt anhören, allerdings wurde bereits in zahlreichen Studien und Experimenten bewiesen, dass das durchaus möglich ist. Wie so oft wurden diese Versuche unterbunden und der Öffentlichkeit vorenthalten. Der Wissenschaftler Garjajew arbeitete zum Beispiel mit konzentriertem Licht. In seinem Versuch ging es um Ratten mit Bauchspeicheldrüsenkrebs, einer tödlichen Diagnose, wie ihr wisst. Er entfernte die Bauchspeicheldrüse einer gesunden Ratte und richtete einen Laserstrahl so, dass dieser durch das gesunde Organ auf das kranke gelenkt wurde. Das Experiment wurde im Jahre 2000, 2001 und 2005 von verschiedenen Forschungsgruppen wiederholt. In 90 Prozent der Fälle regenerierte sich die Bauchspeicheldrüse völlig. Budakowski hat den Versuch weitergeführt und bewiesen, dass man gar kein Spenderorgan braucht, es braucht lediglich die Lichtsignatur, um sich zu wandeln.«

»Es wurde auch der erfolgreiche Versuch unternommen, aus einem Apfelbaum einen Birnbaum zu machen. Mit der entsprechenden Lichtbestrahlung war das möglich. Entsprechende Literatur ist im Anhang.«

»Leider werden solche Erkenntnisse immer wieder unterdrückt«, bedauerte Fritz. »So viele Krankheiten könnten damit so viel leichter geheilt und viele Probleme der Erde gelöst werden. Aber kommen wir zurück zum Menschen. Bisher fiel es vielen schwer, zu meditieren und in höhere Bewusstseinsstufen zu kommen. Es gibt durchaus Kräfte, die daran interessiert sind, dass genau das nicht passiert. Sie wollen nicht, dass wir Menschen erkennen, wer wir eigentlich sind. Sie tun alles dafür, dass ihr es nicht erfahrt. Das ist der Grund, warum gerade so viel Angst und Panik gestreut wird. Denn damit befindet ihr euch auf einer so niedrigen Schwingung, dass ihr außer emotionalen Turbulenzen von diesem Aufstieg nichts mitbekommen werdet.«

»Heißt das, man kann ihn verpassen?«, fragte Jeff bestürzt.

»Exakt. Jeder hat ja einen freien Willen, sollte man zumindest meinen. Es bleibt letztlich jedermanns eigene Entscheidung, ob er das möchte oder ob er noch weitere Erfahrungen braucht, bis die Sehnsucht so stark ist, dass er es von alleine will.«

Die drei musizierten da vorne wie ein Trio, in dem jeder genau wusste, wann sein Einsatz war. Heribert startete gerade ein kleines Solo.

»Mein werter Kollege Ludwig Buchinger hat seinerzeit ein Experiment durchgeführt mit einem Gerät, das eine hohe Schwingungsfrequenz vermitteln kann. Ziel war es, Menschen in diese hohe Schwingung zu ziehen. Das gelang nur bei jenen, die bereits ein gewisses Niveau aufwiesen. Bei allen anderen zeigte es keine Wirkung.* Die Schwingung, die unseren Planeten fluten wird, wird extrem hoch sein. So hoch, dass diejenigen, die sich von Liebe und Güte ab- und sich negativen Emotionen zuwenden, sich eigentlich von vornherein für ein anderes Schicksal entschieden haben.«

Allen im Studio blieb mit diesen Worten die Spucke weg und jeder war sich sicher, dass es den Hörern im Sendegebiet genauso erging.

»Aber … wie wird das ablaufen? Und vor allem, wann? Ich meine, 2012 wurde der Weltuntergang vorausgesagt – und nichts ist passiert«, wandte Charlene ein.

»Wunderbar, dass Sie das ansprechen!« Heribert rieb sich die Hände. »Stellen wir noch einmal klar heraus: Die Situation, wie sie sich jetzt gerade für uns darstellt, ist eine der größten Chancen für die Menschheit überhaupt. Aber es ist wichtig, davon zu wissen, denn sonst entsteht der Eindruck, es versinke alles im Chaos und die Welt in Dunkelheit. Das geht vielleicht auch schon vielen Menschen so. Wenn du allerdings weißt, dass etwas passiert, bist du gewappnet. Wie bei einer Geisterbahnfahrt – du fährst rein und bist dir im Klaren: Du musst ein paar Schreckmomente überstehen. Das ist die Phase, die wir gerade durchmachen. Wenn du jetzt vor lauter Panik aus dem Wagen springst, bleibst du in der Geisterbahn stecken.«

»Oder wenn dich eins der Schreckgespenster so fasziniert, dass du sie ständig anstarren musst. Dann wird das deine Welt«, ergänzte Fritz.

»Doch mit dem Wissen, das etwas Höheres dies alles lenkt, kannst du dich auf dein Herz ausrichten und ruhig bleiben«, erklärte Ludwig. »Das ist das Gebot der Stunde. Du bleibst ruhig, denkst an das Licht in deinem Herzen, lässt dich nicht von den niedrigschwingenden Frequenzen einfangen und fährst irgendwann aus dem Tunnel raus – in die Freiheit.«

»O, das klingt so schön! In die Freiheit!«

Charlene seufzte und lehnte sich an Jeffs Arm. Einmal mehr merkte er, wie unsensibel er sich in den letzten Wochen verhalten hatte. Ihre Erleichterung zeigte ihm, wie sehr sie belastet gewesen war.

»Ja, nun«, kommentierte Fritz. »Im Moment stecken wir noch in der Geisterbahn drin. Außerdem wird natürlich hart daran gearbeitet, diesen Aufstieg zu verhindern und euch im Dunkel stecken zu lassen. Könnte das ein Grund sein, warum der Impfstoff so schnell wie möglich hermuss und Massenimpfungen geplant sind?«

»Aber wer ist das, der das verhindern will?«, fragte Charlene nervös. »Ist das nicht ein bisschen …«

»Krude Verschwörungstheorie?«, half ihr Ludwig. »Spinnereien? Natürlich. Das dürft ihr sehen, wie ihr wollt. Wir versorgen euch mit dem, was wir wissen. Eine Meinung bilden müsst ihr euch selbst.«

»Ich denke, diese Frage wird mit unserem zweiten Themenbereich beantwortet«, sagte Fritz. »Diese planetarischen Veränderungen passen nämlich perfekt zu den weltweiten alten Prophezeiungen, angefangen von der jüdisch-christlichen Bibel bis über das altindische Mahabharata, den Veden, den zoroastrischen Schriften, die mit die ältesten auf der Welt sein dürften, sowie aktuelle Aussagen von Remote Viewern, die …«

»Was sind Remote Viewer?«, unterbrach Jeff.

»Remote Viewer sind transzendental begabte, speziell ausgebildete Menschen, die für das Militär oder Geheimdienste arbeiten. Sie werden eingesetzt, um in die Zukunft zu blicken – oder um geheime Orte oder Personen aufzuspüren. Ja, ihr hört richtig. Die Regierungen dieser Welt nutzen solche Dinge, während euch eingetrichtert wird, das sei Blödsinn. Wenn ihr wüsstet, was euch alles verheimlicht wurde und immer noch verheimlicht wird, ihr würdet die Hände über dem Kopf zusammenschlagen! Was euch die ganzen Jahrzehnte suggeriert wurde, was ihr glauben sollt! Das ist nicht nur jetzt so. Das war schon immer so.«

»Sie *würden* nicht die Hände über dem Kopf zusammenschlagen, sie werden es«, versicherte Heribert. »Das steht auch so in den Prophezeiungen. Vermutlich ist das ein ganz spezieller Teil der Geisterbahnfahrt!«

»Genau! Dann seid ihr alle buchstäblich ent-geistert!«

Die drei kicherten lauthals.

»Ihr Lieben da draußen!«, gluckste Heribert ins Mikro. »Haltet euch fest! Das, was die Remote Viewer herausgefunden haben, ist unglaublich!«

»Es ist überhaupt eine unglaubliche Situation!«, rief Fritz enthusiastisch. »Meine Güte, dass ich das noch erleben darf! Ich hoffe ja, dass ich es erleben darf! Damit wird der Traum so vieler Menschen wahr, zumindest derer, die sich eine heile, friedvolle Welt wünschen!«

»Sagte ich nicht, es wird alles gut?!«, krähte Heribert dazwischen.

»Das hast nicht nur du gesagt, du Angeber! Das haben wir alle gesagt! Und noch viele andere auch!«

Der ganze Aufnahmeraum lachte. Aber die Spannung blieb hoch – jeder wollte endlich von diesen Prophezeiungen und den Remote Viewern hören.

Fritz zwinkerte. »Ich nehme an, nun bin ich dran.«

Er wirkte so edel mit seinem Anzug, der Weste und seinem Einstecktuch, es fehlte nur noch das Tässchen Tee.

»Mein Thema ist die Historie der Menschheit, mit der essenziellen Frage: Wie sind wir entstanden?«, begann er mit seiner dezenten, melodiösen Stimme. »Überall auf der Welt wird seit Urzeiten dieselbe Geschichte erzählt: von den Ägyptern, den Mayas mit ihrem Tzolkin, den Nordvölkern bis hin zu den Indern mit ihrem Mahabharata, das übrigens erstaunlich genau mit dem Maya-Kalender übereinstimmt. Alle haben unabhängig voneinander prognostiziert, dass das Weltenende gekommen sein wird, wenn die Sonne von ihrem Kurs abweicht, wenn Erdbeben den Planeten erschüttern, Tornados und Hurrikans wüten ... wir kennen das Apokalypse-Szenario, das von so vielen Filmemachern aufgegriffen wurde.«

Er räusperte sich. »Das ist bedauerlich, dass es so dargestellt wurde. Davon sollten wir uns lösen. Zumindest ein wenig, denn nun wisst ihr ja: Die Sonne *hat* sich bewegt, die Planetenbahnen *haben* sich geändert. Wir *hatten* in den letzten Jahrzehnten auf der Erde zahlreiche Katastrophen. Von Erdbeben bis über Tornados bis über Fluten war alles vertreten. Die Inder sprechen vom Kali Yuga, dem dunklen Zeitalter, in dem Hass, Neid, Gier, Macht und Geld herrschen. Ich glaube, niemand kann verneinen, dass dem so ist. Wir leben in einer globalen Gefahr der Unterdrückung, den Menschen als solchen soll es in Zukunft nicht mehr geben. All dies zusammengenommen sagt uns: Das dunkle Zeitalter läuft zur Höchstform auf.«

Ludwig hakte ein:

»Fritz, warte, ich denke, wir sollten herausheben, dass dein Vortrag etwas bizarr wird. Wir müssen uns Dingen widmen, die von den Medien lediglich als Fußnoten abgetan oder gar lächerlich gemacht wurden, wollen uns der Frage widmen, ob wir wirklich allein im Weltraum sind und einiges mehr. Aber ich lasse Fritz wieder zu Wort kommen.«

»Wie bereits erwähnt«, nahm Fritz den Faden wieder auf, »habe ich lange in der Geschichte der Menschheit geforscht, Ausgrabungen gemacht, alte Schriften studiert, mir jede Wandmalerei, jedes Relief überall auf der Welt angesehen. Das tue ich nun seit sechzig Jahren. Vor allem habe ich die alten Ägypter, Kulturen wie die der Mayas, Hethiter, Kanaaniter, Horiter studiert und in diesem Zusammenhang Hieroglyphen und Schriften entziffert, übersetzt und gedeutet.«

»Und ich möchte dazu erwähnen, dass seine Arbeiten wissenschaftlich international anerkannt sind«, fügte Jeff hinzu. Fritz nickte ihm zu.

»Vielen Dank, Jeff. Nun gut, beschäftigt man sich mit diesen Dingen, kommt man nicht an der Tatsache vorbei, dass es, besonders im Bereich der Genetik, der Medizin, der Astronomie, eigentlich aller Wissenschaften, eine Zeit gegeben haben muss, in der das, was wir heute entdecken, schon längst bekannt war. Es musste einmal eine Zeit gegeben haben, in der der Mensch über weitaus mehr Kräfte, Fähigkeiten und Wissen verfügte als der heutige. Verfolgt man die Menschheitsgeschichte, wird eines deutlich: Sie hat sich nicht kontinuierlich, sondern in Sprüngen entwickelt, die einem bestimmten Zahlenrhythmus folgen. Irgendetwas oder irgendwer scheint den Menschen in regelmäßigen Intervallen gewaltige Evolutionsschübe verpasst zu haben. Egal, welchen Tempel ich aufsuchte, egal, wie viele Reliefs ich deutete, sie zeigten im Wesentlichen alle dieselbe Symbolik: Auf vielen Bildtafeln, überall auf der Welt, sind geflügelte Objekte zu sehen, die Raumkapseln sehr ähneln. Will sagen: Es gibt zig Indizien, die darauf hinweisen, dass wir nicht von der Erde stammen und dass wir immer wieder Hilfe von außerhalb bekommen haben. Nun kann ich diese Indizien aus Zeitgründen nicht alle hier aufzählen, aber entsprechende Literatur ist ja aufgelistet. Es sei nur ein schlagkräftiges hier aufgeführt, mit der Frage: Warum enthält alle lebende Materie auf Erden sehr wenig von den Elementen, die hier in Hülle und Fülle vorkommen und sehr viel von jenen, die eher selten sind? Weil wir womöglich von ganz woanders herkommen? Und warum haben wir unsere Fähigkeiten nicht mehr? Es wurde ja bereits erwähnt, dass wir ursprünglich eine erweiterte DNS hatten. Reliefs in ägyptischen Tempeln – und auch anderswo – lassen eines deutlich erkennen: Der Eingriff in die menschliche DNS scheint nichts Neues zu sein. Sie wurde wohl schon damals manipuliert.«

Die entsprechenden Bilder* wurden eingeblendet, während Fritz im Hintergrund sprach.

»Hier sieht man deutlich die erweiterte DNS und Wesen, die am Menschen eine Art Operation vornehmen. Liest man die entsprechenden Schriften dazu – und ich spreche nicht nur von einer – wird bestätigt, dass am Menschen herummanipuliert und aus ihm mehr oder weniger ein Arbeitstier gemacht wurde. Die DNS allerdings ist im Urfeld, in eurem hohen Selbst oder wie immer ihr das für euch nennt, nach wie vor vorhanden. Sie ist da. Und eure DNS speichert Licht. Merkt ihr so langsam, wie sich der Kreis schließt? Die vermehrte Sonnenaktivität, die zusätzliche Energie und Lichtzufuhr, die auf die Erde geschossen wird, die Schwingungserhöhung … all das aktiviert eure ursprüngliche, vollständige DNS. Aber diejenigen …«

Er tippte mit einem Lichtstrahl auf die DNS-manipulierenden Wesen.

»…wollen nicht, dass die Menschen ihr Licht entdecken, den göttlichen Funken, der in euch allen schwelt. Sie wollen nicht, dass ihr erkennt, wo ihr wirklich herkommt. Sie haben uns so lange weisgemacht, wir stammen von einem Tier ab und ich weiß, dass das nicht stimmt.«

Fritz machte eine Pause und jeder merkte, dass er, säße er jetzt in seinem Lehnsessel zu Hause, gern ein Schlückchen Tee genommen hätte. Instinktiv schob ihm Senta ein Glas Wasser hin.

»Beschäftigen wir uns doch mal mit der Frage: Wo *könnten* wir herkommen?«, setzte er seinen Vortrag fort. »Unsere Astronomen lehren uns, dass unser Planetensystem aus einer Sonne und zehn Planeten gebildet wird, wenn man den Mond mitzählt. Er besteht also aus der Erde, Merkur, Venus, Mars, Jupiter, Saturn Uranus, Neptun und Pluto. Doch schon die alten Sumerer erklären uns, dass diese Aufzählung nicht vollständig ist. Es gibt einen zwölften Planeten. Einen Planeten hinter der Sonne und er wird Sirius oder Nibiru genannt.«

Wieder wurde ein Foto eingeblendet.

»Das ist eine Aufnahme von der NASA*«, erklärte Fritz. »Und hier …«, ein roter Lichtpunkt deutete auf den Rand der Sonne, »…kann man eindeutig einen Planeten hinter unserem Zentralgestirn erkennen.«

Senta entfuhr ein Laut. Fritz hatte recht. Das war eindeutig etwas Festes hinter der Sonne! Der zwölfte Planet! Ihr Herz fing plötzlich heftig an zu schlagen. Aber auch die Zuschauer hingen wie gebannt an seinen Lippen und die Spannung im Sendegebiet war greifbar.

»Nun wird es etwas spooky.« Fritz lächelte verhalten. »Aber verneinen kann man das Folgende allein deshalb nicht, weil es sich um Augenzeugenberichte aus erster Hand handelt.«

Erster Hand? Meinte er sich damit? Senta bekam immer größere Augen. Ihr Blick suchte den von Fred, aber der saß, vornübergebeugt und in hoher Konzentration, auf seinem Stuhl.

»In den neunziger Jahren tauchten Männer in akademischen Instituten auf, die behaupteten, aus der 12. Dimension zu sein.* Sie hatten nicht nur außergewöhnliche Fähigkeiten, sondern auch eine außergewöhnliche Botschaft. Nämlich, dass die Geschehnisse und die Entwicklung der Menschen sich nachteilig auf das gesamte Planetensystem auswirke und daher eine Korrektur vorgenommen worden wurde. Sie betonten, dass das eine beschlossene und nicht diskutierbare Tatsache sei. Der Erde stünde eine umwälzende Transformation bevor, die alles auf diesem Planeten verändern würde. Sie seien hier, um die Menschheit darauf vorzubereiten. Einer dieser Männer ist Drunvalo Melchizedek, ein führender Lehrer der spirituellen Entwicklung.«

Senta zuckte zusammen. Von dem hatte sie auch schon gehört. Den kannte Fritz persönlich? Der fuhr ungerührt fort:

»Drunvalo wie auch andere, unabhängig von ihm, haben erklärt, dass die Erde schon seit längerem in einen Photonenring eingetreten sei. Dazu gibt es auch ein legendäres Channeling von Virginia Essene und Sheldon Nidle*, die mit Vertretern des Planeten Sirius in Verbindung standen und in ihrem Buch beschreiben, was geschehen wird. Darin wird unter anderem folgende Aussage getroffen:

›... dass euer Sonnensystem im Begriff ist, in eine weit ausgedehnte Lichtregion einzutauchen, genannt Photonenring, und zwar zwischen März 1995 und Dezember 1996.‹«

Ein weiteres Arbeitsblatt mit dem Zitat aus dem Reading erschien auf dem Bildschirm, Fritz' Stimme im Hintergrund.

»Die Aufzeichnungen selbst wurden 1993 gemacht, also drei Jahre bevor das Ereignis stattfinden sollte, und sie haben Dinge gechannelt, die sie damals gar nicht wissen konnten. Gibt es den Photonenring wirklich? Es gibt ihn. Er wurde zum ersten Mal vom englischen Astronomen Sir Edmond Halley entdeckt und von weiteren Wissenschaftlern bestätigt. Was ist also 1995 geschehen? Die Sonne hat ihren Nord-und Südpol verloren und ein gleichmäßiges, konstantes Feld erzeugt. In besagtem Channeling wird genau erklärt, was mit der Sonne passiert – und auch diese Aussagen wurden von der NASA und von Wissenschaftlern bestätigt. Dr. Alexey Dmitriev und etliche andere Wissenschaftler reden von der Parker-Spirale, auf der wir uns befinden. Jede Kurve darauf stellt einen ›magnetisierten Streifen‹ dar, bei der es einen erkennbaren Anstieg der magnetischen Energie und des geladenen Plasmas gibt, wenn sich unser Planet durch ihn hindurch bewegt. Das tun wir gerade. Es gibt noch mehr wissenschaftliche Bestätigungen der Prophezeiungen, aber das ist sicher zu ermüdend. Reden wir lieber von den Prophezeiungen selbst.«

Fritz trank einen Schluck Wasser, während Heribert nahtlos übernahm. Es wirkte, als seien die drei telepathisch aufeinander abgestimmt.

»Weiter im Channeling heißt es:

›… *die Erdastrologen sagen, dass nun das Wassermannzeitalter anbreche, eine Zeit ungeheurer Veränderungen der Wissenschaft, der Technologie und des Bewusstseins. Für eure Naturwissenschaftler und Historiker ist es ein Zeitalter enormer Schwierigkeiten, mit denen eure Zivilisation aufgrund ihrer gesellschaftlichen und politischen Strukturen möglicherweise nicht fertig wird.*‹

Klingt das vertraut? Das Ganze wurde vor achtundzwanzig Jahren gechannelt.* Sie bestätigen die Studien, die Dr. Dmitriev angestellt hat, die besagen, dass durch die höhere Energie automatisch und unbemerkt genetische Veränderungen in jedem Menschen auf der Erde stattfinden – je nach Gemüt und der Rolle, die ein Mensch hier spielt. Es gibt sensible und unsensible, reife und unreife Exemplare von uns. Aber bei vielen drückt sich diese Änderung in einer nicht erklärbaren, immensen Sehnsucht aus. Einer Sehnsucht nach Liebe und Frieden. Einer Sehnsucht nach etwas Großem. Das ist der Drang und gleichzeitig der Weg zu den höheren Dimensionen.«

Die Pause, die er einfließen ließ, war dringend nötig. Sentas Herz flatterte, sie fühlte sich stark angesprochen von all dem. Natürlich hörte sich das an wie ein Hirngespinst und doch war eine tiefe Gewissheit in ihr, dass es genauso war. Umso mehr begann sie, die Worte ihres Opas zu verstehen – dass es auch ein Abschied war. Ein Abschied von der Welt, wie sie sie kannten. All das mussten sie loslassen für etwas Besseres, von dem sie noch gar nicht wussten, wie es sein würde.

»Nun«, meinte Fritz. »Von Channelings kann man halten, was man will. Sie sind sicher nicht das Maß der Dinge, aber durchaus richtungsweisend. Wir allerdings sind Wissenschaftler und brauchen handfestere Daten. Dr. Dmitriev* hat eine Studie angefertigt, in der er die Auswirkungen dieser erhöhten Energie auf die Lebensformen untersucht hat. Und auch er ist, wie viele andere inzwischen, zu dem Schluss gekommen, dass es zu einer spontanen Massenevolution kommen wird, die unsere Körper verändert, unseren Geist erweitert und allem voran eine Welt voller Liebe und Harmonie erschafft. Er sagt, und darin ist er sich sicher, dass diese Energie das Goldene Zeitalter einläutet, nach dem wir uns alle schon so lange sehnen.«

Ein Schnaufer entfuhr Senta und Charlene und instinktiv fassten sie sich an den Händen. Wenn das wahr wäre! O Gott, das wäre so schön! Eine heile Welt ohne Angst, ohne Druck, ohne Gemeinheiten, ohne Profitgier! Eine Welt, in der die Erde, auf der sie lebten von Menschen geschätzt und geehrt wurde! Eine Welt, in der es nur Freundliches und Liebes gab – ein Goldenes Zeitalter! Das hörte sich im wahrsten Sinne des Wortes paradiesisch an!

»Dr. Dmitriev spricht von einem neuen physischen Zustand der Erde und einer bewussten, erwachten Menschheit. Im Channelings von Nidle heißt es weiter:

›*Wir* – damit sind die Wesen vom Planeten Nibiru gemeint – *möchten zuerst allen Wesen, die den Planeten Erde in menschlicher Form bewohnen, sagen, dass euer Planet ein Planet der Gnade ist. (…) Die Menschen auf der Erde müssen erkennen, dass sie auf die Erde gekommen sind, um diesen ganzen Planeten mit Licht und Liebe, mit der Gnade der Vergebung zu umhüllen‹.«*

Wieder atmete Charlene tief durch. An ihrem ganzen Körper bildete sich Gänsehaut.

»Wir können also etwas tun«, folgerte Fritz und klang sehr ernst. »Wir müssen unsere Schwingung anpassen und uns auf Liebe und Güte einstellen. Wer das nicht tut, verzögert den Prozess. Überträgt man das auf die momentanen Geschehnisse, versteht ihr die Maßnahmen aus höherer Sicht: Sie sollen genau das unterbinden. Menschen sollen sich nicht berühren, sich nicht mehr sehen, soziale Kontakte werden eingeschränkt, Kinder traumatisiert, sodass liebe immer mehr schwindet. Stattdessen steigt der Druck; Angst, Hass und Wut nehmen zu. Doch aus dieser höheren Perspektive könnt ihr euch nun bewusst doch für Liebe und Güte entscheiden.«

Die Fülle des Gesagten war hoch. Senta hätte am liebsten eine Stopptaste gedrückt. Doch Fritz gab nur wenig Verdauungszeit.

»Um das zu untermauern, möchte ich auf weitere Prophezeiungen eingehen. Nehmen wir uns mal den Maya-Kalender vor, der ja ziemlich in Verruf gekommen ist, nachdem 2012 die Welt nicht unterging.«

Die drei Herren lachten leise, als sie sich zurückerinnerten. »Das war ein Ding, was?«, sagte Heribert zu Ludwig. »Du wolltest mir partout nicht glauben, dass das nicht so filmreif abläuft, wie du geglaubt hast!«

»Bin ja froh drum! Ich war überzeugt, *dass* was passiert und es *ist* was passiert!«

»Das ist allerdings richtig«, nickte Heribert und wandte sich an die Zuschauer. »Ab dem Jahre 2012 hat sich im Prinzip alles beschleunigt und die Ereignisdichte sich drastisch erhöht. Trotzdem fragt sich wohl jeder an der Stelle: Wenn das stimmt, wenn sich tatsächlich etwas in höhere Dimensionen bewegt, warum scheint sich gerade das Gegenteil davon zu zeigen? Einen Grund haben wir genannt: Durch niedrige Schwingungen wird dieser Prozess verzögert – aber aufgehalten werden kann er nicht. Ich bringe Johann Kössner ins Spiel, einen der wohl unbestreitbar kompetentesten Kenner des Maya-Kalenders, der uns dazu weitere Erklärungen liefert. Er schreibt auf seiner Seite*, dass sich die blockierten Zeitfrequenzen, die uns von den höheren Dimensionen trennen, schrittweise öffnen, sodass wir den Aufstieg verkraften können. Käme alles auf einmal, könnte das unser Verstand nicht verarbeiten.«

»Das ist ein sehr wichtiger Aspekt«, betonte Ludwig. »Ich weiß, wie es den meisten von euch geht. Ich weiß, dass ihr in Angst und Sorge lebt, das Gefühl habt, die Dunkelheit umzingelt euch und ihr seid den Geschehnissen hilflos ausgeliefert. Dass die Lügen immer mehr werden, die Gier nach Macht immer größer, dass die Welt in der Hand von Großindustriellen ist, ja, ihr buchstäblich gehört und wir uns aus deren Griff niemals werden befreien können. Die Welt wird gezielt unmenschlicher, das hier ist nur ein Vorgeschmack. Aber habt Vertrauen, das ist nun das Allerwichtigste. Johann Kössner schreibt:

›*Der blaue programmhaltende Sturm ist jenes der sieben Siegel, das jetzt befreit wird. Der blaue, programmhaltende Sturm ist ein dynamisches Prinzip, das die Kraft der Erneuerung trägt. Jetzt lässt sich die Wahrheit durch nichts mehr verschleiern. Die Öffnung dieses Frequenzkanals wird in den Planeten in den kommenden Jahren zu gewaltigen Veränderungen führen, die Illusionsprojektionen, die das materialistisch begrenzte, babylonische Zeitalter aufgebaut hat, auflöst.*‹«

Ein weiteres Mal beugte sich Ludwig vor. »Ein wichtiger Satz«, betonte er eindringlich: »*Jetzt lässt sich die Wahrheit durch nichts mehr verschleiern*. Sie wird ans Licht kommen. Alles wird ans Licht kommen.«

»Das ist die Qualität dieser Übergangszeit«, sagte Fritz. Seine Stimme war sanft. »Ihr werdet alles erkennen. Die ganzen Lügen, den ganzen Wust. Wir sind mittendrin, sozusagen in einer Art Geburtskanal. Dort ist es dunkel und eng. Aber wir können etwas tun, um den Geburtsvorgang nicht zu schmerzlich zu machen und vor allem, können wir ihn beschleunigen. Johann Kössner schreibt:

›*Auf höherer geistiger Perspektive wird unsere »Zeit« als die Umwandlungsphase erkannt, die uns zusammen mit unseren Planeten in eine neue Qualität des Seins führt. In befreiender Einfachheit wird die alte Welt der Angst gelöscht und das Einfließen des kosmisch-göttlichen Lichts auf unserem Planeten sichtbar gemacht. (…) Wir sind jetzt dabei, die Kodierung für die neue Welt NEU zu schreiben. Im Moment werden bereits viele Daten gelöscht. Die Art und Weise, wie wir die Realität wahrnehmen, ändert sich sehr schnell.*‹«

Senta entfuhr ein Schnaufer. Ja, das war genauso! Wie oft hatte sie in den letzten Monaten das Gefühl gehabt, in einer Parallelwelt zu leben? Die Welt völlig anders wahrzunehmen? Wie oft hatte sie ihre Werte überdacht? Es hielt sie kaum mehr auf ihrem Sitz. Wie oft hatte Charlene in ihren Sendungen betont, dass nun Neues gesät werden konnte? Am liebsten wäre sie aufgesprungen und hin und hergelaufen, um der Aufregung in ihr Herr zu werden.

Das, was die drei hier brachten, war so viel! So viel! Und sie waren noch lange nicht am Ende.

»In ihrem Tzolkin haben die Mayas immer vom Ende der Zeit gesprochen. Doch diese Aussage muss man richtig verstehen. Es ist nicht *euer* Ende. Es ist das Ende der Zeit, wie wir sie kennen. Es ist das Ende dieser engen Dimension. Die alte Welt vergeht, das Böse hat ausgedient. Eine neue Welt entsteht.«

»So ist es«, bestätigte Heribert. »Tatsächlich bildet sich gerade eine neue Erde.«

»Moment mal, was heißt das, es bildet sich eine neue Erde?«, fragte Charlene aufgewühlt nach.

»Schon seit geraumer Zeit hat ein Splitting der Timelines eingesetzt«, erklärte Heribert. »Eine Welt, die auf einer anderen Zeitlinie verläuft, in höheren Dimensionen.«

»Wartet«, hakte auch Jeff mit gerunzelter Stirn nach. »Das heißt, es gibt eine Erde eins und eine Erde zwei?«

»So sieht es aus«, bestätigten die drei unisono.

»Schwer vorstellbar für den Laien«, gab Ludwig zu. »Für Quantenphysiker jedoch ein normaler Umstand. Für die ist es schon lange Fakt, dass es Paralleluniversen gibt. Was bedeutet das für uns? Es bedeutet, dass sich in absehbarer Zeit für uns Menschen ein Zeitfenster auftut. Und in diesem Zeitfenster müssen sie sich entscheiden, wo und wie sie leben möchten.«

Wieder herrschte Stille und wohl jeder im Raum wie im Sendegebiet hatte Schwierigkeiten, die Tragweite dieser Sätze zu verstehen beziehungsweise es überhaupt für bare Münze zu nehmen. Doch diesmal tat sich in der Kommentarleiste nicht viel – ein Zeichen, dass die meisten völlig geflasht waren. Charlene fasste sich als Erste:

»Wie kann man sich das mit dem Zeitfenster vorstellen?«, wollte sie wissen.

»Darauf kommen wir später ausführlicher zurück«, versprach Fritz. »Ich möchte vorerst Folgendes bewusstmachen: Hier geht nicht nur ein Zyklus zu Ende. Dies hier ist ein *Finale*. Alles wird sich ändern. Und um das deutlich zu machen, möchte ich euch die siebzig Jahre alte Prophezeiung von Peter Konstantinov Deunov, bekannt als Beinsa Douno ans Herz legen. Douno war ein spiritueller Lehrer, der im Jahre 1944 verstarb. Ein paar Tage vor seinem Tod empfing er in Trance eine glasklare Prophezeiung. Wir lesen euch diese in Auszügen vor. Die volle

Version findet ihr im Internet. In dieser Prophezeiung fasst er im Grunde alles, was wir vorher wissenschaftlich belegt haben, zusammen. Er sagte:

›*Im Verlaufe der Zeiten befand sich das Bewusstsein der Menschen während langer Zeit im Dunkeln. Diese Phase nennen die Hindus „Kali Yuga". Wir befinden uns an einem Übergang. Kali Yuga geht zu Ende und die Epoche einer neuen Ära beginnt. Nach und nach zeigt sich schon eine Verbesserung der Gedanken, Gefühle und Handlungen der Menschen.*‹«

Fritz unterbrach kurz, lächelte verschmitzt in die Kamera und meinte: »Bei manchen zumindest. Andere fallen leider noch mehr ins Dunkle. Aber machen wir weiter!

›*Jedoch wird bald jedermann von einem göttlichen Feuer erfasst, davon gereinigt und vorbereitet werden für das neue Zeitalter. Auf diese Weise wird die Menschheit eine höhere Bewusstseinsstufe erlangen, welche die Voraussetzung für ein Eintreten in das Neue Leben ist. Genau das versteht man unter Aufstieg. Einige Jahrzehnte werden vergehen, bis das Feuer kommen wird.*‹«

Fritz unterbrach und erläuterte: »Bedenkt, das war 1944, als er das sagte. Die Jahrzehnte sind also schon vergangen.

›*Es*‹, also das Feuer, ›*wird die Welt transformieren, indem es eine neue Moral hervorbringt. Diese immense Welle kommt aus dem Kosmos und wird die ganze Erde überfluten. All jene, die sich dagegen wehren, werden weggeschafft und anderswo hingebracht werden.*

Obwohl nicht alle Erdenbewohner auf derselben Entwicklungsstufe sind, werden doch alle die neue Welle zu spüren bekommen. Nicht nur die Erde, auch der ganze Kosmos wird von dieser Transformation erfasst werden.‹«

»Genau das haben wir vorhin belegt«, grinste Heribert. »Die Strahlen aus dem Kosmos! Die Änderung der Planeten! Könnt ihr bei der NASA nachlesen.«

»›*Das Beste und Einzige was der Mensch tun kann*‹«, las Fritz weiter vor, »›*ist, sich Gott zuzuwenden. Er kann auf bewusste Weise seine Schwingungsebene anheben, um sich in Harmonie auf die kraftvolle Welle einzustellen.*‹«

»Deswegen sitzen wir hier«, unterbrach Ludwig. »Um euch das zu sagen. Damit ihr die Möglichkeit habt, euch vorzubereiten, und damit ihr wisst, dass die Fahrt in der Geisterbahn ein gutes Ende nimmt – wenn ihr euch auf das Licht in eurem Herzen konzentriert, auf die Liebe darin.«

Schon jetzt begann sich eine hoffnungsvolle, hochschwingende, freudige Energie auszubreiten, die das gesamte Sendegebiet, alle Hörer und alle Zuschauer erfasste. Eine Schwingung, die den Worten des alten Sehers noch mehr Gewicht zu verleihen schien. Fritz Stimme passte sich an. Sie wurde tiefer und sie schwang vor innerem Jubel.

»›*Das Feuer, welches den neuen Zustand und die Verhältnisse unserer Erde begleitet, wird uns verjüngen, reinigen und alles neu rekonstruieren: Die Materie wird verfeinert sein, eure Herzen werden befreit sein von Angst, Sorgen und Ungewissheit und sie werden strahlend hell werden. Alles wird sich verbessern, die Gedanken und die Gefühle werden angehoben werden; und negative Handlungen wird es nicht mehr geben.*

Euer jetziges Leben ist ein Leben in Sklaverei, eine schwerwiegende Gefangenschaft. Versteht eure Situation und befreit euch selbst davon. Ich sage euch: Verlasst das Gefängnis! So viele Menschen werden in die Irre geführt! Wie traurig, daraus entsteht so viel Leid! Wenige sind fähig zu verstehen, wo ihr eigentliches Glück liegt.

Alles um euch herum wird bald zusammenbrechen und verschwinden. Nichts von dieser Zivilisation, auch nicht ihre Perversität, wird übrigbleiben. Die ganze Erde wird durchgeschüttelt werden und es werden keine Spuren der irrigen Kultur, welche die Menschen unter dem Joch der Unwissenheit einschränkte, übrig bleiben. Erdbeben sind nicht nur mechanische Naturereignisse. Ihr Ziel ist es, Herz und Verstand der Menschen zu sensibilisieren und aufzuwecken und sie zu befähigen, sich selbst von den Irrungen und Torheiten zu befreien. Sie sollen verstehen, dass sie nicht die Einzigen sind im Universum.

Unser Sonnensystem geht gerade durch eine Region im Kosmos, wo eine zerstörte Konstellation ihre Spuren und Staub zurückließ. Das Durchqueren dieses verunreinigten Raumes ist die Ursache für viele Vergiftungen nicht nur für uns Menschen auf dem Planeten Erde, sondern auch für Bewohner von anderen Planeten und Galaxien. (…) Aber jetzt nähern wir uns dem Ausgang des Raumes der Dunkelheit und wir sind daran in eine spirituellere Region zu gelangen, wo höher entwickelte Wesen wohnen.‹«

»Der Geburtskanal! Ihr erinnert euch?«, warf Heribert ein.

»›Die Erde folgt im Moment einer aufsteigenden Bewegung. Man sollte sich bemühen, in Harmonie zu sein mit den Strömungen dieses Aufstiegs. Jene, die sich weigern mit diesem Strom zu gehen, werden den Vorteil von guten Bedingungen verpassen, welche ihnen geboten werden, in der Zukunft höher schwingend und höher entwickelt zu werden. Sie werden in der Evolution zurückbleiben und müssen viele Millionen Jahre warten, bis wieder eine aufsteigende Welle kommt.‹«

Wieder unterbrach Heribert. »Versteht ihr jetzt, warum es so wichtig ist, Liebe zu leben? Auch wenn alles um euch herum dunkel scheint?«

»Ja«, nickte auch Fritz. »Beinsa stellt das mit seinen nächsten Sätzen klar heraus: *›Die Erde, das Sonnensystem, das Universum – alles wird durch eine immense Ausschüttung von Liebe in eine neue Richtung gebracht. Die meisten von euch betrachten die Liebe als eine lächerliche Kraft. Jedoch in Tat und Wahrheit ist es die großartigste aller Kräfte! Geld und Macht stellen noch Werte dar, von welchen der Verlauf unseres Lebens maßgebend abhängig ist. In der Zukunft aber wird alles von der Liebe durchflutet sein und alles wird ihr dienen. (…) Durch Leiden und Schwierigkeiten wird das Bewusstsein der Menschen erweckt werden. (…) Aber nach all den Leiden werden die Geretteten, die Elite, in das Goldene Zeitalter eintreten und werden Harmonie und unendliche Schönheit erfahren. Deshalb seid im Frieden und im*

Glauben, wenn die Zeit des Leidens und des Terrors kommt, denn es steht geschrieben, dass nicht ein einziges Haar des Gerechten gekrümmt wird. Seid nicht entmutigt, folgt einfach eurem Weg zur persönlichen Vollkommenheit.«

»Die Geisterbahn!«, rief Heribert dazwischen. Fritz lächelte leicht und las weiter vor:

»Ihr könnt euch nicht vorstellen, was für eine grandiose Zukunft euch erwartet. Eine neue Erde wird bald erwachen. In einigen Jahrzehnten wird sich nicht mehr alles nur um Arbeit drehen. Jeder wird mehr Zeit mit spirituellen, intellektuellen und künstlerischen Aktivitäten verbringen. Das Verhältnis zwischen Mann und Frau wird von Harmonie geprägt sein; jeder wird die Möglichkeit haben, entsprechend seinen Neigungen zu leben. Die Paarbeziehungen werden auf gegenseitigem Respekt und Achtung basieren. Menschen werden im Weltraum reisen können. Sie werden studieren, wie das Universum funktioniert. Sie werden die göttliche Welt sehr schnell verstehen und mit dem Haupt des Universums verschmelzen.

Die neue Ära ist jene der sechsten Rasse. Ihr seid prädestiniert dazu, euch auf sie vorzubereiten, sie willkommen zu heißen und sie zu leben. Die sechste Rasse hat als Grundlage die Brüderlichkeit. Es wird keine persönlichen Interessenskonflikte mehr geben. Jeder Einzelne wird danach streben, nach den Gesetzen der Liebe zu leben. Dafür wird ein neuer Kontinent geformt werden. Er wird aus dem Pazifik auftauchen und das Allerhöchste kann sich auf diesem Planeten ausbreiten.

Die Gründer dieser neuen Zivilisation – ich nenne sie »Brüder der Menschlichkeit« oder »Kinder der Liebe«, – werden sich unbeirrt für das Gute einsetzen. Sie werden eine neue Art Mensch repräsentieren. Die Menschheit selbst bildet eine große Familie, ähnlich eines großen Körpers. Jedes Volk wird ein Organ darstellen. In der neuen Rasse wird sich die Liebe auf eine Art manifestieren, wie wir es uns nur sehr vage vorstellen können. (…)

Eine neue Kultur wird erwachen. Sie wird auf drei Prinzipien bauen: erhöhte Wertschätzung für die Frau, Anerkennung für die Sanftmütigen und die Demütigen und die Einhaltung und der Schutz der Menschenrechte.

Das Licht, das Gute und die Gerechtigkeit werden triumphieren, es ist nur eine Frage der Zeit. *(…)* **Die Erde wird bald von außerordentlichen Wellen von kosmischer Elektrizität überflutet werden**. *In wenigen Jahrzehnten werden schlechte Menschen die Intensität ihres Tuns aufgeben. Sie werden vom kosmischen Feuer erfasst werden und das Schlechte in ihnen wird vernichtet werden. (…)*

Unsere Mutter Erde wird sich von allen entledigen, die das neue Leben nicht akzeptieren. Sie wird sie entsorgen wie schädliche Früchte. Bald werden sie nicht mehr reinkarnieren können auf diesem Planeten, auch die Kriminellen nicht. Es werden nur diejenigen bleiben, die erfüllt sind mit Liebe. Es wird keinen Ort mehr geben, der beschmutzt ist, mit tierischem oder menschlichem Blut. Somit wird sie gereinigt werden. Darum werden gewisse Kontinente untergehen und andere werden auftauchen. Viele werden sich nicht bewusst sein, welche Gefahr ihnen droht. Viele werden fortfahren, Ziele zu verfolgen, die zum Scheitern verurteilt sind und werden weiterhin nur an Vergnügungen denken. Im Gegensatz dazu werden sich Menschen der sechsten Rasse bewusstwerden, was für eine göttliche Rolle sie spielen. Sie werden respektvoll mit der Freiheit des Nächsten umgehen. Sie werden sich ausschließlich vegetarisch ernähren. Ihre Ideen werden die Kraft erhalten, frei wie Luft und Licht zu zirkulieren. (…)

Nach Kummer und Sorgen werden die Menschen aufhören zu sündigen und den Pfad der Tugenden wählen. Das Klima wird sehr ausgeglichen und angenehm sein, es wird keine brutalen Wettererscheinungen mehr geben. Die Luft wird wieder rein sein, auch das Wasser. Parasiten werden verschwinden. Die Menschen werden sich an ihre vergangenen Inkarnationen erinnern können und sie werden mit Vergnügen feststellen, dass sie von den vorherigen Bedingungen befreit sind. (…)

Dank der Idee der Brüderlichkeit wird die Erde ein gesegneter Planet werden. (…)Die glühende Welle, die vom Höchsten kommt, wird das Karma der Menschen auflösen. Diese Befreiung kann nicht mehr länger hinausgeschoben werden. (…)

Unter der Erde wird etwas ganz Außerordentliches vorbereitet. Eine grandiose und unvorstellbare Revolution wird sich bald in der Natur zeigen. Gott hat sich entschieden, der Erde ein neues Kleid zu geben, und er wird es tun! Es ist das Ende einer Epoche; eine neue Ordnung wird die alte ersetzen, und die Liebe wird auf der Erde regieren.«

Fritz ließ das Blatt sinken. Niemand sagte ein Wort. Dem gesamten Studioteam standen die Tränen in den Augen. Diese Prophezeiung las sich wie eine Erlösung, sie war wie ein Hoffnungsstrahl, der den Weg wies. Das Licht in der Dunkelheit.

Die Liebe wird auf der Erde regieren.

Senta liefen vor Sehnsucht danach die Tränen hinunter. Harry hatte noch einen Song dazwischengeschoben. Auf dem Bildschirm war das Universum zu sehen und jeder war verdammt froh über die Gelegenheit, diese wunderschönen Worte Revue passieren zu lassen. Sekunden, Minuten, tickten in den Raum. Aber schließlich räusperte sich Jeff, holte sich per Augenkontakt von den drei Herren das OK, weitermachen zu dürfen.

»Wie wahrscheinlich ist das?«, fragte er heiser. »Es wäre nicht die erste Prophezeiung, die nicht eintritt. Was war mit 2012? Dem Untergang der Welt? Es ist nichts passiert!«

»Sehen wir anders. Die Mayas haben nicht gesagt, dass 2012 die Welt untergeht, sondern dass es das Ende einer Zeit ist. Definitiv hat das Jahr 2012 ein Ende markiert. Nämlich das Ende der Zeit, wie wir sie kennen. Von da ab haben sich alle Ereignisse massiv beschleunigt. Überleg doch mal: Die Planeten haben sich verschoben, unser gesamtes Sonnensystem sortiert sich neu – und du sagst, es sei nichts passiert? Es ist nur nicht so passiert, wie ihr euch das vorgestellt habt«, konterte Ludwig. »Die Mayas kündigten 2012 einen Aufstieg der Menschheit ins goldene Zeitalter an, heraus aus der Barbarei, hinein in Frieden und Liebe. Genau das geschieht jetzt. Wir befinden uns am Anfang des Geburtskanals.«

»Wir könnten noch weitere Prophezeiungen anführen, aber das würde den Rahmen sprengen. Nur so viel: Der Deckungsgrad ist enorm!«

»Da möchte ich widersprechen«, sagte Jeff. »Neulich erst bin ich auf eine Seite gekommen, die sich mit Prophezeiungen beschäftigt und jede einzelne davon war niederschmetternd.«

»Das kommt darauf an, wie man es sieht. Oft werden Apokalypsen beschrieben, aber wie erwähnt: Die hatten wir. Wir *hatten* massive Erdbeben, Fluten und Waldbrände und was nicht alles.«

»Runden wir die Sache mit Bill Wood ab«, schlug Fritz vor. »Das wäre ein wunderbarer Schlusspunkt für diese Sendung. Und er hält auch eine weitere Erklärung zu 2012 für uns bereit. Dazu muss ich allerdings einen kleinen Abstecher zu den Paralleluniversen machen, dann versteht man auch Bill Woods Aussagen besser.«

»Wer ist Bill Wood?«, wollte Harry wissen.

»Bill Wood ist ein ehemaliger Marinesoldat, der in den Jahren 1992-2000 auf streng geheime Bombeneinsätze im Nahen Osten, vor allem im Irak, geschickt wurde. Jahre nach dem ersten Golfkrieg, als wir uns noch nicht im Krieg mit dem Irak befanden, wurden er und sein Seal Team 9 gezwungen, Dörfer zu vernichten und Hunderte unschuldiger Zivilisten zu beschießen, um so zukünftige Terroristen zu schaffen. Ausgebildet wurde er in der Area 51, unter anderem auch als …«

»Area 51?«, unterbrach Jeff und stieß ein ungläubiges Lachen aus. Er wusste im Moment überhaupt nicht mehr, was er denken sollte. »Ist das nicht dickste Verschwörungstheorie?«

»Also, wenn einer noch daran zweifelt, dass Area 51 existiert, lebt er hinterm Mond«, hielt Heribert fast ärgerlich dagegen. »Ich kann euch Hunderte von Personen aufzählen, die dort gearbeitet und Dinge gesehen haben, die der breiten Öffentlichkeit natürlich wie immer nicht zugänglich gemacht werden. Darüber sprechen wir in der nächsten Sendung. Lassen wir Bill Wood zu Wort kommen!«

»Wir spielen euch übersetzte Auszüge eines Interviews mit Kerry Cassidy vom Januar 2012 vor«, erklärte Ludwig. »Vielleicht noch die Erläuterung einiger Begriffe: Wood erwähnt in diesem Interview eine Apparatur namens *Looking Glass*. Das ist ein Geheimprogramm, in dem eine Technologie entwickelt wurde, die die Zirbeldrüse technisch nachbaut. Wie ihr wisst, fungiert unsere Zirbeldrüse als spirituelles Organ und ist der Zugang zum Universum. Diese Technologie wurde, beziehungsweise wird von den Weltführern genutzt, um die Zukunft zu berechnen und zu beeinflussen – zu ihrem Nutzen, selbstredend. Bill Wood wurde speziell darin ausgebildet, da er besonders begabt dafür war. Er sollte also über diese berühmte *Looking Glass*-Technologie in die Zukunft blicken, vor allem über das Jahr 2012 hinaus, da ja hier die Mayas das Ende der Welt vorausgesagt hatten. Ihr seht also, dass die, die euch steuern, sehr wohl auf diese Aspekte des Lebens zurückgreifen – nur ihr glaubt nicht dran. Euch wurde eingeredet, das sei Fantasterei – damit ihr es nicht nutzt.

Zurück zu Bill: Letztlich sollte er das alles tun, um einem dunklen Plan zu dienen, aber er konnte das mit seinem Gewissen nicht mehr vereinbaren und wurde zum Whistleblower. Daher führte er ein Interview mit Kerry Cassidy* und bestätigt darin unter anderem, dass es eine Elite gibt, die nichts Gutes für die Menschheit im Sinn hat. In der letzten halben Stunde dieses Interviews enthüllt er, was er durch *Looking Glass* gesehen hat. Und er findet, die Menschen sollten das wissen. Das finden wir auch. Deshalb gab er das Interview. Danach wurde er nie mehr gesehen.«

»O mein Gott«, flüsterte Senta, Gänsehaut am ganzen Körper. »Das wird ja immer doller! Ich fühle mich jetzt schon wie in einem anderen Universum!«

Fritz fummelte am Laptop herum und erklärte:

»Wir haben seine wichtigsten Aussagen herausgepickt. Wood bestätigt damit alles, was wir in Beinsas und anderen Prophezeiungen, Channelings und Readings gehört haben.«

»Sicher ist eines«, schloss Heribert: »Es wird sich etwas Gigantisches ereignen.«

♫ Die Dunkelheit hat nicht das letzte Wort ♫

Heinz Rudolf Kunze – der Wahrheit die Ehre

Der Bildschirm wurde schwarz, der Schriftzug: »*Interview Bill Wood vom Januar 2012**«, tauchte auf.

Ein sympathischer Mann, geschätzt Mitte, Ende dreißig, war zu sehen, zusammen mit Kerry Cassidy, seiner Interviewerin. Sie saßen sich auf zwei Stühlen leicht schräg gegenüber. Der Ton sprang an, Bill Woods Stimme ertönte:

»Eine der Technologien, in die ich persönlich involviert war, war Information, die mit den *Stargates* und *Looking Glass* zu tun hatte«, erklärte er. »Insbesondere mit dem 2012- Problem bei diesen Projekten«.

Ludwig stoppte an der Stelle. »Was Wood hier meint, ist Folgendes: Looking Glass hat immer funktioniert – nur nicht über 2012 hinaus. Es gab keine Zukunft nach diesem Jahr und das war ein Problem.«

Er ließ Bill Wood wieder zu Wort kommen:

»Die weitverbreitete Meinung darüber, die da draußen kursiert, ist, dass das Projekt eingestellt wurde, weil es ein Problem gab, als wir uns dem Jahr 2012 näherten. Ich habe davon auf unterschiedliche Weise gehört, aber meines Wissens besteht das Problem darin, dass die Zeitlinien zu diesem Zeitpunkt konvergieren. Und wenn man genug über die *Stargate Projekte* und *das Looking Glass Projekt* informiert ist, weiß man, wie die Stringtheorie funktioniert und wie die Möglichkeit der Möglichkeiten funktioniert – und wie das Treffen einer Entscheidung für die eine Möglichkeit hier drüben nicht unbedingt bedeutet, dass die andere Möglichkeit nicht zur gleichen Zeit auch existieren könnte.«

Diesmal hielt Heribert das Band an. »Hierzu muss ich etwas erklären. Wir müssen uns an dieser Stelle mit den Gedanken von Paralleluniversen vertraut machen. David Deutsch, ein großer Physiker der Quanteninformationstheorie, bestätigt, dass im Prinzip jeder Gedanke ein Paralleluniversum schafft. Wenn es zum Beispiel eine Möglichkeit gibt, wie sich das Szenario hier auf Erden entwickelt, gibt es zeitgleich auch viele andere Möglichkeiten, wie es anders hätte sein können. Möglichkeiten, die in einem Paralleluniversum existieren.«

»Bedeutet das, wir können mit unseren Gedanken steuern, wo es hinläuft?«, fragte Charlene.

»Exakt. Wenn viele das Gleiche denken, ist das natürlich ein Verstärker. Es wäre also gut, wenn wir unseren freien Willen für eine gute Sache einsetzen! Aber hören wir Bill weiter zu!«

Die zwei eingefrorenen Personen auf dem Monitor erwachten wieder zum Leben:

»Wenn man sich einmal mit diesem Thema beschäftigt«, sagte Bill Wood, »stellt man fest, dass Ende 2012, vereinfacht ausgedrückt, die Entscheidungen, die wir treffen, immer weniger Konsequenzen für die Zukunft haben. Letztendlich werden wir in diesen Zeit-Engpass gedrängt, egal, welche Entscheidung wir fällen. Das ist wichtig für die Menschen, die Zugang zu *Looking Glass* hatten, denn sie nutzten das ja nur deswegen, weil sie wussten, dass die Entscheidungen, die sie trafen, in der Zukunft auftauchen würden.«

»Seht ihr?«, krähte Heribert dazwischen. »Die Regierungen nutzen längst, was ihr als esoterischen Schwachsinn verwerft! Sie tun es und lenken euch damit. Es wird Zeit, dass ihr euer Schicksal selbst in die Hand nehmt!«

»Ihr großer Fehler war«, fuhr Bill Wood indessen fort, »dass sie mit der Möglichkeit von nur *einer* Zukunft rechneten. Als wir anfingen, einen Computer zu benutzen – um zum Beispiel zu sagen, wenn wir diese Wahl treffen, ist es zu 79% wahrscheinlich, dass dieses Szenario eintritt, und zu 23% wahrscheinlich, dass es nicht eintritt –, ging man damals davon aus, dass dies realistisch war. Und wenn man die Situation zu einem bestimmten Zeitpunkt betrachtet, erscheint es auch sehr realistisch, dass dies die größte Möglichkeit ist. Wenn man jedoch den Weg weitergeht und der freie Wille auf dieses Spiel weiterhin Einfluss nimmt, ändert sich diese 79%ige Möglichkeit ziemlich schnell.«

»Habt ihr das gehört?«, rief Fritz aufgeregt dazwischen. »Merkt ihr, wie wichtig euer freier Wille ist? Und merkt ihr, dass alles, was jetzt unternommen wird, euch genau diesen nehmen soll?«

Die Stimmung war unbeschreiblich. Die Herzen waren aufgescheucht, viele saßen völlig fassungslos vor ihren Geräten zu Hause, das gesamte Publikum schien in Aufruhr. Ja, diesmal war die Gedankensuppe nicht nur aufgewirbelt – ein Sturm brauste durch die Herzen und Köpfe hindurch. Wie gebannt starrten alle auf den Bildschirm, wo Bill Wood von einer Welt erzählte, die der Mehrheit der Menschen völlig fremd war. Aber mit jedem Wort durchbrach er die Matrix:

»Was passierte, war, dass die Leute – sehr kluge Leute – herausfanden, dass etwas sehr Großes bevorsteht. Etwas, das dazu führt, dass *alle* Möglichkeiten *aller* Zukunftsszenarien *jeder* Wahl, *jeder* Möglichkeit, die ins *Looking Glass* eingespeist und beobachtet wurden, automatisch *immer* in der gleichen Zukunft landeten.«

»Im Goldenen Zeitalter!«, rief Heribert enthusiastisch dazwischen. »Es ist nicht aufzuhalten! Sie können nichts dagegen tun!«

»… und keine Entscheidung und keine Wahrscheinlichkeit änderte sich nach einem bestimmten Punkt«, bestätigte Bill Wood in seinem Interview. »Was das ist, ist das große Geheimnis, die große Frage. Aber es ist das, was alle, die sämtliche Informationen haben und die alles wissen, in blinde Panik versetzt.«

»Und jetzt kommt's!«, rief Ludwig aufgeregt. »Jetzt kommt's!«

Ruhig sagte Bill Wood:

»Die Leute, die alles über Looking Glas wissen, die sämtliche Berichte und Informationen dazu bekommen haben – also die Elite der Welt – haben herausgefunden: Das ist das Ende des Spiels. Ab diesem Punkt ist nichts mehr manipulierbar. (…) Denn es gibt ein unvermeidliches Ereignis. Es wurde prognostiziert, es wurde vorhergesagt, (…) Wenn ich es benennen müsste, würde ich sagen, es ist ein **Prozess des Erwachens. Es ist die Evolution des Bewusstseins.**«

»Jawoll!«, jubelte Heribert. »Die Evolution des Bewusstseins! Was für ein Abenteuer! Und ihr seid dabei!«

»(...) Es ist eine Evolution des Bewusstseins, die nicht aufgehalten werden kann«, bestätigte Bill Wood, »und zwar unabhängig davon, welche Entscheidungen und Möglichkeiten in die Gleichung eingespeist werden. Am Ende wird alles darauf hinauslaufen, dass wir die Wahrheit erfahren. Dass uns bewusst wird, dass ein massiver Lügendamm errichtet wurde, der uns davon abhalten sollte, riesige Mengen an Informationen zu bekommen, die uns normalerweise bekannt sein sollten. Wenn all diese Informationen nach außen dringen, wird man nicht mehr leugnen können, was wahr ist, was eine Lüge ist und was Illusion.«

»Kössner sagte das Gleiche!«, setzte Fritz dazwischen. »Erinnert ihr euch? *Nun lässt sich die Wahrheit durch nichts mehr verschleiern*!«

»Wir werden nicht mehr die Wahl haben, zu glauben, dass der 11. September wegen einer Gruppe von Terroristen verursacht wurde«, sagte Bill »denn wir werden genau WISSEN, was passiert ist. Nun dachte ich zuerst, es sei das Ende der Welt. Aber jetzt sehe ich, dass es das Ende *ihrer* Welt ist.«

Wieder wurde das Band gestoppt. Diesmal war es Ludwig und seine Stimme war warm. Er richtete seinen Blick auf die Kamera, den Blick, den Senta so liebte, ein Blick, der an Güte nicht zu überbieten war:

»Es ist das Ende *ihrer* Zeit«, wiederholte er. »Das Ende der Welt von Ungerechtigkeit und Angst. Das Ende der Lügen, das Ende von Gewalt, Macht, Gier und Unglück.« Ludwigs Augen glänzten und unmerklich zwinkerte er Senta zu.

»Was wir im Grunde im Moment erleben« erklärte Bill Wood dazu »sind zwei Schachmeister, die am Brett sitzen. Einer von ihnen schaut auf das Brett hinunter und sieht, dass er in sieben Zügen schachmatt ist. Und er schaut zu seinem Gegner hinüber und weiß, dass sein Gegner das auch sieht. Es gibt also keinen Ausweg. Ab diesem Punkt kann der Verlierer das Spiel nur noch in die Länge ziehen.«

»An diesem Punkt«, ließ sich Heribert vernehmen, »sind wir jetzt. Denn hier kommt *ihr* ins Spiel, liebe Hörer und Zuschauer. Wir sind aufgerufen, uns mit unserem freien Willen eine Welt auszumalen, in der wir leben wollen. Eine Welt voller Frieden und Liebe! Je stärker wir nun trotz der Umstände draußen, trotz unterschiedlicher Meinungen, eine hohe Schwingung der Liebe und Güte aufrechterhalten, desto schneller sind wir durch den Geburtskanal durch.«

Ein Sturm an Hoffnung füllte den Raum, dehnte sich aus, verband sich mit der Erregung der Hörer und Zuschauer, einem noch zaghaften Jubel. Aber eindeutig durchbrach Zuversicht wie ein dicker, satter Sonnenstrahl das Dickicht des Dunkels, und der Silberstreifen aufbrechender Freiheit glitzerte am Horizont. Einer Freiheit, die vorher unvorstellbar gewesen war. Hier im Studio hatten sie das Gefühl, dass alle Emotionen aus dem gesamten Sendegebiet sich ballten, bereit, zu explodieren, um einen Glitzerregen an Liebe, Optimismus und Glück über die Erde zu verstreuen. Es war eine immens starke Energie.

Ein weiteres Mal erhob Bill Wood seine Stimme:

»Beide Spieler wissen, dass das Spiel schon vorbei ist. Es ist nur noch eine Frage der Zeit. Der Verlierer tut etwas, was den Gegenspieler zwingt, wieder etwas zu tun, was wiederum den anderen zum nächsten Zug veranlasst, um ihn schließlich schachmatt zu setzen. Wir als Rasse … wenn wir verstehen könnten, dass das Spiel bereits vorbei ist, dass nach den Regeln des Spiels die Bösen verloren und die Guten bereits gewonnen haben … ja, es gibt noch Züge auf dem Tisch, aber diese Züge werden von dem Spieler erzwungen, der gewinnen wird. Die einzige Möglichkeit, dass es nicht zum Schachmatt kommt, wäre, wenn der Spieler, der gewinnt, einen Fehler macht. Aber aus all den Informationen, die ich gesammelt habe, all den Informationen, die mir gegeben wurden, all den Informationen, die für mich überprüft wurden, scheint es ziemlich offensichtlich, dass der Good Guy sehr genau weiß, was zu tun ist, um die Partie zu gewinnen. An diesem Punkt ist also jeder Fehler so gut wie ausgeschlossen. (…) Ich bin mir sicher, dass die meisten Leute, die so ein Schachspiel zwischen zwei fortgeschrittenen Spielern beobachten, erst lange nach den beiden Spielern wissen, dass die Partie zu Ende ist. Weil sie das Brett aus der Sicht des Spielers nicht sehen und nicht wissen, dass nur noch sieben Züge übrig sind. Lassen Sie mich erklären, warum ich weiß, dass alles auf eine Unvermeidlichkeit zusteuert: Weil man mir die Aufgabe übertragen hat, es auf zwei Möglichkeiten zu reduzieren.«

Bill ruckelte ein wenig auf dem Stuhl hin und her. Senta begriff, wie brisant seine Aussagen waren, damals wie heute. Nur hatte vor acht Jahren keiner etwas damit anfangen können. Gespannt hörte sie ihm weiter zu.

»Ein Szenario ist das, was die meisten Menschen unter ›dem Aufstieg des Bewusstseins‹ verstehen würden oder eine ›Evolution des Bewusstseins‹, die uns aus dem Kokon herausholt und uns in einen Schmetterling verwandelt.

Timeline zwei hingegen ist eine Art große globale Katastrophe, die die meisten in den Untergrund treibt. Nur einige wenige von uns bleiben oben an der Erdoberfläche, um für sich selbst zu sorgen. Aber ich möchte darauf hinweisen, dass sie Zeitlinie zwei IMMER als Zeitlinie *zwei* bezeichneten. Es erschien mir sehr merkwürdig, dass Zwei schon damals nicht als EINS bezeichnet wurde. Über Eins wurde einfach nicht geredet. (…)«

»Weil sie Eins nicht wollen«, kommentierte Ludwig. »Weil sie lieber ihre dunklen Pläne verwirklichen wollen! Sie versuchen es immer noch!«

Nun stellte die Interviewerin Kerry Cassidy eine Frage, die alle interessierte:

»Warum haben sie sich so auf das Negative eingeschossen? Warum wollen sie nicht auch das Gute?«

Die Antwort von Bill Wood und die Art, wie er sie brachte, traf Senta bis ins Mark:

»Das ist ganz einfach«, erwiderte er. »*They are insane.* Sie sind wahnsinnig. Und wegen dieses Wahnsinns haben sie sich buchstäblich in dem Glauben verrannt, dass sie es irgendwie schaffen, mit dem durchzukommen, was sie gerade versuchen. In diesem Denken liegt ein deutlicher Mangel an Realität.«

»Also, es wird passieren?«, fragte Kerry. »Die Timelines werden konvergieren?«

»Ja, es gibt ein gewisses Schmerzelement, das wir verringern können, indem wir nicht akzeptieren, in dieser Angelegenheit keine Wahlmöglichkeit zu haben.«

»Genau das, was wir euch die letzten Stunden bewusst machen wollten«, erläuterte Ludwig diese letzte Aussage Woods. »Das Schmerzelement, all diese Turbulenzen, die wir derzeit haben, können wir verringern, wenn wir akzeptieren, *dass* wir eine Wahl haben. Es ist tatsächlich wie bei einer Geburt. Sie kann schmerzhaft, aber auch leicht ablaufen. Wir, ihr alle da draußen könnt mithelfen, dass die neue Erde sanft geboren wird: Also geht in eine hohe Schwingung, träumt von der Welt, in der ihr leben wollt! Tut so, als wäre sie schon da. Lebt in einer Welt voller Liebe!«

Er nickte Heribert zu, der ließ das Interview weiterlaufen:

»Wenn wir uns zurücklehnen und darauf warten, dass uns die Aliens retten und alles in Ordnung bringen, wird das nicht helfen«, sagte auch Bill Wood. »Wenn es unweigerlich zu einem steigenden Energielevel kommt, sollten wir versuchen unser Bewusstsein, so schnell wie menschenmöglich zu erhöhen, um diesen Übergang viel leichter zu machen, wenn er kommt.«

Hier schloss das Interview, zumindest die Ausschnitte, die die drei Herren vorbereitet hatten und sie ließen für eine Weile das Zitat Woods auf dem Bildschirm stehen.

»Wenn ich es benennen müsste, würde ich sagen, es ist ein Prozess des Erwachens. Es ist die Evolution des Bewusstseins, die uns aus dem Kokon herausholt und uns in einen Schmetterling verwandelt.«

Niemand in der Runde war in der Lage, etwas zu sagen. Jeff spielte intuitiv den Song »*Die Dunkelheit hat nicht das letzte Wort*« von Heinz Rudolf Kunze ein. Eine bessere Wahl hätte er nicht treffen können. Doch alle spürten, dass der Aufruhr im Publikum groß war, dass sie noch ein paar Worte brauchten, um das Ganze sich setzen zu lassen. So ergriff mit dem Ausklingen des Songs Ludwig wieder das Mikro.

»Seit 2012 ist unsere Erde von negativen Programmmustern befreit. Ihr seid frei. Jetzt schon. Die Gegenseite *hat* bereits verloren. Alles, was sie tun können, ist euer Leid zu verlängern. Das alte System bricht vor unseren Augen zusammen.«

»Nun kommt es auf euch an«, machte Heribert nahtlos weiter: »Könnt *ihr* euch von euren alten Konditionierungen und Programmen lösen? Denn das ist allein eure Verantwortung. Es wird eine neue Erde kommen und auf diese könnt ihr diese negativen Dinge nicht mitnehmen. Wie es Bill Wood empfohlen hat: Arbeitet an eurem Bewusstsein. Vergrößert die Liebe in euch. Im Laufe des Interviews sagt Wood auch: *What we believe to come true, becomes true.* Macht also von eurer Schöpferkraft Gebrauch.«

»Ja, bitte tut das«, bat auch Fritz. »Wenn ihr euer Bewusstsein erweitert, erleichtert ihr für euch und für die Welt diesen Transformationsprozess. Erinnert euch an die Prophezeiung von Beinsa Douno. Er sagte: *Die Erde wird bald mit außerordentlich schnellen Wellen von kosmischer Elektrizität überflutet werden.* Diese Wellen dienen der physischen Reinigung. Daher ist es wichtig, sich in die höchsten Frequenzen zu begeben, Herzemotionen wie Freude, Liebe, Dankbarkeit.«

»Ihr könnt ganz konkret etwas tun«, setzte Ludwig nach. »Stellt euch jeden Tag die Welt vor, in der ihr leben wollt. Sendet eure Visionen ins Feld. So oft ihr könnt.«

»Wann wird das alles geschehen?«, fragte Charlene. »*Wie* wird es geschehen? Wie wird diese Transformation ablaufen? Und was ist mit denen, die nicht an ihrem Bewusstsein arbeiten – oder an all das gar nicht glauben?«

»Liebe lässt jedem seinen freien Willen und wenn es Menschen gibt, die noch mehr leidvolle Erfahrungen brauchen, dürfen sie die machen. Auf der neuen Erde werden sie allerdings keinen Platz haben. Sie gehen in die Dunkelheit, aber ihnen bleibt der göttliche Funke, der ewig in der Seele leuchtet. Dieser Funke heißt Sehnsucht. Und die Sehnsucht führt früher oder später immer zum Licht.«

Heribert wandte sich eindringlich an die Zuschauer.

»Das dürft ihr nie, nie, nie vergessen. Seid niemandem böse, wenn er sich anders als ihr entscheidet. Ihr hab ja schließlich auch ein paar Inkarnationen hier gebraucht, bevor ihr soweit wart. Macht euch klar: In jedem wohnt das Licht. Das zu leben ist euer größtes soziales Engagement. Aber bitte gesteht auch anderen ihre Zeit und ihren eigenen Prozess zu. Es gibt kein Gut und kein Schlecht, nur Menschen, die Erfahrungen sammeln wollen. Ihr seid auf diesen Planeten gekommen, um an diesem Wunder mitzuwirken, um herauszufinden, wer ihr wirklich seid. Nun ist es soweit.«

»Aber wie soll das alles ablaufen?«, bohrte Charlene wieder. »Und nochmal: Wann? Wie viel Zeit haben wir noch? Wisst ihr was darüber?«

»Natürlich gibt es Vermutungen«, grinste Ludwig. »Ich würde sagen, das schieben auf die nächste Runde. Kann mir vorstellen, dass ihr ein bisschen Zeit braucht, um den Inhalt dieser Riesensendung zu verdauen! Und Zeit, um selbst zu recherchieren! Also, liebe Hörer, vielen Dank, dass ihr uns zugehört habt. Ein Hoch auf die Liebe!«

»Schlaft gut!«, krähte Heribert. »Und träumt was Schönes!«

»Namaste«, fügte Fritz hinzu, faltete die Hände und neigte leicht den Kopf.

Ohne jede Ermüdungserscheinung winkten die drei fröhlich in die Kamera, Heribert drückte die Stopp-Taste. Jeff bekam gar keine Gelegenheit mehr, etwas zu sagen, aber er war froh drum. Das Schweigen, das sich nach dieser Sendung breitmachte, war tief, tiefer, am tiefsten. Es war aufgeladen mit einer unfassbaren Energie. Heribert und Fritz saßen am Tisch und sahen sich ein wenig ratlos an. Waren sie zu weit gegangen? Aber ihr Blick traf auf leuchtende, dankbare, feuchte Augen, in denen sich die Hauptaussage dieser Sendung widerspiegelte:

Sie waren kurz davor, Teil eines beispiellosen, in jeder Hinsicht Grenzen sprengenden Ereignisses zu sein. Der Menschen größter Traum ging in Erfüllung. Die Erhebung der Menschheit. Die Erhebung der Erde. Die Erhebung der Herzen. Der Triumph der Liebe.

Das Gefühl war mit Worten nicht zu beschreiben, es dauerte Minuten, bis der erste sich rührte.

Senta war es völlig egal, was die Leute da draußen dachten. Sie glaubte fest daran, was ihr Opa und seine Freunde heute gesagt hatten.

Sie wäre vor lauter Jubel und Freude am liebsten in Tränen ausgebrochen.

♫ Nibiru ♫

Ulrich Volker

Noch an Ort und Stelle checkten Jeff und Senta die Teilnehmeranzahl. Sie war überwältigend, aber noch überwältigender waren die Reaktionen darauf.

Die Kommentarflut stieg auf ein Höchstmaß an. Aber auch das war irgendwie egal, die Botschaft übertönte alles. Der ganze Raum prickelte vor Erregung, Ludwig fuhr die Aufregung ein wenig nach unten, indem er das Treffen auflöste. Fred reichte Senta seine Hand. Ein seliges Lächeln lag auf seinem Gesicht.

»Kommst du mit zu mir?«, fragte er sie flüsternd.

»O ja, das ist genau das, was ich jetzt brauche!« Sie schlang ihre Arme um seinen Hals und hauchte in sein Ohr: »Dich!«

Er lachte leise, drückte sie an sich. Nie hätte er vermutet, wie schön es war, jemanden an seiner Seite zu haben, der einem immer vertrauter wurde und den man doch ständig neu entdeckte. Gemeinsam lieferten sie ihre drei Wissenschaftler zu Hause ab. Senta stieg aus und umarmte sie alle.

»Ich weiß gar nicht, wie ich euch danken soll«, sagte sie mit leuchtenden Augen. »Das war heute für mich einer der schönsten Abende in meinem Leben!«

»Senta!«, rief Frederic aus dem Bus. »Die Nacht ist noch nicht zu Ende!«

Sie lachte und die drei Herren stimmten mit ein. Heribert streichelte ihr über die Wange. »Siehst du, nun weißt du, dass alles gut ist! Vielleicht konnten wir mit dem Vortrag die Geburt der neuen Erde heute ein wenig beschleunigen.«

»Ja, das hoffe ich von Herzen! Aber allein der Gedanke, dass etwas Neues geboren wird …!«

»Ja, das ist so wunderbar! Nun kann ich alles überstehen, weil ich dieses Licht am Ende des Tunnels sehe. Oh, ich freu mich so! Ich freu mich so!«

Sie begann umher zu hüpfen, busselte die Drei noch einmal ab und stieg zu Fred in den Bus. Sie fühlte sich völlig anders, ja sie fühlte sich, als hätte sie jetzt, nach diesem Vortrag, endlich die Kraft, an ihre eigene Größe zu glauben.

»Dass man so glücklich sein kann«, seufzte sie, nahm Freds Hand an und küsste sie. »Ich finde keine Worte dafür! Und weißt du was?«

»Was?«

»Nun verstehe ich sogar Christopher, als er sagte, wir hätten uns in dieser dunklen Welt eine Ecke einrichten können, in der es uns gutgeht und in der wir für uns hätten glücklich sein können. Bin trotzdem froh, dass es anders laufen wird. Wenn es wirklich so kommt … Oh Fred, das ist so unglaublich! So unglaublich!«

»Also, was mich angeht, bin ich fest entschlossen, daran zu glauben, besonders wegen eines Satzes in Beinsas Prophezeiung. Über den freue ich mich außerordentlich!«

»Der wäre?«

»Dass uns diese Riesenwelle samt Energieschub verjüngt! Ist das nicht herrlich? Ich fürchte, ich muss mir wegen der zwanzig Jahre Altersunterschied nun überhaupt keine Sorgen mehr machen!«

Senta lachte herzhaft. »Meine Güte, Fred, ist es für dich nicht erschreckend, eventuell viel länger als gedacht mit ein und derselben Frau zusammen zu sein?«

»Absolut nicht! Wer weiß, was wir mit unseren neuen Körpern alles anstellen können!«, schmunzelte er. Munter plaudernd kamen sie bei ihm zu Hause an. Es war elf Uhr abends, die Sterne standen am Himmel, der Mond zeigte sich als malerischer Sichelmond zwischen den Wolken und Frederic brachte den wunderbaren Tag auf wunderbare Weise zu Ende. Zutiefst erfüllt lag Senta in seinem Arm.

»Ich liebe dich, Frederic Dubois«, murmelte sie, schon halb eingeschlafen. »Ich liebe dich, wie ich nie geglaubt habe, einen Menschen lieben zu können.«

Fred atmete diese Liebe ein. Inhalierte sie tief. Auch er fühlte sich vollkommen selig. Die Liebe für Senta brachte sein Herz zum Flattern, veränderte die Atmosphäre im Raum. Ihm war, als sprühe diese Liebe wie feiner Goldnebel ins Zimmer und darüber hinaus, und zum ersten Mal in seinem Leben fühlte er sich mit etwas unfassbar Großem verbunden. In derselben Sekunde wurde ihm bewusst:

Sie war schon da, die Neue Welt. Sie war hier. Sie war spürbar für die, die sich mit dem Urfeld verbanden, für die, die gewillt waren, auf höhere Dimensionen zu wechseln. Sie war nur noch nicht manifest. Aber sie war hier. Ein warmer Strom rann durch seinen Körper, vitalisierte ihn, und er freute sich auf den Moment, wenn das Licht sich offenbaren und die neue Erde sichtbar sein würde.

»Hey, ihr da oben«, dachte er noch, bevor er einschlief. »Ich bin bereit.«

♫ ♫ ♫

Auch Charlene und Jeff waren total verzaubert nach Hause gefahren, lagen ebenso ergriffen im Bett.

»Es ist ein Wunder«, sagte Jeff. »Ein Wunder, Charlene«. Er drehte sich zur Seite, stützte seinen Kopf auf die Hand. »Was das bedeutet … eine Welt ohne Profit und Macht, ohne Streit und ohne Raubbau … das ganze Gerenne wird vorbei sein. Es fühlt sich irgendwie total … heilig an. Mir fällt wirklich kein passenderes Wort dafür ein.«

Ihre Augen glänzten warm. »Ja«, flüsterte sie. »Mir geht es genauso. Eine friedliche Welt … mir ist bewusst geworden, dass ich für mich daran geglaubt habe, in meinem kleinen Rahmen, mit dir zusammen, aber nicht daran, dass es die ganze Welt erfassen könnte. Das ist einfach atemberaubend! Jeff! Wir werden in einer Welt voller Liebe leben!«

»Das tun wir doch jetzt schon«, murmelte er. »Wir, du und ich, *leben* in einer Welt voller Liebe.«

»Ja, du hast so recht«, wisperte sie zurück. »Ich liebe dich, Jeff. So sehr!«

Er antwortete nicht. Das musste er auch nicht. Seine Liebe strömte aus ihm heraus, seine Hände begannen ein zärtliches Spiel.

Diese Nacht war magisch. Als sie sich vereinten, war ihnen beiden, als schleudere sie der Orgasmus in eine neue Dimension.

In die Dimension der Liebe. In die Neue Welt.

♫ ♫ ♫

Eine tiefe Ruhe hatte sich in vielen, die die Sendung gehört hatten, niedergelassen. Tiefe Zuversicht, gepaart mit einer ebenso profunden Freude. Niemand vom Team war an diesem Abend an Ergebnissen interessiert gewesen. Das zählte alles nicht mehr. Was die Menschen aus dem Wissen machten, lag ohnehin bei jedem Einzelnen.

Für alle, die im Studio gewesen waren, war die Alte Welt bereits Vergangenheit. Ihr ganzes Sein richtete sich auf die Neue Welt, auf die neue Erde und alles schien jetzt schon voller Glanz.

Jeff machte sich die folgenden Tage daran, die Aufzeichnung in angenehme Portionen aufzuteilen, und hatte damit Gelegenheit, sich alles noch mal anzuhören.

Auch Gunnar war völlig von der Rolle und von ihnen allen der Aufgeregteste, weil er die Verbindung zum Sonnenteleskop herstellen musste und mit Ludwig und Heribert Diskussionen führte, von denen Senta rein gar nichts verstand.

»Das wird der Hammer! Das wird der Hammer! Das glaubt mir kein Mensch!«, sagte er in einem fort und schürte damit ungewollt wieder die Aufregung.

Dörfler ließ sich nur zu gern davon anstecken. Er war es natürlich auch, der die Reaktionen auf die Sendung als Erstes gecheckt hatte. Doch die kosteten ihn die wenigen Haare, die er noch auf dem Kopf hatte, weil er sie sich vor Begeisterung dauernd raufte.

Völlig aus dem Häuschen rief er Charlene und Jeff an und schrie:

»Frau Wittstein! Schauen Sie sich mal an, wie viele Abonnenten wir inzwischen haben! Wie oft das geteilt wurde! Die Kommentarleiste platzt! Frau Mayer dreht am Rad! Wann kommt die nächste Aufzeichnung?«

»Ich denke, der ITler braucht noch circa fünf Tage«, erwiderte sie amüsiert, weil er wieder mal so aus dem Häuschen war.

»Fünf Tage! Das ist viel zu lang! Sie müssen eine Sendung dazwischenschalten!«

»Aber Herr Dörfler, was kann ich denn groß dazu sagen? Nichts! Das ist nicht zu toppen! Nein, wir warten, bis die drei Herren so weit sind.«

»Mann, Mann, Mann, das hält doch keiner aus!«

Dörfler war wie ein Kind, das man beschäftigen musste, weil zu viel Energie in ihm war. Sie musste grinsen.

»Warum machen Sie nicht eine Art Werbegag draus?«, schlug sie vor. »Sie könnten jeden Tag auf die Homepage die Frage setzen: Wann geht es weiter? Oder: Neue Enthüllungen live aus dem Weltall! So eine Art Countdown? Vielleicht eine Rakete dazu … ? Das würde doch sehr gut passen, nicht?«

Dörfler versetzte es einen Schock.

»Moment mal, sagten Sie gerade ›Live aus dem Weltall‹?«

»Das ist zumindest das, was die drei Herren wohl vorhaben. Sie bauen an einer Standleitung zu einem Sonnenteleskop, mit dem man unser Zentralgestirn …«

»Frau Wittstein«, kreischte Dörfler und seine Stimme überschlug sich. »Warum sagen Sie mir das jetzt erst? Das muss selbstverständlich auf die Homepage! So schnell wie möglich! Ich muss auflegen! Ich melde mich! Halten Sie mich auf dem Laufenden! Und sagen Sie den Herren, wenn ich noch einen Tag länger für die Werbung habe, wäre das sehr hilfreich!«

Charlenes »Mach ich!«, hörte er schon gar nicht mehr. Er hatte sie weggedrückt und saß mit Sicherheit vor Eifer glühend schon an seinem Rechner.

Ein lautes Lachen kullerte aus ihrem Mund, als sie das bildlich vorstellte.

»Was ist?«, fragte Jeff, der gerade vorbeikam. Als sie ihm davon erzählte, grinste er nur. »Hat Dörfler dir denn bei all der Aufregung verraten, wie viele Abonnenten wir dazugewonnen haben?«

»Keine Ahnung. Ein paar Hundert vielleicht?«

Jeff lachte, rief mit ihr zusammen die Homepages auf. Charlene versetzte es einen Schlag.

Der Vortrag wurde immer noch unentwegt geteilt. Aus den zweihunderttausend Abonnenten waren innerhalb von drei Tagen dreihundertzwanzigtausend geworden, aber am meisten flashte sie die Klickzahl: Das Video hatte über eineinhalb Millionen Aufrufe.

Spendengelder rasselten nur so aufs Konto und der Ruf nach der zweiten Sendung wurde immer lauter.

»Gunnar«, drängelte inzwischen auch Ludwig. »Wie lange brauchst du noch?«

»Ich kann es in zwei Tagen schaffen«, antwortete der. »Wenn ihr mich mit Kaffee und schwarzem Tee versorgt.«

»Machen wir!«, versprach Ludwig. Senta beobachtete ihn. Er wirkte nicht ganz ruhig, auch Fritz und Heribert schienen besorgt zu sein. Gab es etwas, was sie wissen sollte? Sie bohrte nach, aber alle drei waren vehement bemüht, ihre Bedenken zu zerstreuen, und je eifriger sie das taten, desto beunruhigter wurde sie.

♫ Interstellar ♫

Theron Kay

Die Fragen der Hörer stapelten sich. Selbstredend waren auch genügend Hass- und Schimpfkommentare sowie Beleidigungen über sie ausgeschüttet worden, doch die Mehrzahl war positiv – und vor allem hoffnungsvoll.

Innerhalb eines Tages wurde der Vortrag von YouTube gelöscht und gegen die Betreiber des Kanals eine harsche Drohung ausgesprochen. Aber die 1,5 Millionen Aufrufe konnten sie dennoch nicht ungeschehen machen, all diese Menschen waren bereits Multiplikatoren. Zudem verfügten ja die Sunlight-News über mehrere Kanäle und auf der Homepage war die Aufzeichnung einzusehen. YouTube konnte nicht verhindern, dass sie immer und immer wieder unter anderem Namen hochgeladen wurde, sodass es selbst für diese Plattform keinen Sinn mehr machte, sie zu löschen.

Gunnar hatte praktisch im Bürogebäude übernachtet, war von allen liebevoll umsorgt und umhegt worden, bis endlich, endlich die Leitung stand. Die Übertragung konnte stattfinden.

Und wieder stieg die Spannung ins Unermessliche, wieder saßen Hunderttausende von Zuschauern vor ihren PCs, um die Sendung direkt mitverfolgen zu können. Jeff hatte auf allen Kanälen bekanntgegeben, dass die Wissenschaftler die am häufigsten gestellten Fragen zu Beginn klären würden.

Draußen war es schon dunkel, als die drei Platz nahmen und ihr Okay für den Start gaben. Fragen gab es zuhauf. Wie war das mit den Timelines? Wie sollte man sich das mit der Alten und Neuen Erde vorstellen? Vor allem: *Wann* würde es passieren?

Es flirrte und flimmerte im gesamten Raum. Auch Senta war aufgeregt und fasste instinktiv nach Freds Hand.

»Zunächst, ganz herzlichen Dank für euer Interesse«, begann Ludwig. »Wir sind sehr berührt, um ehrlich zu sein, gingen wir nicht davon aus, so eine Resonanz zu erhalten. Wir sind sicher, dadurch den Prozess beschleunigen, ja vielleicht sogar erleichtern zu können.«

»Das war ja nun eine der häufigsten Fragen«, übernahm Heribert. »*Wann* wird das passieren? Wir haben erwähnt, dass es ein Zeitfenster geben wird. Und wir sagten auch, es hängt von uns ab. Wir brauchen einen gewissen Prozentsatz an Menschen, der die Waage kippen lässt. Wie, haben wir hinreichend erklärt. Einfach nur ein guter Mensch sein und sich nicht von Negativem einfangen lassen. Das System wird jetzt alles tun, um euch auf einer niedrigen Schwingungsebene von Wut und Angst zu halten, was verhindert, dass ihr an die hohe Schwingung andocken könnt. Geht nicht in diese Falle. Bleibt in der Liebe. Ich wünschte, wir könnten uns alle über diese Liebe verbinden, in einem Global Consciousness Love-Project sozusagen. Ich wünschte, wir könnten gemeinsame Meditationen durchführen. Das würde enorm helfen.«

Im Augenwinkel bekam er mit, wie Jeff, Senta und Charlene einen Blick tauschten. Er lächelte befriedigt.

»Aber sollte das nicht möglich sein«, fuhr er fort, »dann erinnert euch tagtäglich an die Liebe in eurem Herzen, damit sie sich ausdehnen kann. Einer der Remote Viewer, mit denen wir in Verbindung stehen, hat es sehr passend ausgedrückt, indem er sagte: Es wird keinen Sprung geben. Wir übernehmen. Die Liebe übernimmt.«

»Dazu gibt es auch etliche Fragen«, bemerkte Jeff. »Ihr habt gesagt, dass dieses Ereignis auf jeden Fall stattfinden wird, gleichzeitig aber betont ihr, es hängt von uns ab.«

»Beides ist richtig. Es wird auf jeden Fall geschehen. Am Ende wird alles gut. Aber wann es geschieht, hängt von uns ab.«

»Lauft durch die Welt, als ob es jetzt schon so ist!«, empfahl Fritz. »Unser Gehirn unterscheidet nicht zwischen Vorstellung und Realität und gemäß dem Beobachtereffekt kommt das zustande, was wir beobachten. Wir holen diese Welt zu uns. Ihr, wir alle, sind die Schöpfer.«

Heribert beugte sich ein wenig vor. Die Kamera beleuchtete seine schwarzen Augen; er wirkte fast überirdisch, als er sich direkt an die Zuschauer wandte:

»Niemand kann von sich sagen, ob er nicht der Letzte ist, der gebraucht wird, damit die Waage kippt.«

Die paar Sekunden stille danach gaben seinen Worten Gewicht und sie sanken in die Herzen der Zuhörer. Instinktiv wartete Jeff mit seiner nächsten Frage.

»Die nächste Frage lautet: Was tue ich, wenn meine Schwingung nicht hoch genug ist? Wenn ich zu spät aufwache?«

»Niemand wacht zu spät auf«, erklärte Heribert warm. »Jeder wacht auf zur rechten Zeit. Letztlich ist es schlicht eure Wahl, ob ihr in die Neue Welt wollt. Die Lichtseite wird euch in eurer Entscheidung nicht beeinflussen, die Gegenseite tut das sehr wohl – und zwar massiv.«

»Könnt ihr uns sagen, wann die Trennung der Timelines einsetzen wird?«

»Sie *hat* bereits eingesetzt«, erwiderte Heribert. »Euch bleibt nicht mehr so viel Zeit. Es heißt, dass es ein Zeitfenster geben wird, ein Portal, das bereits geöffnet ist. Und es wird sich auch wieder schließen. Wenn es das tut, ist es für alle, die sich anders entschieden haben, erstmal vorbei.«

»Ist ein wenig wie der Mauerbau damals, nicht?«, meinte Fritz versonnen. »Da mussten sich die Menschen auch zwischen Ost und West entscheiden.«

Ludwig setzte hinzu:

»Da wir nicht exakt wissen, wann sich das Fenster geöffnet ha, ist jede Zeitangabe ungenau. Im Prinzip könnte es jeden Tag passieren, wir rechnen aber damit, dass noch ein paar holprige Monate vor uns liegen. Monate, in denen tatsächlich mit allen Mitteln versucht werden wird, negativ auf euch einzuwirken. Tja, letztlich hängt es von uns ab. Daher sind wir sehr froh, zu euch sprechen zu dürfen. Was den Vorgang selbst angeht, können wir euch zumindest berichten, wie der Abschluss dieser Phase prophezeit wurde. Und woran ihr erkennen könnt, dass die letzten Tage angebrochen sind.«

Wieder ging ein Kribbeln durch den Raum und durch das Land. Die Verbundenheit mit dem Publikum war klar spürbar. Die Herzen klopften in einem gemeinsamen aufgeregten Rhythmus, klopfte in der Hoffnung, ja, der Gewissheit, dass eine neue, eine wunder-volle Erde auf sie wartete, gepaart mit der Entschlossenheit, diese Erde mit der eigenen Schöpferkraft ins Leben zu rufen, bei der Geburt dieser neuen Erde mitzuhelfen. Das zu tun, was die Gegenseite verhindern wollte: Die eigene Göttlichkeit zum vollen Einsatz zu bringen. Es war genau das, womit sie nicht rechneten. Sie rechneten nicht damit, dass die Menschen aufstanden. Dass ihre Köpfe durch die Wolken drangen – und sie ganz bewusst ihren freien Willen für eine freie Welt einsetzen würden.

»Wenn diese riesige Energiewelle auf die Erde kommt«, erklärte Ludwig, »erreichen uns kosmische Photonen in vermehrter Anzahl, also Licht in seiner reinsten Form. Unsere Atome werden in einen sehr angeregten Zustand versetzt werden. Man sagt, dass in dieser Zeit unser Planet für den Zeitraum von drei bis sechs Tagen in völlige Dunkelheit eintaucht, weil er seine Position ändert und es kein Sonnenlicht geben wird. Deswegen wird es auch sehr kalt sein. Weder Internet noch Telefon werden funktionieren. Das alles wird, laut Angabe der Remote Viewer, in dieser Zeit auf neue, nichtschädliche Energien umgestellt. Im Fernsehen werden Informationsblocks laufen, die die Menschen über alles aufklären. Es wird nichts anderes gesendet werden – nur das. In diesen Tagen werden wir alles erfahren, was uns bislang vorenthalten wurde. Das wird für uns alle sicher nicht einfach.«

»Sobald diese Informationsphase beendet ist, kann man sich entscheiden«, schloss Heribert. »Es sollte für die, die sich das Gute wünschen, nicht schwerfallen. Wir vermuten, dass wir die alte Welt einfach nicht mehr wahrnehmen und wir durch die Energieschockwelle in der Neuen Welt aufwachen. Ihr seid Lichtwesen und es ist nun an der Zeit, dass ihr wieder nach Hause kommt.«

Heribert übernahm den nächsten Part. Er räusperte sich.

»Bitte, liebe Hörer und Zuschauer, bereitet euch darauf vor, die Bekanntschaft mit Außerirdischen zu machen. Sie werden sich zeigen, wenn das passiert. Sie sind längst unter euch.*«

Die Hörer saßen einmal mehr fassungslos vor ihren Bildschirmen. Auch durch das Studio lief ein ungläubiges Raunen. Heribert lachte leise. Senta fing seinen Blick auf und ein Blitz durchfuhr sie. Heribert! Heribert, der so erstaunlich jung aussah und mit dreiundachtzig so fit wie ein Turnschuh war … War Heribert ein …?

Sie konnte den Gedanken nicht zu Ende denken, ihr Opa redete weiter.

»Im Channeling von Sheldon Nidle steht: *›wir werden in Massenlandungen kommen, um den gesamten Planeten vor den negativen physischen Ereignissen zu schützen und um euch zu lehren, wie ihr die Photonenenergie nutzen könnt. Wir bringen Hilfe und Hoffnung! Aber der Zeitpunkt unserer Ankunft hängt von den Energiemustern und Veränderungen des menschlichen Bewusstseins auf eurem Planeten ab.‹«*

»Bill Wood sagte es ja auch«, erinnerte Fritz. »Sich zurückzulehnen und auf die Aliens zu warten, ist nicht der richtige Weg. Das, was gerade passiert, kann man nur mit unbewussten Menschen machen. Doch je mehr bewusst werden, umso schneller geht es. Die Erde macht das Spiel auf keinen Fall länger mit, sie *wird* aufsteigen. Sie ist damit eine Hilfe für alle, die das auch wollen. Und nicht nur die Erde hilft. Es gibt viele extraterrestrische Wesen, die euch unterstützen. Aber ihr müsst ihnen die Erlaubnis geben, das zu tun, ihnen die Erlaubnis geben, euch zu helfen.«

»Und nun werde ich mal wieder ins Bild kommen, buchstäblich«, mischte sich Ludwig ein. Zu Sentas Überraschung drang seine Nervosität der letzten Tage nun vollends durch. »Ich weiß, dass sich das alles irre anhört, doch es gibt unzählige Augenzeugenberichte und Beweise für die Existenz extraterrestrischen Lebens, dass es schlicht dumm wäre, es immer noch zu leugnen. Wie mein werter Kollege hier schon anmerkte: Sie sind längst hier. Nicht alle sind uns positiv gesinnt, aber doch einige.«

Er räusperte sich, rotgeworden, weil ihm klar war, wie schräg sich das anhörte.

»Schauen wir uns doch mal direkt an, was im Weltraum los ist. Die NASA retuschiert seit langem schon die Fotos, die die Satelliten von der Sonne machen – oder stellt sie der Allgemeinheit gar nicht erst zur Verfügung. Auch das sollte zu denken geben: Warum dürfen wir nicht wissen, was um die Sonne herum und im Weltraum los ist?«

Er schob seine Brille nach oben, nickte Gunnar zu, der sofort begann, seine Tastatur zu bedienen. Die Kamera blieb weiter auf Ludwig gerichtet.

»Vermutlich denkt ihr: *Die könnten uns ja viel erzählen*, daher meinten wir, es wäre sicher hilfreich, wenn ihr euch selbst anschaut, ob und was im Weltraum los ist. Okay, wir sind live mit einem Teleskop, das auf unser Zentralgestirn gerichtet ist, verbunden. Seid ihr bereit? Es geht gleich los. Gebt uns ein paar Minuten.«

Ein lauter Aufruf ging durch das Studio, durch das gesamte Sendegebiet. Jeder versuchte noch fieberhaft, Freunde und Bekannte zu informieren, damit die das nicht verpassten, und der Link der Sendung wurde in unvorstellbarer Geschwindigkeit geteilt. Massive Aufregung herrschte vor.

Harry spielte einen passenden Song ein, im Hintergrund wurde ein Standbild vom Universum eingeblendet.

Gunnar und Ludwig hantierten an ihren Computern herum, angespannt und hoch konzentriert. Niemand sprach ein Wort. Etwa fünf Minuten später war es soweit. Ludwigs Stimme ertönte.

»Wir sind live.«

Im selben Moment erschien die Sonne als leuchtende Scheibe auf dem Bildschirm. Sie flimmerte und strahlte, strömte sichtbar Hitze aus und jeder war ergriffen davon. Es war eine Sache, Bilder zu sehen, die irgendwann mal geschossen worden waren oder direkt dabei zu sein. Wie nie zuvor wurde Senta bewusst, dass die Sonne ein lebender Organismus war. Ein Organismus, mit dem sie verbunden war.

Ludwig begann, zu erklären.

»Okay, hier haben wir das Sternbild des Großen Hundes. Darin liegen Sirius A und Sirius B … ersteren können wir mit dem bloßen Auge nicht erkennen, aber dieser Schatten hier hinter der Sonne, das ist der Zwölfte Planet. Ein Planet, der erdähnliche Voraussetzungen aufweisen soll. Ich zeige euch mal eine ältere Aufnahme, die ich vor Jahren selbst geschossen habe. Wie ihr sehen könnt, fliegt hier ein Objekt in die Sonne hinein.* Von der Form her ist das eindeutig ein Raumschiff. Und hier, auf der anderen Seite, fliegt eines heraus.«

Er vergrößerte den Ausschnitt – und ja, er hatte recht. Niemand konnte bestreiten, dass das Objekt die Gestalt eines Raumschiffes hatte. Senta stand der Mund offen.

»Offensichtlich«, erklärte Ludwig, »wird die Sonne nicht nur als Dimensionstor genutzt, sondern auch als Energietankstelle. Etliche Astronomen haben solche Bilder geschossen, aber immer, wenn sie im Internet erschienen, wurden sie entfernt.«

Er zwinkerte in die Kamera.

»Schwenken wir noch mal auf die Liveaufnahmen der Sonne ...«

Erneut erschien der rotglühende, gleißende Ball auf dem Bildschirm. Ludwig wollte gerade zu weiteren Erklärungen ansetzen, als ein Aufschrei durch die gesamte Zuhörerschaft ging.

Ein bewegtes Objekt war auf dem Monitor aufgetaucht, das in großer Geschwindigkeit direkt auf die Sonne zuflog und in ihrer glühenden Oberfläche verschwand.

Selbst Ludwig verschlug es die Sprache. Gebannt beobachteten sie, wie kurz danach ein weiteres Flugobjekt erschien – oder das gleiche wieder? Es flog aus der Sonne heraus und schoss einen Strahl auf ein weiteres ab, das am Rande des Bildes aufgetaucht war. Man konnte förmlich die aufgeregten Rufe der Zuschauer vernehmen, die Finger sehen, mit denen sie aufgewühlt auf den Bildschirm zeigten.

»O mein Gott!«, japste Ludwig nicht minder erregt. »Habt ihr das gesehen? Kinder, wir sind live, das passiert gerade jetzt!«

Er verschluckte sich fast.

Alle im Raum hielten den Atem an, hatten die Hände im Gesicht, starrten wie hypnotisiert auf den Monitor – und jeder Zuschauer da draußen ebenso. Senta entfuhr ein aufgeregtes Quietschen, als von einem Raumschiff zum anderen etwas abgefeuert wurde. Die Objekte bewegten sich stetig aufeinander zu. War das ein Kampf?

Ludwig wollte gerade zu einer Interpretation ansetzen, als plötzlich ein Knall zu hören war, ein Schuss, eine Explosion, gefolgt vom Geräusch berstenden Glases. Zu Tode erschrocken fuhren alle zusammen.

Woher war dieses Geräusch gekommen? Vom Monitor? Die Verwirrung war groß, aber bevor sie im Ansatz ergründen konnten, was geschehen war, stürmten schwarz vermummte Männer den Raum, rissen Ludwig vom Stuhl und klappten den Laptop zu.

»Keiner verlässt den Raum«, bellte der Anführer. Es ging alles so furchtbar schnell, dass niemand richtig zur Besinnung kam oder überhaupt nur eine Chance hatte, zu kapieren, das da ablief. In der nächsten Sekunde wurden Ludwig grob die Hände auf den Rücken gedreht. Handschellen klickten und eine Stimme sagte:

»Sie sind verhaftet wegen Gefährdung der internationalen Sicherheit.«

Senta versetzte dieser Anblick einen ultimativen Schock.

»Nein!«, schrie sie gellend und sprang auf. »Er hat nichts getan! Er hat sich nichts zuschulden kommen lassen! Lasst ihn los! Lasst ihn los!«

Sie krallte sich an den Armen der Polizisten fest, versuchte, ihren Opa loszureißen, schrie die vermummten Beamten an. Fred zerrte sie zurück, hielt sie mit beiden Armen fest, verhinderte gerade noch rechtzeitig, dass sie auf die Männer einschlug. Senta tobte wie verrückt in seiner Umklammerung, strampelte und schrie, während ihr die Tränen über das Gesicht rannen.

»Opa!«, schrie sie, »Opa! Onkel Heribert! Fritz! So tut doch was!«

Sie war außer sich, reagierte nicht auf Freds Worte, versuchte noch immer, sich aus seinen Armen zu befreien. Der Anführer beachtete sie gar nicht, hielt seine Dienstmarke hoch, ratterte ein paar Sätze runter, die sie nicht verstand. Ludwig nickte nur, sah zu seiner Enkelin, die nach wie vor raste und Rotz und Wasser heulte.

»Senta«, ermahnte er sie. »Bleib ruhig. Bitte. Alles wird gut.«

Ohne jeden Widerstand ließ er sich abführen, und war in der nächsten Sekunde verschwunden.

Senta meinte, das Herz zerrisse in ihrer Brust. Sie brach in Freds Armen zusammen und heulte sich die Seele aus dem Leib. Alle scharten sich um sie, versuchten, sie zu beruhigen.

»Ich kümmere mich darum«, versprach Fred. »Ich mache mich gleich auf den Weg.«

»Ich gehe mit!«, schniefte sie.

»Nein, es ist besser, ich gehe allein.«

Er hob Sentas Kinn mit dem Finger an. »Vertrau mir«, sagte er leise. »Bleib stark.«

Sie nickte. Putzte sich die Nase. Riss sich zusammen. Alles wird gut. Ein weiteres Mal wurde ihre Zuversicht auf eine harte Probe gestellt.

♫ Komm, komm nach Hause ♫

Martin Herzberg

Sie wurden alle verhört, ihre Personalien aufgenommen, aber zu ihrer Überraschung blieb es dabei und sie durften danach gehen. Lediglich der Laptop wurde beschlagnahmt. Fred war sofort in Anschluss in die Kanzlei gefahren und tätigte einen Anruf nach dem anderen. Dabei brachte er es fertig, Senta stündlich kleine beruhigende Nachrichten zu schicken, und sie liebte ihn umso heißer dafür.

Das Wunder geschah: Nach etwa zwanzig Stunden kam Ludwig Buchinger wieder frei. Das Beobachten der Sonne schien eine rechtliche Grauzone zu sein. Nirgendwo stand geschrieben, dass man das nicht tun durfte. Niemand hatte wohl damit gerechnet, dass es überhaupt jemand vorhaben und obendrein mit diesen Aufnahmen in die Öffentlichkeit gehen würde. Durch die Werbung Dörflers war natürlich entsprechende Aufmerksamkeit erregt worden, aber letztlich hatten sie nichts gegen Ludwig in der Hand. Und letztendlich hatte alles seinen Zweck erfüllt.

Senta bekam einen Weinkrampf, als sie ihren Opa wieder in ihre Arme schloss, und wollte ihn gar nicht mehr loslassen.

Fred musste ihr mehrmals versichern, dass es keine weiteren rechtlichen oder sonstigen Folgen gäbe. Womit sie rechnen mussten, war, dass ihre Aktivitäten künftig überwacht werden würden, aber das war Senta egal.

Die Arbeit war getan. Die Sendung war gelaufen. Die Menschen hatten gesehen, was sie sehen sollten, und viele hatten instinktiv mit dem Handy mitgefilmt. Diese Aufnahmen waren aus dem Netz nicht mehr wegzukriegen und die Community der Sunlight-News lief heiß. Die Haut der Matrix war gerissen und das Licht schimmerte durch.

Jeff hatte eine kurze Erklärung für den abrupten Abbruch der Sendung herausgegeben und dabei kein Blatt vor den Mund genommen.

»Die Beobachtung der Sonne ist keine Straftat. Aber es ist wohl so, wie uns Herr Buchinger mehrmals versichert hat: Wir sollen nicht wissen, was eigentlich geschieht. In der einundzwanzigsten Minute unserer Sendung wurde das Gebäude gestürmt und uns die Ausstrahlung untersagt. Wir gehen rechtlich dagegen vor und berichten euch über den Verlauf.«

Auch das wirkte. So langsam wurde immer mehr Menschen bewusst, dass die Welt, in der sie lebten, nicht die Welt war, für die sie sie gehalten

hatten. Sie merkten, dass es so viel mehr gab, dass *sie* sehr viel mehr waren – immer mehr wachten auf.
Senta hatte es sich nicht nehmen lassen, die Nächte nach Ludwigs Verhaftung bei ihm im Haus zu schlafen und sich liebevoll um ihn zu kümmern. Heribert war abgereist. Viel zu schnell, sie hatte ihn unbedingt noch nach seiner wahren Herkunft fragen wollen. Fritz blieb noch ein Weilchen, dann wollte auch er zu seiner Familie in den Norden Deutschlands zurück.

Die Aufregung, die die beiden Sendungen verursacht hatten, blieb allgegenwärtig. Die Leute liefen wie aufgescheucht herum, allerdings behaupteten auch etliche, das Video mit der Sonne sei nichts weiter als eine Animation gewesen und alle, die das für bare Münze nahmen, auf einen blöden Trick hereingefallen.

In jedem Fall, das konnte man festhalten, war ein Blow geschaffen worden. Eine Öffnung, durch die ungehindert und in vollen Strömen Hoffnung floss – und dieser Riss war durch nichts mehr zu schließen. Durch keine Angst mehr und keine noch so harten Restriktionen.

Der zweite Lockdown, der als Lockdown light verkauft worden war, wurde immer härter. Die Daumenschrauben immer enger gezogen. Aber Senta kannte nun den Weg. Es war der Weg des Lichtes. Und den wollte sie gehen.

Der November hatte längst Einzug gehalten. Es war ruhig, es war still. Die Blätter fielen, die Bäume wurden kahl. Alles begab sich zur Ruhe und bereitete sich auf den Frühling vor.

Mit ihrem Opa saß Senta oft auf der Bank im Gemüsegarten. Jeden Tag träumte sie von der Neuen Erde, jeden Tag malte sie sich aus, wie schön es sein würde.

»Ich kann gar nicht erwarten, bis es so weit ist«, sagte sie zu ihrem Opa. »Ich sehne mich ganz schrecklich danach. Es ist das Gefühl, dass ich von Kind auf hatte. Dass die Welt, so wie sie jetzt gerade ist, nicht stimmig ist. Dass es etwas Besseres, Schöneres gibt.«

»Ja, diesen Instinkt hattest du immer schon, das stimmt«, erinnerte sich Ludwig. »Ich weiß noch, wie wir uns darüber unterhalten haben, als du deinen ersten Sommer hier verbracht hast.«

Senta lehnte ihren Kopf an seine Schulter.

»Weißt du, was mit am schönsten ist, wenn das so kommt, wie ihr es gesagt habt?«, flüsterte sie.

»Was denn, meine Kleine?«

»Dass du weiter an meiner Seite sein wirst, Opa.« Sie richtete sich mit leuchtenden Augen auf und sah in sein gütiges Gesicht. »Dass auch dein Körper jünger wird. Und wir noch ganz lange zusammenbleiben.«

»O ja, das ist ganz wunderbar«, lächelte er. »Ganz wunderbar. Alles ist so wunderbar, findest du nicht?«

Sie schlang die Arme um seinen Bauch.

»Ja, alles ist wunderbar«, wisperte sie glücklich. »Wir sind schon irgendwie dort, in der Neuen Welt.«

»Das sind wir, Senta. Das sind wir. Und bald übernimmt die Liebe vollständig. Bald werden wir alle Schmetterlinge sein.«

♫ ♫ ♫

Senta schlief jeden Abend mit dem Wunsch ein: »Bitte lass es geschehen.«

Sie freute sich wie verrückt auf die Neue Erde. Alles war in diesen Tagen anders. Draußen herrschte Chaos. Draußen raste die Zeit. Aber in ihr verlief alles bewusster, langsamer, bedachter. Mehr und mehr hatte sie das Gefühl, sich von der alten Erde abzunabeln und immer öfter in der Neuen Welt zu weilen. Mit ihren Gedanken, ihren Gefühlen, ihren Träumen.

♫ ♫ ♫

Auch Jeff und Charlene empfanden das so.

Irgendwie war nun jedes Wort zu viel. Es war alles gesagt und getan worden.

Der Winter lud dazu ein, nach innen zu gehen, die äußeren Umstände sowieso. Die Menschen waren wieder in ihre Häuser gesperrt und Geselligkeit, Wärme, Freude, Spaß, Lachen, ein gemeinsames Weihnachten oder das Feiern des Jahresüberganges – alles, was Menschsein bedeutete, unterbunden oder auf ein Minimum gepresst.

Charlene fühlte, dass das Konzept des Moonlight-Radios nicht mehr angebracht war. Es war Zeit, der Liebe einen Weg zu bahnen, sie einzuladen, die Führung zu übernehmen. Daher wollte sie wöchentliche Meditationen anbieten, für die aber eine Radiosendung nicht geeignet war. Und so entschloss sie sich, sehr zum Leidwesen Dörflers, das Moonlight-Radio zu beenden.

»Meine Lieben!«, sagte sie in ihrer letzten Sendung. »Ich danke euch von ganzem Herzen für eure Treue, für eure Teilnahme, für euer Licht. Nun liegt es an uns, die neuen Impulse aufzunehmen, Altes loszulassen und alte Denkmuster zu durchstoßen. Ich hoffe, das Moonlight-Radio hat ein wenig dazu beitragen können. Aber nun, nun gibt es nichts mehr zu sagen. Es geht darum, den inneren Aufstieg zu vollziehen, damit er im Außen stattfinden kann. Vielleicht noch eine letzte Idee: Kauft euch einen Schmetterling. Tragt ihn als Kette, Anstecker, Brosche oder am Arm. Malt ihn euch auf eure Haut oder auf die Maske. Jedes Mal, wenn ihr euren Schmetterling anschaut oder berührt, denkt an das Licht und an die Liebe. Dann schickt einen Strahl davon in die Welt. Und immer wenn ihr jemanden seht, der den Schmetterling trägt, ist das ein Zeichen, dass ihr in Liebe verbunden seid. Ein Zeichen für das, was wir alle wollen: Raus aus dem Kokon und rein in die Freiheit des Schmetterlings!

Wir sehen uns – auf einer Erde voller Licht und Liebe.

Ich wünsche euch allen eine gute Reise.

Möge das Licht in euren Herzen leuchten!«

Damit schloss sie das Moonlight-Radio für immer.

♫ Der Weg ins Licht ♫
Alexandar Aandersan

Jeff werkelte mit Senta zusammen an seiner Seite und gestalteten sie komplett um. Noch immer gab es zwar die Informationsspalte, aber im Wesentlichen beschäftigten sie sich damit, wie diese Welt besser zu machen war. Sie bauten Thinktanks, suchten und bildeten eine Community mit Leuten, die gute Ideen hatten, die sich auf Start-ups und unkonventionelle Ideen spezialisiert hatten. Ideen, die im Wesentlichen darauf basierten, Großkonzerne zu umgehen. Auch damit malten sie sich eine Welt, wie sie funktionieren könnte. Ludwig gab seinen wissenschaftlichen Senf dazu, sodass die Sunlight-News einen komplett neuen, konstruktiven Charakter erhielten.

Das Leben ging weiter. Die Bedingungen wurden noch härter. Viele Menschen wurden wütender. Viele wehrten sich gegen den zweiten, ewig langen Lockdown, viele waren verzweifelt, die Alten, die Kinder, die Angehörigen, viele Berufszweige, vor allem die Gastronomie, für die dieser Lockdown das Aus bedeutete.

Wie im Paper angekündigt wurden die Strafen verschärft. Die Paragraphen 28a und 36 wurden auf den Weg gebracht, die die Beerdigung aller Grundrechte bedeutete und der Regierung uneingeschränkte Ermächtigungen gab. Im Prinzip bedeutete das: Die Masken und der Abstand würden nie enden. Sie waren eher der Anfang von etwas noch Schlimmerem. Die Politiker ganz oben sahen sich kurz vor Erreichen ihres Zieles. Alles lief nach Plan. Es wurde massenhaft geimpft, wie angekündigt gab es Millionen an Impfschäden, wie immer wurde alles unterdrückt. Die Politiker wurden immer unverschämter, logen, dass sich die Balken bogen und die Medien machten munter mit. Nach einer Zeit fanden sie neue Sündenböcke für die rapide Verschlechterung der Lage. Amerika spielte seine strategischen Spielchen, auf die meisten Europäer immer noch hereinfielen und das Infektionsschutzgesetz wurde nie beendet. wie gewollt war der Ausnahmezustand zur Normalität geworden – und noch immer fanden das viele Menschen richtig. Schleichend gingen die Maßnahmen der Pandemie in einen unfassbaren Klimalockdown über. Die Situation schien jeden Tag mehr zu eskalieren und das Lügengebilde war zum hohen Turm zu Babel geworden. Jeder wartete auf den letzten Fingertipp, der das immer fragiler werdende Gebilde zum Einsturz brachte.

Es war manchmal nicht leicht, Ruhe zu bewahren. So viele Menschen wurden geopfert! Senta drehte sich oft der Magen um und das Herz tat ihr weh. Ja, es war Zeit, aufzustehen, für alle, und zwar innen wie außen. Es war Zeit für ein neues Menschheitsbild, eines, dass das Gute im Menschen trotz allem nicht vergaß. Es war Zeit, auf alle diese Gemeinheiten, Skrupellosigkeiten und Verbrechen anders zu reagieren wie sonst: Mit Liebe. Verwundert stellte Senta fest, dass das nur zu Beginn etwas schwerfiel. Mit Liebe im Herzen eine Änderung anzustreben, mit Liebe im Herzen zu tun, was man tun konnte, war eine Gewohnheit, die man sich aneignen konnte. Diese Liebe gab so viel mehr Kraft, Durchhaltevermögen und vor allem den Mut, aufzustehen und den Mund aufzumachen.

Es gab Tage, da fühlte man sich wie in einem Fahrzeug, das von Wahnsinnigen auf Höchstgeschwindigkeit beschleunigt wurde mit Kurs auf den Abgrund. An manchen Tagen brauchten die Menschen ihren Schmetterling, um sich bewusst zu machen, dass es eher wie die Fahrt auf einer Achterbahn war. Ja, der Wagen raste auf die Kurve zu, aber man wusste, er würde sie nehmen. Das war so vorbestimmt, das war so gedacht. Der Wagen wurde gelenkt, er wurde geführt. Sie würden heil ankommen.

Diejenigen, die Bescheid wussten, übten sich in Besonnenheit, verschenkten und verschickten Schmetterlinge, versuchten, die Botschaft zu vermitteln, die ihnen Charlene und die drei Herren mitgegeben hatten. Und doch – es war nicht immer leicht. Eher sah es so aus, als ob die Welt auf Bürgerkrieg und Chaos zusteuerte und Deutschland auf einen totalen Überwachungsstaat, aber sie alle wussten: Das war die Prüfung.

Unentwegt wurde Licht ins Feld geschickt. Unentwegt Visionen von einer guten Welt.

Senta meditierte jeden Tag und mit der Zeit ergriff sie eine große Ruhe. Sie hatte das Empfinden, viel stärker und greifbarer mit dem Universum in Verbindung zu stehen, hatte das Gefühl, das Urfeld anzapfen zu können. In ihr war eine stete, leichte Heiterkeit, die durch immer weniger zu erschüttern war.

Melanie hatte sich einen Ausschnitt von Ludwigs, Fritz' und Heriberts Sendung angehört und als gemeingefährlich eingestuft. Für sie war Senta nun komplett abgedriftet und sie schrieb: »Kein Wunder, dass sie deinen Opa in den Universitäten nicht mehr sehen wollen. Was hat das bitte mit Wissenschaft zu tun?«

Selbst das konnte Sentas tiefgreifende Freude nicht stören. Sie hatte Christopher informiert, mit Frederic zusammenzusein und seitdem keine Antwort mehr von ihm erhalten. Sie sah ihn auch nicht mehr im TV, nirgendwo in der Öffentlichkeit. Darüber war sie in den ersten Tagen sehr beunruhigt gewesen, wollte schon an seinem Haus vorbeifahren, als eine kleine Nachricht per Mail sie erreichte:

»Liebe Senta, ich arbeite an mir. Und was die Welt angeht: Ich tue, was ich kann.« Ab diesem Tag war er wieder in den Medien präsent und begann, die Rechte der Bürger zu verteidigen. Sentas Herz wurde warm und sie schickte ihm all ihre Liebe. Der Schlusssatz seiner Message war gewesen:

»Wir sehen uns wieder – auf Erde zwei.«

Das war das Schönste, was er ihr hatte schreiben können. Denn dort würde alles gut sein.

♫ ♫ ♫

Die Beziehung mit Fred vertiefte sich auf zauberhafte Weise. Oft konnte sie ihr Glück nicht fassen. Es war einfach wunderbar mit ihm und auch er staunte über dieses für ihn neue Gefühl der Zweisamkeit. Sie war oft bei ihm, aber wollte nicht zu früh zu ihm ziehen, um ihm seinen Freiraum zu lassen. Fred war es, der sie drängte, den Schritt zu gehen. Er war es, der sie bei sich haben wollte, den es drängte, nach Hause zu kommen, wenn er wusste, sie war da. Sein Herz flatterte, wenn er an sie dachte und er schaufelte so viel Zeit für sie beide frei wie möglich.

Er hatte die Tage viel zu tun, die Klageflut nahm so große Ausmaße an, dass er wohl noch zehn weitere Kanzleien hätte anbauen können. Mit einem glücklichen Lächeln lag Senta im Bett und wartete an diesem Abend auf ihn.

Müde ließ er sich neben ihr ins Bett fallen, zog sie an sich, beide schliefen relativ schnell ein. Morgen war Samstag, sie konnten ausschlafen und ausgiebig frühstücken.

Mitten in der Nacht wachte Senta auf. Sie fühlte sich ausgeschlafen, aber es war noch finster. Sie lauschte in die Dunkelheit. Es war still, kein Auto fuhr, es musste noch recht früh sein, so kuschelte sie sich an Freds Körper und nickte noch mal weg. Es konnten nur ein paar Minuten gewesen sein, denn als sie das zweite Mal aufwachte, war es immer noch Nacht. Ihre Hand tastete nach dem Wecker, vergeblich. Die Batterien hatten ihren Geist aufgegeben, es war keine Anzeige drauf. Leise stand sie auf und ging ins Bad. Das Licht ging nicht an.

Mist! Stromausfall! Sie nahm ihre Armbanduhr vom Waschtisch. Eine, die so alt war, dass man sie noch jeden Abend aufziehen musste. Zuverlässig tickte der Sekundenzeiger vorwärts.

Senta schaute drauf – und stutzte. Es war halb zehn. Halb zehn? Das konnte nicht sein. Es war stockdunkel draußen! Die Stadt lag wie tot vor ihr. Eine tiefe Stille lag über der gesamten Gegend, über dem Land. Sie war dicht, sie war vollständig. Nicht ein Licht brannte. Kein Vogel zwitscherte. Kein Auto fuhr. Mit klopfendem Herzen lief sie runter in die Küche, klappte den Laptop hoch, den sie am Abend zuvor noch aufgeladen hatte. Er ließ sich nicht aktivieren. Ihr Griff ging zur Heizung. Sie war kalt.

Das Herz raste in ihrer Brust. Langsam ging sie wieder nach oben, merkte, wie ihre Knie wackelten.

Wie spät war es? Ging ihre Uhr richtig? War es wirklich halb zehn? Sie war so verwirrt, dass sie beschloss, zu warten. So hüllte sie sich in eine Decke, setzte sich auf die Ottomane im Schlafzimmer. Der Sekundenzeiger ihrer alten Uhr tickte weiter. Als er auf halb elf stand, war es noch genauso finster draußen wie vor einer Stunde. Senta erhob sich, stellte sich ans Fenster. Noch immer war nicht das kleinste Licht zu sehen, doch nachdem sich ihre Augen an die Dunkelheit gewöhnt hatten, meinte sie diesmal, in der Schwärze etwas ausmachen zu können. Schemenhafte Gebilde, Schatten, die vorher nicht dagewesen waren. Groß, glatt, fremdartig. Sie standen am Himmel wie dunkelgraue Wolken auf schwarzem Grund. Raumschiffe. Ihr Herz machte einen gewaltigen Satz. Die Luft schien zu flimmern.

Vorsichtig setzte sie sich aufs Bett, berührte Fred mit kalten Fingern am Arm. Er wachte auf, sah sie fragend an. Ihre Augen glitzerten im Dunkel.

»Fred«, flüsterte sie mit zitternder Stimme. »Es ist so weit. Wir gehen nach Hause.«

♫ ♫ ♫

Drei Tage hielt die Dunkelheit an. Auch die Kälte. Fred und Senta sprachen nicht viel. Jeder bereitete sich auf seine Weise vor. Sie zündeten den Kamin an, brieten sich Kartoffeln darin und machten Wasser heiß für einen Tee.

Die riesigen schwarzen Schatten verharrten am Himmel. Man erahnte sie mehr, als dass man sie sah, aber sie waren da. Wächter, Beschützer, Hoffnungsträger.

Doch nichts tat sich. Sie konnten nur warten. Ja, man konnte es wirklich nur vergleichen mit einer Geburt. Die Wehen kamen ihrem Ende zu. Sie hatten den Ausgang des Geburtskanals erreicht. Noch eine letzte Presswehe, dann musste sich das Tor öffnen.

Am dritten Tag wurde es hell. Gleißend hell. Fred und Senta lagen im Bett und hielten sich an den Händen, als das Licht kam. Als es mit einer gewaltigen Welle alles, alles überflutete. Als Liebe in Strömen, in Wasserfällen, in Ozeanen über sie hinweg strömte und nur eines tun konnten: sich dem vollständig zu ergeben. Senta hatte das Gefühl, sie löse sich auf. Sie spürte ihren Körper nicht mehr, war nur noch vibrierende Energie.

Danach begann die Erde zu wackeln. Es war, als sei man in einem Gefährt, das von Geisterhand bewegt wurde, als risse es sich aus seiner alten Verankerung frei. Wie so oft in den letzten Tagen wanderte ihr Blick aus dem Fenster. Das Licht war unbeschreiblich. Es war so hell, dass man genauso wenig sah wie in der Dunkelheit, aber es tat den Augen nicht weh.

Doch dann erhob sich Goldnebel aus den Tiefen der Erde und brachte sie in Bewegung. Unaufhaltsam schwebte sie vorwärts. Senta fühlte, wie ihre Wahrnehmung sich erweiterte. Sie sah, was passierte. Die Erde wurde vom Licht nach oben getragen, wie durch eine gläserne Röhre hindurch. Wasser, Wolken, Sterne, Bäume, Himmel, alles verschwamm zu einem Farbenmeer, genauso wie eine vorbeiziehende Landschaft bei hoher Geschwindigkeit. Und doch hatte sie das Empfinden, es geschähe langsam, behutsam und begleitet von dieser gewaltigen Liebe und dem Licht. Ihr Blick fiel auf ihre Hände. Sie wirkten durchscheinend, die Atome ihrer Körper schwangen in einer irrsinnigen Geschwindigkeit und sie konnte sie wahrnehmen. Die Luft war von Heiligkeit erfüllt. Der Goldnebel durchdrang alles, füllte alles, erhob alles. Ihr war, als atme sie Gold ein, und sie wusste, sie reiste samt der Erde in eine neue Dimension. Sie *war* die Erde, sie war der Globus, der sich durch die Röhre schob, und gleichzeitig war sie auch Senta.

Mit einem Mal tat sich eine Öffnung auf, schob sich die Erde hindurch wie ein Kind aus dem Geburtskanal. Sie bekam mit, wie sich alles wandelte, alles transformierte, alles rein wurde, alles von Licht durchtränkt war. Das gesamte Weltall erstrahlte, die Erde erstrahlte und alles, was auf ihr war.

Ein ungeheures Freiheits- und Glücksgefühl ergriff sie und mit leuchtenden Augen schaute sie sich um, atmete sie die neue Atmosphäre ein, während das Glück in ihr explodierte.

Es gab keinen Druck, keine Angst, es gab nur Liebe und Licht. Es gab nur Freude und Glück. Es gab nur Wärme und Mitgefühl. Ihr Herz sprang ihr geradezu aus der Brust. Sie hatte das gewaltige Empfinden, mit den Herzen aller Menschen, die mit ihr gekommen waren, verbunden zu sein. Da war Fred. Er schien ihr größer, er schien ihr transparenter, Glanz umgab ihn. Das Licht in seinem Herzen leuchtete und Senta konnte es klar wahrnehmen. Sie konnte seine Gedanken wahrnehmen. Sie konnte seine Liebe sehen.

Die Natur erblühte in einer Pracht, wie sie es nie zuvor erlebt hatte. Die Luft war von Heiligkeit durchdrungen. Die Blumen waren größer, kräftiger, alle Farben strahlten in einer nie zuvor gekannten Intensität. Senta fühlte sich mit allem verbunden. Ihre Sinne hatten sich erweitert. Sie verstand die Sprache der Bäume. Sie verstand die Sprache des Himmels, des Windes, der Sterne und der Sonne. Sie war im Licht.

Die Neue Erde! Sie waren da! Sie hatten es geschafft! Es war vollbracht!

Ein seliges Lachen kullerte aus ihrem Mund. Tränen des Glücks liefen ihr die Wangen hinab. Freude explodierte in ihr.

In diesem Moment hörte sie ihren Großvater rufen. Sie hörte ihn lachen.

»Hab ich's dir nicht gesagt, meine Kleine? Am Ende ist alles gut!«

Du selbst hast dich dazu entschieden, hier zu sein.
Jetzt, in dieser Zeit, um an diesem Abenteuer mitzuwirken.
Dein Leben ist wichtig.
Du bist wichtig. Mehr als du ahnst!
Du bist hier, um Liebe zu senden.
Du bist hier, um das Licht in deinem Herzen zu leben.
Die Welt, die Erde braucht dich.
Vielleicht ist der Strahl an Liebe, den du ins Universum schickst,
das letzte Sandkorn,
der entscheidende Flügelschlag,
der letzte Millimeter, der die Schaukel,
in der wir alle sitzen, zum Überschlagen bringt.

♥ Let us be united ♥

Lieber …,

es ist noch nicht zu spät. Kehr um. Sag den Menschen die Wahrheit. Du kannst noch immer unser Held sein. Du kannst dein eigener Held sein – deine Seele würde sich freuen, sie wäre erlöst.

In Liebe,

Deine S.

Nachwort

Liebe Leserin, lieber Leser!

Vielen Dank dafür, dass Sie das Buch gekauft und gelesen haben. Ich weiß, es ist ein kontroverses Thema, doch die im Buch so oft getätigte Aussage, dass Angst und Wut zu nichts führen, und diese Zeit auch eine große Chance birgt, hat mich dazu bewogen, das Thema aufzugreifen. Recherchieren Sie selbst, wenn Sie es nicht schon längst getan haben. Ich denke, unsere Zukunft, vor allem die unserer Kinder, ist jede Sekunde dafür wert. Dieses Buch ist ein wenig anders als meine sonstigen Romane, aber falls Sie neugierig darauf sind, wie Jeff und Charlene sich kennengelernt haben, erfahren Sie das in meinem Roman: »Moonlight-Radio – auf einer Frequenz mit dir« .

Über Deezer und Spotify lade ich auch eine Playlist hoch unter dem Titel:
Das Licht in deinem Herzen – Playlist zum Roman von Subina Giuletti. So hast du auch sozusagen die Musik zum Buch – für dein individuelles Kopfkino. Allerdings haben diese Musikdienste nicht alle Songs auf Lager, aber die meisten.

Nochmal danke fürs Lesen! Ich freue mich immer über einen Austausch, Feedback und Anregungen! Über die Adresse info@subina-giuletti.de können Sie mir gerne schreiben.

Alles Liebe,
Subina

PS:

Die Meinungen der Protagonisten spiegeln nicht unbedingt die Meinung des Autors wider. Sollte jemand trotzdem der Meinung sein, dass dies durchgehend eine persönliche Meinung wäre, bitte ich darum, eine persönliche Meinung haben zu dürfen, die eventuell von der eigenen abweicht. Es muss sie ja keiner teilen.

[1] **1** Vortrag Professsor Wolfgang Leisenberg

Die Zerstörung der Familie
https://www.youtube.com/watch?v=VsGWYI4PDn8

[2] Prof. Yuval Noah Harari Link zum YouTube-Video (https://youtu.be/DhWAkmunHgs) Interview vom Oktober 2020